I0577271

Christian George Hauf

Christian Friedrich: Daniel Schubart in seinem Leben und seinen Werken

Christian George Hauf

Christian Friedrich: Daniel Schubart in seinem Leben und seinen Werken

ISBN/EAN: 9783743620407

Hergestellt in Europa, USA, Kanada, Australien, Japan

Cover: Foto ©Raphael Reischuk / pixelio.de

Manufactured and distributed by brebook publishing software (www.brebook.com)

Christian George Hauf

Christian Friedrich: Daniel Schubart in seinem Leben und seinen Werken

Christian Friedrich Daniel Schubart

in

seinem Leben und seinen Werken

von

Gustav Hauff.

Zu fürchten ist das Schöne, das Fürtreffliche,
Wie eine Flamme, die so herrlich nützt,
So lange sie auf deinem Herde brennt,
So lang sie dir von einer Fackel leuchtet,
Wie hold! wer mag, wer kann sie da entbehren?
Und frißt sie ungehütet um sich her,
Wie elend kann sie machen!

Goethe im Tasso.

———————✴———————

Stuttgart.
Druck und Verlag von W. Kohlhammer.
1885.

Vorwort.

Meiner historisch-kritischen Ausgabe von Schubarts Gedichten (1821—24 der Reclamschen Universalbibliothek) folgt hier die erste vollständige und kritische Arbeit über Schubarts Leben, Charakter und Werke.

Erst durch die von Strauß und Anderen, namentlich Lappenberg veröffentlichten Briefe von und an Schubart ist eine vollständige Arbeit dieser Art möglich geworden. Was Strauß, besonders bei der Schilderung des Aufenthalts in Geislingen, nicht gethan hat, ist hier geschehen; Schubarts Lebensbeschreibung mit der Fortsetzung von seinem Sohne und die Briefe sind in einander verflößt. Außerdem ist nichts Bedeutendes, was die am Schluß von mir angeführte Schubartlitteratur enthält, von mir übergangen worden.

Ich wollte zuerst nur kritische Studien über Schubart schreiben und darin nachweisen, wie unkritisch und zum Teil ungerecht bisher über ihn geurteilt worden ist. Unter der Hand erweiterte sich der Plan zu einer vollständigen Lebensbeschreibung. Wenn in dieser die ursprünglich vorherrschende kritische Betrachtung zuweilen noch hervorsticht, so wird doch der Leser bemerken, daß die Kritik dazu dient, ein Gesamtbild Schubarts mit bestimmten Endergebnissen zu liefern.

Wie in meiner Ausgabe von Schubarts Gedichten zuerst die Chronik ausgebeutet worden ist, so ist auch hier überall dieses Hauptwerk Schubarts zuerst zu seinem vollständigen Rechte gekommen. Über Schubarts kritische Begabung liest man überall verworrene, unbestimmte, abgerissene Bemerkungen. Das Kapitel über Schubart als Kritiker in vorliegendem Werk ist fast ganz aus der Chronik genommen und enthält die erste geordnete und übersichtliche Zusammenstellung von Schubarts ästhetisch-kritischen Ansichten.

Aehnlich verhält es sich mit dem Kapitel über den Patrioten und Politiker Schubart.

Wie oberflächlich und unrichtig in so manchen Partieen das von Vielen für „klassisch" gehaltene Straußsche Werk ist, läßt sich jetzt mit Händen greifen; aber auch auf die schwachen Seiten der Selbstbiographie mit der Fortsetzung von Ludwig Schubart macht vorliegende Monographie wiederholt aufmerksam.

Schubart der Stilist und Verwalter des deutschen Sprachschatzes zeigt sich jetzt in seiner ganzen Ursprünglichkeit und Urtümlichkeit.

Der Abschnitt über Schubart den Musiker ist etwas kurz gehalten, doch ist hoffentlich nichts Wesentliches übergangen.

In Schubarts Leben war es für mich ein Hauptanliegen, den Ursachen seiner Verhaftung nachzuspüren, und zwar auf die Gefahr hin, da und dort anzustoßen.

Und nun: Introite; nam et heic Dii sunt.

G. H.

Inhaltsverzeichnis.

geschriebene Werk: „Chr. Fr. D. Schubarts Leben in seinen
Briefen. Gesammelt, bearbeitet und herausgegeben von D. Fr.
Strauß. Zwei Bde. Berlin 1849", ist nichts weniger, als eine
klassische, abschließende Schrift. Das Buch besticht durch leichte
und gefällige Darstellung, ist aber in wichtigen Punkten ganz
ungründlich. Namentlich kommt der Kritiker Schubart durchaus
nicht zu seinem Recht. — Das beste Denkmal eines Schriftstellers
ist eine regelrechte Ausgabe seiner Werke. Aber gerade da fehlts.
Von seinen Gedichten ist die erste historisch-kritische Ausgabe die
von mir veranstaltete und 1884 als Theil der Reclamschen Universalbibliothek erschienene; die zwei früheren Ausgaben, die Frankfurter (1825 und 1829) und die Scheible'sche (1839) wollen nach
der Angabe des Titels sämtliche Gedichte geben, lassen aber
manche der gelungensten weg; in der Scheible'schen Ausgabe sucht
man sogar das Kaplied vergebens. Außerdem lassen Anordnung
und Text beider Ausgaben sehr viel zu wünschen übrig. Schubarts
Selbstbiographie mit der Fortsetzung von seinem Sohne Ludwig
macht das erste und zweite Bändchen der Scheible'schen Ausgabe
aus und ist leider nicht als besonderes Buch zu haben. In der
Bibliothek der deutschen Nationallitteratur des 18. und 19. Jahr-
hunders, die bei F. A. Brockhaus in Leipzig erscheint, findet man
Namen von Männern, die dem genialen Schubart nicht das Wasser
reichen, Blumauer, Hölty, Musäus; von Schubart ist nichts aufgenommen und wird wohl auch nie etwas aufgenommen werden.
Eher darf man sich der Hoffnung hingeben, daß unter den litterarischen Denkmälern des 18. Jahrhunderts, die bei Henninger in
Heilbronn erscheinen, Schubarts Biographie und Auszüge aus der
deutschen Chronik die gebührende Stelle einnehmen werden. Meiner
historisch-kritischen Ausgabe von Schubarts Gedichten habe ich eine
Biographie des Dichters vorangestellt, deren Andeutungen und
kurze Besprechung mehrerer Punkte in Schubarts Leben ich in
der nun folgenden Erörterung weiter auszuführen gedenke.

I.

Oberſontheim und Aalen.
1739—1753.

Schon über die Zeit von Schubarts Geburt lauten
die Angaben verſchieden. Nach König und Werner Hahn in ihren
Litteraturgeſchichten, ſowie nach der hiſtoriſch-kritiſchen Schillerauss
gabe (I, 379) iſt Schubart am 22. November 1743 geboren.
Dieſe falſche Angabe, die ſich häufig findet, ſtammt von der Aeußerung Schubarts in einem Brief an ſeinen Bruder, den Stadts
ſchreiber in Aalen, vom 5. Oktober 1783: „Bruder, ſo ſatt hat
kein 100jähriger Greis gelebt, als ich 40jähriger Elender." Allein
— 40 iſt hier eine runde Zahl; in der trüben Stimmung, in der
dieſer Brief geſchrieben iſt, ſetzt Schubart ſeinem Alter ein paar
Jahre zu. Schubart ſelbſt nennt in ſeiner Selbſtbiographie den
26. März 1739. Abſchließend bemerkt Preſſel in ſeinem Büchlein:
„Schubart in Ulm", daß nach dem Geburtsregiſter von Obers
ſontheim Schubart den 24. März 1739 Nachmittags 3 Uhr geboren
wurde. Schubart verwechſelte vielleicht Geburtstag und Tauftag.
Auf dieſes Letztere iſt nun wenig Gewicht zu legen. Als ſein
Rufname wird oft, z. B. von Weber in ſeiner Weltgeſchichte XII,
954 und XIII, 639 Daniel genannt; daß er aber Chriſtian ge-
rufen wurde, ſieht man aus ſeiner von ihm ſelbſt verfaßten Lebens
beſchreibung I, 15 und 257, ferner aus ſeiner Unterſchrift in
Briefen an ſeinen Bruder (Strauß I, 329 und 331) und an ſeine
Mutter (Strauß II, 95). Was ſeine Stammesangehörigs
keit betrifft, ſo hat Schubart ſich überall zu den Schwaben
gerechnet. Damit hängt zuſammen, daß Schubart in zwei Gedichten, im Schwabenlied (S. 143) und im deutſchen Provinzialwert
(S. 145), die Schwaben als kräftige, biedere und ganz beſonders
herzige Leute geprieſen und in dem Gedicht „das Schwaben-
mädchen" (S. 450) den Töchtern dieſes Landes wegen ihrer Einfalt und Herzlichkeit den Vorzug vor den Sachſenmädchen gegeben
hat. Schlecht ſtimmt damit freilich das Gedicht „an die Schwaben"

(S. 143), worin er seine Landsleute wegen ihrer Weichlichkeit, Manierirtheit, ihrer gesellschaftlichen Abgeschlossenheit und Maulfaulheit tadelt. Das Gedicht ist vom Jahr 1775, wo Schubart sich in Ulm aufhielt. Die Beobachtung des steifen, gravitätisch-reichsstädtischen Wesens, das ihm in Ulm neben großer Ungezwungenheit und Lebendigkeit des geselligen Verkehrs hie und da begegnete, scheint ihn dazu veranlaßt zu haben. In der deutschen Chronik 1774, S. 339, nennt Schubart Schwaben sein Vaterland, nimmt sich desselben gegen das Ausland lebhaft an und betrachtet es sogar als eine treffliche Kriegsschule. Er spricht hier von diesem Land in einem Tone, wie es nur einem eingefleischten Württemberger möglich ist. Adolf Wohlwill in seinem trefflichen Aufsatz: „Beiträge zur Kenntnis Chr. Fr. D. Schubarts" (im 6. Band von Schnorrs von Carolsfeld Archiv für Litteraturgeschichte, 1877) erkennt als Momente für Schubarts schwäbische Nationalität an den dialektischen Anklang seiner Sprache, das lokal-patriotische Element, in dem er sich so gern bewegte, sein Aufwachsen in dem echt schwäbischen Aalen, zuletzt seinen beinahe lebenslänglichen Aufenthalt in diesem Lande, über dessen Grenzen er nur vorübergehend hinauskam. Als Beispiele für den dialektischen Anklang seiner Sprache nennen wir mehrere Lieder im Volkstone, wie das schwäbische Bauernlied (S. 443) und Lisels Brautlied (S. 444); den Schwabenreim „ergrimmte" und „Fremde" in dem Gedicht: „Der Schneider auf Reisen" (S. 341) und die Anmerkung zur „Froschkritik" (S. 363): „Mit Gunst, ihr auswärtigen Sprachwardeins, wenn 'n ehrlicher Schwab auch seine Provinzialismen (hier Gosch = Maul) an Mann zu bringen sucht." Aehnlich erzählt Karl Julius Weber, der Verfasser des Demokrit, als er in jungen Jahren nach Genf reiste, um Prinzenerzieher zu werden, habe er auf der Durchreise durch Ludwigsburg den Dichter Schubart kennen gelernt und diesem von seinem Vorhaben gesagt, worauf Schubart ihm mit schwäbischer Derbheit erwiderte: Aber hören Sie, dazu sind Sie noch verflucht jung (vgl. K. G. Kellers deutschen Antibarbarus S. 20). Dessenungeachtet möchte Wohlwill unsern Schubart eher zu den Franken rechnen und führt dafür folgende Gründe an: 1) Das Land, von dem alle Schubart stam-

men, ist die Lausitz. 2) Die Stadt seiner Vorjahren ist Nürn=
berg; sein Vater ist 1711 in Altdorf geboren; dessen Vater stammt
ebenfalls von Altdorf. 3) Mütterlicherseits stammt er von Sulz=
bach am Kocher, im fränkischen Kreise, dessen Bevölkerung schwäbisch
und fränkisch war. 4) Sein lebhaftes, unruhiges, zur mündlichen
Mitteilung drängendes, übersprudelndes Wesen ist eher fränkisch
als schwäbisch. Was nun den letzten Punkt betrifft, so gibt es
genug Schwaben von unruhigem, lebhaftem Temperament. Von
den sieben schwäbischen Dichtern, die Hermann Fischer in seinem
Prachtwerk: sieben Schwaben (1879) schildert, waren Schiller,
Hauff, Schwab lebhaften Temperaments, zu mündlicher Unter=
haltung geneigt, Wilhelm Hauff sogar ein Meister in der Kunst
mündlicher Erzählung; Kerners gastfreundliche Zuthulichkeit und
herzgewinnende Freundlichkeit ist bekannt; Uhland und Mörike
waren eher in sich gekehrt, schweigsam und verschlossen; war aber
einmal das Eis gebrochen, so floß der Strom ihrer Rede zum
Verwundern reichlich. Darum hat H. Fischer in dem genannten
Werk Schubart mit Recht zu den schwäbischen Dichtern gerechnet
und ihm seine Stelle unmittelbar nach Schiller angewiesen. Wir
können aber noch einen älteren Dichter und Philologen nennen,
den Schubart mit Recht den Bruder seines Geistes nennt, einen
Vollblutschwaben, es ist der unruhige, stürmische, witzige Nikode=
mus Frischlin (vgl. das schöne Gedicht: Frischlin Reclam S. 76).
Schubarts Hang zu Extremen, seine theosophische Ader, der starke
Zusatz von Melancholie zu seinem freilich überwiegend sanguini=
schen Temperament lassen ihn eher als Schwaben, denn als
Franken erscheinen. Ganz besonders aber ist seine gutmütige Arg=
losigkeit, sein optimistisches Zutrauen zu den Menschen, seine namen=
lose Unvorsichtigkeit das gerade Gegentheil des überlegenden, schlau
berechnenden, vorsichtig erwägenden fränkischen Wesens. — Wenn
nun weiter Wohlwill die Abstammung der Schubarte aus der
Lausitz betont, so geht er hier offenbar zu weit zurück und führt
ein Moment an, das weder für die schwäbische, noch für die
fränkische Nationalität Schubarts entscheidet. Uebrigens begegnet
uns merkwürdigerweise im Leben eines Geistesverwandten Schu=
barts, des von ihm in einem Epigramm und der Anmerkung dazu

(Reclam S. 215) geschilderten Schlesiers Günther, ein Schubart, nach Berthold Litzmann in der Ausgabe von Günthers Gedichten bei Reclam S. 18 ein abenteuerlicher, sanguinischer Kamerad, Freund eines guten Trunks und fröhlicher Gesellschaft; er wollte seinen Universitätsfreund Günther bewegen, sich in Laubau, Schubarts Geburts- und Wohnort, als Arzt niederzulassen, aber der Plan mißglückte. Ob unseres Schubarts Mutter eine Schwäbin oder eine Fränkin war, wissen wir nicht; jedenfalls, wenn wir auch Wohlwill so viel zugeben, daß Schubart kein rein schwäbisches, sondern sehr viel fränkisches Blut in den Adern hatte, so entscheidet doch bei der Frage nach der Nationalität nicht allein die Abkunft der Eltern, sondern auch, und oft noch mehr, Geburtsort und Aufenthalt; sonst könnte Schottland den Philosophen Kant für sich ansprechen und Napoleon der Erste wäre lediglich ein Korse.

Schubart kam schon als Säugling, ein Jahr nach seiner Geburt, nach Aalen, wohin sein Vater als Präzeptor und Musikdirektor berufen wurde. Schon nach vier Jahren (1744) vertauschte er diese Stelle mit dem Diakonat. Indessen ist das Haus, in dem Schubart aufwuchs, nicht das jetzige, nicht einmal das frühere Diakonathaus. Das Schubarthaus steht vielmehr in einer Sackgasse, in der Nähe der Stadtkirche. Es diente längere Zeit der Redaktion des Aalener Amtsblatts und wird gegenwärtig von einem ehrsamen Strumpfweber (Clauß) bewohnt. — Gegenwärtig wird eine nach Schubart benannte Straße, beim jetzigen Diakonathaus von der Hauptstraße ablenkend, angelegt.

In dieser Stadt, die er in seiner Selbstbiographie mit großer Vorliebe schildert, verlebte Schubart seine Jugendzeit bis zum Abgang auf fremde Schulen 1753. Häufig kehrte er ins elterliche Haus zurück, besonders auf längere Zeit nach seinem Abgang von der Hochschule, und gewiß blieb diese Stadt nicht ohne Einfluß auf seine Entwicklung. Er, der ausgezeichnete Musiker, rühmt ausdrücklich an Aalens Einwohnern vorzügliches Geschick und Lust zur Musik, er spricht gern von ihrer knochenfesten Körperstärke, ihrer Einfalt und Treuherzigkeit, ihrer donnernden Mundart. Letztere ist den ächten Aalenern bis auf diesen Tag geblieben.

Seinen Sinn für die Musik, für die Schönheit der Natur, sein altdeutsch biederes Wesen und seinen ehrlichen Biederton leitet er von seinem Aufenthalt in Aalen ab. Aalen aber fühlte sich nicht weniger durch den Ruhm seines Schubart geehrt und verwendete sich auch — freilich erfolglos — für ihn nach seiner schändlichen Einkerkerung. Festliche Aufnahme wurde dem Dichter und Patrioten bei einem Besuche 1787 zu Teil und er wünscht seinem Aalen „mir so unaussprechlich theuer: Deutschheit, redlicher Sinn, schwäbische Herzlichkeit, redselige Laune, unschuldiger Scherz seien immer wie bisher dein Eigentum!" (am Schluß der Erzählung: Simon von Aalen. Scheible 6, 99.)

Sein Vater starb im Jahr 1774, seine Mutter begrüßte ihn als 73jährige Greisin bei seinem Besuch in Aalen 1787. Zu dem Gedicht „Dank für die Harfe" hat er das Bild seines Vaters gezeichnet; er schildert ihn als einen kernhaften, ehrenfesten, jovialen und zur Wohlthätigkeit geneigten Mann. Seiner Mutter rühmt er Einfalt und Mütterlichkeit nach; bei dem Gedicht „Mutterherz" hat sie ihm offenbar vorgeschwebt. Freilich ruft sein Sohn Ludwig am Schluß seiner Schrift „Schubarts Charakter" aus: „Schade, daß Schubart keine bessere Erziehung zu Teil ward!" Ebenso schreibt seine Gattin ihrem Sohn Ludwig im August 1790 nach einer langen Klage über ihres Gatten zunehmende Unthätigkeit, Vergeßlichkeit, Launenhaftigkeit, seinen Hang zu geldfressenden Vergnügungen, oft dazu mit Leuten, die ihm nicht anstehen: „Kommt bisweilen ein Bube, der gut Gläser ausleeren kann, so ist der sein Mann. Das Meiste kommt leider von seiner Erziehung her und vom Aschberg ..." In wiefern seine Erziehung verkehrt war und welche Fehler dabei begangen sein dürften, geht aus Schubarts Schriften nicht hervor. Man möchte gern an seinen Aufenthalt in Nördlingen und Nürnberg denken; allein das Wort „Erziehung" erinnert doch immerhin an die Einwirkung der Eltern auf ihre Kinder in sittlich-religiöser Hinsicht. Die mitgeteilten Stellen machen den Eindruck, Schubarts verkehrte Erziehung habe in der Familie als feststehende Thatsache gegolten. Thomas Carlyle gibt im Anhang zu seinem Leben Schillers eine kurze Biographie Schubarts und sagt S. 18: „Von Anfang bis

zu Ende waren ihm die Umstände entgegen; seine Erziehung war
verfehlt, seine zweck= und ziellosen Wanderungen erhöhten noch
die übeln Folgen derselben." Den Beweis für diese Behauptung
bleibt Carlyle schuldig. Karl Cassau, Lehrer der Mittelschule zu
Lüneburg, sagt in seinem Werk: „Lessing, Goethe und Schubart.
Studien im Lichte der Pädagogik; Leipzig 1880" S. 62, ohne
seine Quellen anzugeben: „Im übrigen hielt sich Christian nur
halb zur Zufriedenheit des sorgsamen Vaters, dem das überwie=
gend sinnliche Temperament des Sohnes, gepaart mit einer ge=
wissen Gleichgiltigkeit für sein Äußeres und einer guten Portion
Derbheit, wie sie den Bewohnern seiner Heimat eigentümlich ist,
schon jetzt Sorgen bereitete. Leider vergiftete die unvorsichtige
Handlungsweise seines ersten Lehrers, Nieder in Aalen, die Seele
des wißbegierigen begabten Knaben, der bei der Uebersetzung von
Ovid und Sueton tiefer in die Kloake der sogenannten klassischen
Welt hineinschaute, als er gesollt." In seiner Selbstbiographie
sagt Schubart, Ausschweifungen der Wollust haben diesen Prä=
zeptor Nieder an den Bettelstab gebracht. Die Erziehung in der
Schule muß schlecht bestellt gewesen sein. Seinen Vater schildert
Schubart als exemplarischen Mann und ächten Jesusjünger.
Kürzer ist die Schilderung seiner Mutter. „Einfalt und Mütter=
lichkeit", das ist doch eine gar zu kurze Charakteristik. „Lohn'
ihr, o Gott, die Thränen, die sie über mich, ihren Liebling (ich
verdient' es nie, ihr Liebling zu sein) zu Tausenden hingoß." Sie
bevorzugte ihn also vor seinen Geschwistern, und das war, wie
Schubart selbst andeutet, nicht gut. Schließen wir aus Späterem
auf Früheres, so erzählt Schubart, nach seiner Rückkehr von Er=
langen sei das Mitleiden seiner Mutter über seine blasse hagere
Gestalt — denn seine Gesundheit habe durch Ausschweifungen
sehr gelitten — der Bestrafung seines Vaters und seinen Beängsti=
gungen zuvorgekommen. Möglich, daß Schubart in seiner
Selbstbiographie, die er schrieb oder vielmehr diktirte, als seine
Mutter noch am Leben war, aus zarter Rücksicht auf sie nicht
frei mit der Sprache herausging. Wir wollen damit nicht einen
Stein auf das Andenken dieser Frau werfen; aber eine Ver=
mutung wird erlaubt sein. Zudem ist es eine bekannte Erfahrung,

daß den ältesten und den jüngsten Kindern sich die Liebe der Eltern ganz besonders zuwendet. Nun war aber unser Christian der erste Sohn; vgl. die Stelle in dem schon erwähnten Brief vom 8. November 1787: „Eine 73jährige Mutter, beinahe vor Entzücken zusammensinkend, ihren schon hingeschätzten, tausendmal beweinten ersten Sohn wieder in den Armen zu haben. ,O lieber Christian, daß ich dich nur wieder sehe! — O nun will ich gerne sterben!'" sagte die ehrwürdige Alte in einem Tone, drin das einfältigste, zarteste Mutterherz wiederhallte. — — — Alle weinten, daß ich so viel ausgestanden hatte. Meine Mutter schlich um mich herum und küßte, was sie von mir erhaschen konnte."

Ein jüngerer Bruder Schubarts, Conrad, wurde nachher Stadtschreiber in Aalen; ein andrer, Johann Jakob, unseres Schubarts bester Trost in geistiger Vereinsamung, von wohlthätigem Einfluß auf ihn in Hinsicht auf Sitte und Zucht, war sein Nachfolger in seiner Hauslehrerstelle zu Königsbronn, später, als Schubart in Geislingen angestellt war, Provisor der lateinischen und deutschen Schule in Aalen und bejammerte, wie Schubart selbst erzählt, den Wegzug seines Bruders nach Ludwigsburg, von dem ihm lauter Unheil ahnte. In Aalen wurde er (Strauß I, 136) von Präzeptor Rieder, seinem Vorgesetzten, gedrückt. „Dein Schulmartyrertum," schreibt ihm Schubart, „geht mir zu Herzen. Der Präzeptor Rieder hat einen Charakter, wie Abramelech im Klopstock. Alle Christenmenschen mögen sich vor ihm hüten." Der Stadtschreiber lebte noch 1787, als Schubart nach seiner Gefangenschaft seine Vaterstadt besuchte. Daß aber sein Bruder Jakob, der ihm auch dem Alter nach näher stund als Conrad, früh starb, war gewiß ein Unglück für Schubart. Noch 1769 ermahnte er seinen älteren Bruder, dessen Schwächen er wohl kannte, zur Vorsicht, Pflichttreue, Religion und Christentum. Von seinen zwei Schwestern heiratete Juliane den Rektor Böckh in Eßlingen, später Archidiakonus in Nördlingen, die andere, Jakobine, den Diakonus, späteren Stadtpfarrer Hoyer in Aalen.

In seiner ersten Kindheit galt Schubart für dumm und schläfrig; in seinem siebenten Jahr konnte er weder lesen, noch schreiben; aber plötzlich sprang die Rinde und in kurzer Zeit hatte er alle seine Mitschüler überholt. „Sonderlich," erzählt er selbst, „äußerte sich in mir ein so glückliches musikalisches Genie, daß ich einer der größten Musiker geworden wäre, wenn ich diesem Naturhange allein gefolgt hätte." R. Prutz in seinem Aufsatz über Schubart, der sich in seinem Buch: „Menschen und Bücher," Leipzig 1862, S. 167—266 findet, wird wohl recht haben, wenn er die Musik als die Macht betrachtet, welche die Rinde von Schubarts Geist sprengte. Schubarts Vater war „bis ans Ende seines Lebens Verehrer und Förderer der Tonkunst, und sein Haus war — sonderlich in seinen jüngeren Jahren — ein beständiger Konzertsaal, darin Choräle, Motetten, Klaviersonaten und Volks= lieder wiedertönten." Die Welt von Gefühlen und Empfindun= gen, die in dem träumerischen Knaben schlummerte, wurde durch die subjektivste und der lyrischen Poesie verwandteste Kunst geweckt; bald übertraf der Knabe seinen Vater und setzte im neunten und zehnten Jahre Galanterie= und Kirchenstücke auf, ohne in allen diesen Stücken mehr als eine flüchtige Anweisung genossen zu haben. Kein Wunder, daß er der Liebling seiner Eltern, nament= lich seiner Mutter wurde. Er, der seine Brüder in der Musik unterrichtete, galt für ein Wunderkind, ein Genie, eine künftige Berühmtheit. Seine Blutsverwandten drangen in den Vater, seinen Sohn ganz der Tonkunst zu widmen und in dieser Absicht nach Stuttgart oder Berlin zu schicken, wo damals die Musik ihren Hochpunkt erreicht hatte. Wahrscheinlich waren es nicht, wie man nach Schubarts Darstellung glauben könnte, die Fort= schritte seines Sohns im Lateinischen, Griechischen und anderen Elementarkenntnissen, was den Diakonus bestimmte, ihn den Stu= dien, d. h. den klassischen Studien zu widmen. Christian hatte vier Geschwister, das Vermögen der Eltern war unbedeutend und das Leben in den genannten Städten ebenso teuer, als ver= führerisch. — „Die häusliche Musik," bemerkt Prutz, „war da= mals wesentlich geistlich und deutsch; sie bildete einen Teil der häuslichen Andacht. Gellerts geistliche Lieder vereinigten Kunst= genuß und Rührung. — Die weltliche Musik war Eigenthum der Höfe: die Opern, die Sängerinnen 2c., stammten meistens aus der

Fremde. Die fremden Musiker waren weder durch gesellige, noch durch Familienrücksichten gefesselt und machten das Wohlleben zu ihrem Beruf; sie waren die privilegierten Vagabunden des damaligen Deutschlands. Dieß Vorbild schwebte Schubart vor; diese Zauberbilder der Zukunft umgaukelten die Phantasie des Wunderkindes! Ganz anders gestaltete sich das Schicksal des Mannes." Wie später in der Poesie, so war Schubart auch in der Musik, und zwar, dem Vorbilde seines Vaters getreu, schon als Knabe der geistlichen und weltlichen Richtung zu gleicher Zeit ergeben. Der zehnjährige Knabe setzt ebenso wohl Galanterie=, als Kirchenstücke. Darin liegt eine gewisse Vielseitigkeit; aber zugleich drohte die Gefahr, die geistigen Kräfte ohne festen Einheitspunkt auszubilden und das Schwelgen in allen möglichen Gefühlen und Empfindungen in der Kunst und im Leben als höchstes Ziel zu verfolgen. Der Hang zu Extremen zeigt sich schon im Gefühlsleben des Knaben. Bald erzählt er seinen Gespielen drollige Märchen zu ihrer Belustigung und empfindet die Schönheiten der Natur bis zur ausgelassensten Begeisterung; dann besucht er wieder heimlich die Gräber seiner toten Freunde und Bekannten, um dem schwülen, dumpfen Gefühle seines Herzens unter schwarzen Kreuzen, Totenkränzen und morschen Gebeinen Luft zu machen. „So wechselten in meiner Seele die Farben der Nacht und des Tages, die Bilder der Schwermut und der Freude beständig, und daher läßt sich psychologisch erklären, wie ich nachher bald Totengesänge, bald Trink= und Freudenlieder machen konnte." Allerdings; aber die Trink= und Freudenlieder flossen unmittelbar aus übervollem Herzen; zu den Totengesängen trieb ihn außer dem inneren Gefühl, das nicht geleugnet werden soll, in Geislingen sein Amt und die damit verbundene Einnahme. Leider hielt mit diesem Gefühl= und Empfindungsleben die Ausbildung des Charakters nicht gleichen Schritt. Es war dieß psychologisch unmöglich. Wer immerfort von seinen Gefühlen beherrscht wird, ist nicht Herr über seine Entschlüsse und Handlungen; die ruhige Ueberlegung, die ihn von Anfang an leiten sollte, stellt sich in der Regel erst ein, wenn der Schaden geschehen und die unbesonnene That vollbracht ist. Da bemächtigt sich des einseitigen

Gefühlsmenschen peinliche Reue. Dieß zeigt sich in Schubarts
ganzem Leben, und mit Recht nennt ihn daher Strauß den Helden des moralischen Katzenjammers. — In unheilvollem Bunde,
ja in ursächlichem Zusammenhang mit diesem Hang zu einem ausschweifenden Gefühlsleben stand bei Schubart seine musikalische
Begabung. Schubart ist sich darüber selbst ganz klar gewesen.
Er sagt in seiner Selbstbiographie (S. 49): „Die Musik ist der
durch Weisheit geordneten Seele Labung; sie weckt Empfindungen,
die unter dem Ernst der Geschäfte entschlummern — und doch
wurde sie für mich eine Sirene, die mich durch ihren Zauber-
gesang oft in verschlingende Strudel lockte." Schubarts Seele
war aber eben in den so wichtigen Jugendjahren nicht durch Weisheit geordnet. Ohne Zweifel wurde er schon als Knabe durch zu
reichliches Lob verwöhnt und so entwickelte sich in ihm die Sucht
zu glänzen, Aufsehen zu erregen, Furore auf allen Gebieten zu
machen, mit einem Wort die Virtuoseneitelkeit, der faule Fleck
seines Charakters, das Unglück seines Lebens.

Früh fand er Geschmack an der Lektüre und verschlang sonderlich die altdeutschen Romane und Rittergeschichten. Diese
konnten freilich weder seinen Geschmack noch seinen Geist und
Charakter bilden. Nicht umsonst wünscht Goethe den vereinigten
Staaten Nordamerikas:

> „Benutzt die Gegenwart mit Glück,
> Und wenn nun eure Kinder dichten,
> Bewahre sie ein gut Geschick
> Vor Ritter=, Räuber= und Gespenstergeschichten."

Luthers derber Ton zog ihn, wie es scheint, mehr an, als
der Inhalt dessen, was er von ihm las; er gesteht selbst, daß er
mit seinem und seiner Mitbürger Ton so innig sympathisierte.

Als Knabe von 12 Jahren lernte er durch einen preußischen
Werbeoffizier, einen Freund seines Vaters, Namens von Maltitz,
die fünf ersten Gesänge des Messias kennen; er las dem Knaben
die rührende Episode von Samma, Joel und Benoni (Messias II,
100—236) vor. Von diesem Augenblick wandelte ihn die größte
Ehrfurcht an, wenn man den Namen Klopstock nur nannte. Den
Messias lernte er fast auswendig und weinte, zitterte, schauerte

vor Freuden, wenn er Stellen daraus deklamirte. Die Begeisterung für Klopstock hat Schubart durch sein Leben begleitet; wenn
aber Pruß in dem genannten Aufsaß von Schubarts Klopstockomanie redet, so zeigt er nur, daß er Schubarts Schriften nicht
genau gelesen hat. Pruß sagt, er habe damit zugleich die Sentimentalität, Überschwenglichkeit, Geniesucht empfangen, wie sie,
aus Klopstocks Anfängen sich ableitend, endlich in der Erscheinung der Stürmer und Dränger explodierte. Allerdings ist nach
Schillers bekannter Charakteristik in der Abhandlung über naive
und sentimentale Dichtung die Messiade vorzugsweise in musi-
kalisch-poetischer Rücksicht eine herrliche Schöpfung; hingegen
in plastisch-poetischer läßt sie Vieles zu wünschen übrig. Sie
kam daher, wie z. B. eben in jener „rührenden" Episode, dem
Hang des Knaben zur Gefühlsschwelgerei entgegen; aber es waren
doch edle Gefühle, religiöse Empfindungen, die in ihm erregt wurden und diese bildeten gegen seinen Hang zur Sinnlichkeit, der
sich früh in ihm geregt haben muß, ein heilsames Gegengewicht.
Die Gefühle, die Klopstock erregt, müssen, wie Schiller fortfährt,
durch die Uebung der Denkkraft erregt werden, alle strömen aus
überirdischen Quellen. „Keusch, überirdisch, unkörperlich, heilig,
wie seine Religion, ist seine dichterische Muse, und man muß mit
Bewunderung gestehen, daß er, wiewohl zuweilen in diesen Höhen
verirrt, doch niemals davon herabgesunken ist. Ich bekenne daher unverholen, daß mir für den Kopf desjenigen etwas bange
ist, der wirklich und ohne Affektation diesen Dichter zu seinem
Lieblingsbuche machen kann, zu einem Buche nämlich, bei dem
man zu jeder Lage sich stimmen, zu dem man aus jeder Lage
zurückkehren kann; auch, dächte ich, hätte man in Deutschland
Früchte genug von seiner gefährlichen Herrschaft gesehen." Schiller
mag dabei an seinen Landsmann Schubart gedacht haben, dessen
Vorliebe für die Messiade bekannt ist. „Nur in gewissen exaltierten
Stimmungen des Gemüts kann er gesucht und empfunden werden; deswegen ist er auch der Abgott der Jugend, obgleich bei
weitem nicht ihre glücklichste Wahl. Die Jugend, die immer über
das Leben hinausstrebt, die alle Form fliehet und jede Grenze zu
eng findet, ergeht sich mit Liebe und Lust in den endlosen Räumen,

die ihr von diesem Dichter aufgethan werden. Wenn dann der
Jüngling Mann wird und aus dem Reich der Ideen in die
Grenzen der Erfahrung zurückkehrt, so verliert sich Vieles, sehr
Vieles von jener enthusiastischen Liebe, aber nichts von der Ach=
tung, die man einer so einzigen Erscheinung, einem so außer=
ordentlichen Genius, einem so sehr veredelten Gefühl, die der
Deutsche besonders einem so hohen Verdienste schuldig ist." Just
diesen Gang hat Schubart durchgemacht. Das gewöhnliche Ge=
rede von Schubarts lebenslänglicher Klopstockomanie, Klopstock=
schwärmerei, Klopstockanbetung ist durchaus falsch, wie wir später
sehen werden. Klopstock war nicht Schubarts böser Genius; die
Eindrücke, die er von ihm bekam, waren freilich nicht selten über=
schwenglich und sentimental, aber immer rein und edel. Stellen
wir uns vor, was freilich wegen der Chronologie unmöglich ist,
er hätte als Knabe Goethes Werther gelesen — dieses Werk hätte
für ihn gefährlich werden, ihn auf Abwege verlocken, die Em=
pfänglichkeit für Mädchenreiz, die so tief in ihm lag, wecken oder
nähren können; aber Klopstocks Muse nimmermehr.

Obgleich Schubart nichts davon sagt, so ist es doch sehr
wahrscheinlich, daß besagter Herr von Maltitz in dem jungen
Schubart zugleich die Begeisterung für Friedrich den Großen
weckte: war er doch Werbeoffizier und hatte doch Friedrich schon
die zwei ersten schlesischen Kriege siegreich bestanden. Auch dieser
Jugendeindruck begleitete ihn durch sein ganzes Leben; die Be=
geisterung für Friedrich war auf die Entwicklung seines Schick=
sals von entscheidendem Einfluß. Klopstock war für Schubart
zeitlebens das Ideal eines Dichters, und Friedrich das Ideal
eines Herrschers. Bei Schubart grenzen die Vorzüge immer hart
an die Fehler; ja man ist oft versucht, das Wort: Unsere Fehler
sind unsre Tugenden (d. h. notwendige Bedingungen unsrer Tugen=
den) auf ihn anzuwenden. Im Augenblick fing er Feuer, für
alle Eindrücke war er empfänglich; insbesondere hörte er sein
ganzes Leben hindurch nie auf, fremde Größe zu bewundern.
Diese Bewunderung war längere Zeit glühender Enthusiasmus,
der ihn die Flecken der bewunderten Erscheinung übersehen ließ.
Erst nach und nach stellte sich bei ihm die Kritik ein, sein natür=

licher Scharfsinn erwachte und er wußte nun, wie es dem ächten
Kritiker gebührt, Licht und Schatten in der Schilderung gerecht
zu vertheilen. Ohne die ursprüngliche maßlose, unkritische Be=
geisterung wäre die nachherige kritische Haltung nicht möglich ge=
wesen. — Er selbst sagt: „Diese gutartige Achtung für große
Männer behielt ich in meinem Leben bei." Der Ausdruck ist
aber, namentlich in Schubarts Verhältnis zu Klopstock und Friedrich
dem Großen, zu schwach. Begeisterung, Bewunderung hätte er
sagen sollen.

Wir haben uns bei Schubarts Kindheitsjahren länger auf=
gehalten. Sehen wir doch in dem Knaben schon den Mann vor=
gebildet; zeigt sich doch bei ihm die Wahrheit des Goetheschen
Satzes: „Niemand glaube, die ersten Eindrücke der Jugend ver=
winden zu können." Schubart selbst hat seine Kindheit von diesem
Gesichtspunkt aus betrachtet. Wir können nur bedauern, daß er
uns über seine Erziehung und seinen Umgang in dieser Zeit nicht
mehr mitgeteilt hat. Was einen Hauptpunkt, die religiöse Ent=
wicklung des Knaben betrifft, so nennt Schubart neben den täg=
lichen religiösen Ermahnungen seines Vaters, der ein eifriger
Jesusjünger war, den Unterricht des damaligen Stadtpfarrers
Koch, eines christlich gesinnten Mannes, dem es auch gelang, ihm
die ersten Empfindungen für die Religion einzuflößen, die nachher
niemals ganz erloschen. Klopstocks Messias konnte diese Empfin=
bungen nur verstärken. Um so auffallender ist, daß Schubart auf
einem Gebiet, wo das Beispiel und die Lehre der Mutter so ein=
flußreich sind, seiner Mutter mit keinem Worte gedenkt. Sein
Christentum war ein Christentum des Gefühls; die Reinigung
und Kräftigung des Willens, des Charakters kam dabei zu kurz.
So berichtet er auch von seiner Konfirmation: „Ich glaubte in
Himmel zu blicken, als ich das erstemal zum heiligen Abendmahl
ging; aber — ach! mich packte die Welt und Gott ließ den Vor=
hang fallen." Wann ihn die Welt packte, wann der Vorhang
fiel, ob gleich nach dem Abendmahl, oder ob der spätere Wandel
gemeint ist, läßt sich nicht sagen. „Unbefestigt im Guten, un=
wissend wie Lichtwehrs Reh, nur die Wut des Tigers, nicht seine
täuschende bunte Flecken kennend, voll Durst nach Genuß, von

tausend süßen Ahnungen durchzittert und voll edler Anlagen, beinahe gleich fähig, ein Engel oder ein Teufel zu werden," kam
er im Jahre 1753, dem Plane seines Vaters gemäß, nach Nördlingen in das dortige Lyzeum und unter die Aufsicht des damaligen
Rektors Thilo.

II.

Nördlingen, Nürnberg, Erlangen, Königsbronn. Reise nach Ellwangen und durchs Limpurgische.
1753—1763.

Thilo war ein sehr tüchtiger Schulmann, wie Schubart nie
einen ähnlichen später in seinem Leben antraf; in erster Linie
Philolog und Aesthetiker, in zweiter Theolog und Weltweiser.
Bald gewann Schubart durch seine schnellen Fortschritte des Rektors Liebe. Daß diese nicht blind war, sehen wir aus dem
Zeugnis, das Thilo in einem Brief an Schubarts Vater vom
12. Oktober 1755 seinem Zögling ausstellte. Geschwinder Begriff, heißt es in diesem von Strauß in seinen kleinen Schriften
mitgeteilten Briefe, mache ihm jede Arbeit leicht; durch lebhafte
Einbildungskraft und Witz habe er es in der Poesie, in zierlicher
lateinischer und deutscher Schreibart schon weitgebracht und ver-
spreche, einen tüchtigen und rührenden Redner abzugeben; zwar
habe seine Einbildungskraft noch etwas Wildes und Verworrenes;
doch sei überschießende Fruchtbarkeit besser, als ein dürrer, trockener
Kopf. Thilo rühmt seine Fertigkeit in der Musik, seine saubere
Handschrift, seine, so lange sie in den rechten Schranken bleibe,
angenehme Munterkeit. Es könnte, meint er, etwas Rechtes aus
ihm werden, wenn seine Aufführung seinen Gaben entspräche;
aber hier sei wenig Gutes zu berichten. Thilo klagt nun über
seinen Hang zu Unfug, Schwatzen, Mutwill und Possen; in Abwesenheit des Rektors habe er z. B. vom Katheder komödianten-
weise Personen nachgemacht; in der Schule, sogar in der Kirche,
habe er sich unzüchtige Reden erlaubt; auf Vorstellungen darüber
habe Schubart bald weichmütige Reue, bald auffahrenden Trotz,

nie nachhaltige Besserung gezeigt. Thilo erklärt diese unzüchtigen Reden von seinem zu starken Umgang mit Handwerksburschen. „Ich vermute auch, fährt er fort, daß er zuweilen seine Geschicklichkeit in der Musik auf niederträchtige Art mißbraucht hat bei Gelegenheiten, wo es sich nicht schickt und für die gute Sitte gefährlich ist, einen Musikanten oder Spielmann abzugeben." Schubart selbst bestätigt nachher diese Vermutung, wenn er in seiner Selbstbiographie sagt: „In der Tonkunst hatt' ich gar keinen Miteiferer; war also ohne Uebung in dieser göttlichen Kunst, außer mit einigen lieberlichen Fieblers, die nur meine Sitten verderbten." Strauß macht dazu die gegründete Bemerkung, die ein Licht auf unsrige obige Behauptung über den engen ursächlichen Zusammenhang zwischen Schubarts Fehlern und Vorzügen wirft: „Seine lebenslängliche Vorliebe für den Umgang mit Handwerksburschen, Soldaten und überhaupt der niederen Volksklasse war nur von der einen Seite die natürliche und berechtigte Neigung des volkstümlichen Menschen und Dichters, von der anderen unleugbar ein Hang zum Zwanglosen und Gemeinen."

Außer einem Jünglinge, Namens Donauer, dessen Genius Alles niederblitzte, fand Schubart Niemand, den er nicht zu übertreffen Kraft und Mut hätte.

> „Der Jugend Strahl verklärte mein Antlitz;
> Da fand ich in Rhätiens Gauen
> Unter den Jünglingen, Donauer, dich!
> Mit der Siriusglut im Aug' und mit der Goldharf'.
> Aber weh mir, du Lieber, ich sah im Sarge dich liegen
> Mit der blonden Lock' und der schweigenden Lippe.
> Dich weinte Thilo, dein Lehrer. Auch meiner war er!" 2c.

singt Schubart im „Denkmal in Wingolfs Halle". (Reclam S. 80). Der Anblick seiner jungen Freunde im Sarge erweckte immer fromme Entschlüsse in ihm; aber sie starben, wenn das Grab aufgeschaufelt und die Totenglocke verhallt war.

Schubart bedauert, daß der Unterricht in der Religion auf der Schule so kalt behandelt wurde und die Seele des Christentums, seine herzbessernde Kraft ihm unbekannt blieb. Das Buch, das dem Religionsunterricht zum Grund gelegt wurde, war des be-

kannten streng lutherisch gesinnten Dogmatikers und wittenbergi=
schen Universitätsprofessors Leonhard Hutter (1563—1616) Com-
pendium locorum theologicorum ex Scriptura sacra et libro
concordiae collectum.   Der lutherische Lehrbegriff wird hier in
katechetischer Lehrweise, d. h. so, daß der für drei Altersklassen
bestimmte Stoff in Fragen und Antworten zerlegt wird und die
für die Vorgerückteren bestimmten Fragen mit Sternchen unter=
schieden sind, unter möglichster Festhaltung der Worte der Augs=
burger Konfession und der Konkordienformel in möglichst präciser
Fassung und ohne weitere Ausführung, in einfacher, jedoch nicht
streng systematischer Ordnung vorgetragen — ganz so, wie es ad
ediscendum (wie der Befehl des sächsischen Kurfürsten Christian II.
lautet, der es als neues offizielles Lehrbuch in den sächsischen
Lehranstalten anstatt der seit dem kryptokalvinistischen Streit ver=
dächtig gewordenen loci Melanchthons einführte), zu treuer Ueber-
lieferung und gedächtnis= und verstandesmäßiger Einprägung der
symbolisch festgesetzten Lehrsätze geeignet war.   Groß und lange=
dauernd war des Buchs Ansehen und Gebrauch, wie die vielen
durchs ganze 17. und 18. Jahrhundert hindurch sich folgenden
Ausgaben, die Übersetzungen in neuere Sprachen, besonders aber
die vielen erklärenden und erweiternden Bearbeitungen beweisen,
die dasselbe gefunden hat.   (Vgl. den Artikel „Hutter" in Her=
zogs theolog. Realencyklopädie.)   Schubart sagt: „Mich und
meine Mitschüler wandelte Ekel an, so oft wir eine tote Ant=
wort auf eine lebendige Frage aus Hutters Kompendium geben
mußten."   Im Kerker sah er nicht ein, daß Hutters starre Ortho=
doxie den jugendlichen Geist nicht ansprechen konnte und die zwi=
schen Theologie und Humanismus vermittelnde Richtung des
wahren praeceptor Germaniae Melanchthons, Schubarts an und
für sich nicht unberechtigter Eigentümlichkeit eher entgegengekom=
men wäre, ihm die Lehren des Christentums in einem Alter,
wo naturgemäß die Kritik erwacht, in einer anziehenderen Form
gezeigt hätte *).   Wer den Religionsunterricht gab, ob Thilo oder

---

*) Hutter war ein solcher Feind Melanchthons und der milderen melanch=
thonschen Richtung in der Theologie, daß er einmal bei einer akademischen

ein anderer Lehrer, sagt Schubart nicht. Hätte aber Schubart
einen stärkeren Zug zum Christentum gehabt, so hätten sich die
Eindrücke, die er von den Herzensgebeten des Superintendenten
Maier, der im Waisenhaus zu Halle erzogen und ein würdiger
Schüler Speners war, nicht so leicht wieder verloren. Tiefe Ehr=
furcht vor Gott rühmt er auch seinem Rektor Thilo nach; aber
„die Eitelkeit hatte ihn einmal in ihrem bunten Zirkel“, er wurde
durchs Lob verwöhnt und in der Virtuoseneitelkeit, die wir oben
schon als den faulen Fleck seines Wesens erkannten, bestärkt. —
Ein Vorwurf, den er Thilo machte, ist unverdient. „Nebst den
klassischen Schriftstellern machte mich Thilo auch mit den Dichtern
meines Vaterlandes bekannt. Dieses erzeugte in mir eine Nei=
gung zu der deutschen Dichtkunst, die, weil sie zu früh erwachte,
mir in mehr als einem Betracht schädlich geworden ist. Ich
las und schrieb zwar schon mein Latein ziemlich fertig und begann
bereits aus dem Goldbache der Griechen zu schöpfen; aber war
doch bei weitem noch nicht erstarkt genug, um ohne Gefahr bei
den Ableitungen des griechischen Quells weilen zu dürfen.“ Allein
vorher schon, in Aalen, hatte Schubart altdeutsche Romane und
Rittergeschichten verschlungen und die Dichter, mit denen ihn Thilo
bekannt machte, waren Klopstock, Bodmer, Haller, und der damals
aufstrebende Wieland, seine eigenen Lieblinge; wie diese dem jungen
Schubart im 16. und 17. Lebensjahr schädlich geworden sein
sollen, ist nicht abzusehen. Unmittelbar nach jener tabelnden Aeuße=
rung über Thilo gesteht er selbst, daß unsre Originale sich mit
dem Geist der griechischen und römischen Schriftsteller verbinden
lassen. — Schubart war überhaupt ein frühreifes Genie, nicht
bloß als Musiker, sondern auch als Dichter. Im Jahr 1755
dichtete er eine prosaisch=poetische Nänie auf das Lissaboner Erd=
beben. „Man hat es nachher in Schwabach gedruckt und uner=
achtet der greulichen Stelzenpoesie doch Funken eines ächten Dichter=
talents drin bemerken wollen.“ Diese Nänie ist verloren. „Besser

---

Disputation, als sich ein Opponent ihm gegenüber auf Melanchthon berief,
das über seinem Haupte hängende Bild des Reformators von der Wand
riß, auf den Boden warf und mit Füßen trat.

gelangen mir Volkslieder, wovon ich schon damals einige verfertigte, die noch heutiges Tages (1778) das Glück haben, auf
mancher Schneiderherberge gesungen zu werden, z. B.: „In
Schwaben war ein Bauernmädchen 2c." „Als einst ein Schneider
wandern sollt' 2c." Jenes Lied ist verloren; dieses findet sich in
meiner Ausgabe S. 351.

Im Jahr 1756 schickte ihn sein Vater nach Nürnberg, wo
er die Schule zum heiligen Geist besuchte. Er kam in derselben
Woche an, wo der siebenjährige Krieg ausbrach. Die Eindrücke
dieser Zeit prägten sich tief in seine Seele. Als der preußische
General Maier 1757 mit einem fliegenden Korps Nürnberg neckte,
lag Schubart beständig an seinem Dachladen und sah dem Flug
der preußischen Husaren vor dem Thore zu. Die Lieder, die er
damals dem alten Fritz und seinen Scharen sang, wurden überall
bekannt, gesungen, zum Teil gedruckt, sind aber verloren. Er
selbst wurde zum Lohne dafür von einem salzburgischen Soldaten,
dessen Landsleute hier in Besatzung lagen, mit der Muskete nie-
bergestoßen und wäre ohne Zweifel zerstampft worden, wenn nicht
einer von den berühmten Nürnberger Faustschlägern, unter dem
Namen der Rußigen bekannt, ihm schleunigst zu Hilfe gekommen
wäre. — Von Klopstocks Messias kam damals gerade der zweite
Teil heraus; Schubart erklärte ihn seinen Brüdern „und die
Gefühlvollen wurden ebenso wonnetrunkene Anbeter dieses göttlichen Gedichtes, wie ich."

Schubarts musikalisches Talent fand hier einen günstigen
Boden; er erhielt sogar eine Stelle als Frühmesser und Organist.
Dem mangelhaften Schulunterricht half er durch Privatfleiß nach.
Die Kunstschätze der Stadt weckten seinen empfänglichen Sinn;
oft saß er mit einem seiner „Busenbrüder" auf dem Grabmale
Dürers oder auf dem Erbbegräbnisse seiner eigenen Vorfahren.

„Man sieht, bemerkt Schubart, daß mir die Vorsehung auf
mehr als einer Seite zurief: bleib' in Nürnberg! — Freundschaft, Liebe, Vorschläge zur künftigen Versorgung, Gesundheit,
Beifall — alles hätte mich bestimmen sollen, mich anzusiedeln in
der Stadt meiner Väter und allen nahen und fernen Donquixo-
terien durch das ebene, geräuschlose Privatleben eines Reichsbürgers

vorzubeugen." Ganz schön; wenn nur Schubart nicht Schubart,
dieser „Sturmkopf" und abenteuerliche Charakter gewesen wäre.

> „Wie schwer ist's in der Welt, sich Gönner zu erwecken!
> Zwingt mich ein trauriges Geschick,
> Wie Satans Bild krummschleichend Staub zu lecken?.
> Grausamer Weg zu meinem Glück!"

singt er fünf Jahre nach seinem Abgang von Nürnberg (S. 38
bei Reclam). Hier in Nürnberg gewann er sich, wie er selbst
bezeugt, durch die Dichtkunst Gönner und Freunde. Zu seiner
Zeit schien die Dichtkunst in Nürnberg „ihre Leier an Hans Sach-
sens Grab aufgehängt zu haben"; später konnte sich, wie uns eine
Anmerkung belehrt, Nürnberg eines Smits, Schunters, Sattlers,
Königs, Herels, und einer Seiblin, dieser gefühlvollen Dichterin,
rühmen. Herels Satiren hat Schubart nach dem vollständigen
Verzeichnis von Schubarts Schriften, wie sie einzeln herausgekom-
men (mitgeteilt von Pfarrer Weyermann), aus dem Lateinischen übersetzt (Ansbach 1770). Das Werk ist vergessen; ebenso
die Namen und Werke der übrigen Dichter nebst der gefühlvollen
Seiblin. Uebrigens lebte mit Schubart zu gleicher Zeit in Nürnberg ein anderer Dichter, dessen Name hauptsächlich durch Goethe,
der ihn wohlwollend rezensierte, auf die Nachwelt gekommen ist,
J. K. Grübel, 1736, also nur 3 Jahre vor Schubart, in Nürnberg geboren, 1809 daselbst gestorben. Ob Schubart von diesem
ehrsamen Flaschner und Dichter etwas wußte, steht dahin; seine
Werke erschienen 7 Jahre nach Schubarts Tode (1798—1802).

Schubart kam mit mancher neuen Erkenntnis bereichert, aber
auch mit sinnlicherem und vom Gifthauche der Lust beflecterem
Herzen nach Aalen. In Nürnberg waren in ihm, wie er selbst
sagt, die Empfindungen der Liebe erwacht; unter allen Reizen
war ihm Mädchenreiz der unwiderstehlichste. Wie weit er sich
verirrt hat, wissen wir nicht. Nach der obigen Stelle scheint er
der Wollust gefröhnt zu haben; vorher aber sagt er, seine Liebe
sei unschuldig und nur der unselige Funke gewesen, der nachher
zur Flamme aufloderte.

Sein Vater schickte ihn nach seiner Rückkehr zu dem geschickten Pfarrer Schülen, der damals in Lauterburg war. In

welcher Eigenschaft und zu welchem Zweck er zu diesem Manne
ging, wird nicht gesagt. Schülen oder Schülin, wie Pahl, Schu=
barts Landsmann, in seinen „Denkwürdigkeiten aus meinem Leben
und aus meiner Zeit" den Namen schreibt, war ein in den Natur=
wissenschaften, namentlich in der Sternkunde sehr bewanderter,
auch schriftstellerisch thätiger Geistlicher. In der Theologie war
er damals schon und später noch viel mehr der mystisch=pietisti=
schen Richtung ergeben, weswegen er von dem eingekerkerten und
zum Mystizismus bekehrten Schubart ebenso sehr gelobt, als von
dem rationalistischen Pahl, der lange nach Schubarts Aufenthalt
bei ihm Vikar war, getadelt wird. Daß aber der Mysticismus
sich gar nicht selten mit einer freieren Denkart berührt, zeigt auch
Schülin. So sehr er nach Pahl über die Neologie schimpfte
und in seinen Ansichten ohne Plan und Klarheit war, so nahm
er doch für sich selbst in mehreren dogmatischen Punkten das
Recht der freien Prüfung in Anspruch. Er verwarf das nor=
mative Ansehen der symbolischen Bücher für den Glauben und
die Lehre; er nahm im Widerspruch mit denselben eine Subordi=
nation unter den drei Personen in der einen Gottheit an, hielt
die Lehre vom tausendjährigen Reich für schriftmäßig, hoffte eine
Rettung für die Verdammten in der Hölle, dachte zwischen dem
Tod und der Auferstehung des Menschen sich sein geistiges Wesen
in einem schlafähnlichen Zustande. Ähnliche Ansichten finden wir
später bei Schubart, und es ist gar nicht unwahrscheinlich, daß
dieser Schülin von nicht unbedeutendem Einfluß auf seine religiös=
theologische Entwicklung gewesen ist. Möglich, daß Schubarts
Vater seinen Sohn zu diesem ernsten Mann schickte, um ihn nach
den zwei lustigen Jahren in Nürnberg auf ein würdiges und
ernstes Studium der Theologie vorzubereiten.

Hallern und Young, seine Lieblinge, las Schülen mit tiefem
Gefühl, und durch seine vortreffliche Art vorzulesen und mit Ton
und Miene die Gedanken seines Autors auszudrücken, wußt' er
den kältesten Menschen zu packen und selbst aus Kieseln Funken
zu locken. Durch dieselbe Kunst, namentlich wenn es seinem Lieb=
ling Klopstock galt, erregte Schubart die Bewunderung aller Zu=
hörer, und offenbar ist er bei Schülin in die Schule gegangen.

Als tiefen Menschenkenner zeigte er sich namentlich dadurch, daß er die Herrschaft der Einbildungskraft in der Seele Schubarts erkannte. Er weissagte ihm, wie Schubart ausdrücklich berichtet, aus dieser Bemerkung manches, das hernach in der Folge von Schubarts Leben buchstäblich eintraf. „Aber der Sturm der Leidenschaften übertäubte die sanfte Stimme der Weisheit."

Schubart bürstete nach dem tosenden Universitätsleben, und seine Eltern gaben es zu, obgleich sein wilder Charakter und ihre eingeschränkten Umstände sie hätten abhalten sollen, seinen Vorsatz zu begünstigen. „Gleich von Anfang, bei der Wahl der Universität, sagt Strauß, hatte kein guter Stern gewaltet — hatte Schubart statt besonnener Überlegung den Zufall und die Willkür walten lassen. Er sollte nach Jena, blieb aber unterwegs in Erlangen hängen. Warum mußten auch gerade damals (Herbst 1758) die Stürme des begonnenen siebenjährigen Kriegs das Weiterreisen gefährlich und warum eine so lustige Studentengesellschaft, aus aller Herren Ländern in das friedliche Erlangen zusammengeblasen, das Bleiben anziehend machen? Eine lustige Kompanie war für den jungen, wie später für den alten Schubart unwiderstehlich; Hängenbleiben, Mitmachen zeitlebens seine schwache Seite." Es fragt sich nur, ob Schubart in Jena soliber gelebt hätte, als in Erlangen. Zachariäs Renommist vom Jahr 1744 macht das Gegenteil wahrscheinlich. Ein Dichter, der mit Schubart sehr viele Ähnlichkeit hat, lebte wenige Jahre später in Halle und Göttingen ebenso ausschweifend; wir meinen Schubarts Zeitgenossen August Bürger. Allerdings aber hätte sich in Jena sein Schicksal anders entwickeln können. Den von Jena Relegierten hätte vielleicht der Kriegssturm erfaßt, ihn an des von ihm bewunderten Preußenkönigs Fahne gefesselt und ihm den Ruhm eines kriegerischen Abenteurers verschafft. Vielleicht wäre er später von Jena aus zu Lessing, Klopstock, Herder, Schiller und Goethe in ein näheres Verhältnis getreten. Immer zog es ihn nach Norden, bald nach Preußen, bald nach Rußland und Schweden. Hätte Schubart sein Leben in Norddeutschland zugebracht, so hätte er seinen Weg als Literator und Journalist nicht allein wandeln müssen, hätte einen bedeutendern Namen, einen größeren Wirkungs=

kreis und ein ruhigeres, glücklicheres Leben zum Lohn für die
größere Mühe und Anstrengung gehabt, die er sich in diesem Fall
hätte auflegen müssen. Er selbst erzählt, es sei ihm beinahe ebenso
ergangen, wie manchem Jüngling, den Schulden oder ein Duell
aus Erlangen jagten, und der, da er sich nicht unterstand, seinen
Eltern unter die Augen zu treten, unter die Soldaten ging oder
Komödiant oder Vagabund wurde. Von Jena aus hätte Schubart
den Rückweg nach Aalen nicht so leicht gefunden, wie von Erlangen aus; er wäre unaufhaltsam in Norddeutschland herum-
getrieben worden. — Anfangs war Schubart natürlich voll guter
Vorsätze; er studierte, wie er behauptet, die Philosophie und hernach die Theologie in allen ihren Teilen; allein der trockne Ton,
in dem man Theologie lehrte, schreckte ihn; darum wurde er auch
gegen die Religion oder vielmehr gegen den schulmäßigen Vortrag des Christentums gleichgültig. Wie lange dieses fleißige
Studieren gedauert hat, wissen wir nicht. „Ich studierte, rumorte,
ritt, tanzte, liebte und schlug mich herum." Da er aber nur
tumultuarisch studierte und nur das ergriff, was er ohne viele
Mühe haschen konnte, so erreichte er den Zweck seines akademischen Studiums beinahe gar nicht. Ohne Ordnung, ohne Klugheit, ohne Fleiß, ohne Sparsamkeit lebte er in den Tag hinein
und wurde zuletzt von seinen Gläubigern ins Karzer geworfen,
in dem er vier Wochen lag. Er vertrieb sich die Zeit mit Klavierspielen und mit der Verfertigung von allerhand Gedichten,
meistens Trink= und Liebesliedern, deren er sich wegen ihres un-
beschreiblichen Leichtsinns nachher schämte. Mehrere wurden in
Gedichtsammlungen ohne seinen oder unter einem fremden Namen
gedruckt. Seine Gläubiger ließen ihm nicht einmal ein Bett;
aber ein Bürger aus Erlangen, der für einen Herrnhuter galt
und ein sehr stilles Leben führte, schickte ihm ein Bett und versprach ihm seinen Beistand. Nach seiner Entlassung aus dem
Karzer flog er zu seinem Wohlthäter und dankte ihm herzlich.
Er lächelte und sagte: „Herr Schubart, Sie sind krank und dieser
Mann könnte Sie kurieren!" — Er wies auf Steinhofers *)

---

*) Fr. Christoph Steinhofer, Dekan in Weinsberg, Zeitgenosse und
Schüler Bengels mit Hinneigung zu Herrenhut. Noch gehören seine Schriften

Predigten, die offen vor ihm lagen. Schubart drückte ihm dank=
bar die Hand und ging, von seinem Seufzer begleitet: „Gott wird
sich Ihrer erbarmen." — „Noch steht der Mann in seiner Würde
vor mir, die ihm die Frömmigkeit gab; und erst jetzt (im Kerker)
empfind' ich, wie wichtig des Christen Segen sei, da ein Strahl
jenes heiligen Lichtes, das seiner Seele leuchtete, auch mich traf."
— Es war die erste Mahnung, ein Christ zu werden und durchs
Christentum seine Lüste und Leidenschaften zu besiegen. Bald nach
seiner Entlassung aus dem Karzer wurde er, wahrscheinlich infolge
seiner Ausschweifungen, von einer tötlichen Krankheit befallen.
Die Vorsätze und Gelübde, die sie in ihm erweckte, waren nach
seiner Genesung bald vergessen. Seine Eltern, die die Last der
Ausgaben nicht mehr bestreiten konnten, riefen ihn nach Hause
zurück. Im Herbst 1758 hatte er die Universität bezogen; am
9. Juni 1760 schreibt er (Strauß I, 12) von Aalen aus an
seinen Schwager, Konrektor Böckh in Wertheim; der Aufenthalt
in Erlangen wird also etwa 1½ Jahre gedauert haben. Von
einer Prüfung, die er beim Abgang zu bestehen gehabt hätte, ist
nirgends die Rede; man scheint es damals mit diesem Punkt
nicht so genau genommen zu haben.

Wie er, der mit einem brausenden Studentenkopfe, einer Seele
voll wissenschaftlicher Trümmer und einem beinahe ganz verwüsteten
Herzen nach Hause zurückkam, von seinen Eltern empfangen wurde,
haben wir schon gesehen. Die Mutter wußte den erzürnten Vater
zu beschwichtigen, und dieser war zufrieden, daß der Sohn pre=
digen konnte, ziemlich fertig Latein sprach und kühn und verwegen
über die Revolutionen in der Weltweisheit zu räsonnieren wußte.
Etliche neue Sonaten, die er mit Ausdruck und Fertigkeit auf dem
Klavier spielte, gewannen ihm wieder seine volle Gunst.

Wie in seinem ganzen Leben gereichte ihm auch in Erlangen
seine musikalische Begabung, zumal in dem so seltenen Bund mit
der Anlage zur Poesie, zum Verderben. Mit ihrer Hilfe ver=

(teils Predigten, teils Erklärungen einzelner apostolischer Briefe) zu den
beliebtesten Erbauungsbüchern in Württemberg und haben selbst noch in der
Brüdergemeinde ihre Leser. Vgl. Römer, kirchliche Geschichte Württembergs,
2. Aufl. S. 477.

scheuchte er im Karzer, wo man ihm unbegreiflicherweise ein Klavier ließ, die Regungen seines Gewissens und gewann eine Menge von lustigen Freunden. Einmal reiste er nach Bayreuth zu einem Freunde seines Vaters, Thomas, und hörte da — in seinem Leben das erste Mal — ein sehr gebildetes Orchester und einige welsche Sänger und Sängerinnen, die ihn gen Himmel rissen. „Das erste Mal"; in Ludwigsburg und später noch öfter rissen sie ihn gen Himmel und stürzten ihn in den Abgrund. „Hasse und Graun waren damals die Tongeber am bayreuth'schen Hofe, die, wie bekannt, deutsche Gründlichkeit mit welschem Gesange trefflich zu verbinden wußten. Ich zog mitten durch einen Haufen preußischer Krieger, ohne von ihnen angefochten zu werden, weil ich sie durch meine preußische Begeisterung für mich einnahm, auch damals schon Gleims Kriegslieder in Musik setzte und sie ihnen vorsang."

Ehe wir weiter gehen, mache ich auf Schubarts Erzählung „Marx der Strahlbue. Eine Geniegeschichte" aufmerksam (Scheible 6, 109 ff.). — Ein Augsburger Bürger, Namens Wunibald Hopfer, seiner Profession ein Bierbrauer, hat zwei Söhne: Jakob und Marx. Der jüngere Bruder, Marx, war ein Feuerkopf und überflog den weniger begabten Jakob in Kurzem gar weit. Marx that wirkliche Genieflüge; er schien nichts zu lernen und wußte doch mehr, als alle seine Mitschüler. Der verblendete Vater sah aber den Schalk nicht, der in seinem Sohne steckte. Unflätterei, Unordnung, Lügengeist, Widerstreben gegen anhaltende, stets wiederkehrende, oft verdrießliche Geschäfte; Verschwendung, tecker Räsonniergeist und frühzeitiger Hang zur Wollust zeigten sich so deutlich an Marxen, daß seine fromme Mutter oft seufzte: Ach Gott, was wird aus meinem Marx werden? In userm Marx steckt ein Genie —! ein Wort, das eben damals aus den Büchern der Schöngeister in die Bierschenken kam. — — Die beiden Buben wuchsen heran; Jakob, von seinem Vater mit dem Namen dummer Jakel belegt, und Marx*) mit dem schwäbischen Ehrenworte der

---

*) Marx, Märx (Markus), ein in anderen Gegenden sehr seltener, in Aalen häufiger Vorname; siehe Geschichte und Beschreibung der ehemaligen freien Reichsstadt Aalen von Hermann Bauer S. 109.

Strahlbue*) regaliert; jener sollte auf der Wirtschaft bleiben, und dieser — studieren, obgleich der Vater nicht in den besten häus= lichen Umständen war.

Damals sprach ganz Augsburg von nichts, als von Neu= maiers Kontroverspredigten und Willibald Hopfers Strahlbuben. Das Bierhaus war immer drangvoll, um den Wunderknaben zu sehen, der so schöne saftige Volkslieder oder wie sie der Pöbel nannte, Schelmenlieder sang, das Klavier und die Zither spielte, lateinisch und französisch sprach, tausend Schwänke zu erzählen und selbst die Gäste mit seinem Mutwillen so witzig zu necken wußte.

Marx wird auf die Universität Erlangen geschickt, um Theo= logie zu studieren. — Halten wir hier inne. Hier haben wir nach meiner Ansicht Wahrheit und Dichtung aus Schubarts Leben. Die Wahrheit ist Schubarts — das ist Marx' — Genialität neben der Anlage zu großen Fehlern; der Wunderknabe im Bier= haus vor den Gästen mag aus Nördlinger und Nürnberger Er= innerungen zusammengesetzt sein; der Bruder Jakob, der so fromm, so ehrbar und bescheiden war und lernte, was er konnte, erinnert unwillkürlich an Schubarts weniger begabten, aber rechtschaffenen Bruder Jakob, der freilich jünger war, als der Dichter. Wenn Marx, der Strahlbue, in dieser Erzählung der jüngere Sohn ist, so soll dieser Zug nur Marxens größere Begabung bezeichnen: der jüngere hatte ja den älteren bald überholt. Der Strahlbue wird also — gerade wie Schubart — nach Erlangen geschickt, um Theologie zu studieren. „Hier, lesen wir weiter, trank er gleich in den ersten Tagen mit der halben Universität Brüder= schaft (ächt schubartisch); vgl. den Schluß vom Denkmal in Win= golfs=Halle), durchrannte die Hörsäle (in der Selbstbiographie: ich durchstreifte die Hörsäle), fand den Vortrag der Lehrer nach seinem Sinn — pedantisch und trocken (Schubart von sich selbst: der trockene Ton, in dem man Theologie lehrte, schreckte mich), verließ also diese Staubklausen, wie er sie sehr genialisch nannte,

---

*) „Strahl, Strähl — zur Vergrößerung gebraucht: Strahlmensch, Strahl= kerl, Strahlnase" Schmid, schwäb. Wörterbuch 512.

und — studierte für sich, d. h. er las Romane, Komödien, ob-
scöne Schriften; machte Verse, Pasquillen auf die verdienstvollsten
Lehrer, schlug sich herum, soff sich mehrmalen zum Papst und
machte Schulden; hielt sich zu den niedrigsten Menschen (wieder ein ächt schubartscher Zug) und wurde in kurzem ein Abscheu
aller Rechtschaffenen — ein wandelndes Aas. Der Vater schickte
ihm Geld um Geld; aber der Walfisch verschlang Alles. Man
setzte ihn großer Ausschweifungen wegen ins Karzer. Hier findet
ihn sein Vater und erschrickt beim Anblick des von den Spuren
der schändlichsten Liederlichkeit gezeichneten Strahlbuben. Er bezahlt seines Sohnes Schulden und kehrt mit ihm nach Augsburg
zurück. Der verachtete und zurückgesetzte Jakob hatte tugendhaft
gelebt und durch Fleiß und Sparsamkeit sich ein bedeutendes Vermögen erworben; er war in Zürich Gastwirt geworden und lebte
in einer glücklichen Ehe. Der totkranke Vater läßt ihn holen,
giebt ihm seinen Segen und stirbt. Bald darauf begegnet dem
mitleidigen Jakob auf einem Spaziergang eine Jammergestalt, in
der er nach einem Zwiegespräch seinen genialen Bruder Marx
erkennt. Dieser hatte indessen die Welt in verschiedenen Gestalten
durchstreift, war Husar, Schauspieler, Wochenschriftsteller, Kopist
bei verschiedenen Gelehrten, Hauslehrer, Fourier, Hanswurst bei
einem Zahnarzte, Landstreicher gewesen 2c. Jakob nimmt sich
Marxens brüderlich an, aber es war zu spät. Mit der büßenden
Angst des Sünders lebte er noch wenige Monate. Sein Leben
ging an ihm vorüber mit allen Greueln der niedrigen Lust. Er
sah gähnende Gespenster mit Schlangengeißeln bewaffnet, die
bleiche Mutter in der Mitte und den blassen Vater (vgl. das
Gedicht: Selbstanklage S. 43 bei Reclam). Er hinterläßt der
Welt die Lehre, daß Geistesgaben ohne Ordnung, Fleiß, Richtung
und Gebrauch zum allgemeinen Besten vor Erb' und Himmel
nichts gelten und daß auch hier das kleine, wohlverwendete Scherf-
lein vor Gott mehr vermöge, als glänzende, teils vergrabene,
teils verschleuderte Geistespfunde (vgl. wieder die Selbstanklage
und: Angst über selbst verschuldetes Leiden S. 282 bei Reclam).
Das Thema der zwei ungleichen Brüder hat Schubart auch sonst
noch behandelt. In unsrer Erzählung ist der geniale Bruder

(Schubart selbst) zugleich der lüderliche Bruder, eine Pest der menschlichen Gesellschaft; der tugendhafte und fromme Bruder ist dies nicht bloß zum Schein, sondern in Wirklichkeit und wird der Trost seiner Eltern und der Retter seines genialen, aber verrotteten Bruders. Anders sind die Rollen verteilt und die Charakterzüge gezeichnet in der sich enger an das Gleichnis vom verlornen Sohn anschließenden Erzählung: zur Geschichte des menschlichen Herzens (1775). Wo die Erzählung vom Strahlbuben Marx zuerst erschien und wann Schubart sie geschrieben hat, finde ich leider nirgends angegeben. Einen Wink enthält vielleicht der Beisatz: eine Geniegeschichte. Wie Ludwig Schubart erzählt, ging er in Ulm, sobald er sich im Schoße seiner Familie etwas gesammelt hatte, stark damit um, einen Roman zu schreiben. Es sollte die Geschichte eines Genies sein und eine treffliche Vorrede dazu ward gleich im ersten Feuer niedergeworfen. Auch der Plan und einige Kapitel lagen fertig: aber es fehlte wieder und wieder an Stetigkeit zur Ausführung. Vgl. auch Strauß I, 313, wo Schubart am 13. Februar 1775 an seinen Bruder Konrad, Stadtschreiber in Aalen, schreibt, er mache gegenwärtig einen Roman. Ob nun jener Roman zu der Geniegeschichte von dem Strahlbuben Marx zusammengeschrumpft ist oder nicht, bleibt ungewiß. So viel aber ist höchst wahrscheinlich, daß Schubart in dem Roman: „Geschichte eines Genies" den Roman seines eigenen Lebens geschrieben hätte und daß die Geniegeschichte vom Strahlbuben ebenfalls Schubarts Leben, namentlich in seiner Jugend, und ganz besonders die in Erlangen zugebrachte Zeit, zwar bei weitem nicht in allen, aber doch in mehreren sehr wichtigen Zügen wiedergiebt, die wir oben genannt haben. — Einem Genie, vollends einem musikalischen Genie, meinte Schubart lange Zeit, sei Alles erlaubt. War doch auch sein Vorfahr, der große Klavierspieler Schubart, der in Paris lebte und dort an vergifteten Erdschwämmen starb, „leider" ein Wüstling. Dieses „leider" stammt nicht aus der Erlanger Zeit, sondern vom Hohenasperg.

Über den schädlichen Einfluß der Musik auf Schubarts Charakter und Geistesentwicklung haben wir uns früher geäußert. Er erwarb sich in der That ein Verdienst dadurch, daß er die Stadt-

musik in Aalen bildete, die zwar aus lauter Handwerksleuten
bestand, aber doch, durch guten Vortrag und Fertigkeit im Lesen,
oft die Bewunderung der Fremden wurde. Im übrigen beklagte
Schubart später mit Recht, daß er auch dies Talent nicht gehörig
benutzt, sondern es vielmehr unter allen am meisten mißbraucht
habe. „Ich that hierinnen zu viel und zu wenig. Zu viel, weil
ich die Wissenschaften vernachlässigte; zu wenig, weil ich die Tonkunst nicht genug — nicht in allen ihren Tiefen studierte."

Ebenso fehlte es seinen Predigten an Fleiß, Salbung und
ernstem Bibelstudium. Auch hier regte sich die Virtuoseneitelkeit.
Oft predigte er aus dem Stegreife, einmal hielt er eine ganze
Predigt in Versen.

Eine Zeit lang war Schubart Hauslehrer bei einem reichen
Ökonomen in Königsbronn, Namens Blezinger. Er füllte aber
seine Stelle schlecht aus; denn er sah ein, daß unter allen Er-
ziehern derjenige der schlimmste ist, der selbst keine Erziehung
genoß. Um so mehr glänzte er als angenehmer Gesellschafter,
namentlich im Umgang mit Offizieren; Balthasar Haug lockte ihn
nach Stoßingen, wo er Pfarrer war; von Pfarrer Baumann in
Bartholomäi lernte er im Sinne Luthers volkstümlich predigen.
Bald überließ er seinem Bruder Jakob die Stelle in Königsbronn,
um in Aalen und den angrenzenden Dörfern den Geistlichen im
Predigen beizustehen. Auch seinen ehemaligen Sokrates Schülin
besuchte er wieder. Eine Predigt, die er vor ihm in Lauterburg
hielt, nannte Schülin ein Gemälde voll hoher Lackfarben, aber
ohne Geist und Kraft. Schubart war, wie er selbst bei der Schilderung seines Aufenthalts in Geislingen sagt, als Kandidat Rationalist; er hielt Jesum für einen Mittler wie Moses und für einen
frommen Lehrer, den er übrigens weit über alle Gesetzgeber und
Weise hinaussetzte.

Von Aalen reiste Schubart nach Eßlingen zu Rektor Böckh,
der sein Schwager geworden war, einem tüchtigen Schulmann
von bewährtem Charakter und ächter Humanität, aber in Hinsicht
auf geistige Begabung und Sinn für wissenschaftliche und ästhetische Kritik weit hinter Schubart zurückstehend. Gleich der erste
Brief in der Straußischen Sammlung ist an Böckh, der damals

noch in Wertheim Conrektor und mit Schubarts Schwester erst
verlobt war, gerichtet, trägt das Datum vom 9. Juni 1760
und ist noch höchst ceremoniell gehalten, doch so, daß des Brief=
stellers warme Empfindung durch die konventionelle Formel überall
durchzubringen strebt.

　„Hochwohlehrwürdiger und Hochgelehrter Herr!
　　Verehrungswürdiger Herr Bruder!"
lautet die Anrede und
　　　　Euer Hochwohlehrwürden
　　　meines Hochzuverehrenden Bruders
　　aufrichtig ergebenster Diener und zärtlicher Bruder
　　　Christian Friedrich Daniel Schubart
　　　　　　S.S. Theol. Cand."
der Schluß.

Die Anrede in den späteren Briefen ist einfacher geworden,
aber das steife Sie weicht dem traulichen Du erst spät. In einem
Brief vom 10. Juni 1767 wird Böckh von Schubart noch gesiezt,
in dem nächsten vom 22. November 1767 geduzt.

Kaum war Schubart von Eßlingen nach Aalen zurückgekehrt,
als er, um seine mütterliche Blutsverwandtschaft kennen zu lernen,
das Limpurgische durchstreifte. Er bereicherte dadurch seine Men=
schenkenntnis und bekam schon hier, wie später auf seinen viel=
fachen Wanderungen, die Einsicht, daß es allenthalben edle,
fromme, auch geschickte Menschen giebt, wenn man nur ein Auge
hat, sie aufsuchen und ein Herz, sie fühlen zu können. — Im
Februar 1763 finden wir Schubart in Ellwangen bei dem Fürst=
propst, der auch protestantische Pfarrstellen, wie die in Aalen, zu
vergeben hatte. Ihm übergiebt der Kandidat der Theologie ein
Gedicht, betitelt: „Der gute Fürst; eine Ode auf Antonius
Ignatius, Probst zu Ellwangen." Die längst vergessene und im
Buchhandel vergriffene Ode wird gnädig angenommen und trägt
dem Verfasser das Versprechen ein, daß man seiner gedenken
werde, und als „vortrefflichen Vorschmack" davon — 4 Karolins.
Schubart ließ sich von diesem Honorar ein Kleid machen. Strauß
bemerkt dazu: „Für den Anfang war das schon recht (daß nämlich
die Ode dem frierenden Poeten ein warmes Kleid eintrug); aber

daß Schubart über diese Stellung, Große — und selbst Kleine —
gegen Erwartung eines Douceurs anzusingen, zeitlebens sich nicht
erhoben hat, daß er unfähig war, die höhere Stellung einzu-
halten, welche der von ihm angebetete Klopstock durch sein eigenes
Beispiel der Dichtung und den Dichtern angewiesen hatte — darin
sehen wir, neben der Ungunst der Umstände, doch zugleich einen
Grundmangel seines Charakters. Hätte Schubart so viel Stolz
besessen, als er Eitelkeit besaß: Manches in seinem Leben würde
sich anders und besser gestaltet haben." Letzteres zugegeben, erlauben
wir uns doch zu Gunsten Schubarts anzuführen, daß er nach der
Schilderung seines Sohns (VI) im Verkehr mit Höheren oft
Reden und Urteile vernehmen ließ, so keck, so scharf und schneidend, daß alle Anwesenden verstummten und einander ansahen;
daß er (IV) auf dem Asperg oft als Lohn für seine Vorstellungen
beträchtliche Geschenke erhielt, um die er nicht gebeten hatte; daß
er ferner, wie wir eben daselbst lesen, Geschenke an Wein, Früchten
und Geld zum großen Teil unter seine Mitgefangenen oder unter
die wachthabenden Festungssoldaten austeilte. Strauß selbst hat
es unterlassen, Beispiele anzuführen; mir fällt im Augenblick auch
keines bei. In Geislingen hatte er die Leichen hinauszusingen,
und da mag seine Muse in manchem Gedicht von der zu erwar-
tenden Belohnung beeinflußt worden sein; aber zum eigentlichen
Bettelpoeten hat sich Schubart nie erniedrigt.

Was aber die Parallele mit Klopstock betrifft, so war dieser
ebenfalls von Verlangen nach Ruhm und Auszeichnung beseelt,
nur litt er nicht in demselben Grade, wie Schubart, an „Heißhunger nach Celebrität" und hatte in seinem Wesen etwas Stolzes,
Selbstbewußtes, das unserem Schubart abging. Klopstock in
Gesellschaft von Handwerksburschen, Weingärtnern, armen Dorf-
schulmeistern — die Zusammenstellung schon wirkt komisch. Zu
gerechter Ausgleichung der beiderseitigen Vorzüge gelang Schubart
der volkstümliche, naive Ton vortrefflich, von dem Klopstock weit
entfernt blieb. Übrigens Geschenke hat auch Klopstock angenommen, wie männiglich bekannt ist, und als interessante Parallele
zu Schubarts ersungener Kleidung führe ich aus Strauß Aufsatz:
Klopstocks Jugendgeschichte an, was Hegel in seinen Vorlesungen

über Aesthetik bemerkt: „Klopstocks Verleger in Halle bezahlte ihm für den Bogen der Messiade 1 oder 2 Thaler, glaub' ich; darüber hinaus aber ließ er ihm eine Weste und Hose machen, führte ihn, so ausstaffiert, in Gesellschaften umher und ließ ihn in der Weste und Hose sehen, um bemerkbar zu machen, daß er sie ihm angeschafft habe." Strauß bemerkt dazu: „Die Gewähr für diese Anekdote müssen wir Hegeln überlassen." Jedenfalls sehen wir daraus, daß man dem Sänger des Messias so etwas zutraute. — Ein Hauptfehler des Straußschen Werks ist, daß Schubart darin beharrlich als Verehrer oder „Anbeter" Klopstocks erscheint; so auch in der Einleitung zum ersten Abschnitt — und doch durfte Strauß nur gleich in diesem Abschnitt den neunten Brief ansehen, um zu bemerken, wie kritisch der 24jährige Schubart sich zu Klopstock verhält: „Ich bin vollkommen mit meinen Kritikern (den Berliner Kunstrichtern) einig, daß Klopstock der größte Geist unserer Zeit ist, aber daß seine geistlichen Lieder kaum mittelmäßig sind," schreibt er seinem Schwager Böckh, der mit dem Urteil der Berliner über Klopstock unzufrieden war. „Damit Sie wissen, weß Glaubens ich bin, fährt er fort — so wissen Sie: „Ich glaube, daß Wieland ein großer Mann ist, aber damit lasse ich mir nicht Alles aufbringen, was er geschrieben hat."

Außer seinem Schwager knüpft Schubart mit Balthasar Haug, dem als Pfarrer in Niederstotzingen, zuerst schriftlich, hernach persönlich eine literarische Bekanntschaft an. „Haug ist jetzt mein Freund, schreibt er seinem Schwager; ich bin fünf Tage bei ihm gewesen und habe an ihm einen Mann von tiefer Einsicht gefunden. Ein lieber Mann, voll Höflichkeit. Er hat mir viel Ehre erwiesen, und ich war so glücklich, seinen Beifall zu erhalten." Diese Bekanntschaft sollte für Schubart folgenreich, ja verhängnisvoll werden.

III.

Geislingen.

1763—1769.

Nicht als Geistlicher sollte Schubart sein Leben zubringen.
Er meldete sich, um seinen Eltern vom Brote zu kommen, bei
den Vätern der Republik Ulm um die Stelle eines Präzeptors
und Organisten in dem zum Ulmischen Gebiete gehörenden Städt=
chen Geislingen. Es erschien, sagt Preſſel in seinem Schriftchen:
„Schubart in Ulm vor den Wolkenperücken der Republik Ulm
ein Jüngling von 24 Jahren, etwas über mittlere Statur, sehr
blaß und schmächtig, aber breit von Schultern und Bruſt mit
einem auffallend großen Kopf, kirschroten Lippen und hellen,
feuerwerfenden Augen, der Sohn des Diakonus in Aalen; erstand
die Prüfung und erhielt das Patent. Bald nach dem Antritt
dieser Stelle schloß er eine überſtürzte Heirat. Wie es damit
zugegangen, erzählt die von Preſſel mitgeteilte Familientradition
also: „Es war Flachsmarkt in Gmünd. Die Weißroßwirtin
Allgöwer von Geislingen besuchte ihn mit ihrer Schwester Helene
Bühler. Auf dem Tanzboden spielten Muſiker von Aalen auf;
und das fröhliche Mädchen sagte zu einem: „Grüßet mir auch
euern Landsmann, unsern neuen Präzeptor Schubart," und hüpfte
ahnungslos weiter. Etliche Zeit war seitdem verstrichen; da traf
der neue Präzeptor in Geislingen ein und sein erster Gang war
zu dem Oberzoller Bühler. Er blieb den ganzen Nachmittag,
den ganzen Abend und als es Nacht wurde, war er noch da.
Schlag 12 Uhr richtete er sich auf und sprach im Tone eines
Sehers: „Herr Oberzoller, ich bekomme heute noch eine Frau.
Die iſt es, die mir den Gruß aus Gmünd geschickt hat, Ihre
Helene." — „Wo denken Sie hin, Herr Schubart? Ich bin ein
Mann ohne Vermögen." Am nächsten Morgen holte sich Schu=
bart die Antwort; sie lautete: Ja."

Wie ganz anders wäre Schubarts Schicksal ausgefallen,
wenn er noch eine Zeit lang in Aalen geblieben wäre und ein
Mädchen geheiratet hätte, das ihn aufs zärtlichste liebte und das

ihre Eltern, die sehr wohlhabend waren, nicht aus ihren Augen
laſſen wollten. Sie wurde nachher „durch eine ſonderbare
Schickung" die Gattin von Schubarts jüngerem Bruder Conrad,
dem Stadtſchreiber von Aalen. Am 13. April 1775 ſchreibt
Schubart von Ulm an ſeinen Bruder, der damals Bräu=
tigam war: „Werd ganz gewiß auf Deine Hochzeit kommen und
Deinem trauten Weib einen derben Schmaz auf'n alten Fleck
geben. Hab ſie ehmals zärtlich geliebt; hab ihr Herz zu Em=
pfindungen der Liebe geſtimmt und nun — ſpielt der jüngere
Bruder auf dem Flügel. Gönne Dir's herzlich! Empfahe all
den Segen, der mein war; den mir aber Geſchick und eigne
Schuld raubte." — Geſchick und eigne Schuld! Fremde und
eigne Schuld? Fremde, weil Katharina's Eltern ſie durchaus in
ihrer Nähe haben wollten? Sie war des Stadtſchreibers zweite
Gattin, ſcheint keine Kinder geboren zu haben und ſtarb kurze
Zeit vor Schubarts Verhaftung in ihrem Blütenalter (vergl.
Strauß II 327, Schubarts Leben X).

Ein gewiſſer fataliſtiſcher Zug, der Glaube an Träume,
Ahnungen, Vorbedeutungen, Schickſalswinke macht ſich in Schu=
barts ganzem Leben bemerklich. Von Natur neigte er ſich viel
mehr zum Aberglauben als zum Unglauben. Ein zufällig hin=
geworfenes Wort eines heitern Mädchens beſtimmt bei einem der
wichtigſten Schritte im Leben ſeine Wahl.

Wenn aber Strauß in ſeiner Darſtellung des Geislinger
Lebens ſich ſo ausdrückt, daß man unwillkürlich glaubt, Schubart
habe unüberlegt („haftig") gehandelt und ſei, ohne vorher ſich genauer
erkundigt und ſeinen Vater gefragt zu haben, Schulmeiſter geworden, ſo
weiſt Ab. Wohlwill in Schnorrs von Carolsfeld Archiv für Litte=
raturgeſchichte 1877, VI. Band in dem Auffatz: „Beiträge zur
Kenntnis Chr. Fr. D. Schubarts" das Gegenteil nach. Er war
auf den Wunſch ſeines Vaters Schullehrer geworden. In einem
Brief an Diakonus Abelen in Geislingen bittet er dieſen zu ſagen,
ob dieſe Stelle mit ſeinen Fähigkeiten und mit dem einmal er=
griffenen Studium verhältnismäßig ſei, — ferner ob er als ein
ehrlicher Mann beſtehen könne und wegen ſeines ferneren Glücks,
das er niemalen in Schulmeiſtergrenzen einzuſchränken gedente,

nicht Gefahr laufe. „Ich werde meinen Eltern dieses Zeugnis
vorlegen, damit sie hernach urteilen können, ob ich die Sache
weiter betreiben soll."

So war denn Schubart Ehemann und Schulmeister zugleich.
(Den Titel Präzeptor hatte er, weil er ein Studierter war.) Aber
glücklich und zufrieden war er nicht. Seine Gattin, die er in
mehreren Liedern, besonders in dem Gedicht „der glückliche Ehemann" verherrlicht hat, brachte wenig Vermögen, aber ein Herz
voll Liebe und Treue, die in den schwersten Schicksalsproben
Stand hielt, einen praktischen, nüchternen Verstand, sogar eine
gewisse Empfänglichkeit für höhere Bildung mit. „In der Gallerie deutscher Dichtergattinnen, sagt Strauß mit Recht, gebührt
ihr ein Ehrenplatz." Allein Schubart war und blieb eine „problematische Natur". Er konnte sein Weib durch ihre Verheiratung nicht glücklich machen. „Es war, urteilt er selbst, die Verbindung des Sturms mit der Stille, der feurigen Thorheit mit
der abgekühlten Vernunft, der Anarchie mit der Ordnung. Nur
nach und nach lernte sie die Kunst, sich an ihn zu gewöhnen;
von Hause aus war sie, wie ihre Eltern, eine stille, bürgerlich
rechtschaffene, prosaisch geordnete Natur, die ihres Mannes geistige
Strebsamkeit, seine geniale Eigentümlichkeit, seine litterarischen
Beschäftigungen nur als Exzesse betrachtete, denen sie möglichst
vorbauen zu müssen glaubte. Als Lehrer hatte Schubart 120 bis
150 Schüler täglich neun Stunden lang zu unterrichten, als
Kantor die Orgel zu spielen und die Leichen hinauszusingen.
Eine schwere Aufgabe, bei der es an Aerger und Verdruß nicht
fehlte. Sein Einkommen stand in keinem Verhältnis zu seinem
mühevollen Amt und er mußte noch dazu einen Theil dem alten,
dienstuntüchtigen Schulmeister geben In einem Briefe an den
Konsulenten Häckhel in Ulm mit dem Datum: 24. Dezbr. 1764,
heißt er sich einen Menschen, der eine Frau hat, die zugleich
seine Magd ist; der unter liederlichen Arbeiten keucht; der vor
dem Sarge einer alten Spitalfrau mit acht geflickten Mänteln
wie unsinnig ein Totenlied schreien muß; der unter 120 Tar-
tarn, mit der Knute in der Hand, 12 Stunden des Tags um-
herwandeln muß; der endlich an des Herrn Ruhetag mit neun

Furien, die anstatt brennender Fackeln Fiedelbögen tragen, gemartert wird; der die heiligen Christfeiertage mit zweiundvierzig Eseln und einem Maultier, das auf lateinisch Kantor heißt, von Haus zu Haus betteln gehen muß; der endlich, um den Kelch des Elends und der Niedrigkeit bis auf die Hefe auszusaufen, keinen Freund um sich hat, dem er seinen Jammer klagen kann. „In Nürnberg hat zu meiner Zeit ein Mann einen Affen abgerichtet, welcher sich mit gravitätischer Miene unter einen Haufen Katzen setzte und sobald er den Takt gab, so sangen die Katzen erbärmlich darnach zu schreien an. Eine völlige prophetische Satire auf mich; denn der Affe, der den Takt gibt, bin ich, und meine Buben sind die Katzen, welche schreien. Der Unterschied ist nur der, daß sich der Mann in Nürnberg mehr damit verdiente, als ich." Zwar wenn er damals noch keinen Freund hatte, so bekam er bald einen solchen in der Person des Hans Karl Immanuel Patricius Schneider, auf seinen Gemälden gewöhnlich nur Karl Schneider heißend. Er war der Sohn des Johann Leonhard Schneider, Hofmalers zu Ansbach, dessen Arbeiten unter die vorzüglichsten Kunstwerke, besonders seit der Zeit, wo er um seines leichtsinnigen Lebens und seiner Schulden willen unter Aufsicht gestellt war, gezählt wurden. Das ganz eigentümlich aufgefaßte Bild des ecce homo in der Geislinger Stadtkirche ist seine Arbeit. Er lebte 1741—46 in Geislingen mit seiner Frau Charlotte Christiane von Nettelhorst; unter traurigen Umständen starb er 1762 zu Schwabach. Seinem Sohn, Schubarts Freunde, war also Liederlichkeit und Talent gleichermaßen angeboren und anerzogen. Er entlief seinen Eltern, ward katholisch und Jesuitenzögling in Pappenheim, kehrte, da seine Mutter noch lebte, nach Geislingen zurück. Von Geislingen gieng er später nach Ulm, von da unter die kaiserlichen Soldaten, ward losgekauft, in Augsburg sehr unterstützt — und starb oder verweste vielmehr daselbst 1773 an den Folgen seiner Ausschweifungen noch bei lebendem Leibe, mit Gellerts Moral in der Hand, mit den Worten, die er vor sich hinseufzte: „So sollt' ich gelebt haben!" (Vergl. Weyermann, Nachrichten von Gelehrten ꝛc., Ulm 1798 S. 474, und von demselben „neue historische Biographien, Ulm

1829 S. 489.) Schubart rühmt ihm nach, daß er seinem Urteile über die Werke der Kunst nachhalf und ihm einige prak-
tische Anweisungen gab. „Er war Tonkünstler, las die Dichter
mit Empfindung, schrieb und sprach gut in mehr als einer
Sprache, erhaschte in seinen Gemälden die Natur oft auf der
That, war sonderlich zum Hogarthschen Style geneigt, versäumte
aber die Zeichnung; sein Kolorit war anfangs glühend, stand
aber in weniger Zeit ab." Mit Schubart hatte er im Guten
und Bösen mehrfache Berührungspunkte: die musikalische Begabung, die Begeisterung für die Dichtkunst, insbesondere für Klopstocks Messias, ohne welche er schwerlich die zwölf Apostel nach
dem dritten Gesange des Messias in eine Dorfkirche gemalt hätte,
Mitleid und Barmherzigkeit gegen die Notleidenden, Belesenheit,
Witz, geselliges Talent und Unterhaltungsgabe, leider auch Hang
zum Leichtsinn, zur Unordnung und zur Trunkenheit. Er hätte,
vermöge seines trefflichen Genies, ein großer Künstler werden
können, wenn er sich nicht durch die ausgelassenste Liederlichkeit
selbst gemordet hätte. Daß dem Schulmeister, Jugenderzieher
und studierten Theologen die Freundschaft mißdeutet wurde, versteht sich; „allein wenn ich Kopf fand, so sah ich über die Sitten weg." Außerdem rühmt Schubart noch den Stadtarzt
Dr. Rau als einen Mann von hellem Auge, freiem Umblick im
Gebiete der Wahrheit und einen der trefflichsten Aerzte, von dem
er in der Naturlehre und physischen Menschenkenntnis viel gelernt habe.

Man sollte meinen, als Theolog habe er die Gesellschaft
der Ortsgeistlichen gesucht; allein diese waren seine Vorgesetzten
und er fühlte sich als ihren Sklaven. Nicht selten wurde er bei
ihnen verklagt, wenn er seinen Verdruß an den Schülern aus-
ließ oder gar einmal, statt in die Schule zu gehen, wie sein Sohn
erzählt, zum Thore hinaus wanderte, um sich mehrere Tage lang
als Anachoret in Feld und Wald herumzutreiben. In einem
Briefe an seinen Schwager Böckh vom 26. März 1766 klagt er,
daß er der Sklave von zweien tyrannischen Pfaffen und einer
ganzen Schar von Hohenpriestern und Schriftgelehrten sei. In
stark satirischer Stimmung schreibt er ein Jahr später an den-

selben (Strauß I, 144): „Eine ewige langweilige Monotonie liegt
auf uns und macht, daß ein Narr den andern angähnt. Unser
Herr Pastor steckt Bohnen und liest Intelligenzblätter; der Herr
Helfer (schwäbisch = Diakonus) steht auf seinem hölzernen Ab-
satz, droht der gottlosen bösen Welt mit seinem Zeigefingerlein
den Untergang, liest des Peter Rabus Ketzerhistorie und zeugt
fleißig Kinder. Der weltliche Stand rupft Parteien, spielt,
schmaust, flucht über die Pfaffen und ist mit dem Privilegio zufrieden, ungestraft stehlen zu dürfen. Unser Herr Doktor reitet
einen schönen Grauschimmel, besäuft sich fleißig und verschreibt
Rezepte. Der Bürger ist dumm, hochmütig, arm, ein Sklav,
trägt silberne Schnallen und frißt Haberbrei. Unsere Amazonen
beherrschen die Männer, bevölkern ihren Misthaufen mit Dumm-
köpfen, lästern und haben silberbeschlagene Bibeln." Klagen,
Klagen, nichts als Klagen in allen Briefen! „Sie haben einen
Senior, der menschlich denkt, zum Scholarchen, und ich muß mich
unter das Joch zweier Baalspfaffen schmiegen, die der Neid in
allen ihren Handlungen beseelt." Wenn aber diese Männer den
Präzeptor zu sich luden und ihm einen Verweis gaben, so thaten
sie nur, was ihres Amts war und verdienten Schubarts Schimpfreden nicht. „Sie lassen sich von den Eltern ihrer Schüler keine
Grenzen vorschreiben, und ich bin der Sklav eines jeden Bürgers, der mir einen grindigen Buben anvertraut, — ja, ich ver-
sichere Sie mit stiller Wehmut meines Herzens, daß ich von verschiedenen Vätern bereits mit Schlägen bedroht worden bin. O, —
lieber Schwager, meine Hand zittert, indem ich dieses schreibe."
Doch zur Ausführung dieser Drohungen ist es nicht gekommen.
    Wie es in seinem Hauswesen aussah und wie er mit seinem
Weibe und seinen Schwiegereltern stand, sieht man aus dem Brief
vom 7. Septbr. 1767 an Böckh: „Ich habe keinen Freund, keinen Rat, keinen Umgang, keine Freude, und bin dagegen mit
Auflauerern, mit List, Haß und Verfolgung umgeben. Der Geist
der Vertraulichkeit ist aus meinem Hause gewichen und ich muß,
wider meine Neigung, falsch sein. Jenes offene Wesen, das mich
in Eßlingen begeisterte, ist hier jedermann unbekannt, dagegen ist
ein gewisses plumpes heimtückisches Wesen die Furie unserer Ge-

sellschaften. Mein Weib, die nach Deiner Abreise sehr krank geworden, aber jetzt besser ist, haust mit ihren Eltern, die, so lang
ich in der Schule bin, in mein Haus stürmen, wider mich kon-
spirieren, meine Briefe erbrechen, Bücher, von welchen sie vermuten, daß sie noch nicht bezahlt sind, wieder fortschicken, meine
Buchhändler und Buchbinder warnen, mir keinen Kreuzer zu kre-
ditieren, meine sauer verdiente Gelder selbsten einnehmen und damit schalten und walten wie sie mögen. Ich darf mich nicht
rühren, weil ich keine Hilfe habe, — denn im Himmel und auf
Erden scheint Alles vor mich verschlossen zu sein. — Arm, verachtet, verlassen, unbeweint sterben, das ist hart! — Sich selbsten
Vorwürfe machen müssen ist noch härter." Sich selbst anzuklagen, die Quelle seines Unglücks im eigenen Innern zu suchen
und den nun einmal übernommenen Beruf auch von seiner Lichtseite zu betrachten, lernte er erst später, als arge Verirrungen
im Gefolge von schweren Schicksalsschlägen ihn zur Besinnung
brachten. Vorerst bleibt er noch Ankläger des Schicksals und
geistreich, aber fatalistisch ist die Neujahrsbetrachtung in einem
Brief an seinen Schwager vom 4. Jenner 1769: „Ueberhaupt,
Bruder, hab ich dieses Jahr sehr feierlich angefangen. Die unglückliche Geburt meiner Frau und das beschwerliche Herumsingen,
diese niedrige Bettelei hat meinen Geist und Körper so mitgenommen, daß ich mit Schauder und Entsetzen in die Zukunft
hinaussehe. Ich stehe auf einer schrecklichen Höhe und schaue in
ein unendlich tiefes Grab hinunter. Was vor Begebenheiten,
vor Hoffnungen, vor Schicksale, vor Kümmernisse und Thränen
warten auf mich! Nicht ein schwarzes Blut, sondern die genaueste
Bemerkung auf die Direktion meines bisherigen Lebens rechtfer-
tiget meine traurigen Ahndungen. Die Vorsicht Gottes beobachtet
in der Regierung jedes einzelnen Menschen einen besondern Plan,
den sie niemals abändert. Wer zum Glück geboren ist, wird es
bald merken. Jede Begebenheit seines Lebens bekommt, wie von
einer unsichtbaren Hand, eine glückliche Richtung, und kein Fehler
scheint dem Sohne des Glückes schaden zu können; er läuft seinen
blumichten Weg mutig fort; über ihm strahlet der Himmel und
die Natur scheint nur vor (für) ihn zu lächeln, weil das Herz

des Glücklichen den Eindrücken der Freude und des Schönen be=
ständig offen ist. — Hingegen der Sohn des Unglücks sieht gleich,
wozu er bestimmt ist. Tausend fatale Zufälle nehmen ihn wie
ein Strudel in die Mitte und reißen ihn in den Abgrund. Schwach=
heiten sind an ihm Fehler, Fehler Laster, Laster — selbst beweinte
Laster — Quellen eines unwiederbringlichen Unglücks. Man gebe
ihm Gaben der Natur; aber sein feindliches Schicksal wird ihn
so situieren, daß er sie nicht brauchen kann. Er habe ein edles
Herz; aber er wird arm sein und nichts thun können, als über
sich und seine Brüder weinen. — Verzeih mir, l. Böckh, diesen
traurigen Ton der Betrachtung. Allein er entstund ganz natür=
lich, da ich eben von mir sprach. Wir werden es einmal in der
Ewigkeit einsehen,

> dort, wo wir das im Licht erkennen,
> was wir auf Erden dunkel sahn,

daß eine gewisse Prädestination in der allgemeinen und indivi=
duellen Regierung Gottes stattfinde. Gott geht zwar im Dunkeln;
aber wenn wir schärfer auf die Verwicklung unseres Lebens, auf
jede Episode desselben, auf die Auflösung jedes einzelnen Knotens
Achtung geben würden, so könnten wir Gott manchmal im Dunklen
schreiten sehen. Wenn man zur Nachtzeit seine Augen lang und steif
auf Ein Objekt richtet, so erkennt man es endlich. Unter solche Be=
obachter suche ich mich auch zu mischen. Ich sehe zurück auf die
Wege, die ich bis ins 30. Jahr geführt worden und ich bemerke
nicht Eine glückliche Lenkung, nicht Ein vorteilhaftes Ereignis,
sondern nichts als Irrgänge, in die mich mein Verhängnis ver=
strickte. Jeder Fehler war vor mich von schrecklichen Folgen und
einige gute Eigenschaften kamen niemals auf die Rechnung. Zwar
sind die Aussichten eines Unglücklichen a parte ante angenehmer,
als a parte post; aber ich bin gewohnt, einen Spieler vor einen
Narren zu halten, der 30 Stunden unglücklich spielt und in der
31. Alles zu gewinnen hofft." Er sieht in seinem Schwager
einen solchen Sohn des Glücks, über dessen Zukunft er, nach der
Vergangenheit zu schließen, vollkommen beruhigt ist.

Was sollen wir dazu sagen? Allerdings war Schubart

weniger, als viele Andere, vom Glücke begünstigt; aber, wie schon
der Aufenthalt in Nürnberg beweist, übersieht er die verschiedenen
glücklichen Fügungen in seinem bisherigen Leben, er vergißt, daß
die Schwäche seines Willens, seine leichte Bestimmbarkeit und
Verführbarkeit in unheilvollem Bunde mit der allerdings überwiegend ungünstigen Anlage und Entwicklung seines äußeren Schicksals stand. Sinnlichkeit und Einbildungskraft überwogen bei
ihm Verstand und Willen; hinter unüberlegten Entschlüssen hinkte
die Reue zu spät einher. Dieser Mangel an verständiger Überlegung zeigt sich, wie der mitgeteilte Auszug aus einem Briefe
beweist, als Fatalismus, Prädestinationsglaube, bei dem die sittliche Freiheit zu kurz kommt. Er gehörte zeitlebens zu den proble-
matischen Naturen, die keiner Lage gewachsen sind, in der sie sich
befinden, und denen keine genug thut. Daraus entsteht der ungeheure Widerstreit, der das Leben ohne Genuß verzehrt. — „Es
ist traurig anzusehen, sagt Goethe, dem wir den besonders durch
Spielhagen bekannten obigen Ausdruck verdanken, weiter, wie ein
außerordentlicher Mensch sich gar oft mit sich selbst, seinen Umständen, seiner Zeit herumwürgt, ohne auf einen grünen Zweig
zu kommen. Trauriges Beispiel Bürger." Goethe hätte auch
Schubart nennen können.

In mehreren wichtigen Punkten hat Schubart später in der
Einsamkeit des Kerkers seinen Aufenthalt in Geislingen anders
aufgefaßt. Er schildert hier zuerst die romantische Lage des
Städtchens, die Berge, Felsen, den Heidenturm, ernst und feierlich an der Bergspitze stehend, wie er noch nach seiner Befreiung
im Jahr 1787 bei einem Besuch daselbst aufs neue alle Reize
der romanesken Gegend einsog (Strauß II, 355). Er findet bei
genauerer Untersuchung unter den Einwohnern, die allerdings ein
verdrießlich steifes Ansehen haben, eine Gruppe biederer, redseliger
Menschen von altschwäbischem Zuschnitte. Er lobt den Fleiß und
erfinderischen Geist der Leute, der freilich häufig auf Kleinigkeiten
gerichtet sei. Den ihm unmittelbar vorgesetzten ulmischen Obervogt von Balbinger nennt er einen Mann von Lebensart, reicher
Erfahrung, schönen Kenntnissen und dem edelsten Herzen; seine
reich ausgestattete Bibliothek stand Schubart immer zu Gebot;

desgleichen wie auch seine Kupfersammlung Schubarts Kunstsinn förderte. Allen seinen Wünschen kam Balbinger freundlich
entgegen. An seinen Schülern, unter denen sich mehrere sehr
fähige Köpfe befanden, erlebte er manche Freude. Er trieb die
Erdbeschreibung, Geschichte, Naturlehre, natürlich nur in den ersten
Anfängen, nebst der griechischen und lateinischen Sprache, sonderlich Kalligraphie, worin er, wenn er wollte, Meister, Rechtschreib-
kunst, worin er zeitlebens schwach und unsicher blieb, in welcher
Hinsicht er sich mit Goethe hätte trösten können. Im Briefstellen
werden wir ihn weiter unten zu bewundern Gelegenheit finden.
Er hielt kleine Rednerübungen, Gespräche in dramatischer Form,
ging mit einigen seiner ältesten Schüler öfter ins Feld hinaus,
sah ihren gymnastischen Übungen zu und gewann gar bald ihr
und ihrer Eltern Zutrauen. Schubart rühmt sich des schönsten
Erfolgs seines Unterrichts. Mehrere seiner besseren Schüler kamen
auf die oberste Klasse des Ulmischen Gymnasiums, andere wurden
zu anderen bürgerlichen Geschäften bestimmt und belohnten ihn
durch ihren Dank für seinen Eifer. In der Musik wirkte er
weniger, als auf den früheren Stellen; dieß war für seine Entwicklung kein Schaden, denn um so mehr hatte er Zeit, die Lücken
seiner Bildung auszufüllen. Immerhin gelang es ihm, einige
begabte Schüler heranzubilden, die daselbst die Musik fortpflanzten.
Neben seinem beschwerlichen Amte übte er sich im Predigen sowohl in Geislingen, als auf den benachbarten Dörfern. Besonders mußte er in Kuchen, einem Dorf bei Geislingen, zwei Jahre
beinahe beständig die Stelle des kranken Pfarrers versehen. Auf
den Gottesäckern hatte er bei Leichen der Kinder und Erwachsenen
öfters zu parentieren und that dies mit dem allgemeinsten und
lautesten Beifall. Durch die Erzeugnisse seiner Muse, die wir
bald näher betrachten werden, gewann er sich teils Ulmische, teils
auswärtige Freunde, mit denen er von dieser Zeit an beinah einen
ununterbrochenen Briefwechsel unterhielt. Besuche seiner Eltern,
Geschwister, seines trauten Böckh, einiger hoffnungsvollen Ulmischen Jünglinge, sonderlich kleine Spaziergänge nach Altenstadt
zu dem humoristischen Amtmann Kiberlen, den Schubart bei dem
Besuch im Jahr 1787 noch unter den Lebenden traf und der im

74. Jahr seines Lebens seinen hellen Witz und seine redselige Laune beibehalten hatte, das Umherklettern auf den Bergen, wo er die Riesentrümmer der altdeutschen Ritter, der Geißelsteine, Wöllwarthe, Hochberge aufsuchte, machten ihm die leeren Stunden in Geislingen zu elysischen Augenblicken. — Dann das Glück, eine liebende, genügsame, praktisch verständige, religiöse Gattin zu besitzen, die ihn zum Vater blühender Kinder machte. Fehlte es ihr an höherer Bildung, so lernte er in der Gemahlin des Grafen von Degenfeld, einer Baronessin von Riedesel, eine Dame von vielem Geschmack, ausgezeitigtem Urteil und einer Geisteshoheit kennen, von der er noch kein lebendes Beispiel sah. — Wie vereinigen sich mit dieser Darstellung die Klagen der Briefe über die dummen und sklavischen Einwohner, den Mangel an Freunden und passendem Umgang und die Tantalusarbeit seines Schulunterrichts? Wie die Schilderung, die er in seinem „Jxion" in den „Zaubereien" vom Schulmeistersberuf überhaupt und dem seinigen insbesondere entwirft? In den Briefen klagt er über die Heimtücke seiner Feinde, seiner Aufpasser und Auflaurer. An solchen konnte es nicht fehlen; denn Schubart war in seinen Äußerungen und in seinem ganzen geselligen Benehmen unvorsichtig und gab sich manche Blößen, die man einem Privatmanne, aber nicht einem Schulmeister und Theologen nachsehen konnte. In seiner Lebensbeschreibung sagt er in größtem Widerspruch mit den Briefen: „Bei allen meinen Fehlern hatte ich doch in Geislingen ungemein viel Freunde. Man schätzte meine Gaben, man belohnte sie nach den Kräften der Inwohner, man entschuldigte mich im Tone des altdeutschen Gutmeinens: 's ist eben 'n junger Mann! Laßt 'n gehen! 's wird ihm schon kommen." Ganz in diesem Ton ist das Abgangszeugnis Schubarts gehalten. Es ist ein wesentlicher Mangel des Strauß'schen Werks, daß das Leben Schubarts zu Geislingen in der Übersicht dieses Abschnitts I, 39—53 viel zu sehr nach den Briefen gezeichnet und die Selbstbiographie viel zu wenig zur Vergleichung beigezogen ist. So sagt Strauß: „Mit der Geselligkeit als Trost in Schubarts damaliger Lage sah es besonders übel aus. Seine Klagen in dieser Hinsicht sind herb, aber schwerlich übertrieben." Daß sie bedeutend übertrieben

sind, zeigt die Vergleichung mit der Selbstbiographie. Nur so
viel ist wahr, daß Schubart einen ihm geistig ebenbürtigen Ge=
sellschafter nicht fand, außer in der Person des liederlichen Ma=
lers Schneider.

In den Briefen klagt Schubart fast blos das Schicksal an;
die Schuld seiner übeln Lage in sich selber zu suchen, fällt ihm
kaum ein. Später im Gefängnis gesteht er: „Ich betete wenig,
oft gar nicht, wurde unruhig, mißvergnügt mit meinem Schicksale
(dies zeigen eben die Briefe), stolz auf mein Talent, ausschwei=
fend in meinen Ergötzlichkeiten, öfters nachlässig in meinem Amte,
ein Spötter der Geistlichkeit, ein geheimer Hasser des obrigkeit=
lichen Ansehens (vergl. über die zwei letzten Punkte wieder die
Briefe), ein Lüstling, der die Mädchen für Blumen ansah, die
jeder Schmetterling beflattern darf, ein kühner Beurtheiler der
wichtigsten Dinge und Personen — mit einem Wort: ein Laster=
hafter, der nicht einmal die Kunst verstand, das Leben recht zu
gebrauchen; denn da ich der offenherzigste Kerl von der Welt war,
so handelte ich immer viel zu frei, als daß ich nicht allenthalben
hätte anrennen sollen. Hier gerät nun Schubart freilich in das
andere Extrem und malt sich zu schwarz. So verworfen, so tief
gesunken, so „lasterhaft", wie er sich hier schildert, war er nicht.
Es regte sich in ihm der kritische Trieb; sein scharfer Verstand
zeigte ihm das Zweifelhafte und Bedenkliche bei allerdings wich=
tigen Dingen und Personen. Dies gilt namentlich von seiner
damaligen Stellung zur Religion. In der Selbstbiographie spricht
er von der Zweifelsucht, der Freigeisterei und der Religionsspöt=
terei seiner Geislinger Periode; andrerseits will er als Prediger
nicht ohne Segen gewirkt haben und bei den vielen Parenta=
tionen (Abdankungen) auf dem Kirchhof innerlich bewegt gewesen
sein. Hier müssen wir nun wieder die Selbstbiographie durch
die Briefe kontrolieren. „Ein System des Unglaubens hatte ich
nie — denn ich hatte in nichts ein System, aber die Trümmer
kannte ich doch alle, aus denen der Unglaube seinen Palast er=
türmt" — sagt er in seiner Selbstbiographie. Das Wahre ist,
daß er bis zu seiner Einkerkerung von Klopstock und Oetinger
einerseits und Semler, Spalbing, Teller, Basedow andrerseits

hin und her geworfen wurde. Auf dem Asperg lernte er die
freiere kritische Richtung in Bausch und Bogen als Unglauben
verdammen und die biblisch=theosophische Richtung eines Hahn und
Oetinger als die allein richtige und christliche betrachten. In den
Briefen tadelt er (Strauß I, 178) den Religionsspott und die
Travestie der Bibel in Herels Satiren. Er wünscht sich, da er
von Zweifeln geplagt wird (Strauß I, 66), den Glauben eines
einfältigen Bäuerleins, der betet, arbeitet, mit wenigem zufrieden
ist und mit Gelassenheit die Stunde erwartet, in welcher ihn
Gott von seinem Pflug abfordert; er bedauert, daß man die
Theologie eines Semler, Ernesti, Teller wohl zum Denken, aber
nicht zur Vorbereitung auf die Ewigkeit, nicht zum seligen Ster=
ben brauchen könne (Strauß I, 108); er klagt, die feine Welt,
Basedow, Teller, Spalding und unzählige andere ziehen wider
die alte Orthodoxie zu Felde, ziehen wie schlaue Kundschafter unsere
Semlers und Ernesti auf ihre Seite und stecken mit ihrem Geiste
alles an, was sich mit ihnen gemein mache; er selbst arbeite in
einem Sturme von Zweifeln, die ihm angst und bange machen,
weil er nicht die Kraft Christi besitze, die Meereswogen zu stillen
(Strauß I, 142).

Aber der Sturm legt sich und macht ruhiger Ueberlegung,
nüchterner Kritik Platz. Er preist die edle Kühnheit, selbst zu
denken und nicht immer den Doktor Luther und das Konkordien=
buch für sich denken zu lassen (Strauß I, 146); er hält seinem
Schwager, der sich über Semler ärgert, vor, dieser sei unschuldig
daran, daß die Väter der Kirche, die Concilia und oft die Schrift
selber einigen Stücken des lutherischen Glaubenssystems wider=
sprechen; Luther habe das alte gothische Gebäude des Aberglau=
bens niedergerissen und dadurch seien seine Kräfte allzusehr er=
schöpft worden, als daß er ein neues Gebäude der Religion in
seiner simpeln Majestät auf den Ruinen des Aberglaubens zu
errichten vermocht hätte; man brauche nicht über Heterodoxie zu
schreien, wenn ein Spalding, Teller, Semler, Basedow ihre Kräfte
vereinigen, dem Gebäude der Religion seine ursprüngliche Würde
und Einfalt zu erteilen; die Unvollkommenheiten und Fehler, die
sich in jeder Religion finden, zeugen wider die Schwächen des

menschlichen Geistes, nicht wider die Religion selbst (Strauß I, 174).

Böckh war Lutheraner und entschiedener Gegner Semlers. Schubart nimmt sich Semlers überall an; er gibt zu, daß er schon manchen Spruch aus der Bibel herausexegesirt habe, der in den vornehmsten Dogmatiken ein Pfeiler war, auf welchem Kapitel und Paragraphen ruhten, gibt aber dem Schwager zu bedenken, ob Semler in Allem so gar Unrecht habe, ob seine hermeneutischen Grundsätze nicht den älteren vorzuziehen seien (Strauß I, 178). Wegen solcher Gedanken brauchte Schubart sich nicht später des Unglaubens und der Gottlosigkeit zu beschuldigen. Der Kampf zwischen der Orthodoxie und der freien kritischen Richtung dauert bis auf diese Stunde fort und auf beiden Seiten stehen ehrenwerte und tüchtige Männer.

Je weniger Schubart in Geislingen mit der Musik zu schaffen hatte, umsomehr Fleiß und Zeit konnte er auf seine wissenschaftliche Ausbildung verwenden. In seinem Leben hat er nie fleißiger studiert als in Geislingen. Er fieng nun an, die Wissenschaften systemmäßig zu studieren und las deswegen das Gute der alten und jüngern Welt. Nicht bloß die Hauptdichter der Griechen und Römer, der Deutschen und Engländer, sondern auch Prosaiker, Kunstrichter, Redner; so hat er den Quintilian zweimal durchgelesen (Strauß I, 126). Ja er erhebt sich zu Plato und Aristoteles, zu Kant und Garve, er studiert Tacitus, Thucydibes, Xenophon, Hume und Robertson; er erhält sich in der Theologie auf dem Laufenden und wenige alte und neue Kanzelreden bleiben von ihm ungelesen. Dabei helfen ihm seine rasche Auffassungsgabe und sein eisernes Gedächtnis; von Auszügen und Abschriften wollte er sein Leben lang nichts wissen. So suchte er die allerdings bedeutenden Lücken seines Wissens auszufüllen. Man könnte nun freilich mit Strauß sagen, jetzt haben sich die Unterlassungssünden seiner Jugendjahre in ihren Folgen an ihm gerächt; schmerzlich habe er diese Versäumnisse empfunden; aber sie gründlich einzubringen, dazu habe es ihm an Geduld und Selbstbeherrschung gefehlt u. s. w. Aber einem Original, wie Schubart, muß man manches zugut halten, was bei andern ein

großer Fehler wäre. Strauß hat meines Erachtens an Schubart den Maßstab seiner eigenen, geradlinig vorwärts schreiten-
den, durchaus regelrechten Entwicklung angelegt; er war zeitlebens
ein Muster des Fleißes und des methodischen Studiums und soll
während seiner Studienzeit nicht eine einzige Vorlesung versäumt
haben. Allein die Naturen sind verschieden. Schubart war vom
24. bis zum 30. Lebensjahr in Geislingen. In dieser Zeit ist
der Mensch nicht fertig; da läßt sich noch viel Versäumtes her-
einholen; auch schreibt Schubart mit gutem Grund an seinen
Sohn, der damals studierte: Zu viel darfst du nicht lesen; sonst
gute Nacht, Originalität! (Strauß II, 85). Besser, müssen wir
in seinem Sinne sagen, besser ein mangelhaftes Wissen mit Wah-
rung des kritischen Sinns und des selbständigen Urteils, als ein
mit den verschiedensten, thörichten und gescheiten Einfällen und
Hypothesen vieler Jahrhunderte, oft über einen einzigen Gegenstand, vollgepropfter Geist, wobei man vor lauter fremden Ansichten — namentlich über theologische Fragen — keine eigene
feste Ansicht faßt. Die rechte Mitte zu finden ist schwer. Nicht
das war der Fehler, daß Schubart „weder auf der Schule noch
auf der Universität etwas Gründliches und Zusammenhängendes
gelernt hatte", sondern daß er auf der in Geislingen gelegten
sicheren und tüchtigen Grundlage nicht fortbaute, daß er der
Sirenenstimme seiner ärgsten Feindin, der Musik, folgte und von
Geislingen nach Ludwigsburg zog, wo er das, was er in Geislingen zur Nebensache gemacht hatte, eben die Musik, zur Hauptsache machen mußte.

Wie einseitig Strauß' Urteil über Schubart ist, zeigt sich
auch bei diesem Abschnitt. „Sein geschichtliches Wissen war —
beim Antritt seines Lehramts — oberflächlich und lückenhaft."
Was man doch Alles für Anforderungen an den armen Schubart
stellt! Für den Schulunterricht in der Geschichte wußte er genug.
Man erinnere sich aber, welche Geständnisse der angehende Professor der Geschichte an der Universität Jena, Schubarts Landsmann und Zeitgenosse Schiller, über seine Kenntnis der Geschichte
macht. Wahrscheinlich vermochte er's auch im Lateinischen und
Griechischen mit Schiller und Goethe aufzunehmen. „Neuere

Sprachen waren ihm fremd und selbst sein Deutsch, das er so
gewaltig zu schreiben verstand, schrieb er doch zeitlebens weder
stilistisch, noch viel weniger orthographisch korrekt." So schreibt
Strauß und merkt nicht, daß er, indem er den Dichter tadelt,
sich selbst inkorrekt ausdrückt („weder — noch viel weniger" ist
undeutsch, vergl. Kellers deutschen Antibarbarus S. 130, 131;
ähnliche Nachlässigkeiten ebenda S. 124, 174). „Schmerzlich
empfand er diese Versäumnisse: aber sie gründlich einzubringen,
dazu fehlte es ihm an Geduld und Selbstverleugnung. Von vorn
anzufangen und nur langsam, Schritt vor Schritt weiter zu gehen,
das war ihm bei sich selber wie bei seinen Schülern zu lang=
weilig." Schubart gibt selbst zu, der Lesetrieb habe sich seiner
Seele so bemächtigt, daß er alles ohne Wahl und Ordnung ver=
schlang, was ihm in die Hände fiel. Andrerseits sagt er, er
habe angefangen, die Wissenschaften systemmäßig zu studieren.
Von den schönen Erfolgen, die Schubart durch seinen Unterricht
erzielte, schweigt Strauß ganz. „Namentlich seinen Geschmack,
sein ästhetisches Urteil zu läutern, war ein so unordentliches, ober=
flächliches (?) Studium nicht im Stande." Hier muß die Natur
das Meiste thun, und in dieser Hinsicht konnte sich Schubart
nicht beklagen. „So bewundert er die großartige Einfachheit
Homers und läßt ihn zwar nicht — wie sein Schwager wollte —
mit einem Dizinger vergleichen, aber Milton und Klopstock stellt
er ihm unbedenklich zur Seite; er erkennt in Shakespeare ein
Originalgenie, aber zwischen seiner Urkraft und der nachgemachten
eines Lenz, Klinger u. dgl. lernte er zeitlebens nicht unterschei=
den." Bei Klopstock müßte man Strauß fragen, ob er glaube,
Schubart habe zeitlebens ihn dem Homer gleich gewertet, wo=
von sich das Gegenteil nachweisen läßt; das zweite Urteil über
die Stellung, die nach Schubarts Schätzung Shakespeare zu Lenz,
Klinger rc. einnehmen soll, wäre zu beweisen; zu den Heroen der
Poesie hat er sie nie gezählt. Ich will durchaus nicht alle kriti=
schen Urteile Schubarts in Schutz nehmen; aber finden wir nicht
bei berühmten Schriftstellern seltsame kritische Ansichten? Hat
nicht Byron den Pope für einen größeren Dichter gehalten, als
den Homer? Übrigens lag damals, als Schubart in Geislingen

war, die ästhetische Kritik bei den Deutschen noch in den Windeln. —
Zur Läuterung seines Geschmacks hat gewiß beigetragen, daß er
den Quintilian zweimal las. War dies vielleicht auch Dilettantismus?

Einen erwünschten Beitrag zur Kenntnis Schubarts, namentlich während seines Aufenthalts in Geislingen, giebt der schwäbische Dichter und Schillerredner J. G. Fischer in der besonderen Beilage zum württembergischen Staatsanzeiger 1882, 16
und 17, aus dem ich hier das Wichtigere mitteile: „Aufs
Lebendigste erinnere ich mich, wie ich von meiner Heimat Süßen
aus als Knabe in der Oberamtsstadt für meine Mutter in einem
Bäckerhaus eine Ausführung zu besorgen hatte und dort an der
Wand einen trefflichen Kupferstich sah mit der Unterschrift:
Christian Friedrich Daniel Schubart, Herzogl. Würtemb. Hofdichter, gemalt von J. Oelenhainz, gestochen von E. Morace,
Herzogl. Würtemb. Hofkupferstecher, gedruckt in der Akademie zu
Stuttgart von St. Schweizer. Die alte Bäckerin sah mich in
meiner Ueberraschung vor dem Bilde stehen und es hätte sich auf
das greise Frauenbild das Wort anwenden lassen, welches Goethe
in seinem Epilog zu Schillers Glocke über den Dichter derselben
ausspricht: „Es glüte seine Wange rot und rötete," so leuchtete
das Angesicht der Matrone, als sie mir sagte, daß Schubart,
den sie noch im Leben gekannt, einst hier gewohnt habe.

Es war herzklopfende Freude, als ich vor dem Bilde des
Mannes stand, der aus den Erzählungen meines Vaters, wie
von der Klavierschule her aus Liedern, die nach Text und Melodie von ihm stammten, als ein so bedeutender Mann in meiner
Erinnerung lebte. Bis in die Hütten war im ganzen Ulmer-
lande Schubarts Name gedrungen; man wußte von seiner Ge-
fangennahme, seinen Leiden auf Hohenasperg; seine Fürstengruft,
sein Kaplied lebten im Munde des Volks. Zudem war selbst
ein religiöser Nimbus um ihn gebreitet durch seine Kirchenlieder:
„Urquell aller Seligkeiten", „Fall auf die Gemeinde nieder",
„Der Trennung Last liegt schwer auf mir."

Neben dieser Art von Popularität aber ging noch eine andere her, welche Schubart seinem ungemein geselligen Talent,

seinem Witz, seiner schlagfertigen Improvisation verdankte. An
das Gasthaus zur Sonne in Geislingen knüpft sich eine Reihe
von Anekdoten, die hieher gehören, wie er z. B. die Hände auf
dem Rücken, Klavier zu spielen verstand, wie er die Wette einging, wer in der Gesellschaft ohne jegliches Schreibmaterial, mit
einem einzigen Strich seinen Namen schreiben könne. Natürlich
gewann er die Wette, indem er den Zeigefinger an seinem Schuh
schwärzte und sodann mit demselben über die Oberlippe fuhr, so
daß ein Schubart entstand. Auch die derbsten Witze, selbst
gewaltiges Trinken waren nicht im Stande, ihn des Respekts und
sogar der Verehrung beim Publikum zu berauben. Man ließ
es sich nicht nur gefallen, sondern man rühmte sogar, wie in
dem außerordentlichen Mann dichterische Genialität, Religiosität,
Patriotismus auf der einen, und wildes Zechen, Schwänke derb-
ster Sorte, sogar Lockerheit anderer Art auf der andern Seite
so nah, so unvermittelt neben einander lagen. Denn damals
war die Meinung noch stärker vorhanden, als heutzutag, daß
dem Genie Alles erlaubt sei, wenn es nur mit genialer Art
geschehe.

Zu dieser Macht seiner Geltung kam freilich noch ein anderer, sehr wesentlicher Punkt. Schubart war ein Lehrtalent von
hervorragender Bedeutung. Sein rascher und scharfer Blick in
die Verhältnisse des Ganzen und des Einzelnen, seine Bürger-
freundlichkeit, seine Gabe, Talente zu erkennen und zu wecken,
Schiefheiten und sittliche Gebrechen schon bei der Jugend zu
charakterisieren, sein packender Ausdruck, den Dingen die rechten
Namen zu geben, alles wirkte zusammen, seine Schüler im Innersten zu fassen, zu bewegen, zu erheben, und durch sie auch
auf die Familie, auf die Bürgerschaft zurückzuwirken. — Vor
23 Jahren hatte ich 13 vergilbte Schulhefte vor mir liegen.
Sie waren damals im Besitze der Witwe eines Majors in Ulm
und waren durch Vermittlung mir auf einige Zeit zur Ein-
sichtnahme überlassen. Die Hefte waren geschrieben von der
Hand eines Josef Fischer in Geislingen zu jener Zeit, in welcher
dort Schubart sein Präzeptorat verwaltete, wie man die erste
Knabenschullehrerstelle benannte. Sie enthielten lauter Diktate

von Schubart an seine Schüler, von welchen eben jener Josef
Fischer einer der dankbarsten war. Er vermachte sie durch ein
Schreiben vom Jahr 1812 einem Freund. Die Diktate, abwech=
selnd prosaischer und poetischer Natur, sind mit wenigen Aus=
nahmen improvisierte Erfindungen der Schubartischen Muse, und
sind geeignet genug, ein Bild des sprudelnden, witzigen, scharfen,
zugleich derben und innigen Poetennaturells zu geben. Denn es
liegt hier Derbes und Zartes, Übermütiges und Frommes,
Weltliches und Himmlisches so neben und durcheinander, wie es
eben gährende, halb dämmerige, halb lichte Zeiten und Persön=
lichkeiten bezeichnet und wie es bei Schiller, Lavater oder den
jungen Köpfen des Göttinger Dichterbundes im Anfang auch nicht
anders aussah.

Aber auch nach einer andern Seite hin erscheinen die Schul=
diktate stark überzeugend. In der Regel wird als der Dichter,
der nach langer Dürre und Fadheit der deutschen Poesie wieder
frisches Leben, Fluß, Klang und Melodie in sie brachte, Gottfr.
Aug. Bürger genannt. Gewiß, er hat das gethan. Aber neben
ihm ist, wenn auch nicht in so vollem Maße, der um neun Jahr
ältere Schubart zu nennen. Wer kennt nicht sein hüpfendes Lied:
„So herzig, wie mein' Lisel?" und gleich darauf Lisels ebenso
singbar flüssiges Brautlied? oder das ganz volkstümlich gewor=
dene „Provisorlied"? Wie er selbst in der raschesten Improvisation
flüssig und melodisch war, auch davon sollen die Diktate Zeugnis
geben. Und zwar war er dies recht in schwäbischer und wenn
man noch genauer bezeichnen will, in ulmischer Art. Geis=
lingen hat ja so ganz den Ton und Schlag der Ulmer Sitte und
Sprache, und in ihm hat Schubart auch in seiner Schule sich
vollkommen hineinzudenken gewußt. Mich selbst weht aus den
Schulheften so sehr der von Kind auf gewöhnte heimatliche Geist
an, daß ich sie schnurren und hämmern, walken und radtreten
höre die Geislinger Drechsler und Nagelschmiede, Gerber und
Färber, daß ich sie schreien höre die Häzen und Dolen um den
„Ödenthurm" oder den Feuerwächter von der Stadtkirche.

Es erscheint billig, daß wir den Dichter in dem, worin seine
Hauptfähigkeit lag, in raschem Hinwurfe von Gedichten, zuerst

reben laſſen. Er hat ſeinen Schülern faſt auf alle Sonn- und
Feiertage des Jahrs Lieder in die Feder diktiert. Dieſe Lieder
wurden von ihm bei der orthographiſchen Korrektur zum Teil ſo
gründlich am Rand wieder umgeſchaffen, daß ſie am eheſten einer
neuen Improviſation gleichen. Die Verſe ſind faſt ohne Ausnahme in der neuern Faſſung beſſer als in der ältern, vielleicht
darum, weil Schubart bei der Durchſicht eher Zeit zur Überlegung fand, als beim Diktieren. Schwerlich hat er allen oder
auch nur mehreren Schülern ſo abgeändert; der beſagte Joſef
Fiſcher war ohne Zweifel ſein Schulfaktotum, und nach ſeinem
Heft .waren die anderen zu berichtigen. Aber auch bei ihm
geſchah die Schubartiſche Änderung gewiß mit aller Raſchheit,
wie der Umſtand beweiſen wird, daß die Korrektur wieder korri-
giert worden iſt. Was mir indeſſen viel wichtiger erſcheint, iſt
der Umſtand, daß ſchon in dieſen diktierten Liedern vollkommen
das vorhanden iſt, was man vielfach an dem Dichter erſt nach
ſeinen Leiden auf Hohenasperg ſo neu finden wollte, ſeine
Chriſtlichkeit.

Daß nach ſeiner Gefangenſchaft politiſche und ſoziale Oppo-
ſition zurücktraten, war wohl bei dem krank gewordenen, körper-
lich und geiſtig gebrochenen Mann erklärlich genug, und daß deshalb der religiöſen Seite mehr Raum blieb, war ſelbſtverſtänd-
lich. Aber da war ſie, dieſe Richtung in ſeinem Weſen, von
Anfang an. Religion, Chriſtentum, und in dieſem zu allermeiſt
die Erlöſungsfrage, waren ihm entſchiedene Dinge. Er grübelte
nicht darüber, wie das ſeine Zeit, bei den Poeten wenigſtens,
überhaupt faſt nicht that. Daß dieſe religiöſe Überzeugungs-
ruhe *) umgeben und ſogar umdrängt war von Dingen weltlich-

*) Dieſe Auffaſſung Fiſchers wird durch Schubarts Briefe und Selbſt-
biographie, ſowie durch unſre obige Darſtellung widerlegt. Ungläubig war
Schubart allerdings nie, aber ein Zweifler, b. h. in die Mitte zwiſchen
Glauben und Unglauben geſtellt war er bis zur Gefangenſchaft; das einemal
hatte die Orthodoxie, ein andersmal die verneinende Kritik die Oberhand.
Die Stimmungen wechſelten und von der Stimmung wurde auch das Urteil
beeinflußt. Gegrübelt hat er allerdings über die Lehre des Chriſtentums;
davon zeugen wieder die Briefe und die Selbſtgeſtändniſſe namentlich aus

ster Art, dadurch ist sie nicht alteriert worden, wenigstens poetisch
keineswegs, wie auch im Schoße des Hainbundes die Schwär=
merei für deutsche Tugend, Aufopferung, Keuschheit u. s. w. sehr
friedlich neben der Praxis ungezügelter Ausschweifung hauste. *)

Die Lieberdiktate in den Heften sind fast durchweg behaftet
mit jenem Bänkelsängerton, wie die Improvisation es überhaupt
zu sein pflegt, und man würde in ihnen den Sänger der Fürsten=
gruft und so vieler Kraftpoesien nicht erkennen. Ein Diktat
macht aber eine ganz entschiedene Ausnahme und erinnert uns
lebhaft an jenen Passions= und Golgathaschwung, den wir von
Klopstock her so wohl kennen. Es behandelt Jesu Weinen über
Jerusalem (siehe Reclam S. 270):

> Wen seh' ich dort auf deines Ölbergs Höhen,
> Jerusalem, mit nassen Augen stehen?
>   Wie zärtlich weint der Menschenfreund,
>   Weil seine Augen deinen Jammer sehen!
>
> Der stolze Tempel steht in Glut und Flammen,
> Das Wunderwerk der Erde fällt zusammen,
>   Und in der Glut zischt Priesterblut,
>   Der Priester, die von Levis Lenden stammen.
>
> Die marmornen Paläste stürzen nieder,
> Und lautes Ach schallt in den Wolken wieder,
>   Die Mutter fleht, der Vater sieht
>   Am Spieß des Römers seiner Kinder Glieder.

----

der Zeit der Gefangenschaft. Daß die Zeit, in der Schubart lehrte und
wirkte, die Zeit des Rationalismus und der Aufklärung nicht gezweifelt,
nicht gegrübelt habe, ist eine ganz neue Entdeckung; auch die meisten Poeten
mußten durch dieses rote Meer hindurch. Von einer religiösen Überzeugungs=
ruhe kann bei dem von fortwährender Unruhe umgetriebenen Schubart keine
Rede sein. Sein Christentum war eben mehr ein Gefühls= als ein Herzens=
christentum.

*) Wieder eine ganz neue Entdeckung. Bisher glaubte man, die aller=
meisten Mitglieder des Hainbundes haben ihren Meister Klopstock auch in
seinem tugendhaften, unantastbaren Lebenswandel nachgeahmt. Bürger, den
Fischer wahrscheinlich bei dieser Aeußerung im Auge hatte, war ein entferntes
Mitglied dieses Bundes.

„Ach", seufzt der Herr und seine Thränen fließen,
„Willst du dein hartes Herz vor mir verschließen?
   Jerusalem! Jerusalem!
Ach soll ich dich im Staube sehen müssen!"

Ach Kinder, seht auf Salems schwarzen Steinen
Den Geist der Rache fürchterlich erscheinen;
   Ach, zwinget nicht das Angesicht
Des Göttlichen, auch über euch zu weinen!

In solcherlei Poesie spricht sich gewiß kein seufzerisch einsei=
tiges Gefühlschristentum aus, aber auch Nichts, was entfernt
einer Kritik gegen den ererbten orthodoxen Glauben ähnlich sähe.
Sonst würden wir es frivol finden müssen, wenn der Dichter
nach einer begeisterten religiösen Erregung im nächsten Augenblick
in Ausdrücken derber und rustikoser Weltlichkeit sich ergeht, wie
wir gleich nachher ein Beispiel finden werden. Denn dann würde
die Annahme Raum gewinnen, der fromme Aufschwung sei nichts
anderes gewesen als eine vorbeigehende Anbequemung an das
hergebrachte Bekenntnis; die darauf folgende derbe Expektoration
aber sei das einzige eigentliche Element, in dem der Mann sich
wohl fühle und in das er sich zu stürzen sehne, nachdem er in
einer Sphäre sich bewegt, welche nicht seine heimatliche sei. Diese
Annahme bei Schubart wäre Ungerechtigkeit. Er war religiös,
wenn er so sprach; er war weltlich und sogar zügellos, wenn er
es sagte; er war beides nebeneinander.*)

---

*) Fischer übersieht, daß Schubart den ererbten orthodoxen Glauben
früher in Geislingen und später scharf kritisiert hat; von einer Anbequemung
an das hergebrachte Bekenntnis kann allerdings bei ihm keine Rede sein.
Indessen „das Weinen Jesu über Jerusalem" und die gleich darauf von
Fischer angeführte poetische Bearbeitung (Umschreibung) des 90. Psalms sind
noch keine Bürgschaft für Schubarts Rechtgläubigkeit; diese poetischen Er=
güsse wenigstens könnten auch einem rationalistischen oder halbrationalistischen
Dichter entströmen. Schubart war ein Virtuose des Gefühls, des biblisch
orthodoxen und des von der Aufklärung angekränkelten Gefühls. Symbolisch
orthodox war er nie. „Er war religiös, wenn er so sprach," allerdings.
Aber er war auch ein Kritiker und Zweifler, wenn er seine Zweifel aus=
sprach. Letzteres vor seinen Schülern zu thun, dazu war er zu sehr Pädagog.
— Es giebt auch fromme Zweifler; Schleiermacher war ein solcher. — Wenn
vollends Hermann Fischer, in seines Vaters Fußstapfen tretend, sagt: „Der

Wie ihm neben solchen Erhebungen alsbald wieder Alltäg-
liches in den Sinn sprang, das beweist er sogleich nach diesen
Versen, denn als unmittelbare Nachschrift des frommen Liedes
(einer poetischen Umschreibung des 90. Psalms) diktiert er:
„Dieses, geliebtester Bruder, ist der geistliche Psalm, den ich dir
zu schicken versprochen habe. Ich mache manchmal selbst Verse,
aber solche, daß die Hennen daran krepieren möchten. Lebe wohl,
geliebtester Bruder, grüße mir deinen Schlitten und komme bald
zu deinem Freunde N. N."

Wie es Schubart von der Seele lief, wenn er seinen Schülern Äußerungen über weltliche Freuden in den Mund legte,
wie er daneben ihnen in Bußpredigten die Köpfe wusch, darüber
enthalten die Hefte eine reiche Beispielsammlung. In einem Diktat vom 24. Juli 1768, dem Vorabend der Geislinger Kirch-
weih, läßt der Lehrer seine Zöglinge in den ausgelassensten
Äußerungen der Freude sich ergehen, so daß es der Ausgelassen-
heit fast zu viel werden will. Nach dem Fest aber lesen wir
(vom 5. August 1768) folgende Epistel als Diktat:

> Mein lieber Freund, ich sitze hier
> Mit Schweiß auf meinen Wangen,
> Bei meinen Büchern sitz' ich hier,
> Die Kirchweih ist vergangen.
>
> Nun darf ich leider nimmermehr
> Nur tanzen, jauchzen, springen,
> Nun muß der muntern Knaben Heer
> Ein andres Lieblein singen.
>
> Nun heißt es: Bürschlein, lerne brav,
> Sonst wirst du auf der Erden
> Zu deiner und der Eltern Straf'
> Ein fauler Esel werden.
>
> Wer immer Feiertage hat
> Und sammelt keine Garben,
> Der muß im Alter, wenn es spat,
> Sich gar zu Tode darben.

kraftvolle Mann wurde auf dem Hohenasperg zu einem wimmernden Heuchler,
der jederzeit christlich gesinnte (!) zu einem kriechenden Frömmler", so ist dies,
wie sich später zeigen wird, ganz verfehlt.

Drum sind die Bücher mir kein Joch,
Bei ihnen will ich sitzen,
Leb wohl und denke lange noch
An deinen treuen Fritzen.

Schubart war unerschöpflich in Wahrnehmung dessen, was seine Schüler sanfter oder stärker aufwecken und schütteln sollte. Denn in den verschiedensten Richtungen, außer der religiösen in politischer, geschichtlicher, bürgerlicher, beruflicher, hat er sie durch Diktate, in denen er sie fast immer selbst reden läßt, unterwiesen, sie sittlich und intellektuell zu befestigen gesucht, und das mit einer Kraft und Keckheit der Sprache, wie man sie heute schwerlich in einer Schule anwenden dürfte. Einige Proben werden dies sattsam beweisen:

Geislingen, den 28. Juni 1768.
Liebster Kamerad!

Du hast mich neulich gefragt, was ich zu werden wünsche, und ich weiß nicht, was ich Dir darauf antworten soll. Ein ganzer Kerl möchte ich endlich wohl werden, aber wie ist das wohl anzufangen? Zu einem Kaufmann braucht man Geld, ein Wirt muß ein Wirtshaus und ein Müller eine Mühle haben. Aber dies Alles fehlt mir. Tuchmacher, Loderer und Zeugmacher gibt es genug; Weißgerber und Rotgerber stinken wie die Pest, Schuster und Schneider müssen verhungern, Maurer, Zimmerleut und Schmiede müssen sich bei trockenem Brot zu Krüppeln arbeiten. Studieren mag ich gar nicht, denn zu einem Pfaffen bin ich zu weltlich. Wer wird auch alleweil beten? Zu einem Juristen bin ich zu ehrlich, denn Witwen- und Waisenflüch drücken gar zu hart. Zu einem Doktor bin ich zu ekelhaft. Wer Teufels wird auch immer das Uringlas vor Augen haben wollen? Ein Schulmeister? O behüt's Gott! Lieber bei Wasser und Brot ins Zuchthaus, als sein Lebtag menschliche Säu hüten. In Krieg ging ich wohl, wenn Bratwürst Säbel und Leberknöpf Kugeln wären. — Ach, so rate mir doch, lieber Bruder, was ich werden soll. Weißt Du kein Handwerk, wo man nicht viel arbeiten und gut essen, viel trinken und lang schlafen darf? Ein Handwerk, wo man wochentlich sieben blaue Montag hat, ist doch

das beste. Lebe wohl, ich verbleibe Dein wahrer Freund Hans
Tagdieb.

Sodann vom gleichen Tag abends 6 Uhr die Antwort
darauf:

Hochgeehrtester Herr Bruder Tagdieb!

Du bist mir ein gescheiter Kauz. Solche Narren gäb' es
noch mehr. Hast Du keine Seele? Weißt Du nicht, daß der
Mensch zur Arbeit geschaffen ist? Ich glaube, man hat Dich aus
einem Wolfsmagen verfertigt und Dir einen Ochsenkopf oben
drauf gesetzt. Danke Gott, daß Du ein bißchen Geld hast und
sieh, daß Du noch einen Geldsch...... dazu kriegst. Dann
leg die Hand in Schoß, friß, sauf, spiel, geh spazieren und ziehe
Dir einen Ranzen wie ein Mastochs. Dann fahr zum Teufel
und erspar den Engeln die Mühe, ein solches Rindvieh in Abra=
hams Schoß zu tragen. — Ich will arbeiten und selig sterben,
denn ich heiße Christian Weislich.

In dieselbe Kategorie gehört folgendes Diktat über Neujahrs=
wünsche.

Geislingen, den 5. Jänner 1769.

Geliebter Freund! Die Feiertage sind geendigt, das neue
Jahr ist angetreten und ich wünsche Dir allen Segen. Mehr
mag ich Dir nicht wünschen, denn ich lache über die Eitelkeit
aller Wünsche. Selten geht ein langer Wunsch von Herzen.
Jakob Saufgurgel, dessen Gottheit eine Bouteille ist, wünscht
seinem alten geizigen Vater ein langes Leben. Mag's ihm wohl
ernst sein? Hans Mehlsack lebt mit seinem Mitmeister in beständ=
igem Brotneid und wünscht ihm doch eine gesegnete Nahrung.
Ist das nicht artig? — O ihr guten Vettern, sagt doch eure
Sach deutsch heraus! Mein Herr Saufgurgel, sagen Sie doch
zu Ihrem Herrn Papa: „Stirb, Alter, und mach den Dukaten
Luft!" Und ihr, Meister Mehlsack, sprecht doch zu eurem Mit=
meister: „Hund, krepier' vor dem Backofen!" Ihr Menschen,
redet doch wie ihr denkt, dann werdet ihr übers Jahr statt eurem
Prosit die wahren Wünsche hören: „Hol dich der Teufel, Nach=
bar!" „Brich den Hals, Herr Gevatter!" — „Marsch, altes Ripp,
ich will ein junges Weib." — „Lieber Bruder, sei doch so gut

und werde dieses Jahr ein himmlischer Tambour, denn ich möchte
gern den Vater allein erben."

Es ist jedoch, als ob nach solchen Gewittern der Entladung
der Mann das Bedürfnis gefühlt hätte, sich und seinen Schülern
die erschütterten Nerven wieder mit sänftlicheren Mitteln in's
Gleichgewicht zu setzen und die Schärfe des Essigs mit Oel zu
lindern, denn neben den derbsäuftigsten Auslassungen tritt oft wie
ein Sonnenregen eine Ansprache von fast elegischem Schmelz auf,
wie in dem folgenden Diktat, bei welchem freilich einzelne Wetter-
stöße auch drein fahren:

Geislingen, 12. Juli 1768.

Geliebte Schüler! Wenn ihr jetzt auf das Feld hinausgeht
und daselbsten die schönen Früchte beseht, so sollt ihr nicht dumm,
wie der Esel vor dem Kornsack, stehen bleiben, sondern allerhand
Betrachtungen anstellen, wie es neulich der junge Samuel gemacht
hat. Dieser kniete vor einem Acker nieder und dankte Gott vor den
schönen Segen, welchen er uns zeiget; er bat auch zugleich, daß
uns Gott doch dieses Jahr mit Wetterschlag verschonen möchte.
O Söhne, denket an das Jahr 1763, wo der Hagel die Früchte
und die Bäume verschlug und sonstigen schrecklichen Schaden an-
gerichtet hat. Wie arm, wie elend würden wir sein, wenn zu
diesen nahrlosen Zeiten noch ein besonderes Gericht Gottes käme!
Ein tugendhafter Knabe muß nicht hastig wie der Hund seine
Schüssel voll Suppe ausschlürfen, ohne zu bedenken, woher es
kommt, sondern er muß Gott als dem Geber aller guten Gaben
danken und glauben: je mehr man dankt, je mehr man erlangt.
Doch ich will nicht so gar fromm mit euch reden, daß ihr nicht
über dem Schreiben gähnt und einschlaft. —

Das ist doch gewiß ehrliche, liebenswürdige Naivetät zu
sagen: Ich will nicht gar so fromm mit euch reden, daß ihr nicht
gähnt und einschlaft. Liegt hier nicht das Geständnis, daß der
Lehrer gespürt hat, sein Faß fange an, etwas seicht zu laufen?
Denn das that es offenbar, als vorher vom Danke gegen Gott
die Rede gewesen war, und auf einmal der Zweckmäßigkeitsgedanke
des „Mehrverlangens" dazwischensprang.

Anmutig und aus des um Lebensformen nicht eben bekümmerten Schubarts Munde fast rührend klingt es auch, wenn er seinen Schülern eine Anleitung zum Briefschreiben diktiert und ausführt, wie schön es sei, wenn auch der Handwerksmann sich gebildet und richtig auszudrücken wisse, wie man bedenken soll: „wer bin ich und wer ist der, an den ich schreibe?" Daß an einen Burgemeister in Amsterdam ein anderer Brief zu richten sei, als an den von Bopfingen, und daß ein Doktor auf Universitäten mehr Respekt fordern könne, als ein Theriakskrämer auf dem Land; daß der Ton des Briefs sich richten müsse nach der Materie, die er behandelt und nicht wie der von jenem Schulmeister an eine hochschwangere Frau: „Liebe Frau! Der Donner hat Euren Mann und Euren einzigen Sohn unter einem Eichbaum verschlagen. Ich kann mein Seel nichts davor. Trinkt ein Glas Branntwein und tröstet Euch so gut Ihr könnt."

Statt des nun bei Fischer folgenden Briefs eines Geislinger Taugenichts an seinen Freund in Ganslosen lasse ich lieber aus Ad. Wohlwills Aufsatz: „Beiträge zur Kenntnis Chr. Fr. D. Schubarts" (in Schnorrs von Carolsfeld Archiv für Litteraturgeschichte VI, 3) einen andern einrücken. Im Jahr 1764 war in Königsberg die bekannte Abhandlung Kants über die Gefühle des Schönen und Erhabenen erschienen, in welcher sich die durch Reichtum der Beobachtungen und Scharfsinn gleich ausgezeichnete Darstellung der vier Temperamente findet. Im Jahr 1768 nun diktiert Schubart seinen Schülern vier Briefe, die er vier verschiedenen jungen Leuten in den Mund legt, deren jeder eins der vier Temperamente vertritt. Als Probe stehe hier der erste Brief, der eines „sanguinischen Knaben": „Mein lieber, lustiger, runder Vetter! Was machst Du, mein Schatz? Springst Du noch wie ein Hirsch und hüpfest wie ein junger Bock? Was macht Dein Schlitten? Das ist doch heuer ein vortreffliches Schlittenwetter. Es geht einen Berg hinunter, daß kein Adler uns nachfliegen könnte. Nichts ist lustiger, als wenn unsere Schlitten zuweilen über einen Hügel hinüberhaspeln. Ha, ha, ha, ha — ich muß noch lachen. Gestern ist der Peter Langbein über den Schlitten heruntergeflogen als wie ein Luftspringer. — Es ist halt eine Freud, jung und froh zu sein. Juhe, Bruder, wann nur unser alter Graubart nicht wäre, Du kennst ihn schon, und unsern Präzeptor, den ewigen Zuchthausmeister kann ich auch nicht leiden. Da soll man immer lernen, immer sein Köpfchen henken, immer Brief schreiben und die närrische Sportographie oder Dortographie treiben. — Gehorsamer Diener, Herr Prä= zeptor! Wollen Sie mich zu einer Nachteule machen? Ei, mein schöner Herr, sind Sie doch so gut und gucken Sie zum Fenster hinaus, wann ich heute mit meinem Schlitten vor Ihrer Nase vorbeistechen werde — Hopsa, liebes Brüderlein, lustig müssen Buben sein. Was lernen! unsre Schul ist ja so finster wie eine Wachtstub — wir werden dennoch, was wir werden sollen — man muß unserem Präzeptor etwas blasen. — Aber jetzt fahr' ich Schlitten. Komm her du lieber Stachel. — Holla Bruder Michel, Stoffel, Martin, Heinrich, Hans und wer ihr alle seid, fahrt mit! steckt zu! Juhe Bruder Fritz, das Ding geht wie der Blitz! — Gutenacht, kleines 6=Pfennig=Häselein. Ich bin voller Freuden. — Hanswurstburg den 1. April. — Dein lustiger Freund Martin Hopsasa." Den Brief des cholerischen Knaben schreibt aus Husarenburg den 26. Jenner 1767 Hans Tollkopf, den des melancholischen Mitternacht den 28. Jenner 1767 Franz Ein= siedler, den des phlegmatischen Faulberg den 3. Februar 1767 Franz Schlafhaub. — Die erste Fassung der Erzählung: Zur Geschichte des menschlichen Herzens, durch welche später nach ihrem Erscheinen in Balthasar Haugs Schwäbischem Magazin 1775 Schiller zu seinem Drama: die Räuber angeregt wurde, giebt uns Wohlwill in einem den Schülern zu Geislingen am 10. Nov. 1768 diktierten Briefe. Darüber später.

Wir kehren zu Fischers Vortrag zurück. „Weil gegen Faul= heit, Unflat und Bosheit durch den Einfluß der Schule so schwer aufzukommen war, so hat der satirische Pädagoge in einem Dik= tat einen Schäfer in der Nähe des Geiselsteins eine eiserne Kiste entdecken lassen, worin die wundersamsten Heilmittel sich vorfan= den, z. B.

100 geschnittene Federn, die alles von selbst schön und ortho= graphisch schreiben.

Eine Brille, durch welche der dummste Mensch alles lesen kann.

Ein pulverisierter Menschenverstand, den man wie Schnupf=
tabak ins Hirn hinaufziehen kann.

Etliche Gläser Gedächtnistropfen, womit sich diejenigen, die
ihren Katechismus, ihre Lieder und Sprüche nicht auswendig
lernen wollen, morgens und abends um die Schläfe schmieren müssen.

Drei Dutzend Feldteufel, welche die bösen Buben bei den
Ohren schütteln, wenn sie in Gärten und Feldern gottlose Streiche
anstellen.

Ein Hobel, womit man die groben Flegel hobelt.

Ein Zauberspiegel, worin man alle Tagdiebe, Fresser, Flucher,
Unflätige, Dummköpfe erkennen kann.

Aus der engen bürgerlichen und persönlichen Sphäre führte
der umsichtige und weitschauende Lehrer den Blick seiner Schüler
und durch sie auch ihrer Eltern hinaus auf das weite Feld der
allgemeinen Völker= und Weltinteressen. In einer Zeit, wo an
die täglich wachsende Flut der Zeitungen noch gar nicht zu denken
war, ist es gerade Schubart gewesen, der im Schwabenlande auf=
merksamer als Einer die Nachrichten über die Weltereignisse sam=
melte und der den Plan faßte und zur Wahrheit machte, eine
Deutsche Kronik herauszugeben. Schon Jahre lang, ehe er
diese herauszugeben anfing, diktierte er in demselben Geiste, in
dem sie redigiert ward, seinen Schülern die Nachrichten von Welt=
ereignissen in die Feder: die damaligen Bedrängnisse in Polen,
die Feindseligkeiten der Türken gegen Oesterreich, den todverach=
tenden Freiheitsmut der Korsikaner und ihre Bedrohung durch
die Franzosen. Sehr oft und sehr nachdrücklich rühmt er seinen
Schülern in den Diktaten den korsikanischen Patrioten Paoli,
„den großen Mann, wie er ihn nennt, der die Feinde der Frei=
heit mit dem Donner zu zerschmettern drohe.“ Auch über zeit=
genössische Kunst= und Litteraturereignisse hat er gegen seine Schüler
nicht geschwiegen; schon damals war er, wie später in der Chronik,
der unerschrockene Freiheitsmann, der Freund deutschen Bürger=
tums, deutscher Sitte, deutscher Kunst, der Gegner der Schminke
in Fragen des Geschmacks wie der Gesinnung, geharnischt an
Gedanken, bewaffnet mit Donner= und Keulenschlägen des tref=
fenden Worts und Flammen des zündenden Feuers.

So war und dachte, so lebte nnd wirkte Schubart, so sprach
Schubart, der Lehrer, seine Jugend an. — Ob er pädagogisch ver=
fahren ist? Die verfeinerte und überfeinerte Erziehung von heute
würde massenhaft an seiner Lehrmanier auszusetzen finden. Aber
der Beifall, der nach Kraft, nach ungeschminkter Wahrheit sucht
und urteilt, ist gewiß auf seiner Seite. Es versteht sich von
selbst, daß wir gerade nur bei einer Natur wie Er eine solche
Art zulässig und gerechtfertigt finden. Wo Gedanke und Einklei=
dung so Blitz und Schlag zugleich sind wie bei ihm, kann man
kaum eine andere Rechenschaft der Absicht fordern, als die Wahr=
heit des Dranges, der eben wirken wollte, wie er mußte, und der
keine anderen als seine eigenen Wege kannte. Fragen wir aber
nach der Wirkung, die er ausübte, so könnten wir schon, ohne
daß wir über seine Erfolge auch sonst belehrt wären, aus der
Natur seines Unterrichts schließen, daß er die Jugend mächtig
anregen, begeistern und erschüttern mußte. Um statt einer Menge
traditioneller Zeugnisse ein geschriebenes Dokument zu liefern, soll
ein Brief folgen, der nach Schubarts Erlösung aus der Veste
von dem mehrerwähnten Joseph Fischer an ihn geschrieben wurde
bei Anlaß eines Besuchs, den der freigewordene Dichter von
Stuttgart aus in Geislingen machte. Der Brief lag mir im
Original vor und lautet:

Geislingen, am 22. Oktober 1787.

Unvergeßlicher, teurer Lehrer!

Es ist mir schon viele Jahre her die Gelegenheit versagt
gewesen, weder mit Ihnen persönlich zu sprechen, noch an Sie
zu schreiben. Und da nun jetzt der für mich so glückliche Zeit=
punkt da ist, solches zu thun, so erkühne ich mich, Sie mit gegen=
wärtigem Brief zu belästigen. Er enthält zwar weiter nichts als
teils einen nochmaligen Dank gegen Sie zu äußern, den ich
Ihnen für Ihre mir erwiesene Liebe schuldig bin, teils auch
meinen Abschied von Ihnen zu nehmen, weil ich keine Hoffnung
habe, Sie lange hier in Geislingen genießen zu können. — Doch
fällt mir der heutige Abschied lange nicht mehr so schwer, weil
ich weiß, daß Sie jetzt glücklich sind und nicht mehr wie vorher
Ihre Tage eingeschlossen im Kerker verseufzen müssen. Ich habe

längst wegen Ihren ohnelängst verflossenen Drangsalsjahren
manche Thräne im Stillen um Sie verweint, und ich bejammerte mich selbst als einen Verworfenen, weil Thränen und
Seufzer um Ihre Freiheit vom Himmel gegen mich unerhört zu
bleiben schienen. Aber wie glücklich wurde nicht der gestrige
Abend, da ich meinen mir ewig teuren Schullehrer wiederum
umarmen und Ihnen die Hand drücken kann! (dieser Tag ist einer
der glücklichsten meines Lebens.) Sie, lieber Herr Professor!
haben in mir den Grund zur Tugend und Gottesfurcht gelegt
und mich auf den Weg zu meinem ewigen Glücke geführt; ich
habe Ihre Befehle befolgt und weiche nicht davon ab, und habe
die frohe Hoffnung im Herzen auf die künftige Ewigkeit. — Nun,
alle Liebe, alles Gute, das Sie an mir gethan haben, lohne
Ihnen der Himmel! Mehr bin ich nicht vermögend, als Ihnen
Gottes Lohn anzuwünschen, und ich weiß, daß ein gerechter
Wunsch nicht leer zurückfällt. — Ich habe Sie zwar im Herzen
schon oft glücklich gewünscht, ich thue es auch heute — ja, ich
werde Sie noch an meinem Grabe segnen, und auch da soll es
nicht das Letztemal sein. Ich werde, wenn uns die Ewigkeit
einmal wieder vereinigt, Ihnen noch vor Gott und seinem Sohne
danken, und mein Bekenntnis ablegen, was Schubart an mir
gethan. —

Nun leben Sie samt Ihrer lieben und teuren Familie gesund und glücklich! — Denken Sie zuweilen auch noch an einen
geringen Freund Fischer! — Denken Sie aber nicht in dem Betracht an mich, daß ich Sie in meinem jugendlichen Leichtsinn so
oft beleidigt. Sondern denken Sie etwann so an mich, daß ich
Sie wie mein Leben geliebt und bis an mein Lebensende lieben
werde. Ich bleibe indessen mit warmer Liebe Ihr ewig verpflich-
teter Joseph Fischer. —

Und nun, verehrte Versammlung, schließt J. G. Fischers
höchst anziehender Vortrag, dünkt es mich, ein Mann, der solche
Früchte gesät hat und reifen sah, hat auch ein Recht auf unsere
dankbare Erinnerung und ich bin entschuldigt, daß ich so lange
Ihre Aufmerksamkeit in Anspruch genommen für einen Geist, der
viel geirrt, aber noch mehr gestrebt und gelitten, der den freien

Menschen geliebt, der den freien Bürger gedacht und gewollt, als nur erst Wenige zu so lautem Bekenntnis der Freiheit sich zu erheben wagten, der nicht Lessings scharf sondernden Geist, auch, bei all der großen Verwandtschaft seiner Ueberschwenglichkeit mit ihm, nicht Klopstocks geläutertere Kunst und bewußtere Ziele besaß, nicht Schillers Hoheit und Ideenmacht, noch Goethes wunderbare Schöpfungsgabe; der aber gleichwohl einer der kraftvollsten und bedeutendsten Vor= und Nebengänger der Größten gewesen ist."

Soweit Fischer. Strauß I, 52 erzählt, er habe ein Mannskript in den Händen: „Gespräch von den Mitteln reich zu werden, am Michaelis=Examen 1768 in der Geislinger Schul gehalten" — nemlich von einem Dutzend Knaben, deren jeder unter einem entsprechenden Karakternamen — z. B. Gernreich, Duckmaus u. dgl. — eine besondere Ansicht über den fraglichen Gegenstand vorzutragen hatte; also eines jener Gespräche in dramatischer Form, jener kleinen Rednerübungen, von denen Schubart selbst erzählt. Eine höchst verdienstliche und originelle Einführung Schubarts, die bis in die neueste Zeit gar zu wenig Nachahmung gefunden hat. Es giebt viele Schulen, in denen man vor lauter Schreiben ganz das Sprechen verlernt. Bekanntlich steht der Deutsche, namentlich der Schwabe, in der mündlichen Beherrschung seiner Sprache weit hinter anderen Nationen zurück. Dies mag zum Teil an der Schwierigkeit der Sprache liegen, zum Teil ist aber gewiß auch die geringe Sorgfalt daran schuld, mit der in Deutschland das Sprechen in der Gesellschaft im Allgemeinen und in der Schule im Besonderen gehandhabt wird. Erst in der neuesten Zeit ist man darauf bedacht, diesem Mangel abzuhelfen. So bestimmt das neue Regulativ für die höheren Schulen in Elsaß=Lothringen, die Pflege der deutschen Sprache solle sich nicht sowohl auf's Schreiben, als vielmehr auf's Sprechen beziehen; die Lehrer sollen auf allen Klassenstufen und bei allen Unterrichtsfächern darauf achten, daß der Schüler mündlich und schriftlich die deutsche Sprache korrekt gebrauche. Im Gymnasium und in der Realschule sollen neben den Aufsätzen genau vorzubereitende Uebungen der Schüler im mündlichen Vortrag einhergehen.

Schubart hat diese Anordnung schon im vorigen Jahrhundert in der älteren Knabenschule des Städtchens Geislingen getroffen. Wie er selbst ein Meister der Beredsamkeit und nie um den rech= ten Ausdruck verlegen war, der sich ihm vielmehr im Augenblick darbot, so wollte er auch seine Schüler zu Bürgern bilden, die sich überall, im gemeinen Leben und bei öffentlichem Auftreten, richtig, geläufig und gebildet auszudrücken vermochten. Der beste Beweis, daß er ein geborner Pädagog war. Seine Studien kamen seinem Unterricht zu statten. Strauß' Urteil: „er wollte — bei seinem Studieren — genießen" ist zu hart; er wollte ler= nen, sich fortbilden und scheute dabei auch Schwierigkeiten nicht. Die schon begonnene litterarische Thätigkeit setzte er in Geislingen fort und machte seinen Namen nach und nach bekannt. Zuerst dichtete er hier seine Ode auf den Tod Franziskus des Ersten, römischen Kaisers, Ulm 1765 (Reclam S. 146), schwülstig, bom= bastisch, doch nicht ohne einzelne Schönheiten, eine gute Vorübung für die Lobgedichte, in denen er später Friedrich den Großen, Karl und Franziska besang. Er erhielt dafür das Diplom eines gekrönten Dichters (vgl. den Brief vom 6. Juni 1766 an Haug). Zugleich wurde er Mitglied der deutschen Gesellschaft in Altdorf. „So vergüldet man mir, bemerkt er dazu, wie dem Ochsen in der Fabel, die Hörner, daß ich den Abgang des Futters nicht merken soll." — Darauf folgte: Ode auf den Tod des Herrn Hof= und Regierungsrats Abt in Bückeburg. An seinen Herrn Vater in Ulm 1766. Diese Ode fehlt in den gewöhnlichen Aus= gaben der Gedichte, scheint überhaupt im Buchhandel vergriffen zu sein. Auf den Bibliotheken in Stuttgart, Tübingen und Ulm habe ich vergeblich darnach geforscht.

Nach Ab. Wohlwill a. a. O. enthält sie einige Strophen, in denen die Entwicklung und Verdienste Abts in kräftigen und charakteristischen Zügen hervorgehoben werden; diese müssen für die Gespreiztheit und Gehaltlosigkeit des Uebrigen entschädigen. Herder führt sie, ohne Schubarts Namen zu nennen, an (Werke zur Philosophie und Geschichte XV. 12): „Aber von welchem Kontrast, sagt er hier in seinem Aufsatz über Thomas Abt — vom Jahr 1768, wird mein Auge bestürmt, wenn ich auf einmal

eine Präfica (Anm.: S. Ode auf Abts Tod an seinen Vater,
Ulm 1767) gewahr werde, die in dem Leichenzuge mithinkt! Ja
leider! Da steht sie! buchstabieret dem Vater des Verstorbenen die
Worte: Dein — einziger — Sohn ist tot! in den drei herz-
brechenden Strophen voll würgender Donner vor: in drei anderen bestürmen Blitz und Feuer und Geheul und Donner und
Geräusch und Flammen unser Ohr, bis wir darauf die Lebensumstände des Toten, Stück vor Stück in Strophen verteilt, in
einer rasenden Sprache voll poetischen Unsinns altweiberisch her-
gezählet sehen.   Unter uns wird diesen schreienden Thersites seine
gute Absicht entschuldigen; aber unter den Griechen würde ihn
die Strafe derer treffen, die die Toten geschmähet." Möglich,
daß diese Rezension den Dichter bewog, das Gedicht von der
Sammlung seiner Poesieen auszuschließen.   Die Badekur an
den Ulmer Stadtammann Häckel, Gevatter seines Sohns Ludwig,
Ulm 1766 ist unbedeutend, im Buchhandel vergriffen, auf der
Ulmer Stadtbibliothek in einem Exemplar erhalten.   Zaubereien von C. F. D. Schubart, Ulm 1766.   Schubart sagt
darüber: „Die Zaubereien, eine unglückliche Nachahmung Ovids,
sind ein schwarzes Denkmal eines verdorbenen, mit seinem Zustande unzufriedenen Herzens.   Daher sind sie voller Ausfälle auf
Leute, die besser waren, als ich, und voll Murren über meine
Situation, die doch Vorbereitung auf eine bessere war." Aehnlich sagt Strauß I, 45: „In den Zaubereien versuchte er sich
in Ovids und Wielands, in den Oden in Pindars und Klopstocks Bahnen; aber weder die Zierlichkeit und der Witz der
Einen, noch die gedankenreiche Kraft der Andern war ihm gegeben." Damit sind die Zaubereien zu hart beurteilt. Mehrere,
wie die „Rache einer Napee" und „die entzauberte Eifersucht, an
den jungen Medon" sind allerdings in Plan und Ausführung schwach,
gequält und erzwungen. „Der Zauberhain" ist besser; aber in der
Ausmalung der Verwandlung stockt die Phantasie und Schubart
bleibt weit hinter Ovids Schilderung in den Metamorphosen zurück.   In der „Macht des Plutus" ist die Schilderung von der
Macht des Geldes belebt und anziehend, aber Anfang und Ende
sind schwach.   Plutus will einmal eine Probe von seiner Gewalt

auf die Menschen machen — als ob diese Probe nicht längst
gemacht wäre und immer aufs neue mit demselben Erfolge gemacht würde! — und verwandelt einen Esel des Silen, der einen
ganzen Marstall von Eseln hat, in einen Menschen. Der in
einen Menschen verwandelte Esel hat durch seine Freigebigkeit
überall Glück und ersteigt durch Plutus Zauberkraft in kurzer
Zeit alle Stufen des menschlichen Ansehens. Unter seiner glücklichen Regierung wimmelte es bald im ganzen Land von menschlichen Eseln; die Tugend entfloh, das Laster triumphierte, Dummköpfe saßen am Ruder. Offenbar, sollte man meinen, werde
Gingang — so heißt der menschliche Esel — von Plutus dadurch
belohnt, daß er auf Erden so lang als möglich bleibe und herrsche.
Aber nein: „Plutus, nachdem er sein Götteransehen auf der Welt
genug geprüft, führt den umgeschaffenen Gingang wieder im
Sturm zur Hölle hinab, Plutus weiß nun — nun! —, daß er
der Gott der Welt ist, Silens Esel trabt stolz in seinen fast ver-
kannten (!) Stall zurück (was ist dort, fragt man unwillkürlich,
sein Loos?) und die Muse hat dem Dichter im Vertrauen gesagt,
daß Mysis, Gingangs Gattin, nach ihm Zwillinge geboren, die
seitdem Gingangs großen Namen auf die Nachwelt fortgepflanzt
haben. — Wie gesucht! wie gekünstelt! Nach der Andeutung in
der Selbstbiographie hatte Schubart in den Zaubereien bestimmte
Personen im Sinn. In Geislingen kommt der Name Gingang
nicht vor, aber der Fall ist möglich, daß Gingang der Spitzname
eines gegen Schubart feindlich gesinnten Geislinger Bürgers war,
wie denn jetzt noch fast jeder Bürger dieser Stadt seinen Neben-
namen haben soll. — In „Spencer" ist besonders die Schilderung der Verklärung und himmlischen Erhöhung des auf Erden
verhungerten Dichters gelungen. — Hier, wie in „Ixion" und
im „Zauberhain" hat er sich selbst, seine Bemühung um die Belehrung und Veredlung seiner Landsleute geschildert. Wer selbst
ähnliche Erfahrungen wie Schubart gemacht hat, wird darin viel
Wahrheit finden und oft an die Sprüche erinnert werden: Wer
viel lehren muß, der muß viel leiden; Pferdearbeit, Zeisigfutter;
oder um in der Sprache Schillers zu reden: Nicht dem Edlen
gehört die Erde; er ist ein Fremdling, er wandert aus und suchet

ein unvergänglich Haus. Der „Pseudokleist", der außer anderen
Stücken in der Scheible'schen und in der Sauer'schen Ausgabe
(Auswahl) von Schubarts Werken fehlt, ist „eine Satire auf die
naturalistischen Nachahmer der malerischen Poesie" und schwerlich
übertrieben, wenn man bedenkt, wie Lessing im 5. Litteraturbrief
über den „Lenz" des Herrn von Palthen urteilt, „eine Samm=
lung von Zügen und Bildern, die Thomson und Kleist und selbst
Zachariä verschmähet haben. — — — Zu viel, zu viel Ingre=
dienzien für Ein Vomitiv." Eingeleitet werden die Zaubereien
durch ein ergreifendes Gedicht, in dem der Dichter seine traurige
Lage, seine Armut, seine Geschäftslast, seine verfehlte gesellschaft=
liche Stellung beklagt, die ihn zur Satire und zur Elegie stim=
men. Gewidmet ist die kleine Sammlung dem „großen Zauberer
Caramussal auf dem Berge Atlas", unter dem Schubart seinen
Landsmann Wieland in Biberach versteht; wie er selbst am
25. Oktober 1766 (Strauß I, 114) schreibt: „Von meinen Zau=
bereien hab' ich nichts zu sagen, als daß die Dedikation, unter
dem Bilde des Caramussals, der ein Geschöpf des Herrn Wie=
lands im Don Sylvio (6. Buch, 1. Kapitel) ist, den Herrn
Wieland selber angeht." So viel von den Zaubereien, diesen
„Dichtungen in prosaisch=metrischer Mischform nach Art von Gersten=
bergs Tändeleien und Wielands einschlägigen Versuchen." (Sauer.)

Mit Wieland war Schubart schon früher bekannt geworden.
Am 20. Juni 1764 schreibt er zuerst an ihn; er bewundert in
ihm den Weltmann, den Gelehrten, den schönen Geist, den recht=
schaffenen Mann, der nirgends vortrefflicher ist, als wenn er
seinen verdorbenen Zeitgenossen Tugend und Religion predigt, in
denen Schubart die wahre Quelle des Schönen findet. Er macht
sich in Gedanken eine Landkarte über Schwaben und sieht die
Gegenden des schönen Geschmacks wüste, verwildert und unange=
baut; er findet, daß die wenigen Kolonisten sich nach und nach
aus diesen Gegenden verlieren und einem Wieland und etwan
noch einem Gemmingen die Ehre überlassen, den sinkenden Ruhm
der Schwaben als Atlante zu tragen; er sucht zuletzt seinen höch=
sten Ruhm darin, Wieland und noch einige große Geister lesen
und bewundern zu können.

Erst nach zwei Jahren in einem Brief vom 18. Juni 1766
antwortet ihm Wieland. Nach einer weitläufigen und nichts=
sagenden Bitte um Entschuldigung begrüßt er Schubart auf Grund
seiner Ode „auf das Gedächtnis des guten Kaisers Franz" als
Freund und lieben Bruder in Apollo, dessen Genius Wieland mit
einer Art von Ehrfurcht ansieht. Unbegreiflich, wie Wieland aus
dieser steifen, ungelenken Ode die Größe, Stärke, ja die Schön=
heit von Schubarts Genie kennen gelernt haben will, so daß er
keine Ruhe zu haben bekennt, bis er ihn persönlich kennen
lerne. Der Schluß lautet: „Was macht Ihre Muse? Das ist
auch ein großer Artikel, wird sie noch mehr pindarisieren? quem
Deum aut heroa — das sumite materiam etc. muß Ihnen
keine Gedanken machen. Sie sind zum Dichter geboren
(ganz gewiß!) und also (!) wird Ihnen eine Aeneide so wohl
gelingen als ein Hirtenlied und ein komisches Gedicht so gut als
der ätherische Flug des Vogels Jovis" — (ein höchst übereilter
Schluß!).

Schon zehn Tage später schreibt ihm Schubart. Dieser
Brief geht freilich aus einem ganz andern Ton, als der erste,
mit dem er nur den Ausdruck der Bewunderung, ja Verehrung
und der innigsten Dankbarkeit gemein hat. Schubart hat jetzt
eine ähnliche Wandlung durchgemacht, wie sein Protektor, von
dem er jetzt den Sylvio, die komischen Erzählungen und den Aga=
thon gelesen hat. „Aber Ihr Agathon! — zittern Sie nicht?
alle lutherischen Bischöfe, Pfarrer und Kirchendiener sind wider
ihn aufgebracht. Bald werden unsere Orthodoxen schwarzbraun
im Gesicht, von allen Kanzeln auf den armen jungen Menschen
losdonnern, und seinen Schöpfer unter die Spinozisten, Sozia=
ner, Weigelianer, Quietisten und Wiedertäufer hinabstoßen und
ihn in der Hölle, in der verfluchten Gesellschaft Homers, Platos,
Sokrates, Ihres theuren Lucians und anderer abscheulichen Ketzer
— ewig ohne Erlösung — schmachten lassen" u. s. w. Im
übrigen beurteilt Schubart seine eigenen poetischen Leistungen,
wie seinen poetischen Beruf überhaupt, strenger, mißtrauischer,
als sein Lobredner Wieland. Er weiß, wie schwer es ist, mit
Pindar zu wetteifern, wie gewagt für ihn in seinem prosaischen

Beruf, nur pindarisieren zu wollen. „Ich werde freilich noch manchen mißlungenen Versuch machen müssen, bis ich selber weiß, in welchem Felde der Dichtkunst ich mit dem mehresten Vorteile arbeiten kann" schreibt er dem Manne, der vor zwei Jahren ihm den entschiedensten Beruf zu jedem Fach der Dichtkunst zugetraut hatte. Ob Schubart später noch an Wieland geschrieben hat oder Wieland an ihn, wissen wir nicht. Mit Wielands Abgang nach Erfurt scheint der Briefwechsel zwischen Beiden ein Ende genommen zu haben.

Immerhin mag man es mit Prutz a. a. O. beklagen, daß Schubart bei seinem ersten Ausflug in die litterarische Welt auf keinen festeren Karakter stieß und sich keinem männlicheren, kraftvolleren Geiste anschloß. Uebrigens war Schubart, wie sich später zeigen wird, gegen Wielands Schwächen und Mängel keineswegs blind; er hat sich ihm noch viel weniger unbedingt hingegeben, als seinem Klopstock; auch ist es übertrieben, wenn Prutz sagt, Wielands erster Brief habe ihm den Kopf verrückt. — In Geislingen entstanden noch die Todesgesänge, Ulm 1767. Eine, wie der Titel besagt, geringere, zum Besten des gemeinen Mannes veranstaltete Ausgabe erschien Ulm 1767 und wurde in Augsburg 1800 wiederholt. Im Jahre 1770 wurden sie unter dem Titel „der Christ am Rande des Grabes" gedruckt, und im Jahr 1778 erschienen in Augsburg „Todesgesänge von M. Chr. Fr. D. Schubart; mit dem wohlgetroffenen Bildnis des Verfassers". Es ist, bemerkt Jördens, die alte Ausgabe mit einem neuen Titel. Der Verleger wollte von Schubarts Situation (indem er damals auf dem Hohenasperg gefangen saß) Vorteil ziehen. Das Bildnis ist aus der deutschen Chronik hineingelegt. — Man sieht, welche weite Verbreitung diese Lieder fanden, die Schubart teils zum Zwecke seiner Abdankungen auf dem Gottesacker, teils aus Dank gegen Gott nach einer schweren Krankheit dichtete, von der ihn der Stadtarzt Rau geheilt hatte. Schubart schrieb sie, wie er selbst sagt, mit seiner gewöhnlichen leidigen Eilfertigkeit; er vermißt an ihnen zwei Haupteigenschaften — Einfalt und Salbung, die ihnen auch die sorgfältigste Ausbesserung nicht hätte geben können. Dieses Urteil trifft auf die meisten, wenn auch nicht auf

alle Lieder dieser Sammlung zu. Schubart ist in seinen späteren
Liedern einfacher und natürlicher gewesen. Hier hatte er nicht,
wie bei den Abdankungen, während des Dichtens ein größeres,
ihn beobachtendes Publikum vor seinem geistigen Auge; er war
mit sich, mit Gott, mit seinen Lieben allein.

Unter den Zaubereien befindet sich, wie oben angegeben
wurde, ein ziemlich unbedeutendes Gedicht: „die entzauberte Eifersucht" an Medon. Dieser Medon ist nach Preßels „Schubart in
Ulm" der Sohn des Oberbürgermeisters Wolbach, in dessen Hause
jetzt noch Briefe von Schubart aufbewahrt werden. Schubart
stand mit dem jungen Mann in freundschaftlichem Verhältnis und
man sieht aus den Briefen, wie Schubart bestrebt war, ihn in
der Litteratur auf den rechten Weg zu weisen. So äußert er
einmal, Klopstock schreite über die Welt wie ein Koloß; Lessings
Minna von Barnhelm nennt er ein unverbesserliches Meisterstück;
bei Horaz, erinnert er, dürfe man nicht zu ängstlich auf den
historischen Plan sehen, statt auf den poetischen. So wirkte er
auch außer der Schule erziehend, belehrend, aufklärend.

Indessen so sehr Schubarts pädagogische Begabung anzuerkennen ist, so hatte er doch zwei Eigenschaften, die dem Schul-
halten schnurstracks zuwider waren. Er konnte sich an keine
bestimmte Zeit binden und litt, wie Lessing, an einer unüberwindlichen Amtsscheu; das ewige Einerlei des Schulunterrichts sodann
war ihm zuwider, er wollte Abwechslung, Neues. J. G. Fischer
hat in der oben mitgeteilten Skizze Schubarts Aufenthalt in Geislingen und die Stimmung der Bürgerschaft über ihn einseitig,
d. h. zu rosig ausgemalt. Er hatte viele Freunde und Bewunderer, aber auch Feinde und Aufpasser wie jeder geniale Mann.
Schon 1767 wollte er von Geislingen fort; er meldete sich, aber
ohne Erfolg, um die Lehrstelle an der dritten Klasse des Gymnasiums in Ulm. Seine Neigung zum Spott und Humor spielte
ihm im Anfang des Jahrs 1769 einen bösen Streich. Er hatte
einigen seiner Schulknaben auf ihren Wunsch für ihre auswärtigen in der Lehre stehenden Freunde einen lustigen Neujahrswunsch
verfertigt, worin freilich, wie Schubart in seinem Verantwortungs-
schreiben an den Obervogt in Geislingen (Stranß I, 193) sich

ausdrückt, die Worte nicht auf der Goldwage abgewogen waren.
Wider Schubarts ausdrückliches Verbot wurde dieser Wunsch
kopirt, kam nach Ulm und wurde dort von einigen Studenten
gewaltig verändert. In Geislingen selbst war der Wunsch ver=
gessen; „nur die Herren Geistlichen, fährt Schubart fort, welche
niemals einiger sind, als wann sie auf mich losdonnern, haben
sorgfältig einige durch schlimme Abschreiber verstümmelte Kopien
in ihrem Pulte verwahrt, bis ich endlich gestern unvermutet vor
ihr geistliches Tribunal gefordert und mir mit allen furchtbaren
Feierlichkeiten die Anfrage des Hochlöbl. Hüttenamts vorgelesen
wurde: ob ich der Verfasser oftgedachten Wunsches sei? — Ich,
der ich meine unüberlegte elende Poesie längst selbst vergessen
hatte sagte in der ersten Verlegenheit: Nein! — bis ich endlich,
durch die Stimme des Gewissens aufgefordert, die Wahrheit
bekannte." Schubart bittet nun, durch ein hochgeneigtes Empfeh=
lungsschreiben den schlimmen Folgen vorzubeugen, die nach den
Drohungen des Ministerii auf nichts anderes als auf die gänz=
liche Zerstörung seines gegenwärtigen und zukünftigen Glückes
abzwecke; die verdächtigen Ausdrücke des Wunsches seien ja nicht
im positiven, sondern im negativen Verstande zu nehmen, er sei
sich dabei keiner unlautern Absicht bewußt gewesen, blos ein
pruritus nach burlesken und komischen Einfällen habe das ganze
unglückselige poetische Geschöpf hervorgebracht. Ueber den weite=
ren Verlauf der Geschichte ist nichts bekannt.

Gelegentlich mag hier erwähnt werden, daß Schubart eines
seiner beißendsten und am meisten in die Oeffentlichkeit gedrunge=
nen Witzworte in Geislingen preis gab. Er war einst im Wirts=
haus zur Sonne in Gesellschaft einiger Geistlichen, die sich über
den Text des nächsten Sonntags, den Hauptmann von Kaper=
naum, unterhielten. Einer von ihnen forderte Schubart auf,
über den grauen Martissohn, wie er sich ausdrückte, etwas aus
dem Stegreif zum besten zu geben. Schubart besann sich nicht
lange:

Du Hauptmann von Kapernaum,
Schlag diese Pfaffen lahm und krumm,
Und schlägst du ihnen d' Rippen ein,
So sollst du Oberstleutnant sein.

Daß dieser Witz, so sehr er belacht wurde, böses Blut machte,
versteht sich von selbst.

Schubart dachte nun ernstlich an eine Ortsveränderung.
Eine Gelegenheit zeigte sich bald. Er besuchte nebst seiner Frau
seinen Schwager in Eßlingen und reiste in seiner Gesellschaft
nach Ludwigsburg, um die neue Oper „Fetonte" am Geburtstage des Herzogs aufführen zu sehen. Noch nie hatte er eine
Oper gesehen, nie ein treffliches Orchester gehört; hier sah er,
wie er sich ausdrückt, den Triumph der Dichtkunst, Malerei, Tonkunst und Mimik vor sich. Er kehrte mit dem festen Entschlusse
zurück, sich in diese ihm neue Welt voll tausendfacher Wonne zu
begeben. Der Schulstaub fing an, seiner Gesundheit zu schaden;
er sah immer blaß, bekam oft heftige Schwindel und warf Blut
aus. Indessen hatte er schon seit längerer Zeit von dem Fürsten von Ellwangen, der, wie wir wissen, auch protestantische
Pfarreien zu vergeben hatte, wiederholte Versicherungen wegen
seiner Versorgung erhalten. Daß er Geislingen nach sechs langen Jahren verlassen wollte, konnte man ihm nicht verübeln;
aber daß er das Städtchen mit Ludwigsburg vertauschen wollte,
war höchst bedenklich und geschah, wie er selbst gesteht, aus Liebe
zur Veränderlichkeit und zum freien Genuß des Lebens. Sein
Wunsch sollte in Erfüllung gehen. Man suchte in Ludwigsburg
einen Organisten und Musikdirektor, und durch die Bemühungen
seines Freundes Haug, der 1766 als Professor nach Stuttgart
berufen worden war, erhielt er diese Stelle. Es ging dabei
„nicht ohne heißen Kampf" zu. Oberpräzeptor Jahn, Schillers
Lehrer, hatte sich um Vereinigung dieser Stelle mit der seinigen
gemeldet und ward in diesem Gesuche von Spezial (= Dekan)
Zilling unterstützt, während der Magistrat und der Oberamtmann
Kerner, Vater von Justinus, für Berufung eines eigenen Direk-
tors und Organisten sich aussprachen und letzterer namentlich
Schubart als höchst tüchtig empfahl. Zilling scheint hauptsächlich

den Makel der Trunkliebe gegen ihn geltend gemacht zu haben.
Es erfolgte daher (Strauß I, 202) eine herzogliche Weisung an
das gemeinschaftliche Oberamt und den Magistrat zu Ludwigsburg unter dem 29. Mai 1769, sich nicht allein der Umstände
und des Lebenswandels des Präzeptor Schubarts zu Geislingen
genauer und zuverlässiger zu erkundigen, weilen verlauten wollen,
als ob derselbe dem Trunk allzusehr ergeben wäre; sondern auch
zu trachten, ob nicht zu diesem Dienst tüchtige Landeskinder aus-
findig zu machen seien. Das dadurch veranlaßte Zeugnis des
Ulmer Magistrats d. d. 23. Juni lautete, daß der bisherige
Präzeptor und Direktor Musices zu Geislingen, Chr. Fr. Dan.
Schubart, der dortigen Schule mit vielem Nutzen vorgestanden,
die Kirchenmusik nach Wunsch versehen, auf der Orgel sowol als
der Violin und Vokalmusik eine vorzügliche Stärke besitze, die
Kanzeln zum öftern cum applausu betreten, auch annebens in
der litterarischen Welt sich bekannt gemacht, und an seinem Lebenswandel, da er die seiner Jugend zugeschriebene menschliche Fehler
auf geschehene Ermahnungen gebessert, nichts sonderliches auszusetzen sei. Am 14. September 1769 konnte Schubart seinem
Schwager schreiben, er habe die Vokation erhalten und angenommen. Dieselbe war am 1. September vom Herzog ins Reine
gebracht; Schubart war zum Organisten und Musikdirektor in
Ludwigsburg ernannt worden mit der Auflage, jährliche 100 fl.
von seiner Besoldung seinem rubedonirten Vorgänger Enslin ad
dies vitae zu überlassen; es blieben ihm ungefähr 700 fl. mit
Aussicht auf Nebenverdienst.

Das letztemal predigte er in dem Dorfe Bartholomäi mit
solcher Rührung und Wehmut, als wenn er gewußt hätte, daß
er von nun an die Kanzel nicht mehr betreten sollte. „Thörichter
Tausch von mir! Was ist der Ruhm des ersten Tonkünstlers
gegen den Segen, den ein guter Prediger, ein Volkslehrer zu
stiften vermag." Schubart glaubte das einemal, er sei eigentlich
zum Musiker, das anderemal, er sei zum Prediger bestimmt gewesen. Noch am 19. Juni 1789 schreibt er (Strauß II, 390) an
seinen Sohn: „Freilich hab ich große Anlagen zum Volkslehrer,
und wenn ich Prediger geblieben wäre, so hätt' ich eine Sekte

errichten können, wenn es mein Herz zugelassen hätte. Es war
der tollste Streich meines Lebens, daß ich diesen Stand verließ.
Ich wurde auch von selbigem Augenblicke an vom Schicksale ver=
folgt; war unstät und flüchtig, wie der erste blutige Mann;
mußte mit Noth und Mangel ringen, und erst nach einer elft=
halbjährigen Strafe für meine leichtfertige Desertion geht es mir
wohl, wofür ich den lieben Gott unaufhörlich preise." Als ob
Schubart nicht schon in Geislingen „vom Schicksal verfolgt" wor=
den wäre, mit Not und Mangel gerungen und sich fortwährend
fortgesehnt hätte! Schubart wurde nicht sowol vom Schicksal, als
von seinem unstäten Charakter verfolgt; er klagt immer über
Feinde und war, ohne es zu wollen, sein eigener ärgster Feind.
Zum geistlichen Stand taugte er, wie er nun einmal war, ganz
und gar nicht. Schubart mit seinem brausenden Ungestüm, seiner
überaus starken Sinnlichkeit, seinem unvorsichtigen Benehmen in
Gesellschaften, seiner unüberwindlichen Amtsscheu und, was die
Hauptsache ist, mit einem zur Kritik und zum Zweifel am Dogma,
das er zu verkündigen hatte, geneigten Herzen, Schubart im geist=
lichen Stand! Er, der überall sich mit der Geistlichkeit, bald mit
der evangelischen, bald mit der katholischen überwarf, selber in
diesem Stand! Da hätte er gewiß ein ähnliches Schicksal gehabt,
wie jener trotz seines Namens unglückliche Garnisonspfarrer auf
dem Asperg, an den er in den obengenannten Hinsichten, wie in
den Vorzügen des musikalischen und geselligen Talents, des spru=
delnden Witzes und Geistreichtums lebhaft erinnert. Ruhig im
gewohnten Geleise des geistlichen Standes sich zu bewegen, wäre
für ihn eine schwere Aufgabe gewesen. Gleich denkt er daher
daran, er hätte eine Sekte errichten können. Wie wäre es ihm
da gegangen? Verdruß über Verdruß, Anstoß über Anstoß nach
allen Seiten, besonders auch nach der Seite der Oberkirchen=
behörde hin. Schubarts pietistisch=theosophischer Zeitgenosse, der
Pfarrer Hahn, wollte eine theologische Schrift erscheinen lassen
und bekam 1784 das Manuskript vom Konsistorium zurück. Er
wurde abschlägig beschieden; man habe ihm schon vor drei Jah=
ren geäußert, daß es nicht rätlich sei, dergleichen scripta drucken
zu lassen, indem dadurch Manche irre und in der Lehre, die sie

von Jugend aufgefaßt, zumal durch dergleichen nicht genug
geprüfte — manchmal dem richtig erklärten Wort Gottes wider-
sprechende und also Mißverstand und Irrungen anrichtende Vor-
stellungsarten ungewiß gemacht würden; man wolle sich vielmehr
zu ihm versehen, daß er sich das Lehramt in seiner Gemeinde
allein angelegen sein lassen und trachten solle, bei selbiger Segen
und Erbauung zu stiften. „Herr Spezial, lautet der Schluß,
schrieben mir auch und bezeugten, daß es ihm sehr leid sei, weil
es ihm wohlgefalle, und er nichts wider die libros symbolicos
darin finde." Wider die libros symbolicos war allerdings Hahns
Lieblingslehre, die Lehre vom tausendjährigen Reich Christi, die
schon in der Augsburger Konfession verdammt wird. Merkwürdig, daß dies der Spezial nicht merkte oder nicht merken wollte.
Gerade diese Lehre war auch Schubarts felsenfeste Überzeugung;
nichts war ihm mehr zuwider, als die symbolische Lehre von der
ewigen Verdammnis.

Zum Prediger paßte Schubart ganz und gar nicht; aber
allerdings zum Volkslehrer in einem andern Sinn und von einem
andern Ort aus, als von der Kanzel. — Schubarts Weggang
von Geislingen war von keinen guten Vorzeichen begleitet; ein
alter Römer wäre geblieben. Schon in der Neujahrsnacht auf
1769 hatte er einen höchst bedeutenden Traum, durch den ihn,
wie Schubart mit Recht urteilt, Gott von seinem Vorhaben zurück-
schrecken wollte. In dieser Nacht sah er nemlich im Traum
Feuer in der Sakristei zu Geislingen auflodern, er wollte es
löschen und die Flamme sengte ihn. — Erschrocken floh er ins
Feld, eine Wüste öffnete sich ihm; er verwilderte darin, von
Scheusalen umtanzt, umheult, umzischt; Nacht und Finsternis floß
immer dicker und schrecklicher auf seinen Pfad hinunter; — ein
Blitz, der plötzlich die ganze scheußliche Gegend erleuchtete, wies
ihm nun die gähnende gräuliche Kluft, an der er schwindelte. Er
schrie, eine starke Hand griff nach ihm und stellte ihn auf einen
Berg, der ganz mit Asche bedeckt war. Er watete durch die Asche
in einen Turm, wo ein ganzes Heer von Männern in schwarzen Kutten ihn hohnneckend bewillkommte. Ein kleiner freundlicher Mann war ihm hier noch allein zum Troste — er vertrieb

die Kutten, nachdem sie ihn lange mit den großen Nägeln ihrer
Hände bis auf den Tod gezwickt hatten, und führte ihn auf eine
große Wiese, wo er nach langen Qualen Ruhe fand. Der Verfasser von Schubarts Leben am Schluß der Frankfurter Ausgabe,
Professor Weber, meint zwar, in diesem Traum könne ein Unbefangener nur die Wahngebilde einer erhitzten Phantasie erkennen;
wer so ohne Stetigkeit und Ruhe sich rastlos in den Genüssen
der Sinne abtobe, dann wieder in den Zerknirschungen finsterer
Ascetik sich abtöte, bei dem komme Wachen und Träumen aus
seiner natürlichen Stelle. Allein hier ist Schubarts Lebensweise
karrikiert; ein so ausschweifendes Leben erlaubten ihm schon seine
beschränkten Verhältnisse nicht. Wenn Weber weiter bemerkt,
dieser Traumglaube Schubarts gehöre zur Charakteristik seiner
krankhaft überspannten Ansichten, so ist darauf zu antworten, daß
die Träume und Ahnungen unmittelbar vor der Katastrophe wieder kamen und sein Weib beidemale ebenfalls von düsterer Ahnung
geplagt wurde. Als der Dichter in Blaubeuren in seines Be-
gleiters Zimmer trat, nahm er ein Buch vom Gesimse — es war
Sebaldus Nothanker; da fielen ihm ganz dieselben Pfaffenphysiognomieen in Chodowieckis Zeichnung mit neuem widrigen Eindruck
ins Gesicht -- es waren dieselben Physiognomieen, die ihm in
Geislingen und Ulm im Traum erschienen waren. Wahrlich,
hier ist mehr als Zufall. Die Deutung des Traums ist einfach.
Der kleine freundliche Mann konnte nur auf den so eben erwähnten Pfarrer Hahn gehen, dessen Milde und Liebenswürdigkeit
bei allem Ernst seines heiligen Amtes Schubart wiederholt rühmt.
Mag man diese Träume zu den vorbedeutenden oder warnenden
rechnen — Schubart rechnet sie zu den letzteren — wegdisputieren
lassen sie sich nicht; zudem teilt er diesen Glauben mit vielen,
sogar klassischen Dichtern, Naturforschern, Philosophen. Alle
solche Erzählungen, wie sie sich z. B. unter den Alten bei Cicero
finden, unbesehen in die große Rumpelkammer des Aberglaubens
zu werfen, ist unkritisch. Auch derjenige, der diese Träume natürlich zu erklären sucht, muß zugeben, daß das Wahre daran jedenfalls die Überzeugung war, die Schubart sein ganzes Leben hindurch begleitete und ihn im tiefsten Unglück wieder aufrichtete,

daß Gottes Vorsehung über ihm wache, seine Schritte leite, seine
Schicksale regiere und daß in der menschlichen Seele, wie Schubart fest überzeugt war, ganz merkwürdige, uns nur zum Teil
bekannte Kräfte schlummern.

Herzog Karl nahm, wie oben zu lesen war, Anstoß an Schubarts — Trunkliebe. So große Ähnlichkeit Schubart in manchen Punkten mit dem Herzog hatte, in diesem Punkt, wo Schubart nicht frei von Schuld war, stand Karl unantastbar da, nicht
als hätte er durch den Geist das Fleisch überwunden, sondern
weil er von Natur keine Neigung zum Trunk hatte. Aber die
Neigung zum Trunk hing bei Schubart mit anderen Fehlern zusammen, namentlich mit seiner oft unbegreiflichen Unvorsichtigkeit
im Reden und Handeln.

Strauß sagt I, 51: „Immer unerträglicher war indessen
für Schubart seine Geislinger Existenz geworden. Teils war es
eigne Schuld, teils fremder Unverstand, teils Ungunst der Verhältnisse: — aber halten ließ sich seine Stellung nicht länger."
Ganz anders urteilt Schubart in seiner Selbstbiographie, wenn
er sagt: „Es wäre mir und den Meinigen zuträglicher gewesen,
wenn ich mein weiteres Glück in Geislingen abgewartet hätte,
als daß ich mich auf einen Eisboden hinwagen wollte, auf dem
ein Mensch, wie ich, notwendig Hals und Bein brechen mußte."
Dieser Meinung waren auch seine Blutsfreunde, die ihn besser
kannten. Sein Bruder Jakob besuchte ihn, nahm weinend von
ihm Abschied und sagte: „Bruder, Dich hab' ich verloren!" —
o daß ich nicht Abbadonnas Klage weinen müsse:

„Abdiel, mein Bruder, ist mir auf ewig gestorben."

Sein keuchender Ton und sein blasses Gesicht war der Ausdruck und die ganze tiefe Deutung dieser Wehklage. —

In Folge eines Wortwechsels gab Schubart seinem Weib ein
paar Ohrfeigen; da drang sein Schwiegervater in sein Haus, nahm
Weib und Kinder mit sich fort, verklagte Schubart und war auch
gegen die Vorstellungen des Obervogts, sich zu versöhnen, taub.
Die Nacht vor seiner Abreise kam jedoch seine Gattin über sein Bett,
fiel mit lautem Schluchzen auf ihn hin und konnte vor Schmerz
nicht reden; den andern Tag kam sie in seine Wohnung, fiel vor

ihm auf die Kniee nieder und bat ihn mit aufgehobenen Händen: „O Mann, ich bitt' Dich, werd' ein Christ!" Die zweite
Mahnung dieser Art. Nie konnte Schubart dieses rührende Bild
ganz vergessen. — Wer wollte die Frau deßwegen tadeln? Sie
sagte nicht: Bleibe in Geislingen! sondern: Werde ein Christ;
sie war der festen Ueberzeugung, daß ihrem Mann, wenn er ein
Christ geworden wäre, d. h. wenn er vermocht hätte, durch die
Macht der christlichen Religion seine Lüste und Leidenschaften zu
besiegen und zur innern Ordnung und Harmonie durchzubringen,
der Aufenthalt in Ludwigsburg nichts schaden konnte. Aber auch,
als Schubart auf seinem Vorsatz, nach Ludwigsburg zu ziehen,
beharrte, erklärte sie ihm, sie wolle ihn nie verlassen. Schubart
schrieb darauf ein versöhnliches Billet an seinen Schwiegervater,
in dem er nichts verlangte, als sein Weib und seine Kinder
(Strauß I, 226). Wenn nun Schubart ungeachtet dieser Bitte
Geislingen ohne Weib und Kinder verlassen mußte, so wissen wir,
wo wir die Schuld zu suchen haben.

Unter tausend Thränen, durch die lange Reihe seiner lieben
Schüler hindurch, von vielen beschenkt und allen gesegnet, mit
schwerem Herzen, still in sich selbst versunken reiste er von Geislingen ab und kam im Herbst 1769 (nicht 1768, wie die Selbstbiographie aus Versehen angibt) in Ludwigsburg an. Seine
Frau schrieb ihm bald und bat ihn, sie und ihre Kinder abzuholen. Schubart erschien in Geislingen, söhnte sich mit seinem
Schwiegervater aus, bekam aufs neue ein ansehnliches Geschenk
von dem Fürstbischof zu Ellwangen und zog mit Weib und Kindern, einem Sohn und einer Tochter, nach Ludwigsburg — auch
auf dieser Reise in düstre Ahnungen versenkt, obgleich er den
„bekannten" (jetzt ganz und gar vergessenen, nicht einmal von
Jördens genannten) Romanschreiber Korn und einen ungemein
witzigen Frembling zu Gefährten hatte.

Schubart ist in Geislingen nicht vergessen. Dies beweist
der Umstand, daß hundert Jahre nach Schubarts Aufenthalt daselbst an dem Schulhaus zunächst der Kirche eine metallene Ge-
denktafel angebracht ist, welche ein kraftvolles Reliefbild mit der
Umschrift trägt: „Schubart lehrte von 1763—1769 a. d. Schule."

In einer Nachschrift sagt Schubart, Geislingen, früher ein
durch seine Künstler im Beindrechseln weit berühmter Ort, ver-
sinke immer mehr in traurige, dumpfe Armut; viele Einwohner
verlassen den Ort ganz und siedeln sich in Polen oder Ungarn
an. Diese Schilderung gilt natürlich von der Gegenwart nicht
mehr. Die Stadt zählt 3654 Einwohner, liegt an der Eisenbahn
und steht fester und einiger, als irgend eine Stadt, zu Kaiser und
Reich. Es ist, als ob des preußenfreundlichen Schubarts Geist
nachwirkte.

IV.

Ludwigsburg.
Vom Herbst 1769 bis Mai 1773.

Niemand war mit Schubarts Wegzug nach Ludwigsburg
unzufriedener, als der alte Bühler. Nach den oben genannten
Gewaltsmaßregeln schrieb er an Schubarts Schwager Böck einen
Brief, in dem er sich höchst ungünstig über seinen Schwiegersohn,
namentlich auch in Betreff seiner Amtsführung, äußerte; und als
Schubart in Ludwigsburg ankam und seinen Freund und Gönner Haug besuchte, erfuhr er, daß auch diesen, wie ohne Zweifel
noch andere Bewohner Ludwigsburgs, sein Schwiegervater durch
vorausgeschickte Klagbriefe gegen den neuen Organisten einzuneh-
men versucht hatte, ein Verfahren, das Strauß mit Recht ebenso
unverantwortlich, wie unvernünftig nennt.

In der Lebensbeschreibung sagt Schubart, er habe bald
Kragen, schwarzen Rock und Mantel abgelegt und mit dem bor-
dirten Rock, Tressenhut und Degen den Weltgeist auch äußerlich
angezogen, sowie er ihn innerlich schon lange besessen habe und
bald habe er mit den Virtuosen des Hofs, welschen und deutschen, sich bekannt zu machen gesucht. Schubart hat sich hier
wieder zu schwarz gemalt und wird von seinen Briefen bei
Strauß widerlegt. Nur nach und nach vollzog sich bei ihm der

Uebergang zur offenkundigen Liederlichkeit. Der Brief, der von
diesem unheilvollen Umschwung klares Zeugnis giebt, ist vom
6. Februar 1771 und an seinen Schwager gerichtet. Ein starkes
Jahr vorher, den 17. Januar 1770, schreibt er unter dem Eindruck des Todes seines braven Bruders Jakob, er wolle sich be-
streben, der Tugend seines Bruders nachzufolgen; seine bisherige
Aufführung sei tadellos; nur dreier Dinge sei er sich bewußt,
die man hier zu Lande für Staatsfehler halte, einmal habe er
in der Post eine Pfeife Tabak geraucht, ein andermal habe er
in einem Konzert mit einem Fernglas herumgesehen und drittens
lege man ihm zur Last, daß er mit zu vielem Feuer in Gesellschaften rede und sich erfreche, zu urteilen. Er ist für Klopstock begeistert, hält ihn für einen der größten, erhabensten,
frömmsten, göttlichsten Menschen, die je gelebt haben, giebt einem
neugebornen Sohn Klopstocks Vornamen, er studiert Klopstock und
giebt eine Sammlung seiner kleinen poetischen und prosaischen
Werke heraus, er liest Michaelis übersetztes A. T. und Gellerts
Moral, er hat die besten Vorsätze und spricht die edelsten Grundsätze aus, der unvermutete Tod des kleinen Klopstock stimmt seine
Seele zum Ernst und zu ruhigem Gottvertrauen. Welcher Unterschied zwischen dem Brief vom 8. Dezember 1770, in dem er
seinem Schwager diesen Todesfall meldet, und dem schon genannten Brief an Böckh vom 6. Februar 1771! Hier nennt er sich
einen Mann, der unter dem Lärm der großen Welt wandelt, in
den gewöhnlichen Lustbarkeiten des Hofes ersoffen, einen Hofmann, stolz, windicht, unwissend, vornehm, ohne Geld, in samt-
nen Hosen, die noch nicht bezahlt sind. Er wohnt in einem
neuen Logis, geipst, weit, modisch, hell, wie es sich für einen
Hofmann gehört. Seine Studierstube hat sich in ein Putzzimmer
verwandelt, sein Pult in eine Toilette; seine Bücher hat er einem
kontrakten Schulmeister geschenkt und statt des Tabaks kaut er
Lavendel.

 "Ich freue mich von Herzen über das Privilegium, dumm
und vornehm zu sein und lache über euch Autoren mit der papiernen Unsterblichkeit." (Auch Böckh schriftstellerte und gab damals
ein viel gelesenes Wochenblatt heraus.) "Gott verzeih mir's, daß

ich ein Narr war und den Messias auswendig lernte. Ich kann
nun etwas Italiänisch und Französisch stottern u. s. w." Hier
beschäftigt uns hauptsächlich das Urteil über Klopstock. Es steht
in Schubarts Leben und Schriften vereinzelt da und zeugt von
der sittlich-religiösen Gesunkenheit dessen, der so über sich selbst
schreiben konnte. Bei dem Kapitel von Schubarts Religiosität
kommt auch sein Verhältnis zu Klopstock in Betracht. Ist es
psychologisch wahrscheinlich, kann man fragen, daß der lebens=
längliche Bewunderer Klopstocks, der Verehrer Dantes und Mil=
tons jemals nicht nur mit dem prahlenden Munde, sondern auch
in der Tiefe des Herzens ein entschiedener Freigeist war? Bei
Schiller wenigstens hängt seine Abkehr von Klopstock mit seiner
Abkehr vom positiven Christentum zusammen. Zum Glück steht
auch diese vereinzelte renommistische Aeußerung in einem ursprüng=
lich nicht für die Öffentlichkeit bestimmten Privatbriefe, zeugt aber
auch so immer noch von dem damaligen sittlichen Verfall Schubarts.

　　Schubart hatte in diesem Brief seinen Schwager zum bevor=
stehenden Geburtstag des Herzogs nach Ludwigsburg zu sich ein=
geladen. Im nächsten Brief meldet er, daß die Geburtstags=
freuden nichts zurückgelassen haben, als getäuschte Augen, betro=
gene Ohren, verderbte Mägen und leere Beutel. Weiter lesen
wir hier: „Mein Schicksal bei Hof ist noch nicht entschieden. Ich
wünschte meinem Fürsten nicht unter den Augen, sondern weit
von ihm dienen zu können. Mir fallen immer die Donnerkeile
ein in der Hand Jupiters." Schubart, der auch in Ludwigsburg
mit seinem Beruf nicht zufrieden war, hatte sich schon im Herbst
1770 dem Herzoge zu verschiedenen anderen Ämtern, wie zu
einer Tübinger Professur der schönen Wissenschaften oder zu einem
Bibliothekar, angetragen. Am 13. August 1771 hatte er (Strauß I,
261) eine Audienz bei dem allmächtigen Grafen Montmartin.
Er schilderte diesem seine Situation so bitter, daß sie das Mit=
leiden einer jeden edlen Seele verdiene, mußte sich Vorschläge zu
verschiedenen Geschäften, sogar zur Verwendung „in Craiß= oder
Gesandtschaftssachen" machen lassen, wozu Schubart am aller=
wenigsten taugte und wurde mit leeren Versprechungen entlassen.
Wenige Tage nach diesem an seine Frau gerichteten Brief schreibt

er seinem Schwager Böckh, seine äußerliche Situation habe eine sehr
gute Außenseite, in den glänzendsten Gesellschaften sei er willkommen, aber es fehle ihm Ruhe der Seele und körperliche Gesundheit.

Wir haben einen von Schubart an seine Frau gerichteten
Brief erwähnt, worin er sein Gespräch mit Montmartin berichtet.
Schubarts Gattin war also damals, im August 1771, auf
Besuch in Geislingen; sie wurde (Strauß I, 264) in Bälde zu-
rückerwartet und sollte auf der Heimreise ein paar Tage bei
Böckh in Eßlingen bleiben. Am 7. Dezember läßt die Schu-
bartin durch ihren Gatten Böckh grüßen und gegen Ende dieses
Monats ist sie eines Morgens in Abwesenheit ihres Mannes verschwunden. Nach der Selbstbiographie wurde sie von ihrem Vater
abgeholt. Im März 1772 kehrte sie (Strauß I, 84) zu ihrem
Manne nach Ludwigsburg zurück; Ende April ist sie (Strauß I,
289) in Ludwigsburg, aber im August desselben Jahres ist die
Schubartin wieder bei ihren Eltern in Geislingen. Jakobina,
Schubarts damals noch ledige Schwester, reiste nach Geislingen,
um ihre Schwägerin zur Rückkehr nach Ludwigsburg zu bewegen, traf diese aber sehr krank. Es war das Gerücht von der
übeln Haushaltung und namentlich von der höchst verdächtigen
Gemeinschaft ihres Mannes mit seiner Magd dahin gedrungen.
Diese, Namens Barbara Streicherin von Aalen, ein wohlgebil-
detes, manierliches Mädchen von 21 Jahren, hatte vorher bei
Schubarts Schwager gedient, war aber, als dieser von Eßlingen
nach Nördlingen befördert wurde, zu dem von seiner Gattin ver-
lassenen Schubart gezogen. Jakobina wurde nun von der ganzen
Bühlerischen Freundschaft gebeten, nach Ludwigsburg zu reisen
und eine Reformation des verwilderten brüderlichen Hauswesens
vorzunehmen. — Diesen zweiten oder, wenn wir den Besuch im
August 1771, über dessen Anlaß und Dauer wir nichts Genaueres
wissen, dazu nehmen, diesen dritten Aufenthalt der ihrem Mann ent-
flohenen Frau bei ihren Eltern erfuhr man erst aus den Mitteilungen
von Strauß in dem Aufsatz: „Barbara Streicherin von Aalen.
Ein Lebensbild aus der Sturm- und Drangperiode unserer Litteratur." (Kleine Schriften. Neue Folge. 1866, S. 464 ff.) —
Hier verlassen uns die anderen Quellen und wir sind wieder auf

die Selbstbiographie verwiesen. „Meine Vorgesetzten, lesen wir
da, waren meiner müde und ergriffen die nächste Gelegenheit,
mich wegzuschaffen. Ein verdächtiger Umgang mit einem Mäd=
chen gab ihnen bald Anlaß, mich vor Gericht zu fordern und ins
Gefängnis zu werfen." Noch in der Briefsammlung (1, 224)
hatte Strauß die Sache so dargestellt, Schubart habe sich auch
darin der Hofsitte konformieren wollen, daß er eine Art von
Mätresse annahm, obwohl seine Barbara Streicherin keine hof=
fähige Person, sondern eine simple Aalener Landsmännin von
ihm war. Erst aus weiteren Briefen von Schubart und seinen
nächsten Angehörigen, die er in die Hände bekam, erfuhr Strauß
den näheren Sachverhalt. Schubart hielt sich also nicht, wie
längere Zeit geglaubt wurde, neben seiner rechtmäßigen Gattin
eine Mätresse, sondern besagte Barbara Streicherin, die Schu=
barts Gattin wahrscheinlich bei Böckhs kennen gelernt und die
keinen guten Eindruck auf sie — aber einen um so vorteilhafteren
auf ihren Mann — gemacht hatte, war ohne Zweifel auf Schu=
barts Einladung ins Haus des Organisten gekommen.
„Mein einziger lieber Sohn, fährt Schubart fort, war eben
damals tötlich krank. Mein Weib — denn sie war wieder von
Geislingen zurückgekommen und betete stillseufzend zu Gott um
meine Bekehrung — schmachtete an seinem Bette, als ich wie der
gemeinste Missetäter in Turm und zwar in eben das Gefängnis
geworfen wurde, in dem vorher ein Mörder lag, den ich erst
vor wenig Tagen hinrichten und seinen Kopf auf den Pfahl
stecken sah." — Diese Worte lassen sich nur so auslegen, daß er
nach der Rückkehr seines Weibs vor Gericht gefordert und gefangen
genommen wurde. Jakobina hatte also in Schubarts Hause
nichts ausgerichtet, und nun hatte ohne Zweifel die Eifersucht
seine Gattin von Geislingen nach Ludwigsburg getrieben. Wie
lange die Streicherin noch im Hause war, wissen wir nicht; wahr=
scheinlich mußte sie der erzürnten Gattin bald genug weichen.
Aber das Ärgernis war einmal gegeben und mußte bestraft wer=
den. (Strauß a. a. O. übersieht die in der Selbstbiographie
enthaltene Angabe von der Rückkehr der Schubartin nach Lud=
wigsburg, wodurch die Geschichte der Streicherin erst einen, frei=

lich nicht erbaulichen, Schluß erhält.) Als Schubart aus seinem
schauerlichen Gefängnis, in welches ihm seine musikalischen Freunde
mit Lebensgefahr an einer Stange Wein und Speise gereicht
hatten, befreit war, so verzieh ihm sein Weib, schloß ihn in die
Arme und flehte, künftig vorsichtiger und tugendhafter zu wandeln. Natürlich neue Versprechungen und Vorsätze Schubarts;
aber wieder neue Rückfälle. Er machte um diese Zeit auf Veranlassung eines andern ein satirisches Lied auf einen wichtigen
Hofmann. Worin diese Satire bestand, läßt sich nur vermuten.
In der deutschen Chronik 1776, S. 30 lesen wir die rührende
Erzählung: Ein mutiger Schütz gieng neulich auf den Anstand.
Wann der Minotaurus, der Drach zu Babel oder die erymant-
thische Sau käme, so ist sie des Todes, dachte der mutige Schütz.
Eine Bache grunzt' und rauscht' im Gesträuch, der Schütze zittert, zielt, läßt die Flinte fallen, klettert auf einen Baum und seufzt
herab:

> Ach Gott, ach Gott, auf diesem Baum
> Erhalt mein armes Leben!

Er wurde glücklich von seiner Todesangst befreit und sagte
stotternd zum Jäger:

> Blaß bin ich noch im Angesicht;
> Doch sollt' ich mich deß schämen?
> Ich gab der Sau das Leben nicht,
> Warum sollt' ich's ihr nehmen?

Hier haben wir nach meiner Ansicht das satirische Lied auf
einen einflußreichen Hofmann. (Weiter ausgesponnen ist dieser
angebliche Vorfall bei Brachvogel, Schubart und seine Zeitgenossen 3, 141.) — Außer dieser Satire machte Schubart eine
Parodie auf die Litanei. Auch hier weist uns die Chronik zu-
recht. Auf der vorhergehenden Seite derselben lesen wir außer
allem Zusammenhang:

> Vor Advokaten, die uns zwicken,
> Vor Ärzten, die am Körper flicken,
> Vor Bonzen, die mit Drachenblicken
> Prophetisch uns zum Teufel schicken —
> Behüt' uns, lieber Herre Gott!

Wer dieser Bonze war, läßt sich denken. Von Ulm aus,
wo er sich sicher glaubte, schoß Schubart in seiner Chronik seine
Spott= und Witzpfeile auf Spezial Zilling in Ludwigsburg ab.
Dieser Mann war während Schubarts Aufenthalt in Ludwigs=
burg sein nächster Vorgesetzter; denn Schubart war sein Orga=
nist. Zilling hatte, wie früher bemerkt, sich gegen seine Berufung
so lang er konnte gesträubt und, wie es scheint, namentlich den
Makel der Trunkliebe geltend gemacht. Seine Ahnung hatte ihn
nicht getäuscht. Manche Zuhörer kamen mehr dessen Orgelspiele,
als Zillings Strafpredigten zu lieb in die Kirche; ja manche
kamen erst zu den Nachspielen, welche von den geistlichen allmäh=
lich in äußerst weltliche Melodieen auszulaufen pflegten. Meh=
rere Anekdoten über Zilling finden sich in Justinus Kerners
„Bilderbuch aus meiner Knabenzeit". Alle laufen, wie Strauß
mit Recht bemerkt, auf das hinaus, was Schubart treffend die
beleidigende Gravität des geistlichen Herrn nennt. Von seiner
geistlichen Amtswürde hatte er einen so hohen Begriff, daß sein
eigener Bruder, der durch ein seltsames Spiel der Verhältnisse
sein Meßner war, ihm den Kirchenrock nicht ohne tiefe Verbeu=
gung umhängen durfte. Von Kerners Schilderung bekommt man
den Eindruck, er sei ein geist= und herzloser Pedant und vertrock=
neter Formenmensch gewesen. Nach Hovens Selbstbiographie
S. 20 war er ein geborner Ludwigsburger, der Sohn eines
Bäckers, zuerst Pfarrer in Zavelstein, dann Spezial (Dekan) in
Lauffen, zuletzt in Ludwigsburg, wo er 1799 im Alter von 76
Jahren starb. Die meisten seiner Kanzelvorträge waren Straf=
predigten, z. B. über das Tanzen an Kirchweihen, Erscheinen auf
Maskeraden, Theaterbesuch. So verlor er die Gunst des Publi=
kums nicht nur überhaupt, sondern brachte auch viele einzelne
Personen gegen sich auf. Seinem Organisten Schubart verbot
er das Orgelspiel nach der Kirche von Amtswegen; aber Schu=
bart kehrte sich nicht daran. Besonders die Offiziere waren Zil=
ling nicht hold; in den ästhetischen Vorlesungen, die Schubart
für Offiziere hielt, machte er viele Anspielungen auf Zilling und
stellte ihn hier, wie in Kasualgedichten, nicht nur als Pedanten,
sondern auch als scheinheilig hin. Diesem Manne nun stand

Schubart als Untergebener gegenüber, Schubart mit seinem stu=
dentischen Hellauf, seinem Haß gegen alle Amtsgravität, alle sin=
nige Bedächtlichkeit, alles Zurückhalten, jede kalte Miene, jeden
Hochblick, wie er selbst sein damaliges Wesen schildert. Feind=
liche Zusammenstöße konnten da nicht ausbleiben; aber die beicht=
väterlichen Ermahnungen, die amtlichen Warnungen, selbst die
Exkommunikation verfehlten ihren Zweck. Nach der Flucht seiner
Frau im Dezember 1771 begab er sich (Strauß I, 273) zu Zil=
ling um sich religiösen Zuspruch und Anweisung zu holen, nach
der er sich streng zu halten gelobte. Wie lang diese Vorsätze
und Versprechungen befolgt wurden, wissen wir. Den weiteren
Verlauf der Dinge bis zu Schubarts Einkerkerung haben wir
schon berichtet.

Schubart selbst sagt, es sei ihm noch jetzt — auf dem Ho=
henasperg — ein unbegreifliches Rätsel, wie man wegen dieser
Litanei so gegen ihn rumoren konnte. „Man sprach von Zungen=
ausschneiden — Verbrennen — (ganz dieselben Drohungen, die
später von katholischer Seite gegen den Chronikschreiber ausge=
stoßen wurden) und doch war es nur — ein leichtes Witzspiel,
ganz nicht so böse gemeint, wie man es dolmetschte." Ein paar
Seiten vorher schildert sich Schubart als einen Menschen, dem
Religionsspöttereien ganz zur Gewohnheit wurden. Worin diese
Spöttereien bestanden, wissen wir nicht; indessen liegt der Ge=
danke nahe, daß Schubart seine religiöse Verkommenheit in jener
Zeit übertrieben habe.

Der „Bonze" verband sich nun mit dem tugendhaften Her=
zog Karl und dieser gab dem leichtsinnigen Dichter am 21. Mai
1773 in einem Erlaß an das gemeinschaftliche Oberamt Ludwigs=
burg den Laufpaß aus seinen Landen. Schuld gegeben wurde
ihm ein mit der Barbara Streicherin von Aalen begangener Ehe=
bruch, sodann eine zu Anfang dieses Jahrs (1773) in das Pu=
blikum verbreitete Scarteque, endlich neuerliche Vergehungen im
Zusammenhang mit seiner von jeher bezeugten schlechten Auffüh=
rung. Über die Scarteque ist nichts Näheres bekannt; das ad
ulterium mit der Streicherin leugnete Schubart, weswegen er

als tantum non convictus (des Ehebruchs beinahe überwiesen)
nur mit der hälftigen Abulterienstrafe zu belegen wäre; doch
wurde ihm diese geschenkt und ihm um des in dem Publico in
so mancherlei Betracht gestifteten Ärgernisses willen das consilium
abeundi gegeben, dem er „hienächstens" nachzukommen habe.
Schubart folgte diesem Befehl auf der Stelle und stürmte, ohne
von Weib und Kind Abschied zu nehmen, mit einem Thaler in
der Tasche, aus Ludwigsburg hinaus. Sein Weib ging nach
Geislingen in ihres Vaters Haus und fand daselbst ein Lazareth,
indem ihre Mutter und Brüder tötlich krank lagen, pflegte sie,
wurde selbst von gleicher Krankheit ergriffen und wußte nicht,
wohin das Schicksal ihren Mann verschlagen hatte. Was nach
Schubarts Ausweisung aus den Herzoglichen Landen das Schicksal der Barbara Streicherin war, habe ich nirgends erfahren
können; in Aalen ist Schubarts Magd verschollen. — Manches
bleibt unaufgehellt. Ueber Schubarts persönliches Verhältnis
zum Herzog, über etwaige Aufwartungen bei ihm, namentlich
über Schubarts Beziehungen zu Franziska von Hohenheim, der
damaligen Geliebten, nachherigen Gemahlin des Herzogs erfahren
wir nichts. Karl Cassau sagt in seinem Schriftchen: „Lessing,
Goethe und Schubart, Studien im Lichte der Pädagogik; Leipzig 1880" S. 73: „Bei der Frau von Leutrum (Franziska)
bekleidete Schubart das Amt eines Akkompagneurs und Musik-
lektors, erlaubte sich aber, wie man sagt, Unziemlichkeiten, die
des Herzogs Eifersucht sollen rege gemacht haben." — „Wie man
sagt," d. h. wie der Romanschreiber Brachvogel in seinem Roman: „Schubart und seine Zeitgenossen 1864" ohne jeden geschicht-
lichen Anhaltspunkt, aber mit der Miene des nach bewährten,
von ihm selbst angeführten Quellen schreibenden, höchst scharfsin-
nigen Historikers phantasiert. Ohne Zweifel hat Schubart in
jener Zeit Franziska in Ludwigsburg oder auf der Solitude gesehen; hat er sie gesehen, so hat er auch über sie gesprochen,
aber was — wissen wir nicht. Das Gedicht „an Guibal"
(Reclam S. 411) steht im ersten Jahrgang der deutschen Chronik (1774, S. 319) und scheint sich auf Ludwigsburger Eindrücke zu gründen; die hier gepriesene Schönheit kann nur Fran-

ziska sein. Genaueres über Schubarts Verhältnis zu Franziska
bei den Ursachen seiner Verhaftung. Zu bedauern ist namentlich,
daß wir von der „Scarteque" nichts wissen.

Unter seinen Musikschülerinnen nennt Schubart die Gemahlin des Generals von Wimpfen; sodann die Schwester des Generals, frühere Mätresse des Herzogs, dem sie ihr Bruder um
22000 fl. — so hoch taxierte er ihre Jungfrauschaft — verkauft
hatte, nachherige Gemahlin des Herrn von Königseck; endlich die
Frau von Türkheim, Montmartins Tochter, über die sich Schubart in einem Brief an Haug (Strauß I, 247) ganz begeistert
äußert. Ihrer gedenkt Schubart als einer Dame, die ihm und
den Seinigen auch im Unglück hold geblieben. „Sollte sie, fragt
Strauß, zugleich jene vornehme Ludwigsburger Klavierschülerin
sein, von welcher Ludwig Schubart erzählt, daß sie seinem Vater
wahre Liebe eingeflößt habe und von ihm durch Gedichte mit
Musikbegleitung verherrlicht worden sei?" Sollte sie, möchte ich
hinzusetzen, nicht jene Lotte sein, der er zu ihrem Wiegenfest ein
in seiner Art einziges Gedicht widmet, dessen erster Teil „Deklamation", der zweite „Gesang" betitelt ist? Die Kehrseite und das
Ende der Empfindsamkeit ist häufig die Befriedigung der Sinnlichkeit. So erzählt sein Sohn: „Die großen und zum Teil schönen Damen, denen er im Klavier Unterricht gab, spannen mitunter geheime Liebesverständnisse mit ihm an. Unglücklicherweise
ließ er sich mit etlichen von ihnen zu tief ein, und hatte zweimal
die ganze Kraft seiner Constitution von nöten, um sich das ga-
lante Andenken vom Halse zu schaffen, womit sie ihn beehrten.
Dies erzählte er mir kurz vor meiner Abreise nach Berlin selbst
— mit schneidenden Ausdrücken, um mich vor dieser Klippe zu
warnen." Dieß wird derselbe Fall sein, den Schubart in seiner
Selbstbiographie mit den Worten andeutet: „Schändliche Krank-
heiten, die ich mir — und — falle Decke der Nacht und verbirg
meine Greuel und meine Schande!! —" Die Aposiopese hat
Strauß (I, 220) glücklich ausgefüllt: „Zwei derselben hinterlie-
ßen ihm ein Andenken, das er zwar nicht bis an sein selig Ende
spürte, aber unglücklicherweise einer Person mitteilte, die am
ehesten hätte damit verschont bleiben sollen," d. h. seiner Gattin,

wie denn Schubart deutlich genug fortfährt: „Mein Weib ver=
sank in düstre Schwermut" ꝛc. *) Wer nun jene schönen und
großen Damen waren, wissen wir nicht; vielleicht war Mont=
martins Tochter eine von ihnen, denn in Ludwigsburg, dem
damaligen „deutschen Lampsakus", war damals alles möglich.
In Schubarts Gefängnis tobte rechts eine Rasende, links rasselte
ein Dieb mit seinen Ketten, und unter ihm sangen, heulten, fluch=
ten und weinten die eingefangenen Huren. Montmartins Tochter
gehörte früher zu dem Regiment der blauen Schuhe. Aber auch
von den eingefangenen Dirnen hatte der Herzog, der damals in
den Fesseln Franziskas schmachtete, vielleicht mehr als eine auf
dem Gewissen. Konnte man ihn doch, wie Berangers König
Yvetot, in mehr als einem Sinn den Landesvater nennen; denn,
wie der Verfasser der „Geheimnisse eines mehr als fünfzigjähri=
gen württembergischen Staatsmanns. Zum Besten seiner Lands=
leute als ein Vermächtnis nach seinem Tode herausgegeben. 1799"
(Prälat J. G. Pahl) erzählt: stieß dem Herzog unter den Töch=
tern des Landes ein Mädchen auf, das ihm gefiel, so wurde es
ohne Weiteres in Requisition gesetzt. Selten gelang es der Un=
schuld und Tugend, ihm zu entfliehen. (Einmal doch übergab ein
hübsches Landmädchen das Billet, das ihr der Herzog mit der
Anweisung gegeben hatte, dasselbe am folgenden Tag Abends der
Schildwache beim Schlosse vorzuzeigen, worauf ihr das Innere
des Schlosses gezeigt werden werde, einem alten, vertrockneten
Mütterlein unter der Vorspiegelung, gegen das Vorzeigen dessel=
ben am betreffenden Ort werde ihr ein reichliches Almosen zu
Teil werden. Das Mütterlein ging in die Falle. Das Weitere,
die Enttäuschung des Landesvaters kann man sich mit einiger
Phantasie ausmalen.) Er errötete nicht, laut zu erklären, daß
er die Sprödigkeit des erwählten Opfers an dessen ganzer Fa=
milie rächen werde. Machte ihm eine der Geschwächten die An=
zeige, daß sie schwanger sei, so erhielt sie semel pro semper 50 fl.
und ward damit samt ihrem Kinde dem Schicksal überlassen." —

---

*) Vgl. die Selbstanklage (Strauß I, 271): „Deine Gattin ist von Dir
befleckt."

Ju der That eine starke Nahrung für eine dem Pessimismus zu-
strebende Weltanschauung. —

Schubart und Herzog Karl glichen sich in mehr als einem
Punkte. Noch auf Hohenasperg sagt Schubart zur Erklärung, ja
zu einer gewissen Entschuldigung seines Lebenswandels in Ludwigs-
burg: „Das Genie ist just am meisten zur Liederlichkeit geneigt."
Herzog Karl sodann hatte, wie jener Staatsmann bemerkt, die
übertriebensten Begriffe von den Rechten eines Fürsten; er glaubte,
Alles sei nur seinetwillen da und er dürfe vom Bürger jedes
Opfer fordern.

„Das Genie ist just am meisten zur Liederlichkeit geneigt,"
sagt Schubart und hat dabei hauptsächlich das musikalische Genie
im Auge. Wie schon der Sachsenspiegel bemerkt: „Spielleute
sind rechtlos; das macht, sie sind liederlich und machen liederlich," so waren noch zu Schubarts Zeit „sittige, fromme und
gottesfürchtige Tonkünstler eine außerordentliche Seltenheit und
die meisten Virtuosen hatten nicht einen Schatten von Religion."
Schubart sagt, nicht die Tonkunst, sondern der Tonkünstler habe
die leidige Bemerkung (des Sachsenspiegels) gemacht. Allein,
was Schubart und alle wie er organisierten Naturen betrifft, so
bleibt es dabei, daß gerade für ihn die Musik die gefährlichste
Feindin war, die sich mit den bösen Dämonen in seiner eignen
Brust nur gar zu leicht verband. „Musik, sagt Gustav Kühne
in seinen deutschen Charakteren 2, 105, Musik ist die idealste,
weil körperloseste, aber auch die sinnlichste aller Künste, weil sie
die Denkkraft einlullt und gefangen nimmt. Sie schwingt sich
über die wirkliche Welt weg, statt sie gestalten zu helfen; sie ver-
zichtet sogar auf die ernsten, sittlichen Grundpfeiler des Lebens,
stehen diese nicht fest auf anderem Boden; sie wird dann leicht
zur Hetäre. Ein Volk, das nur Musik treibt und schafft im Gebiet der Geister, ist ein sehr aufgelöstes. Ihre Illusionen halten nicht Stand gegen den Ernst der Weltgeschichte. An allen
deutschen Höfen berauschte man sich damals in Musik, während
von Frankreich der Orkan der Revolution heraufzog." Damit
vergleiche man, wie Schubart die Wirkung der Musik auf sein
eigenes Wesen schildert. „Gedanken gliedweis anzureihen und sie

so lange zu verfolgen, bis die Seele am letzten Ringe stutzt, war
mir zu lästig, zu mühsam. Was ich nicht wie der Blitz ergrei=
fen und durchbringen konnte, das ließ ich liegen. Ich wollte nur
empfinden — —, Nektar saugen und in wollüstigen epilepti=
schen Entzückungen hinschmachten." Zusammenhängendes Denken,
ernste wissenschaftliche Beschäftigung war durch Schubarts Natur=
anlage nicht ausgeschlossen, sie wurde aber durch seinen unseligen
Hang zur musikalischen Virtuosität — und der Virtuose ist ja
eben der Mann der genialen Eingebung, der augenblicklichen
Laune — niedergehalten. — Er hatte in Ludwigsburg Umgang
mit Künstlern aller Art, Malern, Bildhauern, Maschinisten, Gärt=
nern, Baumeistern, Tänzern. Wenn er seinen vielseitigen Ge=
schäften, zu denen er namentlich auch das von ihm mit Recht
verworfene handwerksmäßige Gelegenheitsdichten rechnet, in ge=
höriger Ordnung obgelegen wäre, so hätte, meint er, Ludwigs=
burg ein sehr gesegneter Aufenthalt für ihn werden können. Ja,
wenn er eben nicht Schubart gewesen wäre und Sinn für Ord=
nung gehabt hätte. Zur Ordnung gehört namentlich Sparsam=
keit und weise Haushaltung; aber das waren Tugenden, die er
kaum dem Namen nach kannte, weswegen er trotz seines durch
Nebenverdienst und allerlei Geschenke reichlichen Einkommens auch
in Ludwigsburg oft in Geldverlegenheit war.

Schubart leugnet seine Schuld weder in seiner Lebensbeschrei=
bung, noch in seinen Briefen. Sein Gewissen wachte, da es nur
betäubt war, von Zeit zu Zeit auf. Mitten in der Nacht gieng
er einmal im dicksten Dunkel in einer Allee und schrie: „Richter,
donnere mich nieder oder erbarme dich meiner!" In einer solchen
qualvollen Stunde schrieb er einmal das Bekenntnis nieder, das
hernach Haug, der sich vom Ludwigsburger Verderben rein erhielt,
in einem seiner Bücher fand, zu sich steckte, und als Schubart
gefangen wurde, allenthalben bekannt machte. Es findet sich bei
Strauß I, 271. Wir heben hier daraus die einzige Stelle her=
vor: „Du breitest Religionssätze aus — die du nicht glaubst" —
Beweis, daß er nicht sowohl Freigeist war, als den Freigeist
spielte. In Ludwigsburg gab es damals „eine schöne Anzahl
eifriger Christen", unter denen Schubart besonders den Waisen=

pfarrer Beth hervorhebt. Auch mit dem Mystiker Oetinger traf er einmal zusammen und bekam einen tiefen Eindruck von ihm. Dann kamen aber wieder die welschen Sänger und Sängerinnen; Wein und Weiber waren die Scylla und Charybdis, die ihn wechselweise in ihren Strudeln wirbelten, und er sank von Stufe zu Stufe tiefer.

> „Heidnische Wollust möchten wir haben und christlichen Frieden;
> Aber Leben mit Tod nie sich vereinigen läßt."
>
> Ludwig von Bayern.

V.

Kreuz- und Querzüge.
Mai 1773 bis März 1774.

War die Quelle der Briefe schon im vorhergehenden Abschnitt vom 22. April 1772 bis zu Schubarts Abgang aus Ludwigsburg im Mai 1773 versiegt, so fließt sie in dieser Periode von Schubarts Leben gar nicht. Wir sind daher allein auf seine Selbstbiographie verwiesen und wollen uns so kurz als möglich fassen. Wir kennen ja Schubarts Charakter und Temperament hinlänglich; es geht auch jetzt keine wesentliche Veränderung mit ihm vor.

Wir finden den ausgewiesenen Schubart in Heilbronn wieder, welche Stadt, als damals reichsfrei, ihn schützen konnte. Bei seinem Talente zu unterhalten, bei der Gastfreiheit und Lebensfröhlichkeit der Menschen in dem lachend gelegenen blühenden Orte wurde er überall freundlich aufgenommen. Das Haus des Bürgermeisters Wachs bildete den Mittelpunkt der dortigen Geselligkeit; an Bekanntschaften, an Erwerb durch seine Gaben hatte er bald so viel, um sich in Heilbronn gefallen zu können. Die preußischen Werbeoffiziere, bezaubert durch seine Verehrung ihres Königs und Volkes, ließen ihn an allen ihren Ergötzungen teilnehmen; der Verkehr mit Musikern und Malern versteht sich von selbst.

Dennoch konnte ihn Heilbronn, das ihm weit mehr Deutschheit
zu haben schien, als Ludwigsburg, und das er jedem, der Gold
hat und zwanglos und gut und schön in Deutschland leben möchte,
als Wohnort anrät, auf die Dauer nicht halten. Sein Verhältnis war ohne Festigkeit und die Sorge um seine Familie quälte
ihn; er dachte daher über Ansbach nach Berlin zu gehen und in
Preußen sein Heil zu versuchen. Gerade da aber erhielt er durch
einen Herrn von Gritsch den Antrag, als Professor an eine Ritter-
akademie zu gehen, welche dieser zu Saarbrücken gründen wollte.
Sogleich ging er nach Mannheim, wo Gritsch sich aufhielt.
Schubart sah bald ein, daß der Plan in die Luft gebaut sei;
derselbe (Worms 1773) erging sich in einem furchtbar seichten Ge-
wäsch über alle möglichen Disziplinen nach einer ganz neuen
„Methotologie", aber sehr bedenklichen Orthographie. Im Jahre
1774 brannte Gritsch mit Hinterlassung bedeutender Schulden
durch, ein trauriger „Basetow" für den künftigen Abel. —

In Mannheim sah Schubart den ihm schon von früher her
bekannten Kazner (Gedichte bei Reclam S. 85) wieder und wurde
von diesem zu dem aus Schillers Geschichte bekannten Buchhändler
Schwan geführt, einem Hauptförderer des deutschen Geschmacks
und der deutschen Sprache und Litteratur bei den Pfälzern, die
man wegen ihrer Vorliebe fürs Französische „ebenso leicht für eine
Kolonie von Franzosen, als von deutschen Provinzialen halten
könnte". Die Vorliebe für den Messias war in Schubart wieder
erwacht; fast mit seinem letzten Geldvorrate kaufte er sich eine
Hallische Ausgabe des Messias, von dem eben der letzte Band
erschienen war, fuhr auf dem Rhein, legte ein Brett über den
Kahn, Klopstocks Messias vor sich. Doch — lassen wir ihn selber
sprechen. „Ich las eben den sechzehnten Gesang und lag mit der
vollen Seele auf der Stelle, wie die gerichteten Seelen auf
Tabor riefen:

— „Jupiter, Gott des Donners! Erbarme dich unser!
Brama! Tien! Allvater! Wir fehlten, sündigten, irrten!
Zeus Kronion, Götterbeherrscher, erbarme dich unser!"

Rasch stand ich auf in der Begeisterung und — Brett und Messias
flogen in den Rheinstrom. Wie angedonnert stand ich da und sah

bleich und starraugig meiner lieben Messiade nach, die wie eine
geschossene Ente fluderte und untersank." Die Stelle findet sich
im Messias XVI, 69—71. Unter die „Wir", die das göttliche
Erbarmen anrufen, rechnete Schubart ohne Zweifel, wie wir aus
seinem Bekenntnis über jene Nacht in einer Ludwigsburger Allee
wissen, sein eigenes Ich. —

Plötzlich entschloß er sich, nach Heidelberg zu gehen und dort
unter den Studenten mit Wiederholung ihrer Vorlesungen und
Unterricht in der Musik seinen Unterhalt zu suchen. Fünf Kreuzer
in der Tasche, die er unterwegs einem lahmen preußischen Krieger
zuwarf, machte er sich auf die Heerstraße. Nahe bei einem Land=
hause des Barons von Castell überfiel ihn ein Regen; er trat
unter und lauschte auf den Flügel, der im untern Zimmer ge=
spielt wurde. Ein freundlicher junger Mann trat zu ihm: „Sie
sind vom Regen durchnäßt, wollen Sie sich nicht hereinbegeben?"
Schubart trat ins Zimmer und fand eine junge Baronin am
Flügel, und ihren Lehrmeister, den ersten Klavizembalisten des
Kurfürsten Karl Theodor, hinter ihr. Als erstere vom Flügel
aufstand, setzte sich Schubart und fing an zu phantasieren. Alles
lauschte, flüsterte Beifall, und als er schloß, stand der Herr des
Hauses hinter ihm und lächelte ihm ein sehr heiteres Bravo zu.
Des andern Tags fuhr er mit den vier Schweißfüchsen des Barons
in Heidelberg ein und stieg bei dem Ehegerichtsrat von Bozen=
hardt ab, an den er empfohlen war. Er wurde von diesem
Freunde der Dichtkunst liebreich aufgenommen, in die besten Ge=
sellschaften geführt und bekletterte mit ihm die Heidelberger Berge.
„Wer von der Schloßruine aus nicht einen Fluch nach Frankreich
hinüberschleudert — denn Franzosen haben das Schloß verwüstet
— der kann unmöglich ein biederer Deutscher sein."

Die Universität war damals unbedeutend. Der Buchhandel
lag darnieder; selbst Gellerts Schriften waren verboten. Nichts
ging damals, als was die jesuitische Quarantäne passiert hatte.
Der heimliche Haß der drei geduldeten „Religionen" (!) gegen
einander hemmte die Verbreitung der Wahrheit. Nur an einem
Professor Wund fand er einen fürs Schöne geöffneten Mann
und las mit ihm ein paar Oden aus Klopstock. —

Die Studierenden hätten, wie Schubart bemerkt, ihn mit Freuden aufgenommen; aber bei einem Doktorschmaus spielte er vor einigen pfälzischen Großen; sie gaben ihm Beifall und versprachen ihm, mit dem Kurfürsten wegen seiner zu sprechen.

Er ging mit Empfehlungen an den Grafen von Nesselrode nach Mannheim zurück und ward von diesem so ausgezeichnet aufgenommen, daß ihm derselbe sein Haus und seine Tafel anbot und ihn seinem Sohne als einen musikalischen und wissenschaftlichen Gesellschafter beigab. Bei seinem Beschützer traf Schubart eben so oft Gelehrte und Künstler, Sänger und Sängerinnen, Schauspieler und Schauspielerinnen, Tänzer und Tänzerinnen an als Leute von Stand. Er ordnete dem Grafen seine Kupferstiche und Holzschnitte, musizierte und las ihm vor, beschaute mit ihm die Gemäldesammlung, das Naturalienkabinett und die Bibliothek des Kurfürsten, bei deren Eintritt das marmorne Brustbild Voltaires figurierte, „als wäre er der Gott, der über alle Weisheit zu präsidieren verdiente". Sein größtes Vergnügen fand er im Antikensaale, wo er alles dargestellt sah, was er in Winkelmann, Lessing und Heyne so oft mit Entzücken aufschlug. Doch behagte seinem lebendigen Sinne mehr, als diese stummen Trümmer, die reiche Mannigfaltigkeit menschlicher Charaktere, die er in Mannheim studieren konnte. Sein kräftiges Meisterspiel auf der herrlichen Orgel der reformierten Gemeinde erbaute alle Hörer. Er war bald bei Bacchanalien, bald in Messen zu finden. Bei den Allgemeintafeln, die zu Mannheim in den vornehmsten Gasthöfen gehalten wurden, fand er sehr ergötzende Gruppen von wunderbar abstechenden Charakteren und wurde da mit manchen, oft sonderbaren, auch nicht selten edlen Menschen bekannt. Auch in Mannheim, wie in Königsbronn, in Ludwigsburg, in Heilbronn verkehrte Schubart besonders gern mit Offizieren; er rühmt ihnen nach, sie seien meistens im Ton der Geselligkeit, der heitern Freude und akademischen Fidelität gestimmt. Leute von festem, deutschem Sinne, taktischen Kenntnissen und einer wahrhaft edlen Gesinnung fanden sich seltener.

Unter so günstigen Vorbedeutungen wurde er zum Kurfürsten nach Schwetzingen beschieden. Er fuhr mit dem jungen Grafen

von Nesselrode hinaus, traf den Fürsten in der gewöhnlichen Um=
gebung seiner Vertrauten im sogenannten Badhause und hatte das
Glück, durch seine Musik wie durch seine Unterhaltung über Kunst
und Litteratur ihm zu gefallen und öfters wieder begehrt zu werden.
Auch in Schwetzingen verkehrte er mit Musikvirtuosen und diese
ließen ihn Anteil an ihren Kunstübungen und Ergötzungen nehmen.
An der Spitze des vortrefflichen pfälzischen Orchesters stand Cannabich
und dieser war Schubarts erster Freund. Im Denkmal in Win=
golfs Halle hat ihn Schubart verherrlicht. (Vgl. Reclam S. 83.)
Dabei fiel der schlechte Zustand der ganz und gar verweltlichten
und verweichlichten Kirchenmusik unserem Schubart schwer aufs
Herz und die Blüte der Opern war kein Ersatz dafür.

Die Freuden der Tonkunst waren indessen bei weitem nicht
fähig, seine ganze Seele auszufüllen. Es wandelte ihn vielmehr
oft ein Ekel an, daß er sich in die Einsamkeit barg, „geistreiche"*)
Schriften las oder mit Leuten, die denken konnten, sich unterredete.
Nach unseren obigen Bemerkungen über den Charakter der Tonkunst
ist dies ein rühmliches Zeugnis für Schubart. Außerdem las er
Männern und Weibern die besten deutschen Schriftsteller vor und
fand ungemein vielen Eingang. Unter diesen stand natürlich
Klopstock in vorderster Reihe. Er war bis dahin bei den kaum
mit etwas Deutschheit tingierten Pfälzern wenig bekannt und viele
mußten es Schubart blos auf sein Wort glauben, daß Klopstock
unser größtes Dichtergenie sei. Hingegen hatte Wielands Genius
überall Eintritt. „Seine ausländische Miene, wollüstigen Gemälde,
freie Moral, Kenntnis des verderbten Herzens, dem er auf eine
so süße Art zu schmeicheln wußte, machten ihn leicht zum Lieb=
linge eines Volkes, das ebenso gesinnt war." Ganz dieselbe Be=
obachtung, die Schubart schon in Ludwigsburg gemacht hatte.
In beiden Städten gab es nur wenige, die Milton, Shakespeare,
Young, Ossian und deutsche Dichter lasen, welche mehr Kraft,
Nerven, Deutschheit zu haben schienen, als Wieland. Wie ver=
schieden sind aber diese zwei Urteile über Wieland von dem Lob,
das Schubart in seinem zweiten Brief diesem Dichter spendet, als

---

*) „geistreich" hier offenbar = geistlich, religiös; vgl. Grimms Wörterbuch.

er schon in seine zweite Periode getreten war! — „Der Kurfürst," erzählt Schubart, las sehr gerne deutsch, und sprach, als ich das zweitemal vor ihm spielte, mit vieler Achtung vom Geist der Deutschen. Schwan hatte Befehl, ihm die neuesten deutschen Schriften aus allen Teilen der Litteratur zuzusenden. Ich wagte es, dem Kurfürsten zu sagen: „Unsere Schriftsteller sind groß geworden, ohne Auguste und Ludwige zu Protektoren zu haben. Sie ließen sich von den Großen geduldig Roßköpfe und Barbaren nennen (von Kaiser Karl dem V. bis auf Friedrich den Einzigen, und noch giebt es Fürsten, die voll vom Auslandswahne ihr eigenes köstliches Landgut verkennen). Sie arbeiteten indessen Werke aus, die von den Ausländern nachgeahmt, übersetzt, bewundert und beneidet wurden. D'Alembert hat recht, der den Beifall der Fürsten nicht immer für das einzige Beet hält, aus dem die Blume des Genies hervorkeimt." — „Er und d'Alembert hat recht," sagte der Kurfürst lächelnd, „aber Kunst und Wissenschaft sollte doch niemals betteln gehen." — „Sie geht auch selten betteln," erwiderte ich bemütigst, „das Publikum hat bisher noch immer einen guten Schriftsteller, der gemeiniglich sehr genügsam ist, satt gemacht." — Das Gespräch hat auffallende Ähnlichkeit mit Schillers Gedicht: „Die deutsche Muse" vom Jahre 1800. Die Selbstbiographie erschien 1791 und 1792; im Jahr 1798 erschien dazu „Schubarts Charakter" von seinem Sohne. Was liegt näher, als der Gedanke, daß Schiller den Gedanken seines Landsmanns poetisch bearbeitet hat? Bei dieser Annahme, die jedoch nicht unumgänglich notwendig ist, löst sich auch die Schwierigkeit, daß Schillers Muse allerdings am Strahl der Fürstengunst — der Gunst Karl Augusts von Weimar — ihre Blume entfaltete.

Dem Maler Kobelt hatte Schubart „die erste Bekanntschaft mit Maler Müller zu danken, die hernach in warme Bruderfreundschaft aufflammte." Statt Kobelt sollte es heißen: Kobell. Wann und wie aber dieses Bekanntwerden stattfand, geht aus der Selbstbiographie nicht hervor. Im Jahr 1775 trat Schubart zu Müller in ein Verhältnis großer gegenseitiger Achtung. Schubarts deutsche Chronik bespricht und bringt Müllersche Gedichte. Die Bruderfreundschaft steigerte sich zur Duzfreundschaft. In einem

Brief von Ulm aus (vom 27. Nov. 1776) trug Schubart, der, wie besonders der Schluß des Denkmals aus Wingolfs Halle zeigt, kein Freund des kalten, steifen Du war, seinem Freunde das Du an. „Lieber Müller, schreibt Schubart, da hast Du meinen ersten brüderlichen Kuß! — Ja, Du, Du wollen wir einander nennen, in Briefen und mündlich, auf Erden und im Himmel. Eingeschenkt also! ich trinke mein Bier und Du Deinen Rheinwein! getrunken unterm Rundgesang:

Auf Du und Du und immer Du!!!
Und Hallelujah! Amen! u. s. w.

Für Schubarts Wesen ist die Neigung zur Duzbruderschaft höchst bezeichnend. Allen Menschen kam er mit arglosem Vertrauen entgegen und schloß ihnen rückhaltslos sein Inneres auf; an den nächsten Besten warf er sich weg, jedem Eindruck gab er sich hin, und hatte dies oft genug bitter zu bereuen.

Ueber Schubarts Verhältnis zu Maler Müller vgl. Bernhard Seuffert, Maler Müller S. 25.

Aber, wie in Ludwigsburg, hatte Schubart auch in Mannheim und Schwetzingen Stunden voll schmerzlicher Gewissensbisse und finsterer Verzweiflung. „Meine Seele suchte und fand nicht. Noch denke ich daran, wie ich mich einstmals aus Schwetzingen riß, den hohen Rheinstrom suchte, an seinen Ufern, unweit Speier, staunend stand und nach langer Pause gen Himmel schrie: „Du, droben in Deiner Höhe! Weltschöpfer, erbarme Dich meiner, ich darbe im Ueberfluß! ich trinke diesen Strom aus und dürste! O, nichts, nichts ist für mich geschaffen! Die Schönheiten Deiner Natur nicht, die Freuden Deiner lieben Menschen nicht, denn mich Armen hat wütende Leidenschaft zum Sklaven gemacht! — Erbarme Dich meiner! — Doch der wird sich Deiner erbarmen, dessen Du spottest!" Mit diesem niederschmetternden Gedanken rannte ich nach Hause und suchte Lärm und Kelchglas, um mein wimmerndes Gewissen zu betäuben und zu ersäufen." Ganz wie in jener Allee bei Ludwigsburg und leider auch mit demselben Ausgang.

An einer dauerhaften Versorgung fehlte es ihm immer noch. Der Kurfürst hatte davon gesprochen, ihn in seine Dienste zu

nehmen, aber ein unvorsichtiges Urteil über die Mannheimer
Akademie, das Schoßkind des Fürsten, diesem von übelwollenden
eiligst und in vergrößertem Maßstabe zugetragen, zog ihm dessen
Ungnade zu. Worin dieses kecke Urteil bestand, wissen wir nicht.
Am Schluß des Abschnitts über Mannheim spricht Schubart von
der Unterdrückung der dortigen Protestanten durch die Katholiken
und von der Pfaffenwirtschaft jener Zeit. „Ich machte gewaltige
poetische Ausfälle auf diese schwarzen Gesellen, die aber solcher
papiernen Blitze nicht achteten und mich dagegen mit bitterem
Grimme verfolgten." Ohne Zweifel hing die Ungnade des Fürsten
mit dem Pfaffenregiment zusammen. In Mannheim so wenig
wie in Geislingen, Ludwigsburg, nachher in Augsburg und Ulm
konnte sich Schubart mit dem geistlichen Stand stellen. — Ab=
gesehen davon war Schubarts Schicksal in der pfälzischen Residenz
ein Vorspiel seines späteren Sturzes. Kurfürst Karl Theodor
war ebenso sittenlos und verschwenderisch, ebenso eigenmächtig und
selbstherrlich, wie Herzog Karl von Württemberg. Spöttische
Bemerkungen über die Mannheimer Akademie und die hohe Karls=
schule brachten Schubart zweimal, als sein Geschick eine günstigere
Wendung zu nehmen schien, um seine Stellung in der Gegenwart
und in der Zukunft.

Den von neuem am Rande der Verzweiflung Stehenden, der
alle seine Habe auf seinem Leibe trug und nicht einen Kreuzer
Geld hatte, nahm ein junger Graf Schmettau, ein freier, kühner
Mann, Sohn eines dänischen Generals, der noch in seinem Alter
hebräisch gelernt hatte, um gegen die Bibel schreiben zu können,
in Obdach und Kost auf. Diesen Mann, der, nach einer kurzen
Laufbahn als kursächsischer Gesandter in Madrid, mit dem Cha=
rakter eines Geheimrates in pfälzischen Diensten mehr privatisierte,
als Geschäften oblag, zog Schubarts derber Natursinn, sein
deutscher Eifer, sein Haß gegen Geziertheit und Verbildung an;
er selbst galt für einen Sonderling, grübelte über Philosophie
und Religion und litt an einem Lebensüberdrusse, bei dem nur
die Sympathie eines ähnlich gestimmten Gemütes ihn erfreuen
mochte. Schubart las ihm die Hermannsschlacht und Götz von
Berlichingen vor und weidete sich an den Aufwallungen von Ent=

zücken, die unterm Lesen an dem starkfühlenden Grafen ausbrachen.
Allein dauerhaften Frieden vermochte weder Goethe, noch Klopstock
dem gemütskranken Grafen zu verschaffen. Der Grund lag tiefer;
er neigte sich zum Pessimismus und Skeptizismus und sprach nicht
selten vom Selbstmord. Schubart, der selbst in mancher düstern
Stunde an der Unsterblichkeit der Seele zweifelte, verwies ihn
auf die Vergeltung in einer andern Welt. „Eben dies hält mich
noch immer zurück," sagte der Graf, „denn sollte Gott Seelen
schaffen, um sie einige Augenblicke in bunten Farben vor sich
schweben und dann am Grabe zerplatzen zu lassen?" — „Noch
mehr — sollt's möglich sein," setzte Schubart hinzu, „daß Seelen,
wie die Ihrige, ewig suchen und niemals finden sollten? Instinkte
ihre Sättigung finden, und Geister mit all ihrem Streben nach
Vollkommenheit verschmachten und am Grabe mit der vegetierenden
Pflanze auf ewig hinwelken sollten?" „Sie haben recht," rief er
aus, „o Wahrheit, Wahrheit, wo thronest Du?" — —

　　Unterdessen war der Baron von Leyden, kurbayerischer Gesandter am pfälzischen Hof, auf ihn aufmerksam geworden. In
dem Vaterlande dieses Diplomaten hatte der Sturz des Jesuiten-
ordens eine wohlthätige Umwälzung des Erziehungswesens hervorgebracht. Helldenkende und wohlgesinnte Männer dachten dem
erstarrten Formelwesen, in welches jener Orden alle Wissens-
zweige für den Schulunterricht eingeschnürt hatte, ein Ende zu
machen, die Geister für die Lehre frei zu geben und suchten für
die Ausführung ihrer Absichten brauchbare Leute. Eine Bedingung, unter welcher allein ihm nützlich werden zu können der neue
Mäcenas unserm Schubart verhieß, war die Abschwörung seiner
Kirche. Schubart erklärte sich bereit und Graf Schmettau billigte
den Schritt wenigstens als Verzweiflungsmittel. Der Flüchtling
nahm in Schwetzingen überall Abschied und wurde von dem Kurfürsten beschenkt. Unwillkürlich kommt man hier auf den Gedanken, daß ein Fürst, der einen Abenteurer beschenkt, noch zu
erweichen gewesen wäre, und wenn Schubart sich aufs Bitten gelegt hätte, den genialen Mann nicht ohne weiteres hätte ziehen
lassen. Aber „der Genius — wie Schubart bei der Erzählung
des gegen ihn angesponnenen Ränkespiels bemerkt — der unsichtbar

mein Leben und auch meine Schicksale im Sturme lenkte, ließ es nicht zu." Als Schubart sein Geschenk einpacken und seiner Frau zuschicken wollte, so fragte ihn sein Graf: „Wem schicken Sie dies Geld?" — „Meiner armen Frau und Kindern." — „Gut, legen Sie auch diese hundert Gulden bei. — Doch ich sehe schon, Sie können nicht packen." Und hiermit setzte er sich, packte das vom Kurfürsten erhaltene Geld und seine beigelegten hundert Gulden zusammen, legte den Pack auf den Tisch und sagte: „Schreiben Sie Ihrer Familie, sie soll für mich beten!" (Der Graf wandte sich später auf einige Zeit nach Paris und privatisierte zuletzt in Worms.)

Noch am letzten Tag seines Aufenthalts in Schwetzingen rächte sich der übermäßige Genuß des Rheinweins an seiner Gesundheit; er bekam einen Schlaganfall, von dessen bedenklichster Wirkung ihn nur die aufopfernde Sorgfalt des Grafen rettete. Krank fuhr er am anderen Tag mit ihm nach Mannheim und nahm von ihm und allen seinen Bekannten Abschied.

Auch später stand Schubart noch mit Mannheim im Verkehr. Daß er, dieser scharf und fein beobachtende Kopf, damals der bedeutendste Kritiker Süddeutschlands, wie ihn B. Seuffert in seiner „Vorgeschichte des Nationaltheaters in Mannheim" (litterarische Beilage der Karlsruher Zeitung 1879, 27) nennt, den halbfranzösierten Pfälzern Geschmack an der ernsteren deutschen Dichtung beibrachte, sollte nicht ohne segensreiche Folgen bleiben. Karl Theodor, der bei allen Fehlern der deutschen Dichtung nicht so fremd gegenüberstand, wie Karl Eugen von Württemberg, bildete 1775 sogar eine Gesellschaft mit dem Titel „Deutsche Gesellschaft", die sich die Reinigung der Sprache und des Geschmacks in allen Ständen des Vaterlandes unmittelbar und schleunig zu verbreiten zur Aufgabe setzte. Ihr Organ waren später die Schriften der deutschen Gesellschaft. — 1775 gründete Schwan ein „gelehrtes Intelligenzkontor". Aus der deutschen Gesellschaft stammen die „rheinischen Beiträge zur Gelehrsamkeit", eine auf Schubarts Anregung und unter Lessings Zuspruch gegründete Monatsschrift, die zum Beispiel zuerst den Gedanken einer Quellensammlung deutscher Geschichtschreiber anregte und zu gleicher Zeit mit Dichtung und Mimik sich kritisch und produktiv beschäftigte.

Endlich schritt man zur Errichtung einer deutschen Bühne. „Mannheim, erzählt Schubart in seiner Selbstbiographie, war damals voll von mancherlei Schauspielern. Die deutschen Komö= dianten, ein Zweig von Marschant (vielmehr: Marchand — aus Straßburg), unterhielten das Publikum mit Übersetzungen und Nachahmungen der französischen Operetten — dem kühlsten Ge= zeug, das jemals Menschenhirn erfand, einer Pest der Sitten und des Geschmacks. Seitdem aber in Mannheim eine Nationalbühne errichtet ist, hat sich der Geschmack außerordentlich schnell ver= bessert. Nach Hamburg wird schwerlich eine Stadt sein, die so richtig fühlt und urteilt, die die großen Stücke eines Shakespeare, Goethe, Lessing, Leisewitz, Schiller mit dieser Teilnehmung vor= stellen sieht, wie Mannheim. Wie schnell kann sich der Deutsche heben, wenn ihm die Umstände nur in etwas günstig sind!" Mit rührender Bescheidenheit vergißt Schubart hier und in der Schil= derung seines Aufenthalts in Ulm, seinen eigenen Anteil an der Gründung der Nationalbühne hervorzuheben. In der deutschen Chronik kämpfte er gegen den Franzößling Marchand und regte in geradem Gegensatz zu ihm zuerst den Gedanken eines National= theaters in Mannheim an. In einem Brief an Klein in Mann= heim vom 25. August 1775 legte der feurig patriotische Mann seinem Freund die Errichtung eines solchen nachdrücklich ans Herz; freilich glaubte er, sie beide werden darüber sterben. Und doch war der Erfolg näher, als er erwartete. Kleins Anregung führte zu dem Versuche, sich in Mannheim eine deutsche Nationalbühne zu erziehen. Man solle die Figuranten und jungen Leute, die sich dem Theater und Orchester widmen wollen, nur aufmuntern, riet er, und den Talentvollen gute Aussichten machen; unter An= führung eines geschickten Mannes solle man die besten Schauspieler Deutschlands vereinigen und neben diesen die Pfälzer nach und nach zur Schaubühne heranbilden. Im November 1775 berichtet die deutsche Chronik von der Geneigtheit des Kurfürsten, sich be= ständig eine deutsche Schaubühne zu unterhalten, und von den Vorbereitungen, die zu diesem Zweck getroffen seien. Indessen rückte der Plan nur langsam seiner Verwirklichung näher, für den sanguinischen Schubart ohne Zweifel viel zu langsam. Erst

nach dem Abzug Karl Theodors nach München wurde von dem
Freiherrn von Dalberg eine neue Truppe für Mannheim geworben
und im Herbst 1779, als derjenige, der den Hauptanstoß zu dem
ganzen Unternehmen gegeben hatte, im Gefängnis schmachtete,
wurde das Nationaltheater in Mannheim eröffnet.

Kehren wir nach dieser Abschweifung zu Schubart zurück und
verfolgen wir seine Reise nach München. Unser Gil Blas von
Obersontheim sitzt unter dem Charakter eines Konvertiten im Reise=
wagen an der Seite des Barons von Leyden und lernt ihn als
einen religiösen, bei aller Anhänglichkeit an seine Religion den
Protestanten wegen ihrer größeren Aufklärung zugethanen, sein
Vaterland innig liebenden, die deutsche Sprache rein und nach=
drücklich schreibenden und „ohne alle Affektion"*) besser, als sonst
ein Bayer, sprechenden Mann schätzen. Der Baron „schien das
Maß eines weisen und tugendhaften Staatsmannes bis auf wenige
Striche zu haben". Schade, daß Schubart diese wenigen Striche
nicht gezeichnet hat. Nirgends mehr als hier zeigt sich die Wahr=
heit der Bemerkung, die sein Sohn gemacht hat, daß Schubart
in seinen Charakterzeichnungen zu sehr ins Helle und Idealische
malte, sich zu sehr im allgemeinen hielt und zu wenig aufs einzelne
einging, wodurch viel von der Ähnlichkeit verloren ging und eine
gewisse Einförmigkeit unter den Charakteren entstand. Dies zeigt
gleich die folgende Charakteristik des Ministers von Großschlag,
den Schubart mit seinem Beschützer in Aschaffenburg besuchte.
„Jawohl ist es eine Wollust, einen großen Mann zu sehen," ruft

---

*) „Ohne alle Affektion" — damit meint Schubart wohl: ohne die ein=
seitige Vorliebe für seine Mundart, ohne das Selbstbewußte und Eingebildete,
das „Trotzige und Protzige", wodurch sich nach Götzingers Grammatik das
Bayrische von anderen Mundarten so sehr unterscheidet, als wolle der Bayer
die ganze Welt zum Kampf herausfordern. Oder sollte Affektion = Affek=
tation (Geziertheit) sein? weil Schubart fortfährt: „er ärgerte sich über die
Stümmelungen der Hannoveraner, Hessen und Pfälzer und verteidigte den
vollen Ton seiner Landessprache"? Bedenkt man, daß Schubart seine Lebens=
geschichte einem Mitgefangenen durch ein Loch in der Wand diktierte und
daß nachher von keiner Seite großer Fleiß auf die Richtigstellung des Textes
verwandt wurde, so wird man unsern Zweifel über die richtige Lesart be=
rechtigt finden.

er mit einem Anklang an Goethes Götz bei der Erinnerung an
den „in der Glorie des Genius funkelnden" und „zum Gesetz=
geber gebornen" Geist aus, der leider von der undankbaren Nach=
welt vergessen ist. Über Darmstadt ging es nach Würzburg und
hier fand der angehende Konvertit bei dem Fürstbischof,
Grafen von Sinzheim, eine schmeichelhafte Aufnahme. Doch
machte ihn schon dort ein Besuch bei einem zu jener Zeit be=
rühmten Neubekehrten, Herwig, in seinem schnellgefaßten Vorsatz
irre. Dieser war wenig bekannt, und die wenigen, die ihn kannten,
sprachen kalt und mit verächtlichen Seitenblicken von ihm. „Rene=
gaten," bemerkt Schubart bei dieser Gelegenheit mit Recht, „werden
bei Türken und Christen zwar willig aufgenommen, aber meistens
bald verachtet." In München machte Schubart bei dem gelehrten
und rechtschaffenen Konvertiten Osterwald dieselbe Erfahrung; er
hielt sich meist in der Verborgenheit seines Studierzimmers auf
und führte ein sehr dumpfes, trübseliges Leben. Wir sehen aus
solchen Aeußerungen, daß ein Hauptbeweggrund zu Schubarts ge=
plantem Religionswechsel in seinem „Heißhunger nach Celebrität"
lag, den sein Sohn nachdrücklich hervorhebt. Er wollte nicht
allein von seiner Not befreit werden, sondern durch seinen Schritt
Aufsehen erregen, berühmt werden, seine Eitelkeit befriedigen. —
Sein Inneres zeugte hinlänglich über ihn selbst, als er in Ell=
wangen einen Tag zubringen durfte und seine nur drei Stunden
entfernten Eltern in Aalen nicht zu besuchen wagte. Sie hielten
ihn schon lange für einen ungeratenen Sohn, waren über seinen
Aufenthaltsort im Unklaren und hätten ihn, wenn er ihnen sein
Vorhaben, katholisch zu werden, erzählt hätte, ihrem streng luthe=
rischen Charakter gemäß zur Hölle verdammt. In Nördlingen
speiste er zu Mittag und konnte seinen Schwager Böck, seine
Schwester Juliane nicht besuchen. Seine Gewissensbisse verstärk=
ten sich, als in Affingen bei Augsburg, einem Gute des Herrn
von Leyden, zwei Briefe seiner Gattin ihm das ausgestandene
Elend malten und mit dem Danke für die von Schwetzingen ab=
gegangene Unterstützung die zärtlichsten Gesinnungen der Sehnsucht
und Anhänglichkeit aussprachen. — Indeß ward im Oktober 1773
die Reise nach München vollendet. Der Freiherr von Leyden

wies Schubart eine Wohnung bei seinem ehemaligen Sekretär
Käser an, und bald wurde er in den besten Häusern eingeführt,
wo er zu seinem Erstaunen bei den ersten Damen des Hofes Be=
kanntschaft mit italienischen, französischen und englischen Schrift=
stellern und meistens ein treffendes Urteil über ihre „Leserei" fand.
Deutsch lasen sie damals noch wenig; doch gab es einige, die nicht
nur deutsch lasen, sondern auch die Sprache rein und besser, als
ihre Gemahle aussprachen und gut schrieben. Überhaupt bemerkte
Schubart beim bayrischen Volke mehr, als bei irgend einem andern,
neben dumpfem Aberglauben des Pöbels und religiöser Gleich=
gültigkeit der Großen eine allgemeine, heißhungrige Lehrbegierde.
Wie nahe lag hier der Gedanke, das Volk, das besonders fürs
Niedrig=komische empfänglich schien, durch Vorlesungen und Vor=
träge für Goethe und Klopstock zu gewinnen; aber Schubarts
Gemütsstimmung und Bewußtsein von seiner sittlichen Gesunken=
heit ließen ihn nicht daran denken.

Schubart durfte nachmals vor dem Kurfürsten Maximilian
Josef III. erscheinen und vor ihm spielen. Der Fürst war selbst
Meister auf der Gambe und setzte Messen. Mit dem Trierschen
Kapellmeister Sales, dem damals in München die Setzung einer
neuen Oper aufgetragen war, errichtete Schubart eine vertraute
Freundschaft. Mit den übrigen Gliedern des Orchesters, das nur
nicht den Zusammenklang und die Einheit des pfälzischen hatte,
konnte die Bekanntschaft allmählig auch nicht fehlen. An der ein=
fachen Anmut, welche die Musik des bayrischen Nationalliedels,
trotz der Dürftigkeit ihres Textes an sich trägt, erquickte sich sein
Sinn für Volksgefühl und Volksgesang; er merkte sich vieles aus
dieser Gattung und mußte es nachmals hundert= und tausendmal
in Gesellschaften singen und spielen.

Unterdessen brachte der Baron von Leyden Schubart zu dem
Geheimrat von Lori, welcher sich der Umformung des bayrischen
Erziehungswesens mit besonders feurigem Patriotismus unterzog.
Der würdige und gelehrte Mann räumte dem Fremdling ein
Zimmer in seinem Hause ein, gewährte ihm den Gebrauch seiner
schönen Bibliothek und bediente sich seines Rates bei den neu zu
treffenden pädagogischen Anordnungen. Schubart teilte mit, was

er vom Erziehungswesen der Protestanten wußte; mit eigenen,
aus der Tiefe der Sache geschöpften Ansichten ihm an die Hand
zu gehen, verstand er weniger, und in den Kampf der Parteien
sich zu mischen, dazu hatte er keine Lust. Lori, der hauptsächlich
das Bedürfnis Bayerns ins Auge faßte, manches verwarf, was
nicht für sein Vaterland zu passen schien, und sonderlich auf eine
gewisse Einfachheit des Erziehungswesens drang, die Bürger für
diese und jene Welt bilden sollte, unterlag gegen die Vorschläge
des gelehrten Kanonikus Braun, dessen System aus dem Guten
der Protestanten und Katholiken zusammengesetzt war und nur zu
wenig Eigenes für die Bedürfnisse seiner Nation hatte. Schubart
war auf Seiten Loris, von dessen Gelehrsamkeit, Patriotismus,
Uneigennützigkeit, Bedürfnislosigkeit, männlichem Ernst im Licht-
schein der Freundlichkeit er ein höchst anziehendes Gemälde entwirft.
Unter der Regierung Karl Theodors wurde dieser außerhalb
Bayerns wenig bekannte Mann, der doch mit Herder und Haller
Briefe wechselte, abgesetzt und starb als Verbannter in Neuburg.

Der unruhige, von einem fortwährenden Hang zur Abwechslung umhergetriebene Mann war bald da, bald dort, lernte allerlei
Menschen kennen, war in der Akademie und auf der Bibliothek
zu sehen, trieb sich in Gesandtschaftshäusern und Bierschenken
herum, wurde den Jupiters und Silens, den Junos und ihren
Stubenmädchen, Virtuosen und Schnurranten, gesetzten Weisen und
lustigen Landstreichern bekannt, besonders den Katholizismus lernte
er nach seinen Licht- und Schattenseiten kennen. Aber noch mehr
als in Ludwigsburg und Mannheim war er in München zu Zeiten
eine Beute der düstersten Verzweiflung. „Via crucis est via
salutis!" rief ihm ein Franziskaner zu, den er vor einem Kruzifix
betend getroffen hatte. „Kreuzesweg! dachte er; der meinige ist
der allerbetrübteste. Ich trage Fesseln des Lasters und habe
überdies noch Fluch zu erwarten." — „Die Gemälde," erzählt er
weiter, „schienen mir zu gähnen, die Bildsäulen zu wackeln, die
Tonkünstler zu heulen — ich riß mich aus der Stadt, sah das
tröpfelnde Schwert auf dem Rabenstein liegen und den zuckenden
Missethäter unter ihm; suchte Grotten, Höhlen, Gräber; — die
Raben schienen auf mich herabzukrächzen, die Weihen sich über

mir zu kreisen; Sturm war mir lieber, als Stille, und die Mitternacht angenehmer, als der schönste, glanzreichste Wintertag. —
Teuflische Gedanken schwärzten meine Seele: morde, daß man
dich wieder mordet! Ersäufe dich in diesem Strome! — Aber
was wird aus deinem Weib und deinen Kindern werden? —
Dieser einzige Gedanke hielt mich von Gewaltthat zurück."

Nichts wollte ihm in München gelingen — kein Lied, kein
Menuett, nicht einmal einen Brief, versichert er, habe er zu
Stande gebracht — und doch lesen wir zwei Blätter vorher, daß
er um diese Zeit einen freilich sehr wehmütigen Brief an seine
Frau geschrieben habe. Außerdem gab er einige Lektionen auf
dem Flügel, einige Anleitungen zur Litteraturgeschichte, korrigierte
Aufsätze, die daselbst gemacht wurden; dabei wollen wir die Unter-
redungen mit Lori nicht vergessen. Es scheint, Schubart hat sich
auch hier zu schwarz gemalt.

Inzwischen drangen seine Gönner immer stärker in ihn, den
versprochenen Schritt zu thun und katholisch zu werden; namentlich sollte dies die Bedingung für die Erlaubnis sein, eine gelehrte Zeitung zu schreiben. Allein gegen diese Zumutung wehrte
sich sein protestantisches Bewußtsein, das nun gerade in seiner
ganzen Stärke erwachte. „Ich sah, daß eine Religion, wie die
katholische, die sich bei all ihrem Guten so weit vom Quell ab-
geirrt hat, entweder zum Aberglauben oder Unglauben leite und
das Herz nie ganz befestige," um was es freilich Schubart am
meisten zu thun sein mußte. „Wenn ich aufs Land ging, so sah
ich in jedem hohlen Baume, in jeder Blende eines Hauses ein
flittergoldenes Bild irgend eines Heiligen, und die betrogene Einfalt davor knieen — in Wäldern, Nischen mit eingenagelten fünf
Wunden — unter dem Volke überhaupt einen so erniedrigenden
Aberglauben, daß ich oft in den Zeiten des dicksten Heidentums
zu leben glaubte" — ganz dasselbe Urteil, das Goethe 14 Jahre
nachher über den Katholizismus in Rom selbst gefällt hat. Hand
in Hand mit dem Aberglauben ging, wie immer, der Unglaube;
in einem Hause wurden oft in dem einen Stockwerk Pater Kochems
Legenden, im anderen Edelmanns oder Voltaires Schriften klassisch
verehrt. Die wissenschaftliche Theologie lag im Argen, die Bibel

war wenig gekannt, die Erbauungsbücher waren kraftlos, der Ton im Predigen meist komisch.

Aus seinen Zweifeln und Kämpfen über den peinlichen Schritt, zu dem man ihn drängen wollte, befreite den Unglücklichen diesmal der Dienst eines Feindes in Stuttgart, der, von einem angesehenen Mann in München zum Behufe von Schubarts Anstellung über dessen Aufführung im Württembergischen befragt, ihn noch schlimmer abmalte, als er sein mochte, und ihm nicht einmal das wenige Gute ließ, das noch Feinde an ihm bemerkt haben wollten. „Er setzte sonderlich hinzu," sagt Schubart, „daß ich keinen heiligen Geist glaubte und vorzüglich deswegen das Württembergische habe räumen müssen." Wer dieser Mann war, wußte Schubart; er verschweigt aber seinen Namen aus guten Gründen; denn „der Mann lebt noch in großen Ehren; ich hoffe, er soll sich jetzt schämen, jemals so schlecht und bösartig von mir geurteilt zu haben." Die Beschuldigung, daß Schubart keinen heiligen Geist glaube, bezieht sich vielleicht auf die Parodie der Litanei. Der Gedanke liegt nahe, daß der Stuttgarter Korrespondent dem geistlichen Stande angehörte. — Fort mit ihm! hieß es nun allenthalben in München. Aus Scham nahm er nicht einmal von Lori Abschied. Vom Kurfürsten und einigen seiner Gönner und Freunde wurde er noch ansehnlich beschenkt. Wohin, Kerl? fragte er sich, als er zum Thore hinausfuhr. Stockholm, Petersburg, Wien schwebten ihm vor; er entschied sich für Stockholm, wo er am Hofe des Königs sein Glück zu machen hoffte. — Bleiben wir hier einen Augenblick stehen und betrachten uns Schubarts Vorhaben, katholisch zu werden, genauer. Es ist leicht, hier den Stab über ihn zu brechen und den Plan mit Strauß als heillose Spekulation, Frucht der Feigheit, Faulheit und des vollständigen sittlichen Bankerotts zu bezeichnen. Wir haben noch auf andere unreine Triebfedern — Renommisterei und unruhige Veränderungssucht — hingewiesen. Schubart selbst gesteht, daß sein Aufenthalt in München, die Zeit seiner „Sonnenferne", der größten Unfähigkeit zum Guten war. Es ist noch leichter, mit R. Prutz in Schubarts späterem Kampf gegen den Katholizismus eine grelle Inkonsequenz zu finden und ihm zuzurufen: „Du hast ja selbst —

wie lange her ist es wohl? — katholisch werden wollen." Allein
wir müssen uns hier Schubarts gegen Schubart annehmen und
die Momente hervorheben, die Schubarts Charakter in einem
milderen Lichte zeigen. Schon von Ludwigsburg aus hatte er
einem ähnlichen Gerüchte entschieden widersprochen. „Wegen Mann=
heim, schreibt er am 10. Oktober 1770 seinem Schwager Böckh,
kannst Du ruhig schlafen. Ich zittere wegen meiner Freunde vor
jedem Schritte, der ihnen Unruhe machen könnte. Es ist Schande,
sein Glück mit der Religion erkaufen wollen. Das weiß ich und
nach diesen Grundsätzen werd' ich auch handeln." In Mannheim
lernte er den Katholizismus bei einer paritätischen Bevölkerung
noch nicht in der abschreckenden Erscheinung kennen, wie er ihm
nachher in dem stockkatholischen München gegenübertrat; er hatte
also ohne Zweifel kein ganz klares Bewußtsein von der Bedeu=
tung und den Folgen seines Schrittes. Baron von Leyden brachte
seinen Vorschlag, Schubart solle seine Religion wechseln, mit der
großen Revolution in Zusammenhang, die den Sturz des Jesuiten=
ordens im Erziehungswesen seines Vaterlandes veranlassen würde;
Lori war bekannt als aufgeklärter Jesuitenfeind; seine Mitarbeiter,
die schon bei der Errichtung der Akademie schwere Kämpfe mit
den Jesuiten bestanden hatten, standen alle auf der Seite des
Fortschritts, und Schubart hoffte, mit ihnen das Unterrichtswesen
im Sinne der Aufklärung und des Fortschritts, im Sinne Cle=
mens XIV. reformieren zu helfen. Diesem Sinn ist Schubart auch
nachher, als er die deutsche Chronik schrieb, treu geblieben; er
hat zeitlebens die Jesuiten bekämpft. Wenn man die Sache be=
trachtet, so muß man wohl überlegen, ob Schubart einer charakter=
losen, widerspruchsvollen Handlungsweise zu beschuldigen ist, und
ob man ihn mit Prutz ohne weiteres den Romantikern anreihen
darf, die bekanntlich, wie die meisten Konvertiten, von der Lieder=
lichkeit zur Bigotterie übergingen. Bei einem Gefühls= und Phan=
tasiemenschen, wie Schubart, ist es doppelt hoch anzuschlagen, daß
er sich dem von dieser Seite her sein protestantisches Bewußtsein
bestürmenden Katholizismus nicht gefangen gab, sondern ihm
männlichen Widerstand entgegensetzte. —

Mancher gefeierte Schriftsteller ist zeitlebens protestantisch

geblieben, aber seine Schriften sind von antiprotestantischen, katholi=
sierenden Anschauungen durchzogen. Bei Schubart ist nichts von
dieser Art zu finden; er ist durch und durch protestantisch. Nie
hat er nach der Weise der Romantiker mit dem Mittelalter ge=
liebäugelt; kaum die Erzählung „Der Pilger" (Frankfurter Aus=
gabe der Gedichte 1829, II, 305), die, wie die Anmerkung be=
hauptet, nach den „Pilgerschaften zum heiligen Grabe. Köln 1583"
gedichtet ist, enthält einzelne entfernte Anklänge dieser Art. Auf
einen Punkt mache ich noch besonders aufmerksam. Konvertiten
und katholisierende Dichter überhaupt sind in der Regel inbrün=
stige Verehrer der Jungfrau Maria. Schubart steht, von dieser
Seite betrachtet, unanfechtbar da. Auch in der genannten Er=
zählung ist Maria nur „aller Weiber Stolz und Krone, die Hoch=
gebenedeite, die den himmlischen Knaben erzog". Höchstens das
poetische Seufzerlein: „Gebet um Josefs Genesung" (Reclam
S. 159) vom Jahr 1790, also aus Schubarts letzter Zeit, kann man,
wenn man will, hierher ziehen. Schubart war, wie wir später sehen
werden, überhaupt ein entschiedener Gegner der Weiberherrschaft —
auf Erden und — ebenso im Himmel. „Ohne Damengunst, erzählt
er selbst, war damals in München gar nicht fortzukommen. In
ihren Händen lagen die Preise, die dem Verdienst ausgeteilt
wurden." Schubart wollte aber nicht, wie so viele Konvertiten,
durch Weiber sein Glück machen. „Schubart haßt Weiberunter=
halt," schreibt er vom Hohenasberg den 11. Mai 1784 an seine
Gattin. Er will ihr Geld schicken, um sie für die Ausgaben, die
sie für ihn gehabt hat, zu entschädigen. Auch in München war
ihm Weiberunterhalt, Versorgung durch Weiber zuwider.

Wie überall in Schubarts Leben, so auch hier grenzen die
Extreme aneinander. Der tiefste sittliche Bankerott giebt ihm,
wie manchem Kaufmann in ähnlicher Lage, Gelegenheit, sich aufs
neue emporzuschwingen. Ob er bei längerem Aufenthalt in München
zuletzt doch noch unterlegen wäre, welche Wendung sein Schicksal
überhaupt ohne jenen Brief aus Stuttgart genommen hätte, wer
vermag es zu sagen? Genug, auf die Zeit der Sonnenferne folgt
jetzt die Zeit der Sonnennähe.

VI.

Augsburg und Ulm. Schubarts Gefangennehmung.
März 1774 bis 27. Januar 1777.

Unter Plänen aller Art fuhr Schubart mit dem Postwagen aus München; ein dicker Franziskaner saß neben ihm und polterte in salzburgischem Dialekt über die bayrischen Schulreformen, deren Urheber er geradezu Lutheraner nannte. Darüber fing Schubart Feuer und bewies dem Mönche seine Thorheit und verkehrte Bigotterie auf lateinisch nach allen rhetorischen Figuren. Etiam haereticus! etiam haereticus! schnaubte der Gegner und rückte im Postwagen so grimmig hin und her, daß Schubart ausstieg und ihm zurief: „Zu Ihrer Religion gehöre ich nicht, Herr Pastor! aber zu einer, von welcher Sie und Ihresgleichen noch vieles zu lernen haben." Der Pfaffe machte ihm eine große Faust nach und donnerte ein gräßliches Anathema hinter ihm drein. — Wohin? seufzte der nun abermals Flüchtige in dumpfer Betäubung vor sich hin. Vorerst gings nach Augsburg; hier trat er bei einem Bierwirte am Mühlenberglein ab, der ein weitläufiger Verwandter von ihm war. Er schrieb sogleich an seine Gattin nach Geislingen und that ihr seinen Entschluß kund — nach Stockholm zu gehen, wo Gustav der Dritte, nach beendigter glücklicher Auflösung der seine Herrscheransprüche beengenden Aristokratie, sein Volk zufrieden und blühend zu machen mit Ernst bemüht war.

Sein Wirtshaus war die Herberge der Weberzunft, die seit den Zeiten der Fugger das zahlreichste und angesehenste Handwerk in Augsburg war. Er theilte sich ihnen und anderen Bürgersleuten mit, die abends dahin zum Biere kamen, und machte bald das größte Aufsehen unter ihnen. Seine Bekanntschaft breitete sich aus, man suchte ihn in Augsburg festzuhalten; Buchhändler Stage kam und wünschte einen gangbaren Artikel für seinen Verlag von ihm; die einsame Gattin bat ihn in einem wehmütigen Briefe, sie nicht ganz zu verlassen, nicht so in die Weite hinauszuirren, sondern in der Nähe zu bleiben: und er blieb. Er dachte zuerst,

einen Roman zu schreiben (wahrscheinlich eine Geniegeschichte, den
Roman seines bisherigen Lebens); aber das war, obgleich er den
Roman fast schon ausgeboren im Kopf herumtrug, zu langweilig
für ihn und für den Verleger. Sein Feuergeist, der nur in
momentanen Ausbrüchen sich entlud, geriet auf die Idee, an
der Stelle eines Schwäbischen Journals, das jenem Geschäfts-
manne gescheitert war, eine Deutsche Chronik zu schreiben. Über
die Entstehung, die Tendenz und die ersten Schicksale dieses
Blattes, das vom Jahr 1774 bis 1777, und dann nach zehn-
jähriger Unterbrechung von 1787 bis 1791 von ihm herausgegeben wurde und Schubarts Lieblingsarbeit war, lassen wir
ihn selbst reden: „Ich fing an mit aller schuldigen Ehrfurcht
vor dem Publikum — denn ich glaube nicht, daß ein Schriftsteller jemals ehrfurchtsvollere Begriffe von seinem Publikum gehabt hat, als ich von dem meinigen — die ersten Blätter zu
schreiben. Meine Absicht war erst auf Augsburg und Bayern,
dann auf alle von mir bereisten Gegenden, und endlich auf ganz
Deutschland gerichtet. Der Beifall war weit größer, als ich
unter den Umständen, in denen ich schrieb, erwarten konnte. Der
Verlag stieg von Hundert zu Hunderten, ungeachtet ich selbst mit
meiner Chronik am wenigsten zufrieden war. Ich schrieb sie —
oder vielmehr diktierte sie im Wirtshause, beim Bierkrug und einer
Pfeife Tabak, mit keinen Subsidien, als meiner Erfahrung und
dem bischen Witz versehen, womit mich Mutter Natur beschenkt
hatte. Wenn ich mehr Muse gehabt hätte oder mich nicht so
gerne in Zerstreuungen verloren hätte, so wäre ich traun! kein
übler Zeitungsschreiber geworden. Ich hatte Feuer, wußte wie
die Menschen zu greifen waren, wußte meine Muttersprache zu
schreiben, besser als man es in dasigen Gegenden gewohnt war,
und hatte nicht selten Anwandlungen von brittischer oder liskov'scher
Laune. Aber der Mangel an Klugheit, der sich in meinem ganzen
Leben, so wie in meinen Schriften äußerte, die ungewöhnliche
Freiheit, die ich mir in einem Lande voll ängstlichen Zwangs
anmaßen wollte, konnten meiner Chronik keine lange Dauer versprechen. Auch brachte meine Situation und Herzensstellung so
auffallende Ungleichheiten in dies Blatt, daß die Ausländer

glaubten, ich hätte zuweilen einen sehr dürftigen Handlanger. Heute schien mein Blatt ein Glutstrom, das nächstemal ein Schnee- hügel zu sein. Aber ich selbst war so. Die Schrift ist des Autors Bild im Kleinen — sein treues Porträt im polierten Stahlknopfe. Wenn Ausschweifungen oder heimlicher Gram meine Nerven abgespannt hatten, so sanken die Gedanken mattherzig und kraftlos, wie Pfeile vom ungespannten Bogen zu meinen Füßen nieder.

O wie wahr ist's, daß ein Schriftsteller ohne Tugend und Ordnung, wenn er auch die schönsten Anlagen hat, kaum etwas mehr gewinnen kann, als den erniedrigenden Seufzer des mit- leidigen Publikums: Schade für den Mann!

Kein Gewerb konnte für einen Menschen, wie ich war, zu einer Zeit, wo die Priester- und Fürstengewalt gegen jedes Freiheits- gefühl anbrauste, und in einer Stadt, die unter allen deutschen Städten einen so feurigen Kopf, wie der meinige war, am wenigsten dulden konnte, gefährlicher sein, als das Gewerb eines Zeitungs- schreibers. Vor Fürsten, auch wenn sie Bösewichter sind, den Fuchsschwanz streichen, kühle Galatäge, Jagden, Musterungen, jedes gnädige Kopfnicken und matte Zeichen des Menschengefühls mit einer Doppelzunge austrompeten, jedem Hofhunde einen Bückling machen, den Parteigeist desjenigen Ortes, wo man schreibt, nie beleidigen, den Kaffeehäusern was zum Lachen und dem Pöbel was zu räsonnieren geben; — auf der einen Seite die Parteien des Parnassus genau kennen und da entweder im trägen Gleichgewicht bleiben oder mutig mitkämpfen; — das waren Gesetze, die für mich zu hoch und rund waren und für die ich weder Geduld noch Klugheit hatte. Ich stieß daher tausendmal gegen sie an. Daher hat auch die Chronik mir und dem Ver- leger unermeßbaren Verdruß und 'endlich mir selber das harte Gefängnis zugezogen, in dem ich so manches Jahr reiche Gelegen- heit hatte, meine Thorheiten zu beweinen.

Die ersten Blätter wurden in Augsburg gedruckt; da ich aber am Schlusse meiner Anzeige sagte: „Und nun werfe ich mit jenem Deutschen, als er London verließ, meinen Hut in die Höhe und spreche: „O England, von deiner Laune und Freiheit nur diesen

Hut voll!" so. stand der damalige, nun selige Bürgermeister von
Kuhn im Senat auf und perorierte: „Es hat sich ein Vagabund
hereingeschlichen, der begehrt für sein heilloses Blatt einen Hut
voll englischer Freiheit: — Nicht eine Nußschale voll soll er haben."
Und hiemit wurde der Druck in Augsburg untersagt und das
Blatt bei Wagner in Ulm gedruckt.

Inzwischen eröffnete mir meine Chronik den Eintritt allenthalben und ich wurde bald so bekannt, daß Kinder auf der Straße
mich zu nennen wußten. Aber eben diese weite Bekanntschaft war
ein hundertaugiges Lauern auf alle meine Gänge, Tritte, Worte,
Geberden, Werke. Und da ich sehr unvorsichtig war, so gab ich
meinen Laurern unzählige Blößen, mich zu stoßen oder zu fangen."

Auf eine eingehende Kritik der Chronik uns einzulassen, ist
hier noch nicht der Platz. Wir können es uns aber nicht ver-
sagen, aus dem Strauß'schen Werk (I, 297) die betreffende Stelle
hier einzureihen, die einen wahren Glanzpunkt dieser im Allgemeinen betrachtet unzulänglichen und unvollständigen Biographie
ausmacht. „Mit der deutschen Chronik, sagt Strauß, waren über
Schubarts ganzes ferneres Leben die Würfel geworfen. Und sie
waren nicht ungünstig gefallen, wenn anders die Wahl eine glückliche heißen darf, welche, neben dem, daß sie auf einen an sich
edeln und gemeinnützigen Beruf fällt, noch überdieß den Talenten
und Neigungen des Wählenden gemäß ist. —

Daß der Beruf des Journalisten den Neigungen Schubarts
entsprach, hat er selbst durch den Eifer bewiesen, mit welchem er
an demselben festhielt, so lange er noch in Freiheit war; die
Eile, mit der er ihn wieder hervorsuchte, so bald er seiner Bande
ledig wurde; die Vorliebe, mit der er je länger je mehr an
seiner Chronik wie an einem Schoßkinde hing und sie noch sterbend seinem Sohn als seine beste Hinterlassenschaft vermachte.
Schubart hatte jetzt Beides sattsam versucht: in einem Amt und
beruflos zu leben, und beides hatte ihm in die Länge nicht behagt. Nicht blos sein lästiges Schulamt in Geislingen, sondern
auch das weit bequemere an der Ludwigsburger Orgel, war ihm
bald zur Last geworden. Jedes Geschäft, das Einhaltung be-
stimmter Stunden von ihm forderte und ihn unter Vorgesetzte

stellte, war gleich sehr gegen seinen Trieb nach Unabhängigkeit,
wie gegen seinen Hang zur Indolenz: eine unüberwindliche Amtsscheu zählt Ludwig Schubart unter den Grundzügen im Charakter
seines Vaters auf. Doch auch das abenteuernde Leben vom
Glücke des Augenblicks hatte er satt, seit er die Erniedrigungen
und Gefahren kennen gelernt hatte, die es mit sich führt. Amt-
los und frei, dabei doch nicht als Abenteurer, sondern mit sicherem
Auskommen leben zu können — dieses Problem war durch die
Chronik gelöst: während sie ihn zwei Vormittage in der Woche
beschäftigte, warf sie ihm bei dem ungemeinen Beifall, den sie
fand, eine von Jahr zu Jahr steigende Rente ab.

Auch für Schubarts Talent war der Gedanke der Chronik
der glücklichste Fund, den er machen konnte. Was sein Sohn
von Zersplitterung seiner Zeit und Kraft durch dieselbe sagt, wodurch er sich an der Ausarbeitung eines großen Kunstwerkes verhindert habe, will nichts bedeuten. Zur Ausführung eines
größeren Werks, das Zeit, Beharrlichkeit, Überblick, wahrhaft
künstlerisches Schaffen erforderte, hatte Schubart keine Fähigkeit.
Seine Muse war die Stimmung des Augenblicks; das Wirken
seines Talents ein hastiges Blitzen, kein ruhiges Leuchten; ein
Lied in der Poesie, ein Journalartikel, ein Aufsatz in der Prosa
sein höchstes mögliches Produkt. — Ebenso sehr nemlich, wie
poetisch, war Schubarts Talent ein rhetorisches. Schubart
der Sohn hat ganz recht — und brauchte sich hiezu nicht auf
eine äußerliche Ähnlichkeit mit Danton zu berufen — daß sein
Vater zum Redner in der Volksversammlung geboren gewesen sei.
Alle Erfordernisse eines solchen: gesunder Verstand, frischer Mutterwitz, überreiche Einbildungskraft, feurige Begeisterung, schnelle
Besonnenheit, strömender Wortreichtum, volkstümliche Deutlichkeit, dabei eine gewaltige und doch biegsame Stimme, lebhafte
und ausdrucksvolle Geberde — freilich hören mußte man ihn,
um die volle Gewalt seiner Rede nicht nur, sondern dieser ganzen
vulkanischen Natur zu empfinden. Aber wo konnte man ihn
reden hören? Beim Wein an den Tafeln seiner Gönner; weit
besser aber und unbefangener am Wirtstisch, wo die Gäste, wenn
er die Schleußen seines Mundes öffnete, das Sprechen, Atmen,

ja selbst das Trinken vergaßen, um dann, wenn er geendet hatte, mit einem um so lauteren Sturm des Beifalls und der Bewunderung hervorzubrechen. — — Freilich Beredsamkeit, weltliche Beredsamkeit war damals in Deutschland mündlich im Grunde gar nicht anzubringen. Dafür schuf sich nun Schubart in seiner Chronik einen Ersatz: wöchentlich zweimal — so oft erschien sein Blatt — trat er vor einem größeren und bedeutenderen Publikum als dasjenige, welches er allabendlich in mündlicher Rede zu haranguiren pflegte, schriftlich auf, erzählte was er von den laufenden Welthändeln, von Schlachten und Siegen, von den Thaten der Fürsten, den Zuständen der Länder und Völker in Erfahrung gebracht hatte, berichtete über die neuesten Erscheinungen in Kunst und Wissenschaft, flocht dann und wann eine Anekdote fürs Herz oder für das Zwerchfell ein, lobte und schalt, bewunderte und spottete, und riß so, während er sich selbst warm sprach, auch die Leser mit sich fort. Denn auch das ist bezeichnend für Schubart, daß er seine Chronik nicht schrieb, sondern sprach, d. h. diktierte, und zwar am liebsten auf dem Schauplatze seiner mündlichen Volksreden, im Wirtshause, beim Bierkrug und einer Pfeife Tabak, ohne andre Hilfsmittel als sein Gedächtnis und seinen Mutterwitz — wie er selbst in seiner Lebensbeschreibung uns erzählt. Daher die durchaus rednerische und subjektive Haltung der Chronik; daher steht überall in ihr der leibhaftige Schubart vor uns, und es knüpft sich zwischen Verfasser und Leser ein enges persönliches Verhältnis, wie wir es heutzutage bei Zeitungen gar nicht mehr gewohnt sind.

Edel und gemeinnützig aber war die Wirksamkeit, die sich Schubart hiemit gewählt hatte, sowol an sich, als insbesondere in Betracht der Zeit- und Ortsverhältnisse. Die Tendenz seiner Chronik ist durchweg die ehrenwerteste: in Leben und Kunst wird gute Sitte, deutsche Mannhaftigkeit, Vaterlandsliebe empfohlen; gegen Entartung, Verweichlichung, Ausländerei geeifert; Pfaffen und Jesuiten, Dümmlinge und Dummmacher an den Pranger gestellt, nicht minder jedoch Voltaire'sche Frivolität und seichte Aufklärerei bekämpft, und auf gereinigtes, aber unverwässertes, einfaches, aber kräftiges Christentum gedrungen, Despotismus und

Knechtssinn, soweit es die Preßverhältnisse erlaubten, gezüchtigt, dagegen Großheit und Freiheit, wo sie sich findet — in England, in Nordamerika — mit Liebe und Bewunderung hervorgehoben. In noch weit hellerem Lichte jedoch erscheint uns das Verdienst dieses Journals, wenn wir Ort und Zeit bedenken, in welchen es ins Leben trat. Stand schon das protestantische Schwaben, was geistige, namentlich litterarische Regsamkeit betrifft, damals hinter Sachsen und Preußen zurück, wie wir Schubart in seinen Briefen wiederholt haben klagen hören: so war vollends Bayern und das katholische Schwaben in jenen Jahren ein wahres Land Sebulon und Naphtali, dessen Volk im Dunkel und Schatten des Todes saß, und dem jeder kleinste Lichtstrahl eine unschätzbare Wohlthat war. Wie traurig es, in Folge des vernachläßigten Volksunterrichts und der verdummenden Pfaffenwirtschaft, in jenen Gegenden mit der Kultur bestellt war, kann man am besten aus den Gaßnerischen Geschichten abnehmen, welche eben in diese Jahre fielen, und aus ihrer zahlreichen Litteratur, von welcher uns Schubarts Chronik und die Allg. Deutsche Bibliothek wenigstens noch Titel und Auszüge erhalten haben. Die Barbarei der Vorstellungen, die Verwahrlosung der Sprache, die Pöbelhaftigkeit der Ausdrücke in den meisten dieser Skarteken übersteigt alle Begriffe. Hier war, außer dem Inhalt, schon das Formelle ein Verdienst, mit einer Zeitschrift aufzutreten, die in gutem Deutsch, in gebildeter Sprache geschrieben war — ein Verdienst, welches an Schubarts Chronik, trotz mancher Auswüchse, selbst die Berliner Aristarchen anerkannten. In der That, wenn Schubart auch nicht als ein Praeceptor Germaniae glänzt — unter den Praeceptoribus Sueviae hat er sich durch seine Chronik eine ehrenvolle Stelle erworben." —

Fürwahr ein wohlbegründetes Urteil! Die abschätzigen Äußerungen von Gervinus, R. Prutz und anderen wollen wir, um den Zusammenhang der Erzählung nicht allzusehr zu unterbrechen, später bringen. Dem norddeutschen Prutz ist insbesondere der Umstand widerlich, daß Schubart die Chronik in der Wirtsstube diktierte; er findet in ihm nur den Phrasenmacher für die politisierende Bierbank seiner Zeit und meint, Schubart habe

eigentlich nur für den großen Haufen geschrieben. Ähnlich könnte
man von Luther sagen, er habe seinen kleinen Katechismus im
Grund nur für den großen Haufen verfaßt. Von oben herab,
von unten herauf zu arbeiten — erkannte er gar früh als des
Dichters — und, dürfen wir hinzusetzen — später auch als des
Publizisten Pflicht. Er hat gethan, was er konnte. Für den
Theetisch war Schubart nicht geschaffen und er hätte da eine
traurige Rolle gespielt, wiewohl er sich, wenn es not that, auch
in höheren Kreisen zu bewegen vermochte. Freilich liegt in dem
lockern Leben auf Bierbänken und Weinstuben ein Zauber, der
benjenigen, den er einmal gepackt hat, selten wieder losläßt; auch
Schubart vermochte sich ihm nicht mehr zu entziehen. Allein auch
Lessing gefiel sich, wie Goethe sagt, zu Zeiten in einem zerstreuten
Welt= und Wirtshausleben; Schubart hat sodann jedenfalls dem
süddeutschen Wirtshausbesuch und Wirtshausverkehr durch die
Macht seines Geistes und den Zauber seiner Rede einen höheren
Schwung und ein idealeres Gepräge verliehen. Was ist poetischer,
eine Zeitungsnumer zu Hause stumm und still zusammensetzen
oder sie in Gegenwart Anderer, im Drange des Augenblicks, nach
den Eingebungen des Geistes in die Öffentlichkeit ausgehen lassen?
Wenn er dabei Bacchus und Gambrinus Gabe als „sanfte Folter
des Geistes" (Hor. Ob. III, 21) benutzte, so ist das, sofern er
dabei das richtige Maß nicht überschritt, seine Sache.

„Unvorsichtig" war Schubart freilich, unvorsichtig in seinem
Leben, unvorsichtig in seinen Äußerungen. Wie sein Lebenswandel
in Augsburg beschaffen war, darüber läßt er sich in seiner Lebens=
beschreibung nicht genauer aus, und die epistolische Quelle, die
seit der Verbannung aus dem Herzogtum ganz versiegt war, fließt
so schwach, daß wir von dem ganzen Jahr, das Schubart in
Augsburg verlebte, nur einen Brief haben, an seinen Schwager
Böckh vom 17. September 1774, aus welchem ich den Schluß
anführe: „Ich lebe hier — größtenteils in philosophischer Stille —
schreibe, lese, klaviere, seh' Kunstwerke, esse wenig, trinke mehr;
habe einen einzigen Rock und drei Hembber; zweifle, weine, lache,
lebe oft gerne, stampfe aber öfters den Boden, daß er sich nicht
mir zum Grabe öffnet — dort, dort möcht' ich schlafen, wo mein

Vater liegt." Diese Seltenheit seiner Briefe erklärt Strauß mit
Recht zum Teil aus dem Grund, daß Schubart jetzt weniger als
je zu klagen hatte — und, dürfen wir wohl hinzufügen, auch
daraus, daß andere Leute weniger begründete Klagen über ihn
vorbringen konnten, als früher. Um jedoch auf seine Unvorsichtigkeit zurückzukommen, so hat der, der mit dem Strom schwimmt,
sich mit seinen Ansichten nicht über die Menge erhebt oder nicht so
keck ist, sie auszusprechen, leicht vorsichtig zu sein. Einem Mann,
wie Schubart, der bersten oder sich mitteilen mußte, und, selbst
arglos, auch bei andern nichts Arges vermutete, war eine solche
Vorsicht unmöglich. Daß Tugenden und Fehler einander oft zum
Verwechseln ähnlich sehen und es in vielen Fällen schwer ist, die
Grenzlinie zu ziehen, zeigt Schubart ganz auffallend. Sein Unglück war, daß er mit Schwärmers Ernst, ohne den nie etwas
Großes ausgeführt wird, nicht des Weltmanns Blick verband.

Von seinem Landsmann Schiller war es offenbar sehr vorsichtig, daß er im Programm zu den Horen, das gewiß Schubarts
Beifall nicht gefunden hätte, die Gegenstände der Politik und Religion
von der Besprechung ausschloß, und Schiller lebte in dem aufgeklärten Thüringen, während Schubart in dem unaufgeklärten
Schwaben, umlauert von Aufpassern und Angebern, seine Chronik
erscheinen ließ. Die Strafe blieb bei Schiller nicht aus; die Horen
starben nach ein paar Jahren an Nachlaß der Natur, die Chronik
wuchs und gedieh, so lange sich Schubart ihr widmen durfte.

Für diejenigen, welche meine historisch-kritische Ausgabe von
Schubarts Gedichten nicht haben, führe ich aus derselben das
Gedicht an Chronos an, mit dem er am 31. Mai 1774 seine
Zeitung (eigentlich Mittelding zwischen Zeitung und Zeitschrift)
eröffnete.

An Chronos.

Wie schnell, o Chronos, rollet dein Wagen,
Von stürmenden Winden getragen,
   Durch dein weites Gebiet!
Es rasseln und donnern die Räder
Durch den weichenden Aether,
   Daß die Axe glüht.

Hoch stehst du mit herrschendem Blicke,
  Das Sandglas in der Hand;
  Ein Sturmwind treibt dein Gewand
Und dein Haupthaar wie Wolken zurücke.
    Königreiche fallen, wenn dein Zepter winkt,
    Und das Felsenhaus des Tyrannen sinkt.
      Unter deinem Wagen winken Wiegen,
      Wo mit morgenrötlichen Zügen
      Künftige Geschlechter liegen.

Aber auch der Berg des Todes ragt
Hoch empor — wo mit verwilderter Gebärde
Auf losgeschaufelter Erde
Die Verwesung — ach! an Menschenknochen nagt.
    Oft ersäuft der Nachwelt bessere Geschlechter
    Der Zeiten aufgeschwollner Fluß —
    Und es heulen deine Töchter,
    Grauer Archipelagus.

Dorten an der Felsenwand
  Ringt ein Greis die welke Hand
  Auf dem nahen Grabe.
  Röchelnd seufzt er auf: Ich habe,
  Chronos, deinen Wert verkannt —
  Und der goldnen Stunde Gabe
  Ach! entsetzlich angewandt.

Und ein Mädchen, ausgeweint und hager,
Wälzt um Mitternacht sich auf ihrem Lager,
  Jammernd, daß ein Bösewicht sie betrog
  Und ihr Schutzgeist, Unschuld, ihr entflog.
    Der Weise, der in stiller Nacht,
    Vom Mond beschient, am Gitter wacht,

Hört, Chronos, deinen Wagen rollen —
  Dann zählt er jeden Augenblick
  Und kehrt mit feuervollem Blick
  Zur Tugend und zur Pflicht zurück.
Und du — du lispelst ihm den himmelvollen,
Den großen Trost ins Ohr:
Heil dem, der keinen Tag verlor.

  Dazu die Bemerkung: „Mit diesen Empfindungen kündige
ich meinen Lesern unter dem bescheidenen Titel einer Chronik ein

neues Wochenblatt an, welches nach der Zeitfolge die wichtigsten politischen und litterarischen Begebenheiten enthalten soll."

In grellem Abstich gegen seine Indolenz in München entwickelte Schubart zu Augsburg eine ungemeine Thätigkeit und fühlte, je mehr er sich der Ordnung und allgemeinen Brauchbarkeit näherte, wieder ein Analogon von Ruhe seines Herzens. Er gab Lektionen auf dem Fortepiano, spielte auf Orgeln, Flügeln und Klavieren allenthalben mit Beifall, hielt Vorlesungen über die schönen Wissenschaften und Künste, hatte gelehrte und Künstlerversammlungen in seinem Hause, erhielt sich in der Litteratur auf dem Laufenden, bildete seinen Kunstsinn immer mehr aus, gab und nahm Besuche, schrieb Vorreden, Einleitungen zu andern Werken, Gelegenheits- und andere Gedichte, von denen die deutsche Chronik eine ziemliche Anzahl enthielt. (Vgl. Reclam S. 185, 187, 188, 190, 195, 196, 197, 198, 199, 214, 343, 387, 399, 400, 411, 413, 446, 452, 478, 486, 487.) Unter diesen Gedichten ist das Märchen (Reclam S. 343) besonders zu erwähnen, weil es bald nach dem Abgang des Dichters auf Anstiften der Pfaffen auf offenem Markte verbrannt wurde.

Die Musik trat zu seinem eigenen Besten in den Hintergrund seiner Bestrebungen und sein Hauptverdienst und seine Hauptbeschäftigung bestand in der deutschen Chronik und in den Lesestunden, die er in Privathäusern und öffentlichen Sälen anstellte und wodurch er eine merkliche Umwälzung im Geschmacke veranlaßte. Er las zuerst die neuesten Stücke von Goethe, Lenz, Leisewitz und die Gedichte aus den Musenalmanachen mit eingestreuten Erklärungen vor. Da er großen Beifall erhielt, so trat er als Klopstocks Rhapsode auf und der Erfolg war über seine Erwartung groß. Mit jedem neuen Gesange vermehrten sich seine Zuhörer; der Messias wurde reißend aufgekauft; man saß in feierlicher Stille um seinen Lesestuhl her; man schauerte, weinte, staunte. Katholiken und Lutheraner, Edle und Unedle, Männer und Weiber schwärmten für Klopstock; man wiederholte den abgelesenen Gesang zu Hause, fragte Schubart über schwere Stellen und fühlte nicht selten die Kraft von Klopstocks Genius. Und nun giebt Schubart eine Charakteristik der Messiade, die zum

Besten gehört, was über diesen Gegenstand geschrieben worden ist. Nach Strauß sollte man glauben, er sei zeitlebens ein kritikloser, blinder Bewunderer, ja Anbeter Klopstocks gewesen. Daß dem nicht so ist, haben wir schon aus einigen Proben gesehen. Schubart ist sich in seinem Urteil über Klopstock nicht gleich geblieben. Einmal, in der Vorrede zu Klopstocks kleinen Schriften, jenem Werk, das aus der Ludwigsburger Zeit stammt (bei Scheible 6, 36 ff.), stellt er ihn noch über Homer, Shakespeare, Dante und Milton; in München findet er, daß wir noch keinen Dichter haben, der die Nation so allgewaltig gepackt hätte, wie Homer die Griechen (Scheible 1, 189); dieselbe Bemerkung macht er in dem geistreichen Aufsatz: „Kritische Skala der vorzüglichsten deutschen Dichter" (Scheible 6, 132 ff.), der 1790 in Posselts Archiv für ältere, vorzüglich deutsche Geschichte, II. Bändchen, erschien. „Hätte sich Luther ganz auf die Dichtung gelegt, so hätten wir schon längst unsern Homer," heißt es da. Er nennt aber auch sehr bestimmt die poetischen Mängel Klopstocks, und wenn Strauß in der ersten Beilage zu dem trefflichen Aufsatz über Klopstocks Jugendgeschichte (Kleine Schriften; Neue Folge S. 217) bemerkt, der Kern jeder tüchtigen Beurteilung der Messiade von Herder und Schiller bis auf Gervinus und Vischer sei neben dem Tadel des transzendenten Gegenstands und seiner dogmatischen Behandlung der Satz gewesen, daß das Gedicht statt des epischen vielmehr einen lyrischen Charakter trage, so hätte er in dieser Gesellschaft neben Herder recht wohl auch Schubart nennen dürfen, der in dem genannten Aufsatz bedauert, daß sich Klopstocks Genie von der Dogmatik, oft selbst von den ängstlichen Regeln der Grammatik fesseln ließ, indem er sich oft unter griechische und lateinische Formen, die unsrer Sprache so fremd seien, geschmiegt habe. Aus Anlaß seiner Vorlesungen in Augsburg bemerkt er höchst treffend: „So schön die Gesänge und Reden der Engel und der gestorbenen Heiligen sind, so erwartet der Zuhörer doch eher eine malerische Schilderung der Hinausführung des Messias zum Tode, und die Gesänge glitschen beinahe wirkungslos am Herzen ab. Die Messiade ist eine Pyramide, unten breit und sichtbar, in der Mitte von Gewölk umflossen, und oben, wo sie sich zuspitzt, nur noch durch ein künstliches Sehrohr sichtbar." Wenn irgend jemand, so war Schubart, der als Klopstocks wandernder Rhapsode die Wirkungen der Messiade, wie er selbst sagt, aus einer 28jährigen Erfahrung an sich und andern kannte, berechtigt, ein Urteil über das Werk zu fällen. Daß aber Klopstock bei allen seinen Fehlern in Schubarts Augen der erste deutsche Dichter war, wer wollte ihm dies verübeln? Wurzelte doch diese Ueberzeugung in Jugendeindrücken und strahlte doch, so lange Schubart lebte, Goethes und Schillers Doppelgestirn noch lange nicht in vollem Glanze. Uebrigens hatte in Stunden genaueren kritischen Nachdenkens Klopstock bei Schubart gefährliche Nebenbuhler. In der genannten Skala stellt er verschiedene deutsche Dichter nach den Gesichtspunkten des Genius, der Urteilsschärfe, der Litteraturkenntnis, der Tonfülle oder Versifikation, der Sprache, der Popularität, der Laune, des Witzes und der Gedächtniskraft zusammen und wirft für jeden bei jeder einzelnen Abteilung eine bestimmte Zahl aus. Zählt man nun, was Schubart unterlassen hat, die einzelnen Zahlen zusammen, so bekommt Klopstock, der obenansteht, die Gesammtzahl 153, Wieland 161, Lessing 155, Goethe 153, Schiller 147, Bürger 152, Fritz Stolberg 140. Ich bin weit entfernt, die Richtigkeit dieser Skala zu behaupten, aber lesenswert ist der Aufsatz in hohem Grade. Das Urteil über Bürger und Fritz Stolberg ist freilich einseitig und ihre Zusammenstellung mit Lessing, Schiller und Goethe ist auffallend, begreift sich aber leicht durch die Erwägung, daß Schubart seinem Geist und Wesen nach ein Bruder jener Männer, ein versprengtes Glied des Hainbundes war und so unbewußt in ihnen sich selbst taxiert hat. —

Schubart tadelt in dem gedachten Aufsatz, daß Klopstocks Werke aus den genannten Gründen nicht populär werden können. Was geschehen konnte, um Klopstock populär zu machen, das hat Schubart gethan. Wie er den Dichter deklamierte, schildert sein Sohn: „Es war, als hätte man den Messias nie gelesen, wenn man ihn deklamieren hörte. Nichts blieb undeutlich, alle Kunst des Dichters verschwand; und man sah nur die gigantischen Bilder seiner Einbildungskraft leben, sich näher und näher bewegen, handeln, und hörte sie Worte eines höhern Lebens reden. Das

große Grauenvolle und Gräßliche gelang ihm, wie in seinen
eigenen Gedichten, so auch in der Deklamation am besten, und
wenn er in seiner echten Stimmung eine Rede Abramelechs oder
einen Aufschrei Abbadonnas um Vernichtung hersagte, so sah man
überall Entsetzen in den Gesichtern der Hörer." Er war ein geborner Redner und ein geborner Deklamator und Vorleser. Wie
hätte er ein guter Deklamator sein können, wenn er ein geringer
Kritiker gewesen wäre? Das Haupterfordernis für einen Kritiker
ist aber, daß er seinen Schriftsteller versteht und in seinen Geist
eingedrungen ist. „Seine Art zu deklamieren," fährt sein Sohn
fort, „war nicht Kunst, sondern lautere, warme, durch Übung ver-
stärkte Natur. Ein wohlgebauter Körper, leichte, ungezwungene
Bewegung, eine starke, von Jugend an durch Gesang ausgebildete
Stimme, außerordentliches Gedächtnis, tiefes Studium und Ein-
bringen in den Geist seines Dichters, verbunden mit dem zartesten
Gefühl und seinem eigenen Feuer, waren die Mittel, wodurch
seine Deklamation so hinreißend wurde. Er ging eine Zeitlang
damit um, diese Kunst, welche den Griechen so geläufig war,
wieder herzustellen, sann darauf, Noten für sie zu erfinden
und gab in den älteren Jahrgängen der Chronik einige Proben
davon." In seiner Lebensbeschreibung (1, 241) giebt Schubart
Anweisung, wie der Schluß des 16. Gesanges der Messiade zu
deklamieren sein dürfte. Hier äußert er selbst: „Gäbe es Noten
für die Deklamation, so wollte ich mich noch deutlicher über dieses
Thema ausdrücken. Aber es giebt leider keine, und es wäre doch
möglich, sie zu finden." Er ist auch auf diesem Gebiete seiner
Zeit vorausgeeilt und der Vorgänger z. B. eines Palleske geworden, der als Deklamator ähnliche Erfolge erzielt und in seiner
„Kunst des Vortrags" ähnliche Gedanken ausgesprochen hat, wie
Schubart, natürlich ohne diesen mit einer Silbe zu erwähnen. —
Schubart, der geborene Dichter, Redner, Deklamator, Musiker
und Kritiker achtete auch bei andern Menschen, um einen Maß-
stab für ihre Beurteilung zu bekommen, vor allem auf Stimme,
Aussprache, Vortrag. Als er in der Einsamkeit seines Kerkers
Menschen hörte, ohne sie zu sehen, war dies sein erster, liebster
Zeitvertreib, und es ist ihm bei manchen gelungen. „So wie sich

das Alter, sagt er, nach seinen verschiedenen Stufen in der Stimme
des Menschen abbildet, so giebt der Mensch auch nicht selten den
Ton seiner inneren Fähigkeiten und Herzensstimmungen an. Klarheit und Dumpfheit, Tiefe und Höhe, Dicke und Dünne, heller und
finsterer Ton, Schnelligkeit und Trägheit, Einklang und Tonwechsel,
hoher klingender Diskant und tiefer tragischer Baß, mit einem
Wort: der ganze Umfang des Tones vom ersten kaum hörbaren
Laut an bis zum Schlage des hallenden Donners hat seine bestimmte Deutung, und der Mann wird noch kommen, der mit dem
Ohre fast ebenso sicher, als Lavater und noch schärfere Physiog-
nomen mit dem Auge über den Charakter des Menschen zu urteilen fähig ist." —

Schubart hatte in Augsburg viele würdige Männer zu Freunden.
Mertens, der Rektor des Gymnasiums und Freund des Philologen
Reiske, für den er die handschriftlichen Schätze der Augsburger
Bibliothek verglich, der treffliche Orgelbauer und Tonkünstler Stein,
der große Mechaniker Brander, der Patrizier Paul von Stetten,
der durch Schrift und Wort eifrig für den Flor seiner Vaterstadt
wirkte, widmeten ihm ihre Teilnahme aus dem Grunde der Seele.
Seine vielseitig nützlichen Bemühungen sicherten ihm ein reichliches
Auskommen, und er hatte den Trost, seine Familie wieder nachdrücklich unterstützen zu können. — Aber auch in Augsburg erwies
sich Schubart als problematische Natur; auch hier sollte er keine
bleibende Stätte finden. In Augsburg hatten die Lutheraner in
geistiger und sittlicher, die Katholiken in politischer Hinsicht den
Vorrang, so daß Schubart prophezeien zu dürfen glaubte: „Im
neunzehnten Jahrhundert ist vielleicht ganz Augsburg katholisch."
Pater Merz, Domprediger in Augsburg, und andere thaten das
möglichste, um durch Kontroverspredigten, die von Possen, Zoten
und Lästerungen wimmelten, den Pöbel gegen die Lutheraner auf-
zuhetzen. Und nun ließ sich's Schubart gleich anfangs beigehen, den
gefallenen Jesuiterorden anzugreifen, der nichts weniger als tot war.
Der Ausspruch, daß der Jesuiterorden der Wahrheit mehr geschadet
als genützt habe, und sein öfteres Lob Klemens XIV. bewirkten, daß
er im November 1774 vor die beiden Bürgermeister geladen wurde;
wie es scheint, gab er vor ihnen eine befriedigende Erklärung.

Wenige Wochen darauf begann seine Fehde mit Gaßner. Im Jahrgang 1774, den 12. Dezember schrieb er über Gaßner: „Der Pfarrer Gaßner zu Klösterle fährt fort, den dummen Schwabenpöbel zu blenden. Er heilt Höcker, Kröpfe, Epilepsieen — nicht durch Arzneien, sondern blos durch Auflegen seiner hohepriesterlichen Hand. Kürzlich hat er ein herrliches Buch herausgegeben, wie man dem Teufel widerstehen soll, wenn er in Menschen und Häusern rumort. Und da giebt's noch tausend Menschen um mich her, die an diese Narrheit glauben. — Heiliger Sokrates, erbarme Dich meiner! Wann hören wir doch einmal auf, Schwabenstreiche zu machen!" Die Schärfe solcher Artikel war zu jener Zeit auffallend und ungeheuer genug, um eine furchtbare Partei gegen den Urheber in und außer Augsburg in die Waffen zu rufen. Die Machinationen der Gegner, besonders des obengenannten einflußreichen Paters Merz, den nach Ganganellis Tode die Kurie selbst zum polemischen Klopffechter für ihr System erkoren hatte, beschränkten sich nicht auf die bittersten Ausfälle in Traktaten und Zeitschriften; selbst die persönliche Sicherheit Schubarts ward ernstlich gefährdet. Wohlmeinende Freunde mußten ihn des Nachts begleiten, um ihn vor den Anfällen der Jesuitenschüler zu schützen, die ihm an allen Ecken auflauerten. Er hatte damals seinen Sohn Ludwig als neunjährigen Knaben zu sich berufen, um ihn das Augsburger Gymnasium besuchen zu lassen. Dieser schlief mit ihm in einem Bette. Die Feinde aber trieben ihre Wut so weit, daß sie Nachts Fauststeine durch die Fenster warfen, so daß Vater und Sohn genötigt wurden, unter der Bettlade zu übernachten, um nicht tot geworfen zu werden. Da indeß selbst verständige Katholiken dem Verfasser der Chronik ihren Beifall nicht versagten, so fühlte er sich aufgemuntert, nur desto eifriger fortzufahren und dem Märtyrerlose zu trotzen. Jetzt brach das Ungewitter über ihn los. Schubart saß eines Abends unter einem Kreise trauter und bewährter Freunde. Ein fremder Edelmann besuchte ihn. Er spielte einige Phantasien auf seinem Steinschen Klavier; Vertraulichkeit und heitere Freundschaft leuchtete auf allen Gesichtern. Plötzlich ward das Haus mit Soldaten umstellt. Ein Abgeordneter des regierenden Bürgermeisters katholischerseits

(der Magistrat war wie die Stadt paritätisch), trat ins Zimmer
und kündigte Schubart Arrest an. Zugleich nahm man alle seine
schriftlichen Sachen hinweg, versiegelte seine Habe und wollte
sogar den Anwesenden die Taschen aussuchen. Der Fremde fertigte
eine so unverschämte Zumutung nach Gebühr ab, die Gesellschaft
zerstreute sich und Schubart blieb unter den ins Zimmer postierten
Soldaten allein; andere bewachten die Treppen und die Haus=
thüre; der alte Aufwärter Schubarts ward peinlich eingezogen;
in der Stadt verbreiteten sich die abenteuerlichsten Gerüchte über
die Unthaten, die man dem Chronisten zur Last legte.

Indes hatte die protestantische Partei sich des Verhafteten
thätig angenommen und man gab ihm des andern Morgens seine
Freiheit wieder; jedoch ward er durch eine Flut von Pöbel zum
katholischen Bürgermeister von Rhem geführt und ihm bedeutet,
daß er sogleich die Stadt zu verlassen habe. „Und mein Ver=
brechen, Ihr Gnaden?" — „Wir handeln nicht ohne Ursache,
und das mag Ihnen genug sein."

Übrigens hatte der Magistrat in Augsburg eine schwierige
Stellung. Die genannten Exzesse der Jesuitenzöglinge mißbilligte
er entschieden; andrerseits betrachtete er Schubart als einen Störer
des konfessionellen Friedens in einer Stadt, wo die Bulle über die
Aufhebung des Ordens erst am 10. Mai 1776 verkündet wurde.
Auch war Schubart im Herbst 1774 der fernere Aufenthalt in Augs=
burg von dem Magistrat, der sich nach ihm erkundigt hatte, nur
unter der Bedingung, daß er bis Ende des Jahres seine Schulden
zahle und dann wieder weiter gehe, gestattet worden. Schubart
wollte nämlich damals die Wohnung des Notars G. W. Zapf
beziehen. Ehrenvoller als aus München war diesmal Schubarts
Abzug von Augsburg: unzählige Freunde und Schüler waren bei
seiner Rückkehr vom Bürgermeister im Hause versammelt und be=
gleiteten ihn mit thränenden Augen zum Thore hinaus, damit er
auf dem nächsten Dorfe den Postwagen abwarte. Das weite
Gefilde lag voll tiefen Schnees (es war im Januar 1775), aber
der Eifer seiner Begleiter ging so weit, daß einer seiner Schüler
sogar ein Opfer desselben wurde: er war ihm mit einer Anzahl
Flaschen Burgunder nachgefahren, der Wagen ward bei dem

schlechten Wege umgeworfen und der junge Mann brach den
Arm. —

Als er unterwegs in Günzburg in die Gaststube eines Wirts-
hauses trat, fand er eine Schar wohlbeleibter Pfaffen beim Bierkrug um einen Tisch herumsitzend. Eins seiner letzten Blätter
lag vor ihnen. Wild brüllten sie untereinander in ihrer rauhen
Mundart: „Jetzt hand mer (haben wir) den Galgenkerl, den
Schubart! Werden 'm wohl b'Zung rausschneida und da Käza
(den Ketzer) lebendig verbrenna. Dann schreib, Hund!" Man
kann denken, wie es Schubart zu Mute war, dessen Physiognomie
bei so vielen von ihm umlaufenden Porträten nicht verkannt werden
konnte. Er sammelte sich jedoch bald, mischte sich unter die Lär-
menden und schimpfte zehnmal ärger als sie auf sich selbst, so daß
sie seinen Redefluß bald mit Lobsprüchen überhäuften. Die Nacht
hindurch hatte er seinen treuen Pudel*) zum Wächter, den er auf
seine Brust legte. Mit dem grauenden Morgen zog er seine
Straße weiter. Ein preußischer Offizier, der schon im Postwagen
ihm Mut zugesprochen hatte, gab ihm einen andern Namen und
so kam er sicher aufs Ulmische Gebiet. Sein Begleiter trank in
Ulm, wo Schubart bereits von einigen guten Freunden erwartet
wurde, eine Flasche Burgunder mit ihm, klopfte ihm mit solda-
tischer Derbheit auf die Schulter und sagte beim Abschied: „Herre,
sind Sie man gut Preußisch, so wird Ihnen kein Teufel was thun!"

Im Anfang des Jahres 1775 finden wir Schubart in Ulm.
Der Stadtammann Häkhel, der Taufpate seiner Kinder, hatte
gleich für seine Unterkunft mit thätiger Teilnahme gesorgt. Indes war der erste Aufenthalt am neuen Zufluchtsorte eine beständ-
ige Totenfeier. Schubarts Vater war gestorben, noch da jener
in Augsburg war. Das Schicksal seines Sohnes, besonders da
er geraume Zeit nicht wußte, wo diesen sein Unstern herumtreibe,
hatte sein Herz getroffen. Er faßte neue Hoffnung, als er einige

---

*) Dem Tierfreund wird dieß nicht gleichgiltig sein. Gleiches paßt zu
Gleichem. Der Pudel ist die feurigste, originellste und gelehrigste Hunde-
rasse; zugleich wird er aber von andern Hunden, in denen der Neid erwacht, am meisten verfolgt. Überhaupt war Schubart ein warmer Tier-,
besonders Hundefreund und bringt gern Anekdoten von Hunden in der Chronik.

Blätter der Chronik erhielt und gab sich alle Mühe, ihr Leser in seiner Gegend zu verschaffen. Ein offener Schade am Fuß, der plötzlich vertrocknete, erinnerte ihn an seinen Tod. Sein letztes Wort war: „Ach Herr Jesu, verlaß meinen Christian nicht; kannst du ihn nicht im Guten gewinnen, so gewinne ihn durch Elend!" Kurz nach einander starben sodann der Vater des Stadtammanns Häkhel und dieser, Schubarts wackerer Beschützer, selbst. Einen Trost gewährte ihm unter solchen Schlägen die Wiedervereinigung mit seiner Familie. „Ich fuhr nach Geislingen," erzählt er, „um nach zwei Jahren meine Gattin wieder zu sehen. Ich trat ins melancholische Zimmer, wo sie kränkelnd am Nähpulte saß und Wünsche für meine Wohlfahrt träumte. Sie fuhr auf, als sie mich sah, streckte die verlangenden Arme nach mir aus und verstummte, bleich wie eine Leiche." „Da hast du deinen Herumschwärmer!" sagte ich und warf mich in den Sessel. „O 's ist gut, daß du nur da bist!" erwiderte sie im zärtlichsten Ton der Liebe. Sie weinte und ich saß wie ein Stock, gegen Donner und Regen abgehärtet. — „Willst du mit mir? sag's, ich bin nun in Ulm. Der Sturm hat mich auch aus Augsburg gejagt. Was ich habe, ist dein!" — „O ja, ich will mit dir, und nur der Tod soll uns zum zweitenmal scheiden." Sie führte meine Kinder herein. „Nun dürft ihr nimmer mit eures Vaters Porträt reden; da ist er selber." — „O Papa, Papa!" zitterten mir die Stimmen der Unschuld entgegen." —

So kehrte er, mit Vorsätzen des Friedens und der Versöhnlichkeit, auch mit seinem Schwiegervater versöhnt, nach Ulm zurück und mit Erneuerung des häuslichen Zustandes schien auch ein milderer Geist unter sein Dach eingezogen zu sein. Seine Gattin war anfangs kränklich: nach Herstellung der häuslichen Zufriedenheit erholte sie sich merklich, als sie sich eine eigene Wohnung mieteten und bei der genauen Wirtschaft der Frau ziemlich wohl fortkamen. Schubart hatte monatlich dreißig Gulden für seine Chronik, die seine Thätigkeit wöchentlich nur zweimal in Anspruch nahm; jedoch war für anderweitigen Verdienst weniger Gelegenheit als in Augsburg. Im Ulmischen Intelligenzblatt 1775 und 76 finden sich mehrere Aufsätze und Gedichte von ihm; mehrere der letzteren sind in meine historisch-kritische Ausgabe aufgenommen (Reclam S. 243, 401, 413).

Wie glücklich Schubart in der Wahl Ulms zu seinem Aufenthaltsort war, schildert Strauß in folgenden Worten. „Ulm, keine Residenzstadt wie Ludwigsburg, das ihn blos verführte, ohne ihm geistige oder sittliche Nahrung zu bieten; aber auch keine Kleinstadt wie Geislingen, das ihn beengte und preßte; keine paritätische Stadt wie Augsburg, wo jedes freie Wort gegen Pfaffen- und Jesuitenwesen Gefahr brachte: sondern eine Reichsstadt, mit den, obwohl bereits schwindenden, Resten altdeutscher Kraft und Freisinns, wie seine Heimat Aalen, nur ungleich größer und bedeutender, alle Lebenskreise weiter; eine evangelische Stadt endlich, ihm mithin der Grundlage seines religiösen Bewußtseins, seines geistigen Standpunktes nach gleichartig. Dazu nun durch die Chronik, neben der noch andere Arbeiten in Prosa und Poesie hergingen (die trefflichen Gedichte: der Bauer in der Ernte, der Arme, auf die Messiade, Froschkritik u. a. sind aus dieser Zeit), ohne Amtsjoch eine gesicherte Existenz; das angenehme Gefühl der Unabhängigkeit und wachsendes Ansehen, nicht nur in der litterarischen Welt, sondern in allen Kreisen des Publikums; zahlreiche Besuche durchreisender Notabilitäten, gleichgesinnte Freunde am Orte selbst und erneuertes häusliches Glück im Zusammenleben mit seiner Frau, die nun ebenso gelernt hatte, ihm etwas mehr als in Geislingen nachzusehen, wie er sich hinfort nie mehr so weit wie in Ludwigsburg fortreißen ließ."

Eine hübsche Anekdote, die Strauß hier im Auszuge giebt, lautet in der Quelle (Denkwürdigkeiten aus meinem Leben und aus meiner Zeit von Gottfried von Pahl, k. württ. Prälaten, Tübingen 1840) also: „Eine mächtige Erregung empfing dieser Drang (der Drang, die von Gellert, Lessing und Haller vernommenen Töne wieder erklingen zu lassen) durch das Beispiel, das mir mein Landsmann (Pahl war in Aalen geboren), der Dichter Schubart, gab, der damals durch sein glänzendes Kunsttalent und durch die Genialität, die Kraft und das Feuer seiner poetischen Erzeugnisse eines weitverbreiteten Ruhmes genoß und dessen Name nicht anders, als mit patriotischem Stolze in meiner

Vaterstadt genannt wurde. Man erzählte sich eine Menge Anek=
boten von dem Mutwillen seines Jugenblebens; man konnte
seine ungedruckten Gedichte aus dieser Zeit auswendig; man
wiederholte lange Stellen aus den Predigten, durch die er als
Kanbidat die Gemeinbe erbaut hatte. Ich war etwa neun Jahre
alt, als ich ihm, da er bei der Hochzeit seines Bruders, des dor=
tigen Stadtschreibers, wieder nach Aalen kam, als ein Knabe
von guter Hoffnung vorgestellt wurde. Er legte seine Hand auf
meinen Kopf und sprach mit seiner Stentorstimme: „Gottfried!
werde ein ganzer Kerl und mache beiner Vaterstabt Ehre, wie —
setzte er mit seiner bekannten Eitelkeit hinzu — wie ich!" Diese
Worte wirkten auf mich, als hätte sie ein Heiliger gesprochen;
der Einbruck berselben wurde auch nicht geschwächt, als der Dichter
unmittelbar barauf das Lessing'sche Gedicht: „Gestern Brüder!
könnt ihr's glauben?" unter Musikbegleitung sang und gräßliche
Grimassen dazu schnitt." —

Schubart selbst sagt, nie sei er auf seiner Wanberschaft zu=
friedener und ruhiger gewesen als in Ulm. Wir bürfen mit
Strauß auch sagen: nie besser. Es fragt sich, bemerkt Strauß
mit Recht, ob er nicht später, als er viel höher zu stehen meinte,
zeitenweise schlechter, geringer gewesen ist. Er selbst gesteht in
seiner Lebensbeschreibung und in seinen Briefen aus dieser Zeit,
baß er bei Bacchanalien, die von Durchreisenden ihm zu Ehren
angestellt wurden, seine Gesundheit zerstört und sich unfähig ge=
macht habe, seine Chronik mit immer gleicher Laune und Geistes=
gegenwart zu schreiben und baß er vergeblich sich vorgenommen
habe, das Joch böser Gewohnheiten abzuschütteln. Zu diesen
bösen Gewohnheiten gehörte allerbings in erster Linie die Trunk=
liebe. Doch scheint dieser Punkt von seinen Feinden übertrieben
worden zu sein. Wenigstens sagt D. A. Schultes in seiner
Chronik von Ulm: „Er arbeitete viel und trank dabei auch viel,
doch nicht unmäßig. Er konnte etwas ertragen." — „Er war
Stammgast, heißt es weiter, in einem der ersten Gasthöfe, im
Baumstark. Hier, aber auch in anderen Wirtshäusern pflegte er
seine „Deutsche Chronik" trinkenb und aus einer meerschaumenen
Pfeife dampfend zu diktieren. Sie erschien zweimal in der Woche

in Oktav, je einen halben Bogen stark. Welch ein Gegenstück
gegen unsre jetzigen Blätter!" Obige Äußerung ruht auf gutem
Grunde; denn der Großvater des Chronisten, Schiffmeister Johannes Schultes, Ratsherr und württembergischer Stadtrat,
geboren 1759, gestorben 1831, war damals im Jünglingsalter.
Ganz anders lautet freilich, was in Wagners Geschichte, der
hohen Karlsschule 1, 327 zu lesen ist. Als nämlich Wagner 1817
für 45 fl. einen halben Eimer Tischwein seiner Frau Kostgängerin,
Schubarts Witwe, einthat, versicherte diese mit Lachen, damit
wäre ihr Mann in 14 Tagen fertig geworden. Dies macht auf
den Tag 5⅝ Maß = 22 Schoppen (11 Liter) Wein. Ob da
die gute Frau nicht aufgeschnitten und einzelne Ausnahmen zur
Regel erhoben hat? —

Seine Frau, die sich Anfangs erholt hatte, wurde, wie er
in Briefen an seinen Bruder Stadtschreiber klagt, schon wenige
Monate nach seiner Übersiedlung immer kränklicher. „Sie ist
nicht lebendig und nicht tot. Es ist so ein Hinbrüten, Seufzen,
Klagen, Weinen, daß es ein Jammer ist, einen Zeugen dabei
abgeben zu müssen." Nimmt man solche Stellen und die Klage,
er habe nur einen einzigen Stammhalter und mit seiner sehr
kranken Frau sei nichts mehr zu machen (an seinen Bruder —
13. Juli 1775) mit einer anderen Briefstelle, wo er sich seiner
annoch regen Manneskraft rühmt (in dem Brief an seinen Bruder
vom 13. April 1775), zusammen, so liegt allerdings die Vermutung nahe, daß er sich, wie sich Strauß bestimmt ausdrückt,
für das Leben mit einer kränkelnden Frau bei frischeren Reizen
schadlos gehalten habe.

Wie er sonst in Ulm lebte, sieht man aus dem Brief an
den Stadtschreiber vom 13. Februar 1775: „Meine Chronik werd'
ich noch lange (wenn's dies bißchen Odem erlaubt) fortsetzen.
Schon werden 1600 Exemplare verschlossen. Das Ulmer Intelligenzblatt mach ich auch — und Fastnachtsschilde — und Anmerkungen zu einem theologischen Buche — und einen Roman —
und übe mich hitzig im Klavier — und sehe auf die Donau
hinaus — seh da ein Wölkchen aus meiner Pfeife in die Luft
kreisen — und lache und weine — mache Luftsprünge vor Freuden

und stampfe vor Unmut den Boden. Welche Harlekinade." Da
sehen wir ihn ganz in der Reihe der Stürmer und Dränger,
ganz im Sinne des ihm wahlverwandten, aber viel niedriger
stehenden Lenz, der die Verse gedichtet hat:

> Lieben, hassen, fürchten, zittern,
> Hoffen, zagen bis ins Mark,
> Kann das Leben uns verbittern,
> Aber ohne sie wär's Quark." •

Unter Schubarts Freunden ist der Erste Miller, von dem er
in dem Gedicht: Denkmal in Wingolfs Halle (Reclam S. 80)
rühmt:

> „Als des Herzens Stürme sich legten,
> Hob Miller mich aus dem schwankenden Kahne
> Und umarmte mich träufelnd am Ufer."

Er ist das bekannte Mitglied des Göttinger Hainbundes,
Verfasser des Sigwart und vieler Lieder, geboren in Ulm 1750,
studierte in Göttingen Theologie, kehrte 1775 nach Ulm zurück,
war zu Schubarts Zeit Lehrer am Ulmer Gymnasium, starb 1814
als Dekan und geistlicher Rat in Ulm. Bei seiner Charakteristik
in der Lebensbeschreibung und in den Briefen zeigt sich Schubarts
Neigung, andere zu weiß zu malen, auffallend. Wie er seinen
Freund schildert, hat er viele Züge mit Schubart gemein, besonders
das biedermännische, deutschtümliche, offenherzige Wesen. Einiges
hat Miller vor Schubart voraus; die verschiedenartigsten Eigenschaften sind in ihm vereinigt, aber feiner gemischt, schattiert, verflößt. Schubart selbst gesteht, daß Miller ihn von manchen ausschweifenden Gesellschaften zurückgezogen, ihm die Urteile über
Manches in der Chronik erleichtert und ihn oft zur Tugend
ermahnt habe. „Schubart, du hast keine Grundsätze, sagte Miller
oft zu ihm, und kannst deine Existenz kaum fühlen, sie mag froh
oder traurig sein! Werde ein Christ, so ist dir's wohl. Ich kann
auf manche Einwendungen gegen das Christentum nicht antworten,
aber ich fühle es doch tief, daß Jesus mein Herr ist." Die
dritte oder, wenn wir den Franziskaner in München dazu rechnen,
die vierte Mahnung dieser Art. Seine starke Sinnlichkeit zu

bändigen, versuchte Schubart vergeblich. Er tröstete sich damit,
einem Genie müsse man etwas nachsehen, und Zeit zur eigentlichen Besserung sei es auch noch später. — Miller hatte allerdings damals, als Schubart in Ulm war, seine beste Zeit und
stand in der Blüte seiner Kraft und seines Wirkens. Daß aber
auch er eine Beute wechselnder Gefühle war, daß auch bei ihm,
wie bei anderen Hainbündlern, Bürgers Klage über sich
selbst zutraf: „Gefühle kommen und gehen, wie Diebe in der
Nacht," sehen wir aus Schubarts Worten: „Er (Miller) ist fähig
für seinen Freund zu bluten und seinen Nebenbuhler zu ermorden."
Gehört dieser Zug auch zu den Grundsätzen des Christentums?
Wie schwach Millers sittliche Grundsätze waren, sieht man aus
dem Aufsatz Erich Schmidts: „Aus dem Liebesleben des Sigwart-
Dichters" (in Rodenbergs deutscher Rundschau 1881, S. 450 ff.).
Nach dieser Schilderung war er ein rationalistischer Theolog, als
Belletrist und Liebhaber ein gleich oberflächlicher Gesell, hastig
zufahrend und doch wieder zaudernd, wenn es eine kurze ehren-
feste Mannesrede galt, des Gängelbandes bedürftig, kritiklos, ein
unreifer Empfindungskleinkrämer. Als er später Geistlicher wurde,
übte er nach seinem eigenen Geständnis seinen Beruf ohne Freude;
er klagte über sein dunkles, leeres Leben und über seinen Mangel
an Freunden in Ulm. Im März 1805 starb seine Gattin, im
Sommer heiratete er seine Magd und schon im Dezember des
genannten Jahres erlebte er Vaterfreude. —

W. E. Weber sagt in seinem Leben Schubarts: „Die in
vieler Hinsicht eintreffende Gleichheit ihres ästhetischen Talents
vereinigte sie zu herzlicher Verbrüderung. Millers aufgedunsene
Weichheit läßt sich in Schubarts Darstellung nicht selten nachweisen; sie entstand bei letzterem vornämlich aus der wenigen
Spannkraft seines Charakters. Miller dagegen war allerdings
ein Mann von ehrenfestem und unbescholtenem Wandel: seine
Manier war die Frucht eines allzufühlsamen Gemütes, dem Genialität und das Korrektiv abgieng, das im gründlichen Studium
der Alten liegt." Damit widerlegt Weber seine am Anfang des
betreffenden Abschnittes aufgestellte Behauptung, daß Miller einen
guten Einfluß auf Schubart gehabt habe. Es giebt keinen thränen-

seligeren, empfindsameren, weinerlicheren und weibischeren Schrift=
steller als Miller. Er hatte eigentlich auch keine litterarische Ent=
wicklung; zeitlebens blieb er Hainbündler, ein Stürmer und
Dränger, wie Schubart ist er nie geworden, und nie hat er sich
zur Erkenntnis und Verehrung der wahren Schönheit und Frei=
heit durchgekämpft. Daß bei Schubart die Thränen, die er in
einem eigenen Gedichte verherrlicht hat (Reclam S. 255), eine
große Rolle spielen, zeigt ein Blick in seine Gedichte, wie in seine
Lebensbeschreibung. Fast kein Gedicht, wo nicht vom Weinen die
Rede ist — und nicht immer so genial, wie am Schluß des
Kaplieds. Freilich sind, wie Goethe nach älteren Aussprüchen
sagt, weinende Männer gut; aber die Frage ist, ob der, der
weint, wirklich ein Mann ist. Miller und Schubart waren gut=
mütig, aber nicht gut, wenn man das Wort streng nimmt. Was
Miller seinem Schubart mit der einen Hand gab, nahm er mit
der andern zurück; die aufgebunsene Weichheit, die man manchmal
bei Schubart bemerkt, erinnert an Miller und namentlich an den
in Thränen schwimmenden Roman: „Siegwart, eine Kloster=
geschichte." —

Unter den Fremden, die Schubart in Ulm aufsuchten oder
von ihm aufgesucht wurden, nennt die Selbstbiographie den
Ästhetiker Sulzer, den Freigeist Bahrdt, dessen sich Schubart, so
gut er kann, annimmt, die beiden Grafen Stolberg, Klinger und
Goethe. Hier steckt nun eine Schwierigkeit. Schubart schreibt
an seinen Bruder am 13. Juli 1775: „Goethe ist mit den zwei
dichterischen Grafen von Stolberg bei Lavatern, der es mir vorige
Woche selbst schrieb und mir ein Exemplar seiner Physiognomik
verehrte." Am 17. November 1775 sodann lesen wir in einem
Brief an seinen Bruder: „Die vortrefflichen Grafen von Stol=
berg waren auch hier; war immer bei ihnen — o das sind dir
Leute — Narr, greinen möcht' ich, wenn ich nur an sie denk'. —
Goethe war auch hier — ein Genie, groß und schrecklich wie 's
Riesengebirg; Klinger war bei ihm, unser Shakespear. Die Kerls
haben mich alle liebgewonnen." Bei den Grafen Stolberg ver=
weist Strauß in der Anmerkung auf die deutsche Chronik 1775,
S. 731 und auf Schubarts Leben II, S. 108 (vielmehr S. 282

in der Scheiblefchen Ausgabe von 1839). In diefer Stelle nennt
Schubart unter den edlen Menfchen, die er in Ulm kennen lernte,
„die beiden herrlichen Grafen Stolberg, wovon der jüngere fon=
derlich — ein heiliges, an die Verklärung grenzendes Feuer im
Angeficht trägt!" (Es ift der fpäter katholifch gewordene Frie=
drich Leopold gemeint.) In der deutfchen Chronik heißt es:
„Kürzlich hatten wir die Ehre, die zwei jungen Grafen Chriftian
und Friedrich von Stolberg, diefe edlen, herrlichen deutfchen
Männer nebft dem Herrn Baron von Haugwitz hier zu fehen.
Sie kamen aus der Schweiz, dem Vaterland des Freien und
Großen und reiften nach Dänemark."

Sonderbar fcheint es nun, daß Schubart in dem Brief an
feinen Bruder gegen die richtige Zeitfolge zuerft die Bekanntfchaft
mit den Grafen und dann die mit Goethe und Klinger erwähnt.
Im Ulmer Intelligenzblatt 1775, 46. Stück vom 16. November
werden zu allem Überfluß als angekommene Fremde genannt:
Herr Graf Chriftian und Friedrich Leopold, Reichsgrafen zu Stol=
berg und Herr Baron von Haugwitz — logierten im Baumftark.
Goethes Aufenthalt in Ulm hingegen fiele in den Juli des ge=
dachten Jahres. Noch auffallender ift es, daß Schubart in der
deutfchen Chronik, für welche Goethes Aufenthalt in Ulm ein
herrlicher Stoff gewefen wäre, in feiner Lebensbefchreibung und
endlich in dem Briefe an den Karlsruher Sekretär Grießbach,
in dem er doch den Befuch des Grafen Stolberg erwähnt (fiehe
Archiv f. Lit.=Gefch. 1881), von Goethes Befuch in Ulm kein Wort
verlauten läßt. Goethes Biographen Lewes, Schäfer und Göbeke
fchweigen. Auch in Klingers Werken (XII, 267) und in Schultes
Chronik von Ulm, fowie im Ulmer Intelligenzblatt unter der
Rubrik „Angekommene Fremde" fteht nichts davon zu lefen. Der
genauefte Kenner von Goethes äußerem Leben, Heinrich Dünzer,
fchwankt. In feinem Werk: „Frauenbilder aus Goethes Jugend=
zeit" S. 313 bemerkt er, man brauche nicht zu der ftarken An=
nahme zu greifen, Schubart habe fich diefes Befuchs von Goethe
nur aus Eitelkeit gerühmt, ohne einen folchen wirklich empfangen
zu haben. In feinem Werk „Goethes Leben" 1880, S. 147,
fagt Dünzer, Goethe habe mit Klinger den Weg über Ulm ein=

geschlagen, wo sie den Dichter Schubart besuchten. In der zweiten Auflage schweigt er von diesem Besuch in Ulm. Auch in den Briefen vom Asperg ist bei der Erwähnung der Verwendung Goethes für den Gefangenen mit keinem Worte von dem früheren Zusammentreffen mit ihm die Rede. Angenommen, daß Goethe wirklich in Ulm war, so hat ihn gewiß nicht Schubart, sondern das Münster und Anderes nach Ulm gezogen, von da aus wäre Goethe nach der ersten Auflage des Lebens Goethes von Düntzer über Stuttgart durch den Schwarzwald nach Straßburg gereist; in der zweiten Auflage läßt Düntzer auch den Besuch in Stuttgart weg. Was sodann die Brüder Stolberg betrifft, so galt ihr Besuch gewiß ebensosehr oder noch mehr ihrem Bundesbruder Miller, als dem ihnen persönlich ganz unbekannten Schubart. Goethes Besuch bei Schubart gehört also zu den zweifelhaften Punkten im Leben dieser Dichter. Sehr leicht möglich, daß Schubart hier geflunkert hat. Im Grund ist die Frage nicht sehr wichtig, weil wir ja doch nichts Genaueres über diesen Besuch wissen. Zugegeben auch, daß Goethe bei Schubart war, so ist damit durchaus nicht gesagt, daß Schubart von Goethe auf=gesucht wurde, der umgekehrte Fall wäre viel wahrscheinlicher. Von längerer Dauer könnte Göthes Aufenthalt nicht gewesen sein, weil die Fremdenliste im Intelligenzblatt von ihm schweigt. —

Das genannte Blatt, von dem schon oben die Rede war, hieß ursprünglich: „Ulmische wöchentliche Anzeigen mit eines hoch=edeln und hochweisen Magistrats hochgünstiger Genehmigung" und wurde von Schubart in ein Blatt, ganz nach Art unsrer jetzigen Oberamtsblätter, umgewandelt. Nicht immer hat Schu=bart seinen Namen unterzeichnet, wiewohl man seine Art überall erkennt. Oft ist in dem Exemplar der Ulmer Stadtbibliothek sein Name mit Tinte am Schluß eines Artikels zu lesen; so in den Aufsätzen vom 9. und 16. Februar 1775 „von der Geselligkeit" und vom „zeremoniösen Wesen", wo er seine lieben Ulmer vor dem lächerlich gravitätischen Ton in Gesellschaften warnt und be=merkt: „Nur kleine Seelen kleben an kleinen Gegenständen. Ist die ängstliche Anhänglichkeit an Zwang und Zeremonie etwas anderes, als Studium des Kleinen?" Eine andere Nummer ent=

hält ein schönes Liebeslied: „Der welke Veilchenstrauß"; am
Schluß steht mit Tinte: Schubart. Ganz schubartisch, obwohl
ohne seine Unterschrift, ist im 18. Stück, die Warnung vor dem
Weiberregiment. „Unsere Ahnen, lesen wir hier, ließen sich nicht
von Weibern beherrschen, darum waren sie tapferer, fester, furcht=
loser, mannhafter, gesunder als wir." In seiner Lebensbeschreibung
klagt Schubart, daß das stolze republikanische Gefühl in den
meisten Ulmern erloschen sei: sie kriechen und schmeicheln, bestechen
bis sie Ämter haben, dann nagen sie an ihren Knochen und lassen
die Grundveste ihrer öffentlichen Freiheit zusammenkrachen, wie
sie wollen. Ähnlich warnt er in dem mit Tinte: Schubart unter=
zeichneten Aufsatz: „Vom Gesundheittrinken" vor dem zeremo=
niösen Wesen und sagt: „Wir trinken einander Gesundheiten zu,
die ohne Wirkung von der Zunge abglitschen und unsere Gast=
mahle zu einem zwangvollen Zeremoniensaal machen." Solchen
Eindrücken scheint das Gedicht: „An die Schwaben" (Reclam
S. 143) sein Dasein zu verdanken.

Zwei biographische Werke nehmen wir hier zusammen. Das
Werk über Clemens XIV, das leider nichts Ganzes, sondern eine
Kompilation mit einer Einleitung von Schubart geworden ist;
sodann: Das Leben Ickstatts, eines bayrischen Gelehrten und
Staatsmanns (geb. 1702 zu Bockenhausen, einem Mainzischen
Dorfe bei Epstein, 1731 Lehrer der Rechte an der Universität
zu Würzburg, später nach München als Lehrer und Erzieher des
nachmaligen Kurfürsten Maximilian Joseph berufen, von seinem
Schüler in den Reichsfreiherrnstand erhoben und zum Geheimen
Rat ernannt, 1746 Direktor und Lehrer des Rechts an der
Universität Ingolstadt, zu deren erneuter Blüte er wesentlich bei=
trug, um die bayrische Akademie der Wissenschaften verdient,
Freund der Volksaufklärung und Volkserziehung und in dieser
Hinsicht mit Lori, Osterwald und anderen Männern dieser Art ver=
gleichbar, in den alten Klassikern wohlbewandert, in der Religion,
obschon dem Namen nach Katholik, freisinnig und weitherzig,
stirbt als Privatmann zu Kloster Waldsassen 1776.

Die Schrift verdient das Lob, das Schubarts Sohn ihr
spendet; besonders ist die Sprache natürlich und gesund, die Er=

zählung bündig und interessant. Aber auch dieser Charakter ist
zu weiß gezeichnet; das Ganze mehr eine Lobrede, als eine
Biographie. Später hat Schubart dies eingesehen, er sagt: „Ein
Held konnte mich wenig interessieren, der das schreckliche Sprichwort
im Munde zu führen pflegte: „Da mihi decem thaleros, pulvis
et umbra sumus". Ohne das Ersuchen von Freunden des Verstorbenen, die ihm auch das nötige Material verschafften, hätte
er sich nie an das Werk gemacht. —

Unter den Aufsätzen, die Schubart während seines Aufenthalts
zu Ulm in Zeitschriften einrücken ließ, ist die Erzählung: Zur
Geschichte des menschlichen Herzens, 1775, hervorzuheben. Die
erste Fassung der Erzählung giebt uns Adolf Wohlwill in dem
Aufsatz: Beiträge zur Kenntnis Chr. Fr. D. Schubarts in
Schnorr von Karolsfelds Archiv für Litteraturgeschichte VI, 3.
Schubart diktierte seinen Schülern zu Geislingen am 10. November 1768 einen Brief folgenden Inhalts. Nicht weit von
Crailsheim wohnte ein vornehmer und ungemein reicher Ans-
pachischer Beamter, mit Namen Herr von Buttwitz. Dieser hatte
zwei Söhne, wovon der älteste Wilhelm, der jüngste aber Louis
hieß. Wilhelm ist gehorsam, zahm, haushälterisch, erspart sich
auf der Universität 1000 fl. aus seinen Wechseln, Louis ist leicht-
sinnig, verschwenderisch, mutwillig, auf der Universität ergiebt er
sich dem Spiel und Trunk und hat das Unglück, einen vornehmen
Studenten zu erstechen. Der Vater enterbte ihn und Louis wurde
ein Preuße. Er hält sich im siebenjährigen Kriege tapfer, wird
aber bei Freiberg schwer verwundet und schreibt aus dem Lazareth einen beweglichen Brief an seine Eltern, aber Wilhelm
malte seinen Bruder so häßlich ab, daß man ihm nicht einmal
antwortete. Nach dem Krieg wird das Regiment, in dem Louis
diente, abgedankt, er geht nun unter dem Namen Hans zu einem
Bauern als Knecht in Dienst. Als er einst im Walde Holz macht,
hört er ein Geräusch, schleicht mit seinem Holzbeil herzu und
findet seinen Vater umgeben von vier Mördern, die ihn aus der
Kutsche reißen und ihm eben den Dolch an die Brust setzen; er
stürzt sich auf sie, erlegt ihrer drei und bindet den vierten an
einem Baume fest. Hans trägt den verwundeten Herrn in die

Kutsche und führt ihn, da der Kutscher erschossen ist, nach dem Schlosse. Des andern Tages wird der noch lebende Mörder verhört; es ergiebt sich, daß der Urheber der Verschwörung der Sohn Wilhelm ist. Den Vater bringt diese Entdeckung zur Verzweiflung; er wünscht sich, der brave Hans möchte sein Sohn sein. Der Wunsch erfüllt sich, da Hans sich als den Sohn Louis zu erkennen giebt. Louis bittet mit den zärtlichsten Worten für den Bruder Wilhelm und bringt es dahin, daß ihn der Vater unter sehr erträglichen Umständen in ein Zuchthaus schickt, und der gute Louis soll nicht aufhören, seinem gottlosen Bruder heimlich viel Gutes zu thun. Seitdem hat sich der alte Herr von Buttwitz zur Ruhe gesetzt und seinem Sohne die Verwaltung der Güter überlassen und noch überall redet man von dem gnädigen Herrn unter dem Namen des weisen, gütigen und rechtschaffenen Hansen."

> „Daß Menschen schwer zu kennen sind,
> Ist ohne allen Zweifel;
> Ein nach dem Ansehn frommes Kind
> Ist oft der ärgste Teufel.
>
> Wir sehen an dem Jüngling oft
> Nur Fehler und nur Mängel;
> Auf einmal seh'n wir unverhofft:
> Er ist ein wahrer Engel."

In zweiter Fassung erschien die Erzählung so, wie wir sie bei Scheible (VI, 82) finden, in Balthasar Haugs Schwäbischem Magazin 1795, 1. Stück — und in dieser Fassung ist die Erzählung am bekanntesten geworden, hat am meisten Aufsehen erregt und Schillern den Stoff zu seinen Räubern gegeben. Schubart sagt hier zur Einleitung: „Hier ist ein Geschichtchen, das sich mitten unter uns zugetragen hat, und ich gebe es einem Genie preis, eine Komödie oder einen Roman daraus zu machen, wenn er nur nicht aus Zaghaftigkeit die Szene in Spanien und Griechenland, sondern auf deutschem Grund und Boden eröffnet.

Der Vater der beiden Söhne ist hier ein B....... (bayrischer?) Edelmann. Die Söhne heißen Wilhelm und Karl. Schiller hat den Namen Karl für seinen Haupthelden beibehalten;

der Charakter beider Karl ist derselbe. Beide Brüder kommen aufs Gymnasium nach B...... (unwillkürlich denkt man an Bayreuth). Der leichtsinnige Karl ist genötigt, die Akademie (welche?) zu verlassen und zieht in den siebenjährigen Krieg. Später werden seine reuevollen Briefe an seinen Vater von dem tückischen Wilhelm unterdrückt und bleiben unbeantwortet. Wieder ein Zug, den Schiller benutzt hat. Freilich ist nun der Hauptunterschied zwischen beiden Dichtern der, daß Schillers Karl in der Verzweiflung ein Räuber wird, während Schubarts Karl bei einem Bauern in den Dienst tritt und fleißig arbeitet. Im übrigen ist fast kein Unterschied zwischen der ursprünglichen und der späteren Fassung von Schubarts Erzählung; nur das ist noch zu bemerken, daß in der späteren Fassung der scheinheilige Sohn nicht ins Zuchthaus geschickt wird, sondern von Karl einen hinlänglichen Unterhalt erhält und in einer ansehnlichen Stadt wohnt, wo er mit seinem Hofmeister das Haupt einer unter dem Namen der Zeloten bekannten Sekte bildet. Immerhin besteht zwischen Schiller und Schubart die Ähnlichkeit, daß bei beiden der Vater von dem für schlecht gehaltenen und verstoßenen Sohne aus der Lebensgefahr befreit wird, in die er durch den Überfall seines andern Sohnes, dem er zu lang lebte, geraten war. — Die dritte Fassung findet sich im Ulmischen Intelligenzblatt 1775, 10.—16. Stück, breiter in der Anlage, aber unvollendet. Karl (Schubarts Bild) ist ein Kraftgenie, Aufklärer, Litterator, wird, von seinem Vater verstoßen, preußischer Soldat, errettet einen Edelmann im Erzgebirge von östreichischer Reiterei, knüpft ein Liebesverhältnis mit dessen Tochter Leonore an, zieht wieder ins Feld; damit bricht die Erzählung ab. Karls frömmelnder Bruder heißt hier Wilhelm. Mit dieser Geschichte kann ich nicht umhin, den Inhalt der „Romanze": Fluch des Vatermörders (Reclam S. 3721) in Verbindung zu bringen. Auch hier ist von einem Edelmann aus Bayerland die Rede, der zuletzt, wie es weit und breit bekannt, zu München auf dem Rade starb — zur Strafe dafür, daß er seinen Vater, wie Franz Moor, in einen Turm sperrte. In der That könnte man, wenn man im Gedicht und im Aufsatz die nötigen Änderungen anbrächte, jetzt striche, dann

hinzusetzte, aus beiden Erzeugnissen des Schubart'schen Geistes
etwas zusammenzusetzen, das so ziemlich dem Inhalt der Räuber
gleich käme. Schubart versichert bestimmt, die Geschichte habe
sich bei uns zugetragen. Von Erlangen aus konnte er, angenommen daß dieser Versicherung zu trauen ist, diese Geschichte wohl
erfahren. Auch reiste er, wie er in seiner Lebensbeschreibung ausdrücklich erzählt, einmal von Ellwangen nach Bayreuth zu einem
musikalischen Freunde seines Vaters, Thomas.

Merkwürdig aber bleibt, daß Schiller nirgends Schubarts
Erzählung als Quelle seines Trauerspiels genannt hat. Erst aus
dem Werk: „Biographie des Dr. Friedrich Wilhelm von Hoven,
k. bayrischen Obermedizinalrats, Mitglieds mehrerer gelehrten
Gesellschaften und Ehrenbürgers von Nürnberg, von ihm selbst
geschrieben und wenige Tage vor seinem Tode noch beendigt,
herausgegeben von einem seiner Freunde und Verehrer, Nürnberg 1840", erfuhr man den wahren Sachverhalt. Hier liest
man S. 55: „Zu den Räubern bot Schiller den Stoff eine im
schwäbischen Magazin befindliche Erzählung; ehe er die Akademie
verließ, hatte er das Stück größtenteils vollendet. Daß er diesen
Stoff wählte, war eigentlich ich die Ursache. Ich hatte ihn auf die
Erzählung als ein zu einem Drama trefflich geeignetes Sujet
aufmerksam gemacht. Meine Idee war darzustellen, wie das
Schicksal zur Erreichung guter Zwecke auch auf den schlimmsten
Wegen führe, Schiller aber machte die Räuber zum Hauptgegen-
stand oder, um mich seiner eigenen Worte zu bedienen, zur Parole
des Stücks, was ihm bekanntlich von vielen Seiten sehr übel
genommen wurde und was ihm selbst auch in der Folge Leid
gethan zu haben scheint." —

Warum aber, müssen wir nochmals fragen, schweigt Schiller
von seiner Quelle? Warum verweist er seine Leser auf die Geschichte des Räubers Roque im Don Quixote? An Hovens Glaubwürdigkeit ist nicht zu zweifeln. Wir begreifen nun auch, worauf
Palleske aufmerksam macht, warum Schiller den Namen des schein-
heiligen Sohnes aus Wilhelm, wie Hoven mit dem Vornamen
hieß, in den Namen Franz umgewandelt hat.

Schubarts Hauptbeschäftigung aber war seine Chronik. Sie

fand immer größeren Beifall und weitere Verbreitung; es kamen
Stücke nach London, Paris, Amsterdam und Petersburg. Sie
bereitete ihm aber auch viel Verdruß; denn er war, wie er sich
selbst nennt, ein feuriger, offener, herausplatzender Thor, der die
Feder ebenso wenig, als die Zunge zu regieren wußte. Verschiedene Höfe glaubten darin beleidigt zu sein und verlangten Wider=
ruf. So nahm er sich auch des Ulmer Litteraten Afsprung an,
der das Unterrichtswesen seiner Vaterstadt reformieren wollte,
und machte sich dadurch Feinde in Ulm selbst. Afsprungs Vorschläge wurden einfach zurückgewiesen und er lebte hinfort als
Verbannter außerhalb Ulms. Auch bei Schubart blieben War=
nungen der Ulmischen Obrigkeit nicht aus und den Druck der
Censur erfuhr er auch in dieser Republik. — Doch die meisten
Feinde machte er sich durch seine fortgesetzten Angriffe auf die
Jesuiten und Pfaffen. Wie es damals in der nächsten Nähe
der protestantischen Oase Ulm aussah, zeigt eine Geschichte, die
Schubart selbst erzählt und die ein Vorspiel seines eigenen Schick=
sals war. Schubarts Biograph, D. W. E. Weber (im Anhang
zu der Frankfurter Ausgabe von Schubarts Gedichten 1829)
bemerkt: „Wir erzählen auf Treu und Glauben nach Schubart,
der die Sache als notorisch anführt. Wünschenswert wäre eine
aktenmäßige Darstellung derselben." Eine solche findet sich nach
„Schubart in Ulm; von Dr. Friedrich Pressel; Ulm 1861" in
Weyermanns Nachrichten von Gelehrten aus Ulm; außerdem war
der Großvater des Chronisten Schultes als 18jähriger Jüngling
Augenzeuge der — Hinrichtung des gleich zu nennenden Unglück=
lichen und hat seinem Enkel öfters den Hergang erzählt. Josef
Nickel war in Oerenstein, einem Dörfchen unweit Ulm, am 12. Mai
1750 geboren. Wegen seiner guten Anlagen wurde er zum Stu=
dium bestimmt. Er kam in das Benediktinerkloster in Wiblingen
und von da nach Augsburg zu den Jesuiten. Aber die Theologie wurde ihm hier zuwider und er ging nach Dillingen, um die
Rechtswissenschaft zu studieren. (Nach Schubart hätte Nickel in
Tübingen studiert. Tübingen und Dillingen klingen ähnlich;
wahrscheinlich aber ist Dillingen das richtige — weil in Dillin=
gen um jene Zeit ein Geist der Aufklärung herrschte.) Er that

dieses mit Eifer, zugleich wurde er aber auch mit den Schriften
Klopstocks, Wielands, Lessings und — Voltaires bekannt. Einige
Zeit studierte er auch in Freiburg. Als er nach Hause zurück=
kam, hielt sich gerade der Wunderthäter Pater Gaßner in Söf=
lingen auf; eine Menge Leute strömte dahin, lahme, krüppelhafte,
epileptische. Nickel ließ seiner Entrüstung über diesen Unfug
freien Lauf und erregte durch seine kecke Sprache großen Anstoß.
Als er in der Folge mit Schubart bekannt wurde und offen für
ihn Partei nahm, kam er in den Geruch eines Ketzers. Am
26. April 1776 ging er mit einem Ulmischen Studiosus, Namens
Konold, ins Klosterbräuhaus in Wiblingen; hier wurde er auf
Befehl des Klosteroberamtmanns von Köferle festgenommen und
ins Gefängnis geführt. Vergeblich bat Nickel um einen Vertei=
diger, vergeblich, daß man das Gutachten einer Universität ein=
holen möchte; er wurde zum Tode verurteilt. Vor dem Amts=
haus in Wiblingen wurde ihm eine Schrift verlesen, wornach er
als Gotteslästerer, der sich gegen die göttliche Majestät, die hei=
lige Mutter Gottes, den heiligen Josef und besonders gegen die
heilige Magdalena versündigt habe, die Todesstrafe verdiene.
Hierauf wurde er auf einer Anhöhe an der Iller enthauptet und
dann verbrannt, wozu verwendet wurden 8 Klafter Holz, 200
Büschel Reisig, 160 Bund Stroh, 200 Pechkränze. Die Asche
wurde in die Iller geworfen. Solches geschah im Jahr des
Heils 1776, am ersten Juni, Morgens 8 Uhr. — Welch eine
That! Und doch durfte die deutsche Chronik es nicht wagen, sie
auch nur mit einem Wort zu berühren. Der Nächste, der braten
muß, hieß es, ist der Schubart. — Mit dieser Darstellung stimmt
die Erzählung Schubarts in allem Wesentlichen überein. Nur
war Nickel nach Schubart in Söflingen, eine halbe Stunde von
Ulm, geboren, studierte in Tübingen, und da er von Tübingen
zurückgekommen war, ging er öfters nach Ulm, um die Bekannt=
schaft der dortigen Studenten zu suchen. Schubart hebt noch
ausdrücklich hervor, daß er ein geborner Katholik war und in
einem katholischen Wirtshause einige voltairische Maximen her=
ausplauderte. Auch Schubart gehörte zu denen, die Nickel be=
suchten. „Er sprach sehr fertig Latein und war überhaupt ein

aufgewedter Kopf. Er verlangte ein Buch von mir, und ich gab
ihm einen neuen, sehr unschuldigen Roman. Von der Religion
aber sprach ich nicht eine Silbe mit ihm. — — — Er war kaum
tot, als man allenthalben ausstreute, ich wäre die Ursache seines
Verderbens, weil man wußte, daß ich mit ihm gesprochen hatte,
und weil man den erwähnten Roman, den seine Inquisitoren viel=
leicht für den Schemhamphorasch gehalten haben, bei ihm fand.
Doch Gottlob! von dieser Sünde bin ich rein. — — Dieser
Zufall kerkerte mich gleichsam in Ulm ein, weil man mir ein
gleiches Schicksal drohte." Man gab öffentliche Pasquille gegen
ihn heraus, schickte ihm anonyme Briefe, verbreitete in den Zei=
tungen falsche Gerüchte gegen ihn. Er ließ sich aber dadurch in
seiner Schreibart nicht behutsamer machen, griff in seiner Chronik
den rohen Pater Merz in Augsburg, der in der Beschimpfung
der evangelischen Kirche und Theologie seines Gleichen suchte,
unerschrocken an und setzte den Krieg gegen die Jesuiten fort.
Schubart lachte freilich über die gegen ihn erschienenen Streit=
schriften und las sie seinen Freunden in Ulm selbst vor; doch
zog er es vor, von nun an zu schweigen und eine satirische Skizze,
die er herausgeben wollte, im Pulte zu behalten, worauf auch
seine Gegner ihm Ruhe ließen. — —

Durch diese Kämpfe wurde ihm sein ganzer Aufenthalt in
Ulm verbittert; schon früher, im Mai 1775, hielt er es für not=
wendig, auf einer kleinen Reise nach Ellwangen und Aalen sich
einen fremden Namen zu geben; dessenungeachtet wurde er aus=
gekundschaftet und man hätte ihn übel behandelt, wenn nicht der
fromme und duldsame Fürst Anton Ignaz denjenigen mit seiner
Ungnade bedroht hätte, der ihm ein Leid zufügen würde. —
Die von Schubart gegebene Schilderung des Gaßnerschen Un=
fugs hat einen doppelten Wert; sie ist ein wichtiger Beitrag zur
Religions= und Kulturgeschichte jener Zeit und zeigt den Verfasser
als „treuen Haushalter des heimischen Wortschatzes" (Friedrich
Pressel) und, zum Teil wenigstens, als Meister des deutschen
Stils. „Die Straße von Aalen nach Ellwangen, erzählt Schu=
bart, wimmelte eben damals von elenden Pilgrimen, welche bei
Gaßnern Hilfe suchten. Das tausendfältige Elend von zehn,

zwanzig, dreißig Meilen in die Länge und Breite, schien in dieser Gegend zusammengedrängt zu sein. Alle Herbergen, Ställe,
Schafhäuser, Zäune und Hecken lagen voll von Blinden, Tauben,
Lahmen, Krüppeln, von Epilepsie, Schlagflüssen, Gicht und anderen Zufällen jämmerlich zugerichteten Menschen. Was Krebs,
Eiter, Grind und Krätze Eckelhaftes, Abscheuliches, Entsetzliches
hat, — selbst was die Seele drückt und entmannt — Schwermut, Wahnsinn, Tollheit, stille Wut, Raserei, teuflische Anfech-
tungen — war hier in Aalen und auf dem Wege nach Ellwangen
an Krücken, an Stecken, auf Eseln, Pferden, Karren, in Trag-
tüchern, auf Neffen und Bahren, in einer schrecklichen Gruppe
zusammengedrängt zu sehen. O, dachte ich, Gaßner, wenn du
all diesem Jammer abhilfst, all dies Elend im Namen Jesu weg-
sprichst, so will ich auf den Knieen zu dir kriechen und dir meinen Unglauben mit gefalteten Händen abbitten. Aber leider!
kamen diese Elenden noch elender zurück; denn da sie auf der
Reise nicht selten all ihre Habe verzehrt hatten, so mußten sie
nun betteln und zum Teil auf der Straße zu Grunde gehen. —
Mit einem Wort: ich zweifle, ob Deutschland jemals einen trau-
rigeren, Herz und Verstand beschimpfenderen und den Namen
Christus entehrenderen Aufzug dargestellt habe, als der ist, den
Gaßner verursachte. Selbst die Katholiken fingen frühzeitig an,
sich dieses Unfugs zu schämen und seinen Folgen durch öffentliche,
mündliche und schriftliche Ahndungen zu steuern, bis endlich der
Befehl des weisen Kaisers Josef dem ganzen tragi-komischen Schauspiel ein Ende machte." (Schubart erzählt dies nach dem Bericht
über die Hinrichtung Nickels. Indessen kann die hier erwähnte
Reise nach Aalen nur die Reise zur Hochzeit seines Bruders im
Mai 1775 gewesen sein; denn eine zweite Reise nach Aalen, von
der Schubart nachher berichtet, fällt in die letzte Zeit seines Aufenthalts in Ulm und kann hier nicht gemeint sein. Nickel wurde
am 1. Juni 1776 hingerichtet und der Gaßnersche Unfug ward
von Josef II. im Jahr 1775 verboten. Folglich hat sich Schubart hier eine Verwechslung der Zeiten erlaubt. Chronologisch
betrachtet ist dies freilich ein Fehler; im Grund aber ist die
Dummheit eine Macht, gegen welche selbst Götter, sogar Chronos,

vergeblich kämpfen. Das 19. Jahrhundert steht dem 18. in die=
sem Punkte ganz gleich; Ellwangen und Marpingen — nur die
Namen ändern sich. Der Spiritismus war damals noch nicht
erfunden. —

Nichts ist leichter, als Schubart aufs Neue der Unvorsich=
tigkeit anzuklagen. Eher hatte er Ursache sich zu beklagen, daß
er in Ulm die Kelter allein trat. Wo blieben denn die prote=
stantischen Geistlichen? wo der aufgeklärte Gymnasiallehrer Mil=
ler? Vorsicht ist häufig nur ein beschönigender Name für Feigheit.
Mit schüchternen Freunden aber ist der Wahrheit wenig gedient.
— Das Jahr 1777 kam heran: gleich am ersten Tage desselben
erhielt er von einem Freunde aus Karlsruhe die Nachricht, daß
der Kapellmeister Sciotti gestorben sei und man ihn nachdrücklich
unterstützen wolle, wenn er sich um diese Stelle bewerbe. Zu
gleicher Zeit erhielt er eine Einladung nach Mannheim an die
dortige Oper. Was ihn hinderte, sogleich aufzubrechen, war —
der Mangel an Reisegeld! Als ob sich diese Schwierigkeit nicht
hätte beseitigen lassen! Beim Licht betrachtet, lag die Schuld an
seiner träumerischen Indolenz, die bei dem aus lauter Extremen
zusammengesetzten Mann hart an abenteuerliche Unternehmungs=
lust grenzte. Auch in Nürnberg, der Stadt seiner Väter, arbei=
tete ein Mann von Ansehen und Gelehrsamkeit an seiner dauer=
haften Versorgung. Es sollte anders kommen! Religionszweifel,
trübe Ahnungen und schwere Träume beängstigten unsern Schu=
bart. Er war auffallend ernst und stand meist schon um 10 Uhr
vom Wirtstisch auf. „Was ist Dir?" fragte ihn sein Freund Ka=
poll. „Ich sehe wieder im Traum die schwarzen Kutten," antwor=
tete er; „sie martern mich mit ihren Nägeln, und wenn ich sie
um den Tod bitte, so antworten sie: wir töten nicht plötzlich;
wir martern unsre Feinde langsam zu tot." Kapoll wollte ihm
den Traum weglachen, aber Schubart blieb dabei.

Den 22. Januar 1777 kam der Klosteramtmann Scholl von
Blaubeuren zu Schubart und lud ihn zum Mittagessen in den
Baumstark. Er hatte eben Musik und wollte Abends ein Konzert
geben. Schubart nahm indes seine Einladung an. Als er mit
ihm hinging, sagte Scholl ganz furchtsam: „Sie könnten mir einen

sehr großen Gefallen erweisen!" „Und worin besteht der?" — „Mein
Schwager, B....r von E....g, ist bei mir und wünscht Sie zu
kennen." — „Der kennt mich ja schon von Stuttgart her, und
dazu muß ich morgen meine Chronik schreiben. — Doch ich gehe
mit Ihnen; mein Chronikblatt soll bennoch fertig werden." Sein
letztes Blatt war das siebente Stück des 1777er Jahres und seine
letzte öffentliche Arbeit das angehängte Memento für Kunstrichter.
So mußte Scholl den Dichter an seiner schwachen Seite, gut=
mütiger Eitelkeit, zu packen. —

Doch lassen wir diesen selbst reden. Man kann nicht leicht
etwas Rührenderes lesen.

„So willig und so ohne alle Vorsicht eilte ich in die mir ge=
legte Schlinge. In Ulm hätte mich gewiß Niemand gegriffen;
denn ich hatte da viele und sehr wichtige Freunde, die mich herz=
lich liebten. Die dasigen preußischen Werboffiziers waren mir
äußerst zugethan und hätten dem den Hals gebrochen, der mich
angetastet hätte. Aber eine höhere Hand lenkte das ganze Ge=
wirre, und ich mußte folgen. Ich speiste mit meinem Todes=
engel und brachte den Tag ziemlich vergnügt zu. Nach dem
Konzert holte mich mein Weib ab und ging so stumm, so schwer=
tragend neben mir nach Hause, *) daß ich sie über ihre Schwer=
mut zur Rede setzte. „Ich weiß nicht, wie mir ist," sagte sie,
und ließ eine Thräne fallen. — Ich schlief das letztemal in ihren
Armen — so sanft und ruhig, als ich lange Zeit nicht geschlafen
hatte. Denn immer habe ich bemerkt, daß ich vor einem mir
begegnenden Unglücke sehr sanft ruhte. So stärkt der treue Vater
im Himmel seine Geschöpfe, damit sie auch ihr Leiden tragen
können.

Der Tag brach an; ich stund auf, kleidete mich an. Meine
Kinder schwiegen um mich herum, meine Gattin bangte. Der
Schlitten klingelte vor dem Hause, der mich in Baumstark führen
sollte. — „Leb wohl, Weib!" Sie bot mir die Hand, ward

---

*) Schubart wohnte anfänglich in der Krone, die damals zugleich Meseum
war, während die „obere Stube" das Gesellschaftshaus der Patrizier bildete;
später — etliche andere Wohnungen sind weniger erweisbar — in der Engel=
apotheke, zwei Treppen hoch.

bleicher, alle Muskeln ihres Angesichts zitterten. „Kann denn dieser Fremde nicht zu Dir kommen?" Und das war das letzte Wort aus dem Munde meiner Lieben. Ich eilte die Stiege hinunter, bestieg den Schlitten. Mein Sohn schrie aus dem Fenster mir nach: „Papa, kommen Sie bald!" Hoch klopfte mein Herz auf und Thränen rieselten wider Willen die Backen herab. Ich hielt mich nur Augenblicke im Baumstark auf — und der fliegende Schlitten riß mich aus Ulm — weg von allen meinen Lieben, meinem trauten Weibe, meinen Kindern, meinen Freunden. — — Da flog ich nun an der Seite meines Führers über beschneite Gefilde hinweg. Ich hatte Mühe, Thränen abzuhalten. „Es wird Dir doch kein Unglück begegnen?" Das war alles, was ich dachte, was mir wie ein geflügelter Feuerpfeil in der Seele brannte. (Schubart, bemerkt sein Sohn Ludwig, war ein starker Mann, der Amtmann ein lederneß, ausgetrocknetes Männlein; was wäre leichter gewesen, als den Buben aufs Pflaster zu setzen und dem Ulmischen Kutscher Rechts um zu kommandieren? „Warum thaten Sie es nicht?" konnte man ihn später fragen. — „Ich schämte mich," war die Antwort, „und hielt meine Ahnungen für hypochondrische Grillen.") — Zwei auf Gebirgen stehende zerstörte Schlösser, dicht bei Blaubeuren, weckten meine Phantasie, und ich schweifte eben in den heroischen Zeiten des alten Deutschlands herum, als der Schlitten hielt und ich von meinem Begleiter in sein Zimmer geführt wurde. Der erste Eintritt ins Zimmer weissagte schon nichts Gutes; da war niemand, der mich bewillkommte, war alles so stille wie in einem Leichenhause. Selbst mein Führer verließ mich, und ich war nun bei einem Mädchen allein, die traurig an der Kunkel saß, und mir, so oft die Spindel auf dem Boden kreiste, mit stillem Mitleid in die Augen sah. Ich nahm ein Buch vom Gesimse — es war Sebaldus Nothanker; da fielen mir Chobowiecis Pfaffenphysiognomieen mit neuem widrigen Eindruck ins Gesicht. — Und nun öffnete sich plötzlich die Thür. Der Major von Varenbühler trat an der Spitze des Grafen von Sponeck, des Blaubeurischen Oberamtmanns und meines — Führers herein und kündigte mir auf Befehl seines durchlauchtigsten Herzogs Arrest an. Ich hielt es für Scherz, weil ich den Herrn von Varenbühler

noch von Ludwigsburg her sehr genau kannte. Aber seine be-
troffene Miene und einige bestimmtere Ausdrücke bewiesen mir
bald den vollen Ernst seines Auftrags. „Ich hoffe, der Herzog
werde mich nicht ungehört verdammen, noch weniger mich im Kerker
verfaulen lassen." Das sagte ich mit einer Fassung, die für einen
so flüchtigen Menschen, wie ich war, nicht stärker und mächtiger
sein konnte. Der Major zeigte viel unverstelltes Mitleiden im
Antlitz. Scholl aber ging mit seinem Weib im Zimmer herum
und wimmerte: „Mir ist's leid! Gott weiß, mir ist's leid!" Ob
sein Mitleid unverstellt war, mag Gott entscheiden — der Seelen-
blicker. Das erwähnte Mädchen fuhr von der Kunkel auf und
barg ihr grämendes Gesicht in die Schürze. Graf Sponeck blieb
kalt; als Oberforstmeister war ihm ein Fang nichts Neues. —
Des Mitleids ganzen vollen Trost sprach das Gesicht des Blaubeurischen Oberamtmanns Georgi (nicht Ötinger, wie Schubart
irrig angiebt). Er drückte mir brüderlich die Hand, sprach mir
Mut zu und gab mir seine Handschuhe mit auf die Reise, mit
einem Blicke, der von werdenden Zähren schimmerte . . . Er ist
nun eingegangen in seine Ruhe, und dieser Rosmarinstengel duftet
auf seinem Grabe. — Man erlaubte mir, an mein Weib zu
schreiben, aber meine Hand war gelähmt. Ich aß nichts zu
Mittag und stieg, wie ein Missethäter vom gaffenden Pöbel um-
flutet, in den Reisewagen. Der Major saß bei mir und war
noch stummer als ich. „O mein Weib und meine Kinder!" nur
dies dachte ich, seufzte ich, stammelte ich. „Sie sind am Bettelstab," sagte ich zum Major, „ich habe ihnen kaum für ein paar
Tage Bedürfnisse hinterlassen. Was werden sie sagen, wenn die
Nachricht auf sie hindonnert: Dein Mann, Euer Vater ist gefangen?" Der Major tröstete mich und versprach mir, meine
Familie dem Herzoge aufs nachdrücklichste zu empfehlen. Er hat
nachher Wort gehalten, und ich weiß, daß es ihm Gott lohnen wird.

Die ganze Reise rauchte ich fast beständig Tabak, eine Gewohnheit, mit der ich oft manchen Kummer zu verdampfen suchte.
Unser Nachtlager nahmen wir in Kirchheim, wo ich im Zimmer
von ledernen Philistern bewacht wurde, die sich heimlich einander
ins Ohr raunten: „Das ist der Schubart! der Malefizkerl! Man

wird ihm 'nmal ben Grind herunterfegen." Das hörte ich und
schlief kaum Minuten. Man schickte von da aus eine Staffete
an den Herzog, um seine weiteren Befehle zu erwarten. Er war
anfangs entschlossen, mich auf die Festung Hohentwiel zu setzen;
aber Gott lenkte sein Herz anders, und gleich mit dem grauenden
Morgen des 24. Januars wurde mir angezeigt, daß ich auf dem
Asperg in sehr enge Verwahrung genommen werden sollte. Ich
war verstockt und fühlte nichts mehr. Den Mittag speiste ich in
Kannstatt mit einigem Appetit und zitterte zwei Zeilen an Millern
in Ulm aufs Papier. „Nimm Dich meines Weibes und meiner
Kinder an! ich kann es nicht mehr, denn ich bin gefangen." Das
war alles, was ich schrieb; der Brief kam aber nicht an seine
Behörde. — —

Schauer fuhr durch mein Gebein, als sich der Asperg vor
mir aus seinem blauen Schleier enthüllte. „Was wird dich dort
erwarten?" so dachte ich, als der Wagen bereits vor der Festung
stille hielt. Der Herzog war selbst zugegen und bezeichnete den
Kerker, in dem man mich verwahren sollte. — — Der Komman=
dant Rieger, ein durch seine rasche Thätigkeit, süße und bittre
Schicksale, gute und böse Gerüchte in Deutschland sehr bekannter
Name, kam sogleich zu mir; ich empfahl mich seinem Mitleid;
mein Führer nahm Abschied, und ich wurde in den Turm geführt,
dicht am Zimmer vorbei, von dem der Herzog und seine Gemah=
lin herunterschauten. Ich empfahl dem Kommandanten mein
Weib und meine Kinder auf's bringendste zur Fürsprache bei dem
Fürsten; er gieng, kam in wenigen Augenblicken wieder und
brachte mir die fröhliche Kunde: „daß der Herzog meinem Weibe
ein Jahrgehalt von 200 Gulden ausgemacht, und meine Kinder
in die Akademie zu Stuttgart aufgenommen hätte." Ha, welch
ein Berg war da von mir gewälzt! Und um wie viel gestärkter
konnte ich nun die züchtigenden Leiden tragen, die über mich ver=
hängt waren! —

Jetzt rasselte die Thür hinter mir zu, und ich war allein —
in einem grauen, düstern Felsenloche allein. Ich stand und
starrte vor Entsetzen, wie einer, den die bonnernde Woge ver=
schlang und dessen Seele nun im schaurigen Scheol erwacht. —

Hier in dieser Schauergrotte, in diesem Jammergeklüfte sollte ich 377 Tage verächzen! Die Mandarins sagen: „es giebt nur eine Hölle — das Gefängnis." Diese Hölle schlug nun ihre Flügel über mir zusammen, hüllte mich ein in ihre schreckliche Nacht und geiselte mich mit ihren Flammen."

Machen wir hier Halt und fragen nach dem Grund der Verhaftung. Hier ist es schwer, etwas Bestimmtes zu sagen, weil Schubart nie zur Untersuchung gezogen, nie vor ein Gericht gestellt wurde, nie offiziell vernahm, was den Herzog gegen ihn erbittert hatte. Fragen wir, wie der Herzog den Werkzeugen seiner Despotie gegenüber seine Handlungsweise zu rechtfertigen gesucht habe, so kommt hier der herzogliche Erlaß an den Kloster=Oberamtmann Scholl zu Blaubeuren in Betracht. Der Herzog beruft sich hier zuerst auf die allgemein bekannte frühere schlechte und ärgerliche Aufführung Schubarts, sowie auf seine sehr böse und sogar gotteslästerliche Schreibart, in Folge deren er auf unterthänigsten Antrag des herzogl. Geheimen Raths und Consistorii seines Amts entsetzt und von Ludwigsburg weggejagt worden.

„Dieser sich nunmehr zu Ulm aufhaltende Mann, fährt der Herzog fort, fährt bekanntermaßen in seinem Geleise fort und hat es bereits in der Unverschämtheit so weit gebracht, daß fast kein gekröntes Haupt und kein Fürst auf dem Erdboden ist, so nicht von ihm in seinen herausgegebenen Schriften auf das Freventlichste angetastet worden, welches Se. Herzogliche Durchlaucht schon seit geraumer Zeit auf den Entschluß gebracht, dessen habhaft zu werden, um durch sichere Verwahrung seiner Person die menschliche Gesellschaft von diesem unwürdigen und ansteckenden Gliede zu reinigen.

Sich dieserwegen an den Magistrat zu Ulm zu wenden, halten Höchstdieselbe für zu weitläufig und dürfte vielleicht den vorgesetzten Endzweck gänzlich verfehlen machen; wohingegen solcher am besten badurch zu erreichen wäre, wenn Schubart unter einem scheinbaren oder seinen Sitten und Leidenschaften anpassenden Vorwande auf unstreitig Herzogl. Württembergischen Grund und Boden gelockt und daselbst sofort gefänglich niedergeworfen werden könnte."

Hierauf folgt die Aufzählung und Bevollmächtigung der zu diesem Fang nötigen Beamten, die sich über die schicklichsten Mittel mündlich zu beratschlagen und solche sodann Höchstdero gnädigstem Willen gemäß auszuführen haben.

Mit Ermahnungen zur Vorsicht, Klugheit und zu unverbrüchlichem Stillschweigen schließt der vom 18. Jenner 1777 aus Stuttgart datierte Erlaß.

Merkwürdig ist in diesem Erlaß die Behauptung, Schubart könne nur auf unstreitig württembergischem Grund und Boden niedergeworfen werden. Schubart war weder ein geborner, noch ein geworbener württembergischer Unterthan und seit seiner Verbannung aus Ludwigsburg hatte Herzog Karl keine rechtliche Gewalt über ihn.

Hören wir Schubart selbst, so war Priesterhaß, der nicht eher verlischt, als bis er den Gegenstand seiner Wut zerstört hat, die alleinige Ursache seiner Gefangenschaft. Als den ersten Stein zu seinem Kerkergewölbe bezeichnet er seine Angriffe auf den Jesuitenorden, als den zweiten seine Einmischung in Gaßners Sache. Wohlwill meint zwar, der Priesterhaß habe ihn aus Augsburg vertrieben, aber nicht auf den Asperg gebracht. Jedoch Schubart mußte es besser wissen. Er datiert die Ursache seiner Verhaftung nach Augsburg zurück und da er in Ulm in demselben Geiste wirkte, so hörten seine Feinde, auch als er sich auf die Beleidigungen, die er zu erfahren hatte, in Schweigen hüllte, nicht auf, heimliche Pläne zu seinem Verderben zu schmieden. Als geeignetes Werkzeug für ihre Pläne bot sich ihnen der kaiserliche Ministerresident, General von Ried in Ulm, dar. Den stolzen, hochfahrenden Mann hatte Schubart, der sich in einem Briefe an seinen Bruder vom 13. Februar 1775 noch der Gunst dieser „Ulmischen Geißel" rühmte, dadurch gegen sich aufgebracht, daß er sich einmal weigerte in seiner Gegenwart den Flügel zu spielen, weil ihm das Instrument nicht gut genug war. Das war, wie sein Sohn es nennt, eine Virtuosencaprice; ich möchte eher sagen eine Künstlerlaune, die schon Horaz kennt (Sat. I, 3, 1 ff.). Diesem einflußreichen Manne schilderten daher die Pfaffen — und er hinwiederum der frommen Kaiserin und ihrem

Ministerium — Schubart als einen Religionsverächter, ohne
Zweifel auch als einen gegen Oestreich feindseligen Zeitungs=
schreiber, der auf dessen Kosten Preußen zu erheben suche. Bald
glaubte man in einem Artikel seiner Chronik einen Anlaß zur
Rache gefunden zu haben. Im zweiten Stück des Jahrgangs
1777 nämlich vom 6. Januar, war zu lesen: „Joseph, der, wie
ehemals die Götter im golbenen Alter, ohne strahlendes Gepränge,
allein an Thaten des Herzens kennbar, einen Teil von Deutschland
und die wichtigsten Provinzen Frankreichs durchreisen wollte . . .,
soll an dieser Reise durch die plötzliche Krankheit seiner Mutter
gehindert worden sein. Zuverlässige Briefe aus Wien enthalten
die traurige Nachricht, daß diese große Kaiserin mitten im Anschein
der dauerhaftesten Gesundheit vom Schlage gerührt worden sei.
Dürfte ich diese Nachricht in meinem nächsten Blatte widerrufen!"
Im nächsten zwar geschah dies noch nicht, aber bereits in der
übernächsten Nummer, vom 13. Januar, heißt es:

„Die Kaiserin war zwar krank, ist aber jetzt außer aller
Gefahr."

Dessen unerachtet — schon zehn Tage später sehen wir
Schubart verhaftet und nach dem Gefängnis abgeführt. Aber
nicht nach Munkats oder einer andern östreichischen Festung, son=
dern auf den Asperg.

Hermann Kurz in seinem Roman: „Schillers Heimatjahre",
läßt den Herzog darüber zu Roller sagen: „Diese ‚Kleinigkeit'
— eben das Gerücht über Maria Theresia — war unter den
jetzigen politischen Konjunkturen ein sehr dummer Streich, um so
mehr, als er schon ein volles Kerbholz in Wien hatte." Offenbar
hat hier der Romanschreiber dem Herzog seine eigene Ansicht
über den Artikel in den Mund gelegt. Auch Adolf Weißer in
seinem Roman „Schubarts Wanderjahre oder Dichter und Pfaff
1855" stellt Betrachtungen darüber an und sagt: „Die Nachricht
von M. Theresias Tod kam, als ein neuer Krieg Östreichs mit
Preußen bevorstand; es war vorauszusehen, daß Friedrich gegen
eine solche Vergrößerung Östreichs Himmel und Hölle beschwören
werde. In diesem Augenblick erlaubte sich Schubart Sticheleien
über die Kinderlosigkeit der regierenden Häuser in Frankreich,

Preußen, Schweden, Bayern, Pfalz, Sachsen, Ansbach, Württemberg." Diese Stichelei kommt 1776, 16. Mai, 7½ Monate vor
dem Artikel über Maria Theresia, die bekanntlich nicht kinderlos
war. Die Möglichkeit eines Kriegs zwischen Preußen und Östreich
wegen der bayrischen Erbfolge ließ sich nur durch künstliche Kom-
binationen wittern. Strauß wird gegen die Auffassung der zwei
Romanschreiber recht behalten, wenn er den Haß des östreichischen
Hofs gegen Schubart aus der obengenannten Quelle ableitet.
Ohne Zweifel lag das Verletzende des Artikels über Maria
Theresia in der vermeintlichen Freude des freisinnigen Chronisten
über den Tod der orthodox-frommen Kaiserin, an deren Stelle
nun ihr aufgeklärter Sohn das Regiment führen werde.

Strauß führt noch mehrere Stellen der Chronik an, in denen
Schubart sich nicht gerade ehrerbietig über gekrönte Häupter ausspricht. Er läßt einmal die Bemerkung fallen, wie viel Geld
unsre Fürsten durch ihre Reisen ins Ausland verschleppen (1776,
S. 77). Bei einer Rüge der niederträchtigen Sitte damaliger
deutscher Regenten, Tausende ihrer Unterthanen in fremde Militär-
dienste nach fernen Weltteilen zu verkaufen — damals an England gegen das sich befreiende Nordamerika — werden anfangs
nur der Landgraf und der Erbprinz von Hessen-Kassel, der Herzog von Braunschweig und der Kurfürst von Bayern genannt
(1776, S. 194); doch heißt es dann in der nächsten Nummer:

Eine Sage.

Der Herzog von Württemberg soll 3000 Mann an Engelland überlassen, und dies soll die Ursache seines gegenwärtigen Aufenthaltes in
London sein. ☞ !!!

Dazu nehme man den schon angeführten Artikel über die
Kinderlosigkeit vieler regierender Häuser in Europa, darunter auch
Württembergs.

Bekannt ist ferner das Epigramm, dessen Zielpunkt nicht zu
verkennen war:

Als Dionys von Syrakus
Aufhören muß,
Tyrann zu sein,
Da ward er ein Schulmeisterlein.

Dieses Epigramm*) stand freilich nicht, wie Cassau dem Romanschreiber Brachvogel nachschreibt, in der Chronik; ebensowenig
enthielt die Chronik, wie Cassau phantasiert, Epigramme auf Franziska und die frühere Mätressenwirtschaft. Wir unterlassen es,
das allerdings höchst prickelnde Epigramm, das nach Brachvogel
Schubart auf Franziska in die Chronik geliefert hat, hier anzuführen. — Auch hier fragt man unwillkürlich: Où est la femme?
Und es sind diesmal zwei Weiber, die sich mit zwei Männern,
dem Herzog und v. Ried, zu Schubarts Untergang verbinden.
Nicolai erzählt in seiner Reise durch Deutschland X, 164, es sei
ihm in Stuttgart als großes Geheimnis anvertraut worden, daß
der Herzog Schubart nicht von sich aus, sondern auf Verlangen
des kaiserlichen Hofs ins Gefängnis gesetzt habe und ihn schon
losgegeben hätte, wenn es von Wien aus genehmigt würde. Letzteres stimmt schlecht zu dem Charakter des auch von Schubart
vielfach gefeierten Kaisers und das Erste ist wol so zu berichtigen, daß Karl und Maria Theresia im Einverständnis mit einander gehandelt haben. — Schubart selbst sagt: „Als ich aus

---

*) Bei Böttiger, litterarische Zustände und Zeitgenossen S. 170 erzählt
Wieland: Man hat mir wohl auch Schuld gegeben, daß ich im Dionysius meines
Agathons den vorigen Herzog von Württemberg geschildert habe. Mit Bewußtsein ist dies nicht geschehen. Man mochte indes dem Herzog selbst etwas
von der Art gesagt haben; als er hier war und Herber und ich ihm präsentiert wurden, affektierte er uns gar nicht zu kennen. Dagegen hielt er in
Jena ein großes Gastgebot, wo er die Pedanten alle zusammenbat und sie
von seiner neuen Universität unterhielt, ihnen streitige Punkte zur Entscheidung vorlegte, aber allezeit vorausschickte: der Gesetzgeber (sich selbst meinend)
hatte darüber so gesprochen. Ich konnte mich damals nicht enthalten, ein
Epigramm auf diesen Dionys zu machen, das aber die Leute sehr beißend
fanden und fleißig zirkulieren ließen. — Böttiger bemerkt dazu: Ich habe
ein Epigramm, doch nicht von Wielands Hand, vorgefunden, das so lautet:

Mit größtem Recht, o Schwabenkönig, hieß
Die Welt dich längst den zweiten Dionys,
Dir fehlte nichts, die Gleichheit zu vollenden,
Als mit Schulmeistern auch, wie Dionys, zu enden.
        An den Herrn G .... v. U ...
        (Offenbar = Grafen von Urach.)
Die Reise des Herzogs und das Epigramm fallen ins Jahr 1788.

einem Wiener Briefe die Nachricht in die Chronik setzte, die
Kaiserin sei plötzlich vom Schlage gerührt worden, so
glaubte General Ried Anlaß genug zu haben, mich aufheben und
nach Ungarn in ewige Gefangenschaft führen lassen zu können.
Aber Gott, der schon seinen Plan mit mir gemacht hatte, miß=
billigte diesen. Der Minister offenbarte seinen Entschluß dem
Herzog von Würtemberg, der sogleich dem Gesandten versprach,
mich in Verwahrung zu setzen, weil er selbst nicht wenig an mir
auszusetzen fände." — Der Artikel über M. Theresia ist vom
6. Januar, der Erlaß des Herzogs an Scholl vom 18. Ja=
nuar und Schubarts Verhaftung erfolgte am 23. Januar 1777.
Bei der Schnelligkeit, mit der hier Schlag auf Schlag folgte, ist
es nicht wahrscheinlich, daß vorher ein langer Briefwechsel zwi=
schen Ulm und Wien stattfand. Ried wußte ohne Zweifel, daß
ihm gegen Schubart Alles erlaubt war. Herzog Karl war zwar
in religiöser Hinsicht aufgeklärt, doch seinem Bekenntnis nach
katholisch und durfte dem kaiserlichen Hof gegenüber die Angriffe
Schubarts auf eine in der katholischen Kirche sehr mächtige
Partei nicht ungerügt lassen. Der kaiserliche und der herzog=
liche Hof suchten Schubarts „seit geraumer Zeit" habhaft zu
werden. Die diplomatische Höflichkeit verlangte, daß Ried, der
von des Herzogs Gesinnung gegen Schubart unterrichtet war,
vorher dem Herzog die Anzeige machte, und Karl mochte sich in
seinem Gewissen damit trösten, daß Schubart auf Hohenasperg
immerhin ein besseres Loos habe, als in Munkats oder auf dem
Spielberg. Schubart fährt fort: „Geheimere Umstände brauche
ich und der Leser nicht zu wissen. Der Tag der Entscheidung
wird Alles offenbaren! Nur dies muß ich zu meiner Rechtferti=
gung noch sagen, daß das hernach ausgestreute Gerücht: als
hätte ich ein verfängliches Gedicht auf eine dem Herzog sehr schätz=
bare Person verfertigt, gänzlich falsch und unbegründet sei." —
Geheimere Umstände weiß ich — dies ist der Sinn obiger Worte
— wohl, aber ich darf sie nicht sagen, und der Leser braucht
sie nicht zu wissen. Es spielte ein tiefer liegender Grund mit,
und dieser war ohne Zweifel — Franziska von Hohenheim.
Schon oben bei Schubarts Aufenthalt in Ludwigsburg wurde

bemerkt, daß Schubart damals Franziska recht wohl in Ludwigs=
burg und auf der Solitude gesehen haben kann. Hat er sie ge=
sehen, so hat sie auch Eindruck auf ihn gemacht. Das Gedicht
„an Guibal" (Reclam S. 411) steht gleich im ersten Jahrgang
der Chronik (1774, S. 319) und scheint sich auf Ludwigsburger
und Solituder Eindrücke zu gründen. Daß die Schönheit nicht,
wie in allen anderen Liebesliedern Schubarts, mit Namen genannt,
daß hingegen Karls Name im Anfang des Gedichts erwähnt wird,
sowie der Umstand, daß die Liebenswürdigkeit dieser Psyche, *)
ihre Tugend und Güte der Dichter so laut preist — dies spricht
besonders für meine Auffassung. Vergleichen wir mit der Schil=
derung der betreffenden Schönheit in unserem Gedicht andere
Schilderungen. „Franziska war, sagt Ottilie Wildermuth in ihrer
Lebensbeschreibung Franziskas (Württembergischer Bildersaal I,
36 ff.), nach dem Urteil aller Zeitgenossen keine Schönheit im
eigentlichen Sinn, ihr Mund war etwas groß, ihre Augen unbe=
deutend, ihre Züge nicht regelmäßig; eine schlanke, graziöse Ge=
stalt im rechten Ebenmaß, reiche blonde Haare, ein blendend
weißer Teint und eine blühende Gesichtsfarbe waren alle ihre
äußeren Reize; aber es lag eine weibliche Anmut und Schmieg=
samkeit, eine herzgewinnende Güte, feine Sitte und jugendliche
Fröhlichkeit in ihrem Wesen, die auf Alle, die ihr nahe kamen,
einen Zauber ausübten und auf den Herzog mit wunderbarer
Schnelle wirkten."

Weit mehr entspricht der Schilderung unseres Gedichts, was
eine andere Dame, E. Vely, in ihrem Werk: „Karl Herzog von
Württemberg und Franziska von Hohenheim" über die jugend=

---

*) Die ursprüngliche Lesart ist freilich: „um Amors Schultern" (um die
Mitte des Gedichts). Allein „Amor" hat hier natürlich keinen Sinn; es
handelt sich ja um eine weibliche Schönheit, die wohl Venus, aber nicht Amor
genannt werden kann. Das „Amors" ist ein verunglückter Nachklang der
unmittelbar vorher genannten „Amoretten". Die Frankfurter Ausgabe von
1829 liest „Psyches" und dieses Wort paßt allein zum Ton und zur Haltung
des Ganzen. Das Antlitz der Schönheit ist ein Engelantlitz; ihr Reiz ist
ein sinnlich=sittlicher, ein psychischer Reiz. Ich habe daher die Lesart „Psyches"
— von wem sie nun herrühren mag, von Schubart oder von seinem Sohne —
ohne jede weitere Bemerkung in den Text bei Reclam aufgenommen.

liche Franziska bemerkt. „Sie konnte, lesen wir da S. 28, un-
gestört in der schönen Umgebung ihres Geburtshauses ihren Träumen und Neigungen nachgehen, dabei unbewußt dem Kindesalter
entwachsend. Groß und schlank (vgl. Schubart: „den schlanken
Wuchs") besaß sie, allen Schilderungen der Zeitgenossen nach),
die zarteste Gesichtsfarbe, die ebenmäßigsten Formen (Schubart,
„der Glieder Harmonieen"), reiches blondes Haar (Schubart,
„die wallenden Locken, die zart, wie seidne Flocken, um Psyches
Schultern hangen") und Züge, die nicht klassisch schön, aber anmutig waren und durch tiefblaue, seelenvolle Augen belebt
wurden (vgl. Schubart: „Willst du die Augen malen, so tauch
in Sonnenstrahlen zuvor den Pinsel ein"). Seite 67 schildert
E. Vely Franziskas äußere Erscheinung zur Zeit ihrer vollsten
Blüte: „Groß, von harmonischer Fülle, frisch und mit jenem berühmten blendenden Weiß ihrer Hautfarbe, das ihren größten
Reiz bildete." Vely spricht weiter von ihrem schönen Hals und
ihren wundervollen Armen; damit vgl. Schubart: „Mal' ihre
Arme rund und ohne Mängel, die Hände weiß und wollenweich,
die Finger zart wie Lilienstengel." Der einzige Zug, der Schubarts Schilderung widerspricht, ist der Puder des aufgebundenen
Haares; da wäre freilich die Frage, ob sie ihr Haar immer so
getragen und ob Schubart dasselbe nicht in der Gestalt gesehen
habe, wie er es schildert. Franziska war am 10. Januar 1748
geboren, mag also von Schubart in ihrem 24. Lebensjahre, in
der Zeit, die zwischen der ersten und zweiten der von E. Vely
gegebenen Schilderungen mitten inne liegt, gesehen worden sein.

Nehmen wir nun die Beziehung unseres Gedichts auf Franziska als erwiesen an, so ist ebenso gewiß, daß dieses Gedicht,
das zuerst in der Chronik erschien, von Karl und Franziska gelesen und verstanden wurde. An und für sich schon war dieses
Gedicht „verfänglich" d. h. geeignet, im Herzog Eifersucht zu
erregen. Noch verfänglicher wurde es aber dadurch, daß das
Verhältnis Franziskas zum Herzog eine Kehrseite hatte, die dem
scharfsichtigen und zu spöttischer Kritik geneigten Dichter nicht verborgen bleiben konnte und die der Dame manche trübe Stunde
bereitete. Sie war nicht, wie sie Schubart bei der Erzählung

von seiner Eintürmung nennt, des Herzogs Gemahlin, sondern
„eine dem Herzog sehr schätzbare Person", eine tugendhafte, von
ihren Zeitgenossen gefeierte Mätresse; die Psyche mit der „Stirne,
wo die Tugend sitzt und Haß auf jedes Laster blitzt", mit dem
Herzen, voll von „Idealen und großen Zügen" lebte mit einem
Fürsten, der zu den ausschweifendsten und sittenlosesten seiner Zeit
gehörte, in einem sittlich zweideutigen Verhältnis, und der Herzog
selbst war während der ganzen Zeit seines Verhältnisses zu ihr
keineswegs ein Muster ehelicher Treue. (J. Kerner, Bilderbuch
aus meiner Knabenzeit S. 14.) Die Lehren der Weisheit und
Tugend, die Ermahnungen zur Rechtschaffenheit und Sittsamkeit
mußten sich daher in ihrem Munde etwas sonderbar ausnehmen,
wobei Schubart freilich nicht merkte, daß er mit Karl, der vor
seinen Akademisten Tugend und Selbstbeherrschung empfahl, und
mit Franziska in demselben Spitale lag; auch er lehrte in seiner
Chronik Sittsamkeit, altdeutsches Wesen, Bürgertugend, Christen-
sinn — und wurde doch nur zu oft die Beute seiner Lüste und
Leidenschaften.

E. Vely sagt nun S. 93: „Es existieren noch Briefe
von Schubart, welche Franziska verspotten; wie vielmehr wird
er sie im Wirtshaus in seiner lustigen und übermütigen Weise
angegriffen haben." Mir ist blos ein solcher Brief bekannt, der
an Haug vom 14. März 1775 (Strauß 2, 315), worin es heißt:
„Ihr Herzog ist hier durchpassiert und war ungemein gnädig.
Er hat einen hiesigen Patriziersohn auf die Sklavenplantage auf
der Solitude aufgenommen. Seine Donna Schmergalina saß
neben ihm, wie Marianne an Achmeds Seite." Wie ist nun der
Name Schmergalina für Franziska zu erklären? Brachvogel, wenn
wir diesen mit der Miene eines Geschichtschreibers auftretenden
Romanschreiber hier anführen dürfen, bringt ihn in eine höchst
abenteuerliche Verbindung mit Peppo oder Peppino Smergali, dem
Tänzer des Herzogs, der bei ihm viel vermochte, vom Volke der
rote Schmergele genannt, einem geborenen Lombarden. Allein
nach Nick in seiner „Stuttgarter Chronik" spielte dieser seine
Rolle 1760—67. Wahrscheinlich wollte Schubart mit jenem Beiwort das eigentümlich ausländerische moralisierende Wesen, das beson-

bere „Geschmäcfle", wie der Schwabe sagt, der tugendsamen Mätresse
schildern. Schmergeln ist nach Schmids schwäbischem Wörterbuch
nlmisch = nach Schmeer, nach Fett riechen. Noch in der ersten Hälfte
dieses Jahrhunderts sagte man z. B. in Tübingen „Dame Schmergele" = Tugendpredigerin. Überhaupt waren Schubart und Franziska grundverschiedene Naturen. So schreibt Schubart am 17. Sept.
1789 an seinen Sohn: „Die Mutter war so neugierig, den schwän-
zenden Brief Ihrer Durchlaucht zu lesen" (nach dem Zusammenhang: der Herzogin, der L. Schubart seinen Thomson zugeschickt
und die ihn dafür mit einigen Lobeserhebungen bezahlt hatte).
— Auch Strauß fragt: „Hatte Schubart nicht vielleicht mündlich
in offener Wirtshausgesellschaft Wißreden gegen den Herzog und
dessen Verhältnis zu seiner Donna Schmergalina sich erlaubt?
Ausfälle, die, wie alles, was Schubart sprach, vollends beim
Weinglase sprach, wir uns ungleich gesalzener, gepfefferter — wohl
auch schmutziger — vorzustellen haben, als was er für den Druck
und selbst was er in Briefen schrieb, und die seine zahlreichen
Feinde nicht versäumt haben werden, vor die Ohren des hohen
Paares zu bringen." Eine Vermutung, die allerdings sehr vieles
für sich hat. Mätressen nannte Schubart mit einem gut deutschen
Ausdruck Huren. (Strauß 2, 361. 367.) „Geben Sie," schreibt
er am 7. Dez. 1787 an Klein in Mannheim, „statt Ihrer Denk-
male großer Deutschen das Leben berühmter deutscher Huren
heraus und Sie werden reißenden Abgang haben." Ihn selbst
hatte man wegen seines Ehebruchs mit der famosen Barbara
Streicherin aus Ludwigsburg verwiesen; wahrscheinlich war in
seinen Augen Franziska nicht mehr wert, als die Streicherin.
Dann die Geschichte von Franziskas Entführung mit ihren aben-
teuerlichen Umständen, das auch von E. Vely erwähnte traditionelle
Gerücht, das die historisch-kritische Schillerausgabe I, 372 als
zweifellose Wahrheit berichtet, der Herzog habe sie ihrem Mann
um eine Summe Geldes abgekauft — wie mußte das alles Schubarts
Spott reizen! Ich glaube daher nicht bloß, daß Franziska bei
dem Hasse gegen Schubart persönlich beteiligt gewesen ist; wofür
Strauß ihr Zuschauen an der Seite des Herzogs, als man das
Opfer in den Turm führte, ihre kühlen Antworten auf die öfteren

Verwendungen für den Gefangenen bis zu dem verschrobenen Briefe, den sie an die Karschin schrieb, nachdem endlich seine Freilassung nicht länger verweigert werden konnte, geltend macht; ich glaube vielmehr, daß Franziska bei diesem ganzen Handel in ganz besonderer Weise für Schubart verhängnisvoll geworden ist. Wir finden hier also, um auf jenes Gedicht „an Guibal" zurückzukommen, dieselbe Erscheinung, die uns auch sonst bei Schubart begegnet: Zuerst ungemessene Bewunderung, heiße, feurige Begeisterung, fieberhafte Ekstase — bald darauf ist das Feuer verglüht, das Fieber verschwunden, die ruhige, nüchterne Kritik an die Stelle der Begeisterung getreten und auch die unangenehme Kraft der Satire wird zur Unterstützung herbeigezogen. Die Extreme berühren einander bei Schubart auch hier; und die Wahrheit — nun die Wahrheit liegt in der Mitte; welche Mitte aber jedesmal gemeint sei, eigentliche Mitte, rechtes, linkes Zentrum — das auszumachen ist Sache der Kritiker. Wir brauchen kein Liebesverhältnis, weder Schubarts zu Franziska, noch Franziskas zu Schubart, anzunehmen. Die Spöttereien Schubarts, namentlich in ihrem himmelschreienden Abstich gegen die Lobeserhebungen in dem Gedicht „an Guibal" reichen hin, um den ganzen Haß der Donna zu erklären. — „Achmed" im obigen Brief ist Abdul Hamid (vgl. Weber, Weltgeschichte XIII, 559. 571), von 1774—89 türkischer Sultan. „Achmed," urteilt Schubart in der Chronik 1776, S. 12, „schlummert auf seinem Sofa oder überläßt sich in den Armen einer Cirkassierin den entmannenden Wollüsten" — während, wie es im Zusammenhang heißt, das ottomanische Reich sichtlich von seiner alten Größe heruntersinkt. Schubart verwechselt offenbar die Namen Achmed und Hamid. Das später anzuführende „Sendschreiben an Schubart" wirft ihm vor: Seite 183 (des Jahrgangs 1787) nennen Sie ihn Achmed IV., Seite 185 Abdul Hamid. Im „Türkengesang" (Reclam S. 185), der am 17. Juni 1774 zuerst in der Chronik erschien, liest man in der ersten Strophe ebenfalls: Vater Achmed. In der Nummer vom 23. Juni 1774 heißt es, seine sultanische Majestät sei in Hinsicht auf das weibliche Geschlecht kein Kostverächter. Neben diesem weichlichen und wollüstigen Fürsten, heißt es also, saß seine Mari anne. Für diese Marianne weiß ich keine zutreffende Deutung. Millers Marianne im Sigwart kann nicht wohl gemeint sein; denn dieser Roman erschien 1¼ Jahr nach Schubarts Brief an Haug. Ist Marianne in Schubarts Sinn vielleicht = „Anna=märgele = Andächtlerin, weinerliche Weibsperson, eigentlich Anna Maria"? (Schmids schwäbisches Wörterbuch S. 211.)

Schubart hatte über des Herzogs Verhältnis zu einer Mätresse gespottet; dem gefangenen Dichter sollte nun das eheliche Zusammen=leben mit seiner Gattin unmöglich gemacht werden. Man lese das Gedicht „Liebe im Kerker" (Reclam S. 57), dann wird man begreifen, was für ein niedriger Beweggrund den Herzog trieb, den Dichter von seiner Gattin zu trennen und warum er 9 Jahre lang diese nicht sehen durfte, während Mörder und Gallioten den Besuch der Ihrigen empfingen. In der „Selbstanklage", die in den gewöhnlichen Gedichtsammlungen nicht steht, lesen wir (Reclam S. 44):

> „Und nun martert mich die Liebe,
> Einsam, ohne Trost von dir!
> Wilde, ungestillte Triebe
> Brausen schäumend auf in mir;
> Ach mit ausgestreckten Händen
> Greif' ich nach den schwarzen Wänden,
> Glaube, Weib, es sei dein Bild!
> Und mein Blick ist starr und wild."

An diese Auffassung streift schon F. Tr. Scholl, wenn er in seinem Werk: „Die letzten hundert Jahre der deutschen Litteratur" I, 131 sagt: „Gewiß hätte der Herzog, wenn er nicht andre Mittel gefunden hätte, ihn auf sein Gebiet zu locken, den lockern Vogel am leichtesten durch Liebesnetze gefangen. Wenn er aber auch nicht durch Liebe gefangen wurde, so wurde er um so ge=wisser an der Liebe gestraft. Seine schwere und lange Kerker=haft wurde ihm geflissentlich durch Absonderung von seiner Familie erschwert und die Frage läßt sich aufwerfen, ob nicht der Herzog ihn eben an dem Teil besonders strafen wollte, an dem er von Schubart angegriffen war. Auch das Schulmeisterlein ward ihm auf barbarische Weise zu fühlen gegeben." Ja wohl. Der Herzog,

unter dessen Fehlern Eitelkeit und Ehrgeiz obenan stand, wollte
ihm nun zeigen, daß er wirklich ein Schulmeister, ein Erzieher
sei. Er war ja damals, wie Strauß bemerkt, in seinem päda=
gogischen Stadium; der durchlauchtige Erzieher glaubte einen
ganz besonderen Beruf zu verspüren, Deutschland seine Genies,
dieses knorrige Volk, gerade zu ziehen, ihre üppigen Ranken mit
französischer Hagschere zu beschneiden. Wie er wenige Jahre
später in Schiller dem deutschen Rousseau seinen Querkopf zurecht=
zusetzen Anstalt machte, so galt es hier, einen deutschen Voltaire —
denn so hatte man ihm, nach des Sohnes Versicherung, Schubart
dargestellt — in Korrektion zu nehmen. Unter diesem Gesichts=
punkte war es nun leicht, die Gefangenschaft des unglücklichen
Dichters ins Unendliche zu verlängern. „Was ihren Mann be=
trifft, antwortete er ein Jahr nach Schubarts Gefangennehmung
dessen um seine Loslassung bittender Gattin — so soll sie einen
gebesserten Mann wieder bekommen; für jetzt ist er noch auf Irr=
wegen begriffen." —

Franziskas Betragen gegen Schubart — hier hilft keine
Schönfärberei — gehört nicht in das Gebiet des ewig Weiblichen,
sondern in das Kapitel der weiblichen Schwäche, der gereizten
Empfindlichkeit und Rachsucht. Um jedoch nicht ungerecht zu
werden, müssen wir bedenken, daß diese Empfindlichkeit zu jener
Zeit in der Luft lag. Die Witzworte des Rektors Albrecht in
Frankfurt a. M. brachten nicht selten die ganze Stadt in Aufruhr
(vgl. G. L. Kriegk, deutsche Kulturbilder aus dem 18. Jahr=
hundert, S. 142 ff.). Wie sehr hatte ferner Friedrich der Große
seine Spöttereien über Elisabeth und die Pompadour zu bereuen!
Wie Friedrich der Große war auch sein Bewunderer Schubart
ein Feind der Weiberherrschaft in allen Gestalten und auf allen
Gebieten und bereitete sich durch seine Witze darüber sein eigenes
Verderben. Gewiß war jene Zeit nicht nur die Zeit der Empfind=
samkeit, sondern auch die der Empfindlichkeit. —

In der neusten Zeit hat E. Pely sich bemüht, Franziska von
allen Flecken, die man an ihrem Benehmen gegen Schubart ent=
decken könnte, rein zu waschen. S. 93 läßt sie es unentschieden,
ob sich Franziska für den gefangenen Schubart nicht verwenden

wollte oder nicht konnte. „Franziskas eigener Stolz und ihre Frauenwürde," sagt E. Vely, „empörten sich über die von Schubart erlittenen Beleidigungen. Als Schubart auf dem Asberg eintraf, war sie mit dem Herzog zugegen, und er wurde an ihrem Fenster vorüber nach seinem Turm geführt," in jenes schauerliche, von mir selbst gesehene Verlies, das er zu diesem Zweck erbaut und seiner Geliebten gezeigt hatte. Tantaene animis coelestibus irae!

Neuer Rettungsversuch: „Wie der Herzog, so mochte — mochte — auch sie in noch schwärmerischer Weise den Gedanken an eine nur durch Strenge — durch unmenschliche, barbarische Strenge — zu erreichende moralische Besserung des feurigen Dichters gefaßt haben." Hätte doch das hohe Paar bedacht, daß Schubart 11 Jahre jünger als der Herzog war, daß, wie Schubart selbst in der Chronik sagte, das zunehmende Alter ihn ruhiger und geordneter machte, und daß die Fehler eines Fürsten schwerer ins Gewicht fallen, als die eines Zeitungsschreibers. Dachte Karl im Jahre 1778, als er an seinem fünfzigsten Ge- burtstag jenes Sündenbekenntnis mit dem Versprechen, künftig besser zu regieren, von allen Kanzeln des Landes verlesen ließ, nicht daran, daß in seiner nächsten Nähe ein Unglücklicher schmachte, der, von welcher Art seine Vergehen gewesen sein mochten, ein Jahr der schauervollsten Gefangenschaft überstanden hatte? Dachte er nicht daran, diesen Elenden frei zu geben, damit er, wie der Herzog, ein neues, besseres Leben beginnen könne?

Doch E. Velys Rettungsversuch beschränkt sich nicht auf das genannte Buch. Sie wird im Weißwaschen von Mohren immer gewandter und erhebt in dem Artikel: „Der Gefangene von Hohenasperg. Mit Benutzung von noch nicht veröffentlichten Archivakten" in der Gartenlaube 1875, 18, ihre Stimme laut und nachdrücklich. Die Galanterie gebietet uns, obgleich wir damit einigermaßen der Geschichte vorgreifen, diesen Artikel, den die genannte Zeitschrift unter die „Gallerie historischer Enthül- lungen" einreiht, jetzt schon zu betrachten. Die Verteidigung Franziskas gestaltet sich hier zu einer Anklage Schubarts. Schu- bart, lesen wir hier, habe sein reiches Talent zersplittert, sein ganzes früheres Leben sei ein zerfahrenes und ruheloses gewesen

(auch das in Geislingen, Augsburg und Ulm?) ohne volles har-
monisches Schaffen (fand er dieses auf dem Asperg?). Von dieser
Höhe, heißt es weiter, seien seine schönsten und gelungensten
Lieder hinabgeflattert — woher weiß E. Vely, daß er in der
Freiheit sich nicht noch schöner, herrlicher entwickelt hätte? Will
sie den Dichter Lügen strafen, wenn er die Vorrede zu seinen
Gedichten von seinem Asperg aus noch zwei Jahre vor seiner
Befreiung mit den Worten schließt: Nur die Gebirgshöhe der
Freiheit weitet die Seele, und der Knechtschaft Gelüft verengt
sie? E. Vely beruft sich mehrfach auf Strauß. Ich verweise sie
auf Strauß I, 357 ff., wo das, was E. Vely als hohe fürstliche
Gnade preist, nämlich daß der Herzog der Gattin des Dichters
ein Jahrgehalt auswarf und für seine Kinder sorgte, als einfache
Schuldigkeit dessen, der ihnen ihren Ernährer raubte, und zugleich
als Klugheitsvorschrift betrachtet wird; er wußte, der Bissen, den
er der Familie des Eingekerkerten hinwarf, werde bei dem Stumpf-
und Knechtssinn der Menge, besonders in Deutschland, als hoch-
herzige Wohlthat ausposaunt werden — und so geschah es noch
im Jahr 1875 in einer der freisinnigsten Zeitschriften des deutschen
Reichs. „Die Haft Schubarts," bemerkt E. Vely weiter, „bestand
nach dem ersten Jahr lediglich in der Beschränkung seines Aufenthalts auf den Asperg; er besaß ein Klavier und durfte jeden
Besuch entgegennehmen." Dies ist mehr als Schönfärberei, ich
verweise auf Strauß II, 4, wornach Schubart erst gegen das
Ende des Jahres 1780 — des vierten seiner Gefangenschaft —
die Erlaubnis zu schreiben erhielt, doch unter Rieger'scher Zensur,
und daß die Erteilung der sogenannten Festungsfreiheit in dieselbe
Zeit fällt. Daß der Herzog bei allen Bitten und Verwendungen
für Schubart ungerührt blieb, findet die Verfasserin durch Schubarts Charakter und Benehmen begründet. — Um mit E. Vely
aufzuräumen, vereinigen wir noch ihre Äußerung über das Benehmen des Herzogs gegen den freigewordenen Dichter. „Der
Herzog hatte nun, sagt E. Vely, die Stellung für ihn gefunden,
welche seinem Talent am angemessensten war und der Welt gegenüber keinen Anlaß zu Klagen gab." Gegen diese Auffassung verweise ich einfach auf Strauß II, 181. „Serenissimus, so wurde

schon damals die Verzögerung von Schubarts Befreiung beschönigt, wolle sich nicht begnügen, ihn in Freiheit zu setzen, er wolle ihm überdies Amt und Brot anweisen. Allzugnädig! oder vielmehr abermals nur klug genug. Im Auslande hätte Schubart seinem Herzen Luft gemacht und die Unrechtmäßigkeit der Gefangenschaft und alle die Greuel der Tyrannei, die während derselben an ihm verübt worden waren, rücksichtslos in den brennendsten Farben vor dem Auge der Nation aufgestellt. Dem war vorgebeugt, wenn er den Dichter in seine eigenen Dienste nahm; so stopfte er ihm den Mund durch ein Stück Brot, das überdies, wie ihm sein Oberst Seeger klar vorgerechnet hatte, Schubarts wieder aufzunehmende Chronik der akademischen Druckerei doppelt und dreifach bezahlen mußte. — Daß Franziska dem Dichter seine Freiheit ankündigte, beweist durchaus nicht, wie Vely in ihrem Buch S. 181 behauptet, ihre an seinem Schicksal bewiesene Teilnahme und läßt sich wohl besser als ein auf das Publikum berechneter Theaterhieb auffassen.

Die wichtigste „Enthüllung" der Verfasserin ist aber noch zu berichten. Am 30. Juni 1789 rapportiert Seeger über ein Stück der Schubartschen Chronik, weil etwas von der höchsten Person der herzoglichen Durchlaucht darin gerügt sei. „Da der Hof- und Theaterdichter Schubart mich gar nichts vorher von dieser Rüge wissen ließ, und auch ebensowenig von diesem Buche selbst, welches ihm die Veranlassung dazu gab, bekannt ware, so schickte ich gleich balden nach diesem Buche, worauf er mir sagen ließe, daß er es wirklich gar nicht bei der Hand hätte, aber, sobald er es wieder bekäme, mir zustellen wollte, um es an Eure herzogliche Durchlaucht einsenden zu können. — Soeben erhalte ich von Schubart das oben unterthänigst bemerkte Buch, welches ich beilege." Karl kritzelt mit Bleistift auf den Rapport: „Erhalten und finde es unter meiner Würde, auf das Geschrei eines Blätterschreibers zu attendieren." Ich habe den betreffenden Band der Chronik gelesen; es kann nur das Gedicht gemeint sein: „Willkomm. Den 13. Mai, als unser Herzog heimkam." (Reclam S. 113.) Es erschien in der Chronik 1789, S. 321 und lautet in der dritten Strophe also:

„Als todweissagend in des Schiffes Ritzen
    Das Wasser drang,
Da hat sein*) Arm dich aus dem Schiff gehoben,
Eh' es mit fürchterlichem Toben
    Die wilde See verschlang."

Nach Belys Buch S. 184 machten Karl und Franziska im Januar 1789 eine Reise nach Paris und begaben sich von da nach England. „Montag, den 23. Februar, ging man zu Calais an Bord, morgens 9 Uhr. Denselben Tag abends war die Ankunft zu Dover, nach großer Beschwerlichkeit," erzählt der Herzog. Die Zeitung fügt einer Notiz, die von dem Eintreffen in London berichtet, hinzu: „Der Herzog und die Herzogin von Württemberg und ihr Gefolge hatten zu Dover das Schiff erst eine Viertelstunde verlassen, als es unvermutet in Trümmer ging und versank."

Diesen Vorfall, den Schubart in irgend einem Buche gefunden haben muß, hätte er nicht erwähnen, nicht vor einem großen Publikum besingen sollen. Das Volk konnte ja dadurch auf Gedanken kommen — wie, daß Erdengötter auch Menschen, sterbliche Menschen seien und daß schon viele Herrscher eines gewaltsamen Todes gestorben seien, daß Gott vielleicht den Herzog für sein früheres Leben durch Todesangst und Todesgefahr bestrafen wollte. War ja doch auch die Anzeige, daß die Kaiserin Maria Theresia plötzlich an einen Schlagfluß gestorben sei, als hochverräterisch betrachtet worden. —

Hiemit verabschieden wir uns von einer Dame, vor deren Schönfärberei wir alle Achtung haben. —

Man sollte es nicht für möglich halten, wenn es nicht schwarz auf weiß zu lesen wäre, daß jetzt noch viele die Ursache von Schubarts Gefangennehmung in seinem Gedicht „die Fürstengruft" finden. So sagt Rudolf von Gottschall in seiner Biographie Schillers S. 292: „Einzelne Gedichte des Musenalmanachs erinnerten an die geharnischten Fehdebriefe gegen die Fürsten, welche den Dichter Schubart auf die Festung Hohenasperg gebracht hatten." Unter dem Musenalmanach kann Gottschall nur die von Schiller

---

*) Des ihn begleitenden Schutzengels.

redigierte „Anthologie auf das Jahr 1782" verstehen. Gottschall
meint, wie ein Blick in die Anthologie zeigt, die Aufschrift einer
Fürstengruft, der Eroberer, die schlimmen Monarchen, wohl auch
die „Totenfeier am Grabe Philipp Friedrich von Riegers".
Schon die Aufschrift dieser Gedichte erinnert an Schubarts be
rühmte „Fürstengruft". Was nun Gottschall unter Schubarts
geharnischten Fehdebriefen gegen die Fürsten versteht, ist nicht ganz
klar. Denkt er dabei an verschiedene Artikel der deutschen Chronik
oder an Schubarts Fürstengruft oder an die Chronik und die
Fürstengruft zusammen? Ich kenne nur einen geharnischten Fehde-
brief Schubarts — nicht gegen die Fürsten überhaupt, sondern
gegen die schlechten Fürsten; eben seine Fürstengruft. Diese aber
brachte den Dichter nicht auf den Asperg, aus dem einfachen
Grunde, weil die Fürstengruft erst auf dem Asperg entstanden
ist. Gedichtet wurde sie nach Ludwig Schubart im dritten, nach
Strauß (Kleine Schriften S. 450) im vierten Jahr (1780) seiner
Gefangenschaft. Ich gestehe, daß mir Strauß eher recht zu haben
scheint, als Schubarts Sohn. Im Druck erschien die Fürstengruft
nach der historisch = kritischen Schilleraußgabe 1, 379 zuerst im
Frankfurter Musenalmanach auf das Jahr 1781, was eben wieder
für das Jahr 1780 als die Zeit der Entstehung des Gedichtes
spricht. Wenn Miller am 14. Oktober 1780 an Klopstock (Lappenberg, Briefe von und an Klopstock S. 297 und 98) schreibt:
„Lesen und Klavierspielen darf er, aber nicht schreiben. Doch
soll er ein sehr freies Gedicht „die Fürsten" gemacht haben," so
beweist diese Äußerung bloß, daß Miller diese Fürstengruft nicht
gelesen hat; für die Zeit ihrer Entstehung giebt sie keinen Anhaltspunkt. Ähnlich äußert sich Weber in seiner Weltgeschichte XII,
954: „Der Dichter Daniel Schubart, der in seiner Fürstengruft
ein tief einschneidendes Bild von den an diesem Hof herrschenden
Zuständen entwarf, mußte seinen Freimut durch zehnjährige Haft
auf dem Asperg unter der strengen Zucht eines engherzigen, pie-
tistischen Kommandanten büßen" — als ob Rieger bis 1787
Schubarts Vorgesetzter gewesen wäre! XIII, 639 desselben Werks
wird Schubart gelegentlich bei Schillers Jugendzeit wieder als
Opfer von Herzog Karls tyrannischer Laune genannt und das

Jahr 1794 (statt 1791) als sein Todesjahr angegeben. Warum, so muß ich fragen, wird denn in diesem Buche Schubart blos in der politischen Geschichte und in Schillers Jugendgeschichte und nicht auch in der Geschichte der deutschen Litteratur erwähnt? Verdient er diese Ehre weniger, als Lenz, Klinger, Bürger? — Zur Verbreitung dieser falschen Meinung scheint Schillers Schwägerin, Karoline von Wolzogen, viel beigetragen zu haben; in ihrem Buch über Schillers Leben S. 24 spricht sie nämlich von des Dichters Schubart Schicksal, der auf der Bergfeste Hohenasperg durch jahrelange Gefangenschaft für sein Gedicht „die Fürstengruft" büßte. — Liest man Schubarts „Fürstengruft" und hört man von seiner Gefangenschaft, so verbinden sich in dem Kopf derer, die die Sache nicht besser wissen, beide Thatsachen fast unwillkürlich so miteinander, daß die „Fürstengruft" als Ursache von Schubarts Gefangennehmung aufgefaßt wird; in Wirklichkeit hat sie nur zur Verlängerung, vielleicht auch zur Verschärfung derselben beigetragen. —

VII.

Hohenasperg.

Es ist Zeit, uns nach unserm Gefangenen wieder umzusehen. Er liegt in der gewölbten Zelle eines alten Turmes, von deren Ziegelboden, deren rauchgeschwärzter Wand mit dem drohenden Kettenringe, deren handbreit Himmel vor vergittertem Fenster seine Gedichte und Briefe wiederholte Meldung thun; sein Lager Stroh, die Luft dumpf, daß ihm der Schlafrock am Leibe versault; die einzigen Menschengesichter, die er zu sehen bekommt, das eiserne des Kommandanten und die stummen der Leute, die ihm seine kärgliche Kost und sein Zisternenwasser bringen. Er wagt nicht zu beten, weil er Jahre lang nicht mehr gebetet hat und nicht glauben kann, daß sein Gebet sogleich erhört werde; doch rafft er sich auf durch den Gedanken, daß Gott die Liebe ist.

Er schreibt an die Wand mit Ruß: „Denk an den Tod!" und so oft er sein Stroh aufschüttelt, seufzt er: „Ach, wenn eine barmherzige Hand so die Spähne in meinem Sarge aufschüttelte." Er zählt aus Langerweile seine Tritte, seine Pulsschläge, alle Spalten und Ritzen im Kerkergewölbe, die Fäden an seiner Matratze; er wiederholt, was er aus verschiedenen Künsten und Wissenschaften gelernt hat, steht aber davon ab, weil er sich niemand mitteilen kann; er sucht endlich (vgl. oben S. 190) die Menschen aus ihrer Stimme kennen zu lernen.

Nun beginnt das Bekehrungswerk. Schon in Ulm hatte er schwere innere Kämpfe mit dem Unglauben durchgemacht und sich vorgenommen, einmal die Religion recht gründlich und unparteiisch zu prüfen, um sich für oder wider sie zu entscheiden. Er hatte dies Geschäft immer verschoben; jetzt konnte er sich über Mangel an Zeit nicht mehr beschweren. Das Gewissen wachte in ihm auf; welche Sprache es führte, sehen wir aus der „Selbstanklage" (Reclam S. 43). Sein Weib hatte die Gewohnheit, Bibelsprüche auf Zettelchen zu schreiben und sie an Örter zu legen, wo er sie finden mußte. Er schien sie zu verachten, behielt sie aber alle im Herzen und im Kerker fielen sie ihm „wie Feuerflocken" auf die Seele. Einmal war er fest entschlossen, sich beim Mittagessen das Messer ins Herz zu stoßen, aber der Gedanke an Weib, Kinder, Mutter hielt ihn zurück. Sein Kommandant, Oberst Rieger, nahm sich nach und nach seiner an, erquickte ihn durch Speise, Trank, Arznei, Pflege und suchte ihn durch strafende und tröstende Reden und durch die Mitteilung von Schriften seines Vaters, Arndts, Bengels und andrer frommen „Schwabenväter", um diesen Ausdruck Mörikes zu gebrauchen, für die Religion zu gewinnen. „In hingestürzter Verzweiflung, nahe dem Tod," erzählt Schubart selbst, „griff ich einmal nach der Bibel, schlug sie auf, legte mein glühendes Haupt auf die aufgeschlagene Stelle und ohne sie zu lesen, schrie ich: „So laß mich sterben, Weltrichter, mit dem Feuergesetz unter meinen Schläfen!" Als ich mit vorgepreßtem Auge die Stelle anstarrte, so war's die Geschichte vom verlornen Sohn. — Ich las sie mit verschlingendem Hunger des Geistes. Gottes unsichtbare Kraft drang in meine Seele, in mein Herz, ins Mark

meiner Gebeine; von kommender Hoffnung, wie auf Flügeln ge=
tragen, hob sich mein Geist. „Vielleicht streckst Du auch die Arme
nach mir aus? — Ja, ich habe gesündigt! ich bin nicht wert,
daß ich Dein Sohn heiße! Ach vielleicht, vielleicht erbarmst Du
Dich meiner!" Ströme von Thränen stürzten aus meinem Auge
und näßten die Bibel. Nach langem Weinen breitete sich das
Licht des himmlischen Friedens in meiner Seele aus, und ich stand
plötzlich gestärkt von meinem Kerkerboden auf."... Merkwürdig,
welche Rolle das Gleichnis vom verlornen Sohn in Schubarts
Leben und Werken spielt. — Ein andermal lag er auf dem Boden
seines Kerkers und betete für seine Lieben, seine Verfolger, die
Welt. Als er nach seiner Gewohnheit mit dem Seufzer schloß:
„Nichts soll mich scheiden von der Liebe Gottes", so glaubte er
bei dem Wort Liebe in Strömen von Licht zu schwimmen. Sein
Los schien ihm nun erträglicher und er schlief sanft ein. Er
machte von nun an den Satz, daß Gott die Liebe sei und daß
die bittersten Schickungen zum Besten seiner Geschöpfe abzwecken,
zum Mittelpunkt seines Systems. Keine Lehre ward ihm daher
verhaßter, als die von den ewigen Höllenstrafen, und er zog mit
allen Waffen seines Scharfsinns gegen sie zu Felde. Aus seinen
Gedichten gehören hierher besonders Reclam 287, 339, 369. —
Den Einsamen, dem Gespräch und Gesellschaft Bedürfnis war,
besuchte in seinem Gefängnis seine alte Freundin, die Poesie.
„Ich machte," erzählt er, „anfangs Entwürfe zu Romanen, Ge=
dichten und andern Büchern, und versuchte es zuweilen, ob ich
nicht wie Moser mit der Lichtputze schreiben könnte. Es gelang mir,
und ich verfertigte auf diese Weise manches geistliche Lied, auch
andere Gedichte, von denen einige wohl verdient hätten, gedruckt
zu werden. Aber man merkte es bald und feilte die Spitze an
der Lichtscheere ab. Die verfertigten Gedichte wurden mir ab=
genommen und sind nachher verloren gegangen. Ich bedaure
darunter: die Freiheit, ein Gedicht an Klopstock; eins an
Miller und einen Entwurf: der verlorne Sohn. Ich versuchte
es aber mit dem Dorn meiner Knieschnalle und machte mir
wieder Verschiedenes. Aber diese wurde mir entwendet. Endlich
behielt ich eine Gabel; aber man entdeckte auch dies und drohte

mir mit der Kette. — Und nun ließ ich alles fahren und warf mich ganz in geistliche Übungen hinein." Dazu macht Ludwig Schubart die begründete Anmerkung: „Eine wichtige Stelle für diejenigen, die den Hang meines Vaters zur Mystik und Theosophie in der Folge sogar nicht begreifen wollten." Nur ist's sonderbar, daß Ludwig Schubart sagen kann, sein Vater sei mit allen Anlagen zum größten epischen Gedichte ausgestattet gewesen, und es sei zu bedauern, daß der Anfang jenes auf zwölf Gesänge berechneten und zum dritten Teil fertigen Epos: der verlorne Sohn von Rieger entdeckt, konfisziert und vernichtet wurde. Wenn Schubart selbst diesen verlornen Sohn für das Beste hielt, was er auf dem Asperg sang, so war er da in einer argen Selbsttäuschung befangen. Der asthmatische Schubart und ein Epos von zwölf Gesängen! Dichter haben sehr häufig kein richtiges Urteil über den Wert ihrer Gedichte; man könnte Horazens Urteil über seine Oden, Cervantes über Persiles und Sigismunda, Goethes über den zweiten Teil Faust anführen. —

Nach Umfluß dieser 377 Tage, am 3. Februar 1778, als Schubart schon nicht mehr gehen konnte, an den Wänden sich halten mußte, um nicht umzusinken, wurde er endlich in ein erträglicheres Lokal, ein trockenes und luftiges Zimmer versetzt; aber immer noch ohne Schreibmaterialien, ohne Klavier, von abends 8 Uhr an, wo er sein Licht löschen mußte, bis zum späten Wintermorgen den Schrecken der Finsternis preisgegeben; von Büchern ward ihm nur zugelassen, was der Kommandant seinem Heil zuträglich fand; niemand durfte mit ihm und er mit niemand reden. — Aus der nahen Kirche hörte er den Gemeindegesang; er sang mit, empfand die Segnungen dieses Tages und spürte bald ein heftiges Verlangen nach dem heiligen Abendmahl, das er seit seinem durch Zilling erfolgten Ausschluß aus der evangelischen Kirche Württembergs, also seit sechs Jahren nicht mehr genossen hatte. Es hielt schwer, die Erlaubnis zu erhalten. Nach den Notizen aus der Registratur des Spezials Zilling in Ludwigsburg, unter der Rubrik: Schubartiana, hatte Schubart gegen den Garnisonsprediger Faber seinen Vorsatz geäußert, das heilige Abendmahl zu empfangen, dabei aber einige Zweifel an der Gottheit Christi

ausgesprochen, worüber ihn der Oberst (Rieger) konstituiert habe.
Der neue Garnisonsprediger Payer meldet den 29. Januar an
Zilling Befriedigendes über Schubarts damaligen geistlichen Zustand.
Zilling antwortet ihm am 2. Februar, ermahnt ihn bei einem so
unzuverlässigen und wetterwendischen Menschen zur Vorsicht und
empfiehlt ihn zu neuer geistlicher Bearbeitung. „Gott erbarme sich
dieses armen Menschen," schließt der Brief, „der sich in seiner
vorigen Irre niemalen über sich selbst und seine arme Seele er-
barmt hat! Die Gnade, die er so lang auf Mutwillen gezogen
— ja vielleicht gar geschmähet — hat, werde doch nicht müde
an ihm, sondern ergreife und halte ihn fest, daß er ihr niemalen
mehr entschleichen oder ausreißen — und jenem Schalksknecht
Matth. 18 wieder nacharten möge. Wann der Schubart nicht
eben nur seine Phantasie, welche so schlüpfrig als hastig ist, sondern
vielmehr sein ganzes Herz und seinen innersten Seelengrund dieser
heilsamen Gnade hinhält und überläßt; dann habe ich Hoffnung
zu seiner Errettung." Am 17. Februar berichtet Garnisonspfarrer
Payer an Zilling wieder über Schubarts geistlichen Zustand, nach
welchem er ganz würdig sei, das Abendmahl zu empfangen; sogar
seine poetischen Talente wolle er allein dem Herrn aufopfern.
Am 22. Februar 1778 berichtet Zilling dem Herzogl. Konsistorium
über Schubarts Verlangen, über das Zilling nicht allein entscheiden
könne, weil Schubart kein gemeiner und alltäglicher Sünder sei,
sondern durch seinen ärgerlichen Wandel und durch allerlei Reden
und Schriften sich als einen Verächter und Spötter der Wahrheit
kundgegeben habe, seit 1773 exkommuniziert und seit dieser Zeit
nur von seiner alljährlichen Verschlimmerung zu hören gewesen
sei. Am 25. Februar unterstützt Oberst Rieger in einem Briefe
an Zilling Schubarts Verlangen; unter demselben Datum er-
mächtigt sofort das Konsistorium im Namen des Herzogs den
Garnisonsprediger auf Hohenasperg, Schubart, nach nochmaliger
Aufforderung zur Selbstprüfung, wofern er auf seinem Verlangen
beharre, zum heiligen Abendmahl zuzulassen. Schubart küßte den
Brief des Spezials Zilling, der diese Erlaubnis enthielt, und
empfing das heilige Abendmahl — nach dem Schreiben Payers
an Zilling vom 19. März — am 13. März 1778 nach voran-

gegangener Beichte aus den Händen Payers, auf den Knieen liegend.
Nach einem Brief Riegers an Zilling wurde Schubart am 31. Juli
1778 wiederholt kommuniziert, wobei Rieger nur tadelt, daß Payer
bei der Absolution zu Schubart gesagt habe: ich verkündige Ihnen,
statt, wie die Formel lautet, Euch — ein Tadel, worin Rieger
offenbar recht hatte.

Strauß hat Zillings Benehmen gegen Schubart einseitig und
parteiisch geschildert. Daß Zilling gegen Schubart, so lange dieser
sich in Ludwigsburg aufhielt, erbittert war, kann man ihm nicht
verübeln. Der allmähliche Übergang der kirchlichen Melodie in
sehr weltliche Weisen, den sich Schubart zum Schluß der von
Zilling gehaltenen Gottesdienste sehr häufig erlaubte, konnte diesem
nicht gleichgültig sein. Es ist dies eine gar nicht seltene Kantors-,
beziehungsweise Schulmeistersunart, unter der schon mancher würdige
Geistliche schwer gelitten hat. Bei der damals geltenden strengen
Kirchenzucht sodann mußte Zilling gegen die Ausschreitungen seines
Kantors in und außer der Kirche streng auftreten. Schubart selbst
gesteht bei der Schilderung seines Ludwigsburger Aufenthalts, daß
Zilling der unschuldige und er selbst meist der schuldige Teil war.
Er erzählt, daß Zilling ihn oft mit triftigen Gründen ermahnt habe,
umzukehren, aber vergeblich; er spottete über ihn und lebte wie
zuvor. Wenn ihn Zilling zuletzt exkommunizierte, so handelte er in
Übereinstimmung mit der ihm vorgesetzten Behörde. Bei der Schilderung seines Aufenthalts in Augsburg sagt Schubart, sein Grundsatz
sei gewesen: „Lebt, wie ihr wollt; laßt mich nur auch leben, wie ich
will!" Aber dies ist nicht richtig. Er ließ die Leute nicht leben, wie
sie wollten, und konnte daher auch nicht verlangen, daß sie ihn leben
ließen, wie er wollte. Daß Zilling dem lustigen Poeten den Genuß
des heiligen Abendmahls erschwerte, lag in der Natur der Sache.
Allerdings mag Zilling über die Witz- und Spottpfeile, die Schubart
von Ulm aus in der Chronik auf Zilling abschoß, erbittert gewesen sein. Spott thut in der Regel weh, und Strauß selbst
gehörte, wie man aus seinem Benehmen gegen Ludwig Steub
beweisen könnte, nicht zu denjenigen, die spöttische und verletzende
Bemerkungen leicht und gerne verzeihen. Es mag sich daher

immerhin bei Zilling „eine kleine Schadenfreude" mit eingemischt
haben, als er den hartnäckigen Lästerer aufs neue in seinen Händen
sah; ob aber Zilling „nur in majorem etc.", mit andern Worten
jesuitisch gehandelt habe und es ihm nur um seine Privatrache zu
thun gewesen sei, das wäre denn doch die Frage. Wenn Zilling
ans Konsistorium berichtete, es sei mit Schubart seit seiner Verweisung
aus Ludwigsburg nicht besser, vielmehr mit jedem Jahre schlimmer
geworden, so hatte der Kirchendiener vom religiös-kirchlichen Stand=
punkt — und auf welchen anderen sollte er sich stellen? — nicht
ganz unrecht; auch in Ulm war ja mit Schubart nur eine Wendung
zu einem besseren, sittlicheren Leben eingetreten, von einer anhal=
tenden, energischen Besserung — um das Wort Bekehrung zu ver=
meiden, war keine Rede. Hörte Zilling von dieser Wendung zum
Besseren hin, so hatte er Ursache, mißtrauisch zu sein. Strauß
selbst gesteht ja: „Was Zilling von dem Unbestande der Schubart=
schen Bußfertigkeit schreibt, zeichnet unsern Poeten nach dem Leben."
Daß er Schubart für einen listigen Menschen hielt, der Reue
vielleicht nur heuchle, war freilich unbegründet; aber Zilling ver=
dient deswegen nicht die Titulatur: „der steife dogmatische Kopf."
— „In der Nachtmahlsangelegenheit," sagt Strauß, „werden wir
den Soldaten (Rieger) sogar — oder richtiger: wie billig —
weicher und menschlicher finden, als den Priester." Ganz gewiß
hätte der Soldat an des Priesters Stelle ebenso gehandelt, wie
dieser. Es war schon ein Gebot der Vorsicht, einen Menschen
von Schubarts Schlag und Ruf nicht ohne weiteres, namentlich
nicht ohne vorher beim Konsistorium angefragt zu haben, wieder
in den Schoß der Kirche aufzunehmen.

Strauß hat hier eben seinem Widerwillen gegen das positive
Christentum und gegen die Kirche mehr als billig freien Lauf gelassen.

Unter den Spöttereien über Zilling in der Chronik findet
sich das in der Reclamschen Ausgabe S. 485 mitgeteilte Epigramm,
dessen Stachel ziemlich stumpf ist:

An Zill.

„Zill, der Apokalyptikus,
Bewies mit einem tapfern Schluß,

Daß einstens mit den Frommen
Auch Tiere in den Himmel kommen.
  O, schrie sein altes Weib, und freut sich inniglich,
  O welch ein großer Trost für mich und dich."

Schubart dachte, als er dieses Epigramm 1775, S. 335 in
der Chronik erscheinen ließ, gewiß nicht, daß er in ein paar Jahren
dieselbe Ansicht haben werde. Eines Abends (II, 117 bei Scheible)
sah er, wie ein Bauer seine Pferde ermüdet in den Stall
führte, der unter ihm lag . . . „Auch dieser müde alte Gaul,"
bemerkt er, „wird einst teil an den Freuden des Menschen nehmen,
da er jetzt seinen Fluch tragen hilft. — Weine nicht, Irokese,
traure nicht, Araber, du wirst deinen treuen Hund und du dein
gutes Pferd wiederfinden."

Den 24. Juni war sein Bruder, am 26. Juni 1778 waren
Lavater und Hahn auf dem Asperg, durften ihn aber, wie es scheint,
nicht oder nur wenig sprechen. Den 23. Juli wurde er in ein
anderes, etwas dunkleres Gefängnis gesperrt. Neben seinem
Zimmer wohnte Herr von S . . . . (Scheiblin) aus A . . . .
(Augsburg), den die Grausamkeit seiner Brüder wegen eines leicht
verzeihlichen Fehltritts bereits ins 19. Jahr hier eingegraben
hatte (vgl. das Gedicht: Selmar an seinen Bruder — Reclam,
S. 138). Schubart entdeckte in ihm einen Geistes= und Leidens=
bruder; gleiches Schicksal führte sie zusammen; sie errichteten einen
ewigen Freundschaftsbund. Sie besprachen sich miteinander durch
eine Öffnung unter dem Ofen, den sie unter sich gemein hatten;
durch dieselbe Öffnung diktierte Schubart seinem Mitgefangenen
abends, nachdem der Feldwebel visitiert hatte, mit gedämpfter
Stimme oft halbe Nächte hindurch, was er den Tag über aus=
gedacht hatte. Ein Krug Bier, durch die Öffnung ihm hinüber=
geschoben, stärkte Schubarts Phantasie. So entstand allmählich
seine Lebensgeschichte in zwei Bänden. Vom zweiten Bändchen
fanden sich die Blätter noch in der Handschrift Scheiblins vor,
das übrige konnte Ludwig Schubart aus seines Vaters Papieren
ergänzen. Scheiblin erhielt nachher fast zu gleicher Zeit mit
Schubart seine Freiheit. — Im Oktober vermehrten sich die
Schwachheiten, die ihn schon vorher quälten, so sehr, daß er sein

Ende vermutete. Um diese Zeit lernte er den Pfarrer Ph. Matth. Hahn, einen berühmten Mechaniker und zugleich Theosophen, aus seinen Schriften und durch persönlichen Umgang mit ihm kennen (vgl. über Hahn die 2 Gedichte in der Reclam'schen Ausgabe S. 133). Diesem Mann gelang es, namentlich bei seinem Besuch am 14. Novbr. 1778, alle Zweifel aus Schubarts Seele zu verbannen und ihn ganz und gar für sein mystisch-theosophisches System zu gewinnen. Gegen verschiedene Dogmen, wie von der Verdammnis der Heiden und den ewigen Strafen, empörte sich Schubarts ganzes Wesen; ebensowenig konnte er an die völlige, grundmäßige Verdorbenheit der menschlichen Natur glauben. An der Offenbarung vermißte er hauptsächlich die Allgemeinheit. Darüber, wie über die biblische Berechtigung der Lehre von der Wiederherstellung des Alls, der Wiederbringung aller Dinge, die übrigens in ihren Grundzügen auch Klopstock in seinem Messias bekennt, belehrte und beruhigte ihn sein ihm von Rieger verordneter Seelenarzt — Strauß sagt freilich „Quacksalber" (I, 354). Es ist das Geschmacksache. Über Zilling hat Schubart nachher wieder gespottet, Riegers Schwächen waren ihm wohl bewußt; aber vor Hahn hatte er bis zu dessen Tode die reinste Hochachtung. Es war eben, was Strauß nicht genug erwägt, in Schubarts Seele etwas, das ihn zu Hahn hinzog. Daß in der menschlichen Seele geheimnisvolle, bis jetzt noch wenig erforschte Kräfte verborgen seien, war ein Lieblingsgedanke beider Männer. Das Gedicht „Ein Blick ins All" (Reclam, S. 329) giebt Auskunft über Schubarts neues System. Hahns Kur gelang vollständig; der Hang zur Mystik und Theosophie, den Schubart von Haus aus hatte, wurde gehörig gepflegt und systematisch geregelt — und wir finden hier die einzige namhafte Veränderung, die mit Schubart vorgegangen ist. Früher und noch auf dem Asperg hatte er viel mit Zweifeln zu kämpfen; durch Rieger, der nicht viel Achtung verdient und durch den ganz und gar achtungswerten Pfarrer Hahn wurde er ein bibelgläubiger Theologe, und der blieb er auch nach seiner Gefangenschaft. Symbolgläubig war er nie; zwischen Bibelglauben und Symbolglauben unterschied er immer scharf. —

Am 1. Februar 1779 erlaubte ihm der Herzog den Besuch des öffentlichen Gottesdienstes. Am 3. Februar kam er durch einen zufälligen Anlaß in einen andern Flügel und wieder dicht neben seinen Scheiblin zu wohnen. Am 13. März war Hahn wieder bei ihm und empfahl ihm Oetingers Epistelpredigten, mit denen Rieger dem Gefangenen ein Geschenk machte. Durch Hahns Schriften sattsam vorbereitet war Schubart reif, auch in Oetingers Ideen sich staunend zu versenken und sie sich so viel als möglich anzueignen. Zu Ostern 1779 wurde ihm sogar gestattet, die Orgel zu spielen, und an dem gleichen Tage nahm ihn — die erste Bewegung in freier Luft seit den 2¼ Jahren seiner Ge= fangenschaft — der Kommandant mit sich um den Wall spazieren. Von da an sprach er nun, wiewohl immer nur mit Erlaubnis und unter Aufsicht des Kommandanten oder seines Stellvertreters, zuweilen wieder Menschen, und durfte, wornach er sich so lange gesehnt hatte, obwohl gleichfalls nur beim Kommandanten, manch= mal Klavier spielen; aber das Schreiben blieb ihm auch ferner untersagt, und noch zu Ende des Jahres wurde ihm ein gefun= dener Bleistift, dessen er sich bedient hatte, konfisziert. Briefe der Seinigen teilte ihm der Kommandant — wie es scheint — von Anfang an mit; sie zu beantworten wurde ihm noch um die Mitte des Jahres 1780 verweigert; auch Besuche wurden von jetzt an bei ihm zugelassen; nur seine Frau und seine Kinder blieben von dieser Erlaubnis ausgeschlossen.

Schubarts Selbstbiographie schließt mit dem 819. Tag seiner Gefangenschaft, dem 21. April 1779; sie umfaßt also 2¼ Jahr.

Über den Festungskommandanten Rieger, Schubarts geistlichen Hetzhund, wie ihn Strauß tituliert, sind viele falsche Angaben verbreitet. Es ist der Mühe wert, sie zusammenzustellen. Man sieht daraus, wie willkürlich viele Schriftsteller mit der Geschichte umgehen und wie gedankenlos andere ihnen nachschreiben. Die Verwirrung beginnt mit Nicolai X, 162, nach dem Rieger auf die Festung Hohentwiel in ein sehr hartes Gefängnis gesetzt wurde, hernach in ein leiblicheres auf der Festung Hohenasperg, deren Kommandant er später wurde, nachdem der Herzog sich von seiner Unschuld überzeugt hatte. Pruß in seinem höchst un=

gerechten Aufsatz über Schubart in „Menschen und Bücher,
Leipzig 1862" und Glökler in „Land und Leute Württem=
bergs" I, 323, lassen Rieger auf dem Hohenasperg schmachten,
derselben Festung, die er hernach befehligte. Eduard Boas
in „Schillers Jugendjahre", II, 4, läßt Rieger zehn Jahre
auf Hohentwiel eingetürmt sein und dann verbannt werden. In
den Nachträgen zu Schiller II, 412, hingegen sagt er: „Rieger
saß anfänglich auf Hohentwiel, dann auf der Festung Hohen=
asperg gefangen, als deren Kommandant er am 22. Mai 1782
starb." In demselben Werk I, 65, ist zu lesen: „General Rieger
starb 1783 als Kommandant der Festung Asperg, nachdem er
früher selbst mehrere Jahre auf Hohentwiel gefangen gesessen
hatte. Seine Freimütigkeit (!) hatte ihm diese Strafe zugezogen."
Das Buch „Schillers Beziehungen zu Eltern, Geschwistern und
der Familie von Wolzogen. Stuttgart, Cotta 1859", S. 16,
läßt, wie Eduard Boas, Rieger zehn Jahre auf Hohentwiel ge=
fangen gehalten werden. Nach Göbeke im „Grundriß ꝛc." wäre
Schubart die 10 Jahre seiner Gefangenschaft hindurch unter
Rieger gestanden. In der Wirklichkeit war Rieger auf Hohen=
asperg und Hohentwiel Gefangener, d. h. nach seiner Verhaftung
am 28. Novbr. 1762 zuerst ein paar Tage auf dem Asperg, dann
vom 5. Dezember an in Hohentwiel, wo er vier Jahre schmach=
tete. Im Januar 1767 wurde er begnadigt, mußte aber das
Land verlassen und kehrte erst 1772 nach Württemberg zurück.
1776 wurde er zum Kommandanten von Hohenasperg ernannt.
Er starb am 15. Mai 1782 eines plötzlichen Todes — aus
Alteration über den Berlichingen'schen Gruß, den ein kranker,
von ihm wahrscheinlich früher mißhandelter Soldat ihm zugerufen
hatte. — Wie Schubart bekehrte er sich während seiner Ge=
fangenschaft, aber die alte Hitze und Rohheit kam noch oft zum
Vorschein. Er war halb Pietist, halb Weltmann, immer aber
brutal und eigenmächtig. —

Sehr gut ist die Charakterschilderung Riegers in Hermann
Kurz Werk: Schillers Heimatjahre. Die Verquickung des alten
und neuen Menschen, des Geistlichen und Weltlichen in diesem
bizarren Menschen ist vortrefflich dargestellt. Die Geschichte des

Soldaten, dessen roher Zuruf schließlich den alten Despoten=
schergen plötzlich zu Boden streckt, ist, wenn auch nicht wahr, so
doch gut erfunden. Ebenso gelungen ist die Schilderung des
Pfarrers Hahn, und, um die Hauptsache nicht zu vergessen, die
des gefangenen Schubart. Überall in dem Buche weht historischer
Hauch; man merkt es ihm an, daß der Verfasser ursprünglich
im Dienst der Geschichte schreiben und daher seinem Werk
den Titel: „Sitten= und kulturgeschichtliche Schilderungen aus
der Geschichte Württembergs am Schluß des 18. Jahrhunderts"
geben wollte. Weil ein langer Titel in unsrer schnelllebenden
Zeit die Leute nicht anzieht, bewog ihn sein Verleger zu dem
genannten, dem Inhalt des Buchs nicht genau entsprechenden
Titel. — Was aber Schillers Erzählung „Spiel des Schicksals"
betrifft, so ist hier die Bemerkung: „ein Bruchstück aus einer
wahren Geschichte" irreführend, denn was Schiller giebt, ist
ein Gemisch von Wahrheit und Dichtung. Die Aufschrift
lautete besser: Gerechte Vergeltung; denn so schrecklich Riegers
Los auf Hohentwiel war, so hatte er es doch tausendmal eher
verdient, als Schubart seine Gefangenschaft auf Hohenasperg.
Von Riegers religiöser Umwandlung sagt Schiller kein Wort;
zehn — statt 4 — Jahre läßt er ihn in seinem Gefängniß
schmachten und endlich im Alter von 80 — statt 59 — Jahren
als Befehlshaber von der Festung . . ., wo Staatsgefangene auf=
bewahrt wurden, sterben. Der Schluß ist übrigens nicht unrichtig
und man sieht daraus, wie sein Benehmen namentlich gegen
Schubart vom Publikum, und so auch von Schiller, aufgefaßt
wurde. Er lautet: „Man wird erwarten, daß er gegen diese
(die Staatsgefangenen) eine Menschlichkeit geübt, deren Wert
er an sich selbst hatte schätzen lernen müssen; aber er behandelte
sie hart und launisch und eine Aufwallung des Zorns gegen einen
derselben streckte ihn auf den Sarg in seinem 80 (!) Jahre."
Der plötzliche Umschlag des Glücks und die grauenvolle Kata=
strophe reizten den gebornen Dramatiker; der Titel zeigt einen
gewissen Hang zum Fatalismus, den wir auch sonst bei Schiller
bemerken. Vgl. über diesen Punkt meine Schillerstudien S. 140.
Schubart hatte in mehreren Punkten Ähnlichkeit mit Rieger.

Beide waren Männer von genialer Begabung, von feurigem Temperament, nach Lob und Ruhm begierig, rastlos thätig. Auch hatte Rieger eine poetische Ader. Dies giebt uns Anlaß, ein Versehen bei Gervinus (Geschichte der deutschen Dichtung IV, 28) namhaft zu machen. Gervinus meint hier, die Moser, J. L. Huber, Rieger und Schubart haben ihre frommen Lieder auf dem Hohenasperg gedichtet, während nach IV, 171 Rieger seine Lieder auf Hohentwiel gedichtet hat, „von denen mir übrigens nichts bekannt ist". Hubers meiste religiöse Lieder sind nach dem Asperg gedichtet, J. J. Moser war auf Hohentwiel gefangen (von 1759—64) und hat dort einen großen Teil seiner Lieder verfaßt, Rieger hat nur e i n Lied gedichtet und zwar auf Hohent= wiel, es ist das Lied: Gläubiger Jesu, auf Vertrauen 2c. (Paul Pressel, die geistliche Dichtung von Luther bis Klopstock S. 757, 762).

Diesem Manne war Schubart in die Hände gegeben. Hier müssen wir Strauß beistimmen, wenn er sagt: „Rieger war wieder der alte Despot und Despotenscherge, sobald er Hohentwiel ver= lassen und wieder etwas zu befehlen hatte. Vogel friß oder stirb! das war die Art, wie Rieger mit Schubart über seine Bekehrung unterhandelte. Bezeigte dieser sich bußfertig, andächtig, demütig — nicht nur vor Gott, sondern auch vor dem Herrn Obersten —, so war dessen Begegnung leiblich; schien er aber, wie in der Kar= woche 1779, in der Kirche nicht andächtig und eifrig genug, so warf er, wie Schubart in seinem Leben sagt, in der Anwandlung seines so häufigen üblen Humors, eine Ungnade auf ihn; er erschwerte ihm seine Lage und schreckte ihn mit Ausbrücken, die dieser, wie er selbst in einem Brief an seine Gattin sich ausdrückt (Strauß II, 16), ohne den Beistand des Geistes Gottes unmöglich ertragen könnte und die ihm seine Gefangenschaft oft unleiblich machen. — „Ich habe," schreibt er nach Riegers Tode an dieselbe (Strauß II, 46), „bei dem vorigen Kommandanten viel schwere Leiden aus= gestanden. Er behandelte die Menschen nicht selten wie Bestien. Doch lenkte Gott zu Zeiten sein Herz, daß er mir Gutes that." Aller= dings konnte er gegen Schubart auch human sein, besonders wenn ein wichtiger Brief für den Herrn Obersten zu konzipieren oder ein empfehlendes Gelegenheitsgedicht in dessen Namen zu machen war.

Gegen Ende des Jahres 1780 — des vierten seiner Ge=
fangenschaft — sehen wir ihm endlich Mittel und Erlaubnis zu
schreiben erteilt. Doch mußten die Briefe, die er abgehen ließ,
gleich denen, die er bekam, erst dem Kommandanten zur Durch=
sicht vorgelegt werden, eine Vorschrift, die sich übrigens durch
Vermittlung vertrauter Personen umgehen ließ. Auch seine un=
erlaubter Weise aufgesetzte Lebensgeschichte durfte jetzt erscheinen,
doch unterlag auch sie erst Rieger'scher Zensur. Das langersehnte
Klavier scheint ihm gleichfalls jetzt freigegeben worden zu sein.

Um dieselbe Zeit erhielt Schubart Festungsfreiheit, d. h.
Erlaubnis innerhalb der Ringmauern der Festung sich frei zu
bewegen und mit jedermann zu sprechen. Viele kamen jetzt von
nah und fern, den Gefangenen zu besuchen — alte Bekannte,
wie litterarische Berühmtheiten, welche den durch sein Unglück
fast noch mehr, als durch seine Schriften bekannt gewordenen
Mann kennen lernen wollten. Unter denen, die Schubart nicht
bloß besuchten, sondern auch sich für ihn verwandten, nennen wir
zuerst Goethe. In dem Werk: „Frauenbilder aus Goethes
Jugendzeit", S. 313, sagt Dünzer: „Goethe soll sich 1779 für
den unglücklichen Schubart bei dem tyrannischen Fürsten verwandt
haben;" im Leben Goethes (II. Aufl. S. 318) sagt er: „Der un=
glückliche Dichter Schubart ward auf Hohenasperg, der berühmte
Mechaniker Pfarrer Hahn in Kornwestheim besucht." In dem Auf=
satz des 1811 gestorbenen Hof= und Domänenrats Hartmann
„meine Dienstjahre", der 1806 verfaßt wurde, heißt es: „Ich
war täglich um sie (Karl August und Goethe), ihr Gast, Begleiter
in die Akademie, das Schauspielhaus, auf die Jagd, nach Lud=
wigsburg, Hohenasperg zu Schubart, nach Kornwestheim zu
Pfarrer Hahn." (Vgl. Goethe=Jahrbuch 1882, S. 359.) Schu=
bart hat diesen Besuch nirgends erwähnt, obwohl er geschichtlich
feststeht. Die Hauptsache für ihn war die Verwendung zu seinen
Gunsten, und da führt er denn in dem Brief an Himburg in
Berlin vom 2. Januar 1787 (Strauß II, 265) Goethe ausdrück=
lich an. Er schreibt: „Den 22. dieses Monats endige ich mein
zehntes Jammerjahr und trete mit Schaudern ins elfte. Bei dem
letzten Jubiläum in Heidelberg war auch der Herzog zugegen;

da hielt die ganze Akademie in den schmeichelhaftesten Ausdrücken um meine Freiheit an. Nichts von den Fußfällen meiner eisgrauen Mutter, der Vorbitte des Magistrats von Aalen, meiner Geburtsstadt, den Dornengängen meiner Gattin in die Audienz, den Verwendungen eines Goethe, Lavater, Campe, Deinet, Kazner und einer Menge von Gelehrten zu gedenken; nichts zu sagen von den Fürsprachen des Markgrafen von Baden, Prinzen Georg von Darmstadt, der Prinzen von Gotha, Koburg und anderen fürstlichen, gräflichen und sonst wichtigen Personen — genug, Herzog Karl steht da wie ein Meerfels und läßt die Wogen so mächtiger Bemühungen um meine Freiheit an seinen Lenden verspritzen. Und warum das? Er fürchtet, ich werde gegen ihn schreiben und bei Gott sei es Ihnen geschworen: „Ich werde es nie thun!"

Diesem mächtigen Zeugnisse gegenüber wagt es R. Pruz, von der Stumpfsinnigkeit des deutschen Publikums, dem Stillschweigen seiner Schriftsteller, dem Verstummen seiner Dichter zu reden, die auf ihrer Leier wohl Töne hatten für alles, nur für ihren gefangenen Mitbruder nicht. „Das Publikum ließ ihn sitzen; man gewöhnte sich an sein Elend." Nach Strauß I, 359, nahm sich keine Stadt, keine Landschaft des Gefangenen an, der in dem zerstückelten Deutschland, wie er selbst bitter beklagte, trotz seiner Vaterlandsliebe keine Heimat, kein Bürgerrecht hatte. Ulm hat sich freilich Schubarts nicht angenommen, aber gegen Strauß ist anzuführen, was Schillers nachmaliger Schwager Reinwald im Sommer 1784 nach seinem Besuche bei Schubart erzählt: „Der Rat im Reichsstädtchen Aalen, Schubarts Vaterstadt, that einst bei einer Durchreise des Herzogs durch den Ort eine demütige Bitte für ihr Stadtkind; an ihrer Spitze stand Schubarts 76jährige Mutter und fiel dem Herzog zu Füßen. Vergebens." Schillers Briefwechsel mit seiner Schwester Christophine und seinem Schwager Reinwald 1875, S. 278. (Vergleiche oben.)

Was nun Goethe betrifft, den Schubart unter seinen Fürsprechern in erster Linie nennt, so erwähnt Schubarts Frau in einem Briefe vom 16. Dezember 1779 an ihren Gönner Miller in Ulm, daß der „große Mann Goethe" eben in Stuttgart ver-

weile und versprochen habe, sie aufzusuchen. Sie knüpft daran
die Hoffnung, Goethe werde Fürsprache für ihren armen Mann
beim Herzog einlegen; freilich eine schwache Hoffnung, da sie gehört hat, eine „schwarze Seele" habe den Herzog gegen Goethe
eingenommen, so daß er sogar einigen von seinen Räten verboten
habe, mit Goethe umzugehen. In den späteren Briefen der Frau
Schubart ist von Goethe nicht weiter die Rede; die gehoffte Zu-
sammenkunft zwischen ihr und Goethe hat vermutlich nicht statt-
gefunden und von Schritten, welche Goethe für Schubart beim
Herzog gethan hätte, ist ihr nichts bekannt geworden; ebensowenig
von einem Besuch Goethes auf dem Asperg. Dennoch ist kein
Grund, an der Richtigkeit der Aufzeichnung Hartmanns über diesen
Punkt zu zweifeln, zumal sich leicht annehmen läßt, daß der
Herzog und Goethe in strengstem Inkognito den Ausflug aus-
führten. — Haben aber Karl August und Goethe den Gefangenen
gesehen, so haben sie ihn ohne Zweifel auch gesprochen; wahrscheinlich wurde er ihnen aus seinem Gefängnis heraus und ihnen
entgegengeführt. —

Zwischen Besuchern und Fürsprechern können wir nun nicht
mehr genau unterscheiden. Unter den Besuchern nennen wir
Nicolai, der 1781 Württemberg bereiste und im X. Band seiner
Reise durch Deutschland auch den Besuch auf dem Asperg erwähnt.
Nicolai, der uns gerne von seinen physiognomischen Urteilen und
Empfindungen unterhält, bemerkt bei diesem Anlaß: „Ein schöner
Geist, der Schubarts und J. J. Mosers Schriften kennt, würde
gewiß glauben, die Kennzeichen der Geisteskraft würden sich eher
in Schubarts, als in des mechanisch sammelnden Mosers Geschichte
finden. Es war aber gerade umgekehrt. Moser sah aus wie
ein weiser und fester Mann und so hat er auch in seinem ganzen
Leben gehandelt; Schubart hingegen trug auf seinem Gesichte die
Zeichen eines gemeinen Geistes." Er bemerkt dazu, auf dem
Bildnis, das Schubarts Selbstbiographie vorgedruckt sei, sei der
untere Teil des Gesichts, namentlich aber die Mittellinie der
Lippen ganz verfehlt und sie gerade habe dem Gesicht das kraft-
lose gemeine Ansehen gegeben. Er entschuldigt Schubart oder
sein eigenes Urteil noch damit, daß er den einen der beiden

Männer nach überstandenen Leiden, den andern noch im Unglück gesehen habe. Strauß II, 5 meint freilich, der saftige, aber haltungslose Dichter habe dem trockenen Pedanten nicht behagt. Allein „dem trockenen Pedanten" ist ein zu starker Ausdruck; „dem nüchternen Verstandesmenschen" wäre richtiger gewesen. Schubart und Nicolai waren grundverschiedene Naturen; ein Zusatz von Nicolais Klugheit, praktischem Blick, Menschenkenntnis hätte dem Dichter nicht geschadet. (Vgl. Rümelin, Altwürttemberg im Spiegel fremder Beobachtung — in den württ. Jahrbüchern für Statistik und Landeskunde; 1864, S. 315 ff. mit sehr feinen Bemerkungen über Nicolai, Schiller 2c.)

Auf dem Asperg lag damals unter Riegers Kommando ein vom Herzog für den englischen Kriegsdienst nach Amerika neu angeworbenes Bataillon. Demonstrationen von Frankreich, auf das man wegen Mömpelgard Rücksichten zu nehmen hatte, verhinderten den Abmarsch der Truppe und so hielt man sie vorerst in Garnison. Die Soldaten waren über diese Verzögerung oder Änderung sehr unzufrieden. Rieger that alles, um sie bei guter Laune zu erhalten. Er veranstaltete Bälle und Schauspiele für sie. Schubart mußte zu diesem Zweck Singspiele und Komödien verfertigen und den Soldaten einstudieren; es entstand auf dem Asperg eine Bühne, deren Vorstellungen von der ganzen Umgegend, bisweilen selbst vom Hof und vom Herzog besucht, dem Kommandanten manches Lob eintrugen. Fiel hievon immerhin etwas für den Dichter mit ab, so wurde er dagegen auch, wenn es bei der Aufführung irgendwo fehlte, vom Kommandanten vor dem Publikum mit den größten Schimpfreden überschüttet. Von derselben Art waren dann hinwiederum die Lobsprüche, mit welchen gelegentlich der poetische Arrestant seinen Vorgesetzten überhäufte. Edler Rieger! hob einmal bei einer Vorstellung an dessen Geburtstag, welcher Hoven beiwohnte, der Prologus an: da klatscht Rieger und ruft da capo! also der Prologus abermals: Edler Rieger. Um dieselbe Zeit ließ sich der Herzog von Schubart in Theaterprologen preisen, da ihm doch Schubarts wahre Gesinnung gegen ihn bekannt sein mußte.

„Durch diese Komödien kam Rieger, bemerkt Strauß, mit dem

Gewissen seines geistlichen Rekruten in eine eigene Kollision. Er hatte ihn zum Pietisten gemacht, ihm alles weltliche Wesen und Treiben als Sünde und Teufelswerk dargestellt; zu diesen Teufels= larven gehört aber nach pietistischer Lehre in erster Linie das Theater: und nun, wie man linksum kommandiert, soll der fromm gemachte Arrestant sich mit diesem sündlichen Krame aufs thätigste befassen." Schubart klagt seiner Frau (Strauß II, 26): „Man hat mich in Geschäfte verwickelt, die mein Gewissen nicht gut heißt und mein Leib und Seele leidet darunter." — „Die häufigen Zerstreuungen dieses Jahres mit Schauspielen, Musiken, Kom= positionen musikalischen und poetischen Inhalts,. läßt er seiner Frau sagen, hätten meiner Gesundheit keinen Schaden gethan, dagegen mein Herz oft mit Unruhe erfüllt und mir manchen bittern Seelenkampf bis auf diese Stunde zugezogen." Wahr= scheinlich erregten ihm die erzwungenen Schmeicheleien die schwer= sten Gewissensbedenken. Den Tanz hielt er noch zwei Jahre vorher, als er einem solchen von seinem Gefängnis aus zusah, nicht für verwerflich, da er ja unsrer Natur so angemessen sei und nach dem Schriftwort auch das Tanzen seine Zeit habe. Pred. 3, 4.

Rieger war eitel und gescheit genug, den federfertigen Rei= senden insbesondere durch die genannten Schauspiele zu bezaubern. Über Nicolai äußert Schubart nachher selbst (Strauß II, 30), er habe ihm Hoffnung gemacht, sich für ihn zu verwenden. Ob dies wirklich geschehen ist, wissen wir nicht.

Die kräftigste Verwendung für Schubart konnte man von dem Manne erwarten, für den Schubart selbst am entschiedensten zu wiederholten Malen aufgetreten war, von Klopstock. Am 6. März 1777 bittet Schubarts Frau ihren Gönner Miller, an „Klop= stock" zu schreiben und ihn zu ersuchen, er möchte sich brieflich für ihren Mann verwenden. Am 16. Dezember 1779 schreibt sie wieder an Miller: „Denken Sie, der l. Gott regierte dem großen Manne Klopstock sein Herz, dieser schrieb an den Herrn Obristen, fragte nach dem Zustand des armen Schubarts und sagte, er wäre gesonnen, sich vor ihn zu verwenden, wann er auch des Kaisers Hilfe gebrauchen müßte. — Preis und Dank

und Lob dem göttlichen Erretter; der Herr Obrist soll ihm wieder
geantwortet haben, was aber, das weiß ich nicht; das weiß ich
aber gewiß, daß mein l. Mann mit der Antwort nicht zufrieden
war; dieses ist nun das Wichtigste und geschah vor ungefähr
drei Wochen." Am 22. Juni 1770 schreibt Schubarts Frau
wieder an Miller und legt einen Brief an Klopstock bei mit der
Bitte, womöglich dazu zu schreiben und den Brief so bald als
möglich an Klopstock zu schicken. „Es geht alles auf Bitte und
Verlangen meines Mannes." Am 14. Oktober 1780 schreibt
(Lappenberg, Briefe von und an Klopstock S. 296) Miller wiederholt an Klopstock. „Schon seit dem Ende des Junius habe ich
einliegenden Brief an Sie in Händen und erst jetzt schicke ich
ihn ab. Ich muß gestehn, die Erzählung der Prof. Schubartin
von dem, was der Herzog in Absicht auf Sie und Schubart geäußert haben soll,*) schien mir so ziemlich fabelhaft und leeres
Geschwätz eines Hofschranzen, der gerne etwas wissen will, zu sein.
Ich dachte also, noch nähere Erkundigung einzuziehen, ehe ich
Ihnen den Brief zuschickte. Ich habe seit der Zeit die Prof.
Schubart selbst gesprochen, und da erzählte sie mir so viele Umstände von jener Äußerung des Herzogs, daß ich die Sache nun
weniger fabelhaft fand, und beschloß, Ihnen ihren Brief sogleich
zuzuschicken. Allein tausend Zerstreuungen und Geschäfte, die die
Veränderung meines Standes mit sich führten, hinderten mich bis
jetzt an der Ausführung.

Und nun, Verehrungswürdigster! Können Sie für den armen
braven Schubart etwas thun, so thun Sie's! Wenden Sie Ihren
Ruhm, Ihr Ansehen dazu an, einen Unglücklichen, Unschuldigen
aus seiner traurigen Lage und Gefangenschaft, die nun schon drei
Jahre**) dauert, heraus zu reißen! Doch ich weiß, Sie thuns,
wenn Sie können. Wenigstens gönnen Sie doch Schubarts braver
leidender Frau den Trost, daß Sie einige Zeilen an sie schreiben,
und das recht bald. Sie wartet so sehnlich darauf, setzt auf
Sie alle Hoffnung. Lassen Sie sie nicht vergeblich hoffen! Sie

---

*) Diese Äußerung des Herzogs ist nicht näher bekannt.
**) Richtiger wäre gewesen: beinahe vier Jahre.

ist gewiß eine würdige Frau, und alles, was sie in ihrem Briefe
schrieb, sind, das weiß ich aus hundert Erfahrungen, die wahrsten
Gefühle ihres Herzens. — Lassen Sie, das bitt' ich, in Ihrem
Briefe nichts davon einfließen, daß ich Ihnen ihren Brief erst
so spät schickte. Ich durfte sie's nicht merken lassen, daß ich an
der Wahrheit jener Äußerung des Herzogs zweifle. — Und nun
sagen Sie mir doch, ob das wahr ist, was die Schubartin mir
auch als etwas Zuverlässiges sagte: Sie hätten nämlich schon vor
einiger Zeit an den Herzog *) geschrieben: Er soll Schubarten los-
geben, oder Sie würden sich an den Kaiser wenden? Es liegt
mir viel daran, den Grund oder Ungrund dieser Sage zu wissen.
Schubart hat jetzt**) Festungsfreiheit, d. h. er darf ohne Wache
auf dem Walle und in der Festung — ich weiß nicht, ob nur
zuweilen, oder so oft er will? — herumgehn. Ich habe schon
ein paar Personen gesprochen, die ihn gesprochen und mit ihm
beim Obersten von Rieger — der auch an Sie geschrieben haben
soll — gespeist haben. Er soll ziemlich munter sein. Lesen und
Klavierspielen darf er, aber nicht schreiben. Doch soll er ein sehr
freies Gedicht „Die Fürsten" gemacht haben. Ich bitte Sie
nochmals, erbarmen Sie sich, wenn Sie können, des Armen und
seiner Frau!" —

Am 20. Januar 1781 schreibt Miller schon wieder an Klopstock (Lappenberg a. a. O. S. 301). „Immer hoffte ich," lesen
wir da, „und noch mehr die arme Prof. Schubartin, deren Brief
Sie durch mich doch gewiß werden erhalten haben, auf eine
Antwort. Sie hat wenigstens schon dreimal deswegen bei mir
angefragt. Nun erhalt ich eben wieder einen Brief von ihr mit
der Nachricht, vorgestern früh sei der Herzog von Stuttgart ab-
gereist, er nehme seinen Weg über Frankfurt, Göttingen, Han-
nover, Hamburg, hauptsächlich in der Absicht alle große Gelehrte
Deutschlands und vor allen Sie zu sprechen. Nun beschwört sie
mich bei allem, was heilig ist, augenblicklich ihre bringendste Bitte
an Sie zu schreiben, doch ja für ihren armen Mann alles zu

---

*) Vielmehr an Rieger; vgl. oben.
**) Jetzt; aber seit wann?

thun, was Sie können. Und mit dieser Bitte verbinde ich auch
die meinige. O mein Teuerster, wenn Sie wüßten, wie so alles
Sie Schubarten waren und noch sind, mit welcher kindlichen
Verehrung, Bewunderung und Liebe sein Herz an Ihnen hing,
wie er brannte, alle Welt zu Ihnen zu bekehren — Sie würden
alles, was Sie könnten, auch für ihn thun. — Noch mehr, Sie
retten dadurch auch seine Frau, die am Rande des Verderbens
und der Verzweiflung schwankt. Ich bebte zurück vor dem Ton,
der in ihrem vor mir liegenden Briefe herrscht. Vor ein paar
Wochen hoffte sie, und jedermann in Stuttgart auf eine Äuße=
rung des Herzogs gegen ihren Sohn, Schubart werde allernächstens
frei; jeden Tag hoffte sie ihn in ihre Arme zu schließen. — Man
sprach schon überall in Schwaben, selbst in Stuttgart, er sei frei.
— Man schrieb schon in den Zeitungen; und diese aufs höchste
gespannte Hoffnung trog wieder. Nun ist die arme Frau der
Verzweiflung nahe. Sie will zum Herzog, ihm für das bisher
genossene Gnadengehalt danken, alles künftige ausschlagen, und
die ganze Christenheit — ihre eignen Worte — um Hilfe und
Rettung anrufen. Und das wäre sicher ihr eigenes und Schubarts
Verderben. Auch er ist bei der fehlgeschlagenen Hoffnung, die
auch er genährt haben muß, mißmutiger als jemals.

Mehr brauch ich Ihnen nicht zu sagen. Wer weiß mehr
das Glück, ein Retter seiner Brüder zu sein, zu schätzen, als Sie?
O wenn Sie was ausrichten, darf ich hoffen, daß Sie mir gleich
schreiben? Wollen Sie mir die Freude gönnen, die erste frohe
Nachricht der bekümmerten braven Frau zu schreiben? Wie
würd' ich Ihnen auch für diese Wohlthat danken!"

Schubarts „kindliche Verehrung, Bewunderung und Liebe"
konnte Klopstock nicht unbekannt sein. Am 22. März 1776 schrieb
Klopstock an Miller, cand. theol. in Ulm; er bat, Schubart zu
grüßen und ihn zu entschuldigen, daß er ihm noch nicht geschrieben
habe. Die Stolberge (die ja November 1775 in Ulm waren)
erzählten ihm, Schubart habe den Messias in Augsburg vor vielen
Zuhörern deklamiert. Klopstock getraut sich nicht, Schubart selbst
zu fragen, weil er ihm auf einen so herzlichen Brief nicht geant=
wortet habe. Er ersucht nun Miller, Schubart um eine umständ=

liche Nachricht davon zu bitten, die ihm die Stolberge nicht geben
konnten (Schnorr von Carolsfelds Archiv, 1881, S. 473). Schubart
schrieb nun wieder an ihn und berichtete ihm, wie er in Augsburg
den Messias öffentlich vorgelesen und eine allgemeine Begeisterung
für ihn entzündet habe. „In Ludwigsburg," sagt Schubart, „sind
Handwerksleute, die den Messias statt eines Erbauungsbuches
brauchen, und nach der Bibel (wie's denn auch wahr ist) kein
göttlicheres Buch kennen, als dies. — — Ewig will ich Sie lieben
und hochschätzen, und einmal, wenn ich sterbe, soll man mir eine
Messiade aufs Herz legen und damit begraben. — So lange
Ihre Messiade unter uns an Beifall zunimmt, so lang glaube
ich auch, daß unsere Nation vorwärts geht — und sie nimmt
zu." (Lappenberg S. 268.)

Klopstock antwortete wieder nicht. Wahrscheinlich hatte er
sich nach Schubart erkundigt und Ungünstiges über ihn vernommen;
vielleicht nahm der vornehme Mann Anstoß an einer Stelle des
Briefs, die also lautete: „In Augsburg trug mir oft eine Vorlesung 50 bis 60 fl. ein. Der Eintritt war gewöhnlich 24 Kr.
Da konnt' ich meinen Kindern manche Wohlthat erweisen und
manch gutes Glas Wein auf Ihre Gesundheit trinken."
Echt schubartisch, aber gar nicht in Klopstocks Geist und Sinn;
viel zu familiär. —

Auch den oben mitgeteilten Briefen gegenüber hüllt sich
Klopstock in feierliches Schweigen. Langsam genug ging der Briefwechsel. Daß Klopstock sich an Rieger wandte, ist ebenso wahrscheinlich, als daß dieser ihn von weiteren Schritten abgebracht zu
haben scheint, „was ihm durch einen Auszug aus dem Schubartischen
Sündenregister bei dem rigorosen Dichter des Messias nicht schwer
werden konnte." (Strauß.) Ob Klopstock etwas für seinen Bewunderer gethan, ob er auch nur den Brief der armen Schubartin, der
ihm durch Miller zukam, beantwortet hat, darüber wissen wir nichts.
Klopstock wird in dem Brief Schubarts an Himburg nicht unter denjenigen angeführt, die sich für ihn verwandt haben. Hätte Schubart
etwas von einer solchen Verwendung gewußt, so hätte er sie ganz
gewiß mit größtem Nachdruck und feurigster Begeisterung erwähnt. —
Darüber kann sich nun der Leser seine eigenen Gedanken machen.

Noch einmal erwacht der Gedanke an Klopstocks Hilfe in Schubarts Frau. Am 22. April und 1. Mai 1782 bittet sie Miller, an den berühmten Gottesmann Klopstock, der nach Wien kommen werde, zu schreiben, damit er bei dem Kaiser sich für ihren Mann verwende. Am 13. Juni hat sie gehört, daß auch der Herzog in Wien war, hofft, diese „hohe Reise" könnte von Wien aus gute Folgen nach sich ziehen, sie schwebt immer zwischen Furcht und Hoffnung, doch behält die Furcht meistens das letzte Wort. Von da an verstummt der Name Klopstock in Schubarts Geschichte.

Die arme Schubartin! „Ihre Leidenschaften lagen tief versteckt, wie angefesselt vom Verstande; wenn sie sich aber zeigten und an den Fesseln zerrten, so waren sie heftiger als bei mir selbsten und sie konnte sich durch nichts als durch Gebet helfen," — so hatte sie Schubart gleich zu Anfang geschildert und so zeigt sie sich namentlich während ihres Mannes Haft. „Fluch dem Verderber!" ruft sie über den Entführer Schubarts in einem Brief an ihren Schwager in Aalen vom 24. Januar 1777 aus. Und dieser Fluch ging in Erfüllung. Wenige Tage nach der Verhaftung, am 1. Februar 1777 klagt Oberamtmann Scholl dem Herzog, er sei der Wut des Pöbels und der unsäglich vielen Anhänger Schubarts ausgesetzt und der Gegenstand des Fluchs und der heftigsten Drohungen, nicht nur in Ulm, sondern sogar selbst in diesseitig herzoglichen Landen, er müsse mit seiner Frau und 11 Kindern in einer unaufhörlichen Lamentation leben und sei in seinem Amt von lauter Ausländern umgeben; er bittet daher S. H. Durchlaucht um Dero höchsten und gnädigsten Schutz und Protektion. Im Randbescheid versichert ihn am 7. Februar der Herzog seines höchsten Schutzes, fügt aber wohlweislich hinzu: „Indessen hat derselbe die Vorsicht zu gebrauchen, daß er sich eine Zeitlang auf keine auswärtige Orte begebe" und schließt: „und werden Se. H. D. allenfalls bei sich ereignender Gelegenheit auf seine convenable Translocierung den gnädigsten Bedacht nehmen." Dieses Versprechen ist unerfüllt geblieben, Scholl ist in Blaubeuren grau geworden und abgestorben, ohne für die That, die ihn Ruf und Ruhe gekostet hatte, irgend einen Lohn gesehen zu haben.

Von Zeit zu Zeit hatte Schubarts Gattin beim Herzog Audienz. Das erstemal (im Januar 1778) überreicht sie ihm eine
Bittschrift; er scheint sie gnädig aufzunehmen, versichert sie seiner
ferneren Gnade; „was aber Ihren Mann betrifft," sagt er, „soll
Sie einen gebesserten Mann wiederbekommen, gegenwärtig ist er
aber immer noch auf Irrwegen." Er weist sie zur Geduld und
fleißigem Gebet zu Gott. Am 5. Juni 1778 sagt Karl zu ihr,
er habe ihr schon lange gesagt, ihr Mann sei wohl versorgt und
es gehe ihm nichts ab, sie solle zufrieden sein; am 22. Januar
1779, gerade zwei Jahre nach ihres Mannes Verhaftung, erscheint
sie wieder vor ihm und bekommt den Trost: „Sie kann versichert
sein, daß ich für Sie und alle die Ihrigen sorgen werde, gehe
Sie hin und sei Sie ruhig." Im Dezember 1779 geht sie wieder
in die Audienz, bittet um mehr Freiheit für ihren Mann, wird
aber zur Geduld verwiesen. Am 11. Januar 1782 sagt Karl in
einer Audienz zu ihr: „Sie hat nicht mehr nötig, Ihren Mann
zu besuchen, sein Arrest ist aus und Sie wird ihn nächstens sehen."
Im April 1782 bittet sie, ihrem Mann nur auf eine Probezeit
eine Versorgung zu geben, und bekommt gar keine bestimmte Antwort. Im Juni desselben Jahrs bittet sie mündlich und brieflich; in der Audienz wird sie zur Geduld verwiesen und der Brief
bleibt unbeantwortet. Im Januar 1785 muß sie wieder vor dem
Herzog erschienen sein; denn Schubart schreibt ihr (Strauß 2,
171): „In der Audienz wirst du wenig ausgerichtet haben; denn
der Herzog ist ein Satan gegen mich."

Einmal schien das Herz des Herzogs erweicht und er that
Äußerungen, aus denen Schubarts Gattin die Hoffnung schöpfte,
ihr Mann werde nun endlich freigegeben werden. Damit sind
wir wieder bei der Fürstengruft angekommen. Er trug sie, wie
sein Sohn versichert, seit seinem Aufenthalte in München stets in
der Seele, wo ein Requiem in der Gruft die erste Idee in ihm
entzündet hatte; wollte sie mehrmals zu Ulm schon ausführen,
zürnte sie aber erst im dritten Jahre seiner Gefangenschaft nieder, als ihm Herzog Karl auf einen gewissen Termin hin ausdrücklich seine Freiheit versprochen hatte, und dieser Termin ohne
Erfüllung vorübergegangen war. Mit Recht bemerkt Strauß in

ben Kleinen Schriften S. 449 dagegen: „Den 18. Januar 1780
klagt Schubarts Frau dem Verfasser des Siegwart, wie bitter
ihre Hoffnung auf ihres Mannes Befreiung vom Herzog getäuscht
worden sei, während sie 4. Dezember 1780 — also fast ein Jahr
später — ihm mit dem Entzücken der ungetäuschten Freude meldet:
Seine H. D. hatten heute Mittag die Gnade, meinem Sohn bei
Tisch zu sagen, Er wird bald seinen Vater sehen, Er wird Ihn
besuchen 2c. Am 7. Januar 1781 redet Schubart selbst von
einem unbegreiflichen Stillstand in der Angelegenheit seiner Befreiung und sagt, seine Frau solle die Pension, die der Herzog
ihr bezahlte, als den Preis für seine Freiheit ihm zu Füßen
legen — gerade wie die Frau am 18. Januar 1780 diesen Gedanken fast mit denselben Worten aufnimmt. Die Schubartin hat
also, wie einem das am Jahresanfang so leicht begegnet, statt
1781 aus alter Gewohnheit noch einmal 1780 geschrieben. Eben
diese Täuschung, die Schubart so wehe that, wie die erste Gefangenschaft, war dann der Anlaß zur Fürstengruft, die dann
nicht, wie Schubarts Sohn will, ins britte, sondern ins vierte
Jahr der Gefangenschaft fiele." Schubarts Frau schwebte damals
wirklich, wie Miller am 20. Januar 1781 an Klopstock schrieb,
am Rande des Verberbens und der Verzweiflung. Nur scheint sie
mir die Äußerungen des Herzogs gegen ihren Sohn zu sanguinisch
von der Aufhebung statt von der Erleichterung der Gefangenschaft
verstanden zu haben. Die Worte: „Er wird Ihn besuchen" sind
zweibeutig. Wer ist der Er und wer ist der Ihn? Der Herzog
meinte wahrscheinlich bloß, der Sohn werde zur Belohnung seines
Fleißes und seines Wohlverhaltens nächstens Erlaubnis bekommen,
seinen gefangenen Vater zu besuchen. Vielleicht brückte er sich
absichtlich zweibeutig aus. „Schubart biktierte," fährt sein Sohn
fort, „bieses Gedicht eines Abends einem Fourier in die Feder
bis zu der Strophe:

„Wo Todesengel nach Thrannen greifen —"

nachdem er sich vorher sehr stark gegen den Herzog erhitzt hatte;
und es hieß hier ausbrücklich: Facit iracundia versum. Nachher
nahm er nur wenige Veränderungen damit vor, und es ist ganz

ohne sein Zuthun und sehr voreilig ins deutsche Museum*) ein=
geschickt worden: denn es machte gleich nach seiner Erscheinung
so viel Aufsehen, daß dem Herzog etwas davon zu Ohren kam
und Seine Durchlaucht einen ihrer Günstlinge in den unan=
genehmen Fall setzten, Ihnen das Gedicht laut vorlesen zu
müssen. — Dieser Umstand hat, wie ich gewiß weiß, vieles zur
Verlängerung seines Arrests beigetragen."

Auch Schubarts Mutter verwandte sich für ihren Sohn. Sie
setzt im Oktober 1783 eine Bittschrift an Kaiser Joseph auf;
aber der Stadtschreiber in Aalen meint in einem Brief an Böckh
in Nördlingen vom 15. Nov. 1783, die Imploration an den
Kaiser sei**) nach allen Umständen noch nicht ratsam. Sie läßt
zwei Bittschriften an den Herzog abgehen, die erste am 28. Oktober
1778, die zweite am 4. November 1783; beide vergeblich. Am
empörendsten ist die Szene in Heidenheim. „Meine betagte Mutter,"
berichtet hier der Stadtschreiber seiner Schwägerin in Stuttgart
in einem Brief vom 9. November 1783, „stellte sich unten im
Posthaus, wo der Herzog vorbeigehen mußte, neben mich und
erwartete mit Zittern und in einer Demut, wie wenn sie vor
Gottes Gericht stehen müßte, die Ankunft des Herzogs.

Um 8 Uhr kam Er die Stiege mit den Kavaliers herab, und
ehe er noch auf der untersten Treppe war, fragte er mich im
ernstesten Ton einer Wache: „Wer ist Er?" Ich antwortete mit
dem tiefsten Bückling: „Der Stadtschreiber Schubart von Aalen,
und hier meine 70jährige Mutter." Darauf sprach er weiter:
„Hat Er was?" „Ja," war meine Antwort, „ein unterthänigstes
Memoriale meiner Mutter;" so Er dann hastig von mir abnahm,
doch schien mir dies keine Ungnade, sondern mehr eine Eilfertig=
keit seiner Abreise zu sein!

Er gab dann unser Memorial, ehe er noch in die Kutsche
einstieg, einem gewissen Hofkavalier Herrn von Böhnen, der ehmals
auch in der Akademie war und sagte noch im Umdrehen zu mir:

---

*) Auch hierin täuscht sich Ludwig Schubart; vgl. S. 171.

**) Von Oesterreich geschah kein Schritt zu Schubarts Befreiung. 1777
und 1781 war Joseph in Stuttgart. Schubarts Schicksal kann ihm nicht
unbekannt gewesen sein. Man wagte nicht, für Schubart zu bitten.

„Er darf sich dieserwegen mit seiner Frau Mutter nicht allhier
aufhalten."

Gedachter Herr von Böhnen mußte uns noch sagen, daß wir
bei der Frau Reichsgräfin uns nicht anmelden lassen sollten. Hier
haben Sie also eine getreue Erzählung unsrer kurzen Audienz."

Ja die Frau Reichsgräfin! Auch an diese wandte sich
Schubarts Gattin; aber sie ließ ihr (im April 1779) sagen, daß
sie sich in dergleichen Sachen nicht einlassen könne. „Die Anwesenheit des Herzogs und die Unterredung mit der Gräfin von
Hohenheim ist ohne Frucht für mich vorübergegangen," berichtet
Schubart seiner Gattin im Mai 1781, und am 27. November 1783
schreibt er an dieselbe: „Gestern war der Herzog hier und erteilte
vielen Gnade. Nur an mich dachte er nicht. Die Gräfin hat von
mir auf eine Art gesprochen, daß ich wohl sehe, wie allmählich
auch der letzte Strahl von Hoffnung für mich wegschwindet."

Strauß bemerkt II, 10 nun weiter: „Je weniger vorerst an
Befreiung zu denken war, desto sehnlicher wurde allmählich der
Wunsch des Gefangenen, seine Frau und seine Kinder wenigstens
bei sich auf der Festung wiedersehen zu dürfen. Dies lag um
so näher, da seit erlangter Festungsfreiheit Schubart ungehindert
mit jedermann verkehren konnte, der den Asperg besuchte. Durfte
sonst jedermann zu ihm, so war nicht abzusehen, warum dies nicht
auch seiner Frau — durften ihn zwanzig, dreißig Akademisten in
ihren Ferien besuchen, so ließ sich kein Grund denken, warum es
nicht auch seinem Sohne gestattet sein sollte. Befürchtete man
etwa Mitteilungen, die sie einander zum Nachteil der Untersuchung
machen könnten? Aber es schwebte ja keine Untersuchung gegen
Schubart, und ein der Wechselfälschung Beschuldigter, der neben
ihm gefangen saß, und bei welchem ein solches Bedenken weit
eher Platz greifen konnte, durfte die Seinigen sprechen, so oft er
es wünschte. Wollte man die Strafe schärfen? Allein Gallioten,
Räubern und Mördern versagte man Besuche der Ihrigen nicht.
Oder befürchtete man von Gattin und Kindern eine Störung des
hochwichtigen Besserungsgeschäfts? — das man durch die Komödien
nicht gestört glaubte — durch die Nahrung nicht, welche die
Fremdenbesuche der Eitelkeit des Dichters zuführten — nicht durch

den Umgang mit einer verdorbenen Garnison — dem sollte die
Wiederanknüpfung der menschlichsten, sittlichsten Bande mit Weib
und Kindern hinderlich sein? Das glaubte man selbst nicht, und
es liegt urkundlich vor, daß man es nicht glaubte. Giebt nicht
der Oberst Seeger dem Herzog den Rat, der Gattin Schubarts
auch nach seiner Befreiung ihre Pension zu lassen, damit sie ferner
helfen solle, ihren unruhigen Mann in Schranken zu halten?
Also warum schlug Herzog Karl die Bitte der unglücklichen Menschen,
da er von Freilassung des Gefangenen nichts wissen wollte, doch
wenigstens bisweilen bei einander sein zu dürfen, hartnäckig immer
wieder ab? „Er finde es nicht für gut," — restribierte er
dem General Scheler auf seine diesfällige Verwendung — „Schubarts
Angehörige mit ihm sprechen zu lassen." Hier stoßen wir auf
den nackten, kahlen Steinboden des Despotismus, der im Ver=
sagen sich das Gefühl seiner Machtvollkommenheit giebt, der in
unendlicher Rache für die mindeste Verletzung den unendlichen Wert
der allerhöchsten Person zu bethätigen glaubt."

Ohne Zweifel hätte Strauß das Richtige getroffen, wenn
er den Grund nicht in der allerhöchsten Person, sondern in einer
„dem Herzoge sehr schätzbaren Person", wie Schubart sich aus
Anlaß seiner Verhaftung ausdrückt, gesucht hätte. Diese Person
wußte ihn, wie der Verfasser der Geheimnisse ꝛc. sagt, durch die
Geschmeidigkeit, womit sie sich seinen Launen anzuschmiegen wußte,
und der sie sehr künstlich das Gepräge der liebenswürdigsten
weiblichen Tugend aufdrückte, zu beherrschen, ohne daß er es
wußte; sie hatte unbeschränkte Macht über ihn. Ebenso bemerkt
Spittler im 13. Band seiner Werke: „Karl, der ein selbständiger
Regent zu sein meinte, wurde zur Rechten durch die Gräfin und
zur Linken durch Bühler geführt. Vierzehn volle Jahre, von
1773—88, dauerte diese schöne Interessenverbindung. Manchmal
schlug Karl das Auge auf, aber er war und blieb in Weiber=
händen. Auch als die Geheimrätin Bühler am 24. Februar 1788
starb, hatte der Herzog keine Kraft mehr, sich frei zu machen.
Sowohl Franziska, als ihr Alliierter, A. J. Bühler, waren von
Natur leisen Ganges und auch der Fürst, der wahrhaft galopp=
artig gelebt hatte, wurde immer mehr zur politischen Schlauheit,

als zu wildem Zugreifen geneigt." Karl selbst wurde mit den Jahren kühler und gemäßigter. So groß früher sein Hochmut war, so konnte doch Meiners 1793 (im Todesjahr des Herzogs) schreiben: „Selbst große Unvorsichtigkeiten im Reden übersah der verstorbene Herzog Karl, weil er wohl wußte, daß diese nicht sowohl verführen, als dem Unvorsichtigen in den Augen der Vernünftigen schaden würden. Vor nicht langer Zeit war die Freiheit zu schreiben in Stuttgart fast ebenso groß, als die Freiheit zu reden, bis sie durch die Verwendungen einiger auswärtigen Höfe in engere Schranken gezogen wurde." — Ein Hauptgrund dieser größeren Freiheit zu reden und zu schreiben lag in dem Ausbruch der französischen Revolution. Übrigens bestärkt mich auch dieser Umstand in der Überzeugung, daß bei Schubarts Verhaftung nicht sowohl der Herzog als solcher, als vielmehr der Freund und Liebhaber Franziskas beteiligt war und daß diese die Hauptrolle dabei spielte. Eine echte Weiber- und Mätressenrache — den gefangenen Dichter vom rechtmäßigen Umgang mit seiner rechtmäßigen Gattin auszuschließen! Wie hätte Franziska vollends gejauchzt, wenn sie etwas von den freilich vorübergehenden Eifersüchteleien zwischen den Gatten gewußt hätte (Strauß II, 72, 118).

Da fällt mir eben eine Anekdote ein, die ich in meiner Kindheit hörte. Man erzählte sich, Schubart habe die Gräfin einmal beim Kämmen ihres Haares überrascht und dann die freilich unappetitlichen Verse auf sie gemacht:

„Ei seht doch (oder: Jetzt sah ich) die Franziskam,
Die stolze Pompadour,
Wie sie mit einem Nißkamm
Durch ihre Haare fuhr."

Das wäre freilich echt schubartisch!

Unter den Männern, die den gefangenen Schubart besuchten, ist nach Goethe der berühmteste Schiller. Schon als Knabe in Ludwigsburg hatte er den Organisten kennen gelernt; als 1776 Schubarts Erzählung „Zur Geschichte des menschlichen Herzens" erschien, hatte er hier die Quelle für seine Räuber gefunden; mit Schubarts Sohn, dem Akademisten, stand er in freundschaftlichem Verhältnis, und der Gedanke an den widerrechtlich gefangen ge-

haltenen Dichter mag ihm unter so vielen anderen Gestalten bei
den Gedichten „der Eroberer" (1777), „die Gruft der Könige"
und „die schlimmen Monarchen" (in der Anthologie 1782) vorgeschwebt haben. An eine Abhängigkeit Schubarts von Schiller
bei seiner Fürstengruft ist nicht zu denken, ebensowenig an eine
Abhängigkeit Schillers von Schubart bei den obengenannten Gedichten. Der Stoff lag in der Luft. Eher noch wäre anzunehmen,
daß Schiller von Schubart beeinflußt wurde, wenn die Chronologie
dies erlaubte. Wie brauchte Schubart nach Petersens Vermutung
(Boas, Schillers Jugendjahre, herausgegeben von W. v. Maltzahn
I, 148) durch Schillers Gruft der Könige zu seiner Fürstengruft
veranlaßt zu werden? Der Plan reicht ja in die Münchener Zeit
zurück und der Anlaß lag in des Herzogs Wortbrüchigkeit. Wichtiger
ist für uns Schillers Besuch bei Schubart. Wir haben oben gesehen, wie bei einer theatralischen Vorstellung der Prologus auf
Riegers Befehl zweimal „Edler Rieger!" rufen mußte. Bei jeder
Stelle, worin Schmeicheleien für ihn vorkamen, erneuerte der
Kommandant seinen Applaus und die Zuschauer stimmten aus
Höflichkeit ein. Hoven fand die Sache höchst komisch und klatschte
so ungeheuer, daß Rieger aufmerksam wurde. Er erkundigte sich
nach dem Namen des kunstsinnigen jungen Mannes und sah ihn
sehr freundlich an, weshalb sich Hoven leise davonschlich, um nur
nicht angeredet zu werden.

Das half ihm aber nichts. Gleich am anderen Morgen erhielt er einen Brief des Generals, worin er sich bedankte, daß
ein Mann von so feinem Geschmack sein Theater eines Besuchs
gewürdigt habe, und worin er denselben einlud, nun auch ihn
selbst zu besuchen. Hoven konnte diese Aufforderung nicht wohl
ablehnen; Rieger empfing ihn sehr artig und bat ihn, recht oft
wiederzukommen und auch seine Freunde mitzubringen. Besonders
wünschte er den Verfasser der Räuber kennen zu lernen, und da
er wußte, daß Schiller sich öfters bei Hoven in Ludwigsburg
aufhielt, so mußte dieser fest versprechen, ihn das nächstemal nach
dem Asperg zu führen. — Der General, um sich den Besuch
Schillers zu einem Feste zu machen, forderte den armen Schubart,
der Schiller noch nicht persönlich kannte, zu einer Rezension der

Räuber auf. Schubart schrieb dieselbe. Als Hoven nun mit
Schiller auf die Festung kam, weihte der General, nachdem er
den Dichter mit Höflichkeiten überhäuft hatte, sie in das Geheimnis
der Überraschung ein, die er Schubart zugedacht hatte. Schiller
sollte sich als Dr. Fischer vorstellen lassen. Man ging zu Schubart.
Sobald die ersten Begrüßungen vorüber waren, lenkte Rieger das
Gespräch auf die Räuber. Der angebliche Dr. Fischer sagte, er
kenne den Verfasser genau und wünschte wohl, Schubarts Urteil
über dessen Stück zu hören. Da fiel der General ihm plötzlich
ins Wort, indem er sich zu Schubart wendete: „Sie haben ja
eine Rezension der Räuber verfaßt. Wollen Sie nicht so gefällig
sein, dieselbe dem Herrn Doktor vorzulesen?" Schubart holte sein
Manuskript und las, ohne zu ahnen, daß der Verfasser des Trauerspiels vor ihm stehe. Am Schluß der Rezension hatte Schubart
den Wunsch ausgesprochen, den großen Dichter von Angesicht
kennen zu lernen; da klopfte Rieger ihm auf die Schulter und
sagte: „Ihr Wunsch ist erfüllt! Hier steht er vor Ihnen!"

„Ist es möglich?" rief Schubart frohlockend. „Das ist also
der Verfasser der Räuber?"

Mit diesen Worten fiel er Schiller um den Hals, küßte ihn
und Freudenthränen glänzten in seinen Augen. Rieger war außerordentlich erfreut über das Gelingen der Überraschung, die er dem
armen Schubart bereitet hatte. Schiller und Hoven verließen in
bester Stimmung die Festung und gedachten noch oft der merkwürdigen Szene (Hovens Biographie S. 114). —

Dies geschah im November 1781; Schiller war damals
Regimentsarzt.

Ob Schubart bloß durch die Erzählung „Zur Kenntnis
des menschlichen Herzens" und, wie ich vermute, durch den „Fluch
des Vatermörders"*) auf die Entstehung der Räuber eingewirkt
habe, wäre die Frage, die von S. W. (offenbar Schmidt-

---

*) Die „Romanze" selbst war natürlich Schiller unbekannt; sie war ja
noch nicht gedruckt, ja, wenn sie ins Jahr 1783 fällt, noch nicht einmal gedichtet, als Schiller die Räuber schrieb. Aber ihren Inhalt konnte er von
Ludwig Schubart erfahren haben.

Weißenfels) in der Gartenlaube 1873, 1 (in dem Artikel: „Die württembergische Bastille; ein Stück aus der guten alten Zeit") verneint wird. Der Verfasser sagt: „Man kennt die Leidens= geschichte Masers de Latude, der zwanzig Jahre lang als Opfer der Mätressenwillkür in der Bastille schmachtete. Auch der Hohen= asperg hat seine Latudes gehabt, so den Herrn von Scheiblin. Achtundzwanzig Jahre lang nahm ihm eine lettre de cachet des Herzogs von Württemberg die Freiheit, weil die leiblichen Brüder der Herrn von Scheiblin ihn wegen Jugendleichtsinns mit Lebendig= begrabenwerden bestraft wissen wollten. Schiller fand in dem Schicksal dieses Mannes die Rolle von Karl Moor." Einen ähn= lichen Eindruck hat diese Geschichte auf Hermann Kurz gemacht, sonst ließe er nicht in seinem Roman „Schillers Heimatjahre" seinen Helden Heinrich Roller, dem Schubart die schändliche Familienkabale erzählt hat, darüber erstaunen, in dieser Familien= geschichte die unverkennbaren Züge der Brüder Karl und Franz Moor zu finden. Allein 1781 waren ja, wie aus dem Obigen sattsam erhellt, die Räuber längst erschienen; folglich müßte Schiller, wenn ihm je Scheiblins Los dabei vorschwebte, vorher und auf anderem Wege diese Familiengeschichte erfahren haben. Der Artikel fährt fort: „Man fühlt sich von dem Geist angeweht, in dem Schiller seine Räuber geschrieben, wenn man das rohe, viereckige, wie ein alter Burgturm gestaltete Gemäuer betrachtet, welches sich aus dem Hofraum des Hohenasperg hoch über den Wall erhebt. Hier fand Schiller die Anregung zu seinen Räubern. Denn in einem der Grabeskerker, welche der Bau in seinem Innern birgt, hat vor nun bald einem Jahrhundert ein so reiches Menschen= und Dichtergemüt, wie Schubart, aus blasser Despotenlaune schmachten müssen." — — — „Hier mit diesen Erinnerungen be= greift man erst die Räuber, zu welchen der Besuch bei dem ge= fangenen Schubart im Herbst (!) 1781 unserm Schiller, dem damaligen Zögling der Karlsschule (!), so mächtige Anregung gab." — Das Irrige in diesen Angaben brauchen wir nicht lange zu berichtigen. Indessen das wäre immerhin möglich, daß die Erzäh= lungen von dem grauenvoll eingetürmten Dichter, dessen Kerker Schiller vielleicht von außen mehrmals sah, manche Züge zu den

Räubern lieferten. Einen Hauptfaktor darf man freilich bei allen Dramen und Erzählungen, die Schiller bei den Räubern vorgeschwebt haben mögen, nicht übersehen: seine eigene freiwaltende, genial kombinierende Phantasie. —

Besagter Aufsatz liefert einen traurigen Beleg für die Flüchtigkeit und Oberflächlichkeit, mit der in unsrer Zeit viele Zeitschriftenartikel fabriziert werden. Da lesen wir gegen den Schluß noch: „Herzog Karl war 1793 gestorben. Von 1793 an regierte sein zweiter Bruder, Friedrich, der unter Napoleonischer Herrschaft erster Kurfürst, dann König werden sollte." So schreibt man Geschichte. Das Wahre ist, daß jener Kurfürst und erste König der Sohn von Herzog Karls zweitem Bruder, Friedrich Eugen, der von 1795—97 regierte, war und im Jahr 1 97 auf den Thron kam. — Der sehr anziehend geschriebene Aufsatz: „Ein Opfer deutscher Fürstenwillkür" von Max Ring in der Gartenlaube 1866, 8 läßt Schubart zur Zeit, als ihn Schiller besucht, einen angehenden Dreißiger sein; in der Wirklichkeit war er damals 42 Jahre alt; außerdem war Schubart damals nicht mehr, wie man aus dem Anfang des Aufsatzes schließen sollte, in dem finstern Mauerloch, das er anfangs bewohnte; endlich war bei Schillers Besuch auf dem Asperg allerdings Rieger noch Kommandant, und nicht „der spätere und mildere Kommandant" hat diese Szene veranstaltet. Das obligate Schimpfen auf den „Pfaffen" Zilling kehrt hier wieder, wiewohl Max Ring diesen Mann nur bei der Erwähnung von Schubarts Aufenthalt in Ludwigsburg schildert. Boas und Palleske aber verübeln dem Spezial, daß er, als Schubart auf dem Asperg saß, dem dortigen Prediger verboten habe, dem Gefangenen das Abendmahl zu reichen, wornach dieser bringend begehrte. Dafür muß sich nun Zilling von Boas Verfolgungsgeist und Rachsucht als hervorstechenden Charakterzug vorwerfen lassen, und Palleske, der offenbar Boas nachschreibt, bemerkt dazu: „Sein Hochmut ward nur übertroffen von seinem Verfolgungsgeist." Hätten die beiden Historiker den Briefwechsel bei Strauß genau gelesen, so hätten sie gefunden, daß Zilling nicht, wie man nach Boas und Palleske glauben sollte, dem Gefangenen den Genuß des Abendmahls für immer verboten hat;

das konnte er gar nicht, er war ja der Oberkirchenbehörde ver=
antwortlich. Wenn aber Zilling einem Menschen, der solche
„callos und Brandmale" im Gewissen hatte, wie Schubart, und
der vor einigen Jahren förmlich exkommuniziert worden war,
den Genuß des Abendmahls erschwerte, so verdient er deswegen
keinen Tadel; Schubart hat, während Zilling sein Vorgesetzter
war, mehr als einmal das Abendmahl empfangen. Auch finden
wir in dem gesammten Briefwechsel keine Spur, daß Zilling den
gefangenen Schubart verfolgt oder ihm mit seinen Besuchen zu=
gesetzt hätte. Schubarts Sohn verfolgte in religiöser Hinsicht
eine sehr freie Richtung und konnte die „Pfaffen" noch viel
weniger leiden, als sein Vater. Hätte er über Zillings Benehmen
gegen seinen gefangenen Vater etwas Nachteiliges gewußt, so hätte
er sich gewiß nicht gescheut, vor dem Publikum als Zillings
Ankläger aufzutreten. Da auch ein „lutherischer Pfaffe" Gerechtig=
keit vom Geschichtschreiber verlangen kann, so muß ich auf die
Gefahr hin, ebenfalls zu den Pfaffen gerechnet zu werden, mich
Zillings nach dieser Seite annehmen.

„Schiller ist ein großer Kerl — ich lieb ihn heiß — grüß
ihn," schreibt Schubart im Sommersanfang 1782 an seine Gattin.
Das Gedicht „an Schiller", eine bithyrambische Kritik von Schil=
lers Anthologie auf das Jahr 1782 (Reclam S. 128) zeugt von
Schubarts Begeisterung für Schiller, an dessen „Feuerbusen"
er jüngst lag und lange weinte. Ein Thema wurde von bei=
den Dichtern bald darauf behandelt, Riegers Tod. Schiller
hat Riegern auf Bestellung besungen (Schnorrs Archiv 1881, 398);
Schubart desgleichen im Namen des Bataillons. Schubarts Ge=
dicht ist gemäßigter und ruhiger (Reclam S. 120). Auch Schu=
bart schmeichelt dem Verstorbenen, d. h. er lobt ihn einseitig und
verschweigt seine großen Fehler; aber so sehr schlägt er der ge=
schichtlichen Wahrheit nicht ins Gesicht, wie Schiller, der von
diesem Menschenschinder und Soldatenpresser rühmt:

> Nicht um Erbengötter klein zu kriechen,
> Fürstengunst mit Unterthanenflüchen
> Zu erwuchern, war dein Trachten nie.

Schillers Charakter litt während seiner Studienjahre und nachher unter der Ungunst seiner Verhältnisse und seiner Umgebung. Der gefangene Schubart und der freie Schiller erniedrigten sich zu elenden Schmeicheleien gegen die Erdengötter Karl und Franziska. Nur in Schillers Ode auf Rieger findet sich mehreres, was ein persönlicher Ausfall auf den Herzog scheinen konnte. Sie erregte Karls Mißfallen nicht bloß, weil sie „verschiedene Seiten seiner fürstlichen Existenz zu verletzen schien", sondern auch deshalb weil er sich seiner Gewaltthaten gegen Rieger im Innern wohl bewußt war. Der weitere Verlauf von Schillers Schicksal ist bekannt. Vor seiner Flucht besuchte er noch einmal Schubart, der ihm ungedruckte Gedichte verehrte. Ohne Zweifel bewog der Gedanke an den eingetürmten Dichter den Verfasser der Räuber nach seinem Konflikt mit dem Herzog, sich einem ähnlichen Schicksal durch die Flucht zu entziehen. In Schiller regte sich die bessere Natur; Karl und Franziska erschienen ihm nicht allein nach ihrer Licht=, sondern auch, und noch mehr, nach ihrer Schattenseite. „Franziska, sagt Dünzer in seinem Leben Schillers S. 83, das Musterbild der Tugend, die Wohlthäterin der Armen hatte für den gefangenen Schubart kein Wort. Dieser leere Wohlthätigkeitspomp, dieser eitle Festjubel, dieses schmeichlerische Lobpreisen, an dem er so oft hatte teilnehmen müssen, eckelte Schiller an." — „Morgens zwischen 1 und 2 Uhr nach der Flucht," erzählt Streicher, „war die Station Enzweihingen erreicht, wo gerastet werden mußte. Als der Auftrag für etwas Kaffee erteilt war, zog Schiller sogleich ein Heft ungedruckter Gedichte von Schubart hervor, von denen er die bedeutendsten seinen Gefährten vorlas. Das merkwürdigste darunter war die Fürstengruft, welches Schubart in den ersten Monaten seiner engen Gefangenschaft mit der Ecke einer Beinkleiderschnalle in die nassen Wände seines Kerkers eingegraben hatte. (Daß Streicher die Zeit, wo die Fürstengruft entstand, irrig angiebt, braucht kaum bemerkt zu werden.) Damals, 1782, war Schubart noch auf der Festung, wo er aber jetzt sehr leiblich gehalten wurde. In manchen dieser Gedichte fanden sich Anspielungen, die nicht schwer zu deuten waren und die keine nahe Befreiung ihres Verfassers

erwarten ließen." Da außer der Fürstengruft sich in Schubarts
später gedruckten Gedichten solche Anspielungen nicht finden, so ist
es sehr zu bedauern, daß Schiller diese Gedichte nie bekannt gemacht
hat. — „Schiller," fährt Streicher fort, „hatte für die dichterischen
Talente des Gefangenen sehr viele Hochachtung. Auch hatte er
ihn einigemale auf dem Asperg besucht."

Schubart war zeitlebens für Schiller begeistert, las alles,
was dieser schrieb und äußerte seine Ansicht darüber teils in den
Briefen, teils später in der Chronik. Er rechnet ihn zu den
Genies und schreibt am 5. April 1783 seiner Gattin: „Der Herzog
hat an Schillers, an meinem und mehreren Beispielen gezeigt,
wie wenig Achtung er für Genies hat." Er nennt in einem
Brief an Miller vom 26. Oktober 1784 den Leutnant von
Scharfenstein „des vortrefflichen Schillers Vertrauten". Als
Schillers Mutter ihn mit Reinwald, Schillers Schwager, 1784
besuchte, sagte er beim Abschiede zu ihr: „Gebenedeit bist du
unter den Weibern und gebenedeit ist die Frucht deines Leibes!"
(Schillers Briefwechsel mit seiner Schwester Christophine S. 278.)
Und Schiller? Daß er sich für Schubart bei Herzog Karl nicht
verwenden konnte, ist begreiflich. Daß Schiller sich an der Verwendung des Herzogs von Weimar für Schubart beteiligte, ist
möglich. (Vgl. Schubart, 10. Nov. 1785 an seine Gattin: „Erst
kürzlich erfuhr ich, daß der Kurfürst von Bayern, die Herzöge
von Zweibrücken, Gotha und Weimar sich neuerdings vergebens
beim Herzoge für mich verwendet haben.") Auffallend aber ist
und bleibt, daß Schubart von Schiller fast gar nie erwähnt wird.
An Körner schreibt er am 19. Dezbr. 1787: „Von Schubart
existiert auch eine Komposition meiner Freude, die ich Dir, wenn
Du sie haben willst, kann abschreiben lassen." Am 12. Dezbr.
1788 schreibt er demselben: „Neulich kam Schubarts Sohn aus
Berlin hier durch, er geht als preußischer Legationssekretär mit
dem preußischen Gesandten von Stein nach Mainz". Von Schubarts Sohn sagte Schiller, er sei auch ein Dichter, aber kein
geborner (Schillers Leben von Fr. v. Wolzogen S. 164). Dies
nebenbei bemerkt. Im übrigen wird man sich durch Schillers
Stillschweigen, auch da, wo eine Erwähnung Schubarts nahe lag,

befremdet fühlen. So trägt er niemals seinen nächsten Verwandten einen Gruß an Schubart auf; so erwähnt er seine Ge=
dichte und seine Chronik nie; so übergeht er Schubart auch in
der Abhandlung, wo er so viele Dichter treffend charakterisiert —
über naive und sentimentale Dichtung. Bürgers Gedichte hat
Schiller in einem eigenen Aufsatz besprochen; Bürgers Geistes=
verwandter ist Schubart; hätte am Ende Schiller über Schubart
sich gerade so äußern zu müssen befürchtet, wie über Bürger?
Meinte er vielleicht, er müsse sich von Schubarts Muse ebenso
abwenden, wie von den dichterischen Erzeugnissen seiner eigenen
Jugendzeit? Hätte er Schubarts Gedichte sich genauer angesehen,
so hätte er da in manchen eine eigentümliche Verquickung naiver
und sentimentaler Elemente beobachten können. Schubart hat auch
darin Unglück gehabt, daß sein berühmtester Landsmann, dem er
den Stoff zu dem poetischen Erzeugnis lieferte, durch welches
dieser mit einem Schlage ein berühmter Mann wurde, sich später
— vornehm und gleichgültig von ihm abgewandt hat.

Was Goethe betrifft, so erwähnt er Schubart einmal in dem
Brief an Schiller vom 10. Januar 1798. Cottas neue Welt=
kunde erinnert ihn an die Schubartische Chronik; „sie hat weder
Geschmack noch Würde". Schiller nimmt sich der Chronik nicht an,
er schweigt. Vergleiche ferner den Abschnitt: Schubart als Musiker.

Der einzige unter unseren Klassikern, der sich — nicht des
Dichters — wohl aber des Menschen Schubart lebhaft annimmt
und sein innigstes Mitleid mit ihm frei und offen vor aller Welt
ausspricht, ist Herder. Nach Dünzer im Leben Schillers sprach
Herder bei seinem ersten Zusammentreffen mit Schiller unter
anderem über den endlich freigegebenen Schubart. In den Briefen
zur Beförderung der Humanität, wo er im Anfang von Lebens=
beschreibungen berühmter und um die Menschheit verdienter Männer
spricht, nennt er den württembergischen Hahn, Schubarts Freund
und Bekehrer, einen wahrhaft Newton'schen Kopf und ruft aus:
was wäre aus ihm in England geworden! Wehmütig fährt Herder
später fort: „Deutschland weint um manche seiner Kinder; es ruft:
sie sind nicht mehr, sie gingen gekränkt, beistand= und trostlos
unter. Hier also auf dem Grabe des Verstorbenen, als auf einer

heiligen Freistätte, müssen Wahrheit und Menschlichkeit, diese sanft
und rührend, jene unparteiisch und strenge ihre Stimmen erheben
und sprechen: „Dieser Mann ward unterdrückt, jener gemißbraucht,
dieser verlockt und gestohlen. Ohne Recht und Urteil schmachtete
er viele Jahre im Felsenkerker; das Auge seines Fürsten weidete
sich an ihm; seine späte Entlassung ward Gnade und nie bekam
er die Ursache seines Gefängnisses zu wissen, bis an den Tag
seines Todes." In der Anmerkung sagt Herder: „Eine sehr bekannte deutsche Geschichte, über welche jetzt der zweite Teil von
Schubarts selbstgeschriebenem Leben Auskunft giebt." — „Wahre
Begegnisse dieser Art," fährt Herder im Text fort, „müßten
von Munde zu Munde, von Tagebuch zu Tagebuch fortgepflanzt
werden: denn wenn Lebendige schweigen, so mögen aus ihren
Gräbern die Todten aufstehen und zeugen." So schreibt Herder
nach Schubarts Tod. Die Stelle macht seinem Herzen Ehre, sie
ist aber meines Wissens die einzige, in der er Schubart erwähnt.

General Rieger wurde von Schubart verschiedentlich gefeiert. Wenn aber Boas die Worte im Anfang des Hymnus auf
Schiller: „Meines Berges Genius, der Riese, Ein Schätzer hohen
Sanges, Lauscht' Dir, daß der Kolbe von Stahl entsank seiner
wolkigen Rechten," auf den General Rieger bezieht, der ein Schätzer
hohen Sanges genannt werde, weil Schiller ihm in der Anthologie
Weihrauch streute, und wenn Palleske ihm darin beistimmt, so
muß ich den gefangenen Dichter gegen eine solche Geschmacklosig-
keit vertheidigen. Der „Genius des Berges, der Riese" ist dem
Wortlaut nach der verpersönlichte Asperg, der Geist des hoch
emporragenden Berges. Unverblümt wollte Schubart sagen, Schiller habe auf dem Asperg viele Verehrer, die über seinen Gedichten
alles andere vergessen und zu denen freilich Rieger auch gerechnet
werden mochte. Der Kolben von Stahl, der dem Geist einer
Bergfeste mit Recht in die Hand gegeben wird, soll doch nicht
wohl das eiserne Stöckchen sein, dessen sich Rieger zu bedienen
pflegte und das Geisterseher in des Verstorbenen Händen gesehen
haben wollten, wenn er Nachts die Festung prüfend durchwanderte!
Zur Erläuterung vergleiche man besonders die dritte Strophe des
Gedichts: „An Prinz Ferdinand von Württemberg" (Reclam 115).

„Dir donnert — wie aus feurigem Metalle
Des Alexanderberges Genius
Herab vom wolkenblauen Walle
Ins Heldenohr den kriegerischen Gruß."

Rieger, der sich selbst nicht recht bekehrt hatte, wollte den gefan=
genen Dichter bekehren. In einer Hinsicht gelang es ihm. Schubart
wurde durch Rieger und Hahn ein bibelgläubiger Theologe und
der blieb er auch nach seiner Gefangenschaft. Daß er aber inner=
lich in seinem Wesen umgewandelt worden wäre, davon ist keine
Rede. Doch geht man auf der anderen Seite zu weit, wenn
man alle und jede Einwirkung seiner veränderten Weltanschauung
auf sein Herz leugnet. Hase in „Ideale und Irrtümer" spricht
von Schubarts elender Bekehrung auf dem Asperg. Wahr ist
aber wenigstens, was Albert Knapp im Verzeichnis der Lieder=
dichter im Anhang seines Liederschatzes bemerkt, daß er auf der
Festung viele tiefe christliche Rührungen empfieng. Strauß freilich
will nichts davon wissen; in seiner Bekehrung sieht er nur eine
gemütliche Selbsttäuschung; es freut ihn, wenn er auf einzelnes
aufmerksam machen kann, worin Schubarts alte Natur wieder
hervorbrach und es recht naturalistisch verworren bei ihm zu=
gieng; selbst seine Neigung, seinen grimmigsten Feinden von
Herzen zu vergeben, erklärt er als Wirkung seines naturalistischen
Temperaments. Er übersieht aber, daß Schubart von Natur
auch eine Neigung zum Haß und zur Rache und einen Trieb
zeigt, andere ohne Not zu verletzen, und daß er sich vor seiner
Bekehrung in seinem Innern mit dem eiteln Trost über seine
Ausschweifungen beruhigte, einem Genie sei alles erlaubt; in
der Selbsterkenntnis, der Quelle aller Weisheit, war er schwach.
Man vergleiche nur die Darstellung seines Lebens in Geislingen
und Ludwigsburg, wie er sie in seinen Briefen giebt, mit der=
selben in seiner Selbstbiographie. Zur ganzen Wahrheit ist der
zur Einseitigkeit so geneigte Mann auch hier nicht durchgedrungen.
Malt er sich dort zu weiß, so hier zu schwarz. Immerhin dürfte
man nicht im Unrecht sein, wenn man seine Neigung, dem Feind
zu verzeihen, „der lebend ihn ins Grab verschloß," wie er sich
im „Trost eines Gefangenen" und in der „Bitte" so rührend

ausspricht, aus der Quelle der Religion ableitet. Die Eindrücke
der christlichen Erziehung wachten später immer wieder in ihm
auf; vergl. besonders das Gedicht: „Dank für die Harfe." —

Ein besonders anschauliches Bild von dem Leben und Treiben
auf Hohenasperg giebt der Brief Lindquists, Zöglings der hohen
Carlsschule, damals Offiziers in württembergischen Diensten, denen
er sich später durch die Flucht entzog. Er schreibt (Strauß II,
34) am 20. März 1781, wahrscheinlich an Fr. Haug*).

„Wertester Freund!

Verzeih mir meine Nachlässigkeit im Briefschreiben; unersteig=
bare Hindernisse setzten sich jedem Vorsatz entgegen; aber bald
wird eine Zeit kommen, wo ich Dir dann ruhiger und inter=
essanter schreiben werde, als diese verdammte Erdwarze zuläßt.
Da kann kein großer Gedanke gesponnen, keine edle That begangen
werden; alles wimmert in Fesseln und kriecht unter knechtischem
Zwang. Selbst der helldenkende Schubart ist von diesem Laster
nicht frei, und so sehr man seine große, aber leider ganz schief
gerichtete Talente bewundern und anstaunen muß, so verächtlich
sind seine kriechende Schmeicheleien. Er hat mir mein Zwerchfell
schon oft erschüttert, aber doch geh' ich öfters aus meinem Zimmer,
damit ich nicht bei Zeiten bankerott werde. Der Kerl sauft wie
der Schlauch der Danaiden, und mitten in dem ernsthaftesten
Gespräch von Religion und dem Unendlichen wünscht er wieder,
daß die Menschheit ein einziges A— — haben möchte, um sie
aus Liebe im A— I— zu können. Dieser Kontrast, diese Hüpfung
von einem Gedanken zum andern, dieser Übergang von einer
Empfindung zur ganz entgegengesetzten machen den 42jährigen
Mann zum leichtsinnigen Buben und in manchen Augen verliert
er seinen Kredit. Ich habe ihm Deine Gedichte zum Lesen ge=
geben; er machte hiebei die schon oft erwähnte Anmerkung, daß
Deine ganze Anlage zu einem komischen Heldengedicht oder zu
Lustspielen gerichtet sei; die Ode aber solltest Du verlassen. Er
war just bei mir auf'm Zimmer, wie ich Deinen Brief las; weil

*) Der berühmte Epigrammatist, Sohn von Schubarts Freund, dem
Professor.

er dann so neugierig war, so hab' ich ihm die erste Seite davon
vorgelesen, worüber er besonders über den altdeutschen Stil ein
entsetzliches Gelächter anfing. Überhaupt habe ich noch keinen
so originellen Kerl in allen Handlungen gesehen, oft aber behauptet
er die absurdesten Sachen. Neulich kam er zu mir und wider-
legte durch Beweise aus der Bibel das kopernikanische System.
Darüber gab ich ihm folgende grobe Antwort: Herr Professor,
ich sehe schon, es neigt Ihr Alter. Diese derbe Wahrheit bracht'
ihn wieder zurück und er umarmt' mich.

Was meine Lebensumstände betrifft, so befrag' Er Pfaffen,
ich mag solch' wetterläunische Sachen nicht wiederholen. Von
gesammelter Menschenkenntnis ist die Zeit noch zu kurz. Alles
geht hier auf H—n, und alle Intriguen auf nichtswürdige Kleinigkeiten. Nächstens ein Mehreres bei ruhiger Muse; eben izt holt
man mich in Visite. Lebe wohl und denk' an Deinen Dich immer
liebenden Freund   Lindquist."

Was wollen wir dazu sagen? Das, was Schubart selbst gesagt
hat, als er im März 1786 seine Gedichte erscheinen ließ: „Nur
die Gebirghöhe der Freiheit weitert die Seele, und der Knechtschaft
Geklüft verengt sie".

Edler, anziehender, bedeutender tritt uns Schubart entgegen
bei dem Besuch Reinwalds und der Mutter Schillers (vgl. S. 207):
„Schubart war, als er zu uns kam, reinlich gekleidet, hatte einen
grauen Zeugrock mit einer rosenfarbseidenen Weste an. Prinz
Ludwig von Koburg hat ihm auch ein paar beßre Kleider machen
lassen. Sein Gespräch ist lauter Feuer, lauter Metapher und
Gleichnis. Er korrespondiert stark mit Lavater. Sein Klavier-
spiel geht über alles, was ich je hörte und hören werde. Wenn
er nur das kleinste Liedchen singt, fühlt man sich neugeschaffen.
Ein solcher Mann alle 3 Wochen besucht, sollte einem wohl ziemlich den Hypochonder vertreiben. Anfangs ist er ein wenig zurück-
haltend, nach 1 oder 2 Stunden aber, zumal bei etwas Wein,
wird er immer vertraulicher, und wer ihm irgend gefällt, den
heißt er am Ende Du. Für Schiller ist er enthusiastisch eingenommen und er wurde einst, weil er ihn zur sehr gelobt, von

seinem General in ein härteres Gefängnis gesetzt." — Wie er sich
von Schillers Mutter verabschiedete, haben wir schon erzählt. —
Dieser Besuch geschah am 13. Juli 1784. Damals war
Rieger längst tot; auf ihn war General Jakob von Scheeler ge-
folgt, ganz das Gegenteil Riegers, nach Biffart (Geschichte der
Festung Hohenasperg, S. 93) ein geschickter Architekt und Ölmaler,
Kunstkenner, Gelehrter und selbst Dichter, ein Liebling des Herzogs.
Unter ihm lebte Schubart ordentlich auf, und gleich im ersten
Brief nach Riegers Tod verlangt er wieder nach Homer und etwas
aus der neueren Litteratur; auch regt sich der kritische Geist
wieder; er zeigt sich als Mann, wenn er in demselben Brief an
seine Gattin schreibt: „Müller in Ulm schreibt jetzt recht kindische
Sachen. Sein Ruhm wird bald dahin sein. Das Liebeln und
Bübeln kann ich vor meiner Seel' nicht leiden." Scheeler erleichterte dem Dichter seine Gefangenschaft, so viel er konnte. Seinen
Kindern gab Schubart Unterricht; dem zweiten Sohne des Kommandanten diktierte er außerdem seine Ästhetik der Tonkunst. Das
Manuskript war nach Ludwig Schubart höchst unleserlich und
inkorrekt geschrieben; der Verfasser sah es nicht einmal ganz durch,
noch weniger legte er die Feile daran; erst der Sohn bemühte sich
mit Erfolg, die Lücken auszufüllen und das Werk dem Publikum
verständlich und lesbar zu machen. Als Scheeler schon 1784 starb,
feierte Schubart sein Andenken in einem schönen Liede (Reclam
S. 124). In einem Brief an seine Gattin vom 31. März 1784
schrieb er: „Du kannst Dir leicht vorstellen, wie viel mich der so
betäubende Tod des seligen Herrn Generals gekostet habe. Am
letzten Sonntag vor seinem Ende speist' ich noch an seiner Seite
und wenige Stunden, ehe ihn der Tod abrief, gab er mir noch
Beweise seiner Gnade. Und plötzlich hieß es: „Tot! er ist tot!"
— Ich flog zu seiner Leiche und beträufte sie mit ganzen Thränen-
strömen. Gott wird's ihm lohnen, was er mir gutes that." Ihm
folgte General Johann Andreas von Hügel, der am 27. April 1784
zu Hohenasperg eintraf. Schubart wünschte ihm nach einem Brief
an seine Gattin vom 29. April 1784 in einem Gedicht Glück
dazu. Er nahm es gut auf und schenkte ihm zwei Pfund Knaster.
Dieses Gedicht befindet sich in keiner Sammlung; denn das von

uns mitgeteilte (Reclam S. 126) fällt nach der dreizehnten Strophe in das neunte Jahr der Gefangenschaft Schubarts, also ins Jahr 1785, womit auch Ton und Inhalt des Gedichts übereinstimmen. Am 29. Mai 1784 schreibt Schubart seiner Frau: „Mein General ist ein trefflicher Mann, voll Ordnung und Wahrheit, seine Gemahlin eine der ersten Hausfrauen der Welt und eine erleuchtete Christin. Die ältste Fräulen ist ein Engel und die übrigen Kinder all' sind gutartig. Man ehrt und schätzt mich im Hause allgemein — und dies mit Freuden, ohne Lohn und Dank zu erwarten." Am 5. August 1785 an dieselbe: „Die Frau Generalin spricht oft von Dir; wie auch die liebe, herzige Friederike. Mir ist's sehr leid, daß ich sie wegen meiner Geschäfte nicht mehr — oder doch nur äußerst wenig unterrichten kann." Diese Friederike ist ohne Zweifel die Fr., die Schubart in einem Liebeslied feiert, von dem Strauß urteilt, es sei ein echtes — schlichtes, aber wunderschönes — Liebeslied, das in Goethes Sesenheimer Liederbuch stehen könnte. (Vgl. Reclam S. 441. Strauß II, 447.) In diese Zeit fällt Schubarts platonische, von jenen Ludwigsburger Liebschaften himmelweit verschiedene Liebe zu Regina Voßler und Ludovika Simanowiz (Reclam S. 422—438). „Regina" und „Serafina" sind eine Person; man sieht dies aus der vierten Strophe des Gedichts: „Am Reginatage". Regina Voßler war die Tochter des Hauptmanns auf Hohenasperg, innig befreundet mit Christophine Schiller und Ludovika Simanowiz, geborner Reichenbach. Geboren 1767 auf Hohenasperg, verlor sie ihren Vater in zarter Kindheit. Ihre unbemittelte Mutter war froh, daß Regina von ihrem Pathen, dem General Bilfinger, an Kindesstatt angenommen wurde. Reich an Geistesgaben, voll reinen Sinns für alles Gute und Schöne wuchs sie heran. Leider blieb in ihrer Erziehung das gemütliche und religiöse Element ganz vernachlässigt. Bilfinger hielt jede weibliche Einwirkung von ihr fern; er wollte das Meisterstück eines tüchtigen Pädagogen an ihr machen und nach seinem Willen sollte sie „ein Mann werden". So wurden die trefflichen Anlagen dieses ungewöhnlich fähigen Kindes nicht nur nicht naturgemäß entwickelt, sondern bald hinaufgeschraubt, bald herabgedrückt, immer mit Zwang und

Drang behandelt. Schubart bildete sie zur Virtuosin im Klavier-spiel. Ludwig Schubart erzählt: „Auf dem Asperg verliebte er sich förmlich in eine wirklich liebenswürdige Offizierstochter, und brachte sie — vermutlich ebendeshalb — auf dem Flügel weiter, als irgend eine Schülerin während seines ganzen Lehramts. Es war eine völlig platonische Liebe, die bloß ein paar geistige Äste schob: die seltene Kunstfertigkeit des Mädchens, die Bewunderung erregte, und die erotischen Gedichte an Regina und Serafina, worunter zwei seinen besten beigezählt zu werden verdienen. Auch im äußeren Anzug, Anstand und Betragen suchte der 46jährige Mann noch diesem Mädchen zu gefallen, nahm sogleich einen feineren Ton und einen gewissen Zwang an, wenn sie in die Gesellschaft trat; feierte jeden ihrer Geburts- und Namenstage mit einem — wie gestochen von seiner Hand geschriebenen Ge-dichte; spielte besser vor ihr, als vor Fremden und Gesalbten, und alles, womit er sich belohnte, war ein dankbares Lächeln oder ein Kuß."

Der Umgang mit Ludovika diente dazu, ihr inneres Leben mehr und mehr zu heben. Je feiner aber ihr Geist gebildet war, desto dürftiger und trockener blieb ihr Gemütsleben. Durch ihre geistige Überlegenheit, ihren sprudelnden Witz, ihr ausgezeich-netes Klavierspiel und ihre körperlichen Vorzüge zog sie die Auf-merksamkeit überall auf sich. Verlobt mit einem Arzte aus Nord-deutschland, löste sie diese Beziehungen bald wieder, blieb bei ihrem Pathen*) und zog mit ihm nach Hohentwiel. Im Jahr 1800 übergab er die Festung dem Feinde ohne Gegenwehr, und nun wurde das traurigste Los sein Teil. Auf sein ganzes Vermögen wurde Beschlag gelegt und so verlor auch Regina alles. Beiden blieb nicht, wo sie das Haupt niederlegen konnten. Regina selber floh nach Tübingen; ein stummer, tiefer Schmerz schien sie zu verzehren. Endlich überwand sie denselben und durch eisernen Fleiß erwarb sie sich in Ludwigsburg und Stuttgart ihren Lebens-unterhalt, ja noch mehr als sie bedurfte, so daß sie dem Pfleg-

---

*) Nach Pahls Denkwürdigkeiten S. 394 war der „Pathe" zugleich ihr natürlicher Vater.

vater — der übrigens alles haßte, was von ihr kam — seine Lage,
ohne daß er es ahnte, auf alle mögliche Weise erleichterte und
ihm bis zu seinem Tode, je mehr er sie haßte, um so größere
Opfer brachte.*) Gewiß ist, daß ihre Schwachheiten und Fehler
mehr eine Folge ihrer Erziehung waren, daß ihnen aber auch
leuchtend gegenüberstanden hohe Vorzüge, edle Kräfte, seltene
Gaben, ein heller, scharfer, lebendiger, noch im Alter funken-
sprühender Geist, eine fast männliche Seele, die vielseitigste Bildung, durchbringende Menschenkenntnis, die Gabe des klaren, bestimmten Ausdrucks, unbestechliche Wahrheitsliebe und Freimütigkeit,
aufrichtige Treue in der Freundschaft und ausdauernde Teilnahme
am Wohle ihrer Freunde, seltene Willenskraft und ein offener
Sinn für alles Schöne und Rechte. Sie starb in ihrem 78.
Lebensjahre.

Regina Voßler war im 16. und 17. Lebensjahre, als sie
mit Schubart öfters zusammenkam. Man muß ihr Alter und ihre
höchst eigentümlichen Lebensverhältnisse, ihre ganz sonderbare Erziehung, die Fernhaltung alles weiblichen Einflusses auf sie, die
Unterdrückung ihrer religiösen Anlage durch einen Mann, der ein
entschiedener Naturalist, außerdem mißtrauisch, geizig und launisch
war — dies alles muß man bedenken, um die Ermahnungen, die
ihr Schubart in seinen an sie gerichteten Gedichten giebt, zu begreifen. So fluchte z. B. Bilfinger auf die gemeinste Art; Regina
versuchte ihn davon abzubringen; der Erfolg war, daß er noch
viel mehr fluchte. Die Bibel kannte er gar nicht und verachtete
sie doch. Das Gleichnis vom verlornen Sohn, das ihm einmal
ein Freund vorlas, war ihm ganz unbekannt; als man es ihm
in der Bibel zeigte, meinte er, solche Meisterstücke seien von den
Alten und nur Einschiebsel in der Bibel. Schubart hatte eine
große Freude an ihr; er beschäftigte sich viel mit ihrer wissenschaftlichen Bildung, leitete auch ihre Lektüre, jedoch unter den
Augen ihres Pathen. Rousseau wurde um diese Zeit ihr Liebling;

---

*) In „Seraphinas Weihgesang" heißt Bilfinger Reginens „Führer"
und ein „weiser Mann". — Näheres über Bilfinger und die Übergabe
Hohentwiels bei Biffart a. a. O. S. 110 ff. Bilfinger starb in Stuttgart,
97 Jahre alt, am 22. Mai 1825.

von Voltaire fühlte sie sich weniger angezogen. Ludovike bat
Schubart, auch auf ihr religiöses Leben einzuwirken, weil er ihrem
Geist eher gewachsen sei, als sie und keiner Einseitigkeit beschuldigt
werden könne. Schubart lächelte; denn er wußte wohl, daß seine
religiösen Rührungen auf keinem festen Grunde ruhten; indessen
that er doch, was er konnte. Er that es, setzen wir zur Berichti-
gung und Ergänzung unsrer Quelle (Ludovike. Ein Lebensbild
aus der nächsten Vergangenheit, geschildert für christliche Mütter und
Töchter unserer Tage von der Herausgeberin des Christbaums.
Mit Originalbriefen von Schiller, Therese Huber und ihren Zeitgenossen. Stuttgart, Belser 1847 S. 352 ff.) hinzu, nicht allein
mündlich, sondern auch in seinen Gedichten an sie. Strauß (II, 447)
tadelt die Worte: „Fluch dem frechen Schattenungeheuer — Fluch
der Wollust, wenn sie dich beschleicht" in dem Gedicht: Seraphinas
Weihgesang (Reclam S. 425) als plump, ekelhaft und unpassend
in der Anrede an ein geliebtes Mädchen, die ihren 16. Geburtstag
feiert. Schubart mochte aber seinen Grund zu dieser Warnung
haben. Als einst ein Freund ihrem Pathen Vorwürfe machte,
daß er Ovids Verwandlungen herumliegen ließ, da leicht die kleine
Regina hineinsehen könnte, sagte er: „Den Reinen ist alles rein,"
in der Meinung, Sokrates habe diesen Satz aufgestellt. Überhaupt
las er nichts lieber, als Lustspiele und mythologische Werke. Daß
auch Rousseau für Mädchen in ihrem Alter eine bedenkliche Lektüre
ist, versteht sich von selbst. — In dem schönen Gedicht: „Die
zwei Schwesterseelen" rühmt Schubart Reginens Herrscherblick.
Daß dieser Herrschersinn oft in mißtrauischen Eigensinn, Trotz,
Widerspruchsgeist überging, konnte ihm nicht verborgen sein.
Einige Gedichte an Regina sind reine Liebesgedichte; andere enthalten freundschaftliche, liebevolle Ermahnungen und Warnungen.
— Regina war ein Original; Schubart fand sich von ihr sehr
oft angezogen, gewiß aber fühlte er sich von ihr auch manchmal
abgestoßen. Ihr Hang zum Geiz und zum Mißtrauen konnte ihm
nicht zusagen.
Ludovike war 1759 in Schorndorf geboren, wo ihr Vater,
Reichenbach, als württembergischer Militärarzt lebte. Bald nach
ihrer Geburt wurde ihr Vater nach Ludwigsburg versetzt. Sie

verriet bald besondere Anlagen zum Zeichnen, die sie in Stuttgart
völlig ausbildete. Aufs innigste war sie mit Schillers Schwester
Christophine und mit Regine Voßler befreundet. Sie verlobte sich
später mit dem Offizier Simanowiz, einem vielseitig gebildeten
und mit Schubart befreundeten Mann. Beim Abschied von ihrer
Heimat, ehe sie sich zu weiterer Ausbildung nach Paris begab,
besuchte sie den Gefangenen, in dessen Nähe sie schon vorher
mehrmals gewesen war, mit ihrem Vater und ihrem Bräutigam.
Es war ein herrlicher Frühlingstag, als diese drei dem Asperg
zuwanderten. Schubart sah von ferne die Glücklichen kommen.
Freudig bewegt harrte er ihrer Ankunft und bald waren sie um
den Dichter versammelt. Wie sehr dieser hierdurch beglückt war
und wie hoch er Ludovike mit ihrem guten Herzen schätzte, gab
er in dem Liede kund: „Abschied an Ludovike auf Hohenasperg"
(Reclam S. 438). In Paris blieb sie fünf Jahre bis zum
Ausbruch der Revolution 1789. Sie kehrte nun in die Heimat
zurück und verehelichte sich mit Simanowiz. Nach einem Jahr
ging sie zum zweitenmal nach Paris; aber die Greuel der Revolution trieben sie bald ins Vaterland zurück. Als Schiller 1793
und 1794 sich mit seiner Gattin in Schwaben aufhielt, ließen sich
beide von Ludovike porträtieren. Auch Christophinens Bild, das
dem Werk: „Schillers Briefwechsel mit seiner Schwester Christophine
und seinem Schwager Reinwald. Leipzig 1875" beigegeben ist,
ist von ihr. Ihr Gatte wurde 1799 von einem Schlage getroffen
und dadurch amtsunfähig; er starb 1826. Ludovike ließ sich
dadurch weder in ihrem Gottvertrauen, noch in der fleißigen Be-
sorgung ihres Tagewerks beirren. Sie starb 1827 in Ludwigsburg, 67 Jahr alt.

Über Langeweile konnte sich Schubart jetzt in der That nicht
mehr beklagen. Er verfertigte Gedichte in Menge, einen kleinen
Roman und Sonaten, Kantaten, Lieder fürs Klavier und informierte
vom Morgen bis in die Nacht.

Als die Theaterlustbarkeiten eingestellt waren, baten einige
Schulmeister und Provisoren der Gegend um die Erlaubnis, bei
Schubart Unterricht in der Musik zu nehmen; und erhielten sie.
Mit ungleich mehr Segen und Herzensanteil unterzog er sich

diesem Unterricht, einige vorzügliche Köpfe belohnten ihn durch
ihre Fortschritte reichlich für seine Mühe. Er setzte diese Lehr-
stunden bis zum Jahr seiner Befreiung fort, gab diesen Land-
lehrern gründliche Anweisung zum Generalbaß, zum Orgelspiel
und Gesang, entwarf für sie ganze Abhandlungen über Choral-
und Kirchenmusik und bekam als Honorar von Zeit zu Zeit Wein
und Früchte, wovon er aber weit mehr unter seine Mitgefangenen
verteilte, als selbst genoß. Um jene Zeit scheinen die Provisor-
und Schulmeisterlieder (Reclam S. 457—460) entstanden zu sein.

Dies alles — auch der unerwartete Besuch des berühmten
Orgelspielers Vogler — entschädigte ihn nicht für die Entbehrung
der Freiheit. Seine Gattin und seine Kommandanten verwandten
sich nach dem Erscheinen der Fürstengruft immer wieder für ihn;
vergeblich. Einmal (Strauß II, 163) äußerte Franziska, es sei
ihr unbegreiflich, daß Schubart noch nicht los sei; Personen vom
ersten Rang haben für ihn gebeten, aber es müsse eben sein
Schicksal so sein, daß er im Gefängnis sein Leben zubringen solle;
sie bedaure die Schubartin und wünsche nur, daß Schubart seine
Familie sprechen dürfe, welches sie für die billigste Bitte ansehe;
aber auch dies werde ungemein schwer halten. Diese Worte,
welche die Gräfin zur Generalin von Hügel bei einem Besuch
des Herzogs auf dem Asperg sagte, als der General Schubarts
mit vielem Nachdruck erwähnt hatte und Karl Eugen, statt zu
antworten, zum Regiment weggegangen war — diese scheinbar
freundlichen und aufrichtigen Worte dürfen uns in unsrer Auffassung von Franziskas Gesinnung gegen Schubart nicht beirren.
Sie bilden eine scheinbare Ausnahme, enthalten aber keinen Trost
und keine Hoffnung und waren ohne Zweifel nur darauf berechnet,
Schubart mit dem Gedanken vertraut zu machen, daß es sein
Schicksal sei, im Gefängnis zu sterben. Wahrscheinlich war es
nicht ihr Verdienst, daß endlich im neunten Jahre der Gefangenschaft Schubarts Gattin mit ihren Kindern die langersehnte Erlaubnis erhielt, ihn auf dem Asperg zu besuchen. Am 4. Juli
1785 bekam sie nemlich einen Brief des Generalmajors von
Bouwinghausen, in dem er sie zu sich einlub. Sie erfuhr von
ihm, sie werde heute noch mit ihren zwei Kindern ihren Mann

sehen und sprechen. Zugleich gab er ihr zwei Briefe, einen vom
Herzog an den General von Hügel, den andern von Franziska
an die Frau Generalin. Auf dem Asperg übergab sie dem General
ihre Briefe; Schubart wurde auf die Szene vorbereitet. „Der
Herr General ging selbst hin, um ihn abzuholen. Indessen standen
wir alle stumm und wie versteinert da. Auf einmal ging die
Thür auf und der Herr General und mein Mann traten herein.
— Mein Mann schien voller Starkmut; aber wie er uns erblickte,
war er ganz Empfindung. — Er, ich und meine Kinder drängten
uns zusammen und erstickten fast vor Liebe und Schmerz; unsre
Thränen flossen zusammen wie ein Bach. So standen wir lange,
ohne ein Wort zu sprechen, und ich wünschte nur, daß Sie diese
Gruppe gesehen hätten; denn es läßt sich nicht nachempfinden,
viel weniger beschreiben, was wir da empfunden haben. — Es
war Vorschmack der himmlischen Freuden. — Mein lieber Mann
erholte sich zuerst und hielt eine rührende Rede; lobte und dankte
dem Allmächtigen und unserm gnädigen Fürsten; dann setzten wir
uns und lobten alle Gott." Sechs Tage lang waren sie himmlisch
vergnügt zusammen; dann fuhren sie, um die herzogliche Gnade
nicht zu mißbrauchen, wieder nach Stuttgart. — Vermittler dieses
Besuchs war ohne Zweifel der Mann, den Schubarts Gattin
gleich im Anfang ihres Briefs als Schutzengel ihres Gatten betrachtet, Generalmajor von Bouwinghausen, Schubarts Freund,
Karl Eugens Günstling und Begleiter auf einer Reise durch
Deutschland, die in den Januar und Februar 1783 fiel. (Vgl.
über ihn Schubarts Gedicht: An General von Bouwinghausen
mit der biographischen Anmerkung — Reclam S. 30.) Damals
entstand Schubarts rührendes Gedicht: „Der glückliche Ehemann"
(Reclam S. 58).

Schubart blieb Schubart auch im Kerker. Eine durchgreifende
Veränderung seines Wesens, eine eigentliche Bekehrung ist bei ihm
nicht zu bemerken. Über den Mann, dessen System er früher
verspottet, dann angenommen hatte, schreibt er am 1. Sept. 1785
seiner Frau: „Spezial Zilling von Ludwigsburg, der 62jährige
Pfaffen . . . l, vermählt sich wieder mit einer raschen Witwe von
40 Jahren, des jüdischen Steinheils Schwester."

Ebensowenig scheint sich sein mehrfach erwähnter Mitgefangener, von Scheiblin aus Augsburg, gebessert zu haben; sonst könnte Schubart nicht in dem Brief an seine Gattin vom 5. August 1785, wo er sämtliche Asperger Gefangenen kurz und gut kennzeichnet, von ihm sagen: „von Scheiblin — sanft und melancholisiert sich zum Narren." In demselben Brief schreibt er: „Ich habe einmal der Jungfer Reichenbach ein Gedicht unter dem Titel geschenkt: „Die gefangenen Sänger" (Reclam 74). „Laß Dir's geben — nebst großem Gruß an dies kopf- und herzreiche Mädchen — schreib's ab und schick' mir's." Diese Jungfer Reichenbach ist Ludovike (Simanowiz). Die kurze Charakteristik „kopf- und herz- reich" zeigt sie in ihrem Unterschied von Regina Voßler und er- klärt, warum Schubart ihr keine Ermahnungen zu geben brauchte. Regina liegt — in dem Gedicht: „Die zwei Schwesterseelen" — an Ludovikas Busen; diese blickt auf sie nieder und zieht sie zu sich empor. —

Warum aber, fragt man unwillkürlich, hat Schubart sich seiner Gefangenschaft nicht durch die Flucht entzogen? Da er Festungsfreiheit hatte, konnte ein Fluchtversuch nicht allzubedenklich sein. Wirklich spricht er diesen Gedanken zweimal in seinen Briefen aus. „Wenn ich nur aushalte," schreibt er 1782 seiner Gattin (Strauß II, 48), „und nach meinem Temperament, das zum Außerordentlichen so geneigt ist, nicht einen Streich wage, der mich ganz elend macht," und am 13. Januar 1784 derselben: „Soll ich die Flucht suchen? Wer steht mir aber bei?" Ludwig Schubart berichtet darüber: „So viel Mut, ja Verwegenheit er im Schreiben besaß, so wenig zeigte er im Handeln. Als er die Komödie auf dem Asperg eingerichtet hatte, erbot sich ein Fremder, ihn in seinem Wagen mitzunehmen, und denselben Abend noch nach Heilbronn zu bringen, wo ihn die Preußen sogleich in Schutz genommen hätten. Der Fremde wies ihm den gewölbten Hinter- grund seines Wagens, worin man ihn gewiß nicht gefunden, und im Getümmel des Ausgangs aus dem Schauspiel auch nicht so bald vermißt hätte. Er schützte Weib und Kind vor und that es nicht. Aber Weib und Kind, die dem Herzog Geld kosteten, würden gewiß bald nachgefolgt sein; und an einer Versorgung hätte es

einem Manne von seiner Vielseitigkeit gewiß nicht lange fehlen
können." Allein — die zweite Auflage des früheren unruhigen
Wanderlebens, erneute Verfolgungen, Weib und Kind von dem
Herzog vielleicht im Stiche gelassen und doch in der Heimat zurückgehalten; dazu die Furcht, es mit dem Himmel zu verderben und
wieder ein Weltmensch zu werden — in der That genug Erklärungs-
gründe, warum Schubart nicht fliehen mochte. „Auch nachher,
als ein auswärtiger Freund, welcher sah, daß alle Verwendungen
beim Herzog fruchtlos blieben, für ihn einen sehr sichern und
mit Vorsicht berechneten Entführungsplan entwarf, und ihm denselben durch einen Bekannten, der ihn besuchen mußte, in die Hand
zu spielen wußte, wagte er den Schritt nicht" — und er hatte
wohl, setzen wir hinzu, noch einen andern Grund, an den sein
Sohn nicht dachte. Schon durch einen Fluchtversuch, noch mehr
durch eine wirkliche Flucht hätte er seine Gönner und Wohlthäter,
namentlich die Festungskommandanten v. Scheeler und v. Hügel,
schwerer Verantwortung ausgesetzt und den Zorn Karls und Franziskas auf ihre Häupter gelenkt. Mit diesen Bemerkungen will
ich den Erklärungsgrund, den Ludwig Schubart giebt, nämlich
einen gewissen apathischen Stumpfsinn, eine fatalistische Gleichgültigkeit nicht leugnen; nur, daß dies der einzige Grund von
Schubarts Ausharren auf der Festung war, muß ich bestreiten. —
      Strauß II, 177 bringt den Besuch von Schubarts Gattin
und Kindern in Zusammenhang mit einer andern Gunst des
Herzogs gegen den Gefangenen. Schubart dichtete auf dem
Asperg gar vielerlei, bestimmte aber, wie er selbst im Vorbericht
zum ersten Bande seiner Gedichte sagt, nie ein Gedicht, einen
prosaischen Aufsatz oder ein Klavierstück ausdrücklich für den
Druck. Er machte sie meist für seine Freunde, Schüler und
Schülerinnen und ließ sie damit als ihrem Eigentume hausen.
„Die Gedichte flogen," sagt Sauer, „wie leichte Sommerfäden in
den Handschriften von dem Kerker aus und fanden weite Verbreitung". Armbruster, ein Stuttgarter Akademist, sammelte die
zerstreuten Gedichte; ein betriebsamer Ulmer Buchhändler stellte
die oft schlechten, fehlerhaften Abschriften zusammen und ließ sie
unter dem Titel: „Chr. Fr. D. Schubarts Gedichte aus dem

Kerker, herausgegeben mit einer Vorrede von Christian Kausler,
herzogl. württ. Hofgerichtsadvokaten, Zürich 1785" erscheinen.
Da bat Schubart um Erlaubnis, seine gesammelten Gedichte selbst
herauszugeben, und erhielt sie. Der Intendant der hohen Karlsschule, Oberst Seeger, riet dem Herzog, Schubarts schriftstellerischen
Trieb für seine Kasse auszubeuten. Um der Waare nichts an Reiz
für das kauflustige Publikum zu benehmen, wurden alle von der
Zensurkommission beanstandeten Stellen der Gedichte, die Vorrede
ausgenommen, vom Herzog freigegeben. Schubart suchte diese,
sehr egoistische, Gunst des Herzog möglichst für seine Befreiung
zu benutzen. Er wollte die Gedichte dem Herzog zueignen; dieser
aber verbat sich's, weil er damit des Dichters Befreiungsbekret
unterzeichnet hätte. In der Ankündigung von Schubarts kom-
ponierten Liedern, die der Ausgabe der Gedichte bald nachfolgten,
durfte der Asperg nicht genannt werden. Die Korrektur seiner
Gedichte und besonders seiner Musikalien durfte Schubart nicht
in Stuttgart vornehmen, obgleich die Beschleunigung des Drucks
durch Schubarts Anwesenheit, eines drohenden Nachdrucks wegen,
der herzoglichen Kasse erhöhten Profit versprach. (Ein solcher
Nachdruck erschien auch wirklich schon 1785 in Wien.) „Etwas
jedoch," fährt Strauß fort, „mußte geschehen, um den Dichter in
gute Laune zu versetzen, die er bei der Anordnung, Verbesserung
und Vervollständigung seiner Gedichtsammlung ohne merklichen
Schaden der buchhändlerischen Unternehmung nicht entbehren
konnte. Daher wurde ihm jetzt endlich die Erlaubnis zu Teil,
die Seinigen einige Tage bei sich haben zu dürfen." Ich lasse
diesen Beweggrund dahingestellt sein. Die Seinigen durften ihn
auch nachher, obgleich selten besuchen, und sein Sohn Ludwig
durfte sich nach Vollendung seiner Studien längere Zeit auf dem
Asperg bei seinem Vater aufhalten, der ihn in preußische Dienste
zu bringen bemüht war. Wirklich ward er 1787 Sekretär im Kabinette
des Grafen Herzberg zu Berlin. Wie wenig aber Ludwig dem Herzog traute, sieht man daraus, daß er unversehens das Land verließ,
in welchem er fürchtete, am Ende noch unfreiwillig festgehalten
zu werden. Anerkennungswert ist immerhin, daß Strauß auf
das Brieflein der Reichsgräfin an die Generalin kein Gewicht

legt. Das Erscheinen von Schubarts Gedichten konnte ihr nur
willkommen sein, hatte doch der Gefangene die früheren Spötte=
reien über die Donna Schmergalina durch erneute Schmeicheleien
wieder gut gemacht. Mehr als alle anderen Gedichte mußte ihr
das schon erwähnte Gedicht: An Guibal schmeicheln, dessen Be=
ziehung ihr nicht verborgen bleiben konnte. — So kam denn die
Ausgabe der Schubart'schen Gedichte in zwei Bänden (1. Band
1785, 2. Band 1786) glücklich zu Stande; und siehe da, die aka=
demische Druckerei hatte ihre Rechnung so gut gemacht, daß sie
2000 fl. Profit davon zog, während der gefangene Dichter froh
sein mußte, für sich die Hälfte dieses Betrages herauszuschlagen.
— Diese Stuttgarter Ausgabe ist sehr selten; in Scheibles Aus=
gabe von Schubarts Werken (1839—41) füllt sie das dritte und
vierte Bändchen. Man vermißt hier mehrere der schönsten Lieder
Schubarts, z. B. „an Fr." und das Kaplied. Letzteres wurde
freilich erst nach dem Erscheinen der akademischen Ausgabe ge=
dichtet; daß aber 1839 eine Sammlung von Schubarts Werken
erscheinen konnte, in der das Kaplied fehlt, das ist denn doch
seltsam.

Über das Kaplied werden wir uns später auslassen. Seine
Befreiung sollte der aufs neue tief barniedergedrückte Mann einem
anderen Gedichte verdanken, das im zweiten Band der akademi=
schen Ausgabe enthalten war, dem Hymnus auf Friedrich den
Großen, den lebenslänglichen Gegenstand seiner Bewunderung und
seines Kultus. Nur ist es falsch, wenn man bei Sauer liest,
Friedrich der Große habe sich für den gefangenen Dichter aus
dankbarer Anerkennung verwendet. „Eine Schubartbegeisterung,"
lesen wir S. 296, „ergriff die Gebildeten der Nation und endlich
legten sich Personen der königlichen Familie und Friedrich selbst
ins Mittel." Das Richtige findet sich bei Strauß II, 189. Das
Gedicht entstand im Frühling 1786 (Strauß II, 180); Friedrichs
Tod (17. August 1786) fiel mit dem Erscheinen des Gedichts zu=
sammen. Bald weihte er dem Verstorbenen ein besonderes Denk=
mal mit dem Titel Obelisk (Reclam S. 170), gedruckt zu Stutt=
gart im Oktober 1786. Der Buchhändler Himburg in Berlin
ließ auch 10,000 Exemplare drucken und teilte sie unentgeltlich

aus; er mußte damals Wache gebrauchen, um das Volk von einem
Sturme seines Hauses abzuhalten. Nach dem Rate eines Freundes sandte Schubart Exemplare davon an den König von Preußen,
den Prinzen Heinrich, an die Prinzessin Friederike und an den
Grafen von Herzberg, worin er durch die rührendsten Züge auf
die Verwendung des Königs für seine Freiheit antrug. Beide
Gedichte wurden allgemein mit Bewunderung und Liebe für den
Dichter aufgenommen; die Verehrer des großen Königs wußten
sie auswendig; Schubarts nunmehr zehnjährige Gefangenschaft
bildete mit dem Eindruck seiner der Nation aus der Seele ge-
sungenen Hymnen einen unerträglichen Widerspruch. Nicht nur
Ramler dichtete jetzt eine Ode an den Barden des Aspergs; nicht
bloß die Karschin forderte Franziska auf, an seiner Befreiung
mitzuwirken; Herzberg wandte sich jetzt im Namen seines Königs
an den Herzog, während zugleich der Prinz Heinrich und die
Prinzessin Friederike von Preußen ihren Einfluß aufboten; am
2. Februar 1787 konnte Schubart an den Buchhändler Himburg
in Berlin schreiben: „Bis zu Thränen hat es mich gerührt, daß
Ihr König meine Freiheit wünscht." An die Herzogin hatte die
Prinzessin Friederike insbesondere geschrieben und hinzugesetzt, ihr
Vater wisse um diesen Brief. (Damit hieng die oben erwähnte
Anstellung Ludwig Schubarts im Preußischen zusammen.) Der
Karschin antwortete Franziska in einem sauersüßen Brief, in dem
sie zum bösen Spiel eine möglichst gute Miene machte, den Auf-
schub von Schubarts Befreiung damit entschuldigt, daß der Herzog sich vorgenommen habe, ihm mit der Befreiung zugleich einen
neuen Wirkungskreis anzuweisen und für die Bedürfnisse des Lebens
zu sorgen und zum Schluß die durchaus glaubwürdige Versicherung anbringt: „Mir blieb nur Teilnehmung, nicht Mitwirkung
an seinem verbesserten Schicksale übrig." Endlich kam der Tag
der Befreiung. Am 11. Mai 1787 erschien der Herzog auf dem
Asperg und kündigte ihm durch seiner Gemahlin Mund seine
Freiheit an. „Nächst Gott," setzt Schubart hinzu, „dank ich dies
kostbare Geschenk Friedrich Wilhelm, dem Herzigen." Schade,
daß Schubart seinem Freund Posselt in Karlsruhe die näheren
Umstände nicht schreibt. Nach anderen Darstellungen (z. B. Weber

am Schluß der Frankfurter Gedichtausgabe) hätte der Herzog dem
Dichter selbst seine Freiheit angekündigt. Bei einer Parade, erzählt man sich, habe sich der Herzog plötzlich zu Schubart gewandt mit den Worten: „Schubart, Er ist frei." Daß Franziska zugegen war, ist gewiß; ob sie allein und wie sie dem
Dichter seine Befreiung verkündigt hat, wissen wir nicht. Am
Ende war auch dies nur eine Komödie, eine auf den Effekt be-
rechnete Illustrierung des Gedankens: Franziska zürnt nicht ewig.

„O lieber Posselt," fährt Schubart fort, „schreien möcht' ich
vor Freude, mich wälzen unter freiem Himmel im Frühlingsgrase,
oder klettern mit der Gemse auf den höchsten Zackenfels, die gefalteten Hände in die Wolken strecken und dem großen Geber der
Freiheit laut weinend danken." Da haben wir den ganzen Schubart bis aufs Weinen hinaus, das fast in keinem Gedicht, in
keinem Briefe, wenigstens vom Asperg, fehlt. „Springen möcht
mein Busen vom Wogenschlag der Empfindung," schrieb er einmal, 5. November 1785, bei der Erinnerung an Ulm seinem
Freund Miller. Er merkte wahrscheinlich nicht, daß sich sein
Drangpathos in einem untadelhaften Hexameter Luft gemacht
hatte. — „Ich bin nun mit einem ansehnlichen Gehalt Direktor
des Theaters und der Musik in Stuttgart (in der Freude seines
Herzens vergißt er die Hauptsache, daß er als Hofdichter angestellt war), für den Rest meines Lebens ganz nach Hang und
Wunsch versorgt. — Sagen Sie all' dies, edler Mann, dem
Publikum in Ihrer Mannsprache, denn ich bin stolz genug, meine
Freiheit von einem Posselt angekündigt zu lesen."

VIII.

Stuttgart.

Es giebt eine Klasse begabter Menschen, deren Dasein aus einem ewigen Wechsel, aus Sprüngen und Kontrasten besteht, die heute aus einer glücklichen Position in eine unglückliche und morgen wieder aus einer unglücklichen in eine glückliche hinausgeschleudert werden, die sich selbst, von einem wunderbaren Geiste der Unstätigkeit getrieben, nirgends Rast und Ruhe gönnen und denen Rast und Ruhe auch von den äußeren Umständen nicht gegönnt wird, die am Ende ihres Lebens kaum wissen, ob sie mehr Glück oder mehr Unglück erfahren haben und ob sie die Früchte ihres unstäten Strebens mehr bedauern oder sich zu ihnen Glück wünschen sollen. Einen solchen Charakter trägt z. B. das Leben des Schauspielers Brandes, das er selbst beschrieb. In höherer Sphäre stellt uns in seinem bewegten Jugendleben, in den Siegen und Niederlagen des siebenjährigen Kriegs ein ähnliches Bild Friedrich der Große dar. Liest man die Biographie seines Bewunderers Schubart, so hat man gleichfalls das Bild eines solchen unsteten, in Kontrasten sich bewegenden Menschenlebens, indem er selbst gesteht, wie er gestern geehrt und heute verachtet, gestern als das glückseligste aller Menschenkinder und heute als das unglückseligste fühlte; selbst seinem zehnjährigen düstern Gefängnisleben sollte zum Schluß noch ein wenigstens vegetativ ruhiges, zwar kurzes, aber doch durch die Liebe seiner Angehörigen verschönertes Dasein folgen.

Der Herzog empfing ihn, wie er selbst dem Leutnant Ringler auf Hohenasperg (Strauß II, 332) schreibt, in gnädiger Audienz und versprach, ihm das Leben von nun an leicht und angenehm zu machen. Damit war aller Groll gegen seinen vormaligen Peiniger „wie Nachtgewölk weggeschwunden".

Seinem in Berlin sich aufhaltenden Sohn, der durch Erfahrungen gewitzigt die Nachricht von der Befreiung seines Vaters

den Briefen der Seinigen, den übereinstimmenden Nachrichten aller
Zeitungen nicht glauben wollte, bis er vom Vater einen Brief
mit dem Datum Stuttgart erhielte, beschreibt er seinen Wegzug
vom Asperg, wie folgt: „Den 18. Mai ging ich ab vom Berge
meines Jammers, geehrt und beweint von meinem Kommandanten,
sämtlichen Offiziers und der ganzen Besatzung. Wie mir's war,
als ich die Weite des Himmels wieder sah, das kann ich dir nicht
sagen. So muß es dem Elias gewesen sein, als er, die Erde
verlassend, mit Flammenrossen in Himmel fuhr. — Geweint hab
ich wie ein kleines Kind; deine holde Mutter saß neben mir —
stumm und anbetend aufschauend wie das Monument der Dankbarkeit. In Stuttgart strömten mir schon auf dem Wege — Musiker, Schauspieler, Tänzer — die Gefährten meines Berufs entgegen, und an ihrer Spitze Julia, meine freudetrunkene Tochter.
Hohe und Niedere, Nahe und Ferne grüßten und glückwünschten
mir mündlich und schriftlich in Prosa und Versen zu meiner Erlösung. Aus allen Gegenden Deutschlands und der Schweiz erhielt ich — und erhalte noch täglich derlei Glückwünsche, daß ich
oft beschämt am Fenster steh' und seufze: ach Gott, ich bin's nicht
wert! — Den andern Tag wurd' ich vom Herrn Obrist dem
Theater und der Kapelle vorgestellt als Dichter und Direktor
des Theaters und der Musik, insofern sie deutschen Gehaltes ist.
Poli steht mit Recht der welschen Musik vor. Auch erhielt ich
den Titel eines Professors — und bin also mit meinem Range
ganz wohl zufrieden. Meine Besoldung besteht aus 600 fl. —
fürchterlich wenig für mich in Stuttgart.

Doch auch dafür ist gesorgt. Ich schreibe ein Journal, wofür ich monatlich 50 fl. vom Postamt erhalte — und so wäre
dann für mein Auskommen gesorgt. — — Meine Geschäfte bestehen nun im Unterrichte im Lesen, Deklamieren, der Mimik,
der Pathognomik und theatralischen Musik" u. s. w. Strauß macht
ad vocem Professor die gegründete Anmerkung, in dem herzoglichen Anstellungsdekret und in allen ferneren Erlassen sei von
diesem Titel keine Rede; Schubart heiße immer nur Hof- und
Theatraldichter, bisweilen auch Musikdirektor; es scheine sich also
mehr nur von einer Connivenz gegen den einmal „aus Schwär-

merei" üblich gewordenen Titel zu handeln. — Schubart hat sich
hier allerdings ungenau ausgedrückt; es kann sich nur um die
mündliche Erlaubnis handeln, sich diesen Titel geben zu lassen.
In dem Brief Lindquists wird Schubart „Professor" genannt
und in der Verhandlung des Augsburger Magistrats vom 15. Nov.
1774 (A. Wohlwill in Schnorr von Carolsfelds Archiv VI (1877)
S. 365) hat Schubart ebenfalls den Titel Professor.

Wie viele Freunde Schubart aller Orten hatte, zeigt sein
Bericht über eine mit seiner Frau, seiner Tochter Julchen und
seinem Schwiegersohn, dem Kammermusikus Kaufmann nach Geislingen, Ulm und Aalen unternommene Reise (siehe den Brief an
seinen Sohn vom 18. Nov. 1787 bei Strauß II, 354). Die
Schilderung ist klassisch. In Geislingen war die ganze Stadt
im Aufruhr, als der Wagen am Zollhause still hielt. „Unser
guter Ahnherr stand in der Verklärung der Freude, mit Silber-
locken umflossen, am Kutschenschlage und die Ahnfrau zitterte unter
der Hausthür, vom Gewichte des Muttergefühls belastet. Bald
umrauschten mich die jüngeren Freunde alle, mit ihren Weibern
und Kindern, und ich griff da nach einer Hand, ließ dort eine
sinken, um der andern ausgestreckte, liebebebende Hände auch zu
fassen. — — Die Schulstube war oft so voll, daß man kaum
stehen konnte, und vor den Fenstern drängten sich andere Scharen
zusammen, um mich zu sehen und zu hören; denn ich und das
Julchen sangen da Volkslieder und Choräle, mit des alten Kantors Flügel begleitet. Eine rührende Szene war's, als sich im
Ochsen meine ehemaligen Schüler um mich her stellten und mir mit
Thränen für den ehmals genossenen Unterricht dankten. Ich lege
dir hier, um der Seltenheit willen, die Abschrift eines Briefes
bei, den mir ein Bürger beim Abschied zuschickte*). Dein Name,
Herzenssohn, wurde da oft genannt, und beim lautschallenden
Male deine Gesundheit getrunken. — Der Abschied war trüb und
traurig; denn wahrscheinlich sah ich den redlichen Alten und seine
sorgliche Hausmutter zum letztenmal in diesem Leben**). Doch

---

*) Ohne Zweifel ist hier der oben S. 63 mitgeteilte Brief gemeint.
**) So war es auch; siehe unten.

riffen wir uns los und der Wagen rollte nach Ulm. Unterwegs
speisten wir mit dem Amtmann Kiderlen in Luzhausen, der im
74. Jahre seines Alters noch so viele Züge seines hellen Witzes
und seiner redseligen Laune beibehielt. Zu Ulm stieg ich beim
Greifenwirt Schuler ab, und siehe da! — mein alter Freund
Capoll stand vor mir und — lächelte weinend. Alsbald kamen
der Edlen mehr — Miller, diese zarte, tief und hoch fühlende
Seele, und Martin, dessen Herz harmonischer klingt als sein Sai=
tenspiel*), und Kern, der Aufklärer, und Stüber, mein che=
maliger Schüler und hundert andere aus dem Wirbel gemeiner
Bekanntschaften.

Vier Tage blieb ich in Ulm, gab ein Konzert, dem Leute
aus allen Ständen zuströmten, speiste bei Millern, wurde von
dem Ersten der Stadt, dem Burgermeister von Besserer, stattlich
bewirtet, besuchte den philosophischen Pflugwirt, der unterm Strudel
von Leinwebern und Metzgern — Mendelsohns Morgenstunden
liest und war unbeschreiblich vergnügt. Auch floß da im Stillen
eine dankende Zähre in den Becher der Freude, daß mich Gott
nach einem fürchterlichen Jahrzehnt die Stadt wieder sehen ließ,
aus der mich ein tückisch=lächelnder Schurke in die Sklaverei
lockte. — Schwer ging's von Ulm; denn in dieser Stadt herrscht
eine Traulichkeit, die so ganz an den Brudersinn der Christus=
jünger grenzt. Das Wort Bruder und Schwester träuft von
allen Lippen und die Grenzlinien der verschiedenen Stände schlin=
gen sich im herzigen Du, wie Epheu= und Rebenranken zusam=
men. Aber — die Scheidestunde kam und unter beständigem
Regen und auf grundlosen Wegen kamen wir nach Aalen, der
Stadt, die die Grundlinien meiner Bildung zog, wo mein Vater,
der feste, deutsche Mann, der Urständ harrt, und ihm zur Seite
vier meiner Geschwister, und Katharine, meine erste Liebe, und
so manche liebe Seele, mit der ich aufwuchs. Ruhiges Moos
wächst schon auf ihren Gräbern und die Inschrift auf ihren
Totenkreuzen stäubte der Regen weg. — Hochschallend empfing
mich mein Bruder und auf der ersten Treppe der Kanzlei harrte

*) Musikdirektor in Ulm.

meiner — eine 73jährige Mutter, beinahe vor Entzücken zusam=
mensinkend, ihren schon hingeschätzten, tausendmal beweinten e r ste n
Sohn wieder in den Armen zu haben. „O lieber Christian, daß
ich dich nur wieder sehe! — O nun will ich gerne sterben!" —
sagte die ehrwürdige Alte in einem Tone, drin das einfältigste,
zarteste Mutterherz wiederhallte. Ich schwieg; doch was ich em=
pfand, und wie schnell, stark, gedrängt, tiefgreifend und himmel=
anspritzend ich all dies empfand, das sagt dir dein eignes edles
Herz, o Ludwig, mein Sohn!! — Meine Schwester, die Stadt=
pfarrerin, legt' ihre Hände kreuzweis auf ihren hochschwangern
Leib und schrie schneidend wie Zinkenton: „Jesus Christus, mein
Bruder!" — und da weinten sie alle, daß ich so viel ausgestan=
den hatte. Meine Mutter schlich um mich herum und küßte, was
sie von mir erhaschen konnte. — In Aalen widerfuhr mir die
höchste Ehre, die sich da denken läßt: der Magistrat bewirtete
mich köstlich in der Post, wo ich und das Julchen sangen und
Kaufmann auf dem Violoncell spielte. Das Posthaus war ge=
drängt voll, auch auf der Straße war Menschengewimmel. Da
lebt' ich denn so ganz nach meines Herzens Lust unter Menschen,
die sich auf dem Wipfel ihrer Eichen stark wiegten, die an der
Katarakte der Natur den Hut füllen und Mannkraft saufen, deren
Selbstheit so fest gewurzelt ist wie die Berge, die sie umgürten,
und die so laut schreien, als wenn sie den Donner überschreien
müßten. Ich trank mit dem Senat und der Geistlichkeit — nicht
kärglich aus dem Wonnebecher, sondern reichlich, wie es Gott
gab, und unter Hörner= und Trompetenschall stieß der 80jährige
Burgermeister Simon an meinen und ein Duzend andre Pokale
und sprach mit der Stimme Josuas — nicht alternd, nicht wan=
kend, sondern fest, dick, anhaltend wie der festliche Orgelpunkt:
Es lebe Schubart in Berlin!!" —

> Brausend scholl's durch den Saal hin
> Und die Flamme der Kerzen weht von der Rufer
> Gewaltigem Hauche.

Man beschenkte mich sogar und führte mich die erste Station
auf Kosten der Stadt. Der Abschied von meiner Mutter war —

das Zerreißen zweier in einander gewachsenen Herzen — Blut
fließt dort und Blut fließt hier. Aber ich bin ein Christ und
Abschied und Tod schärft nur mein Verlangen nach jener Welt,
wo die Abschiedsthräne nicht fließt, wo der Tod nicht mehr röchelt.
— So kamen wir gesund und innerlich staunend über Gottes
Wunder wieder in Stuttgart an, wo die ernste Pflicht und ein
schwerer Beruf wieder meiner harrten."

Aus dem letzten Briefe an seinen Bruder in Aalen (vom
11. Januar 1788, bei Strauß II, 372) führe ich eine Stelle
an, die eine genauere Erörterung verdient. Sie lautet: „Deinem
biedern, ächtdeutschen Magistrate empfiehl mich von Herzen. Sehr
wundern mußt ich mich, daß ihr die Familiengeschichte so seltsam gedeutet habt. Eine Anekdote in den Annalibus Suevicis
hat mich zur Ausführung dieser rührenden Geschichte ermuntert."
Strauß verweist mit Recht auf „Simon von Aalen, eine Familiengeschichte". (Scheible 6, 90.) Die Hauptperson dieser Geschichte
ist ein Aalener Schustersjunge, Pechmelcher genannt, der aus Rache
für eine von einem Aalener Tuchmacher, Namens Simon, erhaltene
Ohrfeige diesen mit einem Ziegelstück wirft, aber so ungeschickt
und so unglücklich, daß der Getroffene von dem Wurf stirbt,
worauf Pechmelcher auf sechs Jahre nach Ludwigsburg ins Zuchthaus kommt. Nun folgt in der Familie des Tuchmachers Schlag
auf Schlag. Die Witwe und ihre Tochter gehen in Sünde und
Schande jämmerlich zu Grunde. Die zwei Söhne, Kasper und
Balthes, ziehen als Fiedler durchs Land, geraten in Bayern zu
einer Räuberbande und werden von dieser angeworben. Kasper
soll sich beim Einbruch in das Haus eines Landedelmanns be-
teiligen. Es gelingt ihm, ins Schloß zu dringen; hier aber erwacht sein Gewissen, er macht Lärm, ruft die Bewohner des
Schlosses zum Kampf gegen Räuber und Mörder, die Bande
muß die Flucht ergreifen und Kaspar entdeckt dem Edelmann den
ganzen ruchlosen Entwurf. Dieser verzeiht ihm, verspricht ihm,
er wolle ihn versorgen, bricht aber bald darauf auf einer Gewaltjagd den Hals und stirbt. Mit dem wenigen Ersparten ging nun
Kasper in die weite Welt, kam nach Holland, geriet unter die
Seelenverkäufer und wurde nach Batavia abgeführt.

Der andere Bruder stiehlt, mordet und stirbt unter dem Namen des Aalemer Mordjodels zu Buchloe auf dem Rade.

Kasper schwingt sich in Batavia vom Sklaven einer reichen holländischen Witwe zu ihrem Gemahl empor, gewöhnt sie an Menschlichkeit und Frömmigkeit und wird von ihr vor ihrem Tode zu ihrem Universalerben eingesetzt. Nach vielen Jahren kehrt er über Holland nach Schwaben zurück. Mitten im Winter kommt er in die Nähe von Aalen, stürzt in eine Gähwinde und wäre verloren gewesen, wenn nicht ein Schäfer zu seiner Rettung herbeigeeilt wäre. Von diesem Schäfer erfährt er das Schicksal seiner Mutter, seiner Schwester und seines Bruders; der Schäfer selb giebt sich als den Pechmelcher zu erkennen, der, vom Zuchthaus entlassen, weil ihn kein Meister nehmen wollte, Schäferknecht geworden war. Da Kasper seine Reue sieht, verzeiht er ihm, ja er kauft ihm einen eigenen Schäferhof. In Aalen giebt sich Kasper vor dem gesamten Rat und der Geistlichkeit zu erkennen, macht herrliche Legate an Kirchen, Schulen, Spital und Siechhaus, begiebt sich wieder nach Batavia und stirbt nach einigen Jahren, tausend Spuren seines liebevollen, menschlichen, vom Geiste des Christentums verklärten Charakters hinter sich lassend. Die Holländer nannten ihn den Schwabenapostel und die bekehrten Neger den deutschen Engel." — Die Quelle dieser Geschichte wären also des Martin Crusius Annales suevici. Ich habe in den drei Folianten dieses Werks geforscht, aber nur nachstehende Erzählung gefunden, die man hieher ziehen könnte und die ins Deutsche übersetzt also lautet: „Neulich paßten Räuber auf einem Wege, um einen vorteilhaften Fang zu machen. Damals war in dem kleinen schwäbischen Reichsstädtchen Aalen ein Bürger, der recht und schlecht lebte. Auf einer Geschäftsreise fiel er den besagten Räubern in die Hände. Auf ihre Frage, woher er sei, antwortete er: „Von der Stadt Aalen." Darauf erwiderten sie: „Du bist jetzt unser Gefangener." „Nun denn in Jesu Namen!" gab er zur Antwort. Darauf bemerkte einer von ihnen, wie weiland Kaiphas: „Diese Gefangennehmung wird uns wenig Segen bringen." Und so geschah es. So vorsichtig sie ihn nämlich mit sich führten, gelang es ihm doch, auf wunderbare Art ihren Händen

zu entrinnen und unverletzt in seine Heimat zurückzukehren. Dies
kam daher, daß er den Namen Jesu, unsers Heilands, gläubig,
einfältig und aufrichtig in seiner Not angerufen hatte." Crusius
(III, 68) nennt als seinen Gewährsmann „Joann. Nider. Formic.
lib. I, cap. 2. Vivens circa 1436." Die Erzählung ist unklar.
Man weiß nicht, zu welchem Zweck sie ihn mit sich führten, da
sie doch auf Beute ausgingen und der Mann, auf einer Geschäfts=
reise begriffen, Geld bei sich haben mußte. Ebensowenig erfährt
man, auf welche wunderbare Weise er von den Räubern frei
wurde. — Schubart hat aus dieser Erzählung den frommen
Kasper genommen, der, als Fiedler herumziehend, unter Räuber
gerät, von ihnen angeworben und herumgeführt wird, bis er durch
sein erwachtes Gewissen auf allerdings wunderbare, höchst aben=
teuerliche Weise von ihnen errettet wird und nach vielen Reisen
glücklich in die Heimat zurückkehrt. Er hat aber, ganz in seiner
Weise, ihm einen gottlosen Bruder gegenübergestellt, der bei den
Räubern bleibt und zuletzt hingerichtet wird. Der Pechmelcher
und die übrigen Personen alle sind Geschöpfe von Schubarts
Phantasie. Somit wird das Thema der ungleichen Brüder von
Schubart in drei Erzählungen behandelt: 1) in Marx der Strahl=
bue; 2) im Beitrag zur Geschichte des menschlichen Herzens;
3) in der Familiengeschichte: Simon. Auch dieses Thema lag
damals ebenso in der Luft, wie die Kindsmörderin. Es genügt,
an Leisewitz' Julius von Tarent, Klingers Zwillinge, Schillers
Räuber zu erinnern. Die Erzählung beginnt pessimistisch und
fatalistisch und hört theistisch und optimistisch auf. Der Name
Simon begegnet uns in der Beschreibung von Schubarts Reise
nach Aalen 1787. Wenn Schubart meinte, er werde noch manches
Herzige von seinem lieben Aalen schreiben, so blieb dies ein from=
mer Wunsch. Mit dieser Erzählung hat er der in Aalen weit=
verbreiteten Familie Simon keinen Gefallen erwiesen, und der
Segen, den Kaspar am Schluß der Erzählung über seine Vater=
stadt spricht und der immer noch auf ihr ruhen soll, ist kein Er=
satz für die Taktlosigkeit, mit der Schubart, indem er eine Er=
zählung des 15. Jahrhunderts in die Sprache und Sitte des
18. umsetzt, einem Familiennamen seiner Vaterstadt einen Makel

anhängt, um ihn nachher effektvoll wieder abzuwaschen. Setzte
man, was sich „unbeschadet des Metrums" bewerkstelligen läßt,
in der aus dem Jahr 1788 stammenden Erzählung „Hedwig, eine
Heiratsgeschichte" an die Stelle des Freundes, des heuchlerischen
Kandidaten der Theologie Rupfer, den Bruder des hochbegabten,
zuerst leichtsinnigen, nachher gebesserten Hohmann, so hätte man
das Thema der ungleichen Brüder in neuer Gestalt und in der
Anwendung auf neue Verhältnisse. Von den vier genannten Erzählungen spielt eine (Hedwig) in Nürnberg, eine (Marx) in Augsburg, eine (Simon) in Aalen, also in lauter Städten, wo Schubart ganz zu Hause war. Nur der Beitrag zur Geschichte des
menschlichen Herzens, den Schubart dreimal behandelt, begnügt
sich, statt Gegenden und Städte zu nennen, mit Anfangsbuchstaben
und Punkten.

„Eine ernste Pflicht und ein schwerer Beruf" warteten in
Stuttgart auf Schubart. Er nahm seinen Beruf ernst und verdient nicht den Vorwurf, den Strauß II, 310 gegen ihn erhebt:
„Wir sehen ihn, ganz in seiner Art, sein Amt (als Direktor des
Schauspiels und der deutschen Oper) mit Feuereifer antreten, um
es in Kurzem mit Überdruß hängen und zuletzt ganz liegen zu
lassen." Woran es fehlte und wodurch ihm sein Amt erschwert
wurde, schreibt Schubart am 26. August 1787 seinem Sohn:
„Mein Amt wär eigentlich angenehm, wenn nur der Herzog dem
Theater geneigter wäre. Aber der wendet davon sein Antlitz,
wie von einer Jammerhöhle." — Die Schauspielerinnen zogen ihn
mehr an, als das Schauspiel und die von Ludovike Simanowiz
gemalte Baletti wußte sich seinen Nachstellungen gegen ihre Unschuld nur durch die Flucht zu entziehen; das Theater erlitt, wie
Schubart klagt, dadurch einen schweren Verlust. Es gelang Schubart nicht, das Stuttgarter Theater zu einem Nationaltheater zu
gestalten; Karls Geschmack war weniger deutsch, als Karl Theodors, weswegen Schubart von Ulm aus für das entfernte Mannheimer Theater mehr in deutschem Sinn wirken konnte, als für das
Theater der Stadt, in der er später lebte. Übrigens gehörte das
Musik- und Mimikinstitut, dem Schubart vorstand, zur Akademie,
hörte also auch mit dieser auf. Gewiß war nicht Schubart daran

schuld, daß Goethe 1797 das Stuttgarter Theater wie ein Mario-
nettentheater vorkam und er namentlich den Mangel an richtiger
Sprache und Deklamation in jeder Art Ausdruck irgend eines Gefühls
oder höheren Gedankens entschieden tabelte. Über die Oper lautet
Goethes Urteil nicht günstiger; nur das Ballet fand er ganz heiter
und artig.

Schubarts Hauptgeschäft wurde indessen bald die Chronik.
Schon sechs Wochen nach seiner Freilassung eröffnete er sie wieder.
Der Herzog hatte ihm Zensurfreiheit erteilt, um alle Verantwortung
wegen etwaiger Anstöße, welche die Zeitung geben möchte, von
sich auf den Verfasser abzuwälzen. Diese blieben denn auch nicht
lange aus. Schon die Ankündigung mit ihren beifälligen Äußerungen über Kaiser Josefs antihierarchisches Wirken, ihrer bedenklichen Hindeutung auf Rußlands und Östreichs steigendes Übergewicht, ihrer Zufriedenheit mit dem deutschen Fürstenbund, dem
Grundpfeiler der deutschen Freiheit und vaterländischen Verfassung,
zog ihm eine Warnung zu, gegen welche er sich hauptsächlich durch
Hinweisung auf den jetzt überall gangbaren Freiheitston würdevoll
und glücklich verteidigte. Bereits das dritte Stück der Chronik
aber veranlaßte den dänischen Gesandten zu einer Reklamation,
welche trotz des Versuchs, den der Herzog machte, dem Chronisten
hinauszuhelfen, mit einem förmlichen Widerrufe des anstößigen —
in der That höchst unschuldigen — Artikels endigte. Ähnliche
Beschwerden von fürstlichen und städtischen Regierungen, von
Sachsen und Preußen, von Nürnberg und Landau 2c. hörten von
da an nicht mehr auf und führten Widerrufe herbei, die aber zum
Teil mehr komisch, als ernsthaft lauteten. Sogar von Seiten der
Reichsversammlung zu Regensburg glaubte Schubart noch in seinem
letzten Lebensjahr ein Gewitter im Anzuge, das er in einem
Schreiben zu beschwören suchte, worin er unter anderem auch auf
den ansehnlichen Gewinn aufmerksam machte, den die akademische
Druckerei aus seiner Chronik ziehe. — „Die Reichsversammlung,"
bemerkt Strauß, „wird sich darum wenig bekümmert haben; aber
für den Herzog von Württemberg war es gewiß ein Hauptbeweggrund, der Chronik seinen Schutz angedeihen zu lassen."

Früher hatte Schubart die Chronik im Wirtshaus diktiert;

bald nach der Rückkehr von der Reise nach Geislingen, Ulm und
Aalen brach er den rechten Arm, und fand sich hierdurch, weil
es dem Winter zuging, aufs neue Monate lang ins Zimmer
gesperrt; er diktierte nun die Chronik, wie seine Briefe, zu Haus.
Darin finde ich — nicht den Grund, aber doch einen Grund,
warum die Chronik nach der Asperger Zeit weniger Feuer und
Geist zeigt als vorher. Schubart hielt sich gegen 25 Zeitungen
und Zeitschriften, aus denen er für seine Chronik entlehnte, was
er brauchte; früher in Ulm hatte er mehr aus der Tiefe seines
eigenen Herzens geschöpft. — Daß übrigens der Chronikschreiber
den Hofdichter nicht ausschloß, zeigt so manche mit gereimten und
ungereimten Schmeicheleien auf Karl und seine Gemahlin verzierte
Nummer der Chronik (vgl. Reclam S. 112, 113).

Schubarts Lebensweise nach seiner Befreiung zeichnet sein
Sohn mit folgenden Worten: „Seine Chronik, sein Amt, Ge-
legenheitsgedichte u. A. warfen ihm bald nach seiner Loslassung
so viel ab, daß er ein jährliches Einkommen von mehr als
4000 fl. genoß. Natürlich machte er sich diesen Segen vollauf
zu Nutze; gab Traktamente und nahm sie an; ließ Keller und
Küche stattlich bestellen und suchte der zahlreichen Innung der
Bonvivants gleichsam zu zeigen, daß es ein Poet doch auch auf
einen grünen Zweig bringen könne. Im Kreise der Seinigen war
er ein höchst gemütlicher und zärtlicher Gatte und Vater. Seine
Abende brachte er gewöhnlich im Gasthof zum Adler in Stuttgart
zu, wo er mit seinem Freund, dem Schieferdecker Baur, und
anderen gute und schlechte, edle und gemeine Witze und Schwänke
Preis gab und nach seinem eigenen Ausdruck oft trank, daß ihm
die Haare rauchten. Ein Beweis, wie sehr der Mythus auch in
der bildenden Kunst die geschichtliche Wahrheit beeinträchtigt, ist
folgendes. In dem Zimmer, wo früher jene Zechgelage stattfanden,
hängt an der Wand ein Gemälde. Zwei Männer sitzen am Wirts-
haustische, zechen und plaudern; da geht die Thür auf, ein junger
Mann tritt herein und gesellt sich zu ihnen. Der Kupferstich hat
keine Unterschrift; aber jene zwei Männer sind dem ganzen Aussehen nach Schubart und Baur, der dritte ist unverkennbar der
jugendliche Schiller. Nun ist es aber unmöglich, daß diese drei

je zusammen gezecht haben. Schubart war von 1777—87 auf dem Asperg; im Jahre 1793 und 94 aber, als Schiller seine Heimat besuchte, waren Baur und Schubart längst gestorben. — Schubart zeigte sich hier besonders groß als Stegreifdichter. Ein Hauptmitglied dieses berühmten Kränzchens war ein Postmeister Reinöhl von Cannstatt. Als er infolge der Impromptus, welche Schubart in gesellschaftlicher Vertraulichkeit auf den Namen seiner Mitgäste zu machen pflegte, diesen kleingläubig zu einem Vers über den seinigen herausforderte, sagte Schubart:

„O du mit deiner fetten Wampe,
Von Reinöhl,
In deiner Geisteslampe
Ist kein Öl.

(Wagner, Geschichte der hohen Karlsschule II, 415.)

Ein andermal ward ein Oberst, Namens Ramsler, in den Kranz eingeführt. Der Schieferdecker setzte sechs Kronenthaler dafür, daß Schubart einen Reim auf diesen Namen finden könne; der Oberst mit noch einigen andern der Gesellschaft dagegen. Die Summe wurde auf einen Teller aufgelegt. Schubart kam, und mit wenigen Worten von der Wette in Kenntnis gesetzt fing er also an:

Auf Ramsler soll ich reimen Was;
Sechs Kronenthaler gilt der Spaß.
Drum kauf' ich mir ein neues Wams,
Dann hab ich schon die Silbe „Rams".
Jetzt fehlt mir (nur) noch die Silbe „ler";
Gebt eure Kronenthaler her.

Und Schubart schob bei den letzten Worten vor den Augen der Wettenden die gute Prise in den Sack.

Wie es bei solchen Gelegenheiten zuging, sieht man aus dem Büchlein, dem die letzte Anekdote entnommen ist: Baur und Schubart oder Schieferdecker und Poet, zwei schwäbische Volks-Originale, 2. Aufl., Stuttgart, Ullrich 1851. Ein Schwabe, wie Schubart, war freilich Baur nicht. Nach dem genannten Büch-

lein war er der in geheimer Liebe erzeugte Sohn des Erzbischofs
zu Trier, welchem die Erziehung desselben sehr am Herzen lag.
Im zwanzigsten Jahre trat Baur eine Reise nach Warschau an,
wo er längere Zeit verweilte. Hier lernte er einige Freimaurer
kennen, wurde später selbst als solcher unter dem Großmeister
Ludwig Gutakowsky in die Loge des heiligen Johannes aufgenommen und erhielt mit der Zeit den Grad eines Meisters. Als
würdiges Mitglied dieser Gesellschaft wirkte er bis ans Ende.
Näheres über seinen Lebenslauf ist mir nicht bekannt. Ein im
Jahre 1792, ein Jahr nach seinem Tode, über ihn erschienenes
Büchlein ist im Buchhandel vergriffen. Seine „Philosophie" war
die, man müsse das Leben genießen, so lange man könne. Heiter
zu sein, wie der Morgen, war seine Moral. Er trank vom frühen
Morgen bis in die Nacht hinein Rhein-, Mosel-, Neckarwein, auch
Champagner; Cypernwein pflegte er sich kistenweise von fern her
zu verschreiben; Malaga, Burgunder, Tokayer und der von Klopstock gefeierte Kapwein gehörten zu seinen Lieblingen. Im Gasthaus trank er so viel, daß er die Zahl der Flaschen, deren Inhalt
er verschlang, nicht im Gedächtnis behalten konnte; weswegen er
die Gewohnheit hatte, von jeder Flasche, die er ausgeleert hatte,
den Propf in die Tasche zu schieben und darnach seine Zeche
zu berechnen.

Trotz seines Freimaurertums war Baur ein eifriger Katholik.
Gerne sprach er von den dummen Lutheranern, welche keine Religion haben. Alle Morgen gieng er in die Messe, verrichtete
auch im ärgsten Rausche doch vor Schlafengehen sein Nachtgebet
und kniete häufig vor Reliquien, die er in seinem Zimmer hatte.
Ein Künstler malte ihn auf einem Stuhle vor einem Tische sitzend,
ein Glas in der Rechten haltend und vor ihm eine Menge ge-
füllter und geleerter Flaschen. Ein Kapuziner tritt vor ihn hin
und präsentiert ihm einen ungeheuern wilden Schweinskopf. Die
Unterschrift dieses Gemäldes, das Schreiber dieses vor ungefähr
30 Jahren in einem Dorfwirtshaus an der Wand hängen sah,
lautet: „Wie Schieferdecker Baur philosophiert." Baur freute
sich so sehr über dieses Gemälde, daß er seinen Maler mit Burgunder und Champagner bewirtete.

Mit einem Schwein mußte er sich freilich oft vergleichen lassen und an Horaz' Epicuri de grege porcus denkt man da unwillkürlich. Besagtes Büchlein enthält eine merkwürdige Blumen=lese seiner häufigsten Schimpfwörter und seiner bekanntesten Witze. Die ersteren ohnedies, aber auch die Witze sind mit sehr wenigen Ausnahmen roh naturalistisch. Wie aber in jener Zeit ätherische Sentimentalität und grobianische Naturderbheit neben einander hergingen, ja oft in demselben Individuum sich begegneten, sieht man hier deutlich. Baur war, wie ein Nathanael in einem Fal=staffsleib, alle Zeit jedem edlen Eindruck offen. Das Kaplied war Baurs Leiblied. „Kinder, singt mir das Kaplied,“ pflegte er zu sagen und oft sah man diesen Mann mit der so rauhen Außen=seite unter dem Gesange Thränen vergießen. Über ihn selbst wurden die meisten Witze gerissen und wenn sie nur gut waren, so war er zufrieden. Er setzte selbst einmal einen Preis von mehreren Flaschen Champagner für denjenigen aus, der seinen Bauch am witzigsten schildern werde. Haug, Hübner u. a. über=boten sich in Vergleichungen; Schubart aber, auf des Schiefer=deckers Bauch mit dem Finger zeigend, gewann den Preis mit den Worten: „Er ist die Weinsteig“. Baur trug gewöhnlich eine Weste, in die der Schneider ganz künstliche Streifen eingenäht hatte. Die Gesellschaft erging sich in witzigen Vergleichungen, und Schubart, welcher die Striche für Faßgürtel erklärte, erhielt das Lob des Schieferdeckers.

Baur und Schubart glichen einander in mehreren Punkten. Beide haßten das Wasser und waren eifrige Bacchusverehrer; doch fand — zu seiner Ehre sei es gesagt — in diesem Stück Schu=bart an Baur seinen Meister. So massenhaft Baurs Bauch war, so groß war Schubarts Kopf, so daß kein Hutmacher eine seiner gewöhnlichen Formen für ihn brauchen konnte. Schubart führte immer einen Pudel bei sich; der Schieferdecker immer ein unförm=lich großes spanisches Rohr. Beide liebten Witze und Reime. Beide waren gegen Notleidende wohlthätig. Häufig teilte Schu=bart die Summe, die er von Hause mitgenommen, unterwegs aus und kam mit leeren Taschen im Wirtshause an. Einmal zog er gar auf offener Landstraße, wie sein Sohn erzählt, einen ganz

neuen Überrock aus, schenkte ihn einem übelbekleideten Bettel=
soldaten und kam im bloßen Frack nach Haus. Mehr als einmal,
wenn ihn ein Bettler während der Arbeit unter dem Fenster an=
sprach, warf er ihm den ganzen Laib Brot aus der Tischlade
hinaus. Er gab und gab immerzu. Wo er hinkam, sammelten
sich die Armen, und immer that er an ihnen selbst über sein
Vermögen. Bewies man ihm manchmal den offenbaren Miß=
brauch seiner Spende, so führte er als Beispiel niemand Gerin=
geres, als den Weltschöpfer an, der in seinen Wohlthaten auch
nicht lange auf die Person sehe. — Auf dem Asperg hatte er
einmal für ein Gelegenheitsgedicht ein paar Louisdor eingenommen.
Sogleich ließ er sie in Silber umsetzen, schenkte dem Überbringer
ein paar Stücke davon und ging nach Tische, wider seine Ge=
wohnheit, mit vielem Anstand um den Wall herum spazieren, wobei
er beständig mit dem Gelde in der Tasche spielte. Als die Schild=
wachen diesen Zauberklang hörten, so zogen sie vor ihm das Ge=
wehr an, und er ermangelte nicht, Jedem, der dies that, von
seinen Pfennigen mitzuteilen, im Herzen über die seltene Ehre
lachend, die ihm als Arrestanten zu Teil wurde. Kaum hatte er
ein paar mal die Runde gemacht, so war sein Mammon versiegt
und reichte höchstens noch zu ein paar Flaschen Wein.

Baur stand in der Tugend der Wohlthätigkeit Schubart in
nichts nach. Er half, wo er konnte, unterstützte die leidende
Menschheit, und wußte er von einem Armen, der sich seiner Armut
schämte, so war es Baur, dieser Mann mit der so rohen Außen=
seite, der ihm auf die zarteste Weise mancherfache Unterstützung zu=
fließen ließ. Dabei ließ er die linke Hand nicht wissen, was die
rechte that; ganz im Stillen half er allenthalben, wo er konnte.
Nur Wenige — so erzählte dem Verfasser des genannten Büchleins
ein Greis, der von Baur während dessen Lebzeiten der vielfachsten
Wohlthaten sich erfreut hatte, mit Thränen der Rührung und
des Dankes in den Augen — nur Wenige haben diesen edlen
Charakter genau gekannt und gebührend zu schätzen gewußt. Unter
jenen Wenigen aber war namentlich Schubart, welchem ein solches
Gemüt nicht lange verborgen bleiben konnte.

Besonders armen Studierenden ließ er gerne seine großmütige

Unterstützung zukommen, setzte junge, talentvolle Männer in den Stand, sich auf Reisen weiter auszubilden, und unter seinen hinterlassenen Papieren hat sich mancher Dankbrief vorgefunden, der deutlich genug für das edle Wirken dieses Mannes Zeugnis ablegt.

Ein ganz besonderer Ohrenschmaus für Baur war, wenn Schubart Vormittags in einem Weinhause Stellen aus seiner Chronik vorlas, noch ehe sie ins Publikum ausgegeben war. Um diesen Gefallen bat er Schubart häufig ganz höflich, nicht in seiner gewöhnlichen Karrenbauernsprache.

Kein Wunder, daß diesem Original Schubart zum neuen Jahre 1791 gratulierte:

> Von innen bist du sanft, von außen bist du rauh,
> Leg ab im neuen Jahr die Maske einer Sau,
> Doch liebst du fernerhin dies scheußliche Gewand,
> So biet' ich dennoch dir die Hand;
> Nur wünsche ich, gebrauche deine Zeit
> Doch immer so, daß es dich nie gereut.

Es war des Schieferdeckers letztes Jahr. Er starb, 59 Jahre alt, unverheiratet, ganz so wie er gelebt hatte. Wie er's gewünscht hatte, führte man seinen Leichnam aus Stuttgart; er liegt in Hofen bei Cannstatt unter Glaubensgenossen begraben. Anstatt über seinen Tod zu weinen, verordnete er, solle man vor seinem Begräbnis einige Flaschen Champagner ausspenden und trinken. — Seine letzte Handlung war eine Wohlthat; er empfahl nämlich seinen bisherigen Gesellen an seine Stelle. „Er ist zwar ein dummer Lutheraner," sagte er, „aber ein ehrlicher Kerl; ich bitte, daß man ihn an meiner Stelle beibehalte." Aus seinem vertrauten Umgang mit Schubart sieht man übrigens, daß ihm die Bigotterie nur anerzogen war.

Schlotterbeck *) dichtete auf ihn:

> Wahrheit, Treue, Mitleid weint,
> Hüllet euch in Trauer;
> Denn hier modert euer Freund,
> Schieferdecker Bauer.

---

*) Joh. Friedr. Schlotterbeck, geb. in Altensteig 5. Juni 1765, aus dem Stift entlassen, Lehrer an der hohen Karlsschule 1788—94, Hof- und Theater-

Ludwig Schubart schildert den Hofschieferdecker also: „Ein wahrer deutscher Falstaff nach Leib und Seele: voll herrlichen gesunden Mutterwitzes; überfließend von kerndeutscher Laune und treffenden Einfällen; ein Riese im Trinken; derb bis zur Grobheit; oft witzig zum Verzweifeln des Getroffenen; ausgerüstet mit einer wahren Poissardensprache; dabei höchst dienstfertig gegen Freunde und Fremde; mildthätig gegen Arme, gutherzig gegen alle Welt. — Dieses Original studierte und genoß Schubart, und hatte sich vorgenommen, es in Lebensgröße zu zeichnen und es in diesen Tagen der Nachahmung als Seltenheit aufzustellen. An diesem Baur übte er seinen Witz in einemweg und machte ein ganzes Vademekum von Epigrammen auf ihn, worunter der Schieferdecker die Treffer immer selbst zuerst anerkannte, die Nieten mit derben Sarkasmen zurückwies." — Hiemit genug von diesem Manne, der immerhin ein Original war.

Eins von den Häusern, in denen Schubart sich häufig sehen ließ, war das die Gartenstraße in Stuttgart an ihrem oberen Ende einst quer abschließende, dem Hof- und Domänenrat Hartmann gehörige Haus. Am Ende des vorigen und Anfang dieses Jahrhunderts war es insofern ein sehr bekanntes, gastliches Haus, als an ihm, angezogen von des Hausherrn Persönlichkeit, seinem Kunstsinn, seinem litterarischen Namen ein nach Stuttgart geratener Reisender von Namen selten vorüberging. Hartmann hatte sich wiederholt der Besuche von Lavater, er hatte sich des Besuches von Goethe mit dem Herzog Karl August, von Matthison und vielen Berühmtheiten der damaligen Zeit zu erfreuen. Über Schubarts Besuche enthalten die nachgelassenen Denkwürdigkeiten von Hartmanns Tochtermann, dem im Jahr 1841 gestorbenen Hofrat Mayer nachfolgende Aufzeichnungen: „Meinen alljährigen, 4wöchentlichen Urlaub brachten wir gewöhnlich mit unsern Kindern bei den Eltern in Stuttgart zu. Da mein Schwiegervater zu

dichter unter Ludwig Eugen, 1797 Kirchenratskanzlist, 1806 Oberfinanzkammersekretär, 1807 Oberhofbausekretär, 1811 Kanzleidirektor in Ulm, † in Stuttgart im Ruhestand 1840. Glücklicher Gelegenheitsdichter, voll genialen Humors, leider vergessen; seine Gedichte, die in einem Bande erschienen, sind im Buchhandel vergriffen.

jener Zeit Intendant des Hoftheaters war, so konnten wir das
Theater mit Freibillets fleißig besuchen; auch gab es im Hartmann'schen Hause durch Freunde und merkwürdige Männer stets
Interessantes zu sehen und zu hören. Einige in dieser Beziehung
erlebte Vorfälle verdienen wohl, hier erzählt zu werden. — Der
Dichter Matthison war, ehe er in württemb. Dienste trat, auf
Besuch im Hause. Man lud den Dichter Schubart, der endlich
von der Festung entlassen war, zum Essen ein, um beide Dichter
zusammenzubringen. Nach Tisch ward Schubart eingeladen, uns
auch mit seinem Gesang und Klavierspiel zu erfreuen. Er willigte
ein, man mußte ihm aber erlauben, weil es ein warmer Tag war,
den Rock auszuziehen, und so setzte er sich denn ans Klavier und
sang Gleimische Kriegslieder mit einer Begeisterung und Kraft,
daß Matthison sagte: Schubart sei der Shakespeare der Musik.
Ein andermal, als die französische Revolution bereits an ihrer
blutigen Arbeit war und man gehört hatte, daß Schubart immer
leidend sei, wurde er zu seiner Zerstreuung zum Essen eingeladen.
Er kam, jedoch mit dem schlechtesten Humor, aß sehr wenig, ließ
sich aber den Wein wohl schmecken und — so aufgeregt, brach
er in die zornige Rede aus, daß, wenn er jetzt bald hinüberkomme,
er die Hölle mit lauter Fürsten- und Pfaffenschädeln gepflastert
finden werde; da wolle er mit frisch gegrifftem Gaul darauf
herumgaloppieren, daß die Funken davon fliegen. So ließ dieser
kräftige Geist, aufgeregt vom Wein, seiner Phantasie die Zügel
schießen und war dann wieder zart und mild, mit Thränen im
Auge, jeder guten Bewegung offen." —

Musterhaft war also sein Lebenswandel auch jetzt nicht und
zur innern Ruhe und Harmonie ist Schubart in seinem ganzen
Leben nie gekommen. Strauß führt I, 362 die Momente an, die
Schubarts sogenannte Bekehrung auf dem Asperg bewirkten: die
Einsamkeit des Gefängnisses, die Beschränkung seiner Lektüre auf
mystische und ascetische Bücher, die Hungerkost zu zwölf Kreuzern
täglich. So läßt er sich denn nach Strauß von Hahn seine geistliche Diät vorschreiben — morgens und abends Beten, vor- und
nachmittag Bibellesen, um sofort in seiner leiblichen Diät statt
der alten Weinerzesse eine Zeitlang sogar zum Branntwein herab-

zusinken. „Diese beiden extremen Prinzipien balgen sich während seiner ferneren Asperger Jahre mit abwechselndem Übergewicht in ihm herum: und siehe da, nach seiner Befreiung bemerkte man, laut der eignen Worte seines Sohnes, von der ganzen Asperger Frömmigkeit in seinem Leben, Betragen und Handeln keine Spur mehr; nur wenn von Religion die R e d e wurde, stand er für jenen Glauben ein und machte sich ein Verdienst daraus, solchen mündlich und schriftlich zu bekennen." So viel steht also fest, daß er auf dem Asperge gläubig wurde und aus den vier Jahren nach seiner Befreiung kein einziges Zeichen davon zu finden ist, daß er wieder in die alten Zweifel versank. Die Worte seines Sohnes darf man nicht so verstehen, Schubart sei den Anlässen, seine religiöse Ansicht auszusprechen, aus dem Wege gegangen und nur, wenn andere das Gespräch auf dieses Thema lenkten, habe er sich als gläubig bekannt. Vergleicht man die Briefe nach dem Asperg mit den Briefen vor dem Asperg, so zeigt sich ein großer Unterschied. In jenen bemerkt man religiöse Unruhe, Unklarheit, Zweifelsucht, Unbefriedigung, Anklagen gegen das Geschick, banges Blicken in die Zukunft; in diesen Ruhe, Sammlung des Gemütes, Dank gegen Gott, Ergebung in seinen Willen, freudige Erwartung eines anderen Lebens. Die Briefe vom Asperg mit ihren wechselnden Stimmungen stehen in der Mitte. Kurz, wie wir oben den Gang der Erzählung: Simon, eine Familiengeschichte, gezeichnet haben: der Anfang lautet fatalistisch und pessimistisch, das Ende wird theistisch und optimistisch. Vgl. Strauß II, 872. 378. 382. 393. 398. „Mein Leben," schreibt er den 11. Januar 1788 seinem Bruder, „ist eine Kette von Wundern. In den schwersten Sichtungen, denen die meisten Menschen unterlegen wären, hat mir Gott einen freien, lichten Geist erhalten. Ich konnte die Vatertreue Gottes im Kerker mit Hymnen preisen, und mein zerschmettertes Gebein hat mich kaum eine Stunde untüchtig gemacht, den Arbeiten des Geistes und den Pflichten des Lebens obzuliegen. Sogar behielt ich meist jenes glühende Hellauf, das meinem Charakter so ganz eigen zu sein scheint. Auch hab ich mir einen Namen in meinem Vaterland erworben, der es mir immer leichter macht, den Menschen nützlich zu werden. Dies fordert mich immer mehr zum Preis und Lob Gottes auf, dessen Hand mir auf dem dunkeln Pfad meines Lebens die Fackel vortrug."

Auch Klopstock hatte eine sehr weltliche Seite in seinem Wesen, durch die er in seiner Jugend vielfach Anstoß gab. Von den frommen italienischen Malern erzählt man, daß sie in ihrem Leben oft sehr weltlich, sehr sinnlich gewesen seien. Reine Harmonie kann ebenso sehr Schwäche, als Größe sein. Gegen Schubart und seine Gattin hat sich der fromme Klopstock weder fromm noch human gezeigt. Außer seinem Hang zum Zechen und Schmausen wird man Schubart in dieser Periode seines Lebens wenig vorwerfen können. Die Äußerungen seines Sohnes beweisen nichts; denn nach allen Spuren hatte dieser sehr freie religiöse Ansichten, beurteilte Schubarts frühere Verirrungen gar zu günstig und konnte seiner ganzen Weltanschauung nach, gerade wie Strauß, in einer sogenannten Bekehrung nur eine gemütliche Selbsttäuschung finden.

Wir kommen zum Schlusse von Schubarts Leben. Sein „Hellauf" hatte er beibehalten, aber gegen frühere Zeiten war es doch herabgestimmt. Der Gedanke an einen baldigen Tod stellte sich schon 1789 bei ihm ein. „Es scheint," schreibt er da seinem Sohn, „Poetengeist sei göttlicher Natur und altre nicht. Ich bin noch gerne unter Jünglingen und kann die bocksledernen Amtsmienen für den Tod nicht leiden. Auch mag ich noch gerne mit den Mädchen schäkern und der gehörnte Jokus sticht mich noch gar oft in die Seite. Da kommt aber der Ernst, hält mir mein halbes Säkulum vor, erinnert mich an den Asperg und schüttelt ein Stundenglas, drauf ein Totenkopf grinst:

> Dann hüll' ich mich in Trauermantel ein
> Und denke an Gevatter Hein . . ."

Ein Jahr später, im August 1790, schreibt seine Gattin ihrem Sohn: „Dein Vater ist jetzt so unthätig, daß es ihm oft schwer fällt, nur seinen Namen zu unterzeichnen. Aus diesem entstehen tausend Fehler, da sein lebhafter Geist doch beschäftigt sein will. Zwar liefert er seine Chronik — um leben zu können; und dies kostet ihm wöchentlich zwei halbe Tage. Dies ist aber auch alles, was er thut; denn sein Amt hat er ganz abgeschüttelt. Unter

Zwang und Drang macht er noch die Prologe auf die Durch=
lauchtigen Namens= und Geburtstage; sonst kommt er das ganze
Jahr nicht ins Opernhaus.*) — Er beantwortet oft die wichtigsten
Briefe nicht — was ihm sehr nachteilig ist; auch verspricht er
bald diesem, bald jenem viel und hält nichts; entweder ist er
hypochondrisch und bildet sich ein, er wäre krank, oder will er
den großen Mann machen und Vergnügungen haben, die geld=
fressend sind, oft dazu mit Leuten, die ihm nicht anstehen. Kommt
bisweilen ein Bube, der gut Gläser leeren kann, so ist der
sein Mann. — Das meiste kommt leider von seiner Erziehung
her und vom Aschberg . . ." Gleich ein paar folgende Briefe
zeigen Schubart von einer ganz anderen Seite. Am 16. Februar
1791 gratuliert er seinem Sohn zu seinem 26. Geburtstag, er=
mahnt ihn zum Gebet und Dank gegen Gott, empfiehlt ihm den
139. Psalmen zu lesen, ja auswendig zu lernen, rät ihm zu
strengerer Diät, teilt ihm den Plan mit, ein kritisches Blatt im
Tone der Berliner Litteraturbriefe zu schreiben, das sich durch
unbestechliche Wahrheitsliebe und fürchterliche Strenge auszeichnen
müsse, und führt ihn zuletzt in seines Hauses friedliche Zelle zu
seiner Gattin, Tochter und seinem Enkel. Freilich war der Ge=
danke, ein kritisches Blatt zu gründen, nur ein vorübergehender
Einfall gewesen. „Du mußt es Deinem alten Vater nicht ver=
argen, wenn er anfängt, ein unfleißiger Korrespondent zu werden.
Jene selige Regsamkeit, jenes Treiben und Stoßen, jenen bren=
nenden Mitteilungsdrang, jene Leichtigkeit, sich schriftlich und münd=
lich zu ergießen — die unsre Jugendjahre so paradiesisch auf=
heitern — fühlt man im Alter immer weniger. Ich höre den
Flügelschlag der bösen Tage, von denen es heißt: Sie gefallen
mir nicht." Im Alter! Im Alter von 52 Jahren, während nach)

---

*) Was also Strauß „ganz in seiner Art" findet, sein Amt mit Feuer=
eifer anzutreten, um es bald hängen und dann liegen zu lassen, das ist viel
mehr Schwäche des Alters, Nachlaß der Natur, Vorgefühl des Todes. —
Wie sehr ihm sobann die Chronik ins Herz gewachsen war, wie er ihr bis
in den Tod getreu blieb, hebt Strauß selbst hervor. Die Äußerung von
Schubarts Frau in unserem Brief ist nicht unwahr, aber einseitig — eben
eine briefliche Äußerung.

den Gedächtnisreimen das Alter mit 60 Jahren erst anfängt.
Schubart verwechselt die Nachwirkung des Aspergs, wo er vor
der Zeit gealtert war, mit dem natürlichen, gewöhnlichen Verlauf
der Zeit. Seine natürliche Entwicklung wurde gewaltsam unter-
brochen; er konnte sich nicht ausleben. Eben als er seine Verhältnisse zu ordnen begann und auch innerlich ruhiger wurde,
mitten in einer sich weit verzweigenden Thätigkeit und auf der
Höhe des Mannesalters ergriff ihn die tückische Faust des württembergischen Selbstherrschers. Karl und Franziska haben seinen
frühen Tod auf dem Gewissen. — In seiner ganzen Liebenswürdigkeit zeigt ihn das von ihm für seine Enkelin auf den Geburtstag ihres Vaters, des Kammermusikus Kaufmann, verfaßte
Gedicht (Strauß II, 430. Reclam S. 86). In dem letzten
Brief an seinen Sohn, vom 19. Julius 1791, tritt uns Schubart
ganz nach seiner Lichtseite entgegen als der treu besorgte Vater, der
religiöse Mann, der festhält an den Glauben, daß der große Urheber
des ungeheuren Weltdrama auch unsre episodischen Akte angelegt
habe, der Patriot, der trotz der damaligen Verdunklung der preußischen Sonne diese bald wieder schöner aufstrahlen sieht als jemals.
Merkwürdig, wie der Knabe und der „Greis" Schubart dasselbe
politische Glaubensbekenntnis haben. „Preußen," schreibt hier
Schubart, „wird am europäischen Himmel noch lange als eins
der hellsten Gestirne leuchten. Das Lebensziel der Königreiche
dauert länger als nur 90 Jahre, wie die Geschichte unumstößlich
beweist." Der Schluß des Briefs lautet: „Und nun lebe wohl.
Der Gott der Liebe sei mit Dir und leite Dich nach seinem
Rate. Amen!

　　　　　eigenhändig. Dein treuer Vater Schubart."

　„So oft man Schubart," erzählt sein Sohn, „wegen seiner
Dicke beschrie, erwiderte er immer: Es geht dem Grabe zu. Bäuche
sind Magazine des Todes, denen man mit Feuer und Schwert
entgegenarbeiten muß. In der That nahm seine Lust zur Bewegung in eben dem Verhältnis ab, als seine Körpermasse zunahm.
Freilich war auch der Übergang von seiner Lebensart auf Hohenasperg zu der, die er in seinen letzten Jahren zu Stuttgart führte,
sehr jäh und gewagt, und einer seiner Bekannten könnte bei aller

Paradoxie doch recht haben, da er behauptete: „Schubart würde noch leben und wirken, wenn er auf dem Asperg *) geblieben wäre." — — Ich fand ihn im Herbste 1790 so stark, aufgedunsen und rot im Gesicht, daß ich beim ersten Eintreten ins Zimmer über seinen Anblick erschrak. „Freust Du Dich nicht über mein blühendes Aussehen?" fragte er mich, als meine Befremdung zur Sprache kam. Ich sagte: „Nein." Da wandte er sich an meine Mutter: „Siehst Du, was ich immer sage? Ich stelle, neben Dir sitzend, das Leben vor, Du den Tod. Aber meine Röte und Fülle gleicht der untergehenden Sonne; und mein Leben wird lange schon verwest sein, wenn Dein scheinbarer Tod noch auf= recht und immer derselbe unter den Lebendigen wandelt."

Im Jahre 1792 wurde ihm an seinem Geburtstag von seiner Familie und seinen Freunden besonders viel Ehre erzeigt. Er weinte darüber wie ein Kind und sagte zu seiner Gattin mit Zuversicht und tiefer Rührung: „Dies ist mein letzter!" — Wer ihn ansah und vom Tode reden hörte, der konnte sich kaum eines Lächelns erwehren. Indessen war die Idee, von der er sonst öfters periodische Anwandlungen hatte, diesmal so tief gewurzelt und in sein Innerstes eingedrungen, daß er von seinem Geburts= tage an jeden folgenden Tag in seinem Kalender rot anstrich und als ein besonderes Geschenk des Himmels betrachtete. In dem darauf folgenden Sommer wiederholte er seine Ahnung bis zum Überdrusse; sah rot und strotzend von Gesundheit; las viel und aß fast gar nichts. Sein Weib, die ihn sonst nicht zu Hause halten konnte, übernahm jetzt die umgekehrte Pflicht, ihn so viel wie möglich in Gesellschaften zu treiben und bewog ihn auch wirklich zu einigen Landpartien, die ihm trefflich bekamen; doch

_____

*) Der Name wird gar verschieden geschrieben: Asberg, Asperg, Asperg, Asberg. Die offizielle Schreibart ist: Hohenasperg; so im Hof= und Staats= handbuch des Königreichs Württemberg 1881, S. 359. Die schwäbische Aus= sprache des wie immer geschriebenen Worts lautet: Aschberg. So schreibt die Schubartin oft; die Phantasie bringt den Namen unwillkürlich, wie in Schubarts Traum 1769 und in dem Gedicht „die Aussicht" mit Asche (Staub, Verwesung) in Zusammenhang. Hier hat also die Mundart der Poesie einen wesentlichen Dienst geleistet.

war er kaum zu Hause, so setzte sich der Todesgedanke wie ein
Rabe wieder auf seinem Haupte fest. Seine Chronik in diesem
Jahre war zwar meist in seinem gewöhnlichen Feuer geschrieben,
doch kamen mitten unter politischen und litterarischen Artikeln, oft
völlig am unrechten Orte, Frömmeleien und Grabgedanken vor
und erinnerten an einen Nachlaß seiner Natur. Gegen den Herbst
dieses Jahres ward er von einem Schleimfieber befallen, das
damals in Stuttgart herrschte, und ließ mir sagen, daß ich sogleich
zu ihm aufbrechen solle. Ich ging und erfuhr unterwegs, daß
er die Krankheit überstanden habe und bereits wieder auf sei. —
Auch war es so und er dankte schon Gott für seine Rettung; aber
die Krankheit warf ihn von neuem aufs Lager; und als ich ankam,
fand ich ihn keuchend auf dem Bette und phantasierend. Die
Ärzte wußten sich den Rückfall nicht zu erklären und kündigten mir
sogleich an, daß jetzt ihre Hilfe vergeblich sein werde. Er sprach
abends mit mir oft ganze Stunden über Litteratur und Frankreichs große Revolution in seiner gewöhnlichen starken und bild=
lichen Sprache; bejammerte es, daß er die Katastrophe der letz=
teren nicht mehr erlebe; mischte aber so plötzlich seine Phantasien
in das konsequenteste Gespräch ein, daß ich mich anfangs gar
nicht dareinfinden konnte und ihm widersprach." —

Seine Chronik hatte früher zu seiner Gefangenschaft beige=
tragen; sie wirkte jetzt auch zu seinem Tode mit. Durch einen
Korrespondenten getäuscht rückte Schubart in die Chronik vom
1. März 1791 mit sichtlicher Befriedigung die Nachricht ein, daß
Bischofswerder gestürzt und auch Wöllners Fall zu erwarten sei.
Die Nachricht war falsch und zog ihm von dem preußischen Ge=
sandten in Nürnberg, wie auch von Herzberg, scharfe Verweise
und von einem Ungenannten — wahrscheinlich Bischofswerder selbst
— furchtbare Drohungen zu. Zwar beeilte er sich, in der Chronik
vom 22. und besonders vom 29. März das Versehen auf ziemlich
kriechende Weise wieder gut zu machen: allein er zog sich dennoch
diese Geschichte tief zu Gemüte, verlor wochenlang seine gewöhn=
liche Munterkeit und Laune, versank einigemal in die schwärzeste
Melancholie und sah aus jedem Winkel einen Rächer hervor=
rauschen. Jetzt in seiner Krankheit kamen ihm diese Phantasien

wieder und ließen wie Nachegespenster bis zur letzten Stunde nicht von ihm ab. Man darf es keck sagen, daß diese Geschichte sehr viel zu seinem Tode beigetragen hat. — In dem Chronikexemplar der Stuttgarter öffentlichen Bibliothek, in dessen ersten Band der Name Ludwig Schubarts als des ursprünglichen Eigentümers eingeschrieben ist, findet sich dieser unheilvolle Artikel am Rande mit einem großen † bezeichnet.

„Ich sah in der letzten Herbstnacht," fährt Ludwig Schubart fort, „da ich bei ihm wachte, zum Fenster hinaus: da rollte der Mond über mir vorüber, als würd' er von Flügelrossen gezogen. So entflieht jetzt das Leben deines Vaters! — dacht' ich und konnte den Anblick nicht ertragen. —

Als ich mich gegen Morgen etwas niedergelegt hatte, um Kraft für den Schmerz und seine Arbeiten zu sammeln, welche jetzt sämtlich auf mir lagen, weckte mich meine Mutter leise. Ich sprang wie über einen Schuß empor und fragte nach seinem Befinden. Er lag mit halbgeschlossenem Augenlide, matt keuchend da — ohne alles Bewußtsein. Das Auge sank immer tiefer, so daß man sich bücken mußte, um ihm noch hineinzuschauen. Alles trat aus dem Zimmer, als ich mich neben ihn stellte: — und ich goß im Verborgenen einen Strom von Thränen auf seine Brust. Plötzlich murmelt er noch einige unverständliche Worte, senkt sein Haupt auf einmal tiefer — und stirbt. Ich fiel an dem Toten nieder, barg mein Gesicht in seinem Kissen — und weinte laut. Meine Schwester, die man noch immer zurückgehalten, sah mich — der sie bisher aufgerichtet hatte, vom Schmerz überwältigt zu Boden gesunken; neben mir ihren toten Vater. — Ich hörte das Geschrei ihrer Verzweiflung, stand auf und half sie hinwegbringen. Meine Mutter war die einzige Gefaßte unter uns ... O, es war hier erlaubt zu weinen, denn wir verloren ja so viel in diesem Vater." — Sein Todestag war der 10. Oktober 1791; morgens zwischen 8 und 9 Uhr starb er im Alter von 52 Jahren, 6 Monaten, 10 Tagen. Am 12. wurde er auf dem äußern Spitalkirchhofe (dem sogenannten Hoppelau) begraben. Kein Denkmal bezeichnet sein Grab (obgleich Dannecker eines im Kleinen modellierte), ja selbst die Stelle ist nicht mehr zu finden. —

Nach der oben gegebenen Schilderung der Umstände seines Todes erscheint die weit verbreitete Sage, er sei lebendig begraben worden, als ziemlich unwahrscheinlich. Strauß als Mythiker sieht darin die mythische Übertragung der bildlichen Anschauung von dem auf seiner Festung lebendig begrabenen Dichter auf die Beerdigung des im besten Mannesalter Verstorbenen. Ähnlich sagt Max Ring in der Gartenlaube 1866, 8: „Wie sein „ewiger Jude" konnte der Geist des gefangenen Dichters noch im Grabe nicht die Ruhe finden, indem er, von heftigem Freiheitsdrang beseelt, seinen Sarg zu sprengen suchte." Die Frage muß unentschieden bleiben. —

Ein Schüler des Verstorbenen, dem er auf dem Asperg seine Ideen zu einer Aesthetik der Tonkunst diktierte, Baron Eugen von Scheeler, erließ nach Wagner, Geschichte der hohen Karlsschule II, 32, folgenden Aufruf an die Freunde und Gönner des verewigten Schubart: „Schubart war einer von meinen besten Freunden und auch zwei Jahre in der Gefangenschaft mein Lehrer. Ich habe viele freudige und bittere Stunden mit ihm geteilt. Die unverkennbaren großen Eigenschaften seines Geistes und Herzens, wie seine Fehler, sind für meine moralische und wissenschaftliche Bildung von unendlichem Nutzen geworden. Alle, die ihn aus dem Umgang und aus seinen Schriften kennen und kennen lernen, werden ihm früher oder später gleiches verdanken. Sie werden mir daher verzeihen, wenn ich jeden um einen verhältnismäßigen Beitrag bitte (nebst dem Namen des Einsenders, um hiervon öffentlich Rechenschaft geben zu können), um Schubart einen Marmorstein auf sein Grab oder in eine Kirche mit folgender Inschrift setzen zu lassen:

Weine, Menschheit,
Hier über seine Asche.
Er lehrte die Thaten seiner Zeit
Von guten und bösen
Regenten und Völkern
Mit Liebe, deutscher Kraft und Mut
Gleich Wenigen zum Beispiel für Alle.
Friedrich den Einzigen
Liebte und sang er teutsch, stark und groß,

Im Kerker und in der Freiheit
Wie Keiner.
Auch Er war einzig
Dem guten Bauern, wie dem guten Fürstensohne,
Ein Sänger, Lehrer, Freund,
Groß in der Rede, Ton= und Dichtkunst.
Und in seinem Weltkreis von Kenntnissen
Im Sturme der Leidenschaft
Rang er verblendet nach Frieden und Freiheit,
War ob stürmischer Jugend gefesselt
Und trug's zum Beispiel für Alle.
Ihm wurde, für Alle zum Beispiel,
Weil er vergab, auch vergeben, und ewig nun
Freiheit dir, o Schubart!

Geboren im Jahr 1739 den 30. Merz,
Gestorben den 10. Oktober 1791.
Von seinen Freunden auf sein Grab geschrieben.
Unterschrieben:
Eugen von Scheeler, vorgesetzter Offizier in der Herzoglichen Hohen
Karlsschule.

Von einem Erfolg dieses Aufrufs ist nichts bekannt geworden.

In der Chronik widmete ihm G. Fr. Stäublin einen ebenso tiefgedachten, als tiefempfundenen Nachruf mit dem Schluß:

Dieser heiligen Gruft nahe die Schmähsucht nicht
Mit der geifernden Lipp' und mit dem schielenden
    Blicke, welcher nur Flecken
    In der herrlichen Sonne schaut.

Dieser heiligen Gruft nahe die Weisheit nur,
Mit der Liebe gepaart! Richterin sei nur sie
    Bei den Gräbern der Edeln —
    Sie bei Schubarts Gebeinen nur.

In unserem Jahrhundert setzte ihm Justinus Kerner, der ihn in seinem „Bilderbuch aus meiner Kindheit" mehrfach erwähnt, folgendes poetische Denkmal:

Ihn stießen sie aus frischen Lebensgärten
In dunkle modernde Gewölbe nieder,
Mit Ketten seine Hände sie beschwerten,
Da stiegen Heil'ge liebend zu ihm nieder
Und wurden fortan Freund' ihm und Gefährten:

So sang begeistert er die frommen Lieder.
Und als den Kerker sie ihm aufgeschlossen,
Schien ihm die Welt von Graun und Nacht umflossen.

Aus einem Brief von Schubarts Witwe an Miller vom
14. März 1792, der ihr Ehre macht, ersehen wir, daß Schubarts
Schwager bald nach Schubarts Tode gestorben ist. Über ihres
Mannes letzte Krankheit, schreibt die Witwe, sie sei eine wahre
Christenschule gewesen voll Geduld und Vertrauen auf Gott; er
sei sanft und selig entschlafen mit dem Seufzer: Ja, ich komm,
Herr Jesu, ich komm. „Er legte in die Hanauer Witwenkasse
so viel, daß ich lebenslang nach seinem Tode 200 fl. erhalten
sollte, allein er starb nach dem Plan um etliche Wochen zu früh,
weswegen ich keinen Kreuzer zu erwarten habe. Auch sagte er
in seinen letzten Tagen: Weib, ich weiß es gewiß, Gott wird dem
Herzog ins Herz geben, was er mir und dir schuldig ist; Er
muß für dich sorgen. Allein auch hier ist nichts zu gewarten; ich
bin aber ganz ruhig dabei, weil ich glaube, Gott will mir zeigen,
daß ich ganz allein auf ihn mich verlassen soll, denn Er sorgt
für mich. Ich habe bisher mehr als ich brauche." Sie hatte
recht; der Herzog, der selbst immer Geld brauchte und den Ämter-
handel bis zu seinem Lebensende betrieb, vergaß sie; Franziska
rührte sich nicht; die folgenden Regenten dachten ebensowenig an
sie; die Chronik wurde von Ludwig Schubart und Stäublin noch
zwei Jahre lang fortgesetzt, mußte aber, weil die Zahl der Leser
abnahm, nach dieser Zeit aufhören; die Kinder starben früh und
so stand sie fast allein da. Mit der einzig übrigen Enkeltochter
lebte jetzt die alte Frau in fremdem Hause zu Tübingen; später,
nach deren Verheiratung gänzlich vereinsamt, wieder in Stuttgart,
wo sie, erkrankt, im sogenannten Pfleghause, einem Hospital für
kranke Hofdiener, am 25. Januar 1819, sechsundsiebzigjährig, ihr
kummervolles Dasein beschloß.

Zweierlei ist an dieser Frau besonders merkwürdig. Erstlich
ihre gesunde Religiosität, ihr einfacher und einfältiger Glaube,
ihr rührendes Gottvertrauen; daß ihr Vorbild in Wort und That
bei ihrem Gatten wirkungslos geblieben sei, ist kaum glaublich.
Andrerseits hat ihr Gatte ihren Geist gebildet, ihr Sinn für

Litteratur und höhere Geisteskultur beigebracht, ja sie sogar zum
Dichten veranlaßt, wie denn Schubart gegen den Schluß seiner
Lebensbeschreibung ein höchst einfaches, aber um so rührenderes
Gedicht von ihr mitteilt, in dem sich ihre Sehnsucht nach ihrem
ihr entrissenen Gatten ausspricht. Ihre Briefe lassen in Hinsicht
auf Rechtschreibung viel zu wünschen übrig; allein da kann sie
sich mit ihrem Gatten, mit dem jungen Goethe, mit dem Fürsten
Blücher trösten. Stil und Ausdruck sind rein und richtig, einfach
und natürlich, fern von allem Schwulst und Pomp; einen Fehler
gegen die Syntax wird man schwerlich finden. Ein neues Zeugnis
dafür, daß man nicht durch die lateinische Schule hindurchgegangen
sein muß, um sich in seiner Muttersprache gebildet auszudrücken.

Der oft erwähnte Sohn Ludwig, der 1787 Sekretär im
Kabinet des Grafen Herzberg und 1789 Preußischer Legations=
sekretär im fränkischen Kreise geworden war, trat infolge von Um=
ständen, über die er sich nie deutlich aussprach, aus preußischen
Diensten, zog 1792 mit dem Charakter als Legationsrat und einer
kleinen Pension, die aber mit der Katastrophe von 1806 ins
Stocken geriet, nach Stuttgart und starb hier, unvermählt und
ohne Nachkommen, am 27. Dezbr. 1811. Seine Schriften, die
sein Vater in der Chronik von 1790, S. 302 dem Publikum
warm empfielt, sind im Buchhandel vergriffen und von der Mit=
welt vergessen; bloß sein Werk „Schubarts Charakter oder dritter
und letzter Teil von Schubarts Leben und Gesinnungen" 1798
hat sich erhalten und ist der Scheibleschen Ausgabe der Selbst=
biographie Schubarts beigebunden. Von Schubarts Selbstbio=
graphie („Leben nnd Gesinnungen. Von ihm selbst im Kerker
aufgesetzt") erschien der erste Teil nach dem Schluß der Vorrede
im März 1791, als Schubart noch lebte; der zweite wurde laut
des Titels von seinem Sohne Ludwig 1793 herausgegeben. Die
Vorrede ist zur Ostermesse 1792 geschrieben. Ludwig Schubart
verbreitet sich hier namentlich über seines Vaters Bekehrung und
wundert sich, daß man den Übergang vom Naturalismus zum
Mystizismus bei einem Manne so inkonsequent finden konnte, der
schon in seinen frühesten Schriften, z. B. seinen Todesgesängen
und sogar in den älteren Jahrgängen der Chronik, einen so ent=

schiebenen Hang zum Mystischen, Exaltierten und Unnatürlichen
verriet. Wann war denn nun, müssen wir hier fragen, Schubart
ein „Naturalist", wenn die Geislinger Todesgesänge und die Jahrgänge der Chronik von 1774, 75, 76 einen entschiedenen Mystizismus aussprechen? Ludwig Schubart könnte sich bloß auf den
Aufenthalt in Ludwigsburg, Mannheim und Schwetzingen berufen;
dieser bildet aber doch nicht den „Übergang" zu der Bekehrung
auf Hohenasperg. Die Bekehrung selbst erklärt er wie Strauß.
In einer Anmerkung sagt er: „Unglücklicherweise war die Bibliothek des General Riegers um ein halbes Jahrhundert zurück; und
dieser Zufall hatte einen Haupteinfluß auf die nachfolgende Geistes-
richtung meines sel. Vaters." Ein andermal verweist er diejenigen, die seines Vaters Hang zur Mystik und Theosophie in
der Folge so gar nicht begreifen konnten, auf die Erzählung
Schubarts, nachdem man ihm alle Schreibmaterialien genommen
hatte, habe er sich ganz in geistliche Übungen hineingeworfen.
Daß Schubart Männern wie Kempis, Arndt, Tauler, Spener ꝛc.
das Genie abspricht, bestätigt er mit dem Seufzer: „Das weiß
der liebe Gott!" Die Strenge der christlichen Moral, die Lehre
von der Nachfolge Jesu, Selbstaufopferung und Selbstverleugnung
erscheint ihm — worin ihm die eigenen Parteigenossen nicht bei-
pflichten werden — als spätere absichtliche Entstellung des Christentums. Seines Vaters Äußerung, daß der Unterschied der Geschlechter
in der andern Welt aufhören werde (vgl. Matth. 22, 31), entlockt
ihm den Ausruf: „Da sei Gott für!" „Möcht' nicht in Himmel
kommen," sagte der große Albrecht Dürer (wo?), „wenn keine
Weiber d'rin wären!" Wenn das kein „Naturalismus" ist! Wir
wollen die mit Schubart vorgenommene geistliche Kur nicht entschuldigen, noch weniger zur Nachahmung empfehlen; wir begreifen
es, wenn Ludwig Schubart bei einer Äußerung seines Vaters
ausruft: „Ganz der lichtscheue, schriftwidrige, kränkelnde und ent-
mannende Ton der Pietisten." Das Bedenkliche ist aber, daß
nach des Sohnes Auffassung Schubart Besserung und Bekehrung
eigentlich gar nicht nötig hatte; seine Fehler waren ja „Fehler
des Leichtsinns, des Temperaments, der Verführung und Jugend,
die sich unter hundert Fällen 99 Mal bei Sterblichen von seiner

Organisation vorfinden, ohne daß es darum ihnen oder andern
einfiele, sie für Kinder des Abgrunds zu halten." Ein Kind des
Abgrunds war nun freilich Schubart nicht und einer schlechten
Handlung war er selbst in seiner weitsten Verirrung nie fähig;
allein auf vollkommener Selbsttäuschung beruhten die Selbstan=
klagen, die er in seinem Gefängnis immer wieder ausspricht, eben=
sowenig. Der Sohn trifft ganz neben das Ziel, wenn er meint,
im Grund seien diese Selbstanklagen Schreckbilder seiner Jugend
gewesen, ihm von seinem Vater und durch seinen anfänglichen geist=
lichen Beruf tief eingeprägt, welche seit seinem Eintritt in die
größere Welt übertäubt worden waren — und jetzt, in der Gruft
seines Felsen, in Riesengestalt erwachten und sein Gewissen mar=
terten. Woher weiß Ludwig, daß seinem Vater in der Kindheit
Schreckbilder eingeprägt waren? In den Gedichten und der Selbst=
biographie spricht nichts dafür und viel dagegen. Seinen geist=
lichen Beruf sodann faßte er leicht genug auf; er war im Grund
des Herzens Rationalist mit einem Auflug von Mystizismus. Es
handelt sich aber in diesem Zusammenhang nicht sowohl um die
wissenschaftliche Richtung, als vielmehr um einen tugendhaften,
rechtschaffenen, seinem Amt und seinen Pflichten gegen die Seinigen
entsprechenden Lebenswandel, und hier kann Schubart von schweren
Anklagen nicht freigesprochen werden. Die Gewissensbisse, die ihn
auf der Festung quälten, waren, wenn auch im Einzelnen zu scharf,
doch im Ganzen wohlverdient. Die Vorwürfe, die Prutz in seinem
gegen Schubart vielfach ungerechten Aufsatz erhebt, sind nicht ganz
unbegründet. Die Frische und Lebhaftigkeit des Geistes, die er als
sein Hellauf bezeichnet, begleitete ihn bis zu seinem Lebensende,
obgleich sich naturgemäß ein Nachlaß einstellen mußte. Allein
unsere Fehler sind nicht immer die Kehrseite unserer Tugenden
und nicht notwendig muß, wo viel Licht ist, auch viel Schatten
sein. Ich kann hier nur anführen, was Pressel nach der Be=
schreibung von Schubarts mühevollem Amt in Geislingen sagt:
„Was der Hellene in den Arbeiten seines Herakles, der Hebräer
in dem leidenden Knecht Jehovas im Bilde schaute, war es nicht
von jeher der Prüfstein für die Größten unsres Geschlechts, die
Glut, in der ihr Genius gehärtet wurde, um als schlackenfreies

Rüstzeug dem Dienste der Wahrheit und Schönheit zurückgegeben
zu werden? Diese Probe hat Schubart leider nicht bestanden;
denn ihm fehlte, was auch dem Genie erst die ewige Weihe giebt,
die sittliche Würde, die innere Freiheit. Schubart und Schiller,
Zeitgenossen, Heimatgenossen, Schicksalsgenossen, Geistesgenossen,
und doch — welch' ein Unterschied." Mangel an Maß und
Selbstbeherrschung wirft ihm auch Vischer (Kritische Gänge III, 21)
vor; „er verpufft den besten Geist hinter dem Weinglas, läßt die
Phantasie vom Bande des Willens, so daß sie ihm als Leidenschaft
zur Geisel seines Lebens wird. Von Reue ergriffen verfällt er der
Zerknirschung und den dunklen Vorstellungen des Kirchenglaubens,
den er, wie Strauß sagt, als Freigeist verhöhnt hat, statt sich
gründlich von ihm zu befreien." Allein, dies müssen wir für
Schubart geltend machen, er war Theolog, blieb Theolog, wenn
er auch nicht predigte, und bildete sich als Theolog eine Dogmatik;
eine dogmenlose Dogmatik war ihm lucus a non lucendo. „Abwechselnd im Jubel und Sturm des Leichtsinns und in der Hölle
der Selbstanklage, stets bußfertig und wieder rückfällig gleicht er
dem schlesischen Günther und erinnert an Bürgers schwere Seelen-
schwankungen." Mag man noch so viel von der Notwendigkeit
des Gährens reden, einmal muß dieses Gähren aufhören, einmal
muß der brausende, schäumende Most sich zum klaren, kühlen
Weine läutern. Genug davon! — Schubarts Tochter Julie starb
als herzogliche Hofsängerin und Schauspielerin in Stuttgart am
17. März 1801 im 33. Jahre. In ihr fand Schubart manche
Züge seines Wesens wieder. A. Wohlwill bringt a. a. O. VI,
S. 389 ff. zwei Briefe Schubarts an sie, von denen wir die
Nachschrift des ersten und den zweiten ganz geben. Jene
lautet:

Vatersegen.

Des Vaters Segen baut den Kindern Häuser —
Dir, Julchen, eilt mein Vatersegen zu! —
Nun hat, o glaub es mir, Josef, der deutsche Kaiser
Kein größres Haus als du.

Im zweiten Brief schreibt Schubart:

Asperg, den 2. September 1783.

Herzenstochter!

Ich höre so viel Liebes und Gutes von Dir, daß ich vor Freude weinen möchte, wenn man nur Deinen Namen nennt. Ach, liebes Julchen, glaube ja nicht, daß ich weniger an Dich denke, wenn ich selten an Dich schreibe. Mein ganzes Leben ist ein Brief an Dich. Du hast nach Leib und Seele so viel von Deinem Vater, daß ich Dich lieben müßte, wenn Du auch nicht meine Tochter wärest. Empfänglichkeit für jedes Schöne und Gute, Reizbarkeit für Schmerz und Freude, Stimmung zur Freundschaft und Liebe, Ungestüm in der Traurigkeit und Ungestüm in der Freude, Offenherzigkeit gegen alle Welt und Sympathie mit allem, was um uns her ist, sind so ungefähr die Grundzüge eines solchen Charakters. Ach, liebs Julchen, wenn's auf der Erde lauter Engel gäbe, so kämen solche Herzen ohne Anstoß fort. Aber Dein Vater hat's erfahren, daß man mit solchem Charakter all Augenblick anrenne, wenn man nicht auf seiner Hut ist. Ich hielt mich selber für schlimmer als ich war, und die Menschen um mich her für Engel — und doch wurd' ich betrogen.

Doch hoff' ich zu Gott, er werde dich bewahren, gutes Kind, und dich hier und dort glücklich machen u. s. w.

Eine Tochter Juliens heiratete den Professor Kern am Seminar zu Blaubeuren. Im Jahr 1817, wo sie ihm als Gattin dahin folgte, lebte der Mann noch, der vor 40 Jahren ihren Großvater ins Verderben gelockt hatte. Von ihrer Wohnung aus konnte sie in die Fenster des Hauses sehen, in welchem dieser gefangen genommen worden war. Sie starb frühzeitig in Tübingen, wohin ihr Gatte als Professor der Theologie befördert worden war; am 3. Februar 1842 folgte er ihr im Tode nach. Die drei Sprößlinge aus dieser Ehe, ein Sohn und zwei Töchter, sind nunmehr, nachdem der Mannsstamm schon mit Ludwig Schubart erloschen, die einzigen Nachkommen unsers Dichters.

IX.

Schubart als Dichter.

Wir haben oben die eigentümlichen Umstände angegeben, unter denen die akademische Ausgabe von Schubarts Gedichten zu Stande kam.

Mehr denn 3000 Liebhaber hatten subskribiert; die Gattin des Verfassers wurde dadurch in den Stand gesetzt, ihn nachdrück= licher als je zu unterstützen. Als sich die Auflage schon beinahe vergriffen hatte, kaufte der Buchhändler Hermann in Frankfurt die noch vorrätigen Exemplare und das Verlagsrecht für 80 fl. an sich. Er legte die Gedichte mehrmals schnell nach einander auf. Indessen war er nur zu der akademischen Ausgabe berech= tigt, und da diese in der herzoglichen Buchdruckerei und unter dem Druck der Zensur erschienen, manche Mängel hatten und die Kritik schon lange befugt war, eine bessere und gewähltere Samm= lung zu fordern, so forderte Ludwig Schubart im Jahr 1792 den Volksdichter Bürger, der 1790 Schubart in Stuttgart besucht hatte, auf, bei der Herausgabe der Gedichte seines Vaters ihm seine Meisterhand zu leihen. Bürger antwortete ablehnend; schon die Ausfeilung eigener Kunstwerke sei etwas Mißliches, bei frem= den habe die Feile vollends etwas Gehässiges.

„Nehmen Sie vollends hinzu," schließt der Brief, „daß Ihr sel. Vater ein wahrer poetischer Vesuv — ohne Gleichen, bei irgend einem Volke, bis in sein Alter hinein war. Unter den reinen Flammen warf er freilich manche Schlacken mit aus. Allein der Henker wage sich, wenn er nicht ein Salamander wie er ist, in die Glut und sondere! Ich bin von Jugend auf viel kälterer Natur gewesen und mein viertes Lebensdezennium hat mich noch mehr abgekühlt. Ich fürchte, die hohe Feuersäule dieses Vulkans, wo nicht zu zerstören, doch vielleicht zu sehr zu mindern und zu schwächen." Ein sehr vernünftiges Urteil.

Im Jahr 1802 erschien bei J. C. Hermann in Frankfurt

die von Ludwig Schubart veranstaltete Ausgabe von Schubarts Gedichten mit dem Motto Odyssee 17, 322. 23:

$$\text{ἥμισυ γάρ τ᾽ ἀρετῆς ἀποαίννται εὐρύοπα Ζεύς}$$
$$\text{ἀνέρος, εὖτ᾽ ἄν μιν κατὰ δούλιον ἦμαρ ἕλῃσιν}^*).$$

Nach der Vorrede haben wir hier eine Auswahl von Schubarts Gedichten. „Privatverhältnisse, die nicht hieher gehören, haben die frühere Bekanntmachung dieser seit Jahren fertig liegenden Sammlung verhindert. Der Verfasser selbst war in den letzten Jahren seines Lebens mit einer solchen Redaktion beschäftigt; er zeichnete die Stücke an, welche er kassiert, und verbesserte andere, die er aufgenommen wissen wollte. Dadurch fiel wenigstens ein Drittel der akademischen Sammlung hinweg und ungefähr ebenso viele kamen neu hinzu — teils später verfertigt, teils damals der traurigen Lage des Dichters wegen unterdrückt, so daß die vorliegende Ausgabe von allen früheren wesentlich verschieden ist. Besonders sind die geistlichen Gedichte, ihrer theosophischen Tendenz wegen, auf die Hälfte reduziert **); die höheren lyrischen Stücke dagegen, vornehmlich die Volkslieder, sind möglichst vollständig zusammengestellt und unter eine eigene Rubrik gebracht worden. Da sich manche weder in der Chronik, noch sonst in den nachgelassenen Papieren des Dichters aufgezeichnet fanden, so

---

*) Nach Voß:

Schon ja die Hälfte der Tugend enträckt Zeus waltende Vorsicht
Einem Mann, sobald nur der Knechtschaft Tag ihn ereilet.

**) Als ob alle religiösen Gedichte theosophisch wären! Wo findet sich z. B. in einem der bekanntesten, in der Bitte, eine Spur von Theosophie? Bezeichnend für L. Schubart ist Folgendes. In der Chronik vom 28. Januar 1790 spricht Schubart von dem tief im Menschen liegenden Streben nach Freiheit und fährt dann fort: „Aber ein Zeichen der höchsten Weisheit ist's, wenn wir den vollen Besitz dieses heiligen Kleinods nicht eher erlangen, als bis wir unfähig sind, es zu mißbrauchen. Wer nichts anderes thun kann, als was Gott will, der vermag zu fassen das vollkommene Gesetz der Freiheit." Hier hat nun der Sohn in dem schon erwähnten Exemplar der Chronik im letzten Satz das Wort: Gott in Klammern eingeschlossen und mit Löschblei auf den Rand geschrieben: die Vernunft. Als ob nicht Gott die höchste Vernunft wäre! Wahrscheinlich klang ihm dies auch theosophisch!

schrieb ich sie aus dem Gedächtnis nieder. — Die Feile wurde wenig angewandt. Das wilde und regellose Gepräge ihrer Eigentümlichkeit ist geblieben. — Die Gedichte sind momentane Ergüsse eines überfließenden Herzens, eines vollen Geistes, der sich aus innerem Bedürfnis des angehäuften Stoffs gleichsam entschüttete und die höchste Wonne seines Daseins darin fand. Nicht langsam, nicht gliedweise, nicht unter Schmerzen und Wehen entstanden sie, sondern leicht, plötzlich und ganz wie die Göttin der Fabel sprangen sie aus dem Haupte des Vaters hervor. Feurig und ungeduldig, wie er war, ging er stiefväterlich mit seinen Gedichten um; die Sammlung, Korrektur und Bekanntmachung überließ er meist fremden Händen.

Einen Vorrat von Versen und Zeitstücken, womit er füglich sechs Bände hätte anfüllen können, habe ich auf ein paar Alphabete zusammengedrängt, wie er mich selbst sterbend dazu anwies. — Was mir sonst noch, besonders von Impromptus und Gelegenheitssachen der Aufbewahrung wert scheint, werde ich seinen kleinen prosaischen Schriften einverleiben."

Die Ausgabe hat wenig Wert. Unter den geistlichen Liedern des ersten Teils stehen manche, die gar nicht geistlich sind, z. B. der sterbende Indianer, Frischlin, das wundertätige Kruzifix. Schubarts Sohn ist in der Auswahl der geistlichen Gedichte nicht glücklich gewesen. Im Ganzen enthält dieser Teil 52 religiöse Lieder. Im zweiten Teil stehen die oft so falschen und mit der Chronik, sowie mit Schubarts eigenen Angaben streitenden chronologischen Data der Gedichte. Oft sind nicht einmal bei den bekanntesten Gedichten, wie beim „Schneider", bei der „Fürstengruft" die Angaben richtig. Ferner sind mehrere sehr gelungene und für Schubarts Kenntnis wichtige Gedichte übergangen, z. B. an Prinz Ferdinand von Württemberg, an Herrn Biedermann von Winterthur, Detingers Totenmal. Sodann sind die 166 Gedichte, die den zweiten Teil füllen, nicht einmal nach dem Inhalt gehörig geordnet; alles steht bunt durcheinander. Endlich hat sich's Schubarts Sohn beigehen lassen, zwei Gedichte in den zweiten Teil aufzunehmen, welche seinen Vater gar nicht zum Verfasser haben und durch seine Schuld auch in die nachherigen Ausgaben

eingedrungen sind. Es sind dies die Gedichte: Soldatenabschied
(Heute schreib' ich 2c.), der in der deutschen Chronik 1776, 25. No=
vember deutlich als Probe aus Maler Müllers Balladen ange=
führt ist, aber noch in der Frankfurter Ausgabe von 1829 den
zwei Kapliedern auf dem Fuße nachfolgt und auch in verschiedene
deutsche Gedichtsammlungen als Probe von Schubarts Poesie über=
gegangen ist; sodann das Fischerlied (Ein armer Fischer bin ich
zwar 2c.), das noch Sauer in der neuesten Zeit in seine Aus=
wahl von Schubarts Gedichten mit Verweisung auf die Frank=
furter Ausgabe von 1802, II, 344 ff. und der unrichtigen Klam=
mer „(1785)" aufgenommen hat. Strauß, der das Gedicht ohne
Weiteres als Schubarts Eigentum betrachtet, meint (II, 454), es
sei ungeachtet seines schlüpfrigen Schlusses schwerlich zu schelten.
Er kannte es wahrscheinlich nicht aus der Ausgabe von 1802,
sondern nur aus einer späteren Ausgabe von 1825 oder 29; sonst
hätte er an dem Ausdruck „Stadtmensch" in der dritten Strophe
sich stoßen müssen. Schubart braucht sehr oft „Kerl", aber nie
von einem weiblichen Wesen „das Mensch". Der schlüpfrige
Schluß sodann widerspricht der 4. Strophe. Die Angaben der
beiden Strophen darüber, wie weit das Verhältnis des Fischers
zu Hannchen gediehen sei, stimmen nicht überein. Nach Hoffmann
von Fallerslebens „Unsere volkstümlichen Lieder, 2. Aufl. Leipzig,
1859" S. 37 ist das Lied von Johann Bürkli, geboren 26. Okt.
1745 zu Zürich, gestorben zu Bern 2. Sept. 1804 und erschien
zuerst im Gött. Musenalmanach 1781, S. 154—156, später in
Bürklis Auserlesenen Gedichten (Bern 1800) S. 285—287. —
Wahrscheinlich hatte Ludwig Schubart dieses Lied, wie andere,
„aus dem Gedächtnis" niedergeschrieben.

Außerdem ist noch eine Frankfurter Ausgabe zu erwähnen,
die von Prof. Dr. W. E. Weber veranstaltete, die im dritten
Bändchen zum Schluß eine Lebensbeschreibung und Charakteristik
des Dichters giebt. Auch diese 1825 entstandene Sammlung läßt
viel zu wünschen übrig. Das erste Bändchen enthält die geist=
lichen Gedichte besser geordnet, als in den früheren Ausgaben,
namentlich sofern das dritte Buch dieser Abteilung „Todesgesänge"
und andere spätere Lieder über die letzten Dinge in sich faßt.

Die zwei folgenden Bändchen geben 194 Gedichte in bunter Ord=
nung; die Lieder im Volkstone stehen im dritten Band, leider
auch der Soldatenabschied und das Fischerlied; mehrere Gedichte,
die in der Ausgabe von 1802 fehlen, finden sich hier, wie man
schon aus der Vergleichung der Zahl der Gedichte in beiden Aus=
gaben ersieht; leider sind auch die Angaben über die Zeit, wo
viele der Gedichte entstanden sein sollen, aus der Ausgabe Lud=
wig Schubarts in die von Weber veranstaltete Ausgabe überge=
gangen. Eine neue Auflage erschien 1829. — In Scheibles Buch=
handlung erschienen von 1839—40 Schubarts, des Patrioten, ge=
sammelte Schriften und Schicksale in acht Bändchen. Das dritte
und vierte Bändchen enthalten „C. F. D. Schubarts sämtliche Ge=
dichte." Unter diesen sämtlichen Gedichten fehlen mehrere der
schönsten und bekanntesten, wie das Kaplied und „an Fr." Man
konnte erwarten, daß eine 1839 veranstaltete Sammlung von
Schubarts Gedichten mehr gebe, als die Ausgabe vom Hohenas=
perg 1785 und 1786. Ein bißchen Kritik hätte ferner den Her=
ausgeber oder Sammler veranlassen sollen, die in der Chronik
enthaltenen Gedichte dem dritten und vierten Bändchen der Ge=
dichte einzuverleiben.

Wie nachlässig und gleichgültig bis auf die neuste Zeit mit
Schubarts Gedichten umgegangen wurde, will ich durch zwei Bei=
spiele belegen. In dem Gedicht „Zeichen der Zeit" (Reclam
S. 191) fängt die fünfte Strophe an:

> Abet, der wilden Verzweiflung Geselle,
> Aufruhr, der schwärzeste Dämon der Hölle,
> Schwingt dort die Fackel, in Schwefel getaucht.

Was soll Abet? Ist das Wort vielleicht ein Eigenname? Der
Name eines Miltonschen oder Klopstockschen Dämons? In der
Chronik von 1789, S. 513, wo das Gedicht zuerst erschien, ist
das kleingedruckte Wort Abet — und zwar ohne den nachfolgen=
den Strich — ein offenbarer Druckfehler für — Aber (sed). In
meiner Ausgabe ist dieser Fehler zuerst beseitigt; Sauers Aus=
gabe hat das Gedicht nicht. In dem „Aufruf" liest die Frank=
furter Ausgabe in der zweiten Strophe: „Und blitzest vor dem

Zackenblitze der nahen Ewigkeit." In der Chronik 1788, 809
steht: blinzest. — Auch dieses Gedicht, eins der schönsten und
ergreifendsten, fehlt bei Sauer.

Die neueste mir bekannte Sammlung, richtiger: Auswahl,
ist die von Sauer (Kürschners deutsche Nationallitteratur. Historisch-
kritische Ausgabe. 81. Band. Stürmer und Dränger III S. 289 ff.).
Der Text der aufgenommenen Gedichte ist im Unterschied von den
früheren Ausgaben echt und rein; das Fischerlied ist aufgenommen, aber doch wenigstens der Soldatenabschied ausgeschlossen.
Die Auswahl jedoch und die Anordnung kann ich nicht loben.
Es fehlen z. B. außer dem aufgenommenen Lied „An Fr." alle
die Liebeslieder, bei denen Schubart selbst persönlich beteiligt war,
wie die Gedichte an Regina, Ludovika, Amalia, Lotte und das
„an Gnibal". Es sind sodann zu wenig politische Lieder aufgenommen, deren die Chronik eine so große Anzahl enthält. Die
aufgenommenen poetischen und prosaischen Stücke sind endlich gar
nicht, noch viel weniger als in den Frankfurter Ausgaben von
1825 und 1829 geordnet. Geistliches und Weltliches, Politisches
und Familiäres, Erhabenes und Niedriges sind in bunter Ordnung durcheinander geworfen — vielleicht um ein getreues Ab-
bild von Schubarts eigenem, aus Kontrasten zusammengesetztem
Wesen zu geben; jedenfalls nicht in Schubarts Sinn, da Schubart Geistliches und Weltliches von einander geschieden hat. Eine
chronologische Anordnung glaubte der Herausgeber nicht wagen
zu dürfen, weil Ludwig Schubarts chronologische Daten meist
irrig oder willkürlich sind.

So erschien denn 1884 als Teil der Reclamschen Universalbibliothek (Nr. 1821—24) von dem Verfasser dieser Monographie
eine historisch-kritische Ausgabe, die erste kritisch berichtigte, chronologisch und inhaltlich zugleich geordnete Ausgabe von Schubarts
Gedichten. Von den 110 geistlichen Liedern der Weberschen Ausgabe im ersten Band sind gegen 60, zum größten Teil leere Reim-
mereien und einförmige Wiederholungen banaler Gedanken, gestrichen, hingegen aus dem zweiten und dritten Band mehrere dazu
gefügt worden, so daß jetzt Geistliches und Weltliches scharf geschieden sind.

Schubart war ferner bis jetzt nur als patriotischer, nicht als politischer Dichter bekannt. Eine schöne Anzahl von politischen und zeitgeschichtlichen Gedichten zeigt ihn jetzt dem Publikum von dieser bisher wenig gewürdigten Seite.

Im Ganzen bringt meine Sammlung 92 Gedichte und Gedichtchen, die in den bisherigen Ausgaben fehlen. Von diesen 92 Gedichten enthält zwar die Scheiblesche Ausgabe 18 in ihren Auszügen aus den Jahrgängen der deutschen Chronik; aber in meiner Ausgabe braucht man diese 18 nicht mühsam zusammenzusuchen; sie stehen an ihrer Stelle. Jetzt erst ist die Chronik vollständig zum Zweck einer Sammlung von Schubarts Gedichten ausgebeutet worden; die Benutzung der Chronik zu dem genannten Zweck geschah bisher ebenso prinziplos, als mangelhaft.

Das Zeichen * besagt, daß das betreffende Gedicht in den bisherigen Sammlungen fehlt; die Klammer bei den Jahrszahlen weist auf das Zweifelhafte dieser von Ludwig Schubart herrührenden Angaben hin; offenbar falsche Zeitangaben wurden durch die richtigen ersetzt oder ohne Weiteres gestrichen.

Der Titel: „Sämtliche Gedichte", den die akademische und die Frankfurter Ausgaben haben, wurde verschmäht; denn er enthielt dort und hätte auch bei mir eine Unwahrheit enthalten. Sämtliche Gedichte konnte ich nicht bringen, weil viele verloren gegangen sind und weil sich einige wegen ihres Inhalts nicht zur Aufnahme eigneten; auch wäre die Ausgabe zu dickleibig geworden. Indessen wird nicht leicht ein irgendwie bedeutendes Gedicht übergangen sein.

Mehreren Gedichten sind Erläuterungen, erklärende Anmerkungen beigegeben, die sich bald auf den Inhalt, namentlich auf die Personen, an die sie gerichtet sind oder die überhaupt darin erwähnt werden, bald auf den gewählten Text beziehen.

Die Gedichte zerfallen in sechs Klassen. 1) Zu Schubarts Leben, streng chronologisch geordnet. Aus dem Straußschen Werk wurden zehn Gedichte aufgenommen. Hier findet sich auch das Gedicht Frischlin, weil Schubart „in dieser herrlichen Rettung seines Schicksalsverwandten und Geistesbruders eine Selbstschilderung im engsten Rahmen gegeben hat, selbstbewußt, aber nicht überschätzend." Sauer. Schubart durfte allerdings, wie Sauer fortfährt, auf sich selber anwenden, was er von Frischlin hier sagt: „Und doch, Frischlin, hat Dir vom Aug' herunter der Ätherstrahl des Genius geflammt und besser warst Du, als die Hasser alle, die Dich verdammt." Die zweite Klasse enthält Politisches und Zeitgeschichtliches. Hier kommt zuerst: Schwäbisches, und zwar in erster Linie Herzog Karl mit acht chronologisch geordneten Gedichten; unter ihnen befinden sich auch die zwei Kaplieder, diese stummen Ankläger des Selbstherrschers aller Württemberger; eins an Prinz Ferdinand von Württemberg, den fünften Sohn von Karl Eugens Bruder und zweiten Nachfolger: Friedrich Eugen; eins an Schubarts Freund, den General von Bouwinghausen, dessen abenteuerliche Lebensschicksale in dem Gedicht angedeutet und in der Anmerkung weitläufiger geschildert werden; hier fehlt indessen in dem Verzeichnis der Gedichte die am Schluß der Anmerkung unter dem Text enthaltene Angabe über die Zeit der Entstehung des Gedichts — Jahr 1788. Es folgen zwei Gedichte auf Rieger und je eins auf seine Nachfolger Scheeler und Hügel; die Ode: An Schiller — mit erklärenden Anmerkungen, zwei Gedichte auf den Theosophen Ötinger, zwei auf Schubarts Seelenarzt, den Pfarrer Hahn, die aus den von Hahn herausgegebenen Predigten genommen sind. Nach diesen militärischen und geistlichen Größen, deren poetische Verherrlichungen jedesmal streng nach der Zeitfolge geordnet sind, kommen ein Gedicht: „Selmar (Schubarts Mitgefangener Scheiblin) an seinen Bruder" und „Meinem Freund R ... am großen Freiheitstage geweiht" — auch diese nach der Zeitfolge; die Grabschrift auf den Lehrer der Forstwissenschaft an der hohen Karlsschule, Stahl, die freilich ihren Platz vielleicht besser nach den Gedichten auf Hahn hätte; zuletzt drei Gedichte auf die Schwaben, eins, in dem sie getadelt, zwei, in denen sie gelobt werden. In dem letzten dieser Abteilung mache ich auf den Ausdruck: „Brenne" aufmerksam. Die Frankfurter Ausgaben lesen: „Breme". Allein in der deutschen Chronik 1787, S. 284 steht: „der Brenne stark." Der Brenne ist der Preuße. Die zweite Abteilung der zweiten Hauptklasse begreift Gedichte auf Österreich und das deutsche Kaisertum — von der in Schubarts

Schicksal so tief eingreifenden Ode auf den Tod Franziskus des
Ersten 1765 bis zur Phantasie: Der 13. März 1790. Hier
lernen wir Schubart mit sieben, bisher unbenutzt in der Chronik
vergrabenen Gedichten als warmen Bewunderer Laudons und
Josefs II. kennen. Auf Preußen beziehen sich dreizehn Gedichte,
darunter sieben neuaufgenommene. Das Gedicht „der Reichsadler"
hinkt zwar, chronologisch betrachtet, den vorhergehenden ungeschickt
nach; es wurde aber absichtlich an diese Stelle gesetzt, weil es
sich nicht auf eine einzelne Begebenheit, sondern auf die Ursache
des deutschen politischen Elements, die Eifersucht zwischen Preußen
und Österreich, bezieht.

Auf die Türkei, die Kriege Östreichs und Rußlands mit der
Pforte, gehen zwei, auf Rußland und Polen vier (neuaufgenommene)
Gedichte. Auf Frankreichs Revolution beziehen sich drei, auf Nordamerikas Freiheitskrieg, den Schubarts wärmste Glückwünsche be-
gleiteten, zwei Gedichte. In der letzten Abteilung sind die Gedichte
wie in der ersten, überwiegend nach dem Inhalt zusammengestellt,
dem sich die Chronologie fügen mußte. Hier finden sich die
Fürstengruft, die Aderlässe, in eine Messiade, drei Hauptgedichte
Schubarts. Über die dritte Klasse, geistliche Lieder, wurde schon
oben gesprochen. Sie zerfallen in Lieder allgemeineren Inhalts,
biblische Bilder, Lieder der Buße und des Glaubens, Lieder von
den letzten Dingen. Die vierte Abteilung enthält Erzählungen und
Verwandtes. Hier hat der Text des Schneiders auf Reisen eine
längere Erörterung in der Anmerkung nötig gemacht. Ich setze
hier noch folgendes hinzu: Die Lesart „in einem Taubenschlage"
ist sinnlos. Der Schneider konnte sich doch nicht in irgend einen
beliebigen Taubenschlag begeben. Die Mutter will ihn vielmehr
in dem alten, nicht mehr gebrauchten Taubenschlag ihres Hauses
einen Aufenthaltsort bereiten. Ebenso unrichtig ist: „und kroch
gleich einem Bocke zum Taubenschlag hinein". Ich frage: Seit
wann kriechen die Böcke? Man könnte mich nun freilich fragen:
Seit wann reiten die Schneider auf Böcken in den Taubenschlag?
Die Antwort ist: Die Schneider sind in der Volksphantasie mit
den Böcken so innig verwachsen, daß es niemand wundern kann,
wenn hier ein Schneider auf einem Bock in den Taubenschlag

reitet. Warum sollte denn der Schneider kriechen? War der Taubenschlag, wie vorausgesetzt wird, geräumig und hoch, so brauchte der Schneider sich nicht zu bücken oder zu kriechen. Wo der Bock nachher hingekommen ist, können bloß phantasielose Menschen fragen. Endlich: Mein Schneiderlein im Hembe — wird jetzt noch von einzelnen Schwaben für die ursprüngliche Lesart gehalten. Unter dem Hemb verstehen sie das Reise- oder Wanderhemb. Dies läßt sich hören; allein, daß „ergrimmte" von Herausgebern, denen die schwäbische Aussprache (ergremmde) unbekannt war, in das allerdings nicht, wie Strauß meint, unpassende, eine ganz falsche Situation gebende „im Hembe" umgewandelt wurde, läßt sich begreifen; hingegen bleibt unbegreiflich, wie „im Hembe" in „ergrimmte" umgewandelt worden sein soll. „Ergrimmte" verdient als schwerere Lesart den Vorzug vor der leichteren „im Hembe". — Sauer a. a. O. wagt es, auf Strauß' Autorität gestützt, der einen alten Druck vor sich gehabt zu haben scheine, „ergrimmte" statt des bisherigen „im Hembe" drucken zu lassen. Hätte Dr. Sauer „Meine Reise auf meinem Zimmer — (Fliegendes Blatt)" in des Knaben Wunderhorn (S. 564 bei Ph. Reclam) aufgeschlagen, so hätte er sich leichter zu diesem Wagnis entschlossen und hätte dann auch „in meinem Taubenschlage" und „ritt auf einem Bocke" drucken lassen. (Die „Nudeln" in der Stelle „und wartete, bis ihm zur Kraft die Mutter Nudeln gab" erklärt Hildebrand im Grimmschen Wörterbuch V, 1941 unter „Kraft" (= Kräftigung) von — Klößen!)

Die fünfte Hauptklasse umfaßt: sonstige weltliche Lieder verschiedenen Inhalts. Hier heben wir die schwäbischen Lieder, die Lieder im Volkston hervor. Im „schwäbischen Bauernlied" läßt Sauer trotz der scharfen Lektion, die Strauß hier (II, 453) den nicht schwäbischen Herausgebern gegeben hat, beharrlich „mein Lisel" statt mein' (= meine) Lisel drucken; dann liest man doch wieder ganz richtig: mein' Brant. In der Schlußstrophe steht bei Reclam: Weibchen. So habe ich nach den Frankfurter Ausgaben drucken lassen. Die akademische Ausgabe hat das schwäbischere: Weiblein. Die älteste Lesart aber ist: Mutter. So hat die Chronik 1774, S. 270. Die Sache hat keinen großen Wert.

Zu den drei letzten Gedichten führe ich nach Wohlwill (Archiv VI, 373) an: „Für die im Sommer 1775 in Ulm auftretende Bernersche Schauspielergesellschaft dichtete Schubart einen Epilog (Reclam S. 472), vgl. deutsche Chronik vom 6. Juli 1775; für die Reinhardsche Truppe, welche im Sommer 1776 während der Dauer der Kreisversammlung und der Schwörtagsfeierlichkeiten in Ulm weilte, einen von Demoiselle Reinhard vorgetragenen Prolog zu Emilia Galotti (vgl. deutsche Chronik vom 4. Juli 1776) — bei Reclam S. 474 — und aller Wahrscheinlichkeit nach auch das Vorspiel: Thalias Opfer." Nicht bloß aller Wahrscheinlichkeit nach, sondern wirklich erschien: Thaliens Opfer. Ein Vorspiel von Herrn Schubart 4. Ulm 1776. Da es weniger bedeutend ist, als die zwei vorher genannten Gedichte, die in den bisherigen Sammlungen und Ausgaben fehlten, wurde es von mir nicht aufgenommen. Die sechste Hauptklasse enthält Kleinigkeiten, Epigramme, Satiren, Stegreifreime, patriotische Seufzer. Ein paar Zweideutigkeiten wurden absichtlich weggelassen.

Von Druckfehlern bemerke ich S. 82 lohnt' statt: lohn'. S. 187 Verschaffels statt: Verschaffelts. S. 239 in der zweiten Strophe Aus statt: Auch. S. 486 Reif statt: Steif. Interpunktionsfehler, wie in der Schlußstrophe der Fürstengruft, beliebe der Leser selbst zu verbessern.

Hingegen ist Empyrium S. 215 oben kein Druckfehler. In der Chronik, die aber Schubart diktierte und in der viele Druckfehler sind, steht: Empirium. Dies ist nun kein Wort. Deshalb verbesserte ich: Empyrium. Ich glaube, daß Schubart, dieser Feuergeist, das Wort Empyreum im Sinn hatte, das den Feuerhimmel, den Sitz der Seligen bedeutet. Freilich ist die Form des Worts: Empyrēum; die vorletzte lange Silbe taugt nicht ins Versmaß, doch einem Genie ist ja Alles erlaubt. Ein schwäbischer Gelehrter vermutet, Schubart habe diktiert: Imperium. Was soll aber Imperium hier bedeuten? Das ganze römische Reich? Empyreum bringt jedenfalls einen neuen Begriff und der Gedanke berührt sich dann mit Schillers Teilung der Erde am Schluß.

Über den eigentümlichen Charakter seiner Poesie ist der Poet

selbst zu hören. Schubart teilt in dem Vorbericht zur ersten Aus=
gabe*) die Gedichte in solche ein, die im Gefängnis mehr nieder=
geweint und niedergeblutet, als niedergeschrieben wurden, und in
solche, die er in der Freiheit, meist im Taumel der Welt, im
Glutgefühl der Jugend und heiligen Freiheit verfertigte. Zu den
letzteren gehören die Todesgesänge; da sie in der brausenden
Jugendzeit verfaßt wurden, so mußten wohl die frommen Empfin=
dungen, die sanften Christengefühle unter einer Lava poetischer
Floskeln ersticken. Doch sind sie nicht ohne Segen und Beifall
geblieben." Schubart suchte sie im Gefängnis zu verbessern. Von
den übrigen Gedichten, die er im Gefängnis verfaßte, glaubt er,
daß manches Gute, Erbauliche, Natürliche und Schöne in ihnen
enthalten sei. „Ich fühle, was ich schreibe und rede; ich hasse
den Schreiber und Schwätzer, dem ewige Lügen aus der Feder
und von den Lippen sprudeln, weil er nicht fühlt oder nicht weiß,
was er sagt." Es ist zu bedenken, daß Schubart hier nur von
seinen religiösen, teils vor, teils auf dem Asperg entstandenen
Gedichten spricht. Im Vorbericht zum zweiten Teil dankt Schu=
bart, freudig gerührt durch die große Zahl der Käufer seiner Ge=
dichte, dem deutschen Volke für seine Teilnahme an seinem trauri=
gen Geschick, wünscht und weissagt ihm Gottes Segen und äußert
sich dann über seine Muse also: „Ich erfuhr's so sehr, als es
je ein Dichter erfuhr, wie die äußern Umstände so mächtig auf
den Geist wirken. Heiterkeit, Laune, freier Scherz und ein ge=
wisses Hellauf schien von Jugend an das Eigene meiner Muse,
wie meines Temperaments zu sein und zu bleiben. Ich war so
gern auf der Welt; ich fühlte die Wonne des Daseins bis zum

---

*) Dieser Teil hat zum Motto:
'Ανδρ' ἀγαθὸν δεσμοὶ πάντων δαμνᾶσι μάλιστα —
Καὶ γὰρ ἀνὴρ δεσμοῖς δεδμημένος οὔτε τι εἰπεῖν
οὔτ' ἔρξαι δύναται· γλῶσσα δέ οἱ δέδεται.
                                        Theognis V. 175.
Deutsch:
Fesseln sind für den Braven von allen Lasten die schwerste.
Der mit Fesseln gebundene Mann — nicht reden, nicht handeln
    Kann er; gefesselt ist ihm ja die Zunge zugleich.

ausgelassensten Entzücken, ließ mich von den Menschen so willig
drängen und drücken und stoßen; auch weilte die Freude so gerne
bei mir; denn ich kos'te sie, hielt sie freundlich bei der Hand und
lächelt' ihr so dankbar unters Auge; auch ließ sie mir immer ein
duftendes Sträußchen zurück, wenn sie mich verließ; eine solche
Lage und Blutmischung hätte dann gewiß meinem Geiste eine andere Richtung und meinen Gedichten einen freiern, frischern,
kühnern Ton geben müssen."

Eine nur halb wahre Schilderung. Schubart vergißt, daß er
schon als Knabe nicht allein die Wonne des Daseins, sondern
auch den Schmerz der Vergänglichkeit, die Trauer über Tod und
Grab bis ins Mark gefühlt, daß er von jeher in allen möglichen
Empfindungen geschwelgt hat. Wenn er sodann meint, seine Gedichte seien bisher nicht frei, frisch und kühn genug gewesen und
sein Geist hätte eine andre, d. h. höhere Richtung ins Gebiet
des Gedankens nehmen, er hätte den Odendichtern Pindar und
Klopstock mit Erfolg nachstreben können, ja müssen, so vergißt er,
daß die bisherigen Jahrgänge der deutschen Chronik manches Gedicht von ihm brachten, in welchem er sich mit Glück in höhere
Regionen erhob. Schubart ragt als politischer Dichter unter seinen
Zeitgenossen hervor und die Frage, ob politische Poesie auch Poesie
sei, ist durch ihn, den Vorgänger so vieler andern Dichter, entschieden bejaht. „Großheit und Schauerhöhe," sagt er bei der
Beschreibung seines Aufenthalts in Ulm, „rührte mich immer stärker,
als bloße ruhige Schönheit; daher empfand ich's nie mächtiger,
daß ich noch eine offene empfängliche Seele hatte, als wenn ich
das Münster bestieg, diese heilige Pyramide, Gott und dem Genius
der Deutschen zu Ehren hingetürmt 2c." Sein Sohn führt in
der Anmerkung zur Bestätigung des im Text Gesagten Schubarts
Neujahrsgedicht auf dem Münster 1776 an. Wir sehen auch
hier, wie ungerecht Schubart sich selbst oft und viel beurteilt hat.
Er, der in Dante, Milton, Klopstock ganz zu Hause war, hatte
schon ursprünglich in seinem Geiste die für das Großartige und
Erhabene empfängliche Blutmischung, wovon eben nicht wenige
seiner Gedichte schon aus der Zeit vor der Gefangenschaft Zeugnis
ablegen.

Gehen wir hier auf Schubarts poetische Entwicklung zurück, so können wir bei ihm nicht, wie z. B. bei Schiller, verschiedene Perioden unterscheiden. Volkslieder, Liebeslieder, Kriegslieder entströmen ihm in seiner Jugend und im Alter; in Geislingen dichtet er die ungelenke und vielfach auf Stelzen gehende, aber doch von Vielen gar zu sehr unterschätzte Ode auf den Tod Franziskus des Ersten 1765, einundzwanzig Jahre nachher die in demselben Ton gehaltenen Hymnen auf Friedrich den Großen im Leben und im Tode. Das beste von diesen drei Gedichten ist das mittlere; der Obelisk dagegen ist noch viel mühsamer aufgebunsen, als die Ode auf den deutschen Kaiser. Sehen wir von den genannten jugendlichen Volksliedern, sowie von den Todesgesängen, Zaubereien und einzelnen Stegreifgedichten — einer Liebhaberei, der er sein ganzes Leben treu blieb — ab, so ist Schubart erst in Augsburg mit vollem Bewußtsein als Dichter aufgetreten und hat sich schnell einen ehrenvollen Platz auf dem deutschen Parnaß erobert. Die Musik konnte weder in Ludwigsburg, noch auf seinen Kreuz- und Querzügen die in ihm schlummernde poetische Begabung wecken. Was aber die Musik nicht vermochte, das bewirkte Patriotismus und Politik. Mit einem Schlag steht Schubart als Dichter und Politiker zugleich da, und zwar nicht bloß als politischer oder patriotischer Dichter, sondern als Dichter, als Lyriker im weitesten Sinn.

Nun fährt Schubart fort: „Aber der ernste Arm des Schicksals winkt, und wie ganz anders ist nun Alles! Von Blumengefilden kehrt sich der Geist ab und weilt am liebsten auf Gräbern. Denn traun! wer kann lachen, wo er weinen möchte; heiter sein, wo der Gram jede Miene verdüstert, aufjauchzen in hochgefärbten Tönen, wo die Stimm' im klagenden weichen F erstirbt!

Nur die Gebirgshöhe der Freiheit weitert die Seele und der Knechtschaft Geklüft verengt sie."

Auch dies ist nur halb wahr, berechnet, das Mitleid des Publikums und des Mannes, in dessen Gewalt er gegeben war, zu erregen. Schubart hat, nachdem seine Gefangenschaft erträglicher geworden war, auf dem Hohenasperg zu dichten fortgefahren, wie

er in Augsburg und Ulm angefangen hatte; Naturlieder, Freund-
schafts- und Liebeslieder, Bauern- und Schulmeisterslieder, politische und patriotische Lieder, wie die Fürstengruft, den Hymnus
auf Friedrich den Großen und die Krone aller seiner Lieder: das
Kaplied. Die vielen geistlichen Gedichte sind allerdings Kinder
der Gefangenschaft und verdanken ihr Dasein den religiösen Rührungen, die Schubart hier empfand, und dem durch Hahn bewirkten Umschwung seiner Weltanschauung. Indessen ist doch zu
bemerken, was Ludwig Schubart berichtet, sein Vater habe ihm
auf einer Spazierfahrt — nach der Gefangenschaft — von einem
Gedichte erzählt, das er schon seit vielen Jahren mit sich
herumtrage, das seiner Reife nahe sei und seine bisherigen Gedichte sowohl an Umfang, als an Energie und Eigentümlichkeit
weit übertreffen werde. Der Titel des Gedichts war: „Satans
Wiederkehr", der Inhalt die auf den Satan ausgedehnte Idee
von der Wiederbringung aller Dinge. Ähnlich beschäftigte er sich
in seiner Einsamkeit mit einem Werk: „Der Schächer am Kreuz,
oder Zustand der Seele vor, bei und nach dem Tode". Dies war
immer eine seiner Lieblingsideen (vgl. die Worte Jesu an den
Schächer). Freilich sieht man aus Ludwig Schubarts Darstellung
nicht, ob er dieses Werk in Prosa oder in Poesie zu schreiben
Willens war. Immerhin darf man die Möglichkeit behaupten,
daß Schubart auch ohne den Hohenasperg das Feld der religiösen
Dichtung bebaut hätte.

Die Zeit nach dem Hohenasperg hat hauptsächlich patriotische
und politische, durch die Zeitereignisse hervorgerufene Gedichte, sodann Lobgedichte auf Karl und Franziska, ferner viele „Kleinigkeiten", aber auch Gedichte von anderem Inhalt gebracht. Köstlich ist besonders die poetische Erzählung: „Die Wucherer" vom
Jahr 1788. (Reclam S. 369.)

Wir werden daher Strauß recht geben, wenn er sagt (II, 448):
„Die Abschließung und die harte Presse, unter der Schubart auf
dem Asperg lag, hat seine Gefühle, zum Vorteil der poetischen
Wirkung, verdichtet und verstärkt." Goethe schreibt einmal an
Schiller: „Eigentlich sollte man mit uns Poeten verfahren, wie
die Herzoge von Sachsen mit Luthern, uns auf der Straße weg-

nehmen und uns auf ein Bergschloß sperren. Ich wünschte, man machte diese Operation gleich mit mir und bis Michael (der Brief ist vom 21. Juli 1798) sollte mein Tell fertig sein." — Carmina secessum scribentis et otia quaerunt.

Ob Schubart auf dem Asperg ein längeres Gedicht zu Stande gebracht hätte, ist eine andere Frage, die Strauß verneint. Die Komödien, Tragödien, Singspiele ꝛc., die damals auf der Festung entstanden, sind verloren. Nicht leicht ist ein Dichter mit seinem geistigen Eigentum so nachlässig und unordentlich umgegangen, wie Schubart.

Die Urteile der Litteraturhistoriker über Schubarts Gedichte sind in der Regel höchst ungerecht und einseitig. So sagt König: „In seinen Gedichten bemerkt man vielfach Klopstocks Redefluß, aber neben Hohem und Zartem begegnet man bei ihm nur zu oft rohen und gemeinen Ausbrüchen." Schade, daß diese Gedichte nicht genannt sind; wahrscheinlich hatte König mehrere der Klei= nigkeiten im Sinn; im übrigen sind Geschmacklosigkeiten noch nicht Rohheiten und Gemeinheiten. Nun werden die Fürstengruft, das Kaplied, der Hymnus auf Friedrich den Großen und der ewige Jude gelobt, zum Schluß aber wird bemerkt: „Seine Poesieen wären wohl schon längst vergessen, wenn sein trauriges Schicksal ihnen nicht einen erhöhten Wert in den Augen der Mit= und Nachwelt gegeben hätte." Ähnlich äußern sich Gervinus und Göbeke. Bemerkenswert ist, wie Schäfer in seiner deutschen Littera= turgeschichte II, 264 Schubarts Entwicklung konstruiert. Er meint, Schubart sei von Natur zu weicher Empfindung geneigt gewesen; erst durch die Irrsale seines Lebens sei er in die stürmische Wild= heit geworfen worden, welche gegen die bestehenden Verhältnisse in offenen Kampf geriet. Eher möchte ich sagen, seine stürmische Wildheit, ein krankhaft pathetisches Wesen habe ihn in die Irr= sale seines Lebens geworfen. Fährt doch Schäfer selbst fort: „Zu einer charaktervollen Opposition gebrach es ihm aber an Ruhe und sittlicher Energie." Auf dem Asperg, meint Schäfer weiter, habe bei Schubart wieder die weiche Empfindung die Herr= schaft gewonnen, so daß er sein Kerkerleiden als den Weg zu seiner Bekehrung angesehen und in solcher Stimmung sein Leben be=

schrieben habe; seine Poesieen springen in Extremen hin und her;
in einigen dränge sich ein wildes Kraftgefühl in pomphafter,
nach Klopstock gebildeter Sprache hervor, z. B. in der Fürstengruft und im Ewigen Juden. Als ob nicht eben diese Gedichte,
nebst anderen ähnlichen, wie den zwei auf Friedrich den Großen,
auf dem Asperg entstanden wären. „Der naive Ausdruck des
Gefühls — der natürlich dem einseitigen Goethianer über alles
geht — ist ihm nur in einigen (?) seiner Lieder gelungen." „In
den Volksliedern laufen noch viele Plattheiten unter", mehr für
den Norddeutschen, als für den Schwaben. In den geistlichen
Liedern ist nach Schäfer „mehr forcierte Frömmigkeit, als gehobene
Gemütsstimmung", doch finden sich auch unter ihnen Perlen, Lieder von tiefem Gedanken- und Gefühlsgehalt.

Hermann Fischer in dem Prachtwerk: Sieben Schwaben
sagt, zwei Richtungen laufen bei Schubart neben einander her,
statt sich in höherer Einheit aufzuheben. „Die erste Richtung ist
die Klopstocksche, die Neigung zum Erhabenen, die sich hauptsächlich in religiöser Dichtung ausspricht; Schubart wollte in allem (!)
ein eifriger Jünger des Messiasdichters sein, zu dessen Lob ihm
keine Überschwenglichkeit zu stark war (!!), dessen Werke er mit
stürmischem Beifall öffentlich vorzutragen liebte. Unter den Klop-
stockianern ist er an Feuer und Schwung der erste." Die meisten
Poesieen dieser Art findet Fischer „überschwenglich, stelzenhaft, er-
künstelt, pathetisch; allerdings empfand Schubart wirklich, aber er
gab dieser Empfindung nicht naiven, schlichten Ausdruck; diese
Gedichte sind im ersten Feuer des überwältigenden Gefühls aus-
gesprudelt; wir vermissen künstlerisches Gewissen, logische Strenge,
sie leiden an Unebenheiten, Unklarheiten, verstiegenem Pathos.
Die geistlichen Lieder sind oft unwahr und gekünstelt; selbst die
schwungvolle Hymne auf Schiller und das schauerlich großartige
Fragment des Ewigen Juden können wir nicht mehr mit unge-
teilter Bewunderung genießen.

Allein oft läßt er dieses falsche Pathos hinter sich. Dabei
kam ihm seine außerordentliche musikalische Begabung zu statten.
Die Unmittelbarkeit des Empfindens, die Neigung zur Musik, die
Volkstümlichkeit des Denkens führte ihn notwendig auf das ein-

sache, sangbare, volksmäßige Lied. Hier finden wir ihn auf dem
Feld seiner eigentlichsten Begabung. Er giebt uns hier Perlen,
denen keine Zeit ihren wahren, unverfälschten Schimmer abstreifen
wird. Die Lieder im Volkston sind nicht eigentliche Volkslieder,
wie sie Herder gesammelt hat, sondern volkstümliche Lieder, bei
denen Wort und Melodie eins sind. Er ist stark im leichten
Scherz, in der kurzen komischen Erzählung, spricht Gefühle freu-
diger Art aus, ist aber vorzugsweise ernsten Stoffen zugewandt;
auch das tief Traurige konnte nicht fehlen (Gefangner Mann ein
armer Mann! :c.). Kaum giebt es rührendere, wahrere Klagen,
als seinem Herzen hier entströmt sind. Doch sein elastischer, un-
zerstörlicher Geist schnellt immer wieder zur alten Kraft zurück,
und nicht seine schlechtesten Dichtungen sind die zur Ehre des
höchsten Irdischen, was Menschenherz bewegen kann, des Vater-
lands." Darnach könnte es scheinen, die Verherrlichung des Vater-
lands sei das Endziel von Schubarts Dichtung; sie ist aber eben
so gut Ausgangs- und Mittelpunkt; Vaterland und Politik sind
der Gegenstand erhabener und naiver Gedichte. Ebenso wenig
verstehe ich, wie die klopstockisierende und die naive Dichtung einander ausschließen, und am wenigsten, wie Schubart sie in einer
höheren Einheit hätte zusammenfassen sollen.

Das Pathos ist der Sentimentalität verwandt; der Donner
des Himmels löst sich in einen sanften Regen auf und der Donner
der Rede in eine Flut seliger Thränen. Die Frage aber, wie
bei Schubart das naive Lied mit den pathetischen Gedichten zu-
sammenhänge, hat schon Strauß II, 455 beantwortet: „Die
Empfindungs- und Ausdrucksweise auch der unteren Stände ist
in unserer Zeit mit allerlei Kulturelementen durchsetzt; ihr Schmerz
hat etwas Pathetisches, ihre Liebe etwas Sentimentales, ihre
Unschuld selbst etwas Reflektiertes. Von diesen Bestandteilen sind
auch Schubarts Volkslieder nicht ganz frei und unterscheiden sich
dadurch sowohl vom alten naturwüchsigen Volksliede, wie es uns
Deutsche zuerst Herder wieder kennen lehrte, als von dessen künstle-
rischer Reproduktion bei Goethe, Uhland und im Soldatenabschied
des Malers Müller." Strauß stellt unmittelbar vorher eine
Strophe aus diesem Gedicht mit der das gleiche Thema behan-

belnben Strophe des Kapliebs zusammen*) und ruft aus: „Wie einfach und ruhig spricht dort, wie beredt und pathetisch hier der Schmerz sich aus!" Ist es Zufall und Versehen oder absichtliches Festhalten des Volkstons, daß das Wunderhorn in dieser Strophe statt der zwei Fragezeichen setzt: Willst mich verlassen, liebes Herz, Auf ewig, und der bittre Schmerz macht's arme Liebchen stumm. —? H. Fischer findet keinen Übergang und keine Vermittlung, wo doch eine ist. Vom Naiven giebt es einen Übergang zum Sentimentalen und von diesem zum Pathetischen, sowie umgekehrt.

Die Unterscheidung zwischen naiven und sentimentalen Dichtern darf nicht auf die Spitze getrieben werden. A parte potiore fit denominatio. Das Eigentümliche bei Schubart ist eben dies, daß er alle Arten der Lyrik, vom Gassenhauer bis zum Hymnus, vom versoffenen Schuster bis zum Passionslied angebaut und mit der einzigen Ausnahme, daß er in der Ode und im Hymnus sich manchmal zu hoch verstieg, fast durchaus den richtigen Ton getroffen hat. —

Es fragt sich, wo in der Geschichte der deutschen Poesie Schubart unterzubringen ist. Vilmar, der natürlich ganz ungünstig über ihn urteilt, betrachtet ihn als einen verunglückten Epigonen Klopstocks. Vergleichen wir aber den Dichter Schubart mit dem Dichter Klopstock, so werden wir finden, daß er manches vor ihm voraus hat. Fr. Vischer in den kritischen Gängen III, 23, wo er das Straußsche Werk beurteilt, rechnet dazu die saftige Naturfülle, die kräftige Sinnlichkeit, die Naivität, ferner, daß er neben dem Oden- und Hymnenpathos den Volkston angeschlagen habe, also den weiteren Umfang der sich auf die Welt der Bürger und Bauern erstreckenden Stoffe. Aber Schubart hat noch manche andere Vorzüge vor dem Mann, der ihn zeitlebens vornehm igno-

---

*) Die zwei Strophen lauten:

1) Im Soldatenabschied: An dem Bachstrom hängen Weiden, In den Thälern liegt der Schnee — Trautes Kind, daß ich muß scheiden, Muß nun unsre Heimat meiden, Tief im Herzen thut mir's weh.

2) Im Kaplied: Und wie ein Geist schlingt um den Hals das Liebchen sich herum: Willst mich verlassen, liebes Herz? Auf ewig? — und der bittre Schmerz Macht's arme Liebchen stumm.

rierte, und für den Schubart begeistert war, ohne seine Mängel
zu übersehen und sein sklavischer Nachahmer zu werden. Während
Klopstock den Krieg als eine belorbeerte Furie zur Hölle wünscht
und er, der geborne Preuße, den großen Friedrich, wo er kann,
wegen seines vermeintlich durch und durch undeutschen Charakters
und des um unnötige Zwecke vergossenen Blutes vor Gottes und
der Nachwelt Gericht fordert, verherrlicht Schubart ganz in Schillers
Geist in Prosa und Poesie, so sehr er an anderen Orten die Segnungen des Friedens hervorhebt und die Greuel des Krieges ver-
wünscht, den Krieg, der die Welt groß mache, die Lebensgeister
durcheinander jage, die Seelen der Heroen wecke und die Völker
vom entmannenden Schlummer aufjage, und er, der Schwabe, ist
wie Goethe von Kindheit an sein ganzes Leben hindurch gut
preußisch und fritzisch gesinnt; Friedrich ist ihm in seinen Gedichten der einzige, der unerreichbare, der nie ausgesungene Mann.
Beide sind Patrioten und Politiker; aber Schubarts Patriotismus
und politischer Blick sind praktischer, mehr der Gegenwart zugewandt, oft wie prophetisch in die Zukunft gerichtet. Mit Klopstock
— ob durch ihn veranlaßt, steht dahin — begeistert er sich für
Hermann; so in den Gedichten: deutsche Freiheit, die Erscheinung,
an die Freiheit, Vaterland, deutscher Spruch. So sehr ist er,
um hier aufs Gebiet der Prosa überzuschweifen, vom Hermanns-
bewußtsein durchdrungen, daß er z. B. im „Leben Klemens XIV.,
römischen Papsts" gleich im Anfang ihn mit den größten Männern
der Geschichte, mit Cäsar, Peter dem Großen, die ihren Völkern
einen neuen Schwung gegeben, in einem Atem nennt. Echt
schubartisch, wiewohl durchaus nicht klopstockisierend, ist die Zusammenstellung Friedrichs mit Hermann in dem Hymnus „Friedrich
der Große", wo die deutschen Fürsten zu diesem sprechen: „Sei
unser Führer, Friedrich Hermann!" — Er wollt's, da ward der
deutsche Bund. — Klopstock und Schubart haben sich in der geistlichen Poesie versucht; beide geraten darin zu sehr ins Rhetorische,
wodurch die echte Andacht gestört wird. Immerhin braucht hier
Schubart den Vergleich mit Klopstock nicht zu scheuen; unsre evangelischen Gesangbücher haben von beiden wenige Lieder aufgenommen,
so das württembergische von Klopstock acht, von Schubart wenigstens

brei. — Klopstock ist pathetisch, aber auch sentimental; Schubart
desgleichen. Diese Sentimentalität zeigt sich bei beiden in der
krankhaften Liebe zum Weinen. Was Schubart betrifft, so habe
ich diesen Zug schon oben erwähnt; aber auch in Klopstocks Oden
und in der Messiade werden eine Menge Thränen vergossen. Der
erhabene Klopstock ist zugleich sehr weinerlich und die Thränen
nehmen sich bei ihm oft wie Schönpflästerchen aus. Klopstocks
Name ist berühmter als Schubarts; wie es aber mit den Lesern
der Messiade und leider auch der Oden bestellt ist, weiß jeder.
Keine von Klopstocks Oden ist so berühmt und volksmäßig, wie
die Fürstengruft und das Kaplied. Dabei soll nicht bestritten
werden, daß Klopstock als Odendichter Schubart unendlich überlegen ist. —

Ich führe noch einige Einzelheiten an. Die Vorliebe für
das Epitheton „edel", namentlich in der Verbindung mit „schön"
— „schöne, edle Seele" hat Schubart mit Klopstock gemein.
Auch „die wenigen Edlen" sind, wie in Schillers Räubern ein=
mal, so in Schubarts Briefen ꝛc. oft zu finden. Beider Dichter
Lieblingsbaum ist die Eiche, die erst seit und durch Klopstock als
vermeintlich ur= und kerndeutscher Baum in unsre Dichtung ein=
gedrungen ist; so phantasiert Schubart von Wodans Eichenhainen,
von tausendjährigen Wodanseichen, von den Eichenhainen der alten
Germanen und rühmt von seinen Landsleuten, den Aalenern, daß
sie sich auf den Wipfeln ihrer Eichen stark wiegten, und ein
andermal, daß sie Kegelkugeln über Eichen schleudern (Strauß II,
241, 359). Der deutsche Eichenhain fällt ihm in seiner Lebensbeschreibung 2, 261 mit dem deutschen Musenhain zusammen.
Auch · die Vorliebe für „Hain" ist echt klopstockisch. Unter „Hain"
bemerkt das Grimmsche Wörterbuch: „Das Wort ist länger als
seit 200 Jahren ein Lieblingsausdruck unsrer Dichter, in den
ersten Zeiten noch in mäßiger, im 18. Jahrhundert in überhäufiger
Anwendung," — besonders, setzen wir hinzu, bei Klopstock und
seinen Verehrern, bei den Dichtern des Hainbundes und namentlich
bei Schubart. (Von Klopstock bringt das Wörterbuch blos drei
Stellen.) Klopstockisch ist bei Schubart die Bezeichnung Gottes
durch „der Ewige" oder „der ewige Vater", des Teufels durch

„der ewige Sünder", der Name „Eloa" als des Schutzengels von Schubarts Frau, der Name „Barbale" für Lerche. Wenn Schubart in seiner Lebensbeschreibung am Ende der Tage, nachdem das ganze Weltall entsündigt und neugeboren ist, Gott die erste Freudenthräne weinen läßt, so ist dies Nachklang von Messias III, 37—39. Wie Abbadonna wieder zu seinem Erbarmer kommt, so wird Schubart einst die Stimme vom Throne schallen hören: Schubart, komm' zu Deinem Erbarmer. Selbst die Todesengel, die nach Tyrannen greifen, in der Fürstengruft erinnern an den Schluß vom 19. Gesang des Messias. Klopstockisch und oft recht geschmacklos (Strauß II, 464) ist der Gebrauch der alt-deutschen Mythologie. Schubarts Lieblingsgott, den er in ver-schiedenen Wendungen und Zusammensetzungen bringt, ist Woban; und diese Vorliebe für Woban ist nicht zufällig; Schubarts kampflustiges Wesen, sein oft wütendes Ungestüm, die Vielseitigkeit und Wandelbarkeit seiner genialen Natur, selbst seine Liebe zu Wein und Weibern — dies alles gemahnt an den Hauptgott der Germanen. Friedrich den Großen weiß er nicht besser zu ehren, als durch den Beinamen Woban. Sonst tritt bei ihm noch Thuisko oder Teut als Stammvater der Deutschen auf, und wie Klopstock in der berühmten Ode setzt er seinen Freunden ein „Denkmal in Wingolfs Halle". Statt „Dichter" braucht er nach Klopstocks Vorgang gern „Barde" und mit Klopstock schwärmt er für Ossian. —

So sehen wir also Schubart zeitlebens in einer gewissen Ab-hängigkeit von Klopstock; er steht unter seinem Einfluß, weiß aber dabei seine Originalität zu wahren. Wir haben ihn deswegen oben als ein versprengtes Glied des Hainbundes bezeichnet. Der Hainbündler, der am meisten auf ihn einwirkte, war sein Freund und Gesellschafter Miller in Ulm. Wir führen nur noch an, daß auch die geplanten Epen „der verlorne Sohn" und „Satans Wiederkehr" durch Klopstocks Geist in ihm angeregt sein mußten. Zum Epiker war Schubart allerdings weniger berufen; es fehlte ihm dazu weniger der klar ordnende Verstand, die logische Kon-sequenz, als die charakterfeste Ausdauer — und darin liegt denn natürlich ein Hauptunterschied von Klopstock. —

Man mag mit A. Wohlwill und Sauer Schubart von Augsburg und Ulm an den Stürmern und Drängern den Kraft- und
Originalgenies beizählen; man darf aber nicht vergessen, daß er
die Ähnlichkeit mit Klopstock nie verleugnet und daher immer eine
gewisse mittlere Stellung zwischen den Hainbündlern und Kraft-
genies eingenommen hat. Falsch ist die oft (z. B. in Meyers
Konversationslexikon) gegen ihn vorgebrachte Anklage, er habe
seine geistigen Produkte in unstäter Flüchtigkeit und ohne künst-
lerischen Ernst gleichsam auf das Papier geschleudert, oder, wie
Strauß II, 443 sich ausdrückt, in der Freude, welche ihm der
Ausfluß des prächtig glühenden Metalls gewährte, habe er es
dem Zufall überlassen, welche Formen das ausgeflossene annehmen
mochte. Lang gefeilt hat er freilich an seinen Dichtungen nicht;
um aber das Straußische Gleichnis zu gebrauchen, wenn auch
nicht alle, so doch sehr viele kamen nach Form und Inhalt vollendet aus der Werkstätte seines Geistes; denn schon während ihrer
Entstehung waren die Empfindungen vom Verstande überwacht.
Wie kann man einen Mann ohne Weiteres zu den ungestümen
Stürmern rechnen, der am 27. November 1776 von Ulm aus
einen in „Holteis 300 Briefe aus 2 Jahrhunderten" befindlichen
Brief an den Maler Müller richtet: „Ich glaube, daß du zu viel
skizzierst und zu wenig vollendest. Du bist ein reicher Mann, der
die Goldstücke nur so ohne sicheren Zweck aus der Tasche nimmt
und unters Volk hinsät. Ein Mann von deinen großen Dichter-
gaben muß nicht sorglos sein und die Ausgüsse seines Herzens
hinströmen lassen wie glühende Lava — wunderbar anzusehen,
aber sengend und zerstörend. Du siehst's jetzo klar, wie unsere
Nation aus dem Taumel erwacht und die von einigen Genies
verursachte Anarchie verdrängt. Schau, Müller — Gott ist's
größte Genie und hat doch alles nach Maß, Zahl und Gewicht
so weislich geordnet. Genies sind sichtbare Gottheiten: sollten
sie also nicht auch dem Gotte nachahmen, der ein Gott der Ordnung ist? — Lieber Müller, bleib also der Natur und Ordnung
getreu bis ans Ende und die Krone der Unsterblichkeit wartet
dein."? — Diesen Mann hielt Herzog Karl für den deutschen Voltaire. — Da kommt nun freilich das Vorurteil ins Spiel, Schu-

bart sei ein unkritischer Kopf gewesen; auch in der Poesie habe
Gefühl, augenblickliche Stimmung, Phantasielaune den klaren Ver=
stand, die ruhige Überlegung ungebührlich zurückgedrängt. Strauß
hat ihm II, 458 auf dem Gebiet des Hymnus und der Ode den
Namen eines Denkers im Unterschied von Pindar, Horaz und
Klopstock abgesprochen, die ebenso sehr Denker als Dichter ge=
wesen seien und ihre Sprache von innen heraus durch die Größe
ihrer Gedanken geschwellt haben; Schubart sei warm an Empfin=
dung, frisch und kräftig in Anschauung und Ausdruck, aber ein
Denker sei er nicht und der Kothurn finde sich in seinem poeti=
schen Hausrat nicht vor; so greife er, wo er den Soккus der
volkstümlichen Dichtung verlassen wolle, zu Stelzen, suche Er=
habenheit durch Schwulst, Gedanken durch Wortungetüme, Alle=
gorieen u. dergl. zu ersetzen, falle aber dazwischen wieder in die
ordinärste Prosa.

Ein philosophischer Denker war nun Schubart allerdings
nicht, so wenig als Klopstock oder Horaz; aber Mangel an Ge=
danken kann man ihm im Allgemeinen nicht vorwerfen, und in
seinen politischen, pädagogischen und religiösen Gesinnungen und
Bestrebungen zeigt er sich fast durchgängig als einen Mann von
gesundem, praktischem Urteil und von gereifter Einsicht. Trotz
seines oft bombastischen Pathos war er ein heller Kopf und ein
nicht zu verachtender Kritiker, d. h. Denker. Der berühmte
Hymnus auf Friedrich den Großen, die Ode an Schiller, mehrere
religiöse Lieder, die hieher gehören — ich kann die gerügte Ge=
dankenarmut in ihnen nicht finden. Wenn ihm Ode und Hymnus
nicht recht gelingen wollen, so liegt die Schuld nicht an der ver=
meintlichen Gedankenarmut — an Gedanken ist er reicher, als der
formvollendete Odendichter v. Platen —, sondern an seiner Nei=
gung zum Maßlosen und Exzentrischen, zum Geschmacklosen und
Übertriebenen. Sagt doch Strauß (I, 10) selbst ganz richtig:
„Seine ältesten Sachen, die volkstümlichen Lieder, wie der Schnei=
der auf Reisen, die Preußenlieder, sah ihr Urheber, weil sie mühe=
los entsprungen und einfach waren, wenigstens damals, über
die Achsel an: für poetisch galt nur, was Kopfbrechen gekostet
hatte und auf Stelzen ging.“ Er strebte in den drei Hymnen

auf gekrönte Häupter, von denen die erste in den Anfang, die
zwei letzten gegen den Schluß seiner poetischen Laufbahn fallen,
dem Pindar nach, ohne sich durch das öfter von ihm angeführte
Wort der Warnung aus Horaz warnen zu lassen. Die künstlichen
Flügel schmolzen und er sank in die Flut oder, wie Strauß sagt,
von der höchsten Höhe in die ordinärste Prosa, um sich wieder
zu erheben, sich weniger zu versteigen, bald aber die richtige Mitte
zu verlieren und das alte Spiel des Wechsels zwischen Extremen
zu erneuern. So fehlt es diesen Gedichten allerdings an Harmonie und Gleichmäßigkeit. Der Hymnus auf Schiller kam noch
unter dem Druck des Riegerschen Geistes und Regiments zu Stande.
Zudem war dieser Stil darauf berechnet, Effekt zu machen — und
dies ist dem Dichter gelungen. Er schwang sich so hoch als möglich zum Himmel empor, um zu den höchsten Regionen der Erde
zu bringen. Dies gilt auch von seinem Prosastil. „Daß du
deinen Lebenslauf aufschreibst," schreibt er seiner Gattin am
22. Oktober 1783, „ist mir äußerst lieb. Ludwig kann ihn einmal
bei der Herausgabe des meinigen sehr benutzen. Wenn ich meine
Freiheit erlebe, so will ich dem Stil etwas nachhelfen; denn du
schreibst zwar ordentlich, ernst, einfältig, gutmütig, wie dein Charakter ist; aber für die Welt nicht geblümt und zierlich genug."

Rudolf v. Gottschall nennt in seiner Poetik unter den Hymnen-
dichtern Schubart mit den Hymnen: der Frühling, Friedrich der
Große*). Es ließen sich aber mehrere Gedichte dazufügen, wie:
an Gott, Dank für die Harfe. Die Grenze zwischen Hymnus
und eigentlicher Ode ist streitig. Die Ode im engeren Sinn des
Worts gelingt Schubart besser, weil er hier einfacher und natürlicher dichtet. — Mehrere Hymnen und Oden, namentlich auch
Inschriften von Gräbern, sind reimlos in freien Rhythmen gedichtet, sie stehen aber weit hinter den gereimten Gedichten zurück.

Es ist ferner nicht wahr, was Strauß behauptet, daß Schubart nur den Sokkus und die Stelzen kenne. Strauß selbst nennt

---

*) In demselben Zusammenhang sagt v. Gottschall: „Als die Deutschen
in Friedrich dem Großen wieder einen volkstümlichen Helden hatten, folgten
Ramler und Klopstock (!) dem Vorgang des Horaz und feierten seinen Ruhm."
Das Richtige wäre: Ramler, Ewald von Kleist, Schubart.

mehrere Gedichte, in denen Pathos und Ethos aufs schönste ver-
schmolzen sind und die brausende Begeisterung von der Macht des
Gedankens innerhalb der gebührenden Grenzen gehalten wird.
Noch einen Punkt hebt Strauß hervor. Du hättest, so läßt er
Schillers Geist zu Schubart sagen, nicht heute der lieben rohen
Natur in deiner Dichtung den Lauf lassen sollen, um morgen,
am Sonntag, mit der poetischen Stange im Nebel herumzufahren.
Mit dieser Apostrophe ist Schubart nicht gehörig gewürdigt worden. Strauß mußte am besten wissen, daß Schubart in vielen
Gedichten, wie im Kaplied, in der Linde, an Fr., die Natur ver-
edelt, ihr ein ideales Gepräge aufgedrückt hat; im andern Fall
wäre er des Namens Dichter nicht würdig. Wenn man Natur-
und Kunstdichter unterscheidet, so ist dies immer cum grano salis
zu verstehen. In seinen geistlichen Liedern ist freilich viel Dunst und
Nebel, viel gemachte und aufgebauschte Empfindung; aber Strauß,
der in allgemeinen Behauptungen gegen Schubart ungerecht wird,
um dann im Lob der einzelnen Gedichte den allgemeinen Tadel
zurückzunehmen, führt selbst mehrere wohlgelungene geistliche Lieder Schubarts an; die Bitte „Urquell aller Seligkeiten" mit
ihrem „erhabenen Schwung" ist mit Recht ins württembergische
Gesangbuch aufgenommen und gehört zu den beliebtesten Liedern
der evangelischen Kirche Württembergs; das Lied „fall auf die
Gemeinde nieder" ist in seiner gereinigten Gestalt aufgenommen
und zeichnet sich durch Geist und Feuer, durch edle Harmonie von
Gefühl und Gedanken aus. Das Lied „der Trennung Last liegt
schwer auf mir" enthält den Trost des Wiedersehens in idealer
Gestalt und der Schluß: „O Wiedersehn, o Wiedersehn, wie tröstest
du die Seele!" ist mir vor wenigen Jahren auf einem Gang
durch den Uffkirchhof in Cannstatt als Inschrift von Grabdenk-
mälern mehrfach aufgefallen. Daß Schubart Geistliches und
Weltliches gedichtet hat, ist nicht nur nicht ein Beweis von Einseitigkeit, sondern im Gegenteil von Vielseitigkeit. Wenn Goethe
in seinem Alter seine schmerzliche Verwunderung darüber aussprach, daß er so viel gemacht habe und doch keins seiner Gedichte
in einem Gesangbuch stehen könnte, so kann sich Schubart trösten;
er hat es in seinem ganzen Leben nie zur reinen Harmonie ge-

bracht; aber, wie Goethe sagt, die Welt ist voller Widerspruch,
das Leben ist außerordentlich vielseitig und die Dichtung soll ja
eben das Leben spiegeln. Nur wem die Religion überhaupt Dunst
und Nebel ist, kann das Dichten eines religiösen Liedes als ein
Herumfahren im himmlischen Nebel bezeichnen. Wie nun, wenn
Schubart, um die Spuren des Strauß'schen Gedankengangs zu
verfolgen, den Spieß umgedreht und seinem Landsmann einseiti=
gen Idealismus vorgeworfen hätte?

Wenn Strauß II, 449 bemerkt, die Einteilung von Schubarts
Gedichten in geistliche und weltliche sei zwar höchst altmodisch,
aber für Schubart höchst bezeichnend; der bloße Gedanke, einem
unserer kassischen Dichter eine solche Einteilung anzusinnen, wirke
der Ungereimtheit wegen komisch, so ist darauf zu erwidern, daß
Klopstock, der doch auch zu den Klassikern gehört, seine Gedichte
in Oden und geistliche Lieder eingeteilt und von einander getrennt
hat, daß Herder außer seinen Bildern und Träumen, politischen
und philosophischen Gedichten in seinen Werken eine eigene Ab=
teilung: Christliche Hymnen und Lieder nebst einem Anhang kirch=
licher Kantaten hat, daß sogar der von Strauß bewunderte Goethe
nach seinem eigenen Geständnis eine Seite hatte, die bei diesem
„Weltkind" nach dem Himmel deutete, eine Seite, der wir manches
tief christliche Wort in Gott, Gemüt und Welt, manchen Seufzer
nach Ruhe und Frieden und jenen wunderbaren Chorgesang ver=
danken, welcher dem Faust die giftgefüllte Schale vom Munde
wegzieht, obgleich diese religiösen Partieen allerdings sich nicht
für den Kirchengebrauch eignen.

Strauß findet ferner (II, 446), um zum Weltlichen zurück=
zulenken, in der ganzen Sammlung Gedichte fast kein gelungenes
Liebeslied, gerade wie kein einziges Trinklied — wenn wir doch
das Schnapslied des versoffenen Schusters nicht hieher rechnen
wollen —, sondern nur eine Palinodie an Bacchus. „Beides aus
dem gleichen Grunde: weil sein Genuß in beiden Gebieten wüst
und wild, einer poetischen Behandlung gar nicht fähig war. Ge=
rade jene Verschmelzung des Sinnlichen mit dem Gemütlichen,
welche den Reiz wie die Weihe des ächten Liebesliedes ausmacht,
stand Schubart als Dichter nicht zu Gebote, weil sie ihm als

Menschen fremd war." Allein was die Trinklieder betrifft, so
wissen wir, daß Schubart in Erlangen deren viele gedichtet hat,
daß aber alle verloren gegangen sind. Übrigens bringt er den
Wein in seinen zwei gelungensten Gedichten, in der Aussicht und
im Kaplied am rechten Orte an, und dies ist mehr wert, als
zwanzig Wein- und Trinklieder, an denen unsre Litteratur über-
reich ist. Endlich haben Bürger und Günther, Schubarts Schick-
sals- und Geistesbrüder, verschiedene wohlgelungene Trinklieder
gedichtet und doch — hielt sich ihr Weingenuß immer innerhalb
der gebührenden Schranken? Folglich kann der von Strauß angegebene Grund nicht richtig sein. Er trifft ebenso wenig bei den
Liebesliedern zu. Auch hier sind uns nicht alle einschlagenden
Gedichte Schubarts aufbehalten. Indessen enthält unsre Sammlung von S. 410—441 eine Reihe solcher Lieder, und unter
ihnen immerhin mehrere, die jene von Strauß mit Recht verlangte
Einheit des Sinnlichen und Gemütlichen zeigen. Der Leser wähle
und prüfe selbst. Strauß selbst giebt wenigstens e i n e Ausnahme
zu, das Lied: „An Fr." Wenn übrigens Strauß mehr Liebesgedichte verlangt, so ist zu bedenken, daß Schubart sich früh, vielleicht viel zu früh verheiratet hat, so daß sich seine Zärtlichkeit
mehr seiner Gattin zuwandte, die er auch wirklich in mehreren
Gedichten besingt. Auch hier müssen wir zum Schluß auf die
Parallele mit Günther und Bürger verweisen, die beide, bei einem
ausschweifenden Wandel, an Liebesgedichten sehr fruchtbar waren.
— Über die von Strauß als plump und roh getadelten Warnungen vor der Wollust in mehreren an weibliche Personen ge-
dichteten Liedern vergleiche oben.

Dem Gedicht: an Fr. reiht Strauß mit Recht das Gedicht:
Theon an Wilhelminen an; mich wundert, daß er „an Guibal",
Lottens Wiegenfest, an Amalia und ähnliche übersehen hat.

Den folgenden Auseinandersetzungen Straußens können wir
eher beistimmen: „Leichter — lieber: ebenso leicht — gelingt es
Schubart, durch Versetzung in eine fremde, und zwar ganz naive
Rolle, die Liebesempfindung in ihrer Einheit und Schönheit zu
treffen: in einigen seiner Bauernlieder sind auch die erotischen
Partieen vortrefflich geraten.

Reiner als die Liebe im engern Sinn kamen in Schubart
die Empfindungen des Gatten und Vaters, der Freundschaft und
des häuslichen Behagens zum Dasein, und so ist ihm auch ihr
dichterischer Ausdruck besser oder doch häufiger (?) gelungen. Das
Gedicht: An meine Gattin, in einer Krankheit — ist ein rührendes Denkmal ehelicher Zärtlichkeit, und in all seiner Anspruchs-
losigkeit doch auch der Form nach sehr zu loben; die beiden Seitenstücke: der eheliche gute Morgen und die eheliche gute Nacht,
sowie das unter so eigentümlichen Umständen entsprungene: der
glückliche Ehemann — sind gemütliche Bilder häuslichen Glückes,
für welches Schubart wenigstens zeitenweise eine tiefe Empfänglichkeit besaß. Eine ganze Winteridylle steckt in dem zierlichen
Gedichte: Der erste Schnee, dem auch das leichte und hüpfende
Klopstocksche Versmaß trefflich steht."

Unter den Gedichten, die Empfindungen schmerzlicher Art mit
voller Stärke ausdrücken, nennt Strauß das Gedicht: Meinem
Freunde M.... am großen Freiheitstage geweiht. „Es drückt
das freudig-schmerzliche Gefühl des gefangen Zurückbleibenden bei
der Befreiung seines Freundes warm und edel aus. — Das Lied:
An den Mond — zeichnet sich, einiger Längen ungeachtet, doch,
außer seiner Innigkeit, unter den unzähligen Mondliedern unserer
Litteratur schon durch den eigentümlichen Rahmen aus, innerhalb
dessen hier der Mond am handbreiten Gitterfenster eines Gefangenen erscheint. Die Linde — obwohl sonst freie Versmaße
Schubart leicht ins Weite führen — ist doch eine in sich ge-
schlossene, im Ganzen gut durchgeführte Allegorie. Endlich, um
das Beste zuletzt zu nennen, die Aussicht — wo der Dichter sich
an dem entzückenden Panorama des Aspergs weidet, dann den
Flor des Gedankens an seine Gefangenschaft darüber fallen läßt
— dieses Gedicht ist eine Zug für Zug mustergültige Elegie. —
An den Schmerz grenzt der Zorn: was Schubart im Ausdruck
dieser Empfindung, in der Invective, leisten konnte, zeigt seine
Fürstengruft."

Bei Schubarts geistlichen Liedern können wir uns wieder
Strauß' Ausführung im Einzelnen gefallen lassen, wenn er schreibt:
„In Schubarts geistlichen Liedern unterscheiden sich diejenigen,

welche einer beziehungsweise natürlichen Religion angehören, noch
merklich zu ihrem Vorteile von den eigentlich dogmatischen. Das
Vertrauen auf ein höheres Waltende (warum nicht: auf einen
höheren Waltenden?), in dessen Schoße unser Einzelleben und Geschick ruht, ist in den verschiedenen Morgen=, Abend= und Nacht-
liedern des Gefangenen nicht selten schön und wohlthuend aus=
gedrückt; auch seine Selbstanklagen, wie in dem Gedicht: Angst über
selbstverschuldetes Leiden — sind ergreifend; die Freude über die
geglaubte Entsündigung — in den Abendmahlsliedern — innig;
die Bitte: Urquell aller Seligkeiten hat einen erhabenen Schwung;
alles aus dem Grunde, weil es hier der Dichter durchaus mit
sich selbst, seinen eigensten Empfindungen und Zuständen zu thun
hat. Sobald es in das dogmatische, in die Weihnachts= und
Passionslieder, in das weitschichtige Gebiet der Vorstellungen über
die Person Christi und die Erlösung hinübergeht, begegnet uns
immer mehr Frostiges, statt der Empfindung nicht selten Phrase,
welche in den noch von Geislingen herrührenden Sterbeliedern
oft in den küsterartigen Ton herabsinkt, während sie im Lobgesang,
im Blick ins All und sonst sich ins Ungeheuerliche versteigt." —
Dies kann doch nur mit Einschränkungen zugegeben werden.
Wenn Schubart zu dem Passionslied: „Fall auf die Gemeinde
nieder" offenbar die Anregung durch den öffentlichen Gottesdienst,
bei dem er zugegen war, bekommen hat, so ist bei ihm die eigene
Empfindung mit dem kirchlichen Bewußtsein zusammengeflossen.
Dies gilt auch von dem Lied: „Der Trennung Last liegt schwer
auf mir", wo sich das individuelle Bewußtsein zum Gemeingefühl
erweitert.

Unsern ganzen Beifall hat Strauß, wenn er die Lieder im
Volkston schildert. „Für Schubart war das Leben des niederen
Volks nach seinen verschiedenen Klassen und in seinen eigentüm=
lichen Zuständen, Empfindungs= und Ausdrucksweisen ein Lebens=
gebiet, innerhalb dessen er sich wie bei sich selbst zu Hause fand.
War doch nach seines Sohns Bericht in allen Lagen seines Lebens
an ihm die Neigung bemerkbar, sich lieber zu Niedrigern, als zu
Gleichen und Höhern zu gesellen, um frei von Zwang und Ver-
stellung reine Natur zu nehmen und zu geben; in Spinn= und

Wachstuben, auf Landstraßen und in Zunftherbergen studierte er
den Landmann und das Landmädchen, den Handwerksburschen
und Soldaten und ließ nun jedes in seiner Art in Liedern sich
aussprechen, denen unsre Litteratur in diesem Fache wenig oder
nichts an die Seite zu setzen hat. Welche frische Natürlichkeit
und doch fast choralartige Weihe im Bauer in der Ernte; welch
behagliches und niederländisches Gemälde — der Bauer im Winter;
wie naiv die bräutlichen Empfindungen in Lisels Brautlied; endlich wie „herzig“ die Schilderung, welche der Bub von seiner
Lisel und ihren Vorzügen entwirft, im Schwäbischen Bauernlied.
Die zwei letzteren und noch einige andere dieser Art wirken, ohne
im Dialekt geschrieben zu sein, so örtlich und eigen, wie Dialekts-
poesie.“ (Strauß giebt hier den Frankfurter Herausgebern, die
drucken ließen: das traute Lisel mein — die Lehre, daß der
Schwabe sagt: das Liselein oder Lisele, aber die Lisel.) Weiter
nennt Schubart den „trefflichen“ Schneider und das „unvergleich-
liche“ Kaplied; er meint, das Fischerlied sei trotz seines etwas
schlüpfrigen Schlusses schwerlich zu schelten und fährt fort: „Schulmeister und Provisoren weiß der gutmütig schalkhafte Dichter über
die Bürde ihres Standes durch Hinweisung auf dessen Würde zu
trösten; der Bettelsoldat endlich, der militärisch kräftige Toten-
marsch, auch das Gedicht auf Oberst Riegers Tod im Namen der
Garnison zeigen, daß der Dichter nicht umsonst Jahre lang unter
einer solchen gelebt hat.“

Er macht dann darauf aufmerksam, daß Schubart als moderner
Naturlyriker die verschiedenen ihm stimmungsverwandten Stände
gerade so fühlen und sprechen läßt, wie sie wirklich sprechen und
empfinden, d. h. allerdings naiv, aber doch mit einem Zusatz von
Reflexion, Pathos, Sentimentalität. Davon war schon oben die
Rede. Nicht zu übersehen ist hier der religiöse Faktor, den Strauß
selbst andeutet, wenn er von der choralartigen Weihe des Gedichts:
der Bauer in der Ernte redet. Eben durch diese religiöse Auffassung ihres Standes werden die Bauern, Soldaten, Schulmeister
— Schullehrer gab es damals noch nicht — über ihren Stand
hinausgehoben und über seine Bürde getröstet. Diese Bemerkung
gilt wenigstens von mehreren, wenn auch nicht von allen Liedern

dieser Klasse. Wenn Schubart den Provisor singen läßt: „Im Himmel ist unsre Belohnung bereit", so wollte er damit nicht spotten, sondern trösten. Allerdings aber kommt in diesen Liedern vorzugsweise die sogenannte natürliche und nicht die dogmatische Religion, oder diese doch so allgemein und einfach als möglich zum Ausdruck.

„Erzählende Gedichte," fährt Strauß fort, „mochten Schubart so weit gelingen, als sie nach Umfang und Inhalt über das Maß derjenigen Erzählungen nicht hinausgingen, welche er bei Gelegenheit und guter Laune in geselligem Kreise mündlich zu geben pflegte. Ludwig Schubart meint, sein Vater sei mit allen Gaben zum größten epischen Gedichte ausgestattet gewesen und bedauert, daß der Anfang: der verlorne Sohn durch Rieger vernichtet worden, ein anderes aber: Satans Wiederkehr gar nie zur Ausführung gekommen sei. Ich meinesteils halte Beides für ein Glück, nicht bloß für uns, die wir nun doch die schlechten Hexameter nicht lesen müssen, die Schubart zu machen pflegte, sondern auch für seinen eigenen Ruhm. Die letztern jener Epopöen ohnehin, unter lauter Engeln — gefallenen und aufrecht gebliebenen, abgeschiedenen Seelen und Personen der Gottheit spielend, hätte nur eine scheußliche Karrikatur Klopstocks und Lavaters werden können; doch auch die andere, die dem Titel nach menschlicher scheint angelegt gewesen zu sein, hat Rieger vom rechtlichen Standpunkte zwar mit Unrecht, vom ästhetischen aber mit Recht vernichtet, da sie gewiß ebenso unpoetisch, als fromm war. Der asthmatische Schubart und ein Epos von zwölf Gesängen! Den schon die kleine Legende vom wunderthätigen Kruzifix, übrigens der Tendenz und einzelnen Partieen nach eine recht löbliche Arbeit, so merklich außer Atem bringt."

Bei Schubarts Ewigem Juden müssen wir länger verweilen. Helbig in dem Werkchen: „Die Sage vom Ewigen Juden, ihre poetische Wandlung und Fortbildung. Berlin 1874, 196. Heft in der Sammlung gemeinverständlicher wissenschaftlicher Vorträge", sowie in dem dasselbe Thema behandelnden Artikel der Gartenlaube 1874, 8 erweist unserem Schubart eine zu große Ehre, wenn er behauptet: „Der erste größere Dichter, der sich der Sage

gestaltend bemächtigt, ist Chr. Fr. Dan. Schubart. Er entwirft
in seiner Rhapsodie „der Ewige Jude" ein ebenso gräßliches, als
erhabenes Bild" 2c. Dies ist nun ganz falsch. Nicht Schubart,
sondern Goethe hat die Sage zuerst poetisch bearbeitet. Nach der
Chronologie Goethescher Schriften hat Goethe 1773—74 die Bruch=
stücke des Ewigen Juden verfaßt; Göbeke verweist das Gedicht
in die Zeit von 1769—75; Michael Bernays in „der junge
Goethe" stellt es zwischen Clavigo und Prometheus, dramatisches
Fragment; Schubarts lyrische Rhapsodie hingegen ist jedenfalls
auf dem Asperg und zwar wahrscheinlich 1783 entstanden. Klop=
stock hätte bei Jesu Gang auf Golgatha im achten Gesang des
Messias den Ahasverus auftreten lassen können. Diese Bemer=
kung mußte sich unserem Schubart bei seinem Vortrag des Messias
in Augsburg aufdrängen; sagt er doch in seinem Leben ausdrück=
lich: „Vom achten Gesang an schien mir der Strom der Empfin=
dung und des Beifalls etwas zu stocken. Man verlangte die Hin=
ausführung des Messias zum Tode mit anzusehen, um daran
herzlichen Anteil nehmen zu können. Der Katholik besonders paßte
auf die vielen Hinfälle Jesu unter der Kreuzeslast und auf die
Episode der Veronika; aber statt dessen nimmt ihn der Dichter
mit unter den feiernden Kreis der Engel auf dem Todeshügel" 2c.
Die Lücke, die Klopstock offen gelassen, suchte nun Schubart aus=
zufüllen. Er selbst war, wie Ahasverus, von innerer Unruhe da
und dorthin getrieben; das ewige Einerlei war beiden eine uner=
trägliche Last; unbedachte Reden mußte auch Schubart schwer
büßen; die Strafe stand bei beiden nicht im richtigen Verhältnis
zu ihren Vergehen; Schubarts dunkles Gefängnis war für ihn
eine Hölle und mit Ahasverus sehnte er sich nach Erlösung. Wie
jene ganze Zeit, so beschäftigte sich auch Schubart lebhaft mit der
Lehre von den ewigen Strafen. Als ihn, wie Reichlin=Melbegg
erzählt, sein Landsmann, der spätere Heidelberger Theolog G. E.
Paulus auf dem Asperg besuchte, bat er ihn, bei seinen historisch=
theologischen Versuchen besonders auf die Entstehungsgeschichte des
Dogmas von den ewigen Höllenstrafen aufmerksam zu sein. In
dem Gedicht: „ein Blick ins All" freut sich Schubart auf die Zeit,
wo kein Tod mehr ist, kein gequälter Geist aus des Abgrunds

Tiefen röchelt und Gott Alles ist in Allen. Dieser Geist der
Milde durchdringt auch seinen Ewigen Juden. Schon das ist
merkwürdig, daß nicht Jesus, sondern ein Todesengel dem Ahasver
seine Strafe ankündigt. Ein Engel trägt endlich den Ahasver
nach fast 2000 jähriger Wanderung in ein Geklüft des Karmels:

> „Da schlaf nun, sprach der Engel, Ahasver,
> Schlaf süßen Schlaf; Gott zürnt nicht ewig."

Die in der ersten Ausgabe noch folgenden Verse:

> Wenn du erwachst, so ist er da,
> Des Blut auf Golgatha du fließen sahst
> Und der auch dir verzeiht —

hat man später weggelassen. Diese Änderung kann nur von Ludwig Schubart herrühren, dem der Schluß zu mystisch-theosophisch
erscheinen mochte.

Nach Ludwig Schubarts Mitteilung war dieser Ewige Jude
bloß Bruchstück eines größeren und vielleicht des originellsten
Plans, den Schubart je entwarf. Ahasver sollte von eines Berges
Höhe hinabsehen in den Ozean von Zeit, den er durchpflügt hatte,
und da sollte er dann in einer Reihe von Schilderungen ein großes
episches Freskogemälde entwerfen von all den ungeheuern Schauspielen, Natur- und Menschenrevolutionen, die er erlebt. Es war,
behauptet Ludwig Schubart, eine Wollust, Schubart beim blinkenden Kelchglas von dieser Lieblingsidee reden zu hören. Er führte
ein übermenschliches Wesen auf, das im ganzen Gebiet der wirk-
lichen und der Fabelwelt seines Gleichen nicht hat, emporragend
über Raum und Zeit und dennoch den vollen Stempel der Menschlichkeit tragend. Und was thut dieser übermenschlich-menschliche
Held eines so großartigen Gedichts? Er ist, wie Goethes Schuster
Ahasver, der gereiste Mann, der Wunder ohne Zahl gesehen.
Schubarts Held, belehrt uns Ludwig Schubart weiter, sah den
Fall des römischen Kolosses, sah das Papsttum, sah die Reformation, sah den Halbgott Columbus; er hat alle Teile der Erde
besucht; ist erhaben über Bücher und alles Menschengemächt und
schildert, was er erfahren. Die genannte „lyrische Rhapsodie"
enthält nur den Schluß dieses Plans; das übrige blieb unaus-

geführt. Wie bei Goethe: der Plan zu einem Epos verkümmert
zu einem Bruchstück. Schubart täuschte sich über seinen Beruf
zum Epos und über die Natur des spröden, undankbaren Stoffes.
Beim blinkenden Kelchglas sich in nebelhafte Regionen verlieren
und diesen Nebelgebilden Form, Charakter und Ausdruck geben,
sie ins wirkliche Leben einführen — das ist zweierlei. Dieses
Bruchstück des geplanten Epos ist durch sein nervenerschütterndes
Pathos für das Knaben- und Jünglingsalter ungemein anziehend,
kann aber vor einer reiferen Betrachtung nicht Stand halten. Es
ist der Jammer, nicht sterben zu können, was auf Ahasver lastet.
Einem Nero und Christiern spricht er Hohn, nicht aus Haß gegen
ihre Tyrannei, sondern um von ihnen getötet zu werden; er
stürzt sich wie Empedokles in den Ätna, aber nicht um die Ursache
der vulkanischen Erscheinungen zu ergründen, sondern um in den
Flammen den ersehnten Tod zu finden. Wie kann ein mit dem
Fluch belasteter, ruhelos, gespensterhaft wandernder Übermensch
die Epopöe der Weltgeschichte mit klarem Auge betrachten? Was
ist das Ergebnis dieser Betrachtung? „Sehen müssen durch Jahr-
tausende das gähnende Ungeheuer Einerlei! Und die geile hungrige
Zeit immer Kinder gebärend, immer Kinder verschlingend." (Vgl.
meinen Aufsatz über die Sage vom Ewigen Juden und ihre dichterische Behandlung in Prutz' deutschem Museum 1867, 3. 4.)
Mit Recht urteilt daher Strauß: „Daß Schubart den Plan mit
dem Ewigen Juden unausgeführt ließ, hatte bei ihm, wie bei so
manchem andern Dichter, in dem Mißverhältnis einer ganzen epischen Weltgeschichte zu seinem poetischen Vermögen oder vielmehr
zu den Grenzen und Bedingungen der Poesie überhaupt seinen
guten Grund. Das Bruchstück, das sich unter diesem Namen in
seinen Gedichten findet, steht auch weit unter seinem Rufe. Seine
Wirkung beruht hauptsächlich auf der Schilderung von Ahasveros
vergeblichen Versuchen, sich zu töten, wobei Gewaltiges und gewaltsam Widerliches abgerissen und unordentlich durch einander
läuft." — Der Fluch des Vatermörders zeigt nach Strauß' richtiger Bemerkung in der Form ebenso, wie Schillers Graf Eberhard eine unglückliche Nachahmung des Bürgerschen Romanzen-
stils; übrigens ein ächter Höllenbreughel, der den widerlichsten

Eindruck zurückläßt" — ein ächtes Bänkelsängerlied, möchte ich
dazu setzen. „Da ist der kalte Michel," fährt Strauß fort, „ein
anderer Kerl: aber da glaubt man auch bereits (den schwächeren
Anfang und Schluß abgerechnet) Schubart selbst zu hören, wie
er das Prachtexemplar von schwäbischem Phlegma vor den ent-
zückten Schoppengästen mimisch zur Darstellung bringt." Hebel
behandelt im Hausfreund auf 1809 denselben Stoff mit einigen
Veränderungen unter dem Titel: „Ein Wort giebt das andere"
in Prosa. Schubarts Erzählung „der rechte Glaub" ist vom Jahr
1776 und hat auffallende Ähnlichkeit mit der Erzählung in Vossens
Luise V, 428 ff. Es versteht sich von selbst, daß nicht Schubart,
sondern Voß der Nachahmer ist. Behaghel sucht in Schnorrs
Archiv XII, 3, 340 wahrscheinlich zu machen, daß Voß seinen
Stoff aus dem Vademekum für lustige Leute, Berlin, Mylius VII
(1777) S. 52 entlehnt habe. Das Wahrscheinlichste ist, daß
Schubart für beide die gemeinschaftliche Quelle war.

Ebenso hat Hebel die Erzählung „zwei Weissagungen" im
Hausfreund auf 1815 von Schubart entlehnt, der im Jahrgang
1775 der Chronik die Anekdote vom Weissagen bringt. (Scheible
6, 222.) Sogar Hebels „Merkwürdige Gespenstergeschichte" im
Hausfreund auf 1809 hat ihre Quelle in Schubarts unvollendeter
Erzählung: eine Gespenstergeschichte im Ulmischen Intelligenzblatt
1775, 22. Stück. —

„König in diesem Felde ist das unschätzbare Märchen: Es
starb einmal ein Bäuerlein, das die Auszeichnung so ganz verdient, die ihm zu Teil ward, von den Pfaffen in Augsburg verbrannt zu werden. Bisweilen spitzt sich der Schwank zum Epigramm zu, wie in dem allgemein bekannten Zinkenistentrost; in
eine politische epigrammatische Spitze läuft das Gedicht: die Aderlässe aus. Um im reinen Epigramm Glück zu haben, dazu war
Schubart zu wenig Verstandesmensch" — wieder das alte Vorurteil. Die Epigramme („Kleinigkeiten") sind sehr gemischter Art;
oft gesucht und gezwungen, oft natürlich und treffend. „Ein schil-
berndes Epigramm könnte man sein sinniges Wort auf die Messiade
nennen, das sich auch — gegen Schubarts sonstige Art — durch
scharfe logische Gliederung auszeichnet."

Ein Fehler, der mehrere Schubartsche Gedichte entstellt, ist,
wie Strauß mit Recht bemerkt, Mangel an feinerem Geschmack,
an Sinn fürs Passende und Schickliche. Geschmacklos ist es z. B.
allerdings, zu einem geliebten Mädchen beim Abschied zu sagen:
Dein Mitleid wird dir Jova lohnen — oder gar die Zärtlichkeit
aus des Liebhabers Augenhöhle schimmern zu lassen. Zu bedauern ist nur, daß Schubart, namentlich auf dem Asperg, Niemand hatte, der ihn auf solche Geschmacklosigkeiten aufmerksam
machte. In vielen Fällen ließ sich leicht helfen, z. B. dein Mitleid wird dir Gott belohnen. In einem Fall ist die Geschmack-
losigkeit nur Schein. Schubart hat nämlich eine Vorliebe für
das Wort „Faust" und braucht es oft, wo wir Hand sagen. So
in dem Hymnus „an Gott" gleich in der ersten Strophe; in dem
Gedicht: Seraphina an ihren Schutzgeist: „Wenn Andacht mein
Herz Zum Himmel erhebt, Daß unter der Faust Der Flügel er-
bebt." Hier belehrt uns das Grimmsche Wörterbuch, daß Faust
sehr häufig für Hand, selbst für die zarte Frauenhand steht, wo
heute nur Hand, nicht mehr Faust stattfindet. Grimm giebt Beispiele aus dem 16., 17. und 18. Jahrhundert. Sogar die Augenhöhle (siehe oben) ließe sich vielleicht verteidigen = aus meinen
durch Jammer und Elend hohlen Augen. Eine ähnliche Stelle
bei Chamisso 2, 43: „Ich glaube, daß du weinst, du bist gerührt;
ich habe solchen Thau seit vielen Jahren in diesen dürren Höhlen
nicht verspürt." Vgl. „Augenhöhle" in Sanders großem Wörterbuch. „Diesem Mangel an Geschmack," fährt Strauß fort, „geht
ein Mangel an Logik zur Seite. Sobald Schubart längere Gedichte anlegt, laufen ihm die Fäden durcheinander: man vermißt
eine feste Disposition. Selbst in der Fürstengruft trägt der erste
Wurf des Zorns den Gedanken nur 12 Strophen weit stetig fort;
dann folgt ein frischer Ansatz durch vier Strophen, der zum Teil
schon Gesagtes in anderer Form wiederholt; hierauf wieder ein
Ansatz von 6 Strophen, womit im ersten Entwurf das Gedicht
schloß; bis hernach der begütigende Schluß von den besseren Fürsten mit 4 Strophen noch angesetzt wurde." Diese Behauptung
möchte ich durch den bekannten Spruch einschränken, daß der, der
über einen Graben springen will, ein paar Schritte zurückgeht.

Die 13.—16. Strophe bilden den Übergang zum dritten Teil des
Gedichts. Keine Wiederholung enthält auch der zweite Teil nicht.
Vor dem Gewissen und den Mahnungen der Religion haben sich
die Fürsten ängstlich gehütet; im Leben gelang es ihnen, ihr Gewissen zu betäuben, aber für alle Zeit gelingt es ihnen nicht. Sie
mögen den eisernen Todesschlaf noch so lange schlafen; aber noch
frühe genug wird sie der Donner des Gerichts erwecken. Das
Gedicht erlahmt nicht; mit der 18. Strophe nimmt es einen neuen
Aufschwung, der sich an den Schluß der 17. Strophe anreiht und
in höchst origineller Ironie mit erschütterndem Sarkasmus für
sie um Schonung bittet, weil die göttliche Strafe noch früh genug
kommen werde. Wer freilich ein solches Gericht nicht glaubt, für
den hat der Schluß der Fürstengruft keinen Sinn. Mit dem
Schillerschen: „Die Weltgeschichte ist das Weltgericht" läßt sich
Schubarts Gedicht nach seinem Grundgedanken nicht vereinbaren.
Der Tod allein, das Ende der irdischen Herrlichkeit ist noch keine
Strafe für Tyrannen, welche die Schrecken der Religion nicht
fühlten; die eigentliche positive Strafe tritt ein — mit dem End-
gericht. Das Gedicht hat epigrammatischen Charakter. Die
Erwartung wird aufs höchste gespannt; dann kommt der Auf-
schluß, für den freilich nicht Jeder Sinn hat. Im Schluß
wird nicht ein neuer verwirrender Faden durch das Gedicht hin-
gezogen, sondern nur eine neue Betrachtung angeknüpft, die
übrigens in der vierten Strophe schon angekündigt war. Das
Gewitter, das sich furchtbar entladen hat, löst sich in einen
sanften Regen auf; eigentlich matt kann ich darum den Schluß
nicht finden.

Das Kaplied verlangt noch eine besondere Betrachtung. Bereits war die Sammlung von Schubarts Gedichten ausgegeben,
erzählt Strauß II, 178, als ein äußeres Ereignis die Entstehung
desjenigen Gedichts veranlaßte, welches neben der Fürstengruft
das vorzüglichste und im Bunde mit der von ihm gleichfalls ge-
schaffenen Melodie jedenfalls das populärste Gedicht von Schubart
werden sollte. Die Holländisch-Ostindische Kompanie brauchte
Soldaten aufs Kap der guten Hoffnung; der Herzog von Württemberg brauchte Geld wie immer: und so war man bald Handels

einig. Das Geschäft war um so vorteilhafter für den Herzog,
als er mit einem Teile der Offiziersstellen dieses Regiments eine
Reihe natürlicher Söhne versorgte oder sich vom Halse schaffte,
während die übrigen jener Stellen, wie wir aus unsern Briefen
sehen, dem bereits von Holland bezahlten Herzog noch einmal
von den Kandidaten mit teurem Gelde bezahlt werden mußten.
Ende Oktobers 1786 nahm die Werbung ihren Anfang und schon
am 27. Februar 1787 marschierte das erste Bataillon des Kap-
regiments, 898 Mann stark, aus Ludwigsburg ab, dem am 2. September desselben Jahres, wo Schubart bereits in Freiheit gesetzt
war, das zweite folgte. Unter den Offizieren, die mit diesem
Regimente der Heimat Lebewohl sagten, waren mehrere vieljährige
Asperger Freunde des Dichters, woraus sich die rührende Innigkeit des Textes wie der Melodie erklärt, die uns noch heute beim
Singen seines Liedes unwiderstehlich ergreift. Von der schmäh-
lichen Veranlassung dieses Abschieds mußte der gefangene Dichter,
der seine guten Gründe hatte, keine zweite Fürstengruft schreiben
zu wollen, natürlich absehen; was aber dadurch dem Liede an
historisch-politischer Bedeutsamkeit entging, wuchs ihm an allgemein menschlicher zu. Niemand wird diesem milden Abschieds-
schmerze polemische Galle beigemischt wünschen. Die Fürstengruft
kann im Verlaufe der Zeit mit den Fürsten selbst*) zur Antiquität
werden; aber das Kaplied wird leben, so lange deutsche Kolonisten nach fernen Weltteilen ziehen; und wenn dies einmal in besser
geordneter Weise, als jetzt, und wirklich zu des deutschen Namens
Ehre geschehen wird, dann erst wird dieses unsterbliche Lied den
zweiten, schöneren Kreislauf seines Lebens beginnen." Wurde
auch über diese Truppenverkäufe damals nicht so viel gesprochen
und nicht so hart geurteilt, wie wir erwarten sollten, war auch
die Anwerbung für fremden Dienst nicht gegen die Landesver-
träge und galt auch die Unterstützung evangelischer Mächte, wie
Holland und England, für unbedenklich, so lag doch das Unwürdige
darin, daß die Landesherren selbst sich zu Generalagenten fremder
Werbebureaus hergaben und einen Profit in die Tasche steckten,

*) Strauß schrieb diese Worte im Jahr 1849.

an welchem das, wenn auch in freiwilligem Dienst vergossene Blut
ihrer Untertanen klebte. Wie Schubart von der Sache dachte,
darüber finden wir nirgends Auskunft. Daß trotz der sogenannten
Werbung ein gewisser Zwang dabei obwaltete, liegt in dem ganzen
Ton des Gedichts. Vergl. auch Weber, Weltgeschichte XIII, 254.
255., wo ausgeführt wird, daß der Wille des Landesfürsten damals von den Untertanen als höchstes Gebot angesehen wurde
und daß Viele durch List und Gewalt, durch lügenhafte Vorspie-
gelungen in die Schlinge gelockt und in entfernte Länder, in ein
ungewohntes, ungesundes Klima abgeführt wurden, wo die Meisten
umkamen. „Schubarts Kaplied,“ berichtet Weber, „war damals
im Hessenlande im Munde des ganzen Volks. Eigennutz und
Gewinnsucht auf der einen, engherzige Politik auf der andern
Seite machten,“ so fährt Weber fort, „daß die elegischen Klage-
töne der Dichter, wie der Schmerzensschrei oder die zürnenden
Strafreden der Menschenfreunde ungehört verhallten.“ Mit be-
wundernswürdigem Takt hält sich Schubart hier in der rechten
Mitte zwischen dem Ton der Hymnen auf Karl und Franziska
und dem Geist der Fürstengruft. Die geheime, sich zuckend an-
deutende Wehmut, die des Trostes bedarf, wirkt stärker, als die
heftigsten Zornausbrüche. Im Kaplied haben wir Schubart nach
seinen besten Seiten vor uns; dieses einzige Gedicht ist ein kurzer
Auszug oder, wie man neuerdings sagt, Geist aus Schubarts Poesieen. Schubart steht vor uns als Patriot, als Kenner des Volks-
lebens, als Freund der Geselligkeit und des Weins, als der Mann
von tiefer und gesunder Religion. Männer, die über Schubart
höchst absprechend urteilen, stimmen in das Lob dieses Gedichts
ein. Prutz nennt es unvergleichlich schön; Vilmar, der die Fürstengruft ein Phrasengewebe schilt, erklärt das Kaplied für Schubarts
bestes und wirklich ein gut patriotisches dichterisches Erzeugnis.
Nach dem Konversations-Handlexikon (Reutlingen, 1831) unter
„Schubart“ ist diesem Lied die seltene Ehre widerfahren, in China
gesungen zu werden. Es gefiel nemlich dem Kaiser, der es 1795
von der Gesandtschaft der Holländisch-Ostindischen Kompanie singen
hörte, so sehr, daß sie es sehr oft wiederholen mußten und des
Dichters Name in China mit Ehren genannt wurde.

Freilich bringt (vgl. oben) auch gegen dieses Lied Strauß
den Tadel vor, es fehle ihm an Logik, Zusammenhang, gleich=
mäßigem Fortschritt. Ich kann dies nicht zugeben. Das Gedicht
hat dramatische Anlage, Haltung und Fortschritt; der Wendepunkt
des Ganzen ist die vierte Strophe. Was früher da war, darf
daher recht wohl wiederholt werden, nur in anderem Zusammen=
hang und in andrer Situation. So wird das Vaterland im
Fortschritt der Handlung, wie sie im Geiste prophetisch ausgemalt
wird, zweimal erwähnt; so wird der religiöse Trost von Gottes
Allgegenwart zweimal genannt, zuerst in Bezug auf die Zurück=
bleibenden, dann in Bezug auf die Fortziehenden. Zum Schön=
sten des Gedichts gehört der Schluß. Schubart schließt nicht mit
dem banalen Wiedersehen hier oder dort; er giebt die Antwort
auf die Frage: willst mich verlassen, liebes Herz, auf ewig? in
den Worten: Freundschaft ist für die Ewigkeit.

Das einzige geringschätzende Urteil über das Gedicht, das
ich kenne, ist leider von Goethe. Das Gedicht wurde nemlich in
des Knaben Wunderhorn aufgenommen. Wie es damit zuging,
sehen wir aus Hebels Aufsatz: Gutachten über die Frage, wie dem
Gebrauch anstößiger Volkslieder am sichersten vorzubeugen sein
möchte. Hebel bemerkt hier, daß volksmäßige Lieder von Hölty,
Bürger, Schubart auf den Liedertischen der Jahrmärkte feilge=
boten werden, im nämlichen Format, um den nämlichen Preis,
bald vier zusammengedruckt, bald einzeln unter andern wie die
schmutzigen versteckt, ohne Zweifel schon frühere Versuche edler
Volksfreunde, durch bessere Lieder die schlechten und den Geschmack
daran zu verdrängen; es rühre daher der lächerliche Mißgriff,
durch welchen einige dieser Gedichte, z. B. Schubarts Kap=
lied und Pfeffels Lied von des Grafen Walters Pfeifenkopf,
sich wieder in des Knaben Wunderhorn verlieren und die Heim=
weisung der Gasse und des 17. Jahrhunderts erhalten konn=
ten. — Es kommt nun darauf an, was man unter Volkslied ver=
steht. Wenn das Kaplied zur Zeit seiner Entstehung in Deutsch=
land weit und breit gesungen wurde und jetzt noch gesungen wird,
so ist es ein Volkslied so gut als z. B. Uhlands braver Kamerad.
Freilich ist das Kaplied nicht, wie der Schneider, nach einem

fliegenden Blatt, sondern irgendwie verketzert in die Sammlung
gekommen. Die Aufschrift lautet: „Das heiße Afrika". Als
Verfasser wird genannt: Schubart. In der vierten Strophe liest
man: „Und wie ein Geist schlingt um den Hals Das Liebchen
sich herum, Willst mich verlassen, liebes Herz, Auf ewig, und der
bittre Schmerz Macht's arme Liebchen stumm." Diese Lesart ist
offenbar unrichtig. Entweder liest man: Willst mich verlassen,
liebes Herz? Auf ewig? oder: Willst mich verlassen, liebes Herz,
Auf ewig? Die Frankfurter Ausgaben und Sauer geben diese
zweite Lesart und dieser bin ich gefolgt. Strauß II, 455 giebt
zwei Fragezeichen, und so wird denn der Abschied noch beredter
und pathetischer als mit einem einzigen Fragzeichen. Woher
Strauß seine Lesart hat, weiß ich nicht. Die zwei Kaplieder —
das zweite ist für den Trupp — erschienen unter dem Titel: „Zwei
Lieder für das nach dem Kap bestimmte von Hügelsche Regiment.
Nebst Musik. Stuttgart 1787". Dieser erste, von Göbeke im
Grundriß II, 1170 verzeichnete Druck ist wahrscheinlich vergriffen.
Endlich hat das Wunderhorn in der drittletzten Strophe: „Dann
jubeln wir: Hurrah, Hurrah!" — Goethe urteilt nun in seiner
Rezension des Wunderhorns über „das heiße Afrika" ganz kurz:
„Spukt doch eigentlich nur der Halberstädter Grenadier."

Wilhelm Zipperer sagt in Schnorrs Archiv X, 282, das Gedicht verrate auffällige Anklänge an Schillers „Kriegslied" — Graf
Eberhard der Greiner, das bekanntlich schon in der Anthologie
auf 1782 steht. Beiderseits bestehe die Strophe aus drei vier-
füßigen und zwei dreifüßigen Jamben. Freilich fügt Zipperer
sogleich den Unterschied bei, daß bei Schiller die drei längeren
Verse durch den Reim verbunden sind, indeß Schubart die erste
Zeile reimlos läßt. „Die frische und lebhafte Darstellung, Ton
und Stimmung," fährt Zipperer fort, „sowie das Anstreben möglichst
objektiver Haltung zeigt hier und dort augenfällige Ähnlichkeit, ja
diese tritt sogar in Einzelnheiten hervor; so Schub. 12, 5 und
Schiller 5, 5" — warum nicht auch Schiller 14, 4. 5? Dies
zeigt nur, daß der Sturm und Drang dem weinerlichen Element
nicht fern blieb; immerhin aber machen Kriegshelden, wie der
Greiner und sein Sohn, wenn sie weinen, einen tieferen Eindruck,

als die Offiziere des Hügelschen Regiments und es heißt da:
duo si faciunt idem et idem patiuntur, non est idem; weiter
„die Anfänge beiderseits durch Anrede" — auch hier ist nur der
äußere Schein einer Ähnlichkeit: Schiller redet die draußen in der
Welt an, das Gedicht hat eine kecke, herausfordernde Haltung und
ist vom intensivsten Schwabenbewußtsein durchdrungen; Schubarts
Gedicht ist bei weitem nicht so subjektiv und pathetisch gehalten
und erhebt sich eben dadurch, daß das Schwäbische zurücktritt (es
heißt nicht: und sagen soll man weit und breit, die Schwaben
sind doch brave Leut' 2c.), wie Zipperer im Anfang seines Aufsatzes sagt, zu allgemein menschlicher, ich möchte lieber sagen: zu
allgemein deutscher Bedeutung. Die Anrede bei Schubart ist ganz
anders, als bei Schiller; einer tritt im Namen Vieler auf, zu
denen er selbst gehört; daher geht das „ihr", womit nicht fremde,
sondern Brüder angeredet werden, sogleich in das „wir" über.
Zuletzt kommen noch „die vielen „Und" zu Beginn der Sätze."
Allein auch hier ist ein großer Unterschied. Schubarts Gedicht
hat drei „Und" am Anfang von Strophen, Schillers fünf, dabei
aber zwei „Doch". Man könnte sagen, das Kaplied habe mehr
epischen, der Greiner mehr dramatischen Gang und Gehalt. Wie
grundverschieden beide Gedichte sind, zeigt sich klar durch die Erwägung, daß das Kaplied zum Gesang auffordert, während meines
Wissens noch niemand dran gedacht hat, den Greiner musikalisch
zu komponieren. Die Melodie könnte auf keinen Fall die des
Kaplieds sein.

Zipperer verfolgt dann die weiteren Zeichen von Schubarts
Bekanntschaft mit Schiller und schließt: „Was mir in unsrer Frage
den Ausschlag zu geben scheint, ist Schubarts Schreiben an Himburg
vom 2. Februar 1787, drei Wochen vor Abgang des Kap-Regiments.
Hier findet sich die Stelle: „Wir haben jetzt sehr markichte Schreiber in Schwaben. Schiller, der Starke, ist von uns ausgegangen;
aber es streben bei uns Eichen empor, in deren Wipfel der Sturm
orgelt." Und jenem Hochgefühl, daß auch manchen Mann, auch
manchen Held das Schwabenland gebar, hatte er auch einen Monat
früher Ausdruck gegeben, als er am 2. Januar 1787 an Himburg schrieb: „Wir Schwaben haben wirklich (d. h. gegenwärtig)

einige aufkeimende Genies, die es an Kraft und deutscher Eigen-
heit mit jeder andern Provinz aufnehmen." — „Also zweimal
eine Äußerung," schließt Zipperer, „die an den Anfang von Schillers Ballade anklingt" — zugegeben, aber ohne daß deswegen
Schiller auf Schubart eingewirkt haben muß, im Gegenteil leicht
erklärlich aus der Lage eines Schwaben, der an einen Buchhändler
zu Berlin in buchhändlerischen Angelegenheiten schreibt und diesem
Respekt vor Schwaben und eben damit vor dem Schreiber selbst
einflößen will; ohnedies haben im Selbstlob die Schwaben von
jeher das Möglichste geleistet, ohne daß einer beim anderen in die
Schule ging. „Das einemal," belehrt uns Zipperer, „ist diese
Äußerung verbunden mit einer Anerkennung Schillers". — Gewiß, aber daraus folgt durchaus nicht der Trumpf, den Zipperer
ausspielt mit den Worten: „und bald darauf". — Ja wohl:
post hoc, ergo propter hoc! — jenes Kaplied „eine — Frucht der
Lektüre Schillers, die der 20 Jahre ältere Dichter pflückte!"

Also ohne Schillers Lektüre hätten wir kein Kaplied! Der
durch und durch originelle Schubart hat diese Frucht des 20 Jahre
jüngeren Schillers eingeheimst. — Welche windige Hypothese!

Nicht einmal Hypothese, weil dieser Einfall ganz unnötig ist!

Die einzige Parallele zum Kaplied ist die auch von Zipperer
angeführte Stelle aus dem Briefe Schubarts an Himburg vom
22. Februar 1787: „Künftigen Montag geht das auf das Vor-
gebirge der guten Hoffnung bestimmte württembergische Regiment
ab; der Abzug wird einem Leichenkondukte gleichen; denn Eltern,
Ehemänner, Liebhaber, Geschwister, Freunde, verlieren ihre Söhne,
Weiber, Liebchen, Brüder, Freunde, wahrscheinlich auf immer.
Ich habe ein paar Klaglieder auf diese Gelegenheit verfertigt, um
Trost und Mut in manches zagende Herz auszugießen. Der Zweck
der Dichtkunst ist nicht, mit Geniezügen zu prahlen, sondern ihre
himmlische Kraft zum Besten der Menschheit zu gebrauchen."

Über die zwei Gedichte auf Friedrich den Großen haben wir
schon gesprochen. Vom ästhetischen Standpunkt aus ist der Obelisk
sehr schwach; darüber ist nur eine Stimme. Geteilter sind die
Ansichten über das erste Gedicht. Prutz nennt es ein schwulstiges,
geschmackloses Ding; Weber im Anhang zur Frankfurter Ausgabe

fällt darüber das gegründete Urteil: „Es ist den zwei Gedichten auf Friedrich gegangen, wie der Cramerschen Ode auf Luther und anderen ähnlichen Lobgedichten: die Person, der sie gewidmet waren, hat ihnen mehr Bedeutung gegeben, als ihr poetischer Gehalt. Der Hymnus ist kaum etwas mehr, als eine trockne, ja chronologische Aufzählung von Friedrichs Taten, ausgeschmückt mit den damals üblichen lyrischen Blumen in Ramlers Manier: der Mangel eines Hauptgedankens, die Verschiedenartigkeit der einzelnen Partieen, die lose rhythmische Form haben hier das Ihrige gethan, um das Gedicht zu einem mittelmäßigen zu machen. Schubart würde seinen Helden, für den er so patriotisch fühlte, mit einem populären Liebe in seiner schlichten, heiteren Weise viel besser gepriesen haben, als mit diesem verfehlten Pindarismus. Der Obelisk ist in dem Epitaphienstile geschrieben, welchen der Dichter zum Andenken mehrerer fürstlichen Todesfälle versucht hat; allein die Breite und der Schwulst thut dieser Gattung, die den antiken Lapidarstil nachahmen soll, Eintrag. Die poetischen Lichter werden durch prosaische Schlagschatten erdrückt, die Empfindung bringt es nicht viel höher als zu geschraubten Ausrufungen und das ängstliche Anklammern an die Geschichte hält die Begeisterung wie einen schlecht gefüllten Luftballon an dem Boden."

Da sind die Gedichte auf Friedrichs Nebenbuhler, Josef II., und auf Laudon besser geraten. Unter ihnen zeichnet sich besonders „Laxenburg" aus, das auch ins Italienische übersetzt worden ist.

Man könnte drei Klassen von Schubarts Gedichten machen: 1) überwiegend naturalistische; 2) solche, in denen Natur und Kunst möglichst ausgeglichen sind; 3) gekünstelte, erzwungene, verstiegene Gedichte.

„Ich bin," pflegte Schubart zu sagen, „im ruhigen Zustande nur ein Alltagsmensch; kommt aber dieser Hauch vom Himmel über mich (die Leichtigkeit, im Reden, Schreiben und Spielen in Begeisterung überzugehen), so übertreffe ich mich selbst und bringe Dinge hervor, die meine kältere Vernunft laut an die Unsterblichkeit der Menschennatur erinnern. Dann ist mir so wohl, daß ich einst in einer dieser Verzückungen sterben möchte." — „Er dichtete nie, um seine Kunst zu zeigen," sagt Ludwig Schubart. Dies wäre denn doch zu bezweifeln; dagegen spricht die gewiß nicht vereinzelt bastehende Gewaltsprobe, die er vor einer adeligen Gesellschaft ablegte, zu gleicher Zeit ein Lied zu dichten und zu komponieren, einen Brief zu diktieren und sich mit einem der Anwesenden über einen litterarischen Gegenstand zu unterhalten — wodurch er sich meilenweit in der Gegend umher in den Ruf eines Wundermannes brachte. „Gewöhnlich sprach er erst eine Zeitlang von einem Gedichte, das er unter dem Herzen trug: während dieser Zeit ward es allmählich in seiner Seele reif — erhielt im Reden einen Teil nach dem andern, und wurde sodann unversehens in einigen Stunden zur Welt gebracht. — So entstand die Fürstengruft; so der Hymnus, — so Ahasver." Über den Hymnus schreibt er im Dezember 1783 seinem Sohn: „Ich arbeite wirklich (gegenwärtig) an einem Gedichte auf Friedrich den Großen! den Einzigen!! — Ludwig, das ist eine Menschenmasse, ein Kolossusbild, dessen Leben, nur trocken erzählt, schon Epopöe ist." Dies kann doch kein andres Gedicht sein, als der Hymnus, den er, wie ein paar Seiten vorher zu lesen ist, im Frühling 1786 verfertigte — „ein Produkt, das seit Jahren in seiner Seele immer reifer geworden war und das er in wenigen Stunden aufs Papier niederwarf" — gerade wie auch die Fürstengruft ihren Ursprung nach Ulm und München zurückdatiert. Auch Ahasver trug er Jahre lang in sich herum. Ludwig Schubart hat sich also in der oben angeführten Stelle nicht genau genug ausgedrückt. Auf die dort angegebene Weise mögen viele oder die meisten seiner naiven Lieder entstanden sein, aber nicht die Gedichte, bei denen Schubarts Sohn eben diese Entstehungsweise angiebt, die größeren lyrischen Gedichte mit ihrem erhabenen, oft auch geschraubten Pathos und ihrer glühenden selbstgeschaffenen Phantasiesprache. Vollends ausgereift wurden diese Gedichte in wenigen Stunden, aber die Grundgedanken schlummerten Jahre lang in des Dichters Brust. Daß er gerade bei solchen Gedichten manchmal künstelte, läßt sich nicht leugnen.

Schon Prutz findet es sonderbar, daß gerade diese Gedichte

— der Hymnus auf Friedrich den Großen und Ahasver — sich im Publikum erhalten haben, während die volkstümlichen Lieder viel weniger bekannt sind. Sonderbar ist's, daß Goethes Ewiger Jude zu den am wenigsten bekannten Schöpfungen des Dichters gehört, während Schubarts Ahasver, wie Prutz klagt, seinen lang-weiligen Fluch noch in zahlreichen Deklamationsstunden ableiern muß. Hätte man freilich unserem Schubart die poetischen Fehler seines Hymnus vorgehalten, so hätte er mit Schiller antworten können: „Die Ohnmacht hat die Regel für sich, aber die Kraft den Erfolg." „Die Verehrer Friedrichs alle," sagt Ludwig Schu-bart, „wußten das Gedicht auswendig, besonders oft hörte ich Offiziere der Armee mit Begeisterung die Stelle wiederholen: „Aber immer grauer wird deine Locke zc." Im Obelisk, zu dem er von Berlin aus aufgefordert wurde, tadelt Strauß besonders die Stelle:

„Weit hinauf maß er an der Geister Urmaß.
Fest und stark war seine Seele.
Keines Geschöpfes Gewalt zc."

Und gerade diese Stelle wurde, wie L. Schubart ausdrücklich an-giebt, mit dem lautesten Beifall aufgenommen.

Der beste Erfolg war freilich der, daß Schubart durch diese Gedichte frei wurde.

Strauß tadelt an Schubart, daß ihm im Feuer der Rede bisweilen die Gedanken vergehen und Dinge entschlüpfen, die er eigentlich nicht sagen wollte. „So, um nur Eines anzuführen, ist in dem bekannten Gedichte: Gefangner Mann ein armer Mann, die oft und auch von L. Schubart ohne Arg angeführte Strophe:

Mich drängt der hohen Freiheit Ruf;
Ich fühl's, daß Gott nur Sklaven
Und Teufel für die Kette schuf,
Um sie damit zu strafen —

ein vollständiger Widersinn und Schubart konnte weder sagen wollen, Gott habe die Sklaven — und ebenso wenig, nach christ-licher Vorstellung, die Teufel — für die Ketten geschaffen, noch hätte ihm entgehen können, daß das, wozu ein Wesen ge-schaffen ist, zugleich nicht Strafe für dasselbe sein kann — wenn

er nicht in der Hitze des Deklamierens gewesen wäre." Hier
möchte ich mich doch Schubarts annehmen. Unter den Teufeln
kann man auch menschliche Teufel verstehen (vgl. Schubart: „Der
Herzog ist ein Satan gegen mich"). Das Wort „strafen" nehme
ich hier im weitesten Sinn, wie man z. B. sagt: „Mit einem
solchen Dummkopf ist der Lehrer gestraft" = übel daran. Es
giebt endlich nach biblischer Anschauung Gefäße des Zorns, die
Gott zum Verderben von Anfang an bestimmte; vgl. Röm. 9, 11.
14. 15. 18. 20. 22. — Strauß fährt fort: „Daß er den mytho-
logischen Zopf von Cypria, Amor und Grazien 2c. noch nicht abgelegt hat, ja, daß sich ihm derselbe durch Vermengung der klassischen Mythologie mit der nordischen und beider mit der christlichen nicht selten zum Weichselzopf durch einander wirrt, erklärt
sich aus der Zeit seiner früh abgeschlossenen Bildung." Von der
klassischen Mythologie hat Schubart, namentlich im Vergleich mit
Schiller, keinen übertriebenen Gebrauch gemacht; Amor und die
Grazien spielen in Goethes reifster Lyrik ihre Rolle. Allerdings
aber ist die Vermengung mit der nordischen Mythologie und mit
den Anschauungen des Christentums — wiewohl „Jova" alt-
testamentlich ist — geschmacklos.

„Dieser zahlt er auch darin noch seinen Tribut, daß er per-
sonifizierte Abstrakta, wie die Unschuld, Demut, Zärtlichkeit, Geduld, Einfalt an- und besingt." Zugestanden.

Zwei schwäbische Dichter sind zu erwähnen, die an Schubart
erinnern. Friedrich Hölderlin fühlte sich nach Christoph Schwab
in seiner Ausgabe von Hölderlins Werken S. 9 während seines
Aufenthalts in Maulbronn 1786—88 von dem titanischen Genius
Schubarts und Schillers, welche beide damals sich noch so nahe
standen, angezogen. Im Jahr 1789 kam Hölderlins Freund, der
Dichter Neuffer, mit Schubart und Stäudlin zusammen. Beiden
erzählte er von seinem Freunde und Schubart fand nach einem
Briefe Neuffers an der Schilderung Hölderlins als eines die
Griechen unendlich verehrenden und dabei allem epigrammatischen
Wesen fremden Jünglings großen Gefallen; die persönliche Be-
kanntschaft des 1791 verstorbenen Schubart scheint Hölderlin nicht
gemacht zu haben. (Ebenda S. 11.)

Der zweite Dichter ist der geniale Albert Knapp. In seiner
Lyrik erinnert er „nach ihrer ursprünglichen Anlage" an die „viel
rohere" Lyrik Schubarts, wie Gerok in seinem Vortrag über
Knapp (Stuttgart 1879) sagt. Die Ähnlichkeit ist allerdings auffallend. Vorliebe für den Oden- und Hymnenton, Überfülle des
Ausdrucks, ein gewisses Drangpathos, Hypertrophie der Sprache
in der Prosa und Poesie ist bei beiden in manchen Partieen
ihrer Schriften unverkennbar.

X.

Schubart als Kritiker.

Als Kritiker zeigt sich Schubart schon auf dem Gebiet der
Religion. Hier, wie auf andern Gebieten, war er nicht ein bloßer
Phantasie- und Empfindungsmensch, bei dem Verstand und Denkkraft bloß eine untergeordnete Rolle spielten.*) Auch als religiöser
Mensch war er ein Denker; nur war sein Denken hier nicht zu-
sammenhängend und systematisch. Man kann mit Strauß hervorheben, daß er sich in seinen hieher gehörigen Äußerungen oft
widerspricht; aber darin hat er an Fachtheologen — man denke
nur an Schleiermacher! — verschiedene, zum Teil sehr berühmte
Genossen. Er suchte im reifen Mannesalter, namentlich in Ulm,
die rechte Mitte zwischen Unglauben und Aberglauben; er begeistert sich für Semler, wie für Oetinger; besonders ist er ein Freund
der Toleranz oder, wie er sie evangelisch erklärt, der brüderlichen Liebe, die er nicht vom Glauben trennen kann. Er ist dies
besonders aus politisch-nationalen Gründen, was uns zu dem Satz
führt, daß sein deutscher Patriotismus sein wirklicher Beruf und
seine wahre Größe war.

Betrachten wir ihn indessen hauptsächlich als ästhetischen Kritiker, so nennen wir hier in erster Linie das Werk: Chr. F. D. Schubarts kurzgefaßtes Lehrbuch der schönen Wissenschaften. Es ist

---

*) Vgl. oben S. 18. 46. 53. 55. 76. 109. 112. 174. 175. 258.

dies der Versuch eines dankbaren Zuhörers, den Inhalt Schubartscher Vorlesungen auf Grund nachgeschriebner Hefte wieder-
zugeben. Das Werk erschien 1777 und ist jetzt kaum noch aufzutreiben. Die zweite „ganz umgearbeitete und vermehrte" Auflage kam in Frankfurt und Leipzig 1782 heraus, und zwar von
Hißmann. Nach der Vorrede sind die beiden Auflagen einander
gar nicht ähnlich. „Der Plan war gut und blieb, aber die Ausführung mangelhaft, die theoretischen Grundsätze waren schwan-
kend und leer, die historischen Angaben falsch, die Urteile über
den Wert der Dichter zu allgemein und die Litteratur war, wenn
sie gleich nur die auserlesensten Werke und Schriftsteller umfassen
sollte, unvollständig" 2c. Wenn nun Schubart schon die erste Ver-
öffentlichung nicht als sein geistiges Eigentum anerkennen wollte,
wenn er über sie und noch mehr über die 1777 erschienenen „Vorlesungen über Malerei, Kupferstecherkunst, Bildhauerkunst, Stein-
schneidekunst und Tanzkunst, Münster 1777" *) das Urteil fällte:
„Ich hielt es für eine wahre Kreuzigung meines Fleisches, als
ich dies Totengerippe in meinem Kerker zu Gesichte bekam," so
scheint einem der Boden hier unter den Füßen weggezogen zu
sein. Wohlwill (im Archiv VI. 362) scheint die erste Auflage in
Händen gehabt zu haben; ich hatte bloß die Hißmannsche Bearbeitung durch Vergünstigung der Würzburger Universitätsbibliothek
bekommen, gab sie aber, nachdem ich die Vorrede gelesen und in
dem Buch geblättert hatte, wieder zurück.

Wohlwill also, der die zweite Auflage gar nicht erwähnt, bemerkt: „Dennoch tragen eine Fülle einzelner Bemerkungen und
Urteile so unverkennbar das Gepräge seiner Denk- und Darstel-
lungsweise, daß an ihrer unverfälschten Echtheit nicht gezweifelt
werden kann. Charakteristisch sind z. B. seine abfälligen Auslassungen nicht nur über Gottsched, sondern auch über Gellert
und Rabener, dessen Satire bloß Pedanten und arme Gratulanten

*) Nach dem vollständigen Verzeichnis von Schubarts Schriften im An-
hang der Frankfurter Ausgabe sind diese zwei Bücher von dem 1821 gestorbenen Christian Gottlob Ebner, Buchhändler in Ulm, aus Stuttgart ge-
bürtig, der damals bei Stage in Augsburg in der Lehre war und Schubart
hörte, ohne Schubarts Wissen während seiner Gefangenschaft herausgegeben.

züchtige, nicht aber Leute, die ihm trutzen oder schaden könnten,
ebenso seine Äußerungen über Wieland, dessen Neigung, andern
Autoren nachzuahmen und von ihnen zu entlehnen, dessen Armut
an eigner Erfindungsgabe — trotz der auch jetzt noch diesem
Dichter bekundeten Verehrung — rücksichtslos dargelegt wird.
Nicht minder bezeichnend ist die wiederholt zum Ausdruck gelan-
gende Vorliebe für die Vertreter der Sturm= und Drangperiode,
deren Werke von Schubart zum Teil über Gebühr gepriesen werden, wie er denn z. B. Gerstenbergs Ugolino geradezu als eines
der ersten Trauerspiele der Welt bezeichnet. Auch sonst begegnen
uns manche Spuren der unserem Dichter auf ästhetischem Gebiet
eigenen Befangenheit des Urteils, wenn er z. B. Klopstock über
Homer zu stellen geneigt ist und unmittelbar nach dem Messias
Bodmers Noachide aufführt, von welcher er griechische und patriarcha-
lische Simplicität zu rühmen weiß. Neben solchen Über= und Unter=
schätzungen finden sich jedoch auch manche Stellen, in welchen den
anerkannt hervorragendsten Genien aller Zeiten, einem Shakespeare, Cervantes, Goethe mit Begeisterung und Ehrfurcht gehuldigt
wird.   In manchen Bemerkungen bekundet sich der Einfluß, welchen die Jugendwerke Herders auf Schubart ausgeübt hatten.
So finden wir z. B. in einem Einleitungskapitel (S. 7) die Weisung: „Wer recht kerndeutsch lernen will, der lese die Minnesinger,
die alten deutschen Gedichte, Luthers Bibelübersetzung und andere
kraftvolle Schriften dieses Mannes." Auch auf Hans Sachs wird
gelegentlich aufmerksam gemacht; und von Luther heißt es an
einer späteren Stelle: „Wenn er nicht zu polemisch hätte sein
müssen, so würd' er gewiß einer der größten Dichter gewesen sein,
die jemals gelebt haben."

Schon hier können wir auf kritische Seitenstücke verweisen.
Über Rabener hat Goethe in Wahrheit und Dichtung ebenso geurteilt; über Wieland ebenso Körner in dem Brief an Schiller
vom 17. April 1797; die Äußerung über Luther kommt fast wörtlich auf Paul Pressels Urteil hinaus in seinem Werk: die geist=
liche Dichtung von Luther bis Klopstock S. 3.

Die Quelle für Schubarts kritisch=ästhetische Urteile fließt in
der kritischen Skala, in der Chronik, in den Briefen, in seinem

Leben, und — was Klopstock betrifft, von dem wir doch ausgehen
müssen und den wir schon einigemal*) in diesem Zusammenhang
angeführt haben, in seinem Werk: „Friedrich Gottlieb Klopstocks
kleine poetische und prosaische Werke, 2 Tle. 1771." Auch dieses
Werk ist kaum noch auf antiquarischem Wege aufzutreiben. Für
unsern Zweck kommt nur die Vorrede in Betracht. Aus dieser
findet sich in der Scheible'schen Ausgabe VI, 36 ein Teil unter
dem Titel „Klopstock" abgedruckt, ohne daß im Werk selbst oder
im Inhaltsverzeichnis angegeben wäre, wo sich Schubart über
Klopstock so ausspricht. Liest man freilich diesen Aufsatz, so muß
man auf den Gedanken kommen, der ja von allen mir bekannt
gewordenen Litterarhistorikern und Schubartsbiographen einmütig
ohne alles Arg immer und immer wieder ausgesprochen wird,
Schubart habe seinen Klopstock maß- und ziellos vergöttert und
ihm in der Ode, im Drama, im Epos vor allen andern Dichtern
die Palme zuerkannt. Schlägt man aber das Buch, wenn man
so glücklich gewesen ist, es aus einer öffentlichen Bibliothek
zu entlehnen, selbst auf, so findet man neben dem überschweng-
lichen Lob doch auch einigen Tadel. Wenigstens in Betreff der
Ode: „An Gott" bemerkt Schubart: „Das Sujet dieser Ode ist
so erhaben und sonst so würdig behandelt, daß die verliebte
Schwärmerei darin sehr am unrechten Platze zu stehen scheint."
Strauß**) findet wenigstens hier, daß dem Klopstockverehrer Schubart bei allem Enthusiasmus doch der gesunde Verstand nie ganz (!)
abhanden kam. Er führt zugleich an, daß Lessing bei derselben
Ode ausruft: „Was für eine Verwegenheit, so ernstlich um eine
Frau zu bitten!" Freilich ging Lessing in seiner Kritik dieser
Ode, in der Klopstock Gott bittet, er möchte ihm schon hier auf
Erden, nicht erst in einer andern Welt, die Geliebte geben, er
wolle dann um so eifriger an seinem Messias fortdichten, noch
weiter als Schubart; er findet auch einige leere Gedankenspiele,
verschiedene Tautologieen und gemeine Gedanken darin, die sehr
prächtig eingekleidet seien. — Klopstocks Prosa findet Schubart

---

*) Vgl. oben S. 33. 49. 72. 82. 83. 95. 102. 123. 192. 279.
**) In dem Aufsatz: Klopstocks Jugendgeschichte — kleine Schriften, neue
Folge S. 132.

kurz gedrängt von Gedanken und voll ächt deutscher Kernausdrücke.
Nur wird ihm mit Recht vorgeworfen, daß seine Prosa zuweilen
zu tacitisch, zu gebrechselt und öfters gar ein bißchen pretiös sei.
„Nicht selten ist er dunkel: er wirft einen großen Gedanken ohne
Vorbereitung hin, der dem Leser zwar Erstaunen, aber nicht Über=
zeugung abnötigt. Man findet meistens Resultate einer großen
Seele ohne Prämissen; lauter Schlüsse ohne Vordersätze. Er steht
immer oben und zieht die Leiter nach sich, daß der Leser, der
nicht nachklettern kann, vom beständigen Emporschauen ermüdet."
— Kann Klopstocks Prosa treffender geschildert werden?

In dieser Vorrede vergleicht er den Odenbichter Klopstock
mit anderen Odenbichtern. Er schildert Uz, dem es gelinge, die
Philosophie ins Gebiet der Ode zu tragen; Ramler, den ängst=
lichen Nachahmer des Horaz, der ein Original sein könnte und
ein Kopist bleibe. Die weitere Bemerkung: „Überdies macht die
zu häufig angebrachte Mythologie mit den Sitten neuerer Zeit oft
einen so widrigen Kontrast, daß der Leser beständig im Kreise
herumfährt und im Schwindel nicht Zeit hat, zu empfinden" hätte
Schubart auf sich selbst anwenden sollen. Denis stellt er über
Ramler; Lange, den aus Lessing wohl bekannten Pastor von Laub=
lingen, bezeichnet er als glücklichen Nachahmer des Horaz und
bemerkt, ihm fehle außerdem noch die Feile des Horaz und das
feine, korrekte Gefühl eines Ramler. Über die Karschin wird
wieder das ganz zutreffende Urteil gefällt: „Der Karschin meiste
Oden sind nie ganz dem Odenton getreu. Sie fährt auf und
sinkt. Hie und da ein erhabener Gedanke, eine glänzende Tirade,
helle Züge eines poetischen Genies; nur im Ganzen keine Oden."

Freilich wenn Schubart a. a. O. einen Brief Bodmers, der
eine durch Konjektur gemachte Entwickelungsgeschichte des Klopstock=
schen Genius enthält, für wirkliche Geschichte nahm, so war dies
nicht besonders kritisch. Vgl. Strauß a. a. O. S. 89.

An seinen Schwager Böckh schreibt er den 20. Nov. 1770
aus Anlaß des genannten Werks: „Keine Bedenklichkeit wegen
Rothschilds Gräber! In dem Verzeichnisse bin ich schon jedem
Einwurf zuvorgekommen. Noch ein Urteil darüber bitte einzu=
schalten: „Sie ist vor eine Elegie zu majestätisch, zu prächtig, zu

erhaben, und eben das ist ihr Fehler." Wenn Strauß I, 40 von Schubart sagt: Er bewundert die großartige Einfachheit Homers, aber Milton und Klopstock stellt er ihm unbedenklich zur Seite, so hat Schubart an der betreffenden Stelle (Strauß I, 140) den allgemeinen Satz, er wisse niemand, der die Poetenprobe aus= halte, als Homer, Milton, Shakespeare und Klopstock, so ausge= führt, daß er Shakespeare für tadellos erklärt, Homer wegen seiner göttlichen Einfachheit bewundert und Milton wegen des Prunkens mit seiner Gelehrsamkeit, ohne die er untadelig sein würde, tadelt. Den Homer findet er (Strauß I, 164) in allen Sprachen und zu allen Zeiten gleich vortrefflich. Freilich lesen wir (II, 78) in einem Brief an seine Gattin vom 3. Juni 1783: „Ludwig muß sich in die Einfalt der Natur und Homers, Ossians, Theokrits, Geßners, Klopstocks versenken, Schwulst und Undeutlich= keit wie den Teufel hassen." Doch ist diese Stelle in einem Brief zu finden, nicht in einer Abhandlung.

In der Chronik 1787, 22 tadelt er Klopstocks abscheulich grasse Rechtschreibung, wogegen die Zesens noch golden sei.

In der Chronik 1789, 423 schreibt er über Klopstock, den er mit Wieland und Bürger als großen Führer in der poetischen Welt zusammenstellt: „Klopstock der erste, der strahlenreichste, der unerreichbarste! in der Höh', in der Tiefe, im Donnern und Säu= seln der Sprache, im allumfassenden Epos, wie im lyrischen Fluge, und sonderlich in den feinsten Künsten des Rhythmus einzig und ohne gleichen. Er ruht jetzt auf seinen Lorbeeren und Palmen, und wer gethan hat, was er that, dem wollen wir es auch ver= zeihen, wenn er uns nach dem 9ten großen Stufenjahre ausge= brannte Kohlen statt wahrer Glut liefert, wie man die neusten Gedichte des großen Mannes anzusehen beliebt." Schon 1788, 444 hatte er auf die Nachricht, Klopstock arbeite an einer Ge= schichte des siebenjährigen Kriegs, bemerkt: „Sein guter Geist be= wahr ihn nur vor Dunkelheiten, allzu kurzen Kürzen und Spitz= findigkeiten, von denen die jüngsten Geistesprodukte dieses großen Mannes, sonderlich die prosaischen, leider! nicht frei sind." Das ist Schubarts kritische Stellung zu dem nach Strauß und Hermann Fischer zeitlebens bewunderten, verehrten, angebeteten Klopstock!

Schubart war allerdings stark in der Bewunderung; das Horazische nil admirari ist nicht nach seinem Sinn. Aber wie in seiner Lyrik das donnernde Pathos allmählich in Sentimentalität oder gar in eine von der Poesie nur die äußere Form entlehnende prosaische Reflexion übergeht, so macht in der Kritik die verstiegene, entzückte Bewunderung nach und nach einer ruhigen Überlegung Platz und Schubart fällt Urteile, die ihn neben den kalten, besonnenen Lessing stellen. Einen Beweis dieser s. z. s. Decrescendokritik giebt die Chronik 1774, S. 324. Hier sagt Schubart in einer begeisterten Lobeserhebung des „berühmten" Generalsuperintendenten Cramer in Lübeck zuerst im Text: „Seine Stärke in der Gottesgelahrtheit, Geschichte und Dichtkunst geben ihm einen vorzüglichen Rang im Tempel deutscher Ehre." In einer Anmerkung liest man klein gedruckt: „Doch, mit Erlaubnis dieses vortrefflichen Mannes, in der Dichtkunst hat er doch seinen Ruhm überleben müssen. Seine Oden: Luther, Melanchthon und Dänemarks Errettung sind von Herzen langweilig, gezwungen und unharmonisch."

Von Schubarts Stellung zu Klopstocks Gegenfüßler, Wieland, war schon oben die Rede. Als Wieland 1769, wie Schubart (Strauß I, 197) an Böckh schreibt, mit seiner Frau, einem Bedienten, zwo Mägden, 7 Studenten, 3 Wägen Bücher und Mobilien und einem Auge („ein Zufall hat ihn des andern beraubt") durch Ulm nach Erfurt gereist war und seinem Freund Schubart einen rührenden Abschiedsbrief geschrieben hatte, so hörte der Briefwechsel auf und Schubart trat seinem Landsmann immer ferner — wie Strauß sagt, der nur auch hätte anführen sollen, daß Schubart gegen die Mängel Wielands nicht blind war, in dem von Lessing als eine Art Musterroman bewunderten Agathon verschwendete griechische Litteratur, wollüstige poetische Schilberungen, langweilige Digressionen (Strauß I, 88 in einem Brief an Böckh vom Jahr 1766) und (I, 91 in einem Brief an Haug 1766) bei aller Anerkennung seiner Vorzüge — viel Philosophie, griechische Litteratur, erfindender Kopf, nachdrücklicher Stil — ein schlimmes Herz gegen Religion und gute Sitten findet. Mit diesem Tadel stimmt freilich der Brief an Wieland, der bloß Lob

des Agathon enthält, nicht ganz überein. Wo aber Schubart
seine wahre Überzeugung ausgesprochen hat, in dem Brief an
Wieland oder in den Briefen an Böckh und Haug, darüber kann
kein Zweifel sein. Obgleich Schubart von Wieland, sowie von
Klopstock und Schiller vergessen und im Stiche gelassen wurde, ließ
er diese persönlichen widerwärtigen Erfahrungen keinen Einfluß
auf seine kritische Beurteilung der Schriften dieser Männer gewinnen; eine solche Rache zu üben, kam ihm nicht von Weitem
in den Sinn. Auch mit Wieland beschäftigt sich Schubart fortwährend. Noch in der Chronik von 1789, S. 423 schildert er
ihn höchst treffend also: „Wielands Genius wirkt mehr in die
Breite und Länge, als in die Höhe und Tiefe. Er ist vielleicht
der ausgebildetste Schöngeist der Welt. Philosophie, Menschenkenntnis, Verkörperungsgabe, Phantasie, Witz, Sprachtalent, Gelehrsamkeit, Gedächtnis und sonderlich eine unnachahmliche Gewandtheit, Blumen unter allen Himmelsstrichen zu pflücken und
sie auf heimischen Boden zu verpflanzen, daß sie fortkommen und
gedeihen; all dies, vereinbart mit dem rastlosesten Fleiße, bildet
den Charakter unsers großen Wielands." Freilich in dem Vorbericht zu seiner Auswahl aus Klopstocks Schriften nennt er diese
Gewandtheit mit einem anderen Namen. So wie Schubart sich
hier ausdrückt, wird man eher an Herders eigentümliche Gabe
erinnert. Herder hat früh auf Schubart eingewirkt. Dieser nennt
ihn im Vorbericht zu Klopstocks kleinen Schriften einen unsrer
vollkommensten deutschen Prosaskribenten, wenn er nicht zu sehr
hamannisierte. Hamann selbst gilt ihm (Chronik 1788, 342) für
einen Mann großen Geistes, weiter Kenntnisse, tiefen Sinns,
starker, aber schwerer Sprache, voll orientalischer Glut; 1788,
172 nennt er ihn einen Geistessonderling, dessen dumpfen,
magisch-kabbalistischen, Jakob Böhmisch apokalyptischen Ton meine
Seele so gern behorchte und auffaßte. (Aus Anlaß Herders bemerke ich hier, daß Herder in den 1793—97 erschienenen Huma-
nitätsbriefen (Philos. und Geschichte XIV, 116) unter den Neger-
idyllen die poetische Erzählung bringt: die Frucht am Baume.
Ein Neger wird, weil er nicht leiden wollte, daß seine Braut
vom Aufseher der Pflanzung verführt wurde und diesen aus Eifer-

sucht ermordet hatte, zur Strafe in einen Käfig gesperrt und so
an einem Baum aufgehängt; er ist in dieser Lage den Raub=
vögeln, die ihm schon ein Auge ausgehackt haben, und den Wes=
pen ausgesetzt und stirbt, nachdem ihn noch ein vorübergehender
Reisender gesehen, gesprochen und mit Wasser gelabt hat. So
hatte Schubart in der Chronik 1788, 741 nach den „Amerikani=
schen Briefen" die Geschichte erzählt; Herder überbietet das Gräß=
liche, indem er bloß angiebt, der Neger habe sich an dem Ver=
führer gerächt, dieser aber lebe noch und sitze dort — wie der
Neger dem Reisenden sagt — an der Tafel. Welcher Quelle
Herder gefolgt ist, den amerikanischen Briefen oder der Chronik oder
einer mündlichen Erzählung, weiß ich nicht. In dem noch zu
erwähnenden Sendschreiben an Herrn Schubart heißt es: „Da
die Geschichte von der unmenschlichen Behandlung eines Neger=
sklaven allgemein geglaubt worden ist, so will ich sie Ihnen keines=
wegs als Unwissenheit oder Unwahrheit aufbürden. Doch freut
es mich, daß ich solche zur Ehre der Menschheit nach der Ver=
sicherung eines neuesten amerikanischen Schriftstellers für unwahr
ausgeben kann.) Lessing hat überall Schubarts ganzen Bei=
fall. Vgl. übrigens das Gedicht auf Pfarrer Hahn, wo nicht
der Kritiker, sondern der theosophische Schubart sich breit
macht. Besonders wichtig muß für uns Schubarts kritische
Stellung zu seinem großen Landsmann Schiller sein. Der
Hymnus auf Schiller ist, wie Boas mit Recht sagt, eine dithy=
rambische Kritik der Anthologie auf 1782; die Rezension der
Räuber, die Schubart dem Verfasser der Räuber vorlas, ist ver=
loren gegangen. Über Fiesko schreibt er an seinen Sohn den
12. August 1783: „Hast du Schillers neustes Trauerspiel (eben
Fiesko) schon gelesen? Herrlich, original ist's. Aber Sattheit
ist auch sein Fehler." (Unmittelbar vorher steht: Zumsteegs (des
Musikers) Sattheit ärgert mich. Unter Sattheit ist wahrschein=
lich zu starkes Auftragen der Farbe zu verstehen; vergl. die von
Sanders in seinem großen Wörterbuch aus Goethe angeführte
Stelle: Die Hauptfarben sind alle da und zwar in ihrer höchsten
Energie und Sattheit. Hier steht das Wort in lobendem, bei
Schubart in tadelndem Sinn. So sehr er den Don Carlos preist,

so fürchtet er doch, das Stück könne sich so, wie es jetzt sei (im Juni 1788, siehe Chronik S. 420), nicht lange auf dem Theater halten. „Denn wo sind die Zuschauer, die mit immer gleicher Anstrengung ihrer Einbildungskraft und ihres Verstandes dem Verfasser durch all die dädalischen Zaubergänge und Krümmen seines Kunstwerks folgen könnten?" Er heißt ebenda der erste dramatische Dichter der Deutschen, der Dichter, der im Feuer= wirbel der Einbildungskraft den ruhigsten psychologischen Tiefblick beibehält. Schillers Geisterseher ist nach 1789, 343 eine origi= nelle und zeitgemäße Erzählung, bei der die Erklärung der wun= derbaren Erscheinungen nach 1789, 420 voll Scharfsinn und nur das unbegreiflich ist, daß Schiller, dieser Originalkopf, die Erzäh= lung aus dem Französischen des Grafen von O. nahm. Aus An= laß der Übersetzung von Senekas Schrift: Über die Kürze des Lebens, die Conz in einer Zeitschrift gegeben hatte, bemerkt Schu= bart 1790, 477: „Senekas Schreibart ist ganz eigentümlich, voll großer Sentenzen, kühn, kraftvoll, zu zugespitzt und unperiodo= logisch. Er hatte tiefen Blick und ein ausnehmend feines mora= lisches Gefühl. Niemand könnte ihn dem Publikum, das im All= gemeinen wenig Latein mehr liest, besser bekannt machen, als Schiller, der in Schreibart und Geist manches Ähnliche mit Seneka hat." — Über die Geschichte des Abfalls der Niederlande urteilt Schubart 1788, 420: „Die tote Begebenheit lebt durch die Magie von Schillers Genie wieder auf; die Personen leben und weben vor unsern Augen und sein tiefer philosophischer Blick verfolgt jede That bis auf ihren ersten Pulsschlag." Ebenso gilt ihm die Geschichte des dreißigjährigen Kriegs (1790, 566) für ein Meister= werk, das zwar in einem Almanach für Damen erschienen, aber gewiß für Männer bestimmt sei. „Das Mordgetümmel des dreißig= jährigen Kriegs, dies Sengen, Brennen, Zerstören mit allen Greueln der Verwüstung unsern Damen vormalen und zwar mit Schillers Feuerfarben, ist wirklich ein starkes Zutrauen in unsre deutsche, immer mehr in weiche Schwäche ausartende Frauen." — Er tadelt 1789, 210, daß Schiller in der Übersetzung der Iphi= genie in Aulis sich die Mühe nahm, die Chöre zu reimen und meint, der Genius der Griechen werde ihm dies wenig danken,

weil sein Original notwendig unter dem drückenden Joche des
deutschen Reims leiden müsse. Im übrigen — „die Dialoge sind in
Jamben, meist trefflich, und der Ausdruck voll Kraft, Klarheit
und Reinigkeit." Zum Schluß wünscht Schubart, daß Schiller,
der sich jetzt dem Sonnenpunkt der wahrsten Begeisterung nähere,
die kostbaren Momente der Weihe eigentümlichen Produkten widmen möchte. — Eben daselbst ist sehr anzuerkennen, daß Schubart trotz seines veränderten religiösen Standpunkts Schillers Götter
Griechenlands nur in folgenden Worten kurz bespricht: „Im Auf-
satze über die Freiheit des Dichters ringt Schiller mit dem Grafen
Stolberg, der gegen ein Gedicht von Schiller sehr gründliche Bemerkungen in das deutsche Museum einrücken ließ." — Besonders
anziehend ist Schubarts Erwähnung der Geschichte des Herrn von
G . . . im ersten Stück des deutschen Merkurs, weil diese nachher
von Schiller „Spiel des Schicksals" betitelte Erzählung einen
Mann betrifft, der wesentlich in Schubarts Leben eingriff, Rieger.
Beides ist bemerkenswert: Schubarts Urteil über den Wert von
Schillers Erzählung und seine Charakteristik Riegers, die er daran
anschließt. „Die Geschichte des Herrn von G . . . wird sonderlich an den Ufern des Neckars mit großer Teilnehmung gelesen,
weil hier die Szene dieses höchst merkwürdigen Drama war. Der
Maler und sein Bild ward hier gleich erkannt, so sehr er durch
einige falsche Striche das Bild unkenntlich zu machen suchte. Den
Maler erkennt man an seiner starken Manier; sonderlich ist ihm
die Schreckensszene des Kerkers trefflich gelungen. Schade, daß
das sonderbare, für die Menschheit äußerst lehrreiche Leben des
Mannes nicht ganz von einem Meisterzeichner dargestellt wird.
Selten würde man diese Mischung von männlicher Größe und
kindischer Kleinheit, Erhabenheit und Niedrigkeit, menschenbeglücken-
der Güte und Zerstörungsgrimm, helllobernder Gottesfurcht bei
oft ganz ungottseligen Thaten, so viel Erbarmen bei so viel Rache,
und diese unermüdete eiserne Thätigkeit an einem Orte, den man
ihm zur Ruhe anwies, in einem Manne gefunden haben, wie in
diesem Manne. Ich rede aus Erfahrung." Vielleicht das Beste,
was je über Rieger geschrieben wurde.

Auffallend bleibt Schillers Stillschweigen über Schubart. In

einem Punkt war ihm dieser freilich überlegen, im volkstümlichen
Lied. In der Anthologie erschien von Schiller ein „Bauern=
ständchen". Palleske, bei dem leider auch das post hoc, ergo
propter hoc eine Rolle spielt, meint (Schillers Leben 1, 240),
in diesem Bauernständchen seien vielleicht die Anregungen von
Schubarts Volkston zu suchen. Ja wohl! Schubart war von
Schiller abhängig, ohne Schiller hätte er die berühmten volks=
tümlichen Lieder nicht gedichtet. „Mensch!" fängt Schillers Bauern=
ständchen an; schade, daß sich Schubart dieses Kraftwort nicht
auch angeeignet hat. Man vergleiche besonders den Schluß:
„Donner alle! Was ist das, Das vom Fenster regnet, Garstge
Hexe, kothignaß, Hast mich eingesegnet. Regen, Hunger, Frost
und Wind Leid ich für das Teufelskind, Werde noch gehudelt!
Wetter auch, ich packe mich. Böser Dämon, tummle dich, Habe
satt gehudelt! Draußen, draußen Saus und Braus! Fahre wohl;
ich geh nach Haus." Wahrscheinlich hat Schubart, der rohe,
naturalistische Schubart, von diesen „Dorffiedeltönen" seine Kunst
gelernt, Lieder zu dichten, wie: „Lisels Brautlied", „Schwäbisches
Bauernlied", „Der erste Schnee". Die Widerlegung dieses win=
bigen Einfalls überlasse ich dem Leser. — Daß Schiller für solche
Dichtungen keinen Sinn hatte, weswegen er es auch bei dem
Bauernständchen hat bewenden lassen, sieht man aus seinen Äuße=
rungen gegen Goethe über die Dichtungen des Nürnbergers Grübel.
Man merkt es ihm ordentlich an, wie schwer er sich entschließt,
in Goethes Lob einzustimmen, wie er diese Dichtungen so ziemlich
über die Achsel ansieht, wie sie ihm durchaus nicht das lebendige
Interesse abgewinnen, das sein Freund an ihnen nahm. Am
18. Dezember 1798 schreibt er an Goethe, es komme ihm immer
als eine gewisse Unschicklichkeit vor, auf einer so öffentlichen Stelle,
als die Allgemeine Zeitung sei, die Augen auf Grübel zu ziehen;
für die Vorzüge der Form sei einmal kein Sinn zu erwarten,
und so werde das Kleine und Gemeine in den Gegenständen
den delikaten Herren und Damen Anstoß geben und den Witz=
lingen eine Blöße. Er empfiehlt die Anzeige für ein litterarisches
Blatt u. s. w.
    Die Traube ist sauer; denn sie hängt zu hoch. Goethe fand

die Traube süß und saftig und suchte sie, weil er hier etwas Besseres fand, als bei dem Pastor Schmid in Werneuchen, einem
größeren Publikum sinn- und mundgerecht zu machen. Eben in
diesem Sinn fürs Naive, Volksmäßige, Ungekünstelte zeigt sich die
von J. G. Fischer mit Recht behauptete Ähnlichkeit Schubarts
mit Goethe, und ich muß mich nochmals wundern, daß dieser fast
nirgends in seinen Schriften auf ihn zu sprechen kommt. Schubart muß ihm 1779 von „schwarzen Seelen" als ein ganz verwerf-
licher Mensch geschildert worden sein.

Wie urteilt nun Schubart über Goethe? Hier läßt uns die
Chronik nicht im Stich. 1774, S. 527 hält er den Clavigo für
ein ganz mittelmäßiges Stück. 1774, S. 543 sagt er: „Der Brief
des Pastors zu 2c. ist schwerer an Inhalt, reicher an gemeinnützigen großen Gedanken, als ganze große Werke über die Pastoral-
theologie." Die Ermahnung zur Verträglichkeit, die Seligkeit der
Heiden, der Kampf gegen das Systembrechseln — das alles ist
ganz in seinem Sinn. Über Werthers Leiden lesen wir 1774,
S. 574: „Werther ist voll Feuer und Begeisterung, ein Meisterstück des allerfeinsten Menschengefühls; die Aufmerksamkeit, das
Entzücken des Lesers nimmt mit jedem Brief zu; die eingestreuten
Reflexionen, die so natürlich aus den Begebenheiten fließen, sind
voll Witz, Weltkenntnis, Weisheit und Wahrheit." Im Oktober
1774 findet er in dem moralisch-politischen Puppenspiel Züge, die
einen trefflichen Kopf verraten; schön sei der Prolog, hier und
da die satyrische Lauge; aber doch ärgert's ihn, daß ein Goethe
allerhand Lumpenzeug auftreten lasse 2c. 1774, S. 150 äußert
er sich ganz ähnlich über Götter, Helden und Wieland. Er
findet hier ein Meisterstück von einer Posse, zugleich aber eine
eines Genies unwürdige Schmähschrift auf einen Mann, dem wir
in aller Hinsicht so viel zu danken haben. Über Götz von Berlichingen urteilt er 1774, S. 78: „Götz wiegt hundert französische und die meisten deutschen Schauspiele auf." 1774, S. 216
ist ihm der Verfasser des Götz ein deutscher Shakespeare. 1774,
S. 335 traut er Goethe die Fähigkeit zu, auf einer ganz neuen
Ablerbahn als Romanschreiber Fielding zu überfliegen. Erwin
und Elmire ist ihm eben da das beste deutsche Singspiel. 1787,

S. 54 heißt er die Mitschuldigen die sorglos hingetändelte Zeich=
nung eines Meisters. „Doch ist die Intrike gut erfunden, wirksam
aufgelöst und der Alexandriner ist rein, wohlklingend, schlank im
Dialog und einbringend im Spruch." über die Iphigenie lesen
wir eben da: „Nicht wilde, von einem zum andern Extrem der
Leidenschaft fortreißende Situationen empfehlen dieses Stück; aber
tiefe, edle Einfalt in Handlung, Charakterzeichnung und Ausdruck,
die jeder Kenner am griechischen Euripides so sehr bewundert,
spiegelt sich hier unter dem eigenen Gepräge des originellen Goethe
auf die bezaubernbste Weise." — Mit Goethes Faust kam Schu=
bart in ein eigenes Gedränge. 1776, 253 zeigt er des Malers
Müller Faust lobend an; er zweifelt aber, ob dieser Stoff von
großen Genies mit gutem Gewissen bearbeitet werden könne.
„Wenn unser Vaterland," fragt er, „daran Geschmack findet, wird
es nicht, da es kaum von der Teufelsbannerei gereinigt worden,
bald wieder so voll Teufel, Besessener, Schwärmer, Teufelsbanner
und dergleichen Geschmeißes werden, daß wir dann statt mit einem
mit unzähligen Gaßnern zu kämpfen haben?"

Das Erscheinen des Fragments 1790 hat Schubart noch er=
lebt; die Besprechung desselben findet sich nicht von seiner, son=
dern von seines Sohnes Feder in der Chronik 1790, 524. Hätte
aber Schubart die Kritik seines Sohnes nicht gebilligt, so hätte
er ohne Zweifel dies in einer Anmerkung gesagt. Goethes Be=
arbeitung dieses Stoffs wird noch über die von Lessing und Maler
Müller gesetzt. „Faust will die Schranken des menschlichen Wis=
sens durchbrechen; sein Wahrheitsdurst ruft höhere Geister zu
Hilfe. Aber sein Blick kann ihre Nähe nicht ertragen; Mephi=
stopheles, ein Dämon der Hölle, nutzt die Gelegenheit, Fausts
große Seele in die Pfütze der Sinnlichkeit zu versenken. Unter
den Mitteln, die er vorkehrt, kommen Situationen vor, die mit
denen im Macbeth wetteifern. Der Köber der Liebe schlägt end=
lich an; aber Fausts hoher Charakter haftet nicht am Tierischen
dieser Leidenschaft, entscheidet in kurzem für eine feinere und gei=
stigere Liebe — und der Dämon hat sich betrogen ꝛc. überall
liegt hier eine Anwendbarkeit und ein Sinn in Gesinnung, Aus=
bruck und Situationen, daß ihn ein geübtes Auge in dem zartesten

Pinselstrich erkennen wird. Die Versart in Reimen paßt zum
Gegenstand, wie die Fabel zum Zweck. Überall ist auch hier
Goethes leichte, unbefangene Kunstmanier unverkennbar. — Wenn
er, wie er kürzlich äußerte, seinen Faust im gleichen Tone und
mit wachsendem Interesse bis dahin fortsetzt, wo der Teufel in
eigener Person seinen Helden holt, so dürfen wir unsrer Litteratur
zu einem der lautersten und originellsten Genieprodukte Glück wünschen, dessen sich je ein Volk rühmen konnte." Nachdem Schubart
orthodox geworden war, mußte er darauf halten, daß Faust bestraft, d. h. verdammt, vom Teufel geholt wurde.

Gehen wir nun zu Schubarts Kritik der Dichter minorum
gentium über und betrachten hier zuerst sein Verhältnis zu den
Hainbündlern. Sein persönlicher Freund war Miller. Er stellt ihn
als Dichter hoch, ist aber gegen seine Fehler nicht blind. In der
Chronik von 1776, S. 398 bespricht er den Siegwart; er lobt
ihn, tadelt aber den Charakter des Kapuziners als übertrieben
und einige Naturschilderungen als zu ermüdend. Über seine Gedichte bemerkt er 1775, S. 52: „Er scheint seine Strophen nur
so hinzutändeln und doch sind sie von mächtigster Wirkung auf das
Herz. So wie die Empfindung strömt, so strömt auch sein Lied."
Große Ähnlichkeit zeigt Schubart mit Hölty; er selbst weist darauf
hin in der Geschichte seiner Kindheit. Er lobt ihn, daß ihm der
elegische Ton so gut glücke (Chronik 1775, S. 51), meint aber doch
1775, S. 759, er wäre schätzbarer, wenn er weniger malte und
mehr empfände.*) Über die Stolberg vgl. oben S. 125. 137; in
der Chronik 1788, S. 355 sagt er, Friedrich Stolbergs Fabeln
wäre mehr Mannigfaltiges, mehr Charakterisches und Auffallendes
zu wünschen. Bei Voß findet er (Chronik 1775, S. 54) eigenes
Gefühl, da und dort originelle Gedanken; bei Claudius eben da
Lebenswärme und originelle Laune. Bürger endlich**) ist ihm 1776,

---

*) Über Hölty haben wir ein Schriftchen von Miller: „Etwas von Höltys
Leben. Augsburg 1775." „Hölty," sagt Miller, „schwelgte in Empfindungen
ganz wie Schubart, nur daß sie bei Hölty nicht so heftig waren. Er hatte
keine starke Leidenschaft."

**) In den Briefen an Miller vom 22. März 1776 fragt Klopstock am
Schluß: „Sagen Sie mir: Gehört Bürger so recht zu uns?"

S. 118 der ganz originelle heitere, allgemein verständliche Volks- und Vaterlandsdichter. 1789, S. 423 ist Bürger der erste Volksdichter. „Da er Popularität für das höchste Kennzeichen eines guten Gedichtes hält, so wird er mit diesem Ruhme zufrieden sein rc." 1790, S. 278 fordert Schubart zur Subskription auf Bürgers Gedichte auf, der neulich in Stuttgart gewesen sei und den er stolz und öffentlich seinen Freund nennt. Weniger vorteilhaft lautet das Urteil über ihn in den Briefen. Zwar II, S. 409 meldet er seinem Sohn: „Bürger war nur einige Tage hier, doch sprach ich ihn täglich ein paar Stunden. Er gewinnt noch durch persönliche Bekanntschaft, und man sieht wohl, daß er jenes ätherische Dichtergepräge habe — jenes unwiderstehliche Feuer, das im Auge spricht, auf den Wangen blinkt und den Dichterhauch zur Loh macht." Allein am 19. Juni 1789 schreibt er seinem Sohn: „Ich liebe zwar Bürgers Muse sehr; weiß aber auch, daß wir — Heil uns! — noch größere Barden haben. O, wenn Gerstenberg einmal seine Gedichte sammelte, dann wird gewiß Bürger um eine Stufe tiefer zu stehen kommen. Pfeffel hat nun auch seine Gedichte in zwei Bänden zu Basel herausgegeben, die weit tieferen moralischen Sinn, edle große Grundsätze verraten, als Bürgers Gedichte." Auch in der oben angeführten Stelle in der Chronik von 1789, S. 423 sagt Schubart: „Wäre Gerstenberg nicht so sorglos für seinen Ruhm, so würde er lange vor Bürgern stehen."

Der Hauptunterschied zwischen Schubart und Bürger besteht nach meiner Ansicht darin, daß, was bei Schubart mehr gesondert ist, Pathos und Naivetät, Bürger oft in demselben Gedichte vermischt. Auch das Pathos, das Schubart hie und da, wie im Kaplied, sich erlaubt, ist nicht so stürmisch und drangvoll, wie Bürgers. — Bürger bildet schon den Übergang zu den Stürmern und Drängern. Hier begegnet uns der jetzt vergessene Ludwig Philipp Hahn, zu dessen Trauerspiel „der Aufruhr in Pisa" Schubart eine Vorrede geschrieben hat. In der Chronik 1776, S. 176 lobt er dieses Drama überschwenglich, findet Geniuskraft darin und sagt: „Die Entstehung, der blutige Fortschritt und schaurige Ausgang des Aufruhrs ist so anscheinend gemacht, daß du dich gleich unter die Spieler mischest und Anteil an ihrem Schicksal

nimmst." Über Lenz urteilt er 1774 im Oktober aus Anlaß
seines neuen Menoza: „Großer Gott, wie gehen die Leute
mit ihrem Genie um! Um Originale zu werden, werden sie
albern." Die Erfindung ist in seinen Augen einfältig und
kindisch, den Hofmeister hingegen hat Schubart mit Ent=
zücken gelesen. Über seine Stellung zum Maler Müller vgl.
S. 99. 277. 282. Dieser wurde von Schubart neben Goethe,
Klinger, Wagner und Göß dem Ritter A. v. Klein als Gehilfe
bei der Errichtung des Nationaltheaters empfohlen und nahm in
der That Anteil daran. Über Müllers Riesen Roban bemerkt
er, die Einbildungskraft lasse sich eben nicht zu so gewaltigen
Empfindungen und Visionen hinaufstimmen. (S. Chronik 1776,
S. 302.) Mehrere Gedichte, wie die Taubenlieder, werden ge=
lobt, andere getadelt. Als Müller 1776 eine Sammlung Balla=
den veröffentlichte, spendete Schubart 1776, S. 750 ihr reich=
liches Lob mit den Worten: „Ist's einem doch so wohl, wenn nach
so vielen mattherzigen, stumpfsinnigen Dichterlein, die beständig
von Sonne und Wonne, von Liebe und Triebe tropfen, in poe=
tischen Phrasen lallen und keinen poetischen Blutstropfen im Her=
zen haben, wieder ein Mann daher tritt im alten teutschen Brust=
latz, und spricht wie ein Mann und fühlt wie ein Mann und tritt
auf, daß der Boden dröhnt." Von dem Soldatenabschied war
schon oben mehrmals die Rede. Schubart sagt 1776, S. 752:
„Der Soldatenabschied ist so ganz verständlich, gemeinsinnig,
herzig gemacht, daß ihn Soldaten künftig wirklich singen werden,
wenn sie von ihrer Trauten Abschied nehmen und hinziehen zu
streiten fürs Vaterland." Müllers Faun entlockt ihm Thränen
1775, S. 28. Im erschlagenen Abel, meint er, habe Müller den
von Schubart so sehr bewunderten Geßner weit übertroffen.
B. Seuffert sagt mit Recht, Schubart sei derjenige Beurteiler
Müllers, welcher dessen Wesen am besten und schärfsten auffasse;
er teilt einen Brief Schubarts vom 3. Oktober 1775 mit, in dem
es heißt: „Ihre Ideen (wahrscheinlich verschrieben statt Ihdllen)
sind so ganz Natur, so voll reicher Geniezüge und starker deutscher
Pracht, daß Geßners idealische Hirtenwelt nun reißen (reisen)
kann." Aus Golo und Genovefa ließ Schubart die Kerkerszene

in Ulm mit einigen Erweiterungen von sich als Nachspiel aufführen, „und es war von großer Wirkung". Am 27. November
1776 trug er ihm von Ulm aus das Du an. Schubart versprach
sich von Müllers Reise nach Rom viel, beklagt aber 1788, S. 632,
daß er in Rom so weibisch geworden. Er beurteilt ihn auch als
Maler, rühmt seine Erfindungsgabe, tadelt aber, daß ihm die
immer gleiche Wärme und Stetigkeit zur Ausführung fehlte. „Er
ist weit trefflicherer Dichter, als Maler. Aber auch seine Gedichte
sehen aus wie Goldstücke, die ein reicher Mann mit dem Schnupf-
tuch aus seiner Tasche verschleuderte. Schade, daß er jetzt mehr
welsch, als deutsch schreibt." Chronik 1788, S. 674: „Er hätt'
ein großer Dichter werden können und aus Kapriz ist er ein mittel-
mäßiger Maler geworden" — ist Schubarts Endurteil über ihn
in seinem Brief an Klein in Mannheim vom 7. Dezember 1787
(Strauß II, 368). — Schubart kannte die schwache Seite der
Stürmer und Dränger wohl. Man sieht dies aus der Belehrung,
die er dem Maler Müller zu Teil werden läßt. Schon 1775,
S. 44 sagt er: „Das Genie muß auch in seinen Thaten und
Werken Plan und Ordnung haben." — Man sieht aus der
Chronik, daß er in der Litteratur sich immer auf dem Laufenden
erhielt und z. B. über den Frankfurter Kreis, wie Erich Schmidt
im Anzeiger zur Zeitschrift für deutsches Altertum und deutsche
Litteratur 1877, S. 27 sagt, vortrefflich unterrichtet war. In der
Sprache drückt er sich häufig kraftgenialisch aus, wie er z. B.
dem Leopold Wagner aus Anlaß seines gemeinen und unordent-
lichen Romans Sebastian Sillig zuruft: Sackerment, ist dann's
Publikum ein Schaafskopf? Vgl. Heinrich Leopold Wagner, Goethes Jugendgenosse von Erich Schmidt, 2. Aufl. 1879. Ja freilich, wenn man auf den Titel eines Buchs schreiben könnte:
Chr. D. Schubart, Goethes (oder Schillers) Jugendgenosse. Und
was sind Wagner, Lenz, Stolberg für dürftige Gesellen, für un-
klare Köpfe im Vergleich mit einem Schubart! Daß er als Dichter
den Vorwurf der Ordnungs- und Planlosigkeit nicht verdient,
haben wir oben gesehen. Als Kritiker freilich hat er das Eigene,
daß er, darin Goethe vergleichbar, manchmal zu gutmütig ist, zur
Bewunderung sich neigt, lobt und preist, bis die Ernüchterung

eintritt und er Lob und Tadel gerecht verteilt. So zeigt er sich
z. B. bei Maler Müller. Mit Zweifel bewundern, mit Bewun=
derung zweifeln einem Meister gegenüber, wie Lessing verlangt,
konnte er nicht. Zuerst kommt bei ihm die Bewunderung, dann
der Zweifel. So hat er denn allerdings manche untergeordnete
Schriftsteller sehr hoch gestellt, wie z. B. den Dichter Kosegarten,
den jetzt vergessenen moralisierenden Vielschreiber Dusch. Er fand
keine Zeit mehr, sein Urteil zu berichtigen. Indessen haben nicht
auch andre berühmte Kritiker sich getäuscht? Hat nicht Lessing durch
den falschen Glanz der Trauerspiele Senekas sich blenden lassen?
Schubarts Tadel ist in der Regel wohlbegründet; sein Lob, wo
es übertrieben ist, hat er in sehr vielen Fällen später er=
mäßigt.

Lessing giebt am Schluß der antiquarischen Briefe eine Ton=
leiter für den Kunstrichter: „Gelinde und schmeichelnd gegen den
Anfänger, mit Bewunderung zweifelnd, mit Zweifel bewundernd
gegen den Meister, abschreckend und positiv gegen den Stümper,
höhnisch gegen den Prahler, und so bitter als möglich gegen den
Kabalenmacher." Wir haben von Schubart eine ähnliche Ton=
leiter; sie ist das Letzte, was er am Abend, ehe er gefangen ge=
nommen wurde, für seine Chronik diktiert hat. Ich setze sie zur
Vergleichung hieher. „Hast ein Buch vor dir und möchtest's oder
sollst's rezensieren, so geh in dein Kämmerlein und schleuß die
Thür nach dir zu und frag dich vor: Verstehst's Buch auch. —
Schlag nicht gleich mit dem Schwert drein, liesst du ein schales
Buch; denk, 's könnt ein alter Mann sein, der dies Buch schrieb
— hat's wohl nicht bös gemeint — und du willst ihn schlagen,
den Glatzkopf, der ohnehin schon zum Grabe wankt. Ihn, der
vielleicht als Bürger, als Mensch und Christ manch' edle That
gethan, köstlicher als das schönste Buch mit Modetitel und Mode=
fratzen und Modewitz und Modeschnitt. (So hat Schubart den
altgewordenen Klopstock behandelt.) — Oder denk: 's könnt' ein
Jüngling sein, der furchtsam und blöde am Neste steht und seine
Flügelein versucht. Sieh, er wagt sich in die Luft, setzt sich wie=
der, flattert allenfalls auf deinen Flintenlauf, glaubt, 's sei ein
Ast. Und du willst ihn morden, Barbar? Ihn, der, wo er nicht

fliegen wird wie ein Adler und singen wie die Nachtigall, doch
fliegen wird in Gottes Luft und zwitschern aus dem dunkeln
Busch! (Lessing: Gelinde und schmeichelnd gegen den Anfänger.)
— Da steht Einer, setzt den Zirkel an, sagt bescheiden: für den
Kreis schreib ich! Thut's auch und verbreitet Ordnung, Wohl-
behagen und Freud' in diesem Kreise — und du gehst her, er-
weiterst den Kreis, daß Welten drin tanzen könnten, und siehst
du, daß der bescheidene Schriftsteller nun nicht mehr ausreicht
mit seinen Strahlen, gleich über ihn herfährst und ihm Perrück'
und Kragen und Mantel vom Leib reißt und über ihm kollerst
und deine Gebärde verstellst, daß dir der Geifer herabfließt in
deinen Bart — sag's und richte selber: bist du nicht ein unbescheidener, ungerechter Gott, unchristlicher, herzloser Kerl, den man
mit Schneeballen vom Richterstuhl werfen sollte? (Diese Klasse
fehlt bei Lessing, wie andrerseits Schubart den Meister übergeht.)
— Stößt dir aber ein unbescheidener Knab' auf, der mit Schwanen-
stolz daherschwimmt und spottet der Vögel über ihm und hoch-
halsig anschielt die Thier' im Wasser, sie zu verschlingen, den
wirf, bis er liegt! Scheu' nicht des Giganten Tritt und seinen
Jast und sein Hohnsprechen, sondern nimm Stein' und schleudre
ihn zur Erde. Nur Demut verdient Schonung, Arroganz aber
Wurf und Tod. (Die Parallele mit Lessing liegt auf der Hand.)
Überlaß das Meiste der richtenden Zeit. Sie steht mit der Wage
hoch und wägt. Siehst du, wie gelehrte Spreu auffährt in der
Wagschal' und Sturmwinds Raub wird? — Was willst du richten?
— Siehst du die sinkende Schale mit Goldsand und Edelgestein?
— Was willst du richten?
     Und über das alles, Krittler, bedenke das Ende, so wirst du
nimmermehr Übels thun. Schrecken dich die Kunstrichtergerippe
und der Anblick ihrer hohlen Schädel und ihres Gebeins Dürre
in Büchersälen nicht? Halt dir einen Mann, nach Ägypterbrauch,
der dir zuruft, wenn Galläpfelsaft in deiner Feder sprudelt:
Memento mori! Gieb acht, entsinken wird die Feder deiner Rechten, und hast ein Herz im Leib, so wird ein Thränchen stürzen
aufs Papier und jede Bruderbeleidigung wegflößen.
     So richte mich, Leser, ich werde sie halten, meine sieben Gebote."

Gar schön hat Hermann Kurz diesen kritischen Kanon in
seinen weit nicht nach Gebühr geschätzten Roman: „Schillers Hei=
matjahre" verwoben.   Schubart sagt hier zu Roller, der freilich
ein Geschöpf der dichterischen Phantasie ist: „Wenn ich jetzt zu
Hause hinsitze, so zerkaue ich mir die Feder, ihr Kritzeln stört
mich jeden Augenblick, und ich brauche die halbe Nacht, bis ich
etwas zu Stand gebracht habe, das dann doch kalt und leer ist;
dagegen wenn ich Jemand hätte, dem ich's diktierte, so wär in
einer halben Stunde etwas fertig, womit ich eher zufrieden sein
könnte." — Roller will sich nun mit dem herbeigeholten Papier,
Tinte und Feder in eine entfernte Ecke begeben, aber das war
nicht nach Schubarts Geschmack.   An dem besetztesten Tisch, wo
in einer dicken Tabakswolke kräftige Gestalten vor den schäumen=
den Bierhumpen saßen, wo das Gespräch am lautesten war, setzte
er sich mit ihm hin und sagte: „Nun warten wir, bis der Geist
über mich kommt!" — Aber es war ihm nicht anzusehen, daß er
über irgend etwas nachdachte; vielmehr unterhielt er das lebhaf=
teste Gespräch mit seinem neuen Freunde, der immer größeren
Gefallen an ihm fand, und warf dazwischen Bomben nach allen
Seiten hin.   Die Unterredung begann allgemein zu werden;
Heinrich vernahm einen kecken entschiedenen Ton, womit über die
Zeitläufte gesprochen wurde, ein kerniger Witz kam ihm überall
entgegen, und sogar litterarische Anspielungen mischten sich ins Ge=
spräch, aus welchem er abnehmen konnte, wie tiefe Wurzeln be=
reits Schubarts Wirken in der Stadt geschlagen hatte.

Mitten in der besten Unterhaltung ergriff dieser plötzlich die
Feder und warf einige Worte hin, reichte das Papier unsrem
Freunde, welcher darauf mit einer für diesen Mann des Sturm=
drangs ungemein zierlichen Hand geschrieben fand: „Memento
mori für die Krittler," und sagte: „Ich habe eben jetzt allerlei
zu rezensieren und dazu will ich mir die Grundsätze der ächten
Kunstrichterschaft einmal recht klar machen.   Schreiben Sie, Bester!
ich setze mich auf mein Rößlein, es geht auf Siebenmeilenstiefeln,
schreiben Sie — und damit begann er zu diktieren:" — siehe oben.

Wir führen den Schluß an: „Auch unserm Freund entsank
die Feder hier, die er nicht mehr in der Hand zu führen ver=

mochte; sie hatte kaum mit dem raschen Gedankenstrome des genia-
lischen Mannes gleichen Schritt halten können, der überdies noch
unter dem Diktieren an dem Gespräche rings umher Anteil
nahm und da und dorthin ein Wort, einen Witz fliegen ließ.
Heinrich sprang begeistert empor: „Das könnte Goethe geschrieben
haben!" rief er aus, „hoch lebe Ihr Talent, liebster Schubart!
Glück und Gedeihen Ihrer frischen, lebenvollen Chronik! möge
es nicht die letzte Numer sein!" — (Es war die letzte.)

Und nun mögen die Abhängigkeitsfahnder wieder mit ihrem
post hoc (hunc), ergo propter hoc (hunc) kommen. Ich be-
haupte im Gegenteil: Magna ingenia conspirant.

Schubart war damals nicht allein der bedeutendste Kritiker
Süddeutschlands, wie ihn B. Seuffert in seinem Aufsatz über
die Vorgeschichte des Mannheimer Nationaltheaters nennt; er war
überhaupt einer der ersten Kritiker Deutschlands und der in seinen
Schriften verborgene Schatz kritischer Weisheit wird erst vom
Verfasser dieses zu heben gesucht. Strauß, der doch den Dichter
und Prosaisten, den Patrioten und Politiker Schubart ins rechte
Licht zu rücken sucht, fertigt den Kritiker Schubart fast einzig nach
den in den Briefen enthaltenen Urteilen ab — und dies ist überhaupt der Fehler dieses von manchen, wie von Fr. Pressel, für
klassisch gehaltenen Werks, daß es zwischen einem Kommentar zu
den Briefen und einer förmlichen Biographie und Charakteristik
nach allen Seiten unsicher hin und herschwankt. Der Kritiker
Schubart ist so groß und so originell, wie der Dichter Schubart.
Er erinnert in manchen Punkten an Lessing und man könnte sogar eine Parallele zwischen Beiden ziehen. Schubarts Vorfahren
stammten aus der Lausitz; der größte Sohn der Lausitz ist Lessing.
Gemein hat Schubart mit ihm die Unruhe, das Forschen und
Suchen, die Amtsscheu, die „Neigung zu einem zerstreuten Welt-
und Wirtshausleben" (Goethe); voraus hat er vor ihm die lyrische
Grundstimmung der Seele, deren Mangel Lessing zu dem Be-
kenntnis veranlaßte, er sei kein Dichter im tiefsten Innern, im
vollen Sinn des Wortes. Daß ihm Lessing in Hinsicht auf den
Charakter, auf Gelehrsamkeit und kritischen Scharfsinn und in der
Poesie als Dramatiker bei weitem überlegen war, braucht kaum

bemerkt zu werden. Die bedeutende Rolle, die bei Schubart das
Gemüt und die Phantasie spielen, erinnert eher an Herder, an
den ja die Stürmer und Dränger ohnedies anknüpften. Schubarts
und Herders Prosa sind gleich bilderreich, poetisierend, absprin=
gend; ihre kritischen Urteile wurzeln in Gemütseindrücken, die
dann der Verstand klärt und verarbeitet. — Kehren wir nun zu
Schubarts Kritik zurück. Höchst wichtig für die Kenntnis seiner
kritischen Begabung ist die schon früher erwähnte Abhandlung:
Kritische Skala der vorzüglichsten deutschen Dichter. Schubart
geht hier von Klopstocks Satz aus: „Ist die Reizbarkeit der Em=
pfindungskraft etwas größer, als die Lebhaftigkeit der Einbil=
dungskraft, und ist die Schärfe des Urteils im ungleichen Ab=
stande von beiden größer als sie: so sind dies vielleicht die Ver=
hältnisse, durch welche das poetische Genie entsteht. — Nach dieser
Definition eines Mannes, der dies alles so sehr an sich selbst er=
fuhr, habe ich jederzeit den poetischen Genius betrachtet." Schu=
bart macht nun folgende Rubriken:

Genie, womit ich das Herz in genaue Verbindung setze;
denn Genie ohne Herz ist nur halbes Genie. — Voltaire konnte
daher wegen seines durch ewiges Spotten und Witzeln verdorbenen
Herzens nie ein großer Dichter werden. Ein grinsender Faun
ging ihm immer zur Seite und verscheuchte die olympische Muse.

Schärfe des Urteils, ohne welches der Dichter Unge=
heuer schaffen würde oder Welten ohne Ordnung.

Litteratur — nicht eigentliche Gelehrsamkeit, sondern das
Maß von Kenntnissen, dessen der Dichter zur Ausführung seiner
Gegenstände bedarf. Schubart weist auf Milton und Wieland
hin, der durch weitläufige Litteratur sich selbst einen Damm er=
baute, welcher seinen Geniestrom einzwängte; daher die wenige
Originalität in seinen Werken.

Sprachstärke. Alle große Dichter sind auch Verbesserer,
oft Umbilder ihrer Sprache geworden. Sie ringen mit der Sprache,
wie Jakob mit Gott.

Popularität (Volkssinnigkeit) halte ich mit Bürgern für
eine der vorzüglichsten Eigenschaften eines Dichters. Wen nur
Wenige verstehen, der kann unmöglich jene göttliche Einfalt haben,

die für jeden Menschen von schlichtem Verstand verständlich und
einschneidend ist. Je stärker und dauernder die Eindrücke eines
Dichters bei der Nation sind, je größer ist er. Wie groß sind
in diesem Betracht Homer, Ossian, Shakespeare und Gleim in
den Wirkungen seiner Kriegslieder auf die Preußen!*) Alle
diese Wirkungen könnten ohne Popularität nicht hervorgebracht
werden. — Das Muster aller Popularität unter den Deutschen
ist Luther. Hätt' er sich ganz auf die Dichtkunst gelegt, so hätten
wir schon längst unsern Homer. Wie allgewaltig wirkte er mit
seiner Sprache! Noch denken wir mit ihr, schreiben mit ihr, beten
mit ihr! Kein deutscher Dichter ist groß geworden und wird groß
werden, der nicht diesen Vaterlandsapostel studiert hat. (Daß
Schubart den Reformator genauer kannte, ist gewiß. Bei Strauß II,
55 schreibt seine Gattin am 8. Dezember 1786 an Miller in
Ulm: „Nun will mein Mann dem göttlichen Luther ein Denkmal
mit Anmerkungen stiften, dazu braucht er aber alle seine mögliche
Schriften. Er selbst hat welche von ihm gehabt und, wo ich nicht
irre, seinen Lebenslauf, den Sie bei meiner Abreise von Ulm zur
Hand genommen haben. Nun bittet Sie mein Mann durch mich,
ihm sobald als möglich diese Bücher zu schicken. Haben Sie noch
mehrere Nachrichten von diesem Manne, so haben Sie die Güte
und teilen es ihm mit. Ich stehe Ihnen davor, daß sie alles
unversehrt mit dem größten Dank wieder zurückbekommen sollen."
Worin dieses Denkmal bestand, sehen wir aus Schubarts Brief
an seine Gattin vom 8. Dezember 1786. „An das Gedicht auf
den Geistmann Luther," schreibt hier Schubart, „will ich mich
mit all meinem Seelenvermögen machen. Sieh nur, daß du seinen
Lebenslauf von Miller in Ulm baldmöglichst bekommst. — Ich
gedenke, dies wichtige Gedicht mit Anmerkungen herauszugeben,
um es desto lehrreicher zu machen. Ich lasse etwan 2000 Exem=
plare abdrucken und die werd' ich wohl unterbringen." Schubart
war offenbar durch den fabelhaften Erfolg seiner zwei Gedichte
auf Friedrich den Großen zu so sanguinischen Hoffnungen erregt

---

*) Nach diesem Maßstab hätte Schubart in Goethes Urteil über das
Kaplied freudig eingestimmt.

worben. Im weiteren Briefwechsel ist von diesem Gedicht keine
Rede mehr. Daß die Ausführung des Vorhabens unterblieb, ist
nicht zu bedauern; Schubart hätte sich ohne Zweifel wieder ins
Schwülstige verloren, aber der Plan ist merkwürdig. Schubart
war auch sonst ein Bewunderer Luthers, den er mehrmals mit
Armin zusammenstellt, und nahm ihn sich in der Prosa zum
Vorbild.)

Laune. Diese Abweichung vom Konventionellen und Üb-
lichen, sofern sie ins Lächerliche fällt, findet sich bei allen großen
Genies, folglich auch bei Dichtern in größerem oder vermindertem
Grade. Schubart nennt Homers Batrachomyomachie, Youngs
Nachtgedanken, Klopstocks Gelehrtenrepublik, von älteren Dichtern
Fischart, Burkard Walbis, Sebastian Brand, unter den neueren
wenigstens Liscow. (Diese Laune wäre also = Humor.)

Witz bedarf der Dichter viel, um Ähnlichkeiten zu entdecken,
weil ohne analogischen Wert sich kein gutes Gedicht denken läßt.
Nur muß er mit dem Witz in großen Werken sparsam umgehen.

Gedächtnis. Wem in der Stunde der Begeisterung oder
vielmehr der Ausarbeitung und Anordnung des erfundenen Feuer-
stoffes das Gedächtnis nicht die nötigen Subsidien zuführt, der
schwächt durch Fehler und Lücken die Eindrücke seines Gedichts.

Der Dichtergenius ist also der größte unter allen. Er ist der
wahre Nachahmer Gottes, schafft wie Er, wirkt wie Er — Gott
in ungeheuren Bezirken, der Dichter in eingeschränkten. Er ist
ein Seher. Wahrheitsliebe, Demut und Einfalt, Menschenliebe
und Patriotismus, Gesundheit des Leibs in Folge weiser Diät
vollenden das Bild. —

Schubart stellt nun nach diesem poetischen Glaubensbekenntnis
einige unsrer Dichter zusammen; vgl. darüber oben S. 124 f. Das
Genie ist ihm die Vereinbarung von reizbarer Empfindung und
lebhafter Einbildungskraft. Nach diesem Hauptgesichtspunkt stellt
sich der poetische Wert eines Dichters manchmal anders, als nach
der Summe sämtlicher Rubriken.

Im Genie stehen Klopstock und Goethe mit je 19 obenan;
dann kommen Wieland, Schiller, Gerstenberg mit je 18, Uz und
Geßner mit je 17, Bürger, Gleim und Fritz Stolberg mit je 16,

Lessing und Denis mit je 15, Ramler mit 14. — Daran knüpfen
sich einige weitere Ausführungen. Klopstock hat alle Erfordernisse
eines Dichters; das, was ihm fehlt, ist die Popularität (vgl.
S. 125). Wieland zeichnet sich vorzüglich durch die Harmonie
seiner Seelenkräfte aus. Alle poetischen Bestandteile stehen bei
ihm gleichsam auf einer Stufe — daher die Sensation, die er
unter uns machte. (Ganz richtig; Wieland hat auch 6mal die
Numer 18, zweimal, in der Popularität und im Witz je 17, im
Gedächtnis 19.) Unbegründet ist freilich das Folgende: „Dazu
kommt noch sein Eindringen in den Geist der Zeit durch die Wahl
seiner Stoffe und Dichtungsarten." — „Er hat mit Pope sehr viel
Ähnlichkeit; nur ist er minder moralisch, als jener. Lebensweis=
heit in Dichtungen zu kleiden wäre Wielands höchste Stärke ge=
worden, wenn ihn nicht Griechen, Welsche und Franzosen geführt
hätten. Gerstenberg könnte zwischen Klopstock und Wieland, der
Sionitin und der gröber verkörperten Muse stehen, wenn er wollte.
Geßner ist unter allen Deutschen der korrekteste Dichter, voll Licht,
Einfalt und des reinsten Naturgefühls; daher ist er auch der über=
setzbarste, unter den Ausländern der beliebteste. Durch die bei=
behaltenen Mythen schwächte er sein Nationalinteresse. Wie wirk=
sam ist dagegen seine Schweizeridylle, sein Lied eines Schweizer=
mädchens." — Sich selbst hat Schubart nicht geschildert; am
nächsten käme er, namentlich wegen der Popularität, dem Volks=
dichter Bürger. — Der Grundfehler dieses sehr beachtungswerten
Aufsatzes und dieser Skala scheint mir darin zu liegen, daß das
dichterische Genie (= gegenseitige Durchdringung der Einbildungs=
und der Empfindungskraft) den übrigen Seelenvermögen gleich,
statt höher als sie, gestellt wird. So ergiebt sich denn gleich bei
den zwei ersten Dichtern der Widersinn, daß Klopstock die Gesamt=
zahl 153, Wieland 161 bekommt. Außerdem wäre die Frage,
ob die ganze von Klopstock aufgestellte Behauptung richtig sei, ob
nicht vielmehr der Einbildungskraft die erste, der Empfindungs=
kraft die zweite und der Schärfe des Urteils die dritte Stelle ge=
bühre. Klopstock zeigt sich allerdings in dieser Auseinandersetzung
über das Wesen des poetischen Genius als den Mann, der dies
alles an sich selbst erfuhr, d. h. als den Mann, der den poetischen

Genius nach seiner eigenen individuellen Beschaffenheit dargestellt
hat, als den sentimentalen und reflektierenden Dichter, wie ihn
Schiller schildert. — Unmittelbar vor der kritischen Skala steht der
Aufsatz: Die deutsche Fabel — ebenfalls vom Jahr 1790. Hier wer=
den besonders Lichtwehr und Lessing als Fabeldichter treffend
charakterisiert. An Lessings Fabeln rühmt Schubart treffende
Kürze, meisterhafte Diktion, natürliche Moral; nur an Einfalt
und edlem Zweck bleiben sie weit hinter dem Griechen zurück.
„Manche seiner Fabeln ähneln den Epigrammen, wenigstens spitzen
sie sich eben so fein zu, und was soll das witzige Ding d i e
F u r i e n sagen: Etwa, die besten Weiber geben noch Furien? —
Pfui, welch eine grobe Lüge!"

XI.

Schubart als Patriot und Politiker.

So verunglückt die Scheiblesche Ausgabe von Schubarts
Werken ist, so hat sie doch das Verdienst, durch ihren Titel:
C. F. D. Schubarts, des Patrioten, gesammelte Schriften und
Schicksale, auf Schubarts eigentümlichstes Wesen, auf den Stand=
punkt, von dem er durchaus aufzufassen ist, aufmerksam zu machen.
Schubart war und blieb deutscher Patriot; er war Patriot als
Dichter, als Kritiker, als Theaterdirektor, als Stilist und Redner,
als Musiker und vor allem als Publizist. Bedenkt man, wie
wenige Reisen er gemacht, in welchen engen, kleinbürgerlichen
Kreisen er sich Jahre lang bewegt und wie er die besten Mannes=
jahre in der Einsamkeit des Kerkers verseufzt hat, so kann man
seinen warmen Patriotismus und seine klaren, treffenden Urteile
nur bewundern. Er hat das Herz durchaus auf dem rechten Fleck
und trifft in der Regel den Nagel auf den Kopf. Man lese nur
den Abschied, den er am Schluß seiner Lebensbeschreibung vom
Leser nimmt; durch alle Schrecken der Gefangenschaft, durch allen

Sturm der verschiedensten Empfindungen ringt sich bei ihm die patriotische Begeisterung siegreich hindurch. Während häufig die Religiösen nicht patriotisch und die Patrioten nicht religiös sind, hat Schubart, als er noch frei war, für Friedrich den Großen zur Zeit des wechselnden oder ungetreuen Kriegsglücks gebetet; er hat, wie er im Vorbericht zu seinen Gedichten sagt, für seine lieben Deutschen auf dem Ziegelboden seines ehemaligen engeren Kerkers gelegen, gebetet und geweint. Er dankt Gott, daß trotz aller Flecken und Mängel doch noch so außerordentlich viel Gutes am deutschen Volke ist; er weint vor Entzücken, wenn die Ahnung von Deutschlands fernerer und immer wachsender Herrlichkeit ihn durchschauert. — Mehrere unsrer größten Geister haben zu Zeiten einem abstrakten Weltbürgertum gehuldigt; Klopstock hat unter Anderem 1773 geträumt, im Jahr 1873 werde das Recht der Vernunft vor dem Schwertrecht gelten. Bei Schubart findet sich nichts Ähnliches; im Hintergrunde aller seiner Pläne und Ge= danken steht Deutschland. Mit seiner Befreiung brach der lange zurückgehaltene Strom der patriotischen Begeisterung mächtig her= vor und drängte alle übrigen Empfindungen in ein eng begrenztes Bett zurück. Gleich 1787 bei der Wiederaufnahme der Chronik hat er sich darüber entschieden ausgesprochen und diesem Grund= satz blieb er auch nach seiner religiösen (dogmatischen) Umwand= lung getreu. „Keine Gründe in der Welt," ruft er 1789 in der Chronik aus, „rechtfertigen den Mann, der gegen sein Vaterland streitet. Er ist mehr, als Vater= und Muttermörder; denn dem braven Manne ist das Vaterland mehr, als Vater, Mutter und Braut."

Schon 1774 hat er die während des letzten Kriegs mit Frank= reich mehrmals angeführten Worte gesprochen: „Weine nicht, deut= scher Mann, über die Weichlichkeit und Ausländerei deines Volks! Die Löwen erwachen, sie hören das Geschrei des Adlers, seinen Flügelschlag und Schlachtruf. Sie stürzen hervor, wie die Che= rusker aus den Wäldern stürzten, reißen abgerissene Länder aus den Armen der Fremden, und unser sind wieder ihre fetten Triften und ihre Traubenhügel. Über ihnen wird sich ein deutscher Kaiser= thron erheben und schrecklichen Schatten auf die Provinzen seiner Nachbarn werfen." — Wenn hier Schubart im Tone eines Sehers

von einem neuen deutschen Kaiserthron redet zu einer Zeit, wo
Österreichs Kaiser noch an der Spitze Deutschlands stand, so hat
er natürlich dem preußischen Staat die Führerschaft des deutschen
Volks zuerkannt. Wie Friedrich der Große sein Ideal eines
Herrschers war, so Preußen das Ziel aller seiner Hoffnungen.
Er thut 1788 die von tiefer politischer Einsicht zeugende Äuße=
rung, ein Bund Preußens mit Österreich wäre ganz unnatürlich,
weil ersteres dabei immer verlieren müßte. Friedrich Wilhelm
an der Spitze des deutschen Bundes däucht ihm furchtbarer, als
an der Seite Josephs. Friedrich der Große ist ihm Denkpfeiler
einer ganz neuen Epoche in der Weltgeschichte. Er läßt dem
preußischen Adler im Streit mit dem österreichischen das letzte
Wort (1790, S. 264): „Soll Friedrichs Wodansadler wie eine
scheuche Taube in euern ungeheuern Kreisen flattern und zittern?
Lieber töte mich euer Aller Krallenblitz, daß ich mein Leben im
Staube verblute und es mir ewiger Ruhm sei, eurer alle ver=
schlingenden Macht widerstanden zu haben." In demselben Jahr=
gang bemerkt er S. 619: „Die preußische Macht ist mehr Geist
als Körper. Wenn die Kraft und Anstrengung dieses wunder=
baren Nationalgeistes mit der Zeit geschwächt werden sollte, so
kann sich der Staat unmöglich gegen die fürchterlichen Mächte
halten, deren Eifersucht er beflammt hatte. Sechs Millionen Men=
schen können den Staat gegen 20 und 25 Millionen nicht in die
Länge halten. Daher muß Preußen, wenn ich mich so ausdrücken
darf, auch an körperlicher Stärke wachsen; es muß an Land und
Leuten zunehmen und seinen gegenwärtig noch ziemlich koupierten
Staaten Zusammenhang und Rundung geben." Seine Begeiste=
rung für Preußen geht so weit, daß er 1790 S. 245 ausruft:
„Der preußische Adler soll noch die Sonne begrüßen, wenn sie
das letztemal über dem Erdkreis aufgeht." (Hier hat in dem
Exemplar der Stuttgarter öffentlichen Bibliothek sein Sohn Lud=
wig das preußische durchstrichen und auf dem Rand dafür
deutsche gesetzt.)*) Diese Überzeugung Schubarts konnte auch

---

*) Prälat Pahl bemerkt in seinen Denkwürdigkeiten S. 425 über Lud=
wig Schubart: „Er sprach nicht gern von der unerwarteten Unterbrechung

durch den Umschwung unter Friedrich Wilhelm II. nur erschüttert,
aber nicht umgestoßen werden. Wenige Monate vor seinem Tode,
den 19. Juli 1791 schreibt er noch seinem Sohne: „Herzbergs Ab-
dankung sah ich längst voraus. Dein König ist mit Blindheit
geschlagen, daß er so große und erfahrene Männer so gleichgültig
ins Eck lehnt wie einen zerbrochenen Stock. Doch ahnd' ich
nichts Schlimmes für Preußen; vielmehr seh' ich die Sonne seiner Herrlichkeit schöner aufstrahlen als jemals. Der Lüstling
wird nicht so lange leben, bis er sein Land verdankettiert hat.
Am Kronprinzen wächst eine köstliche Ceder heran. Kurz Preußen wird am europäischen Himmel noch lange als eines der hellsten Gestirne leuchten."

Wie kam Schubart zu dieser Gesinnung? Wir verweisen
darüber auf Früheres. Sein Schicksal, seine Jugendeindrücke
hatten ihn so weit geführt. A. Wohlwill in seiner Schrift:
„Weltbürgertum und Vaterlandsliebe der Schwaben, insbesondere
von 1789--1815" sagt darüber: „Huber und Gemmingen bewunderten Friedrich den Großen. Wieland schwärmte in seiner
Jugend für ihn, namentlich bei seinem Heldengedicht Cyrus
schwebte ihm immer Friedrich vor; Wekherlin dachte seiner immer mit Ehrfurcht. Abts Lebenselement war das Preußentum,
wie man aus dem „Tod fürs Vaterland" ersieht. Mit Verach-
tung sah er auf die elenden schwäbischen Zustände herab. —
Ganz anders Schubart. Ebenso stark als das Preußentum war
die schwäbische Sinnesart bei ihm ausgeprägt. Der scheinbare
Widerspruch ward ausgeglichen durch ein überaus kräftiges deutsches Nationalgefühl. Daß durch Friedrichs II. Thaten der
deutsche Name wieder geehrt wurde, entzückte ihn." Allein war-

---

seiner Laufbahn; die Arbeiten des Geschäftslebens und die Rücksichten, die
darin zu nehmen sind, waren ihm immer zuwider. 1806 nach Jena verlor
er auch das ihm zugedachte Wartgeld; er lebte sehr einfach und sparsam.
Ludwig war e i n V e r e h r e r N a p o l e o n s. Trotz seiner Talente und
manchfachen Brauchbarkeit konnte er sich nicht in die Formen fügen, in denen
der Beruf des öffentlichen Dienstes sich bewegt und die auch der kenntniß-
reichste Mann selten ungestraft abwirft, wenn er für die äußeren Verhältnisse des Lebens keine andere Gewährschaft hat, als sich selbst."

um hat Schubart für Joseph II. und Leopold II., so sehr er ihre Verdienste anerkennt, nirgends Worte so warmer Begeisterung, wie für Friedrich II. und Preußen? Begeisterung für Deutschland unter Preußens politischer Vorherrschaft und ein stark ausgeprägtes schwäbisches Bewußtsein können recht wohl nebeneinander bestehen; Zeugnisse ließen sich genug anführen. Übrigens ist die bei Schubart so stark hervortretende schwäbische Sinnesart ein Beweis gegen die von demselben Gelehrten in Schnorrs Archiv VI. ausgesprochene Ansicht, daß Schubart eher zu den Franken, als zu den Schwaben gehöre.

Noch zwei Momente kommen in Betracht. Schubart ist Schwabe, aber durch und durch protestantischer Schwabe; protestantischer als manche, die nie an einen Religionswechsel dachten; er bewundert das Altertum und das Mittelalter nur als Zeiten körperlicher Kraft und idealer Begeisterung, aber nicht in dem Sinn, als ob er dort sein Ideal von Politik und Religion fände. Dadurch unterscheidet er sich nicht allein von den meisten Stürmern und Drängern, sondern auch von den späteren Romantikern, mit denen ihn Prutz zusammenwerfen möchte. Er schwärmt nicht für Romantik und Rittertum; sein Blick ist nach Norden, nach dem protestantischen Preußen gerichtet. In der Gegenwart waren ihm die Thaten Friedrichs ausreichend, um den Glauben an die unversiegte Lebenskraft des deutschen Volks und ein lebendiges Auferstehen desselben lebendig zu erhalten.

Das zweite Moment ist Schubarts politische Heimatlosigkeit. Er selbst nennt sich einen Heimatlosen, eine vom Sturm gejagte Wolke, die in der Wüste zerfließt, einen verschossenen Vogel, der rings um sich her Flut und nirgends eine Arche hat. „Ich bin," schreibt er, „in Deutschland geboren und bin doch in Deutschland ein Fremdbling — ich bin in Schwaben erzogen und bin doch in Schwaben ein Fremdbling — ich bin ein Reichsstädtler, und keine einzige Reichsstadt erkennt mich für ihren Bürger, können Sie das Rätsel erraten?"*) Manchmal mochten sich da Gedanken in ihm regen, wie sie Paul Pfizer in den Worten ausspricht:

---

*) In einem Brief an Böckh vom 18. April 1767 (Strauß I, 122).

Adler Friederichs des Großen!
Gleich der Sonne decke du
Die Verlass'nen, Heimatlosen
Mit der goldnen Schwinge zu!
Und mit mächt'gem Flügelschlage
Triff die Eulen, Rab' und Weih'!
Stets empor zum neuen Tage,
Sonnenauge kühn und frei.

Endlich mußte sich Schubarts Hellauf, sein feuriger, für
alles Große und Hohe empfänglicher Geist durch den unter Friedrich dem Großen frisch und kühn emporstrebenden neuen deutschen
Großstaat im Innersten angesprochen fühlen.

Schubart preist Deutschland, nennt aber auch die deutschen
Fehler; bei beidem leitet ihn die patriotische Absicht. In seinen
Urteilen schwankt er. Er spricht für und gegen die Aufklärung
und den Fortschritt; er unterscheidet zwischen wahrer und falscher
Aufklärung, bleibt sich aber nicht immer gleich. Er stieß sich an
Friedrich II. Unglauben, geriet nachher (von 1787 an) oft in
den dicksten Autoritätsglauben, kam aber von seiner Bewunderung
des Wöllnerschen Regiments immer mehr zurück. Der Grund
liegt nach Wohlwill in seiner erregbaren, vom Augenblick abhängi-
gen Stimmung, seiner Neigung zu Extremen, der nötigen Rücksicht auf Machthaber. Unwandelbar aber, fährt Wohlwill fort,
ist sein Eifer fürs Vaterland und — setzen wir hinzu — seine
Begeisterung für den preußischen Staat und für Preußens Beruf.
Viel hoffte er darum vom Fürstenbund. Im Archiv VI, S. 380
schildert Wohlwill Schubarts der damaligen deutschen Geistesentwicklung entsprechende Neigung, sich ein Ideal von kräftiger Männ-
lichkeit, Heldentum und Freiheitsleben zu bilden im Gegensatz zu dem
versumpften, verweichlichten Geschlecht seiner Zeit. So phantasiert Schubart von Cäsar, Brutus, Hermann als Riesen, gegen
die wir ein ausgeartetes Geschmeiß seien. „Was würde der alte
Götz sagen, wenn er aus'm Grab erwachte, mit Schild, Schwert
und Koller angethan, mit'm eisernen Helm auf'm Haupt und dem
wehenden Federbusche?" (1774, S. 61). Die Parallele mit Schillers Räubern, in denen Cäsar, Brutus, Hermann genannt wer-

ben, liegt auf der Hand. — „Immer aufs Neue," sagt Wohlwill, „äußern sich Hohn und Unwille über das weichliche, herab-
gekommene Geschlecht, über die stubenhockenden Gelehrten, die
von ihren Studierzimmern aus Staatsbeobachtungen machen, die
Entfremdung von der Natur, die klügelnde eiskalte Vernunft, über
die Litteratur in Taschenbuchformat und in Almanachen." —
Einen Punkt, den wir schon früher erwähnt haben, läßt Wohlwill unberührt: Schubarts Haß gegen Weiberherrschaft und eman-
zipierte Weiber. So erkennt er im Vorbericht zum zweiten Band
seiner Gedichte an, daß bei allem Druck und Zwang der viel-
köpfigen Herrschaft, der Mode, der kindischen Nachäfferei fremder
Sitte, der Gynarchie und des winzigen Geschmackes immer
noch ein Eigenes allenthalben durchblitze. 1788, S. 71 lesen
wir: „Unsere feineren Mädchen tragen die schönsten Hemden und
Kopfputze, essen die nieblichsten Speisen, ohne selbst beides machen
oder bereiten zu können. Dagegen sind sie belesen in Dichtern
und Romanen, können tanzen wie die Elfen auf Grasspitzen,
welsche Bravourarien singen, die Karten mit geflügelten Fingern
mischen; das Bibellesen ist kaum noch auf dem Lande unter den
Pfarrerstöchtern üblich." 1788, 203: „Frankreich hat mehr durch
seine Moden, als durch seine Waffen unser Vaterland verwüstet."
1788, 458: „Steht auf, ihr Fürsten und steuert der Eitelkeit der
Weiber durch Pracht- und Sittengesetze, ehe sie euch und eure
Unterthanen zu Bettlern machen." 1788, 565: „O Männer, hütet
euch vor herrschenden Frauen; denn Unstätigkeit in Güte und
Strenge ist der Abdruck ihres moralischen Wesens." 1788, S. 888
eifert er gegen gelehrte Frauen; im Jahr 1788 zählte man nämlich (Chronik 1788, 506) in Deutschland 70 Schriftstellerinnen,
im 17. Jahrhundert kaum zwei. Nach 1789, S. 168 waren
unter diesen 70 Schriftstellerinnen 20 Dichterinnen. 1790, 373:
„Die Welt tritt aus den Fugen, wenn Weiber sich bewaffnen
und Priester herrschen." — Weiberherrschaft betrachtet er als Vor-
boten des Untergangs eines Staates.

Klassisch ist die Stelle 1789, 503: „Gott, Christus — Mann,
Weib; dies ist die ewige Ordnung. Wer diese verrückt, kehrt die
Schöpfungsleiter um."

Schade, daß Schubart eine besonders schwache Seite jener Zeit, die Thränen= und Rührseligkeit, an der er selbst litt, über= sehen hat. Der Stürmer und Dränger ist so weinerlich wie irgend ein Hainbündler. Ist es nicht lächerlich, wenn er z. B. noch 1790, S. 424 Thränen vergießt, weil der von ihm unge= bührlich bewunderte Kosegarten in seinen Gedichten äußerte, er werde bald hinwelken und für sein Vaterland tot sein? Weibi= schen Männern entsprechen männische Weiber.

In der Mitwirkung ständischer und parlamentarischer Fakto= ren sah Schubart, namentlich vor dem Ausbruch der französischen Revolution, keine wesentliche Bedingung für das Heil der Staa= ten. Daher nahm er an der Kabinettsregierung Friedrichs des Großen, am aufgeklärten Despotismus keinen Anstoß, wenn nur der Despot, wie dies bei Friedrich II. und Joseph II. zutraf, ein Menschenfreund und ein genialer Kopf war; denn einem Ge= nie, dies war ja Glaube und Bekenntnis der Stürmer, war Alles erlaubt und Alles erreichbar, wenn es sich darum handelte, das Alte zu stürzen und wie mit einem Zauberstab ein neues besseres Zeitalter heraufzubeschwören. So bespricht denn Schubart gerne die Jesuitenverfolgung Pombals in Portugal, die Bestre= bungen Gustavs in Schweden, die freisinnigen Staatsreformen Josephs II. Freilich muß er Friedrich den Großen wegen seiner weisen, bedächtig fortschreitenden Gesetzgebung und der Beharr= lichkeit in seinen Planen höher stellen, als den Kaiser, von dem er 1790, 151 und 408 urteilt, manche seiner großen Gedanken seien ganz unvorbereitet gekommen, zu rasch durchgeführt worden und so habe Joseph sein Volk mehr betäubt als gebessert; er habe gleichsam mit einer Wachsfackel die schwarzen Wände einer Pulvermühle erleuchten wollen. Aber auch andere deutsche Für= sten erkennt er an, so den württembergischen Karl Eugen in der letzten Periode seiner langen Regierung und — 1774, 10. Okt. — den Markgrafen Karl Friedrich von Baden, der sein Land zu einem Musterstaat für ganz Deutschland umgestaltete. — Wohl= will faßt im Archiv VI. nur die Jahrgänge 1774—77 der Chro= nik ins Auge. Während Schubart in den späteren Jahrgängen teils aus Vorsicht, teils, weil wirklich Deutschland später eine

Reihe guter Regenten hatte, der Wahrheit gemäß die bestehenden
politischen Zustände Deutschlands lobte, das Heil von zeitgemäßen
Reformen erwartete und vor der Nachahmung der französischen
Revolution warnte, hat er, ohne das Lob wirklich guter Regenten
auszuschließen, in den früheren Jahrgängen die Kehrseite im
politischen Leben Deutschlands, das Treiben der sultanisch über
Land und Unterthanen gebietenden Despoten, das Elend und die
Schmach der kleinen deutschen Territorien geschildert, in
denen dem Genie und dem Mann von Charakter höchstens die
Freiheit bleibt, mit einem Seufzer aus der Welt zu scheiden.
Mitunter äußert Schubart auch in der Chronik seine Erbitterung
über solche Zustände in Versen und Prosa mit einer schwungvol-
len Leidenschaft, die wenig hinter dem glutvollen Zorn der Fürstengruft zurückbleibt, mitunter verbirgt er seinen Unmut in dem
Gewande scherzhafter und doch nicht minder treffenden Satire.
Angeblich einer morgenländischen Zeitung entnimmt er seine Mitteilungen über die Launen orientalischer Despoten, um in absicht-
licher Übertreibung an das Thun und Treiben deutscher Duodez-
despoten zu erinnern. „Seine sultanische Hoheit sind seit einigen
Tagen in tiefer Trauer. Sie haben ihren besten arabischen
Hengst durch einen frühzeitigen Tod verloren. Der Sultan ließ
diesen Gaul prächtig begraben.

An den Ufern des Meers starb gestern in einer armseligen
Fischerhütte der große weise Hemir. Er erstickte an einem har-
ten Zwieback, den sein ausgetrockneter Hals nicht mehr hinunter
bringen konnte. Seine sultanische Hoheit haben in Gnaden
geruht, den Leichnam des weisen Hemirs ins Meer werfen zu
lassen.

Der König von Persien läßt sich das Wohl seiner Unterthanen außerordentlich angelegen sein. Ein Franzos, der sich seit
einigen Tagen in Jspahan aufhält, lehrte ihn das Filetstricken.
Ganz Jspahan staunt über das große Genie des Schachs, der
es in kurzer Zeit so weit brachte, daß er seiner liebsten Beischlä-
ferin ein Halstuch stricken konnte. Man behauptet, daß dieser
weise Monarch die große Summe, welche sonst unnötiger Weise
für die Armen, Witwen, Waisen, Unterstützung verfallener Han-

delshäuser, Belohnung der Gelehrten und Anbauung des Landes
bestimmt war, zur Errichtung eines prächtigen Hauses für Gauk=
ler und Taschenspieler verwenden werde". (1775, 18. Sept.)

Schubart selbst klagt über das ewige Einerlei der Zeitungen
mit ihren Festen, Jagden, Galatagen, Opern, Komödien, Sol=
datenmusterungen, mystischen Audienzen und empfiehlt folgenden
Artikel als eine Universalmedizin: „Seine Majestät oder Seine
Durchlaucht befinden sich in allerhöchstem oder höchstem Wohl=
ergehen. Sie lassen sich das Wohl ihrer Unterthanen außeror=
dentlich angelegen sein. Die Truppen wurden gemustert. Ein
Galatag wurde gefeiert. Dieser oder jener Fremde ist angekom=
men. Es war Gewaltjagd. Man ist tief im Kabinett beschäftigt
und arbeitet an Dingen, die du nicht eher wissen wirst, bis in
Reutlingen ein Mordgesang darüber gedruckt wird." — Statt
des wiedergekäuten Gewäsches von Alltagsgeschichten und Lob=
sprüchen auf Regenten, die wir nicht einmal kennen, den Fürsten
mit Gewitterberedsamkeit vor dem Publikum heiße Wahrheiten
ins Antlitz sprechen, das durfte auch er nicht. Er mußte Rück=
sichten nehmen; Rücksichten auf den Aberglauben und den Fana=
tismus in seiner nächsten Nähe, wie die Geschichte des unglück=
lichen Nickel bezeugt. Gedankenstriche, Ausrufungszeichen, abge=
brochene Sätze zu ergänzen mußte er dem Leser überlassen.
Namentlich in den Betrachtungen beim Jahreswechsel sucht er
sich und seinen Lesern ein — helleres oder dunkleres — Ge=
samtbild seines Zeitalters zu entwerfen. Bisweilen erhebt er sich
zu den lichten Höhen des Humors, wo er nur aus der Ferne die
Erdkugel schwimmen sieht, die mit Bergen, Hügeln, Seen lieblich
bemalt erscheint und auf welcher das possierliche Gemisch der Ge=
schöpfe herumkriecht. (Ähnlich schon in dem Gedicht, in dem er
das Erscheinen der Chronik ankündigt.)

Nach der Gefangenschaft wird die Chronik zahmer; die Auf=
sätze „Deutscher Fürstensaal" (1787) und „Deutsche Fürstenhalle"
(1788) bei Scheible 8, 76. 136 führen uns zu den Lichtgestalten
des preußischen Königs, des Landgrafen von Hessenkassel, der
sächsischen Prinzen, des Kurfürsten von Pfalzbaiern, des Fürsten
Leopold von Dessau, Josephs, Friedrich Karls mit seinem weisen

Dalberg an der Seite, Ludwigs von Saarbrücken. Schubart
hatte nicht mehr so viel Grund zu patriotischen Klagen. 1790,
S. 613, wo er die Deutschen vor Aufruhr warnt, ruft er aus:
„Kein Land in der Welt hat bessere Fürsten, mildere Obrigkeiten
(ich sag' es mit Ueberzeugung und nicht als kriechender Schmeich=
ler) als Deutschland; sie werden also eure Klagen hören, wenn
sie gerecht sind.“

So sehr er (im Jahrgang 1787) davon überzeugt ist, daß
in einer wohleingerichteten Monarchie weniger Ungerechtigkeiten
geschehen, als in Republiken, wo die oft so unselige Mehrheit
meistens entweder Zufall oder Kabale oder Arglist ist, so ist er
doch kein unbedingter Gegner der Republiken. Die Erhebung der
Nordamerikaner gegen England begrüßt er mit Jubel und über
ihre kriegerischen und politischen Erfolge erstattet er seinen Lesern
mit möglichster Ausführlichkeit und steigendem Enthusiasmus Be=
richt. Von dem republikanischen Ideal, das Schubart in Amerika
verwirklicht zu sehen hoffte, erscheinen freilich die meisten Frei=
staaten Amerikas weit entfernt. Nur den Mitteilungen aus der
Schweiz werden von ihm in der Regel begeisterte Zusätze und
Lobeserhebungen des Landes und seiner Bewohner hinzugefügt;
eine Äußerung erinnert fast wörtlich an das später von Schiller
namhaft gemachte Kennzeichen des besten Staats, daß man von
ihm, wie von der besten Frau am wenigsten spreche (D. Chronik
vom 4. Juli 1774 und 23. März 1775). Er verkündigt, Hol=
land, früher glücklich und blühend, werde zur Strafe für seine
kaufmännische und gewinnsüchtige Politik bald in Verfall gera=
ten (D. Chronik vom 24. Aug. 1775, 10. Okt. 1776; 1787,
S. 12. 313. 361.). Genua, Venedig, auch den ihm sonst so sym=
patischen deutschen Reichsstädten prophezeit er baldigen Unter=
gang; die kleinen Freistaaten, behauptet er mit politischem Scher=
blick, werden in großen Monarchieen aufgehen. Über den Unter=
gang des unglücklichen Polens stimmt er in Prosa und Poesie
die wehmütigste Klage an (Reclam S. 190); er sieht die auf die
erste folgenden Teilungen und das Endschicksal Polens ziemlich
klar voraus (Chronik vom 7. April und 19. Mai 1774), er schil=
dert aber die Polen vollkommen richtig als ein unzuverlässiges

und wankelmütiges Volk, das Freiheit und wilde Ungebundenheit
verwechsle und dessen Patrioten meist Ichherren seien, unfähig,
ihren Vorteil den Vorteilen des Vaterlandes aufzuopfern; ihr
Patriotismus sei bestechlich, mit Geld könne man den Polen zu
Allem machen — (1790, bei Scheible 8, 192).

Gervinus rechnet Schubart ohne Weiteres zu den Anglo-
manen, wie Lisko, Rabener, Lichtenberg, Archenholz, Hippel, Hamann. Wahr ist es, daß Schubart oft England als die Heimat
freier und zeitiger Menschen bewunderte. Schon in frühen Jahren
waren die Briten, wie L. Schubart berichtet, seine Lieblinge; er
fand in ihren Werken und in ihrer Physiognomie eine gewisse
Reife, die ihm gegen das Halbzeitige der Deutschen auffallend
abzustechen schien und die er einzig ihrer Verfassung und der durch
ihr Gold erlangten Unabhängigkeit beimaß. Dessenungeachtet verdient
er den Titel „Anglomane" nicht. Er sagt z. B. 1788, 345: „Ich bin
einer der ekstatischesten Verehrer der Briten. Wenn sie aber auf alle
andre Völker, auch auf uns Deutsche, die an Kraft und Thaf, Demut
und Bescheidenheit, Einfalt und Herzigkeit weit größer als sie sind,
kalt und verachtend hinblicken, so empört sich mein beleidigter Vater-
landsstolz und ich zürne den Briten." 1790, 489: „Die Briten
sprechen so viel von Freiheit und doch tyrannisiert niemand mehr
die Völker der Erde zu Wasser und zu Land, als sie." 1790,
261: „Die Engländer sind unstäte Krämerseelen, die dem Satan
gegen den Erzengel Michael Munition verkaufen würden, wenn
der Teufel mehr bezahlte, als der Erzengel." Auch findet er
(1791— bei Scheible 8, 310), daß die britische Kirche als eine
sehr gute Mutter ihre Söhne nicht nur nähre, sondern auch mäste,
wie die 48 Bischöfe beweisen, die zusammen 160,000 Pfd. Ster-
ling jährliche Einnahme haben, während die Hilfsprediger und
Vikarien in England in den dürftigsten Umständen leben.

Frankreich war der Chronist ursprünglich nicht gewogen.
„Fort mit der Nachäffung Frankreichs," ruft er aus, „des Volks,
bei dem Witz mehr gilt, als Verstand, das in Allem etwas und
im Ganzen nichts weiß, das an Wissenschaften und Künsten nur
schnitzelt, um sie als Porzellanfiguren auf den Putztisch zu stellen,
das seine leichtfertigen Grundsätze noch verzuckert und dem Teufel

die Hörner vergulbet, daß man sich nicht vor ihm fürchten soll!
In Einem nur, Deutsche, ahmet ihm nach — in der Liebe zum
Vaterlande!" Einen Hauptvertreter des französischen Geistes,
Voltaire, konnte er nicht loben und nicht lieben. Nur seinen
Candide lobt er einmal (Strauß II, 376) in einem Schreiben an
seinen Sohn als vortrefflich nach innerem und äußerem Gehalte.
Dagegen wurde durch Montesquieu in ihm das Verständnis für
die konstitutionelle Verfassung geweckt; ein neuer Beweis für Schu=
barts Belesenheit in den verschiedensten Gebieten, ein Beweis
gegen diejenigen, die ihm mit Prutz Kenntnis der Geschichte und
Sinn für Politik absprechen. Lassen wir nun hier Strauß (II,
313) sprechen. „So stark er früher, namentlich in der Chronik,
gegen Frankreich und dessen entnervenden und verpestenden Ein=
fluß auf Denkart, Sitten und Litteratur der Deutschen geeifert
hatte: so gründlich wurde er durch die französische Staatsumwäl=
zung umgestimmt, und er that nun der von ihm so oft geschmähten
Nation bei jeder Gelegenheit ordentlich Abbitte. Die Menschheit
ist nicht schwach, nicht alt geworden — ruft er — da ein Volk,
das wir in Kleinigkeitsgeist verkommen glaubten, solche Proben
von Mut und Größe giebt. Er ist beschämt, seine Landsleute
von ihren westlichen Nachbarn an Freiheit und Vaterlandsliebe
auf einmal so weit überflügelt zu sehen, und bitterer Sarkasmus
ist's, wenn er von den Deutschen rühmt, sie seien die besten Unter=
thanen (1790, S. 339). Unverholen jauchzte er von da an den
Neufranken seinen Beifall und die besten Wünsche für ihr großes
Unternehmen zu; wenn er auch einzelne Ausschweifungen tadelte
(die eigentlichen Greuel erlebte er nicht mehr) oder noch öfter
durch ein in der Anmerkung hinzugesetztes Contra seiner Stellung
als deutscher, d. h. unfreier Zeitungsschreiber genügte. Denn
darauf bittet er wiederholt seine liberalen Leser Rücksicht zu
nehmen, daß er nicht etwa in Straßburg, sondern in Stuttgart
schreibe. An Mirabeau, der ihm früher, wegen seiner bekannten
Angriffe auf Preußens Ehre, zuwider gewesen, hatte er schon bei
seinen ersten Anreden an die Stände der Provence eine demosthe=
nische Kraft erkannt. Schon zu Ende d. J. 1789 hatte er den
Mächten, die etwa Lust haben möchten, sich in Frankreichs Revo-

lution zu mischen, vorhergesagt, daß sie mit Wut würden zurückge=
schlagen werden: „Die Sonne des Jahrhunderts — rief er zu An=
fang des folgenden Jahres — wird untergehen, vom wallenden
Dampfe der Leichen verfinstert; aber aus dem allgemeinen Brande,
aus dem Schutte der Zerstörung wird Europa aufsteigen in neuer
Gestalt." Diese Darstellung muß insofern berichtigt werden, als
Schubart keine im innersten Grunde revolutionäre Gesinnung
hegte. Bei längerem Leben hätte Schubart gewiß den politischen
Entwickelungsgang des von ihm gefeierten Klopstock durchgemacht,
der zuerst für die Revolution schwärmte, um sie nachher zu ver=
dammen; überdies finden wir in der Chronik Stellen in Poesie
und Prosa genug, welche nicht bloß einzelne Ausartungen dieser
großen Begebenheit tadeln, wie Strauß meint. In dem Gedicht
„Freiheit" beklagt er die Verkehrung der Freiheit in Wut und
Mordgetümmel; schon in dem Gedicht „Zeichen der Zeit" nennt
er die Freiheit ein Schwert in den Händen rasender Völker
(Reclam S. 191). In dem „politischen Gespräch im Hades" läßt er
Heinrich IV. zweifeln, ob die mit Blut getaufte Freiheit des franzö=
sischen Volks dauern könne, legt Friedrich dem Großen die Worte
in den Mund, eine wohlgeordnete monarchische Verfassung sei die
beste, und ruft den Franzosen den Spruch zu, Einigkeit sei der Frei=
heit Amme, durch sie werde ein Volk groß und reif. Alles dies schon
im Jahr 1789. Die Ansichten und Stimmungen schwanken; aber
im Grund überwiegt die pessimistische Auffassung der Revolution
und mit banger Sorge für die Zukunft erfüllt den Chronisten
namentlich der Tod Mirabeaus. (Vgl. 1790, 193. 561. 716.)

Schubart, der Feind der Weiberherrschaft, erkennt in seiner
Zeit bloß zwei große Herrscherinnen an, Maria Theresia und
Katharina II. Er nennt jene (1787) gutherzig, fromm, edel,
und nur dann handelte sie nicht ganz ihrer großen Seele gemäß,
wenn sich die Hohe zu Kutten herabneigte. (Schubart hatte es
an sich selbst erfahren.) Katharina II. verherrlicht er (1789) als
die neue Gesetzgeberin ihres Reichs; sie machte die Sitten ihres
Volkes milder, eroberte einen neuen Staat und besiegte Selim
und Gustav. Rußland hält er schon 1775 für eine Macht, die
den anderen Staaten Europas die größte Gefahr drohe. „Viel=

leicht schon im 19. Jahrhundert hat Rußland eine Monarchie er=
richtet, die noch größer und dauernder ist, als die römische." „Ruß=
land," bemerkt er im Jahr 1787, „ist zum ersten Reiche der Welt
bestimmt; jeder Widerstand ist vergeblich."

Besonders günstig urteilt Schubart über seinen Liebling
Gustav III. von Schweden. Er preist ihn im Jahrgang 1775
als einen großen und weisen Mann, als einen vortrefflichen Ge=
setzgeber, den Erzieher und Bilder seines Volks, und hebt beson=
ders hervor, daß man die schwedische Jugend schon in den Schulen
in der deutschen Sprache unterrichte und ihr unsre besten Schrift=
steller bekannt mache. Wir erinnern uns, daß Schubart von
München nach Stockholm zu Gustav gehen wollte.

Oft denkt man, wenn man in der Chronik liest, an die Zu=
stände der Gegenwart. Manches, was Schubart geschrieben hat,
ist heute noch wahr. Über das Benehmen der Ungarn gegen die
Deutschen schreibt Schubart in der Chronik vom 30. April 1790:
„Die Ungarn spielen eine Rolle zum Abscheu gegen alle braven
Deutschen. Sie wühlen und toben gegen unsre Landsleute in
Siebenbürgen und anderen Orten, zerstören mit tollem Grimme
Urkunden vom höchsten Werte, heben die Normalschulen auf und
glauben, schon am deutschen Rocke den Schurken zu erkennen.
Man verachte sie wieder, die Tollköpfe, die ganz vergessen haben,
was sie den weit größeren Deutschen schuldig sind. Inzwischen
möcht' ich weinen vor Unmut, daß wir Deutsche beim Auslande
immer noch in so ringem Rufe stehen. In Frankreich ist das
Wort Allemand ein Schimpfwort, in England sind wir niedrige
Lohnknechte, in Italien geistlose Phlegmatiker, in Holland Frei=
heitsfeinde, in Ungarn Schurken." Nun folgen die bekannten
Klagen über Mangel an Nationalstolz. Ebenda, den 7. Mai
1790, aus Anlaß der ungarischen Krönung Leopolds II.: „Der
Monarch hat dem alten Palfi versprochen, er wolle mit Weib
und 4 Söhnen zu seinen braven Ungarn kommen, stolz darauf,
ihre Nationalkleidung zu tragen. Dies entflammte den Patrotis=
mus der Ungarn für ihren König aufs höchste und befeuert sie,
bei der Krönung in der vollsten Nationaltracht zu erscheinen."
Dazu bemerkt Schubart: „All gut, wenn nur dieser Patriotismus

nicht in so gar schändlichen Haß gegen die Deutschen und Prote=
stanten ausartete. Sie mögen immerhin mit lächerlichen Cere=
monien die deutsche Sprache eine Jannersprache nennen, mögen
unsre Autoren, aus welchen ihnen doch so mancher wohlthätige
Lichtstrahl zufiel, im Osen aufrauchen lassen. Aber da jagen sie
die armen deutschen Feldmesser davon oder stecken sie unters
Militär, schaben die Nummern an den Häusern mit Säbeln weg
und bedrohen die königlichen Freistädte, die nicht ein Gleiches
thun würden, mit einer Fiskalklage. Ja in Wien sind schon
einige Tausende, die Brot und Unterhalt in Ungarn verloren
haben, bloß weil sie Deutsche und Protestanten sind. Ein Volk,
das so was thut, versündigt sich an Gott und der Menschheit zu
sehr, als daß es das Geschenk der heiligen Freiheit lange behalten
könnte." Vgl. 1790, 22. Juni. 13. August; 1791, 23. August. —
An die Plane der Sozialdemokratie denkt man unwillkürlich, wenn
man 1790, 24. Septbr. liest: „Ein allgemeiner Verschwörungs=
plan soll, von Abramelech und Moloch in der Hölle geschmiedet,
dem Klubb der Propaganda zu Paris mitgeteilt worden sein, um
sich nun durch ganz Europa zu verbreiten. Freiheit und Gleich=
heit sollen die zwei Hauptträger dieses infernalischen Maschinen=
werks sein. Die Volksbetrüger brauchen diese Artikel, um die
nach Freiheit und Gleichheit rasenden Thoren aufzugeißeln, daß
sie alle Ordnung zerstören, auch im Wahnsinn politische Selbst=
mörder werden. Diese Betrüger sind daran leicht zu erkennen,
daß sie Religion und Gesetze verlachen und wie weiland die deut=
schen Bauern in den unseligen Bauernkriegen Allgemeinheit der
Güter predigen. Also keine Finanzen! keine Religion!! keine Ge=
setze!!! Der Weise, Fromme, Redliche im Lande ein Raub der
Schurken, Gotteslästerer und Gauner! Dies Höllenprojekt soll
dahin gehen, ganz Europa zu verwirren, alle Throne zu erschüt=
tern, alle Zepter zu zerbrechen, alle Rechte umzustürzen, um selbst
der Verdammung und dem Tode im allgemeinen Brande zu ent=
gehen. Hundertmal schon schrieb man mir dies aus Deutschland
und aus Frankreich — und ich glaubte es nicht; denn so ganz
durchteufelt konnte ich mir die Menschheit nie denken. Nun aber
bin ich überzeugt, daß eine solche schwarze Gesellschaft da ist, daß

sie sich wie Miltons Teufel im Pandämonium versammeln, und
daß sie sich rühmen, in allen europäischen Ländern Freunde
zu haben. Und nun ist es auch meine Pflicht, die zahlreichen
Leser meiner Chronik zu warnen vor diesen Teufeln, die man am
Schwefelgeruche kennt, und meine lieben Brüder, die Deutschen,
aufs neue zu ermahnen, daß sie Religion und bürgerliche Ordnung über alles schätzen und so unter dem Schatten sanfter Gesetze ein geruhiges und stilles Leben führen in aller Gottseligkeit
und Ehrbarkeit." So schrieb Schubart im Jahr 1790 noch vor
den sozialistischen Systemen eines Gracchus Babeuf u. A. Was
damals noch zum größten Teil ein Angst= und Schreckgespenst
war, das ist nach weniger als hundert Jahren im vollen Umfang
zur Thatsache geworden.

Vaterlandsliebe zu erwecken, das hielt Schubart für seine
Hauptaufgabe. „Wo ist der lebendige Geist," ruft er aus, „der uns
allgewaltig und zu einem Endzweck ergreifen, der uns an einer Kette
halten sollte, wie Jupiter die Schicksale hält? Wo ist Leidenschaft,
ein Opfer zu werden fürs Vaterland? Ha, Vaterland, du bist
die Goldgrube des Auslands, und du trittst nicht mit hohem
Haupt im Riesengange einher und fühlst beine Urkraft? Du schläfst,
aber den Schlaf der Dummheit kannst du nie schnarchen; du
schläfst, aber du wirst erwachen, wie der Riese Hurluk*) in der
Edda, und schüttelst Städte und feste Schlösser wie Erbstaub von
dir." (1776, 45.) Auch als Musiker ist er deutsch gesinnt. „Ich
habe einen Hund, der Vizlipuzli heißt und heult, so oft ich ihm
eine französische Chansonette vorsinge. Haben wir nicht Bach?
nicht Gluck? Was soll der Tonkunst noch länger das Hanswurst-
kleid? Ich habe — sagt er fast prophetisch — eine Opera buffa
gehört von dem wunderbaren Genie Mozart; sie heißt La finta
Gardiniera. Genieflammen zucken da und dort; aber 's ist noch nicht
das stille, ruhige Altarfeuer, das in Weihrauchswolken gen Himmel
steigt — den Göttern ein lieblicher Geruch. Wenn Mozart nicht
eine Treibhauspflanze ist, so muß er einer der größten Komponisten
werden, die jemals gelebt haben." (Pressel a. a. O. S. 21. 22.)

---

*) Hurluk wahrscheinlich statt Utgard Loki.

In der That wird man bei Schubart vergeblich suchen, um einen Ausspruch zu finden, wie: „Wenn sich die Völker selbst befrei'n" 2c., oder: „Zur Nation euch zu bilden" 2c. Die Sprüche sind bekannt; wie Wenige aber kennen Schubarts Orakelsprüche! „Wie gewaltig," sagt Pressel mit Recht, „wie gewaltig handhabt er die Sprache, ein geborener Redner voll feuriger Einbildungskraft und volkstümlicher Derbheit, ein treuer Haushalter des heimischen Wortschatzes! Und wie durchweg edel und groß sind die Gedanken, die er im Drange seines Herzens rauh und glühend hinwirft, Anderen die Arbeit überlassend, die feurige Masse zu kühlen und zu feilen."

Der Vater der neueren deutschen Litteraturgeschichte ist Gervinus. Und wie urteilt dieser über die Chronik? „Nicht einmal so viel Rücksichtslosigkeit zeigt die Chronik, wie unsre späteren Oppositionsblätter in Litteratur und Politik. Alles Freiere ist bei Schubart noch gar zu vorsichtig in Fabeln, Anekdoten, Visionen u. dergl. gekleidet, die Behutsamkeit lauert jedem Gedanken, den die Freiheit eingiebt" — da wäre Schubart nicht gefangen worden —; „der Witz sogar, der oft gerühmt wird, ist erstaunlich spärlich; es ist vielfach nur der Humor der alten Wochenschriften; vielfach liegt das Anziehende nur, wie in den Kuriositäten von Vulpius, eben in Curiosis." Ähnlich äußert sich Prutz über den Chronisten. Er wirft ihm Mangel an Kenntnis der öffentlichen Zustände, Dilettantismus, Unsicherheit und Widerspruch in seinen Ansichten vor; er predige und verdamme die französische Revolution gleich wieder, er predige männliche Politik und preise Friedrich Wilhelm II. Prutz führt Aussprüche aus der Chronik an, die er nicht versteht oder von denen er — oft ganz perfid — das Wichtigste wegläßt. So läßt er aus dem Aufsatz: „Zeitungsschreiber" im Jahrgang 1776 der Chronik alles weg, was auf die Worte folgt: „Alle unsre Schriften haben das Gepräge unseres sklavischen Jahrhunderts und die Zeitungen am meisten." Er verschweigt, daß Schubart den Rat giebt, sich in Amerika umzusehen, wo es noch Menschen gebe, die es fühlen, daß ihre Bestimmung nicht Sklaverei sei. „O, ihr Großen der Erde, laßt doch den Menschen sein, was er sein kann; und nur da zeigt

eure Gewalt, wo er abarten will", lautet der Schluß des Artikels.
Ist das nicht tendenziös? — In dem Artikel „Abel" im zweiten
Band von 1776 nimmt sich Schubart des Abels an; er be-
zeichnet ihn als Mauer gegen den Despotismus eines Einzigen,
als Vereinigungsband zwischen dem Thron und der Hütte. Nun
lauten die Worte: „Das Heilige im Tempel des Staats soll er
sein, durch das man ins Allerheiligste kommt" ziemlich stark.
Warum läßt aber Pruß den Schluß weg, der lautet: „Wenn der
Abel nicht einer Partei allein anhängt, sich nicht durch Stern
und Orden vom Volke reißen oder durch das Zujauchzen des
Volks vom Thron abwendig machen läßt, sondern die Rechte des
Volks und des Fürsten auf gleicher Wage wiegt, so ist er mir
eine goldene Achse, um die sich die öffentliche Glückseligkeit dreht."?
Doch erkennt auch Pruß an: „Wie zahm (!) und unentschieden (!)
die Schubartsche Chronik uns auch heutigen Tages vorkommt, für
jene Zeiten war sie schon immer wild genug."

Mag Pruß sich dran stoßen, daß Schubart seine Chronik
im Wirtshause diktierte, — dies war einmal seine Eigenart, entsprach seinem lebhaften Temperament, seinem Bedürfnis nach Geselligkeit, seinem Rednerberuf. „Verschiedene, die Schubart genau
kannten — erzählt sein Sohn — haben von ihm angemerkt, daß
er ganz der Mann für eine Revolution gewesen wäre. In der
That schien ihn sein Äußeres, sein Rednertalent, seine Deklamation, sein schneller Überblick, seine Kunst im Extemporieren, vor
Allem seine Popularität sehr dazu zu berufen." Zwar, meint der
Sohn, um eine Hauptrolle zu spielen, habe er weder Tiefe, noch
Stetigkeit, weder Kälte, noch Verschwiegenheit und Fleiß genug
gehabt; aber um eine vorher erwogene und geheim besprochene
Sache vor dem Volk zu verhandeln, hätte ihn die ihm eigene
Deutlichkeit im Vortrag und in der Aussprache, sein gesunder,
durch Lektüre und Wissen nicht erstickter Mutterwitz, seine Liebe
zum Volk und zur Menschheit organisiert. Ludwig Schubart hat
sich hier offenbar getäuscht. Nicht einmal die zweite Rolle hätte
Schubart, diese problematische Natur, mit Erfolg gespielt. Es
gereicht ihm zu hoher Ehre, daß er die Revolution nicht vom
französischen Boden auf den deutschen verpflanzen wollte, wie so

Viele nach ihm, daß er den Ausbruch der französischen Revolution zwar mit freudigem Erstaunen und mit optimistischen Hoffnungen begrüßte, wie Klopstock, aber doch nicht so bithyrambisch überschwenglich, wie dieser, daß er dem deutschen Volke nicht durch Nachahmung des französischen Wesens geholfen wissen wollte, sondern einsah, daß jeder einzelne Mensch und jedes Volk seinen besondern Charakter habe und haben müsse. Ich kann mir Schubart im heutigen Reichstag zu Berlin als einen der feurigsten Redner und Parteigänger des Reichskanzlers denken, aber nimmermehr als einen demokratischen Schreier, sozialdemokratischen Aufhetzer, irrlichtelierenden Vermittler, am allerwenigsten als einen Abrüster und Propagandisten des allgemeinen Völkerfriedens. Bei der Abstimmung über Ludwig XVI. hätte Schubart gewiß nicht für, sondern gegen die Hinrichtung des Königs gestimmt.

Ludwig Schubart führt zur Begründung seiner fixen Idee seines Vaters auffallende äußere Ähnlichkeit mit Danton an: „Alle Porträts, die ich von Danton sah," sagt er, „sind kaum von denen meines Vaters zu unterscheiden. Reisende, die den Revolutionshelden kannten, erstaunten, den Namen Schubart unter Moraces Porträt zu finden, und riefen von ferne schon: Danton! Ebenso bezeugten mir mehrere Freunde, welche Danton im Konvent sahen und reden hörten, daß sich diese Ähnlichkeit auf den ganzen Körper, auf Stimme, Deklamation und den äußern Anstand zum Erstaunen erstreckt habe." Über Dantons Aussehen sagt Weber in der Weltgeschichte XIII, 766: „Seine athletische Figur, seine Medusenaugen in dem breiten von Blattern besprengten Gesichte, die aufgeworfenen Nüstern und Lippen, die Schildhalter anmutloser Zuversichtlichkeit, verkündigten den angehenden Mirabeau des gemeinen Mannes." Eben derselbe XIII, 841: „Der gewaltige Mann von athletischer Gestalt und mächtiger weithin tönender Stimme — die nachgebornen Geschlechter haben ihn bald mit einem Jupiter Tonans, bald mit dem Satan Miltons verglichen. Sein Angesicht war der Spiegel seiner Seele: auf dem imposanten von Blattern zerrissenen Gesicht, das durch seine Häßlichkeit bald abstieß, bald anzog, und in dem blitzartigen Glanz der Augen erkannte man den Ausdruck einer verwegenen Herrscher-

natur, die alles wagt, um alles zu gewinnen; in dem scharf ge=
schnittenen Mund eine heftige Sinnlichkeit und eine dämonische
Energie, mit einem feinen Zuge von Milde und Großmut." Wie
beschreibt nun Ludwig Schubart seines Vaters Aussehen? „Er
war breit von Schultern und Brust, sehr proportioniert gebaut,
von kleinen und schönen Händen und Füßen. In seinem Gesichte
waren — Kinnspitze, Mund, Nase, Auge und Augbrauen sehr
nahe beisammen und er führte dies oft scherzweise als ein äußeres
Zeichen von der Raschheit seiner Geistes= und Willensoperationen
an. Das Auge behielt bis an sein Ende das Feuer seiner Seele
und leuchtete oder schimmerte, sowie er in Affekt kam. Die Stirne
war hoch und weit; zwischen den Augbrauen eine Falte, die auch
bei heiterem Gesicht nicht wich; die Peripherie des ganzen Kopfs
so groß, daß der Hutmacher keine seiner gewöhnlichen Formen bei
ihm brauchen konnte: das Hinterhaupt sehr stark mit Haaren be=
wachsen, auf die er von jeher so viel hielt, daß er in seiner letzten
Krankheit Thränen vergoß (!), als ihm jemand sagte, er werde
sich nach seiner Wiedergenesung wohl den Kopf rasieren lassen
müssen." Vergleichen wir damit die Schilderung bei Hermann
Kurz a. a. O. S. 110: „Er war ein breitgebauter Mann mit
hoher Stirne, in seinen Augen lag eine ernste Glut; doch der
unmäßig große Kopf ließ auf ein Mißverhältnis schließen, und
das aufgestülpte Gesicht, in welchem das Kinn einen trotzigen, aber
sinnlichen Mund zu verdecken und sich den Augenbrauen zu nähern
suchte, stimmte nicht recht zu dem ausdrucksvollen Oberkopf." Diese
Schilderung stimmt mehr zum Bild Dantons. Ludwig Schubart
scheint mir aus kindlicher Liebe und Verehrung das Äußere seines
Vaters nicht ganz richtig geschildert zu haben. Ich kenne mehrere
Bilder von Schubart. Eins steht vorn im Straußschen Werk
mit dem Motto: „Ich würke viel und brauch viel. Mein Herz
ist ein Schwamm; Thau des Himmels verschluk' ich viel; spriz
aber auch viel aus auf meine l. Menschen." Schubart.*) Der
Maler ist nicht genannt. Ob das Facsimile von Strauß gewählt

---

*) Die Stelle findet sich am Schluß des Briefs an seine Gattin vom
1. Januar 1787 (Strauß II, 263).

ist oder ursprünglich unter dem Bild stand, weiß ich nicht. Hier
ist Schubarts Gesicht proportionierter, gelassener, edler. Ein an=
deres findet sich in der Sauerschen Ausgabe S. 292 mit der
Unterschrift: C. J. Schlotterbeck del. et sculp. Stuttg. 1785,
wahrscheinlich für den ersten Band der akademischen Ausgabe der
Gedichte bestimmt. Hier trägt sein Gesicht ein gemeineres Gepräge;
die unteren Partieen treten mehr hervor, die Nase ist aufgestülpt,
die Stirn, vom Haar umschattet, imponiert nicht durch Höhe, das
Auge hat einen gewöhnlichen Ausdruck. Die zwei letzten Züge
können nicht der Wahrheit entsprechen. Einen vollen, sinnlichen
Mund, starke, offene Nüstern, ein gewölbtes, hervortretendes, dem
Munde sehr nahes Kinn zeigt auch das Bild in dem Strauß=
schen Werk. Hier ist auch die Kleidung freier, origineller, und
doch sorgfältig. In der Sauerschen Sammlung kehrt uns Schu=
bart nur die eine Seite seines Gesichts, bei Strauß das ganze
volle Gesicht zu. Eine gewisse Ähnlichkeit mit Danton läßt sich
nicht leugnen; die Bewegungen und die Stimme lassen sich natür=
lich nicht malen. Daraus folgt aber nicht, daß Schubart zum
Revolutionsmann berufen war, sondern nur das Feuer der Seele,
die Beredsamkeit, der Sinn für Politik, die Energie, die Extrem=
sucht, die innere Unruhe, der „Hunger nach Celebrität", worin
beide einander gleichen. Man muß bei solchen Ähnlichkeiten sehr
vorsichtig sein. Bekanntlich war der württembergische Prälat
Kapff in seinem Gesichtsausdruck dem ersten Napoleon sprechend
ähnlich. Folgt daraus ein napoleonischer Charakter? Nein, son=
dern nur die Ähnlichkeit im energischen Wirken, bei dem einen für
das Reich Gottes, wie er es auffaßte, bei dem anderen für Frank=
reichs und seine eigene Macht und Größe. Wie Schubart auf
dem Gebiet der Poesie nicht ein blinder Stürmer und Drän=
ger, wie er als Theolog bei allen Schwankungen doch nie ein
Gottesleugner, ein förmlicher Freigeist war, sondern hier durch
eine optimistisch, zum Teil auch rationalistisch gefärbte Theosophie
zwischen Freigeisterei und Kirchenglauben, den er vom Bibelglauben
unterschied, mitten hindurch zu steuern strebte, wie er als Kritiker
lieber lobte, als tadelte und sich eben dadurch als echten Kritiker
bewies, daß er durch die Praxis Goethes Wort bestätigte: „Wenn

man von Schriften, wie von Handlungen, nicht mit einer liebevollen Teilnahme spricht, so bleibt so wenig daran, daß es der
Rede gar nicht wert ist," so war er auch auf politischem Gebiet
kein Revolutionär, kein Umstürzer und Einreißer, kein Wühler und
Hetzer, kein Mann, dessen Patriotismus von der Politik verschlungen wurde, sondern in erster Linie deutscher Patriot, der
an Deutschland nicht einen fremden, sondern den einheimischen
Maßstab anlegte, den Schaden bei der Wurzel anfaßte und schon
durch deutschnationale Erziehung der Jugend und Erweckung der
Vaterlandsliebe in den Schulen eine bessere Zukunft anzubahnen
suchte.   Parallelen mit unsern Klassikern, Parallelen auch mit
Prutz und Gervinus, namentlich mit Gervinus Verhalten zu den
Erfolgen von 1870 71 liegen auf der Hand, sollen aber hier bloß
angedeutet werden.

Er war überhaupt nicht sowohl ein Revolutionär, als ein
Reformer, darum auch Freund und Verehrer Luthers. Auch in
seiner Chronik ist ihm keiner der zahlreichen, dem Zeitalter eigentümlichen Reformversuche entgangen; sein Blick war nicht minder
auf die Justizverbesserung Beccarias, als auf die Verwirklichung
der physiokratischen Lehren gerichtet, er würdigte die in jener Periode aller Orten hervortretenden Schöpfungen auf dem Gebiete
der Polizei, die Löschordnungen und Wegebesserungen, die Wohl-
thätigkeitsinstitute, Waisenanstalten und Witwenkassen und andrerseits die Maßregeln zur Besserung des Erziehungswesens und zur
Hebung der geistigen Bildung.

Daß Schubart kein Revolutionär war, sieht man auch aus
seinen Gedichten, namentlich aus der Fürstengruft. Er hält den
Tyrannen ihre Schandthaten vor und — tröstet sich mit dem jüngsten Gericht. Fürwahr sehr gutmütig!

Freilich ist ein gewisser Unterschied zwischen der ersten und
der zweiten Periode der Chronik. Schon die Titel sind verschieden.
Zuerst hieß sie Deutsche Chronik; von 1776 an schrieb sie sich
Teutsche Chronik, weil Schubart sich von Fulda hatte weiß
machen lassen, Teutsch bedeute die Nation, Deutsch aber soviel
als deutlich (Chronik 1775, S. 816). Jetzt erstand sie als vater-
ländische Chronik wieder, warf aber mit Neujahr 1790 das be-

schränkende Beiwort ab, um fortan, ohne Beeinträchtigung der Treue gegen das deutsche Vaterland, den Blick vorzugsweise nach außen wenden und die französische Revolution genauer betrachten zu können. (Während Schubarts Verhaftung hatten Miller, Stäublin und andere Freunde die Chronik fortgesetzt; das Honorar blieb Schubarts Gattin. Diese Fortsetzung dauerte bis 1784.) Ludwig Schubart bemerkt mit Recht, daß in den älteren Jahrgängen weit mehr natürliches, in den späteren gleichsam ein künstliches Feuer brennt; dort entstand Alles wie von sich selbst, hier merkt man weit mehr die Absicht; dort ist der Ausdruck dem Gedanken meist angemessen, hier überragt und verschlingt er ihn sehr häufig und man stößt oft mehrere Blätter hindurch auf eine gewisse Aufgedunsenheit und einen Bombast, der wie Geisteskrankheit aussieht und bei dem Manne um so widerlicher auffällt, da in seinen Gedanken Reichtum, Wahrheit und Gesundheit genug liegt, um aller dieser Überladung und Verbrämung entraten zu können. — Von verschiedenen Seiten auf diesen Übelstand aufmerksam gemacht, erkannte er ihn mündlich und schriftlich mit vieler Verleugnung an, schrieb eine zeitlang besser, geriet aber immer wieder in jenen poetisierenden Schwulst, den man doch in seinen Gedichten fast gar nicht (!) findet. Bürger machte daher (im J. 1790) gegen ihn die Bemerkung, seine Chronik komme ihm oft so strotzend und aufgedunsen vor, wie sein Gesicht. Er erwiderte trocken: „Ich will's glauben; der Asperg gähnt daraus hervor, aber der Henker denke, empfinde und schaffe auch immer nach dem Hornstoß des Postillons."

Damit sind wir schon bei dem Kapitel von

XII.

Schubart dem Publizisten und Stilisten

angekommen. Wir können hier mit der Betrachtung der Chronik fortfahren. Im Jahr 1788 erschien das „Sendschreiben an Herrn Schubart, Herzoglich Würtembergischen Theaterdirektor und Hofdichter in Stuttgart, seine Vaterlandschronik betreffend. Eine nötige Beilage zu dieser Chronik." Der Verfasser nannte sich nicht; nach dem Brief Schubarts an seinen Sohn vom 7. März 1789 war er ein aufgeklärter Pfarrer bei Ulm, Namens Kern, mit Schubart vervettert und verschwollert (s. den Brief vom 18. Nov. 1787 oben).

Ganz schubartisch lautet der Abschnitt: „Denk einmal: Kern ist Geschwisterkind mit Deiner Mutter! — Er ist mein Schüler bis in sein dreizehntes Jahr! Ich trank vor einem Jahr Fraternität mit ihm!! Und nun pasquilliert er mich! — Herrliche Vergeltung! — Du solltest ihm doch unter fremder Maske eins über die Ohren hauen. Der Kerl ist Dorfpfaff, sauft wie ein Hay, hält eine Schenke in seinem eigenen Hause, und kürzlich besoff sich sein Schulmeister bei ihm so wütig, daß er ihm das Haus in Brand setzte. Und der will mich moralisieren!! — Wie gesagt, gib ihm eins aufs Dach, aber einen Donnerwetterschlag." Kern war, wie Ludwig Schubart behauptet, durch einen Sarkasmus in der Chronik zu einer so strengen Kritik dieses Blattes gereizt worden. Das Pamphlet tadelt das Seichte und Grundlose von Schubarts Räsonnements, das Dreiste seiner Behauptungen, die Oberflächlichkeit seiner Kenntnisse, die Keckheit des Urteils über Dinge, die er nicht verstehe. Weiter heißt es, er widerspreche sich in seinen Behauptungen; das einemal sage er, die Religion falle nicht, dann, ihr Untergang sei nahe; ferner lobe er das Wöllnersche Religionsedikt und table Friedrich den Großen als Freigeist. Diese letzteren Vorwürfe sind begründet; 1788, S. 557 bedauert Schubart namentlich, daß der von ihm früher fast vergötterte Friedrich durch allzugroße Nachsicht Religionslicenz, Frivolität, Spottsucht und die daher fließende Zügellosigkeit in den Sitten begünstigt habe; seine Gleichgültigkeit gegen alle Religion sei gewiß der einzige finstere Fleck in seinem Lichtbilde. Ein besonders schwerer Vorwurf gegen Schubart ist der der Heuchelei und Zweizüngigkeit; er lobe die Großen öffentlich und im Herzen verachte er sie. Den Abdulhamid heiße er das einemal einen Hohlschädel, Mohnkopf, Pagode; dann wieder derb und trotzig (1788, 22. 519). Bald nenne ihn Schubart Achmed IV. (1787, S. 183), bald Abdul Hamid (1787, S. 185). Er habe überhaupt schwankende Begriffe von Aufklärung, Toleranz, Aberglauben. Auch diese Ausstellungen sind nicht ohne Grund; sie erklären sich aber leicht aus dem Aufenthalt auf dem Hohenasperg und aus der Nachwirkung der früheren politischen und religiösen Richtung Schubarts auf die spätere Zeit.

Weitere Vorwürfe sind: Verunglückte Weissagungen, unkriti=
sches Nachsprechen unbegründeter Erzählungen, Ordnungs= und
Planlosigkeit mehrerer Artikel, wie denn „Eine Erscheinung"
(1788, 220) vermutlich im Schlaf oder Rausch geschrieben sei.
Auffallend sei auch, daß ihm immer der Wein einfalle. So erzähle
Schubart 1788, S. 521, die auf dem Kap angekommenen Würt=
tembergischen Offiziere seien von ihren Landsleuten mit einem
Glase blinkenden Kapweins bewillkommt worden. „Wer wird
denn auch gleich an Wein denken?" Dies ist kleinlich, namentlich
wenn Kern ebenfalls ein Weinliebhaber war. — Der Pamphletist
giebt dem Chronisten den Rat, künftig alle Ritterfahrten und
Kreuzzüge gegen Freigeister und Ketzer zu unterlassen, sein Stecken=
pferd, die Deutschheit, ein bißchen weniger zu tummeln und sich
vor Uebertreibungen zu hüten. Als eine lächerlich bombastische
Stelle wird angeführt 1788, 123: „Die Russen schlafen auf einem
Felsenlager und in Morästen süßer, als auf weichen Betten und
das Heulen des Sturms ist ihnen Wiegengesang." Er ruft ihm zu:

> Hi se beatos atque sublimes putant,
> Vocabulorum quum tumore spumeo
> Strepituque anhelant futiles sententias,
> Ut qui pusilli corporis statum juvant
> Grandi cothurno, festis aut farctu student
> Fortes videri ac succulentis artubus.

(Deutsch: Für ein Genie voll hohen Schwungs hält Mancher sich,
Der aufgedunsen, voll Bombast und Phrasenschwulst, Gedanken aus=
schäumt von geringem Witz und Wert. So hilft ein Knirps dem
Körperlein durch hohe Schuh', Und stopft sich voll bei Schmauserei'n,
damit es heißt: Seht, welch ein Kerl von saftgeschwelltem Gliederbau!)

Denselben Hang zum Pomp und Schwulst tadelt Strauß
und bemerkt namentlich: „Der Widerspruch zwischen Schubarts
politischem Liberalismus und seiner religiösen Befangenheit, sei=
nem gesunden Verstande und seinem trüben Glaubensbedürfnis,

den wir schon aus seiner voraspergischen Periode kennen, ist seitdem durch krankhafte Reizung des religiösen Punktes in seinem
Gemüte während der Gefangenschaft noch greller geworden. Auf
die barockste Weise sehen wir jetzt oft seine apokalyptische An-
schauungsweise in die Linien seines politischen Räsonnements ein-
brechen. Die Abschaffung der Standesunterschiede, der Titel und
Orden im neuen Frankenreiche lobt er: „doch es giebt ja — wirst
er sich ein — auch im Himmel, laut der heil. Schrift, Erz- und
gewöhnliche Engel, Älteste, die nah am Throne sind und eine
ungeheure vermischte Schaar, die fern am Krystallmeere frohlockt;
was also Gott nicht will, was nicht in der Natur der Dinge
liegt (hier zeigt sich wieder Vernunft), das soll, däucht mich, der
Mensch auch nicht wollen (1790, S. 453). Selbst im Ausdruck
erzeugt diese Vermischung des modernen politischen Stoffs mit
veralteten religiösen Formeln die abgeschmacktesten Mißgeburten.
Luchesini fliegt mit Cherubseile und setzt sich wie eine Feuersäule
zwischen Türken und Russen (1791, 22); den Aufstand in den
Niederlanden haben Abramelech van der Noot und Philo von
Eupen angeblasen (1790, 825); Mirabeau und Lafayette, die beiden Stützen des neuen französischen Staatsgebäudes, kann man
schicklich mit den zwo Säulen Boas und Jachin im Tempel Salo-
monis vergleichen (1791, 233)."

Solche Geschmacklosigkeiten sind zuzugeben; zu Schubarts
Entschuldigung ist aber anzuführen: 1) Schubart war Theolog,
daher mischten sich leicht biblische Vorstellungen und theologische
Ausbrücke in seine Darstellung. Dieselbe Bemerkung können wir
ja auch bei Strauß machen. So sagt er eben in seinem Werk über
Schubart I, VIII der Vorrede: „Wie in jeder neuen Briefsammlung aus dem Weimarschen Dichterkreise der herrliche Karl August
herrlicher aufersteht, so ist für Württembergs Herzog Karl jedes
neuentdeckte Aktenstück über Schillers Jugend und Schubarts
Schicksal eine Auferstehung zum Gericht." — I, 302: „Baiern und
das katholische Schwaben war in jenen Jahren ein wahres Land
Sebulon und Naphthali, dessen Volk im Dunkel und Schatten
des Todes saß." — „Veraltete religiöse Formeln!" könnte man ihm
da mit seinen eigenen Worten zurufen. 2) Strauß hält sogar

nachfolgenden Ausspruch Schubarts für veraltet, barock, apoka-
lyptisch: „Ich glaube, daß eine vollkommene Freiheit auf Erden
nicht gedeihe, daß nur derjenige frei sei, welchen der Sohn frei
macht, d. i. derjenige, dessen Wille mit dem Willen Gottes ganz
gleich stimmt, und daß dies nur alsdann möglich sein wird, wenn
das ganze All entsündigt ist" (1790, 767). 3) Mehrere dieser
Ausdrücke und Vorstellungen sind aus dem Buch genommen, das
für jene Zeit und namentlich für Schubart dasselbe war, was
nachher uns Goethes Faust, aus Klopstocks Messias. Die Citate
aus diesem Buch müssen damals ganz gewöhnlich gewesen sein.
Später ist freilich Abramelech von Mephistopheles verdrängt
worden. —

Zweimal setzte, um dies gleich jetzt zu bemerken, nach L. Schubarts Bericht der Chronist den Griffel zur Antwort an, die er
als eine Beilage geben wollte. „Ich riet ihm aber, nebst anderen Freunden, das Wahre in jenem Sendschreiben zu benutzen
(wie er es auch that), das Falsche, Lieblose und Gehässige dagegen zu belachen, und das Publikum entscheiden zu lassen; —
welches auch entschied und ihm eben um diese Zeit über 200 Exemplare mehr von seiner Zeitung abnahm. Es war in der That
nicht mehr von seiner Mäßigung zu verlangen, als daß er eben
dieses Sendschreiben, ohne alle Randglosse, einfältiglich in der
Chronik anzeigte." Am Schluß der Nummer vom 17. Februar
1789 liest man: Anzeige. Sendschreiben an Schubart,
das heißt an mich, den Verfasser der Vaterlandschronik, ist ohne
Verfasser, Verleger, Druckort, am Ende des vorigen Jahrs
erschienen, bereits häufig gelesen worden und ist wieder frisch zu
haben bei Mezler für 15 kr. — In der That hat Schubart sich
das Wahre in jenem Sendschreiben zu Nutze gemacht. Die späteren
Jahrgänge der Chronik, namentlich der von 1790, sind weniger
schwülstig und pathetisch geschrieben, und wenn Schubart mit dem
Bischofswerder-Wöllnerschen Regiment immer unzufriedener wurde,
so kann dies dem Verfasser des Sendschreibens nur angenehm
gewesen sein. Wenn freilich Ludwig Schubart meint, in seinen
Gedichten finde man fast keinen poetisierenden Schwulst, so wissen
wir wohl, daß leider ein falsches Pathos nicht wenige seiner

Gedichte entstellt. Wie in der Poesie, so ist auch in der Prosa
bei ihm eine doppelte Richtung zu unterscheiden; bald schreibt er
einfach, natürlich, anschaulich, bald schwülstig, bombastisch, übertrieben. Lustig ist es, wie er am 14. Juli 1787 dem Oberst
Seeger schreibt: „Das Publikum ist schon an meine freien, oft
in dunkle Metaphern gehüllte, folglich ganz unschädliche Ausdrücke
gewöhnt. Wenn ich nun auf einmal den Ton in Ängstlichkeit
und Furchtsamkeit stimmte, so würde der aus meiner Chronik zu
erwartende Vorteil in kurzem verschwinden." — „Zum mustergül-
tigen Prosaschreiber fehlte es ihm, wie Strauß mit Recht bemerkt, außer der technischen Sicherheit in Rechtschreibung und
Grammatik, hauptsächlich an Ruhe und Stetigkeit. Einen gleichen
Ton in die Länge auszuhalten ist ihm nicht möglich. Daher sein
ausgedehntestes und bedeutendstes prosaisches Werk, seine Lebensgeschichte, ebenso nur stückweise gelobt werden kann, wie in der
Chronik, je nach den Wechseln der Stimmung, Nummer für Nummer und Artikel einen sehr verschiedenen Wert haben. Einzelne
Schilderungen in jenem Buche — teils aus der inneren Welt,
wie die seiner Verirrungen und Gewissensbisse, der trüben Ahnungen vor seiner Gefangennehmung, der ersten Wirkungen der einsamen Kerkerhaft auf sein Gemüt — teils aus dem äußern Leben,
wovon ich nur das Gemälde der Wallfahrten zu dem Wunderthäter Gaßner beispielsweise namhaft machen will, sind unüber-
trefflich durch Wahrheit und Lebendigkeit. Zwischendurch aber
schwillt immer wieder der Ausdruck über den Gedanken hinaus,
wovon gleich die Eingangsworte: „Ohne Grundsätze leben, oder
in den Fesseln verderblicher Grundsätze durchs Leben rasseln ꝛc.",
einen Vorschmack geben. — Ähnliches gilt von dem schriftstellerischen Charakter seiner Chronik. Auch hier stehen neben manchen
Artikeln, die durch lebendige Schilderung oder eindringliche Beredsamkeit ausgezeichnet sind, andere — oder kommen selbst in
den besten Stücken einzelne Stellen vor, die unsern Geschmack
beleidigen. Auf eine Art dieser Geschmacklosigkeiten, die auf der
Einmischung altmodischer religiöser Vorstellungen und Ausdrücke
in die neueste Politik entsteht, ist schon früher gelegentlich von
uns hingewiesen worden. Eine andere Form sind die mythologisch-

heralbischen Personifikationen und Allegorien: Moscovia die Riesin;
der polnische Bär; Brennus Wodan; Karl von Braunschweig,
dieser preußische Zeus, nimmt eine große Anzahl Donnerkeile
mit — 900 Kanonen, von schlesischen Vulkanen geschmiedet und
gegossen u. dgl. Zum Teil ist dies Ungeschmack der Zeit; doch
hat dieses schwülstige Wesen in den späteren Jahrgängen der
Chronik eher zugenommen. Dabei ist es lustig zu beobachten, wie
mit dem Jahre 1774, mit dem Bekanntwerden von Goethes Götz,
in Schubarts Sprache, in Briefen wie in der Chronik jenes biedere
Wesen, der kurz angebundene, abgestoßene Ton, jenes Hoff's und
Hab's, Werb kommen und Willst's lesen? — den Götzischen Ruf
durchs Fenster in fleißiger Wiederholung nicht zu vergessen —
einbringt, um sich auf dem Asperg zu verlieren und auch nachher
wenigstens in so manierierter Weise nicht wiederzukehren."

Also doch ein Fortschritt in der späteren Zeit. Daß er sentimental und pathetisch werden konnte, ohne in geschmacklosen
Schwulst zu fallen, zeigt z. B. die Charakteristik Josephs II.
(1790, 151.) „Seine Regierung," lautet der Schluß, „war kurz,
aber thatenreich. Er veranlaßte den deutschen Bund, dies große
Geschöpf des eifersüchtigen Patriotismus, er steuerte dem Pfaffen-
unfug, sah einen flehenden Papst in Wien und wich ihm durch
Standhaftigkeit aus, gab seinem Heere diese neue bewunderungs-
würdige Gestalt, gründete eine weise Staatsökonomie, machte die
Philosophie zur Gesetzgeberin und kränkte nie als Kaiser die Rechte
und Freiheiten der Deutschen. Viele Begebenheiten in seiner Geschichte sind mehr Streiche des Unglücks, als Folgen begangener
Fehler. Joseph ging gleichsam unter den Trümmern gescheiterter
Entwürfe aus der Welt und bestätigte an seinem Beispiele An-
tonins goldnen Ausspruch: Wenn der bestausgedachte Plan schei-
tert, dann wird es merkbar, daß eine höhere Macht die Welt
regiert. Friede säusle über deiner Totengruft, unsterblicher
Joseph; das Schicksal hat die Rute nun auf ewig aus der Hand
gelegt, die sie so empfindlich über dir schwang; und dir ist nun
wohl — wohl unter den Heroen der Vorzeit, unter den Weisen,
unter den Geistern vollendeter Gerechten. Heil und Unsterblichkeit dir!" — Ich habe den Jahrgang 1790 vor mir liegen und

finde in der That nicht so viele und grelle Ausbrüche eines fal=
schen Pathos, als man glauben könnte. Schubarts wahre Größe
erleidet dadurch so wenig Eintrag, als Shakespeares Genie durch
seine schwülstigen Geschmacklosigkeiten, selbst in den besten seiner
Dramen. Vortrefflich ist die Charakteristik Cagliostros S. 425,
sowie des Pfarrers Ph. Matth. Hahn S. 311: „Wie groß sein
Geist war, beweisen seine mechanischen Erfindungen, keine nach=
geahmt, alle in seiner Seele empfangen und ausgeboren. Was
er machte, hatte das Gepräge des tiefen Denkers, der mit bewun=
derungswürdiger Stetigkeit in die Nacht blickte, bis es dämmerte
und die neue Lichtgeburt hervorsprang. Wäre er ein Brite ge=
wesen," sagt Schubart in wörtlicher Übereinstimmung mit Herder,
„so würde längst sein Name von Pol zu Pol erschollen sein. So
aber war er ein demütiger Schwabe und über alle seine Geistes=
geburten war der Schleier der strengsten Bescheidenheit verbreitet.
Groß war er als Mechaniker*), noch größer aber als Theolog
oder vielmehr als Gottesweiser. Seine Gespräche, Predigten,
katechetische Unterweisungen, Schriften, Briefe sind voll Salbung,
voll Überblick des Ganzen, voll Schriftverstand, und selbst im Vor=
trage, den er doch nie durch das Studium der Ästhetik ausbildete,
voll Einfalt, Licht und Kraft. Er war ein Lehrer im altaposto=
lischen Sinne, voll Gotteseifer, Jesusliebe, Wahrheitsglut und
Mitteilungsdrang. Viele seiner geistlichen Zöglinge danken ihre
Überzeugung, ihre Glaubensfestigkeit, ihre Ruhe im sittlichen Leben
und Wandel ihm; viele gingen ihm schon voran und starben, ge=
stärkt durch ihn, mit Freudigkeit. Sein Herz war voll allum=
fassender Bruderliebe, in die Nähe und Ferne mit den wohlthä=
tigsten Einflüssen wirkend. Wie er liebte, so können nur Jünger
Christus lieben. Doch ich muß weinen und kann sein Gemälde
nicht vollenden; denn er war mein Lehrer, der mich stärkte im
Geklüfte meines Gefängnisses; mein auserkorenster Freund, in
dessen Umgang ich die seligsten Geistesstunden verlebte. Zeuch
hin, Vollendeter, in deiner Herrlichkeit! Blicke ins Ganze, schau

---

*) Hahn kam durch eigenes Nachdenken auf den Gedanken der Eisen=
bahnen und baute für sich solche Maschinen im Kleinen.

umher und geneuß der namenlosen Wonne: Was ich ahndete,
glaubte, bekannte — das seh ich!!" So schildert Schubart den
„berüchtigten" (Cassau) Pfarrer Hahn, den von Rieger bestellten
geistlichen „Quacksalber" (Strauß). Wo ist hier eine Spur von
Schwulst?

„Nirgends," sagen Ludwig Schubart und Strauß mit Recht,
„schrieb Schubart die Prosa besser und ungezwungener, als in
seinen Briefen. Hier fiel die Sucht zu glänzen und zu frappieren
hinweg und sein Geist ergoß sich frei und natürlich, wie von
Mund zu Munde. Auch glaubt man ihn in diesen Briefen oft
ganz zu sehen und reden zu hören: sie sind meisthin unstreitig
der schätzbarste Beitrag zu seiner geistigen Charakteristik." — „Nur
daß er," setzt Strauß dazu, „selbst in der mündlichen Rede, und
damit auch in seinen Briefen, von seinem Hang zu Schwulst und
Hyperbel niemals ganz loskam. Mit richtiger Auswahl teilt
Ludwig Schubart dort als Probe den Brief mit, in welchem sein
Vater das tragische Ende seines Gönners, des Obersten Dedel,
schildert. Als Seitenstück können wir den Brief anführen, in
welchem er die Reise beschreibt, die er wenige Monate nach seiner
Befreiung in seine alte Heimat zu Verwandten und Freunden
machte. Beides Meisterstücke im erzählenden Stil. Aber wie
lebendig und beredt spricht sich in Schubarts Briefen ferner die
Empfindung, Schmerz und Zorn wie Freundschaft und Liebe aus;
wie frisch und gutmütig ist sein Scherz; wie müssen wir selbst
Derbheit und Cynismus seiner überquellenden Kraft zu Gute
halten."

Klassisch ist freilich seine Prosa nicht; aber die wilden Schöß-
linge, die üppigen Auswüchse seines Stils wurzeln in einer Ueber-
fülle von Geist und Genie oder, wie Strauß sich ausdrückt, seine
Fehler sind Fehler des gutmütigen Ueberflusses. Vor dem verwilderten Stil der Gegenwart darf sich Schubarts Deutsch keck-
lich sehen lassen. Er tadelt (Strauß I, 80) seinen Schwager,
daß er sein Gellertsches Temperament dem Stile zuweilen auf-
opfere und ihn etwas zu weich und zu zärtlich mache; der
Charakter der deutschen Sprache sei Mannheit, sie wolle also auch
mannhaft und körnicht geschrieben sein. In der Vaterlandssprache,

ruft er 1787, 215 aus, ist Alles wichtig, nichts gleichgültig. So
eifert er gegen die Fremdmengerei und sagt Renner statt Courier
(1789, 26. Juli). In demselben Jahrgang S. 796 steht oben
im Text: Pendant. Unten in der Anmerkung fällt ihm bei, daß
dies kein volksmäßiges Wort sei; daß aber Gegenstück, Seiten=
stück das deutsche Wort dafür sei, bedenkt er nicht. Gewalt=
jagd schreibt er statt Parforcejagd; sonst aber hat auch er, gerade
wie unsre ersten Klassiker, manche unnötige Fremdwörter. Statt
Kritik sagt er 1788, 103 Sonderungskraft, statt on dit ein „man
sagt". 1791, 61 klagt er, unsre ganze gesetzliche Sprache trage
noch immer das Gepräge der finstersten Barbarei; 1796, 551
beschwert er sich über die halb lateinische Sprache des deutschen
Reichstags. Dennoch braucht er (Strauß I, 174) Distraktion;
1791, S. 574 crayon. Statt Lektüre sagt er sehr häufig: Lese=
rei; balb lobend, bald tadelnd, balb in mittlerem Sinn. —
　　Der Pamphletist wirft Schubart falsche Bilder und Aus=
drücke vor, wie Eichenkrone (Krone und Kranz werden oft ver=
wechselt); Republiken ausnehmen, wie Buben Vogelnester (doch
vergl. Jesaja 10, 19); donnerschlächtig (Suevismus; vergl. ἐμ-
βρόντητος). Unter den Schubartiana, die man einzig und allein
bei Schubart finden soll, kommen: warmherzig, hochsinnig, Streb=
samkeit, kräftigen, Schutzbund, das Tosen, Großheit, hochherzig,
Flugblatt, Flugschrift, Vollkraft, Heerschau, Gebild, Tagschreiber,
Eisenkopf. Zu den Unwissenheitssünden werden gerechnet: jähren
für gähren, Thonmeister statt Tonmeister, Danz statt Tanz, ge=
rochen statt gerächt (bekanntlich ist gerochen nicht unrichtig). „Den
Erzherzog Franz," heißt es weiter, „nennen Sie einen Werber um
das deutsche Diadem. Sollte es nicht etwa Bewerber heißen?
Mit Werber verbindet man gewöhnlich den Begriff, daß er für
Andere werbe." Schubart hat eine gewisse Vorliebe für einfache
Verba statt der zusammengesetzten, z. B. festigen; schleiern (Obelist); weinen = beweinen (Obelist: weinen wir nur den Großgeist in ihm?); im Ewigen Juden: knirschte = zerknirschte, lahmte
= erlahmte. Ähnliches findet man bei Goethe am Schluß von
Werthers Leiden: tuschen statt vertuschen; das Kränzel reißen
statt zerreißen (im Faust).

Im Uebrigen heißt es auch bei Schubart: Le style (und
le vocabulaire) c'est l'homme. Höchst bezeichnend für sein
ganzes Wesen ist das substantivisch gebrauchte Wort Hellauf.
Ich habe es sonst bei keinem Schriftsteller gefunden; es bezeichnet aber höchst glücklich das anregende, ergreifende Element, die energische Frische des deutschen Dichters und Patrioten Schubart. Das Grimmsche Wörterbuch hat nur eine Belegstelle für dieses Substantiv, und zwar eben aus Schubart.
„Feuer", sagt Ludwig Schubart, „war das Element seines
Geistes, der hervorstechende Charakterzug aller gelungenen Opera-
tionen seiner Seele, die Sphäre, worin er sich, wie der Fisch
in der Flut, am freiesten und besten bewegte." So ist denn auch
Feuer (Flamme) eines seiner Lieblingswörter, namentlich in Zusammensetzungen wie: Feuerungestüm (Strauß II, 246), Flam-
menseufzer (Strauß II, 249), Feuergeist (1791, 673), Feuer-
sprache, Shakespeares (1789, 43), Feuerseele (1789, 885),
Feuerkopf (häufig, z. B. der genialische Feuerkopf Gustav 1790,
712), Feuerbusen (an Schiller), Feuerfarbe (eine mit der
F. des Genius ausgemalte Darstellung 1791, 486), des Liebes
Feuerpfeil werfen (Friedrich der Große; ein Hymnus), Feuerstrom — meines Hymnus F. (ebenda), Feuermuse — die
Klopstocksche (Strauß I, 208), Feuerwesen — von Gott (Blick
ins All); Seelenfeuer (Leben bei Scheible 1, 14), Feuer-
gebirg (Obelisk), Feuerantlitz (an Serafina), Feuerflug
Klopstocks (Scheible 5, 353), Gottes Feuergesetz (Leben bei
Scheible 2, 20), Feuerschwung (kommt bei Grimm, aber ohne
Beleg) 1789, 81: „Der F., den der Geist der deutschen Erz-
bischöfe nimmt, macht dem heiligen Vater viel zu schaffen." Feuer-
und liebevoll ist Schubart nach der Schilderung seiner Frau
(2, 68). Eine feurige Seele, kühne, meist schaurige Phantasie,
Drang des Menschengefühls legt er sich bei (Leben bei Scheible
2, 8). Im Grimmschen Wörterbuch findet sich unter Feuer und
den mit Feuer zusammengesetzten Wörtern keine Stelle aus Schubart. Er, der „treue Haushalter des heimischen Wortschatzes"
(Pressel) wird hier ganz stiefmütterlich behandelt. Im Quellenverzeichnis zum 1. Band steht: „Schubart, Chr. Fr. Dan., Ge-

dichte"; dann liest man im Quellenverzeichnis zum 3. Band die
„Vaterlandschronik." Stuttgart 1787—91; endlich vor dem 5. Band
liest man: „Chr. Fr. D. Schubart, sämtliche Gedichte, 3 Bde.,
Frankf. a. M. 1825, zuweilen nach der Ausgabe 1787 in 2 Bde.;
deutsche Chronik, Augsb. und Ulm 1774 bis 78 (!); Schubarts
Leben ꝛc. von Strauß." — Schubart war ein durchaus origineller,
urtümlicher Mensch. So erklärt sich seine Vorliebe für Ur, z. B. von
Ur an; Urnichts 1791, 23; Urlaut (Leben bei Scheible 1, 189);
Urlicht (ebenda 2, 91); Urgröße (Obelisk); Urbild (ebenda);
Urnacht (Blick ins All, von Sanders angeführt; Hymnus auf
Friedrich); Urmaß (Obelisk); Urquell aller Seligkeiten; Ur-
grundsatz (Scheible 5, 102) — ist besser als Grundprinzip ꝛc. —
Deutsch und bieder wollte Schubart sein; beides nennt er oft zu-
sammen, z. B. 1791, 513. Er sagt auch: biberb (1788, 271);
Biebersitte — deutsche Herzlichkeit und alte Biebersitte (Neujahrs-
lied im Waisenhaus); Biebervolk (Palinodie an Bacchus); Bieber-
vaterland (an General v. Bouwinghausen); Biebergruß (Strauß
II, 147); Bieberton (deine Seele, voll Vaterland, liebt deutschen
Bieberton — Frischlin); Bieberherzigkeit; Biebermut; Bie-
bersinn; biebermännisch (Leben 1, 224. Patriot und Weltmann.). Das Wort war, namentlich sofern es eine gewisse derbe
Offenheit in sich schloß, damals sehr beliebt; Grimm schweigt natürlich von Schubart. — Verwandte Begriffe sind herzig, herzlich; Herz,
Gefühl u. dgl. Schubart braucht Herzgefühl von der Musik
(Scheible 5, 372); zu den Charakterzügen des musikalischen Genies
rechnet Schubart äußerst zartes Herzgefühl, das mit Allem
sympathisiert, was die Musik Edles und Schönes hervorbringt.
Deutsche Herzensfülle liest man 1790, 830; Herzthat — Gott,
der Schützer und Lohner jeder H. (an Himburg bei Strauß II, 251);
Herzlichkeit des Schwaben (deutscher Provinzialwert). Man
sieht, wie Herzigkeit und Herzlichkeit bei ihm gleichbedeutend sind.
Herzig und herzlich werden ebenso unterschiedslos gebraucht;
der Nebenbegriff des Leichten, Niedlichen, den wir gerne mit herzig
verbinden, fällt oft weg. Bekannt ist „So herzig, wie mein'
Liesel" ꝛc., von Sanders angeführt. Herzig heißt Himburg
(Strauß II, 278). Friedrich Wilhelm, seinen Befreier, ehrt Schu-

bart durch das Beiwort: der Herzige (Strauß II, 296. 305).
Statt herzlich sagt er auch: herzvoll, z. B. 1788, 305: Wie
schön, wie herzvoll, wie groß! Vollherzig 1790, 360. Strauß
II, 360. Vollherzigkeit 1791, 10. Von herzlahmen Schurken spricht er 1788, 690. Der Herzton ist ihm (Scheible 5,
344) die Seele aller Töne, mehr als Hirnton, Lungenton 2c., jedes
Werkzeug der Stimme ist nur toter Klang, wenn ihm nicht das
Herz Leben und Wärme erteilt. Statt Herzthat findet man
auch Herzensthat (Scheible 5, 265). Schillers Herzenseßlerin
(die berühmte Frau) bekommt ein Seitenstück an Friedrich Wilhelm, dem Herzenseßler (Strauß II, 278). Herzensfülle
— deutsche 1790, 830 (fehlt bei Grimm). Herzensstimmung
— gleiche brüderliche 1791, 470 (fehlt bei Grimm). Herzigkeit (fehlt bei Grimm) 1787, 413. H. eines biedern Schwaben
(Strauß II, 363), Schwabenherzigkeit (Strauß II, 371: —
umarme alle meine Freunde in Ulm mit dem Arme der innigsten
Sch. — schreibt Schubart an Miller). Herzig habe ich bei
Schiller, Uhland, Hebel vergeblich gesucht. Wilhelm Hauff hat
es ein paarmal, z. B. I, 60; in den Märchen 354 (adverbial).
Wilh. Müller „ein liebes, ein herziges Kind" in „der Seehund".
Das Wort muß damals in Schwaben, besonders in Stuttgart,
sehr beliebt gewesen sein; liest man doch in Julius Klaibers „Stutt-
gart vor hundert Jahren 1870" S. 40: Über die liebenswürdige
Treuherzigkeit der Stuttgarterinnen ist nur eine Stimme, und die
Norddeutschen meinen, wenn man auch anfangs betroffen sei, von
so schönen Lippen so berbe Klänge, wie „bruffen" oder „gauget Se"
oder „äls noch" aussprechen zu hören, so könne man ihr sorglos
unbefangenes Wesen doch nur mit dem süßesten Wort der schwäbischen Sprache bezeichnen, um das alle anderen Stämme die
Schwaben beneiden könnten, mit dem Worte „herzig". — Die
Gefühle und Empfindungen spielen natürlich bei dem Gefühlsmenschen Schubart eine große Rolle. Wie Klopstock liebt er
bei solchen Abstrakten die Mehrzahl; er spricht z. B. von Entzückungen
(Strauß I, 21. 204. 208. 284), von den süßen Empfindungen
des Herzens (Strauß I, 186), klagt aber auch über die zu große
Empfindlichkeit seiner Nerven, die ihn oft zur Sinnlichkeit fort-

gerissen habe (Strauß I, 278). Gefühl braucht er gern in
Zusammensetzungen, wie Hochgefühl, Tiefgefühl. „Ich bin
frei! — O herrlicher Mann, voll Hoch- und Tiefgefühl, — mit
welch trunkenem Entzücken erteile ich Ihnen diese Nachricht!"
schreibt er den 11. Mai 1787 an Posselt in Karlsruhe. Tiefgefühl und Großgefühl" (Palinodie an Bacchus). An Großgefühl ist Julie ihrem Vater gleich (Meiner Julie); über Herzgefühl s. oben. — Mutter-, Vatergefühl (Herzensergüsse). Wir
bemerkten oben, daß Klopstock häufig den Plural von Abstrakten
bringt; so: Entzückungen. Ähnliche Plurale sind: Künftig-
keiten (die Ewigkeit). Schöpfungen — durch der Schöpfungen
Gebiet (Bitte). Ausblitzungen (A. fehlt bei Grimm) 1788,
809: Wo Menschen sind, findet man A. der Gottheit. — Seligkeiten (Bitte), Erbarmungen, (Herzensergüsse), Tugendgefühle,
Empfindungen, Entzückungen (Seraphina an ihr Klavier),
Ewigkeiten (nach dem Ablauf vieler E.), Leben bei Scheible 2, 78,
in den künftigen Ewigkeiten ebenda 2, 85, in alle Ewigkeiten ebenda 2, 90. Vgl. meinen Aufsatz: Lexikalisches (in Herrigs Archiv
für neuere Sprachen und Litteraturen 1882, S. 191 ff). —
(Was die Mehrzahl von Gefühl betrifft, meint Hildebrand unter
Gefühl im Grimmschen Wörterbuch, dieselbe finde sich zuerst in
ein paar Stellen des neuen Amadis vom Jahr 1771; ich habe
in meinen „Schillerstudien" S. 448 bewiesen, daß Tersteegen in
einem Brief vom 6. Oktober 1744 von Gefühlen redet; darauf
folgt Spalding: über den Wert der Gefühle im Christentum
1761 2c.)

„Schubart," sagt Strauß II, 467, „war mehr ein Saft- als
Kraftmann. Er hatte mehr Blut, als Knochen, mehr Temperament, als Charakter, wie er mehr Talent, als Geist besaß." Dennoch hat Schubart eine große Vorliebe für „Kraft" und „Geist"
mit ihren Zusammensetzungen, sowie für Ausdrücke, wie Mann,
Kerl, Kern 2c. Er sagt Jungmann, z. B. sehnenschraffe Jung-
männer (1789, S. 426), was mich am meisten fremdete, war der
gesunde, frische Ton, mit dem der siebenzigjährige Barde Gleim
im Chore von Jungmännern singt (1788, 713). Grimm hat das
Wort mit einer Belegstelle — aus dem Renner. Kraftmann

— bartiger von Luther, sonst 1788, 81. Eisenmann — Eisen-
männer heißt er einmal die Russen. Einen Kraftdeutschen
(das Wort fehlt bei Grimm) heißt er den Geschichtschreiber Posselt
1789, 318. Ein Geistmann ist ihm Schiller, 1789, 193, wie
Hilbebrand, der überhaupt in den von ihm bearbeiteten Teilen
des Wörterbuchs Schubart viel häufiger anführt, als die anderen
Mitarbeiter, mit Recht bemerkt; aber auch Luther (Strauß II, 257).
Kerl ist ein Lieblingswort Schubarts. Er heißt sich selbst den
offenherzigsten Kerl von der Welt (Leben bei Scheible 1, 82).
Wohin, Kerl? fragt er sich nach seiner Ausweisung aus München
(1, 217). Die Kerls — Goethe, Klinger, die Stolberg — haben
mich alle liebgewonnen (1, 328). Von Kern bildet er die Zu-
sammensetzungen: Kernsinn (Scheible 6, 78: der Name Jesus im
biblischen Kernsinn), Kernmannschaft (1790, 739: das Heer der
Russen besteht aus einer Kernmannschaft, von den besten Feld-
herrn angeführt). Beide Zusammensetzungen fehlen bei Grimm.
Ähnlich: Kernrussen (1791, 109), Mannkönig — der größte
M. unsrer Zeit — Gustav (1791, 188). Der Artikel fehlt bei
Grimm.

Das Wort Geist braucht Schubart oft = Schutzgeist, Engel,
Genius, so daß biblische und altklassische Vorstellungen mit einander wechseln. „Borussiens Genius, Preußens Schutzgeist" ꝛc.
Merkwürdig ist 1788, 149 das Gespräch zwischen Mesech (Rußland) und Türk mit der Anmerkung: „Bengel und mehrere Schrift-
ausleger wollen im biblischen Mesech das heutige Rußland finden.
Man wird mir's also verzeihen, wenn ich den Schutzgeist Mos-
koviens so nenne. Daß die heilige Schrift und die ganze orien-
talische Theosophie Schutzgeister der Erde annehmen, wird wohl
meinen meisten Lesern bekannt sein. Wie erhaben, folglich wie
poetisch ist dieser Gedanke! Klopstock berührte ihn nur im Fluge.
Wenn aber ein Dichter eine Nationalepopöe schreiben wollte, nach
der das Vaterland so lange schon hinächzt, und er wäre wegen
Maschinen verlegen, wie trefflich käm' ihm diese Idee zu statten!
Ich weiß, daß ein Dichter den siebenjährigen Krieg unter der
Aufschrift Friedericias wirklich episch behandelt; der wird dann
die Schutzgeister der Erde auch stattlich zu benutzen wissen." Eine

Stelle, die mit dem bestimmt gefaßten Begriff dem Grimmschen Wörterbuch entgangen ist. — Ähnlich: Der Geist des Jahres (personifiziert) war ein Riese, ernst und feierlich trat er auf. 1790, 791. — Geisterkreis nicht nur als Kreis von Geistern, Genien, überirdischen Wesen, wie Grimm (d. h. Hildebrand) das Wort citiert, sondern 1790, 564: (der für tot ausgesagte) Karl August von Weimar zog deutsche Geistmänner an seinen Hof und bildete um sich her einen Geisterkreis, wie ihn kein Fürst seiner Zeit hatte. Geisterinsel ist nicht bloß „Insel mit einem Geisterreich" (Hildebrand), sondern 1788, 78: „Wo erscheint der Mensch so ganz in seiner Würde, wie in Britannien, dieser Geisterinsel!" Ähnlich 1788, 88: „Vorzüglich bricht in unserem geisterreichen Württemberg, das mit seinen köstlichen Pflanzen auch andre Provinzen versieht, der Tag immer heller an." Geisterobem (fehlt bei Hildebrand): Minette, die dir (dem Klavier) Geisterobem gab (an mein Klavier). Geisterpöbel. In der unsichtbaren Welt unterscheidet Schubart Schutzgeister (siehe oben) und G. 1790, 454. Das Wort fehlt in diesem Sinn bei Hildebrand. Geistervolk alle Bewohner der unsichtbaren Welt (Aufruf); das Wort fehlt bei Hildebrand. Großgeist — Gustav verbindet sich mit Katharina — ein Genie mit dem andern! Ein G. mit dem andern! 1790, 755. Geisteszwerg 1791, 152 (fehlt bei Hildebrand). Geistergeklüft (Blick ins All) kommt bei Hildebrand richtig. Geistgestalt (fehlt bei Hildebrand): „Denke nicht an meine Schmerzen, nicht an meine Geistgestalt — in der „Selbstanklage". — Leider fehlt in dem Artikel „Geist" die schöne Stelle: „Und wie ein Geist schlingt um den Hals das Liebchen sich herum" (Kaplied). Der Sinn ist offenbar: aufgelöst, von Kummer abgezehrt, körperlos (Hildebrand 2629 f.). Vgl. Schillers Geisterseher erscheint hier in metaphysischer Duftgestalt 1790, 211. Herrschergeist (Friedrich der Große am Schluß) Gustav und Katharina die zwei größten H. der Welt 1790, 721. Das Wort fehlt im Gr. Wörterbuch. Von denselben: die zwei größten Herrscherseelen unsrer Zeit 1790, 889. Auch dies Wort fehlt im Gr. Wörterbuch.

Als Stürmer und Dränger nennt Schubart sich selbst einen

Sturmkopf (Leben 1, 36), ebenso den Freiherrn von Trenk 1791, 669. In der Ehe mit Helene sieht er die Verbindung des Sturms mit der Stille (Leben 1, 80). Seit der Stunde des Abschieds von seiner Gattin, die ihn besucht hatte, schreibt er, sei seine Liebe ein Sturm; „möcht Bäume auswurzeln, Hügel wegblasen und hinstürmen zu dir — du Erste!" — Vgl. auch Strudelkopf 1789, 431.

An Schubarts Liebe zum Erhabenen erinnern die vielen Zusammensetzungen mit Sonne, z. B. Sonnenthron (Fürstengruft); Sonnenpunkt = Höhepunkt (ebenda); Oetinger stand auf einer Sonnenhöhe (Leben 1, 122); Sonnenblick (an Schiller); Sonnenauge (Stephanus); Sonnenberg — Zions S. (Oetingers Totenmal); Sonnenwelt (Preußenlied); Sonnenferne — Schubarts Sonnenf. war München (Leben 1, 285); Sonnenhügel (an Lotte).

Wie Klopstock und Schiller rühmt er die schönen Seelen, Geister, Herzen. Vgl. „seine schöne, im Frieden Gottes gewiegte Seele verklärte schon hier sein (Howards) Angesicht" 1790, 750; schön ist Ludovikas Seele 2c. (die zwei Schwesterseelen); Mann von schönem Geiste und schönerem Herzen (Denkmal in Wingolfs Halle). Er rühmt das schöne Herz seiner Gattin (Strauß II, 141); er freut sich, seinen Miller und manche so schöne, edle, große Seele im Paradies wieder zu finden (Strauß II, 168). Schön war sein Geist, noch schöner sein Herz — heißt es 1787 von Musäus. — Vgl. darüber meine Schillerstudien S. 265 ff.

An den Asperg und Ähnliches erinnern Ausdrücke wie: Jammergrotte (nach dem 88. Psalm); Jammerklage; Jammerberg (Selmar an seinen Bruder); Jammermond; Jammergeächz; jammerstarr 2c.

Wir führen noch einige Ausdrücke nach dem Abc an. Augen, aus allen Fenstern augten Mädchenköpfe 1790, 674; vgl. Gr. Wörterbuch unter Augen. — Busenrose — eines Mädchens — fehlt im Gr. Wörterb. (an Zilla). — Christevangelisch — nach seinen (Haugs) bekannten christev. Gesinnungen (Strauß I, 276). Das Wort fehlt bei Grimm, ist aber als Seitenstück zu dem so häufigen „christkatholisch" gar nicht übel. Durchblitzen —

den Sinn des Vaterunsers blitzartig erkennen, 1791, 454. — Eiländer (bei Grimm eine Stelle aus Stolberg) 1790, 728: diese
trotzigen Eiländer (die Engländer). — Eisenköpfig (bei Grimm
mit einem Beleg aus — einer Shakespeareübersetzung) 1790, 711.
Die Widersetzlichkeit des eisenk. Rußland. — Reich der Ruhe und
ewigen Freiheit (Strauß II, 65) fehlt in diesem Sinn, vom
Jenseits gebraucht, bei Gr. — Hochgedanke (bei Grimm ein
Beleg aus Goethe) 1789, 98. Hundenase, kalt wie eine H. —
von zwei Gelegenheitsgedichten bei Schnorr 1881, 191. — Kriegs-
roman (fehlt bei Gr.) 1790, 538: Gustav spielt keinen Kriegs-
roman, wie Alexander und Karl XII., sondern er wehrt sich um
seine Ehre. Kürzen = kurze Bemerkungen, z. B. 1790, 718.
(Diese Bedeutung fehlt bei Gr.) — Sich wonnen. Soll mein
Sohn allein nicht das Glück haben, sich in diesem aufgehenden
Lichte (der Denk- und Redefreiheit) zu wonnen? schreibt Schubarts
Mutter an den Kaiser. Ähnlich Schubart ein paarmal: sich in
etwas sonnen und wonnen.

Man sieht: Schubart ist nicht bloß ein Wahrer, sondern auch
ein Mehrer des heimischen Sprachschatzes. Einzelne Unrichtigkeiten, die ihm der Pamphletist vorwirft, z. B. der unterschieds-
lose Gebrauch von wenn und wann, denn und dann, dennoch und
bannoch, die feindliche und feindlichen Scharen, davor und dafür u. dgl., dürfen uns in diesem Gesamturteil nicht beirren.

„O, ihr Schriftsteller meines Vaterlandes," ruft er 1787
aus, „schreibt stark und gut, gründlich und schön, rein und kräftig,
wohlklingend und volltönig, daß es bald heißen möge, wie ehemals von den Griechen: Die Deutschen sind die Lehrer der Welt
geworden — und sie verdienen's."

———————

XIII.

Schubart als Musiker.   Schlußbetrachtung.

Von Schubart dem Musiker war schon mehrmals die Rede. Er war ein geborner Musiker, verleugnete aber auch hier den Patrioten nicht, sofern er z. B. in Ludwigsburg deutsche Texte zu beliebten italienischen Arien setzte. Einst hatte Schubart hier eine Cantate auf ein Kirchenfest verfertigt, welche von den Italienern der Oper aufgeführt werden sollte. Weil er das Vorurteil dieser Ausländer gegen die Deutschen kannte, so vollbrachte er seine Arbeit ganz in der Stille und zog bloß den Balletkomponisteur Deller ins Vertrauen. Bei der Probe legte er seine Cantate unter dem Namen eines erdichteten Italieners Trabuschi auf; sie fand großen Beifall und wurde mit Wirkung ausgeführt. Zum Schluß ließ er den Italienern sagen, sie möchten doch den Namen ihres Landsmannes einmal umgekehrt lesen; und das ganze Orchester klatschte ihm Beifall. — In Augsburg und Ulm widmete er sich zwar nicht in dem Grade, wie in Ludwigsburg, Heilbronn, Mannheim der Musik, doch war sie neben der Chronik immer eine Lieblingsbeschäftigung für ihn. Auf dem Asperg besuchte ihn der große Orgelspieler Vogler. Der General bewog diesen, sich bei Schubart für einen reisenden Gelehrten auszugeben, dessen Liebhaberei die Musik sei. Schubart ward also vorbeschieden, ließ sich mit dem Fremden in ein Gespräch über ihre beiderseitigen Reisen ein und wurde zuletzt höflichst ersucht, auf dem Flügel vor ihm zu spielen. Er that dies mit ziemlicher Sorglosigkeit — wie es bei den häufigen Zusprüchen sehr natürlich war. Als aber der Fremde einige vielbedeutende Winke über sein Spiel fallen ließ, brachte ihn dies in einige Wärme und er trug ein paar von ihm selbst gesetzte Chöre aus Klopstocks Hermannsschlacht mit Feuer und Empfindung vor. Der Fremdling war darüber entzückt; und da ihn der General darauf ersuchte, sich gleichfalls hören zu lassen, erklärte er, er habe nach dem Auftritt eines solchen Meisters allen Mut verloren.

Die ganze Gesellschaft drang nun in ihn, und man meinte,
daß es bei einem bloßen Liebhaber nicht so genau genommen
werden könnte. Endlich setzte sich Vogler — machte zur Probe
einige Salti mortali durch den ganzen Flügel hin und trieb sein
Wesen so arg, daß Schubart nach wenigen Minuten emporfuhr
und ausrief: „Das ist entweder der Teufel oder Vogler!" Vogler
sprang nun auch auf; sie umarmten sich — und Beide erschöpf-
ten nun abwechselnd den ganzen Tag hindurch sowol auf dem
Flügel als auf der Orgel die ganze Stärke ihrer Kunst. Stür-
mende Kraft und an Zauberei grenzende Schwierigkeit — war
Voglers Charakter; Schubarts Charakter: Empfindung und feuer-
sprühende Phantasie. Nichts bezauberte Voglern mehr, als wenn
letzterer Stellen aus der Messiade deklamierte und sie sodann bald
gleichzeitig, bald allein auf der Orgel ausmalte — worin er es
zu einer seltenen Fertigkeit gebracht hatte. — So erzählt Ludwig
Schubart. Vogler, geb. zu Würzburg 1749, gest. zu Darmstadt
1814, trat von Mannheim aus, wo er 1776 eine Tonschule angelegt hatte, 1780 seine musikalischen Reisen an, durch die er
einen großen Ruf als Klavier- und Orgelspieler erlangte. Der
General, der die Szene mit Schubart veranstaltete, ist derselbe,
den wir von Schillers Begegnung mit Schubart auf dem Asperg
her kennen, Rieger. Dieser sprühte ja, wie ihn Spittler schildert, von
Einfällen; sein ganzer Sinn und Verstand war nur Einfall auf Einfall, mit Lustigkeit getrieben, mit Lustigkeit gewechselt. Er wußte, daß
Schubart ein Bewunderer Voglers war — und der Plan war fertig.

Nach Ludwig Schubarts Urteil waren seines Vaters Volkslieder vorzüglich komponiert; seine übrigen Klavier- und Orgel-
kompositionen waren nicht viel mehr als Gelegenheitsstücke, meist
in fremder Manier geschrieben, und trugen das Gepräge seines
Geistes nur schwach.

Von Schubarts Ideen zu einer Ästhetik der Tonkunst (bei
Scheible das fünfte Bändchen) war oben die Rede. Schubart
wollte in diesem Buch das Resultat seines ganzen musikalischen
Lebens, seiner Erfahrungen und seines eignen Nachdenkens niederlegen, verschiedene ganz neue Ideen darin ausführen und es bis
auf unsere Zeiten fortsetzen. Vierzehn Jahre nach Schubarts

Tode, 1806, erschien das von seinem Sohn verbesserte, ergänzte
und berichtigte Werk. Kenner, denen Ludwig Proben daraus vor=
legte, fanden laut der Vorrede da und dort neue Ansichten, Eigen=
heit der Manier, Klarheit und Popularität des Vortrags, und
bei aller scheinbaren Leichtigkeit manche tiefgeschöpfte, auf Erfah=
rung ruhende Wahrheit. Das Werk zerfällt in zwei Teile. Der
erste behandelt die Geschichte der Tonkunst von den Hebräern,
Griechen und Römern an bis auf die großen musikalischen Schu=
len der Italiener, Deutschen und Franzosen. Das Anziehendste
sind hier die Charakteristiken der berühmtesten Komponisten und
Virtuosen, eines Händel, Glück, Bach (Vater und Sohn), Benda,
Jomelli, Lolli, Mad. Mara, Naff und Anderer. Gleich in den ersten
Zeilen erkennt man sie wieder und wird dem Leser ihr Tonbild gleich=
sam vergegenwärtigt. Die Sachkunde des Verfassers sowohl in der
musikalischen Ausführung, als in der Komposition, leuchtet überall
hervor, und seine poetische Sprache kam ihm oft ungemein zu statten,
die feinsten Schattierungen des Gefühls zu erhaschen und dunkeln
Ideen Worte zu leihen, die man kaum des Ausdrucks fähig hält. Zu
diesen Eigenschaften kam ein warmer deutscher Patriotismus, der hier
seine köstlichste Nahrung fand; denn vor dem musikalischen Genie des
Deutschen beugen sich England, Frankreich, selbst Italien. Das
Einzige, was Ludwig Schubart gegen diese Charakterzeichnungen
einwendet, ist eine gewisse Allgemeinheit in Lob und Tadel, eine
gewisse Monotonie der Tiraden, welche der Herausgeber nicht
immer abändern durfte. Zur Entschuldigung dient einigermaßen,
daß er wenig Bücher um sich hatte, da er das Werk unternahm,
und sehr Vieles aus dem Kopfe diktierte. Man erstaunt über die
Belesenheit und die Fülle von Kenntnissen, welche Schubart hier
ausbreitet. Seine Charakteristiken treffen in den meisten Punk=
ten mit anderen Büchern über die Geschichte der Musik zusammen,
wiewohl Schubarts Werk im Ganzen wenig bekannt und z. B. in
Heinrich Köstlins Geschichte der Musik nirgends angeführt ist.
Suchen wir Voglers Charakteristik auf, so lesen wir: „Seine Faust
ist rund und glänzend. Er bringt die ungeheuersten Passagen,
die halsbrechendsten Sprünge mit bewunderungswürdiger Leichtig=
keit heraus. Seine Variationen sind zauberisch und seine Fugen

mit tiefem Verstand bearbeitet. Er besitzt Feuer und Genie, und
doch verrät er in seinen Sätzen und in seiner Spielart Pedan-
tismus. Er hat sich nämlich selbst ein System gemacht, dem er
sich sklavisch unterwirft 2c." Ganz ähnlich Köstlin a. a. O.
S. 290: „Abt Vogler, ein wunderlich aus Tiefsinn, Gelehrsamkeit und Pedanterie gemischter Mann." — „Bachs Name ist das
Mittelstück seiner Ästhetik der Tonkunst," sagt Ludwig Schubart,
und diese sehr ins Einzelne eingehende Charakteristik seines Lieb-
lings, Sebastian Bachs, bildet den Glanzpunkt der Schrift. Weniger gelungen ist die Zeichnung Händels. Nach dieser müßte
man Händel hauptsächlich als Operndichter bewundern; daß er
der Klassiker des Oratoriums ist, wird nach längerer Charakteristik seiner Opern mit den wenigen Worten abgemacht: „Auch
die Kirchenstücke, welche Händel in London verfertigte, sind bis
auf diese Stunde von keinem andern verdrängt worden." Sehr
gelungen ist die Schilderung der Pfalz-Baierschen Schule, die
Schubart von seinem Wanderleben her kannte. Bemerkenswert
ist hier sein Urteil: „Wenn sich Neapel durch Pracht, Berlin
durch kritische Genauigkeit, Dresden durch Grazie, Wien durch
das Komisch-Tragische auszeichneten, so erregt Mannheim die
Bewunderung der Welt durch Mannichfaltigkeit." In der Geschichte der württembergischen Musik interessiert uns besonders die
Epoche unter Herzog Karl. Wir führen hier nur das Schluß-
urteil an: „Das Orchester am württembergischen Hofe bestand
aus den ersten Virtuosen der Welt — und eben das war sein
Fehler. Jeder bildete einen eigenen Kreis, und die Anschmiegung
an ein System war ihm unerträglich. Daher gab es oft im
lauten Vortrage Verzierungen, die nicht ins Ganze gehörten. Ein
Orchester, mit Virtuosen besetzt, ist eine Welt von Königen, die
keine Herrschaft haben." Unter den folgenden Musikern heben
wir Goethes Freund, den Frankfurter Kayser, dessen Bild besonders gelungen ist, hervor.*) Wir sehen daraus, daß Schubart
nicht allein loben, sondern auch tadeln kann.

---

*) Bei der Erwähnung Kaysers bemerkt Goethe in der italienischen Reise
(zweiter Aufenthalt in Rom), zu jener Zeit sei Schubart als Klavierspieler
für unerreichbar gehalten worden.

Im zweiten Teil des Werks, der die Grundsätze der Ton=
kunst enthalten sollte, liefert der Verfasser erst eine Beschreibung
aller Instrumente von der Orgel bis zur Maultrommel, und ver=
weilt besonders bei den Klavierarten, worin er sich selbst aus=
zeichnete und wo er manches aus vierzigjähriger Erfahrung ge=
schöpfte Geheimnis beibringt. Dann geht er zum Gesang, zum
musikalischen Stil, zu den Kunstwörtern, zum Kolorit, zum musi=
kalischen Genie und zum Ausdruck über und schließt mit einer
Charakteristik der Töne, die schon bei ihrer ersten Erscheinung
Aufmerksamkeit erregte und seitdem von einem der ersten Kenner
als ein „tief geschöpftes, wahres und ganz originelles Ton=
gemälde" bezeichnet wurde. Ludwig Schubart übersieht hier den
Aufsatz: Vom musikalischen Genie, der ein Seitenstück zu der kri=
tischen Skala der vorzüglichsten deutschen Dichter bildet. Schubart
sagt hier unter Anderem: „Das musikalische Genie hat das Herz
zur Basis und empfängt seine Eindrücke durchs Ohr. Der Vir=
tuos kündigt sich schon in seiner Jugend an. Sein Herz ist sein
Hauptakkord und mit so zarten Saiten bespannt, daß sie von jeder
harmonischen Berührung zusammenklingen. Alle große musika=
lische Genies sind mithin Selbstgelehrte; denn das Feuer, das
sie beseelt, reißt sie unaufhaltbar hin, eine eigene Flugbahn zu
suchen. Die Bache, ein Galuppi, Jomelli, Gluck und Mozart
zeichneten sich schon in der Kindheit durch die herrlichsten Pro=
dukte ihres Geistes aus. Der musikalische Wohlklang lag in ihrer
Seele und den Krückenstab der Kunst warfen sie bald hinweg.
Die Charakterzüge des musikalischen Genius sind also: 1. Begei=
sterung, enthusiastisches Gefühl des musikalischen Schönen und
Großen. 2. Äußerst zartes Herzgefühl, das mit Allem sympa=
tisiert, was die Musik Edles und Schönes hervorbringt. Das
Herz ist gleichsam der Resonanzboden des großen Tonkünstlers;
taugt dieses nichts, so wird er ewig nichts Großes schaffen kön=
nen. 3. Ein höchst feines Ohr, das jeden Wohllaut verschlingt
und jeden Mißton mit Widerwillen anhört. 4. Natürliches Ge=
fühl für den Rhythmus und Takt. 5. Unwiderstehliche Liebe und
Neigung zur Tonkunst, die uns allgewaltig fortreißt." — Sehr
richtig setzt Schubart hinzu: „Ohne Kultur und Uebung wird

das musikalische Genie immer sehr unvollkommen bleiben. Die
Kunst muß vollenden und ausfüllen, was die Natur roh nieder=
warf. Denn gäbe es Menschen, die in irgend einer Kunst voll=
kommen geboren würden, so dürften leicht Fleiß und Anstrengung
in der Welt ersterben. — Die Geschichte der großen Künstler
beweist es, wie viel Schweiß bei ihren Übungen troff, wie viel
Öl ihre nächtliche Lampe verzehrte, wie viel unvollkommene Ver=
suche sie im Kamin aufdampfen ließen, wie tief in der Einsamkeit
verborgen sie Finger, Ohr und Herz übten, bis sie endlich auf=
traten und der Welt durch Meisterwerke ein zujauchzendes Bravo
abnötigten. — Die halb ausgebildeten Musiker, die reisenden
Kraftmänner, die heutzutage wie Heuschreckenschwärme die musika=
lische Welt verfinstern, mögen dich, Zögling der Tonkunst, ab=
schrecken, daß du dich in dein Kämmerlein verschließest, dich in
Melodie, Modulation und Harmonie übest; — und dann in der
Glorie des kultivierten Genies unter deine Zeitgenossen treten
könnest." Nur noch einige Schritte weiter, und Schubart wäre
bei einer Kritik seiner selbst als Musiker angekommen. Ein kul=
tiviertes Genie war er auch als Musiker nicht. Er that darin zu
viel und doch wieder viel zu wenig, wie er selbst urteilt. Nicht
als Musiker, sondern als Dichter ist er unsterblich geworden, und
als Musiker lebt er nur fort durch die Kompositionen zu mehre=
ren seiner gelungensten Gedichte.

Wir eilen zum Schlusse, müssen uns aber vorher mit Strauß
abfinden, der Seite 10 der Vorrede zu seinem Werk Schubart
als einen aus jenem Titanengeschlecht schildert, dessen maßloses
Ungestüm, ihm selbst verderblich und ohne bleibende Frucht für
das Allgemeine, der milden Herrschaft der Weimarischen Olym=
pier voranging. Die Vergleichung hinkt; Schubart hatte gar
verschiedene Seiten in seinem Wesen. Wo liegt denn im Kaplied
und in so vielen Liedern im Volkston, wo in so vielen nüchtern
verständigen Urteilen auf dem Gebiet der Politik und der ästhe=
tischen Kritik — wo liegt da das Maßlose und Titanenhafte?
Zeigen nicht auch die Weimarischen Olympier in Hauptwerken des
angehenden Mannesalters den Titanismus? Schubart geht über=
haupt den Olympiern nicht bloß voraus, sondern er geht auch

neben ihnen her. Schiller bildete sich an Goethe, Goethe an Schiller, Beide besprachen mit einander ihre Dichtungen; Schubart stand vereinzelt, er bekam wenige Anregungen von Anderen; Miller in Ulm konnte ihn kaum fördern. Schubart hat nicht umsonst gelebt, wie man nach Strauß glauben könnte. Seine Lieder leben immer noch und Schreiber dieses rechnet es sich zum Verdienst an, so manches schöne Gedicht, das bisher ungelesen in der Chronik verborgen lag, ans Tageslicht gezogen zu haben. Was die Chronik betrifft, so war Schubart kein Revolutionstitane; wohl aber hat er, wie Weber im Anhang zu der Frankfurter Ausgabe mit Recht sagt, durch vielseitige Berührigkeit, durch Anregen und Ergründen von Einzelnheiten in Staatsverwaltung und Volksleben, dadurch, daß er Mißbräuche aller Art mit der Freimütigkeit eines redlichen Mannes und patriotischen Bürgers rügte, ohne die Bescheidenheit gegen die Rechte der Fürsten zu verletzen, unendlich viel Achtbares und Gutes geleistet. Hat er sich dabei freilich den Haß der heimlichen Feinde der Thronen und der Völker zugezogen, hat ihn namentlich die damals noch mächtige Partei der Jesuiten als einen Gottesläfterer, Friedensstörer, Fürstenfeind zu verschreien gesucht, so sind nun dergleichen gehässige Anklagen mit ihm begraben, die wohlthätigen Folgen seines Wirkens aber dürfen neidlos anerkannt werden und wir ihn preisen als einen eifrigen Wahrheitsfreund, der die Theilnahme an öffentlichen Dingen, welche zu seiner Zeit im Volke noch gänzlich schlief, mit kräftigem Feuer aufzuregen, aber keineswegs irre zu leiten und zu verführen bemüht gewesen, viele neue treffliche Gedanken über allgemein wichtige wie über litterarische Gegenstände in Umlauf gebracht, im Einzelnen Manches versehen und verfehlt, im Ganzen immer ein löbliches und nützliches Streben behauptet hat.

XIV.

Überficht über die Schubartlitteratur.

1) Schubarts Leben und Gefinnungen, von ihm felbft im
Kerker aufgefetzt. 1. Teil mit Schubarts Bildnis und 2 Kupfern.
8. Stuttgart 1791. Den II. Teil gab fein Sohn 1793 und im
Jahr 1798 Schubarts Charakter heraus.

In der Scheible'schen Sammlung Band 1 und 2.

Der Schluß lautet: „Schade, daß Schubart keine beffere Erziehung zu Teil ward! Schade, daß ihm ein kleiner Defpot den
Kern feines Lebens rauben durfte! Schade, daß er nie in einen
größern, feiner würdigern Wirkungskreis kam! er hätte alsdann
nicht bloß rhapfodisch gearbeitet, fondern Meifterwerke für die
Nachwelt aufgeftellt: denn er war einer der talentvollften Männer
feiner Zeit."

Schubarts von ihm felbft verfaßtes Leben, fo fchätzbar es
ift, hat doch manche Mängel. Die Chronologie ift mehrmals ver-
fchoben; über wichtige Punkte geht Schubart nicht recht mit der
Sprache heraus — was er fagt, ift wahr, aber er fagt nicht
alles, was wahr ift und was er weiß; fich felbft zeichnet er oft
zu fchwarz und die Charaktere Anderer zu weiß.

Ludwig Schubarts Schrift verdient alles Lob. Er verdient
das Zeugnis, das er fich felbft giebt, daß er Licht und Schatten
gerade fo gemifcht habe, wie er fie in der Natur fand. Er hat,
da ihm keine fchriftlichen Aufzeichnungen von Bedeutung vorlagen,
aus freier Hand, ohne alle Hilfsmittel, fein Bild im Ganzen
gezeichnet, fo wie er es in feiner Seele fand. „Es kam hier
darauf an, die Hauptteile eines vielfaltigen und fehr zufammen-
gefetzten Eindrucks hervorzufuchen, zu ordnen und zufammenzu-
ftellen; die Betrachtungen überall mit Anekdoten und Thatfachen
aus dem Leben des Gefchilderten zu belegen und durchgehends
auf ein pfychologifches Ganzes hinzuarbeiten: daß der, der ihn
kannte, dem Ausfteller beim erften Anblicke zurufe: Er ift's! Der

ihn nicht kannte, wenigſtens ſagen müſſe: Es iſt Natur — und
nicht Phantaſiegemächt!"

Freilich täuſcht ſich Ludwig Schubart in einigen Punkten.
So z. B. wenn er, worauf der oben mitgeteilte Schluß hinweiſt,
der Meinung iſt, ſein Vater, dieſes fragmentariſche Genie, habe
Beruf zu einem Epiker gehabt, während er nach ſeinem eigenen
Geſtändnis (S. 174 in Ludwig Schubarts Werk) nicht einmal
zum Schauſpiel, wo doch die Fäden alle ſtraffer angezogen ſind,
als in einem Epos von 10 oder 17 Geſängen, ſondern nur zu
leichten Singſpielen und Liedern Talent (wir dürfen hinzuſetzen:
Beruf und Ausdauer) in ſich fand. — Daß er ſeines Vaters Bekehrung auf dem Asperg einſeitig auffaßte, haben wir ſchon
geſehen.

S. 142 lieſt man: „Den bekannten Neujahrswunſch machte
er wirklich auf dem Münſterturme zu Ulm" und S. 152: „Seine
beſten Gedichte hat er ſämtlich auf dem Asperg unter den un-
günſtigſten Umſtänden verfertigt; und gerade der Zwang, unter
dem er hier ſeufzte, ſchien die höchſte Elaſtizität ſeiner Seele geweckt zu haben." Zu dieſen rechnet Ludwig Schubart unter anderen den Wunſch auf dem Münſter und den ſterbenden Patrioten
(vom Jahr 1788).

Ganz verkehrt iſt ſeine Meinung, Schubart wäre der Held
für eine politiſche Revolution geweſen. — Immer und immer wieder kommt Ludwig Schubart auf die Klage zurück, daß ſein Vater
im Grunde ſein ganzes Leben hindurch kein Geiſtesprodukt hervorgebracht habe, von dem er ſagen konnte: „Siehe da den Maß-
ſtab meiner Kraft!" Er ſieht nicht ein, daß dies nun einmal in
Schubarts Natur lag, und daß er auch in „einem größern, ſeiner
würdigen Wirkungskreis" nicht lang ausgeharrt hätte. „Alles, was
er ſchrieb, waren Erzeugniſſe des Moments; Flammen, die er in
die Nacht ſchleuderte, um ſein Daſein zu beurkunden; periodiſche
Ergießungen einer vollgefüllten Seele, die ſich gleichſam aus In-
ſtinkt des angehäuften Stoffs zu entledigen ſuchte." Kann auch
ein Mohr ſeine Haut wandeln oder ein Parbel ſeine Flecken? —
Schubarts Tugenden hingen mit ſeinen Mängeln zuſammen.

Das Wichtigſte aus Ludwig Schubarts Werk glaube ich in

meinem Werk mitgeteilt zu haben. Sein Temperament, sein Charakter, seine Eigentümlichkeiten und Sonderbarkeiten, seine Erfindungsgabe und Extremsucht, seine Leichtgläubigkeit, Gutmütigkeit
und Wohlthätigkeit, seine nervöse Reizbarkeit und Empfindlichkeit,
seine periodische Neigung zum Zorn und zur Hypochondrie werden sehr gut geschildert. Jetzt erst begreift man seine Vorliebe
für England; solche Charaktere gedeihen auf jener Nebelinsel; er
selbst hätte einem englischen Humoristen den herrlichsten Stoff
geboten. Was aber bei Ludwig Schubart bei Weitem nicht genug
hervortritt, ist seine Bedeutung als Patriot und Politiker, als
Ästhetiker und Kritiker. Einem Biographen Schubarts hat er noch
eine bedeutende Aufgabe hinterlassen.

2) Zur Schubartlitteratur gehören auch die vielen aus Anlaß des Gaßnerschen Handels gegen Schubart erschienenen Streitund Schmähschriften; so das Pasquill „Hanswurst und Schubart" 1775. Vgl. Wohlwill im Archiv VI, 367. Diese sind
jetzt alle vergessen und verklungen und verdienen schwerlich zu
neuem Leben erweckt zu werden. Wir erwähnen hier noch das
oben hinlänglich charakterisierte Sendschreiben an Herrn
Schubart ꝛc. — 1788. Auf der Ulmer Stadtbibliothek ist ein
Exemplar davon vorrätig; im Buchhandel ist es vergriffen.

3) In Seybolds vaterländischem Historienbüchlein 1801
S. 48 heißt es unter dem 26. März: „Geb. J. D. Schubart
1739." Darauf folgt eine kurze Charakteristik. — „Ein Mann
von der lebhaftesten Einbildungskraft, daher ein Spiel seiner Leidenschaften, wie die Winde den Nachen seines Lebens trieben,
von einem Extrem zum andern schweifend, ein Meteor am psychologischen Himmel ꝛc."

4) In Jördens Lexikon deutscher Dichter und Prosaiker,
Leipzig 1809, IV, 639—658 kommt eine ausführliche Schilderung von Schubarts Leben und Charakter mit einer Angabe aller
seiner Werke. „Kein klassischer Dichter, aber doch ein genialer
Kopf. Ein günstigeres Schicksal und bessere Anwendung seiner
Kräfte hätten ihm vielleicht eine Stelle unter den klassischen Dichtern verschafft. Er hatte ein weiches, gutes Herz. Man durfte
ihm nur ins Auge sehen, um von seiner Ehrlichkeit überzeugt zu

werden. — Sein Umgang wurde von Jedermann gesucht; er war
lebhaft, belehrend, unterhaltend. Es fehlte ihm an Ausbildung
des Charakters und an festen Grundsätzen; sonst wäre er einer
der vortrefflichsten Menschen gewesen 2c."

5) Im Anhang zu der Frankfurter Ausgabe von Schubarts
Gedichten 1829 giebt Professor Dr. W. E. Weber eine Lebens-
beschreibung und Charakteristik Schubarts und seiner Werke. Der
Verfasser schließt sich den Werken Schubarts und seines Sohnes
an, hat aber über manche wichtige Punkte seine eigene, von seinen
Vorgängern abweichende, in der Regel wohlbegründete Ansicht.

6) Im Anhang zu Thomas Carlyles Leben Schillers 1830
erschien S. 1—20 eine Biographie und Charakteristik Schubarts,
mit Anschluß an Jördens pessimistisch ausgemalt. Sein Unglaube
wird davon abgeleitet, daß er anfing, Voltaire zu lesen. Schubart hatte sich verbindlich gemacht, vor General Ried zu spielen.
Scholl war der Aufseher des Klosters zu Blaubeuren. Voltaire
und heitere Gesellschaft hatte er verloren, er fand auf dem Asperg
Freude an der Einsamkeit und Jakob Böhm. Schubart wird endlich freigegeben — warum? weil der Herzog sich zu erinnern ge-
ruhte, daß ein Sterblicher, der gleiche Bedürfnisse und Gefühle
mit ihm selbst hatte, durch ihn gezwungen gewesen war, zehn Jahre
in Kummer und Unthätigkeit zuzubringen. Kein Wort von der
Verwendung Preußens für den Gefangenen. Nach seiner Befreiung schreibt Schubart wieder seine Chronik; er dichtet, veröffentlicht den ersten Teil seines Lebens und spricht von seinem
Plan zum Ewigen Juden vor einfältigen Seelen 2c. „Seine
Memoiren sind aufbewahrt, und, von einem Sohn Schubarts ver-
vollständigt, dem Druck übergeben worden; oft wünschten wir, dieselben zu sehen, doch vergebens."

7) In Gervinus Geschichte der poetischen Nationallitteratur
der Deutschen 1835—42 ist Schubart mit dem Journalisten
Wekherlin als Originalgenie zusammengenommen. Schubart erscheint hier als eine Karikatur der poetischgenialen Richtung, die
in Goethes und Klopstocks Schule in den 70er Jahren herrschte.
„So erklärt sich die Vereinigung der wüsten Sitten, der Empö-
rung gegen alle Konvenienz und Religion (!) mit der Hinneigung

für Lavater und Claudius und die sanften Dichter Miller und
Krausenek, ja mit der Vorliebe für die Pietisten — (die sich doch
erst vom Asperg herschreibt). Unter den Gedichten stechen jene
hervor, die er auf dem Asperg gemacht hat; ihre gute Aufnahme
hatten sie mehr der Wahrheit und Unmittelbarkeit der Gefühle,
als ihrem poetischen Wert, mehr dem Mitgefühl mit fremder Not,
als ihrer innern Güte zu danken." Doch wird zugegeben, daß
manche in jener aufgeregten Zeit überhaupt wurzelten, unabhängig
von seinem Schicksal. Heißt dies einen objektiven Maßstab an
die Beurteilung von Geisteswerken anlegen? Gervinus muß zugeben, daß viele gelungene Gedichte vor seinem Schicksal, d. h.
der Verhaftung ins Volk gedrungen waren. — Natürlich war
Schubart eine zerrüttete Seele voll Leichtsinn, Schwäche, Halt-
losigkeit, er entschuldigte seinen Wandel mit seinem weichen, füh-
lenden Herzen und klagte, wenn es ihm übel ging, die Welt und
das Glück an. — Alle die Selbstanklagen in des Dichters Leben
und Gesängen sind für Gervinus nicht vorhanden, außer in
dem Sinn, daß er diese Selbstcharakteristik für baare Münze
nimmt. — Seine religiöse Entwickelung wird so ungünstig als
möglich geschildert; es wird bedauert, daß er nicht den sicheren
Weg zwischen Aberglauben und Unglauben fand — den er sich von
dem deistisch gesinnten Gervinus hätte zeigen lassen können, wenn er
dessen Mission des Deutschkatolicismus gelesen hätte. — So wird
dem genialen Schubart mit griesgrämiger Miene der Prozeß gemacht.

8) Vilmar in seiner 1845 erschienenen Geschichte der deutschen Nationallitteratur faßt Schubart als Klopstockianer, meint,
er habe Klopstocks Pathos nur breiter und handgreiflicher zu stimmen gewußt und sich dadurch populär gemacht. Die Fürstengruft
ist dem Geschöpf Haffenpflugs ein Phrasengewebe. „Außerdem
dichtete er aber auch in Wielands Geschmack die lascivsten Sachen,
unterdrückte sie aber später meistens absichtlich" — bisher glaubte
man, er habe seine Gedichte — gleichviel, welches Inhalts —
gleichgültig behandelt. „Während seiner Haft bekehrte er sich und
dichtete nun fast nur (!) geistliche Lieder, stark phrasenhaft und
ohne dichterischen Wert."

9) Im Jahr 1845 erschien das Büchlein: Baur und Schu-

bart oder Schieferdecker und Poet. Stuttgart, Ulrich. Der Ver=
fasser hat sich nicht genannt. In der Vorrede bemerkt er, er habe
in seines verstorbenen Vaters Bibliothek eine ziemlich unleserlich ge=
schriebene, halb vergilbte Handschrift gefunden, die Mitteilungen
über Baur und Schubart enthielt. Das Büchlein enthält eine Menge
Anekdoten, in denen Schubart, Baur, Dr. Mollwitz, der Dichter
Schlotterbeck und andere Glieder des Adlerkränzchens eine Rolle
spielen. Bei dieser Gelegenheit bemerke ich, daß der Gasthof zum
Adler seit einem Jahr ein Privathaus ist. Im Jahr 1851 er=
lebte das genannte, 44 Seiten starke Büchlein die 2. Auflage.

10) Eine epochemachende Erscheinung in der Schubartlitteratur
tur war das Werk: „Chr. Fr. D. Schubarts Leben in seinen
Briefen. Gesammelt, bearbeitet und herausgegeben von D. Fr.
Strauß. Zwei Bde. Berlin, Dunker 1849." Der Ästhetiker
Vischer hatte eine Anzahl Briefe in der Familie des Dichters
Fr. Haug gefunden und seinem Freunde Strauß überlassen.
Strauß bemühte sich, die Sammlung zu vermehren, und der Er=
folg war überraschend. Auch Briefe, die schon in Zeitschriften
erschienen waren, wurden aufgenommen. Strauß verdient Dank,
daß er nicht alle und jede Aktenstücke dieser Art mitteilt; die Aus=
wahl ist mit glücklichem Takte geschehen und alles Unwesentliche
weggelassen. Er teilt Schubarts Leben in drei Hauptabschnitte
ein: Vor, auf, nach dem Asperg; die beiden ersten Hauptabschnitte
bekommen Einleitungen und zerfallen in Unterabteilungen mit
Übersichten; der dritte Hauptabschnitt: nach dem Asperg erhält
blos eine Einleitung ohne weitere Einteilungen. Eine Schluß=
betrachtung sucht Schubarts ganzes Leben und Wesen kurz zu=
sammenzufassen. — Über dieses Werk haben wir uns sattsam ge=
äußert. Strauß hat Schubarts Lebensbeschreibung nicht gehörig
mit den Briefen verknüpft; dies zeigt sich besonders in der Schil=
derung des Aufenthalts in Geislingen. Er ist sodann dem Kri=
tiker und Theologen Schubart nicht gerecht geworden; er verkennt
den Denker und den Christen.

Anhangsweise nennen wir Strauß' Aufsatz über Barbara
Streicher: siehe oben S. 84 und „Nachlese zu Schubart" in den
Kleinen Schriften 1862.

Beurteilt wurde das Werk von Bischer in den Kritischen Gän=
gen, 3. Heft, 1861, S. 21. Bischer ist blind für die vielen und
großen Mängel des Werks und billigt auch Strauß' Behauptung
über Schubarts Titanismus und die Erfolglosigkeit seines Wirkens.
Die Schlußbetrachtung, meint Bischer, fasse das Urteil ernstlich
zusammen und gebe eine treffliche, in der bequem klaren Weise, die
wir schon kennen, vorgehende Charakteristik des Mannes und vor=
züglich des Dichters. Bequem liest sich freilich das Werk; die Dar=
stellung bestrickt durch Leichtigkeit und Gefälligkeit; alles scheint sich
von selbst zu machen und zu verstehen; die Oberflächlichkeit so
mancher Urteile zeigt sich erst dem tiefer bringenden Blick.

11) „Klassisch" heißt Strauß' Werk in dem Büchlein: „Schu=
bart in Ulm. Ein Vortrag von Dr. Friedrich Pressel. Zum
Besten einer in Ulm aufzustellenden Gedächtnißtafel Schubarts.
Ulm 1861." Das Büchlein gehört zum Besten, was über Schu=
bart geschrieben ist. Bei aller Anerkennung von Schubarts Fehlern
treten doch seine Vorzüge und Verdienste in das hellste Licht. Der
Vortrag beschäftigt sich nicht allein mit Schubarts Aufenthalt in
Ulm, sondern auch mit dem in Geislingen, das ja zum Ulmischen
Gebiet gehörte. Schubarts Wesen und Wirken tritt uns klar und
anschaulich entgegen.

12) Ebenfalls unter dem Bann des Straußschen Werks steht
der Aufsatz von Robert Prutz über Schubart in dem Buch:
„Menschen und Bücher, Leipzig 1862, S. 167—266." Hier
wird Schubart mit Karl Friedrich Bahrdt, dem bekannten Auf=
klärer, und dem politischen Pamphletisten Laukhardt zusammen=
gestellt; Schubart soll den Kampf des Künstlers, Bahrdt die Kon=
flikte des Gelehrten, namentlich des Theologen mit der neuen
Zeit vorstellen; mit Laukhardt sollen wir aus dem bisherigen
litterarisch=theoretischen Gebiet in das politisch=praktische übertreten.
Eine ganz verunglückte Zusammenstellung. Schubart war Theolog
so gut als der ihm persönlich bekannte, ja befreundete Aufklärer.
Er hatte über theologische Dinge oft ein ganz treffendes Urteil,
wenn er es auch nicht zum Professor der Theologie brachte und
nie eine Dogmatik schrieb. Als Politiker nimmt er es ganz ge=
wiß mit Laukhardt auf und war viel einflußreicher als dieser.

Seine großen Fehler wiegt er durch Vorzüge auf, die wir bei
den beiden andern vergeblich suchen. Während diese vergessen sind,
taucht Schubart immer wieder aus Lethes Fluten empor. Das
Werk ist in der übelsten Laune, ohne jede Spur von Humor und
tieferem Verständnis des süddeutschen Wesens geschrieben. Gegen
den Schluß lesen wir: „Seinen dichterischen Charakter noch einer
besondern ästhetischen Würdigung zu unterwerfen, ist überflüssig,
seitdem dies von Strauß in so vortrefflicher Weise geschehen ist."

13) Ein kurzer biographischer Abriß erschien in dem Werk:
„Land und Leute Württembergs in geographischen Bildern dar-
gestellt von J. Ph. Glöckler. Stuttgart, 1858" II, 320—322.
Schubart heißt hier ein Naturalist im schlimmen Sinn des Worts,
ein unruhiger, über seine Bestrebungen unklarer Kopf; dagegen
wird seine Originalität und das Feuer seines Geistes anerkannt.
Seiner Kerkerhaft, heißt es, machte die dringende Fürsprache
Friedrichs des Großen ein Ende.

Gelungener ist die Skizze: „Helena Schubart, eine deutsche
Dichterfrau, 1741—1819," in dem Werk desselben Verfassers:
„Schwäbische Frauen. Lebensbilder aus den drei letzten Jahrhunderten. Stuttgart 1865." Von S. 296—354 entwirft Glöckler
vom entschieden religiösen Standpunkt aus ein Lebens- und Cha-
rakterbild von Schubarts Gattin; daß dabei Schubart ebenfalls
geschildert und nach seinem äußeren und inneren Leben gezeichnet
werden mußte, versteht sich von selbst. Gleich die folgende Biographie macht uns mit Ludovike Simanowiz, der Malerin, 1759
bis 1827, bekannt. Entnommen ist diese Schilderung dem Buch:
Ludovike, Ein Lebensbild aus der nächsten Vergangenheit, geschildert für christliche Mütter und Töchter unserer Tage von der
Herausgeberin des Christbaums. Stuttgart, Belser 1847. In
diesem letztgenannten Buch findet sich auch S. 352—388 die
Lebensbeschreibung von Regine Voßler. Glöckler hat weder bei
Ludovike noch bei Regine seine Quelle angegeben. Bei der Schilderung von Schubarts Gattin hat er nicht nur die Briefe, sondern auch die Übersichten und Einleitungen des Straußschen Werks
sehr stark benutzt, ohne Strauß mit einem Worte zu nennen.

14) Aus einleuchtenden Gründen konnte die Schillerlitteratur

unfern Schubart nicht ignorieren. Hier kommen namentlich in Betracht: Hoffmeister-Viehoff, Schillers Leben, Geistesentwickelung und Werke 1874. Schillers Jugendjahre von Eduard Boas, herausg. von Wendelin von Maltzan 1856 — begeistert, aber nicht in Allem zuverlässig, daher mit Vorsicht zu gebrauchen. Emil Palleske, Schillers Leben und Werke — 1882, geistreich, aber mit Vorsicht zu gebrauchen, macht sich oft zu seinem Schaden von Boas abhängig. H. Düntzer, Schillers Leben, Streichers Werk, Schillers Briefwechsel mit seiner Schwester Christophine, K. v. Wolzogen, Leben Schillers 1830, Hovens Autobiographie 1840 gehören ebenfalls hieher.

15) Von Artikeln, die in Zeitschriften erschienen, kenne ich nur drei, welche die Gartenlaube gebracht hat, und zwar: „Ein Opfer deutscher Fürstenwillkür" 1866, Nr. 8, von Max Ring; „Die württembergische Bastille — ein Stück aus der guten alten Zeit" — 1873, Nr. 1 von S. W. (Schmidt-Weißenfels); zuletzt: „Der Gefangene von Hohenasperg — mit Benutzung von noch nicht veröffentlichten Archivakten" 1875, 18.

16) Bernhard Seuffert ließ in der litterarischen Beilage der Karlsruher Zeitung 1879, Nr. 27, eine treffliche „Vorgeschichte des Nationaltheaters zu Mannheim erscheinen", in der Schubart mehrmals genannt wird.

17) H. F. veröffentlichte in der besonderen Beilage zum württemb. Staatsanzeiger 1878, 26. 27. einen Aufsatz über Schubarts religiösen Charakter — gegen Strauß.

18) Hermann Fischer gab in dem Prachtwerk: „Sieben Schwaben, 1879", auf wenigen Seiten eine vergleichungsweise gelungene, möglichst apologetisch gehaltene Schilderung von Schubarts Leben, Wirken und Wesen. Er übersieht aber den Kritiker Schubart, spricht z. B. die alte Behauptung nach, Schubart sei bloß ein Bewunderer Klopstocks gewesen, will nichts von Schubarts früherem Hang zum Zweifel und Unglauben wissen und verkennt den inneren Zusammenhang der zwei Richtungen in Schubarts Poesie.

19) J. G. Fischers Vortrag: Schubart in seiner volkstümlichen Bedeutung in der besonderen Beilage zum Staatsanzeiger 1882, 16. 17.

20) Über F. Tr. Scholls „Die letzten hundert Jahre der
deutſchen Litteratur" vgl. oben; ebenſo über Schäfers Auffaſſung
von Schubarts Poeſie. R. König in ſeiner deutſchen Litteraturgeſchichte iſt in ſeinem Urteil über Schubart von Vilmar abhängig.
Er läßt ihn 1743 geboren werden und behauptet: „Er wurde
Schullehrer und Organiſt zuerſt in Geislingen, dann in Ludwigsburg." Dieſe Worte können doch nur ſo verſtanden werden,
Schubart ſei in Ludwigsburg, wie in Geislingen, Schullehrer
und Organiſt geweſen. Zehn Jahre lang, lieſt man weiter, wurde
er von der Willkür des Generals Rieger gepeinigt. „Neben Hohem
und Zartem begegnet man bei ihm nur zu oft rohen und gemeinen Ausbrüchen." Schade, daß dieſe nicht genannt ſind. Bei
Schiller und Goethe findet ſich natürlich nichts der Art (vgl. die
Anthologie auf 1782, Goethes: Vor Gericht und Ähnliches.)
Werner Hahn in ſeiner Litteraturgeſchichte §. 102 fällt das originelle Urteil: Seine Gedichte ſind ein ſeltſames Gemiſch von
frommen geiſtlichen Geſängen, trotzigen Freiheitsliedern und ſchmeich-
leriſchen Gelegenheitsgedichten. Nur das Kaplied, die Fürſtengruft, der Ewige Jude und der Hymnus auf Friedrich II. finden
Gnade. — Gödeke im Grundriß ꝛc. meint, Schubart ſei 1743
geboren und Rieger ſei während ſeiner ganzen Gefangenſchaft ſein
Vorgeſetzter geweſen; ferner, Schiller habe durch ſein Gedicht:
Die Gruft der Könige, Schubart zu ſeiner (weit ſpäter erſchienenen
und gedruckten) Fürſtengruft angeregt. „In ſeinen Gedichten, leſen
wir, miſcht ſich weiche Innigkeit mit der wildeſten Ausſchweifung
der Phantaſie." (Wie iſt dies zu verſtehen? In denſelben Gedichten miſchen ſich Weichheit und Wildheit? oder in einem Teil
der Gedichte herrſcht Weichheit, in anderen Wildheit?) „Rohes
und Gemeines liegt neben Hohem und Zartem." Schade, daß
dieſe Behauptung nicht bewieſen iſt. — Scherr in der allgemeinen
Geſchichte der Litteratur erkennt Schubart als einen außerordentlich genialen Menſchen an, bedauert aber, daß er es eigentlich
doch nur zu Anläufen gebracht habe, freilich mitunter zu großartigen, wie ſeine Rhapſodie „Ahasver" zeige. „Sein Dichten
gipfelte in der berühmten Strafode „Die Fürſtengruft". Sein
„Kaplied", einige ſeiner Liebeslieder und Elegien, wie ſeine natur-

friſchen Bauernlieder verraten überall den Dichter, aber im Ganzen
iſt ihm das weſentliche Thun echter Poeſie „dem realen Stoff das
ideale Gepräge aufzudrücken“ nicht gelungen.“ — Wörtlich nach
Strauß II, 450.

21) Ganz abſonderlich iſt das Werkchen: „Leſſing, Goethe,
und Schubart. Studien im Lichte der Pädagogik von Karl Caſſau, Lehrer der Mittelſchule zu Lüneburg. Leipzig 1880.“ Hier
bekommen wir S. 61—96 zu leſen: „Der deutſche Prometheus.
Lebensbild des Schulmeiſters, Dichters und Komponiſten Ch. F.
D. Schubart.“ Prometheus wird er genannt, weil er die Fackel
der Aufklärung mutig ſchwang und zur Strafe dafür an den Fel-
ſen geſchmiedet wurde. Vor dieſem Schriftchen iſt ernſtlich zu
warnen. Es enthält bloß das Notwendigſte und Bekannteſte
über ſeine pädagogiſche Begabung und Wirkſamkeit, außerdem
eine Menge unrichtiger Angaben, in denen Caſſau der Autorität
des Romanſchreibers Brachvogel gefolgt iſt. Dies ließe ſich im
Einzelnen nachweiſen; aber Papier und Zeit dauern mich.

22) In Schnorrs Archiv für Litteraturgeſchichte VI, 342—391
veröffentlicht Adolf Wohlwill, Bibliothekar in Hamburg, Beiträge
zur Kenntnis Ch. F. D. Schubarts. Er betrachtet Schubart in
Geislingen, dann in Augsburg, hierauf in Ulm und giebt zuletzt
Beiträge zur Charakteriſtik der deutſchen Chronik, zu denen er in
der Anmerkung bemerkt: „Eine vollſtändige Ausbeutung ſämmt-
licher Bände der Schubartſchen Chronik im Intereſſe der Kultur-
und Litteraturgeſchichte darf als ein überaus dankbares Thema
bezeichnet werden. Die im folgenden gebotene Skizze will einer
ſolchen nicht vorgreifen, ſondern bezweckt nur im Anſchluß an eine
Würdigung von Schubarts publiziſtiſcher Thätigkeit denſelben als
Stürmer und Dränger auch auf politiſchem Gebiete zu charakte-
riſieren. Demgemäß ſind vorzugsweiſe die Jahrgänge der deutſchen Chronik von 1774 bis Januar 1777 in Betracht gezogen
worden; die nach der Gefangenſchaft geſchriebenen Bände der
Chronik nur da, wo dies ausdrücklich bemerkt iſt.“ Der Aufſatz
iſt belehrend, geiſtreich, unparteiiſch.

Als Patriot und Politiker wird Schubart von demſelben
Verfaſſer geſchildert in dem Werk: „Weltbürgertum und Vater-

laubsliebe der Schwaben, insbesondere von 1789—1815; Hamburg 1875."

23) In seinem Verhältnis zu „Leopold Wagner, Goethes Jugendgenossen", wird Schubart betrachtet von Erich Schmidt in dem gleichnamigen Werkchen, 2. Auflage 1879.

Die Beziehungen zum „Maler Müller" schildert D. B. Seuffert sehr eingehend in der so betitelten Monographie, 2. Ausgabe. Berlin 1883.

24) Zu Schubarts Fürstengruft bringt Göbeke in Schnorrs Archiv VIII, 164 eine kritische Erörterung. Göbeke verneint hier, daß Schubart durch Schillers entsprechendes Gedicht zu der Fürstengruft veranlaßt worden sei; im Herbst 1780 müsse es gedruckt worden sein, zu einer Zeit, wo Schiller noch in der Militärakademie war, die er erst am 14. Dezember 1780 verließ.

Ebendaselbst X, 189 bringt Erich Schmidt einen Brief Schubarts an Sekretär Griesbach in Carlsruhe, datirt von Ulm 19. Nov. 1775, ganz in der Kraftsprache der Stürmer geschrieben, ein Gemisch von Schwärmerei und Grobianismus. Ebenda 282—284 die windige Vermutung W. Zipperers über die Entstehung des Kapliebs; endlich ein Brief Klopstocks an Müller in Betreff Schubarts; vgl. oben.

25) In Kürschners deutscher Nationallitteratur, 81. Band, Stürmer und Dränger III, S. 289—436 schildert D. Sauer Schubarts Leben und Charakter, giebt eine freilich sehr kurze Übersicht über die Schubartlitteratur, sodann ein Verzeichnis aller seiner Werke und zuletzt 69 seiner Dichtungen. Schubart wird sehr treffend geschildert. Einige Unrichtigkeiten haben sich eingeschlichen. Statt Geislingen liest man Geistlingen; als Befreier Schubarts wird Friedrich der Große genannt; Franziska von Hohenheim wird mit keiner Silbe erwähnt. Ferner scheint mir die Behauptung, Schubart sei nach dem Erscheinen von Goethes Götz als angehender Ulmer Journalist mit beiden Füßen in die Tendenzen der Stürmer und Dränger hineingesprungen, wesentlicher Beschränkung bedürftig. Als Kritiker wird er vorgeführt, wenn es heißt: „Seine kritische Stimme in litterarischen Dingen ist öfters in diesen Bänden (der Chronik) zu vernehmen. Immer gießt er die

volle Schale, sei es seiner Verhimmelung oder seines Abscheues
über die Schriftsteller, die er bespricht, aus." Daß Schubart
nicht so im Sturm rezensiert hat, wurde von uns nachgewiesen.
Ähnlich W. Scherer in seiner Geschichte der deutschen Litteratur
1884 S. 503: „Sch. schwärmte für alle Erzeugnisse des Sturmes
und Dranges, die er seinem Publikum anpries."

26) Von dem Schreiber dieses, der sich seit einer Reihe von
Jahren mit Studien über Schubart beschäftigt, erschienen in der
Schwäbischen Kronik, dem Beiblatt zum Schwäbischen Merkur,
mehrere Aufsätze über Schubart, sein Wesen und seinen Charakter, namentlich auch über die Schubartlitteratur. 1880, 72.
1881, 161. 1883, 18. 101. 190. Eine Lebensbeschreibung Schubarts ist meiner historisch-kritischen Ausgabe von Schubarts Gedichten (Reclam 1821—24) vorangeschickt.

Es versteht sich von selbst, daß Schubart von keiner deutschen
Litteraturgeschichte, von keiner württembergischen Geschichte, von
keinem hymnologischen Werk, von keiner deutschen Kulturgeschichte
übergangen werden kann. In diesem Sinn eine Schubartlitteratur
zu schreiben, ist unmöglich. Es kamen daher nur solche Schriften
und Aufsätze in Betracht, die sich einzig und allein mit Schubart
beschäftigen oder, wenn sie ihn auch nur gelegentlich, im Zusammenhang mit Anderem, nennen, neue, beachtungswerte Gesichts-
punkte über ihn eröffnen. — Sonst wurden im Werk selbst genannt: Die wenigen, zerstreuten Äußerungen Herders und Klopstocks; die Bemerkungen Nicolais; Justinus Kerner in seinem „Bilderbuch aus meiner Knabenzeit 1849," das mehreres Anziehende
über Karl Eugen, Franziska, Spezial Zilling, über Schubart sehr
wenig bringt; die wenigen Notizen aus Wagners Geschichte der
Hohen Karlsschule; Pahls Denkwürdigkeiten, ein paar gelegent-
liche Mitteilungen über Schubart und seinen Sohn Ludwig; die
Auszüge aus Pahls Geheimnissen eines mehr als fünfzigjährigen
württembergischen Staatsdieners; und die Bemerkungen, die den
13. Band von Spittlers sämtlichen Werken entnommen sind. Beide
Schriften schildern hauptsächlich Karl Eugen und Franziska.

Schubarts Leben ist auch von Romanschreibern bearbeitet
worden. Wir nennen hier zuerst:

1) Hermann Kurz, Schillers Heimatjahre. 1843.

Schubart tritt hier dreimal auf, bei seiner Gefangennehmung, während seiner Gefangenschaft und zuletzt nach seiner Befreiung; der nach Schwaben zurückgekehrte Schiller unterhält sich nämlich 1793 daselbst mit seinem Freund Roller über Schubart, den Kurz ganz unnötig, da er ja nicht handelnd auftritt, noch zu den Lebenden zählt. Abgesehen von ein paar unnötigen Abweichungen von der beglaubigten Zeitfolge gehört das Werk in den hieher bezüglichen Abschnitten zum Besten, was über Schubart geschrieben ist. Klüpfel im Wegweiser durch die Litteratur der Deutschen sagt: „Der Roman enthält mitten unter den poetischen Ingredienzien und glücklich ihnen vermählt kostbare Anekdoten aus dem Leben Schillers und seines fürstlichen Erziehers. Was er über Schiller enthält, ist aus zuverlässigen mündlichen Überlieferungen geschöpft und ist häufig als Quelle benutzt worden. Die frische lebendige Darstellung dieser Zeit ist dem Verfasser trefflich gelungen und darf sich neben den mancherlei neueren biographischen und romanhaften Bearbeitungen von Schillers Leben gar wohl sehen lassen."

Das Buch enthält auch kostbare, aus der Überlieferung geschöpfte Anekdoten von Schubart. Fr. Pressel erzählt nach H. Kurz die Wette, welche Schubarts Verräter am Abend vor der Entführung ihm anbot. Scholl warf einen Ring ins Glas als Gegenstand und Preis eines Stegreifspruchs. Ohne sich zu besinnen, begann Schubart:

> Zwei Götter können sich zusammen nicht vertragen,
> Drum, Plutus, an die Hand und Bacchus in den Magen,

leerte das Glas auf einen Zug und steckte den Ring an den Finger. Aber ebenso schnell zog er ihn wieder ab, gab ihn dem Amtmann und sagte:

> Nicht das Metall, das glatt durch schmutzge Hände rollt,
> Dem Dichter ziemt des Weins, der Saiten reines Gold.
> Dies nur gewähre mir, Apoll, und bleib mir hold!
> Und nun, Herr Amtmann, hier! behalten Sie Ihr Gold.

2) Adolf Weißer: „Schubarts Wanderjahre oder Dichter und Pfaff, 1855." Der Pfaff, mit dem der Dichter zu kämpfen hat, ist Gaßner. Dieser denunziert ihn bei Österreich und bewirkt seine Verhaftung. Das Buch ist frisch und anregend geschrieben, darf aber nicht in dem Grad, wie das erstgenannte Werk, als ein getreuer Spiegel jener Zeit betrachtet werden. Stark benutzt ist das Büchlein: Baur und Schubart oder Schieferdecker und Poet. Manche Anekdote, die hier an ihrer rechten Stelle steht, ist von Weißer in eine frühere Zeit verlegt worden.

3) A. E. Brachvogel, Schubart und seine Zeitgenossen 1864. Ein glänzendes Werk von vier Bänden, in denen Schubart als Prometheus gefeiert wird. Das Bedenkliche ist, daß das Buch, das doch ein Roman ist, mit dem Anspruch auf geschichtliche Glaubwürdigkeit auftritt und zu diesem Zweck sogar seine Quellen angibt. Cassau hat sich von dem Irrwischglanz dieses Romans täuschen und zu den abenteuerlichsten Behauptungen verführen lassen. Eine Menge von Brachvogels Angaben widerspricht der beglaubigten Geschichte. Dem verunglückten Werk fehlt ganz die schwäbische Lokalfarbe. Einzelne treffende Schilderungen und richtige Bemerkungen über Schubarts Wesen und Charakter können für das mißlungene Ganze nicht entschädigen.

Zur Erheiterung des Lesers führe ich anhangsweise noch an: Amely Bölte: Franziska von Hohenheim — eine morganatische Ehe, 1863. Die Verfasserin, eine Geistesschwester der E. Vely, deren Werk über Herzog Karl und Franziska hinlänglich besprochen wurde, erzählt, das Epigramm von Dionys sei in einem von Schubart redigierten Wochenblatt erschienen, habe ihn auf den Asperg gebracht und den Herzog, der nun ein Mißtrauen gegen die Schriftsteller faßte, bewogen, Schillern die Ergreifung (!) der litterarischen Laufbahn zu verbieten. Die Schwaben sind der Verfasserin ganz zuwider; denn sie sind geistlos, maulfaul, formlos, dazu rohe Wirtshausläufer. Vergeblich versuchte das herzogliche Paar, den Schwaben mehr Sinn für das Familienleben und seine Sitte beizubringen. — An Schubarts (die Verfasserin schreibt bald Schubart, bald Schubert) Verhaftung ist Franziska ganz unschuldig. Schubart spottete in jenem Epigramm über des Her-

zogs eingezogenes Leben, das keine Orgien und keine Weinhäuser
kannte, während Schubart beides nach wie vor leidenschaftlich
liebte. — Das Wirtshausleben der Schwaben ist der Verfasserin
ein Dorn im Auge. Der Schwabe bringt die Stunden seiner
Erholung rauchend und trinkend im Wirtshause zu. So lebte
man dort vor 100, so vor 200 Jahren, und so lebt man dort
noch jetzt. Karl und Franziska, die, wie mit Nachdruck bemerkt
wird, keine Schwaben waren, gaben durch ihr häusliches Leben
den Schwaben ein wichtiges Beispiel, das nicht ohne Folgen
blieb. 2, 257 sagt die Geheimrat Bühler zu Franziska: „Jetzt
wagen die fürstlichen Diener nur selten und ganz heimlich den
Abend in einem solchen Lokal zuzubringen; dagegen bekümmern
sich alle um die Erziehung ihrer Kinder. Der Herzog ist daher
recht eigentlich der Begründer des Familienlebens geworden und
verdient, daß wir schwäbischen Hausfrauen ihm ein Ehrendenkmal
errichten." Die rohen, dummen Schwaben können von der geist=
reichen Verfasserin, die in Schwaben eigentümliche Erfahrungen
gemacht haben muß, immerhin mancherlei lernen. Hat sie doch
die originelle Entdeckung gemacht, daß Schlosser, den Prinz Friedrich
in Treptow zum Lehrer seiner Söhne wählte, kein andrer ist,
als, wie die Anmerkung sagt: „Der später so berühmte Geschichts=
schreiber und Gatte von Cornelia Goethe." Der Heidelberger
Professor eine Person mit Goethes Schwager — das geht aller=
dings über den schwäbischen Horizont. Schade, daß Schubart
zur Zeit, als dieses „Zeitbild" erschien, nicht mehr lebte. Er
hätte darüber eines seiner beißendsten Epigramme gedichtet.

XV.

Nachträge.

I. Zu Schubarts Lehrerberuf.

Palmer schreibt in seiner evang. Pädagogik (2. Aufl.) S. 467:
„Es ist nichts Traurigeres, als das Leben eines Lehrers, dessen
Natur seinem Amte fremd ist." Dazu macht er die Anmerkung

unter dem Text: Ein bemerkenswertes Beispiel dieser Art ist der
unglückliche Dichter Schubart gewesen, in dessen Leben wir das
Edlere keineswegs verkennen, dem es aber, weil er sich durchs
Amt nicht selber ziehen und bemütigen ließ, als ein total ver=
fehlter Lebenszweck erschien, daß er eine Weile (! 6 Jahre = eine
Weile) mußte Lehrer in Geislingen sein. Er hatte, wie aus
seinen Briefen (herausg. von Strauß 1849) z. B. I, S. 127.
138. 173. 210. hervorgeht, für die eben auftretenden philanthro=
pistischen Erziehungsideen ein lebhaftes Interesse, wie überhaupt
für alles, was das geistige Leben seiner Zeit und des deutschen
Volkes in Bewegung setzte. Aber wie er persönlich sich zu seinem
Lehrerberuf stellte, davon stehe hier nur folgendes Selbstzeugnis.
Er schreibt I, S. 148. Und nun folgt der Brief an Böckh, von
dem wir S. 39 den Schluß mitgeteilt haben.

Was ist darauf zu antworten? Uhland soll für uns reden:

> Man kann in Wünschen sich vergessen,
> Man wünschet leicht zum Überfluß;
> Wir aber wünschen nicht vermessen,
> Wir wünschen, was man wünschen muß.
> Denn soll der Mensch im Leibe leben,
> So brauchet er sein täglich Brot,
> Und soll er sich zum Geist erheben,
> So ist ihm seine Freiheit not.

Sein Einkommen bestand in 100 fl., freier Wohnung, freier
Eichelmast, einer Dungstätte vor dem Haus, einigen ähnlichen
Vergünstigungen und Nebeneinnahmen — zu viel fürs Sterben,
zu wenig zum Leben. Dazu eine Frau ohne Vermögen und eine
zunehmende Familie. Der Brief, den Palmer anführt, ist vom
10. Juni 1767, also aus dem 5. Jahr seines Geislinger Auf=
enthalts.

Im übrigen hat Palmer die Äußerungen Schubarts in seinem
Leben nicht mit den Briefen verglichen; daher ist seine ganze Auf=
fassung von Schubarts Stellung zu seinem Lehrerberuf einseitig,
ungerecht.

II. Daß Schubart auch bei den theatralischen Auffüh=
rungen in Ulm in deutschem und nationalem Sinn zu wirken

suchte, sieht man aus der Chronik und aus mehreren hieher ge=
hörenden Gedichten Schubarts.

III. Nach der historisch=kritischen Schillerausgabe I, 373 wurde
Balthasar Haug 1766 Professor am Gymnasium in Stuttgart,
1776 Professor der Philosophie an der Militärakademie und Pre=
diger an der Stiftskirche. Allein aus Schubarts Schilderung geht
hervor, daß Haug zu gleicher Zeit mit Schubart in Ludwigsburg
sich aufhielt.

IV. Julian Schmidt, Geschichte der deutschen Litteratur seit
Lessings Tod I, 181:

„Am 23. Januar 1777 ließ der Herzog den Dichter Schu=
bart, der Anzügliches gegen die Fürsten gesagt, nach dem Hohen=
asperg schleppen, ein Jahr in einem unterirdischen, finsteren, feuch=
ten Kerker halten und Jahrelang auf die ausgesuchteste Weise
quälen. Er erreichte seinen Zweck; Schubart wurde fromm, schrieb
Loblieder auf die Fürsten und konnte endlich zum Hofjournalisten
ernannt werden.“

V. Zu S. 274. Indessen vgl. S. 132 über Schubarts in
Ulm verfaßte Gedichte. Die Presse auf dem Asperg war denn
doch gar zu hart, besonders für die erste Zeit; daher ist der
Straußsche Satz einzuschränken und die aus Goethe beigebrachte
Parallele cum grano salis zu nehmen.

VI. Bischer in den Kritischen Gängen III, S. 22:

„Schubart hat in der Litteraturgeschichte seine Bedeutung
als der Erste, mit welchem Schwaben in die Bewegung der
modernen deutschen Poesie thätig eintritt, als das Organ, durch
welches der Klopstockische Enthusiasmus sich nach diesem Lande
verpflanzt, als der wichtigste unter den Trägern, durch welche
diese Stimmung auf Schiller übergeht, um in seinem Geist eine
neue Form zu finden, um aus ihm als dramatischer Feuerstrom
hervorzubrechen.“

VII. Zu Schubarts Tod.

Bekanntlich war und ist noch jetzt die Meinung stark ver=
breitet, Schubart sei lebendig begraben worden. Merkwürdig ist,
daß weder die Witwe, noch der Sohn etwas darüber verlauten
läßt. Wie Strauß diese Sage erklärt, ist oben angegeben.

Schubart berichtet in seiner Chronik 1788, 441 über einen solchen Fall:

In einem holsteinischen Dorf ist ein Priester, Namens Herselb, der öftere apoplektische Zufälle hatte, lebendig begraben worden; das Getöse aber, das er in seiner gewölbten Gruft machte, und welches der ein neues Grab aufschaufelnde Totengräber hörte, rettete ihm wieder das Leben. Entsetzlich ist die Beschreibung, welche dieser Mann von seinem Wiedererwachen im Grabe machte.

Die größten Tyrannen, wie die strengste Gerechtigkeit, können keine größere Qual denken, als lebendig begraben zu werden! Erwachen im Sarge, über sich den Deckel fühlen, unter sich das Rauschen der Hobelspäne hören; sich retten wollen und nicht können, und dann voll Grausen in der gepreßtesten Qual der Verzweiflung sterben; ha! was ist Strang, Schwert, Rad, brennender Holzstoß und selbst das Pferdzerreißen gegen diese Todesart! Schubart bittet seine Leser, da die paralytischen und apoplektischen Zufälle immer häufiger unter uns werden, diese höchst wichtige Menschenangelegenheit in die ernstlichste Betrachtung zu ziehen.

Er sagt, wir, sonderlich auf Dörfern und in kleinen Reichsstädten, eilen mit unsern Toten viel zu früh ins Grab, ohne zu bedenken, daß bei hypochondrischen, an Nervenschwäche und schlagflüssigen Zuständen Leidenden 30, ja 40—50 Stunden möglich seien, wo der Mensch all seines Bewußtseins beraubt sei und doch noch lebe und nach seinem Erwachen noch lange leben könne.

Ich habe bei Schubarts Tod angegeben, warum die Sage von Schubarts Scheintod kaum glaublich sei. Es fragt sich aber, wie diese Sage entstand. Wäre es nicht möglich, daß Schubart gern und mit Pathos von diesem Gegenstand sprach, Geschichten von Lebendigbegrabenen erzählte und dadurch Anlaß gab, daß über ihn selbst eine solche Sage sich verbreitete? Ich hörte in meiner Jugend die Sage in einer andern Form, als Strauß. Schubart, wurde behauptet, habe im Sarg sich umgedreht, den Sargdeckel gesprengt und den einen Arm hinausgestreckt; so habe man ihn gefunden. — An Nervenschwäche und Neigung zu Schlagflüssen litt Schubart; aber alle übrigen Umstände des Todes und der Beerdigung sprechen gegen die Sage.

XVI.

Zeittafel.

1739 24. März Chr. Fr. D. Schubart in Oberjontheim geboren.

1740 kommt mit seinem Vater nach Aalen.

1744 Helene Bühler geboren.

1751 von Maltitz in Schubarts Hause.

1753 Schubart kommt nach Nördlingen.

1756 „ „ „ Nürnberg.

1758 im Herbst auf die Hochschule zu Erlangen.

1760 im Sommer zurück nach Aalen.

1763 in Ellwangen beim Fürstbischof.

1763—69 Schubart in Geislingen.

10. Jan. 1764 verehlicht sich mit Helene Bühler.

17. Febr. 1766 Ludwig Schubart geboren.

1767 Julie Schubart geboren.

1765 Ode auf Franziskus I. Schubart gekrönter Dichter.

1766 Zaubereien. 1767 Todesgesänge.

1769 Herbst bis Mai 1773 Schubart in Ludwigsburg. Klopstocks kleine poetische und prosaische Werke 1771.

1773 Oktober in München.

1774 März in Augsburg.

Diakonus Schubart in Aalen stirbt.

31. März erscheint die erste Nummer der Chronik.

Lobrede auf Clemens XIV.

1775 Januar Schubart in Ulm.

1777 23. Januar Schubart in Blaubeuren verhaftet und nach Hohenasperg abgeführt.

3. Febr. 1778 bekommt er ein besseres Zimmer.

13. März 1778 bekommt er das Abendmahl.

1. Febr. 1779 Schubart in der Kirche.

Herbst 1780 die Fürstengruft.

Ende 1780 Festungsfreiheit.

1781 im November Schiller bei Schubart.

1782 11. Mai stirbt General Rieger.

1782—84 General Scheeler Festungskommandant.

1784 sein Nachfolger v. Hügel.

1785 im Juli Besuch der Schubartin und ihrer Kinder bei ihrem Gatten.

1786 Schubarts Gedichte. 2 Bände. Stuttgart.

1787 16. März Franziska schreibt an die Karschin.
Ludwig Schubart geht als Sekretär zu Herzberg.
11. Mai Schubart frei; Hofdichter, Theaterdirektor.

1789 Ludwig Schubart preußischer Gesandtschaftssekretär in Nürnberg.
Oberzoller Bühler in Geislingen stirbt.

1791, 92, 93 Schubarts Leben und Gesinnungen.
10. Okt. Schubart stirbt.

1792 Schubarts Schwager, Diakonus Böckh in Nördlingen stirbt.
Ludw. Schubart pensionirter Legationsrat in Stuttgart.

1793 Karl Eugen stirbt.

1799 Dekan Zilling in Ludwigsburg stirbt.

1801 Julie Kaufmann, geb. Schubart, stirbt, 33 Jahre alt.

1811 Franziska stirbt.
27. Dez. Ludwig Schubart stirbt.

1819 25. Febr. Helene Schubart stirbt.
22. Juni der Verräter Scholl stirbt, 83 Jahre alt.

Wichtigere Verbefferungen.

Seite 17 Zeile 16 von unten lies h a t t e statt hätte.
19 — 11 von oben — m a ch t — machte.
33 — 8 von unten — b a m a l s — bem als.
35 — 17 von oben streiche: Schubarts Leben X.
43 — 1 — — — desgleichen.
129 — 16. 17 von unten von i n bis w u r b e setze Klammern.
150 — 4 — — lies M u s e u m statt Meseum.
177 — 5 — — — i h n statt Zilling.
192 — 5 — — — S t o l b e r g statt Stolberge.
287 — 15 — — — k ö n n e." statt könne.
284 — 1 — — setze nach Schnbart noch: Gleim.
345 — 7 von oben lies L i s c o w statt Lislo.

www.ingramcontent.com/pod-product-compliance
Lightning Source LLC
Chambersburg PA
CBHW030816110726
47900CB00006B/1642